汪元量
與其詩詞研究

陳建華◎著

宋末元初之際，

身分、地位、際遇及作品都較特殊的

愛國文學家汪元量，

逐漸引起世人注目；

本書即研究其人、其詩、其詞。

水雲集

錢唐汪 元量 大有 著

湖州歌九十八首

丙子正月十有三日韃伐鼓下江南軍皐亭山上（卷三）
寄煙起宰執相看假醉酗
萬馬如雲在外間玉階仙仗罷趨班三宮北面議
方定道使皐亭慰伯顏
嚴上輦臣興不言伯顏丞相趣降箋三宮共在珠
簾下萬騎虹蜺遠殿前
謝了天恩出內門駕前喝道上將軍自旄黃鉞分

王國維及趙萬里校跋之鮑本《水雲集》
（引自孔凡禮《增訂湖山類稿》）

（以下為手稿影印）

越州歌

淮南西畔馬離離　萬艦千艘水上飛　旗幟藏江金
鼓震伯顏丞相過江時

東南半壁日昏昏　萬騎臨軒趣幼君　三十六宮都

鑾輿不堪回首望吳雲

一陣西風滿地　千軍萬馬渡江邊　官司把旆西

興渡要奪漁舡作戰船

兩崖雲鏃發時開　昨夜京城戰數聲陳文生來載

敕舞滿頭白髮自東來

秋風吹入兩嶠天涯越鳥巢翻何以繁嶺上萬

竹畫西湖新路欲排又

清同治十七年葉時曘鈔本 《汪水雲詩鈔》
（（引自孔凡禮《增訂湖山類稿》）

湖山類彙卷之四終

王國維自《永樂大典》輯出之汪元量詩詞
（引自孔凡禮《增訂湖山類稿》）

自　序

個人從事教育工作以來，無論是兼任行政工作或純粹教學，始終興趣盎然，這無關乎教學的回饋與否，或學生資質是優是劣，但求盡心而已；到日前為止，尚未萌生退意，或許會如期走完教育旅程（六十五歲）吧！探求其原因，必與個人的性向、興趣有關；也因為業餘可以研習書法、語文、繪畫等，甚至閱讀、寫作，不必掛心學校事務，可謂「公私分明」吧！

在寫作方面，僅涉獵現代文學及唐宋文學；由此而得以參加作家旅遊活動數次，也是意外收穫之一。其中的唐宋文學，對現代的新新人類來說，既感熟悉親切，又覺遙遠陌生，所以又愛又懼。個人認為唐宋文學也是陶冶學生心靈、變化其氣質的優良教材之一。

由於對唐宋文學有一份偏好，故以此為範疇。研究宋末元初的汪元量其人其詩其詞，所涉及之唐宋文學不少。此乃不輕鬆之工程，因此將所有「私務」放下，全力以赴，憑藉興趣、耐心去完成。值得感激的是服務於國立成功大學的教授——亦師亦友的王偉勇博士，自訂定題目、起草大綱、尋求資料、借閱書籍、解釋疑惑、審閱文稿等，無不費心指點；王博士治學嚴謹，耐心細心兼而有之；也期許「學生」能腳踏實地，因而不敢稍有懈怠，其中寫作的甘苦，實不足為人道也。

此期間更感謝陸官校謝信堯教授的多方協助、唐健風先生協助構思封底文字和一些建議，還有學校同仁的鼓勵；此外也感激外子「全力以赴」的配合，不敢「驚擾」，加上家人的支持，始能心無旁鶩，沉浸在寫作之中。

在為時五年多的寫作期間，共完成《汪元量與其詩詞研究》一書、《汪元量詩詞箋註》半本（待日後續完）、相關論文二十二篇。或許可以讓陪我度過這一段歲月的親朋好友，同感欣慰。

書成之後，承蒙秀威資訊科技公司總編輯傅達德先生的熱誠關注及張慧雯小姐的精心編輯與費心設計，使這本書更臻完善，在此深致謝忱。雖已盡力，然囿於資鈍學淺，不逮不周之處，勢所難免，祈請博雅君子，不吝賜教。

汪元量與其詩詞研究

目　次

凡　例...xiii

緒　論..xv

　　壹、研究動機..xv

　　貳、研究方法...xvi

　　　　一、其人部分（上篇）...xvi

　　　　二、其詩部分（中篇）..xvii

　　　　三、其詞部分（下篇）...xviii

　　參、研究目的...xix

上篇　汪元量其人研究

第一章　時代環境..1-3

　　第一節　政治背景..1-3

　　　　一、南宋末年..1-3

　　　　二、元朝初年..1-6

　　第二節　社會風氣..1-9

　　　　一、南宋末年..1-9

　　　　二、元朝初年...1-11

　　第三節　理學思潮與功利思想...1-13

第二章　里籍家世...1-15

　　第一節　字號、生卒年...1-15

　　　　一、字號...1-15

　　　　二、生卒年...1-18

第二節　祖籍、家世...1-25

　　一、祖籍...1-25

　　二、家世...1-27

第三章　生平履歷...1-31

第一節　前人研究...1-31

　　一、清代王國維〈書宋舊宮人詩詞湖山類稿水雲集後〉...1-32

　　二、史樹青〈愛國詩人汪元量的抗元鬥爭事蹟〉...1-33

　　三、林蒽〈宋遺民元量逸事〉...1-33

　　四、程亦軍〈論愛國詩人汪元量及其詩歌〉、〈關於汪元量的生平和評價〉...1-34

　　五、楊積慶〈論汪元量及其詩〉...1-34

　　六、楊樹增〈汪元量祖籍、生卒、行實考辨〉...1-34

　　七、程瑞劍〈汪元量研究情況綜述〉...1-34

　　八、孔凡禮〈汪元量事蹟紀年〉...1-35

　　　　附：表一、孔凡禮所作汪元量生平...1-35

　　九、黃麗月《汪元量「詩史」研究》...1-36

第二節　問題探討...1-39

　　一、元量曾否入太學...1-39

　　二、元量是否自願被俘北上...1-40

　　三、宋舊宮人詩詞之真偽...1-44

第四章　交游...1-49

第一節　朝中友人...1-49

　　一、王昭儀...1-49

　　二、旮相公（旮萬壽）...1-51

　　三、馬廷鸞...1-52

第二節　詩詞友人...1-55

　　一、林石田...1-55

　　二、李鶴田...1-56

　　三、劉師復...1-57

　　四、曾平山...1-57

第三節　藝界友人...1-59

汪元量與其詩詞研究

　　　　一、徐雪江 1-59

　　　　二、毛敏仲 1-60

　　　　三、趙宣慰（趙淇）.. 1-62

　　　　四、楊鎮 1-62

　　　　五、葉福孫 1-62

　　第四節　患難之交 1-64

　　　　一、文天祥 1-64

　　　　二、趙待制（趙與㠾）.. 1-65

　　第五節　宋末隱者 1-67

　　　　一、劉將孫 1-67

　　　　二、聶守真 1-68

第五章　思想與賦性 1-71

　　第一節　思想 1-71

　　　　一、忠君愛國 1-71

　　　　二、儒家思想 1-73

　　　　三、有情有義 1-75

　　　　四、重視友情 1-76

　　第二節　賦性 1-79

　　　　一、淡泊名利 1-79

　　　　二、隨和熱誠 1-80

　　　　三、負責盡職 1-84

　　　　四、喜愛大自然 1-85

第六章　著述之版本與繫年 1-87

　　第一節　著述之版本 1-87

　　　　一、「甲子初作」 1-87

　　　　二、《行吟》 1-88

　　　　三、《丙子集》 1-88

　　　　四、《湖山類稿》 1-89

　　　　五、《水雲集》 1-89

　　　　六、《水雲詩》 1-90

目次

七、《水雲詞》 1-90

八、《湖山外稿》 1-90

九、《水雲集一卷・湖山類稿五卷》（《四庫本》）............ 1-90

十、《增訂湖山類稿》 1-90

　　附：表二、汪元量著作版本之比較..........................1-90

第二節　作品之繫年 1-94

一、先進學者之研究 1-94

　　附：表三、孔凡禮所作汪元量詩編年一覽 1-94

　　附：表四、孔凡禮所作汪元量詞編年一覽 1-95

　　附：表五、王偉勇所作汪元量詞〈憶王孫〉九闋編年一覽 1-96

二、問題之探討 1-97

第七章　仕隱心態 1-103

第一節　前人之片段研究 1-103

一、清人王國維 1-103

二、林蒗 1-104

三、史樹青 1-104

四、楊樹增 1-105

五、孔凡禮 1-105

第二節　仕元探討 1-109

一、晚宋朝中士風不振，民間則有節義觀念 1-109

二、宋亡，元量須重估出仕與否 1-111

三、具有忠君愛國、淡泊名利之思想 1-112

四、受當代忠臣或歷史人物之影響 1-113

第三節　求隱心態 1-116

一、宋代辭官風氣之影響 1-116

二、人事已非之體悟 1-117

三、眷戀故國 1-118

四、神往湖山隱處 1-119

第八章　上篇總結──汪元量其人 1-123

汪元量與其詩詞研究

中篇　汪元量詩作之研究

第一章　當代詩壇概況 2-3

第一節　南宋末年詩壇 2-3

第二節　遺民詩壇 2-8

第二章　汪元量詩作之創作淵源 2-13

第一節　承襲詩歌之遺產 2-13

一、《詩經》 2-13

二、《楚辭》 2-15

三、漢樂府詩 2-16

四、魏晉南北朝詩 2-18

五、唐詩 2-19

六、宋詩 2-22

第二節　熟諳歷史、典故 2-25

一、事典 2-25

二、語典 2-29

第三節　歷代或當代詩人之影響—以影響深淺為序 2-32

一、杜甫 2-32

二、李白 2-36

三、黃庭堅 2-38

四、屈原 2-39

五、陳與義 2-40

六、文天祥 2-40

七、蘇武 2-41

八、李陵 2-42

九、劉禹錫 2-45

十、李商隱 2-46

第四節　歷代名篇之啟發—以影響深淺為序 2-50

一、〈飲馬長城窟行〉 2-51

二、〈秦州體〉 2-51

三、〈同谷歌體〉...2-51

四、〈竹枝歌〉...2-51

五、〈將進酒〉...2-51

六、〈短歌〉..2-51

七、〈妾薄命〉...2-52

八、〈燕歌行〉...2-53

九、〈關山月〉...2-53

十、〈易水〉..2-54

第五節　時代背景及個人思想、賦性之影響...............2-58

一、時代背景之影響..2-58

二、個人思想、賦性之影響...................................2-62

第三章　汪元量詩作之分期與各期風格......................2-65

第一節　詩作分期...2-65

一、宮中時期..2-66

二、北上前後——即離杭前夕、赴燕途中................2-66

三、拘燕時期..2-68

四、南歸後...2-68

第二節　各期風格...2-71

一、宮中時期..2-71

二、北上前後——即離杭前夕、赴燕途中................2-73

三、拘燕時期..2-74

四、南歸後...2-76

附：表六、汪元量四期詩作風格之比較..................2-77

第四章　汪元量詩作之形式......................................2-79

第一節　詩作體裁...2-79

附：表七、汪元量各體詩作分布狀況.....................2-80

第二節　特殊形式...2-81

一、組詩..2-81

附：表八、汪元量組詩分布狀況...........................2-81

二、雜言詩 2-82

    附：表九、汪元量雜言詩句式狀況 2-82

三、歌體詩 2-83

    附：表十、杜甫、文天祥、汪元量歌體詩之比較 2-87

第五章　汪元量詩作之內容 2-91

第一節　題旨析論 2-91

一、敘事類 2-91

二、感懷類 2-93

三、寫景類 2-94

四、唱和類 2-95

五、酬酢類 2-96

六、送別類 2-96

    附：表十一、汪元量詩作題旨分類狀況 2-97

第二節　句意內涵 2-99

一、敘事 2-99

二、愁緒 2-101

三、憂國 2-102

四、詠古 2-103

五、憶往 2-104

六、送別 2-104

七、詠物 2-105

八、友情 2-106

九、自傷 2-107

十、褒貶 2-108

十一、音響 2-108

十二、寫景 2-109

十三、求隱 2-110

第六章　汪元量詩作之藝術特色 2-113

第一節　章法結構 2-113

第二節　以文、議論入詩 2-117

目次

第三節　常用典故 2-119

第四節　常見修辭 2-121

　一、對仗 2-121

　二、譬喻 2-122

　三、類疊 2-123

　四、摹寫 2-124

第五節　文字表現 2-127

　一、喜描述音樂情境 2-127

　二、重複使用特定字 2-128

　　　附：表十二、汪元量四期詩作重複特定字之分布狀況 2-135

第六節　格律技巧 2-136

　一、平仄 2-136

　二、用韻 2-138

　　　附：表十三、汪元量詩作用韻之比較 2-143

第七節　特殊詩篇之研究 2-145

　一、〈居擬蘇武四首〉與〈月夜擬李陵詩傳三首〉（卷一，頁一至三） .. 2-145

　二、〈杭州雜詩和林石田廿三首〉（卷一，頁一七） 2-146

　三、〈湖州歌九十八首〉（卷二，頁三六） 2-149

第七章　汪元量詩作之評價 2-155

　一、前人論評 2-155

　　（一）綜合論評 2-155

　　（二）譽為「詩史」 2-156

　　（三）詩風 2-157

　二、綜論 2-158

第八章　中篇總結－汪元量其詩 2-161

　一、創作淵源 2-161

　二、詩作分四期及其風格 2-161

　三、詩作之形式 2-161

　四、詩作之內容 2-162

汪元量與其詩詞研究

五、詩作之藝術特色 2-162

六、文字表現 2-163

七、格律技巧 2-163

下篇　汪元量詞作之研究

第一章　當代詞壇概述 3-3

第一節　南宋末年詞壇 3-4

一、蔣捷 3-4

二、周密 3-5

三、王沂孫 3-5

四、張炎 3-5

五、劉克莊 3-6

第二節　遺民詞壇 3-9

一、劉辰翁 3-9

二、文天祥 3-9

三、謝枋得 3-10

四、劉將孫 3-10

第二章　汪元量詞作之創作淵源 3-13

第一節　音樂造詣 3-13

第二節　憤慨憂思 3-16

第三節　化用唐詩 3-19

第四節　熟悉史料 3-22

第三章　汪元量詞作之選調 3-25

第一節　小令、中調、長調 3-25

第二節　詞牌 3-29

一、小令 3-30

二、中調 3-32

三、長調 3-34

目次

附：表十四、汪元量詞作選調之情況 ……………………………… 3-37

第四章　汪元量詞作之用韻 ………………………………………… 3-39

第一節　詞作用韻之情況 ………………………………………… 3-39

附：表十五、汪元量全部詞作用韻之情況 ……………………… 3-40

第二節　詞作用韻之特色 ………………………………………… 3-45

附：表十六、汪元量詞作用韻之特色 …………………………… 3-46

第五章　汪元量詞作之內容 ………………………………………… 3-47

第一節　題旨析論 ………………………………………………… 3-47

一、感懷類 ……………………………………………………… 3-47

二、寫景類 ……………………………………………………… 3-48

三、酬贈類 ……………………………………………………… 3-48

四、詠物類 ……………………………………………………… 3-49

五、唱和類 ……………………………………………………… 3-49

第二節　詞意內涵 ………………………………………………… 3-51

一、觸景傷情 …………………………………………………… 3-51

二、音樂世界 …………………………………………………… 3-51

三、純粹寫人 …………………………………………………… 3-52

四、純粹詠物 …………………………………………………… 3-53

第六章　汪元量詞作之藝術技巧 …………………………………… 3-55

第一節　章法 ……………………………………………………… 3-55

一、小令 ………………………………………………………… 3-55

二、中調 ………………………………………………………… 3-56

三、長調 ………………………………………………………… 3-56

第二節　修辭 ……………………………………………………… 3-60

一、對仗 ………………………………………………………… 3-60

二、擬人 ………………………………………………………… 3-61

三、類疊 ………………………………………………………… 3-62

四、借代 ………………………………………………………… 3-63

　　　五、化用、截取前人詩句 3-65

　　第三節　用典 3-67

　　　一、傳說 3-67

　　　二、事典 3-68

　　　三、語典 3-70

　　第四節　風格 3-74

　　　一、宮中時期 3-74

　　　二、北上之後 3-75

　　　三、南歸之後 3-75

第七章　汪元量詞作之評價 3-79

　　一、前人論評 3-79

　　　（一）劉辰翁 3-79

　　　（二）嚴日益 3-79

　　　（三）楊樹增 3-80

　　　（四）繆越 3-80

　　　（五）孔凡禮 3-81

　　二、綜論 3-81

第八章　下篇總結－汪元量其詞 3-83

　　一、在創作淵源方面 3-83

　　二、在選調方面 3-83

　　三、在用韻方面 3-83

　　四、在內容方面 3-83

　　五、在藝術技巧方面 3-83

　　六、當代人對汪元量詞作的評價 3-84

　　七、今人對汪元量詞作的評價 3-84

結論 4-1

附圖 4-5

　　　附圖一　元軍進攻臨安之路線圖（劉伯驥 繪） 4-5

附圖二 三宮北上圖（黃麗月 繪）.. 4-6

附圖三 汪元量南歸圖（黃麗月 繪）.. 4-7

附圖四 汪元量隨謝后、幼君自大都被遣往上都、內地之路線圖（陳建華 繪）... 4-8

附圖五 汪元量南歸後訪友行程及湘蜀之行路線圖（陳建華 繪）.................. 4-9

參考書目.. 4-11

壹、書籍類 4-11

貳、期刊論文類 4-17

參、筆者相關研究論文 4-20

凡　例

一、 本書所引汪元量之詩詞作品，皆錄自孔凡禮所輯佚《增訂湖山類稿》一書。共計詩
　　 四百八十首，詞五十二闋。

二、 孔凡禮該書內容，分：詩（卷一至卷四）、詞（卷五）、附錄一〈汪元量研究資料
　　 彙集〉、附錄二〈汪元量事蹟紀年〉、附錄三〈汪元量著述略考〉。本書引用時，
　　 在引詩、引詞之後，僅書卷數、頁碼；引用該書附錄資料，則在引文之後，僅書附
　　 錄數、頁碼。

三、 本書之其他引文之處，皆盡量引用原典；若原典難尋，則說明轉載自何處，以示負
　　 責及尊重。

四、 本書於各節之後，均有附註，除適當說明或註明出處，出自某書、某文、某頁外；
　　 不再標出版地、出版者、出版時間，詳細資料請參見本論文所附之「參考書目」。

五、 本書之「參考書目」中，其出版年月，臺灣地區以中華民國紀年，其他地區則以西
　　 元紀年。

汪元量與其詩詞研究

緒　論

壹、研究動機

唐宋文學中的詩與詞，為多數人所熟稔而且喜愛，個人也不例外；經由這些詩詞作品，可以窺知不同作者的人品及其人生觀。其中有些作品表現出作者多方面的才華，及樂觀進取的內涵；或正義凜然的氣節、在逆境中如何自處的方法等。此類令人崇仰的作者與令人感動的作品，特別容易盤據腦海中久久不去，也在心湖中盪漾不已。因而個人曾為文探討王維、孟浩然、李清照、陸游、蘇軾、文天祥等人作品，雖稱不上為名山事業，卻足以表明個人的偏好。更由於研究文天祥其人其作品，始知有一位汪元量者，竟能在國亡之後的非常時期，時往獄中探視、慰問、鼓舞文天祥，並有來往唱和的詩作。汪元量何許人也？由此引發興趣，想一探汪元量其人其事其作品。然而，遍尋一些宋詩、宋詞的選本，及各種版本的文學史，卻因選取太少（註1），或語焉不詳，無法進一步了解汪元量。可知汪元量及其作品，歷來並未受到重視。

在一個偶然的機會，舍弟自北京攜回一本孔凡禮所輯佚《增訂湖山類稿》相贈。此書出版於一九八四年六月，為目前研究汪元量、輯佚汪元量詩詞，最完整的版本。不由得大喜望外且興奮，當即翻閱。其音樂、繪畫的造詣，令人欽敬；其忠誠護主的心思，令人感佩；其愷切吶喊的作品，令人動容。例如：

> 「受降城下草離離，寒食清明只自悲。漢寢秦陵何處在？鶯花無主雨如絲。」〈湖州歌九十八首之十二〉（卷二，頁三八）

> 「秋風吹我入興元，下馬荒郵倚竹門。詩句未成雲度水，酒杯方舉月臨軒。山川寂寞非常態，市井蕭條似破村。官吏不仁多酷虐，逃民餓死棄兒孫。」〈興元府〉（卷四，頁一四〇）

有如又一位抓住我視線的詩人，站立眼前，不得不注目之。可惜此書仍未詮釋汪元量全部作品的用心，於是引發個人研究的興趣。汪元量為宋末元初時人，身處朝代更

迭、兵馬倥傯之際，詩詞作品大量散佚，孔凡禮輯佚不易，書中除輯得詩四百八十首、詞五十二闋，並有附錄一、〈汪元量研究資料彙輯〉；附錄二、〈汪元量事蹟紀年〉；附錄三、〈汪元量著述略考〉，凡三百頁。

此外，大陸學者近年已注意到這位際遇不同的文學家，約有十一位學者撰文研究汪元量其人其作品，共十五篇（註2），然多數只論述其人，較少論及其作品，且非全面性、深入地研究其人、其作品。而在臺灣方面，除林蔥於民國六十六年在《浙江月刊》發表〈宋遺民汪元量逸事〉一文（註3）外，僅有黃麗月於民國八十六年完成的碩士論文《汪元量「詩史」研究》。這些均對日後研究汪元量者，提供可貴資料及方向。有鑑於此，本書以《汪元量與其詩詞研究》為題，全面分析研討汪元量其人及其作品，使其受到應有的重視與肯定。

貳、研究方法

本書係研究汪元量其人與其詩、詞作品。汪元量在南宋遺民作家中，身分、地位、際遇及作品都較特殊。茲分三部分，依次研討其人、其詩、其詞：

一、其人部分（上篇）——就現有資料，全面探討汪元量其人。在上篇為其人部分，分八章：

第一章〈時代環境〉。分三節敘述汪元量所處的時代，即：宋末元初之政治背景、宋末元初之社會風氣、理學思潮與功利思想。

第二章開始進入其人的研究，首為本章〈里籍家世〉。分二節探討其里籍家世：字號與生卒年、祖籍與家世。

第三章〈生平履歷〉。由於有大陸學者對汪元量生平履歷的研究，有爭議之處，故而先列出前人之研究成果，再提出個人之看法。茲分二節探討其生平履歷：前人之研究（附：表一、孔凡禮所作汪元量生平）、問題之探討。

第四章〈交游〉。汪元量隨和熱誠，又重視友情，理應交游廣泛；然因其處在動盪時代，且有關資料極少，如今只能藉其作品，分析其交游情況。茲分五節，研究其交游：朝中友人、詩詞友人、藝界友人、患難之交、宋末隱者。

第五章〈思想與賦性〉。任何一部有特色的作品，必與作者的思想、賦性，有密切關係。故本章分兩節：思想、賦性，探討之。

第六章〈著述之版本與繫年〉。汪元量著述散佚頗多，經歷代以來的輯佚傳鈔，遂出現各種版本；加上今人孔凡禮為汪元量作品作編年，其中仍有些問題待釐清。故而本章分兩節探討之：著述之版本（附：表二、汪元量著作版本之比較）、作品之繫年。其中〈作品之繫年〉此節，再分二單元探析之：一為「先進學者之研究」（附：表三、孔凡禮所作汪元量詩編年一覽；附：表四、孔凡禮所作江元量詞編年一覽；附：表五、王偉勇所作汪元量〈憶王孫〉詞九闋編年一覽），二為「問題之探討」。

第七章〈仕隱心態〉。汪元量為宋末一名宮中琴師而已，自覺無力奉獻朝廷，只有以詩記下史實，供後人作評斷。其後在敵營被逼為元官，十二年後，又堅辭元官，其出仕、求隱的心態如何，本章分三節探究之：前人之片段研究、仕元探討、求隱心態。

第八章〈上篇總結〉。將本篇第一至第七章所論，作一綜合結論。正史不見汪元量傳記，只有依賴汪元量友人為汪集所做的序跋、題詠、唱和詩，或一些方志、野史的記載，及同時代的相關史料，如《宋遺民錄》、《宋史紀事本末》、《宋季忠義錄》、《宋元學案》、《宋人軼事彙編》等。並參考與汪元量有關的當代文人年譜、詩文。而汪元量作品中，也透露一些訊息，總希望能盡力搜尋蛛絲馬跡，以勾勒汪元量的人生全貌。

二、其詩部分（中篇）——前人研究其詩者不多，故而本論文有系統地一一深入探究其僅存的四百八十首詩作：

第一章〈當代詩壇概況〉。分兩節探討之：南宋末年詩壇、遺民詩壇。

第二章〈汪元量詩之創作淵源〉。分五節探討其創作淵源：承襲詩歌之遺產、熟諳歷史與典故、歷代或當代詩人之影響、歷代名篇之啟發、時代背景及個人思想賦性之影響。

第三章〈汪元量詩作之分期與各期風格〉。由於汪元量的遭遇特殊，影響心境，致使其作品，隨各階段而有不同風格，故本章分兩節探討：詩作分期以及各期詩作風格（附：表六、汪元量四期詩作風格之比較）。

第四章〈汪元量詩作之形式〉。將其存世的四百八十首詩作，予以分析歸納後，分二節探討之：詩作體裁（附：表七、汪元量各體詩作分布狀況）、特殊形式。其中〈特殊形式〉此節，又分：組詩（附：表八、汪元量組詩分布狀況）、雜言詩（附：表九、汪元量雜言詩句式狀況）、歌體詩（附：表十、杜甫、文天祥、汪元量歌體詩之比較）。

第五章〈汪元量詩作之內容〉。分：題旨析論（附：表十一、汪元量詩作題旨分類

狀況）、句意內涵兩節探討之。

第六章〈汪元量詩作之藝術特色〉。分七節探討其詩作：章法結構、以文及議論入詩、常用典故、常見修辭、文字表現（附：表十二、汪元量四期詩作重複特定字之分布狀況）、格律技巧（附：表十三、汪元量詩作用韻之比較）、特殊詩篇之研究。

第七章〈汪元量詩作之評價〉。分二單元析論歷來對汪元量詩作之評價。第一單元先將前人論評，歸納為三類：綜合論評、譽為「詩史」、詩風；第二單元再提出個人看法。

第八章〈中篇總結——汪元量其詩〉。對汪元量詩作部分的研究，自第一章至第七章，作一總結性說明。

三、其詞部分（下篇）——研究其詞的學者更少，因而本書全面研究其傳世的

五十二闋詞作：

第一章〈當代詞壇概述〉。以兩節分別敘述南宋末年詞壇及宋亡後之遺民詞壇概況。

第二章〈汪元量詞作之創作淵源〉。分四節探析其創作淵源：音樂造詣、憤慨憂思、化用唐詩、熟悉史料。

第三章〈汪元量詞作之選調〉。統計歸納汪元量詞作之小令、中調、長調及詞牌。分二節敘論之，第一節為小令、中調、長調；第二節為詞牌。以明其選調情況（附：表十四、汪元量詞作選調之情況）。

第四章〈汪元量詞作之用韻〉。檢視汪元量詞作之用韻，並加以統計歸納。而分二節探討之：第一節為〈詞作用韻之情況〉；第二節為〈詞作用韻之特色〉。前一節將僅存的五十二闋汪詞用韻，一一查明其韻腳、韻部，以明汪詞用韻全貌（附：表十五、汪元量全部詞作用韻之情況）；後一節將所有韻腳分析歸納，以知其用韻特色（附：表十六、汪元量詞作用韻之特色）。

第五章〈汪元量詞作之內容〉。分：題旨析論、詞意內涵等兩節，對元量詞作之題旨、內容，加以分析歸納，以探析其詞作內容之特色。

第六章〈汪元量詞作之藝術技巧〉。分：章法、修辭、用典、風格等四節探討之，以瞭解其詞作的風格、技巧與特色。

第七章〈汪元量詞作之評價〉。先分別敘述古、今人所作之評價，再提出個人對汪詞之評論。

第八章〈下篇總結——汪元量其詞〉。對汪元量詞作的研究，自第一章至第七章，作一總結。

附圖〈汪元量隨謝后、幼君自大都被遣往上都、內地之路線圖〉、〈汪元量南歸後訪友行程及湘蜀之行路線圖〉。

參、研究目的

　　翻開中國文學史頁，發展至南宋的文學潮流，無論詩詞、雜劇、話本，都受到南宋特殊的政治背景（北宋時的繁華已遠，南宋在國破家亡後，偏安江左，再造虛幻的繁榮景象）（註4）、地理環境（江南多勝景，及南方特有的景觀）（註5）、社會風氣（權貴粉飾太平、文士廣泛應酬、沉迷聲色、佛道信仰流行等社會風氣）（註6）的影響。然而曾經受到江西詩派長期浸潤的南宋詩壇，自寧宗嘉定以降，文人漸厭棄應用拗體、好奇尚硬、及脫胎換骨法的江西詩法，先後遂有四靈派、江湖派的興起（註7）。南宋亡後，遺民詩壇呈現出活躍的新精神，一些忠臣志士，或以身殉國，或遁跡山林，相同的是他們皆以悲痛之筆，直抒國破家亡之憤恨，遠離四靈、江湖派之惡習頹風。例如文天祥、謝翱、汪元量、林景熙諸人，為宋末詩壇，注入了濃厚的民族色彩，實為難能可貴，我們不宜忽視這一階段的遺民詩。

　　至於南宋詞壇，在偏安之初約五十年間，猶有慷慨悲壯之音，頗能振奮人心，其詞風漸離北宋周邦彥的格律古典派，而趨向蘇軾一派，例如朱敦儒、陸游、辛棄疾、劉過等。這一派詞人運用的題材，大異於北宋，不僅擴大了詞境，也注入了家國思想，開啟了宋末的遺民詞風。

　　今人葉慶炳謂：

> 「南宋後期約一百年間，君臣已習於苟安，耽於逸樂。此種社會風氣漸之於詩詞者，乃慷慨漸隱，而古典之風復熾。」（註8）

　　社會侈靡，詞人們的怒吼悲愴之音，愈形微弱而消歇。終使古典婉約風格的詞作，再度盛行，直到元初。其中以蔣捷、史達祖、吳文英、王沂孫、張炎為代表。

　　西元一二七九年，南宋覆亡，此後的遺民，雖有仍不脫姜、吳古典派氣息者，如周密、張炎。也有亦婉亦豪者，如蔣捷。更有多數人，以豪放激越筆調，抒發對家國的真情，凜然正氣充塞字裡行間。一般人皆看重婉約派，將其視為正統，然而南宋遺民在豪放中見真情，更為歷史作見證，如文天祥、汪元量、鄭思肖等人，不由得令人肅然起敬。他們目擊山河變色，亟待國家復興卻成空，內心苦楚，形諸詞作。我們實無由漠視這一群為宋詞作光榮結束的豪放派詞人。

汪元量作品可分宮中時期、北上前後、拘燕時期、辭官南歸後等四階段。由於秉性、學行、身分及際遇，皆不同於其他遺民，使其作品的內容、技巧，也迥然不同。本書期望以客觀具體的研究，呈現汪元量其人、其詩、其詞的全貌，使其在中國文學史上得到應有的重視；且在國家意識日漸模糊的今日，期能作為我們的借鏡。

【附註】

註1　關於汪元量作品選錄不多的情形，程瑞釗也曾詳予舉證，見其〈汪元量研究情況綜述〉一文，刊於《文學遺產》一九九〇年第三期，頁一三二。

註2　大陸學者所撰，研究汪元量的論文有：
　　　郁達夫〈錢唐汪水雲的詩詞〉，頁二至二五。
　　　楚　光〈晚宋兩大民族文藝家—汪元量與鄭思肖〉，頁一七五至一七九。
　　　史樹青〈愛國詩人汪元量的抗元鬥爭事蹟〉，頁六至八。
　　　孔凡禮〈關於汪元量的家世、生年和著述〉，頁一〇五至一一。
　　　程亦軍〈論愛國詩人汪元量及其詩歌〉，頁四八至六一。
　　　楊積慶〈論汪元量及其詩〉，頁七二至八〇。
　　　孔凡禮〈汪元量佚詩抄存〉，頁二二〇至二二九。
　　　楊樹增〈汪元量祖籍、生卒、行實考辨〉，頁二〇五至二二一。
　　　孔凡禮〈汪元量事蹟質疑〉，頁一一六至一一八。
　　　楊樹增〈字字丹心瀝青血—水雲詩詞評〉，頁一一五至一二。
　　　程亦軍〈關於汪元量的生平和評價〉，頁一九二至二〇四。
　　　章楚藩〈略論愛國詩人汪元量的詩歌〉，頁七二至七八。
　　　繆　越〈論汪元量詞〉，頁六一至六七。
　　　杜耀東〈略論汪元量的生年—與孔凡禮先生商榷〉，頁五一至五二。
　　　程瑞釗〈汪元量研究情況綜述〉，頁一三〇至一三四。

註3　見林蔥〈宋遺民汪元量逸事〉，載於《浙江月刊》第九卷第一期，一九七七年一月，頁七至九。

註4　見劉大杰《中國文學發達史》，頁五三八至五三九。

註5　見王偉勇《南宋詞研究》，頁四九。

註6　同註2，頁七。

註7　同註1，頁六七。

註8　見葉慶炳《中國文學史》，頁三五一。

上篇

汪元量其人研究

第一章　時代環境　　　　　　　　1-3
　　第一節　政治背景　　　　　　　1-3
　　第二節　社會風氣　　　　　　　1-9
　　第三節　理學思潮與功利思想　　1-13

第二章　里籍家世　　　　　　　　1-15
　　第一節　字號、生卒年　　　　　1-15
　　第二節　祖籍、家世　　　　　　1-25

第三章　生平履歷　　　　　　　　1-31
　　第一節　前人研究　　　　　　　1-31
　　第二節　問題探討　　　　　　　1-39

第四章　交游　　　　　　　　　　1-49
　　第一節　朝中友人　　　　　　　1-49
　　第二節　詩詞友人　　　　　　　1-55
　　第三節　藝界友人　　　　　　　1-59
　　第四節　患難之交　　　　　　　1-64
　　第五節　宋末隱者　　　　　　　1-67

第五章　思想與賦性　　　　　　　1-71
　　第一節　思想　　　　　　　　　1-71
　　第二節　賦性　　　　　　　　　1-79

第六章　著述之版本與繫年　　　　1-87
　　第一節　著述之版本　　　　　　1-87
　　第二節　作品之繫年　　　　　　1-94

第七章　仕隱心態　　　　　　　　1-103
　　第一節　前人之片段研究　　　　1-103
　　第二節　仕元探討　　　　　　　1-109
　　第三節　求隱心態　　　　　　　1-116

第八章　上篇總結——汪元量其人1-123

上篇　汪元量其人研究

第一章　時代環境

第一節　政治背景

汪元量處於動亂的時代中，因而確切的生卒年不詳。今人對其生卒年作推測的有：郁達夫、孔凡禮、楊樹增、程亦軍、杜耀東等，推測結果，分別是：

（一）約西元一二二八至一二三三生（宋理宗時）、一二九五卒（元成宗時）；

（二）一二四一生（宋理宗時）、一三一七卒（元仁宗時）；

（三）一二四六至一二五〇生（宋理宗時）、一三一八卒（元仁宗時）；

（四）一二四五生（宋理宗時）、約一三二一至一三二三卒（元仁宗時）；

（五）一二三〇生（宋理宗時）、未推卒年（註1）。

儘管是眾說紛紜，卻大致在宋理宗、至元仁宗之間。可據此探知汪元量所處之時代環境中的政治背景。茲分宋末（宋理宗之後）、元初（元仁宗之前）兩階段，略述汪元量所處時代的政治背景：

一、南宋末年

宋室南渡後，經歷九主，偏安達一百五十三年之久，仍無法振興國運，終不能免於滅亡，主要有下列三個因素：

（一）奸相專權及宦官用事

宋至理宗朝，國勢益衰，權相宦官為患不淺。又因大量任用文官，致冗官太多，造成國家財政上的負擔（註2）。

理宗皇帝在位四十年，為南宋皇帝在位最久者，日漸怠忽國事（註3）。其後度宗在位僅十年，恭帝在位一年，端宗在位二年，帝昺在位二年，均為期不長，且除理宗、度宗外，皆為幼君。可知汪元量的時代，已是南宋政權飄搖，走向衰亡之期。汪元量所處的五朝，有奸相史彌遠、史嵩之、賈似道之誤國，及宦官董宋臣的用事，使南宋日趨亂亡。

史彌遠在寧宗朝為相十七年，在理宗朝為相九年，乃南宋為相最久者。他藉表揚理學而籠絡士子。寧宗卒後，史彌遠更矯詔立理宗，大遭物議；於是抵制異己，使一些理學之士，紛紛求去後，士風日壞。

理宗雖不贊成史彌遠所為，然礙於其在朝勢力深厚，及擁立之功，始終任其弄權（註4），直到史病歿，理宗才正式臨朝親政。

不數年，另一位奸相史嵩之自京湖安撫制置使，因軍功累遷，於理宗嘉熙三年升為右丞相兼樞密使，總攬軍政大權。而起用群小，排斥忠良，專權用事。禮部進士徐霖上書力陳史嵩之奸行，理宗置之不理。連史嵩之從子璟卿，也書諫：

> 「…伯父謀身自固之計則安，其如天下蒼生何！…為今之計，莫若盡去在幕之群小，悉召在野之君子，相與改弦易轍，戮力王事，庶幾失之東隅，收之桑榆矣。…伯父與璟卿，親猶父子也，伯父無以年少而忽之，則吾族幸甚！」（註5）

之後，朝中一些反對者，紛紛暴病而死，璟卿也不能免。

理宗寶祐五年，蒙古兵曾大舉攻宋，包圍鄂州（今湖北武昌），獲理宗恩寵而知樞密的賈似道，奉令將兵援鄂州，卻暗與蒙古講和，又謊稱諸路大捷，適蒙古有內變，忽必烈急於回去，乃接受議和，引兵北還。理宗不知內情大喜，下詔讚曰：

> 「賈似道為吾股肱之臣，任此旬宣之奇，隱然殄敵，奮不顧身，吾民賴之而更生，王室有同於再造。」（註6）

遂加似道為少師，並封魏國公。似道既為宰相，權傾中外，並進退群臣，變更法制（註7）。

理宗之後，度宗對似道尊崇倚畀有加，賜第於西湖之葛嶺，讓他深居簡出，一月三赴經筵，三日一朝。朝中臺諫彈劾，及一切大事，未稟陳似道則不敢執行。一般趨炎附勢之徒，競納賄賂。一時貪風大行，百姓敢怒不敢言。不久又詔許似道十日一朝，其生活日益糜爛，有言邊事者，則加以貶斥。

此時除奸相外，又有宦官董宋臣用事。寶祐年間，理宗在位已卅多年，不免怠忽政事，漸沉於聲色，宦官董宋臣則逢迎帝意，起造梅堂、芙蓉閣、香蘭亭，搶奪民田。並引倡優入宮，招權納賄，欺壓臣民，人稱董閻羅。後國勢危急，群情激憤，理宗才將董宋臣流放安吉州（註8）。

（二）和、戰、守不定

宋南渡之初，高宗建炎四年，李綱曾上疏：

> 「臣昔舉天下形勢而言，謂關中為上，今以東南形勢而論，則當以建康為便。
> ……建康在東南為形勝之地，……天時地利人事皆當捨臨安而幸建康。……，
> 臨安褊迫偏霸之地，非用武之國，又有海道不測之虞，曷若建康襟帶江湖，控
> 引淮浙，自古稱為帝王之宅。」（註9）

孝宗淳熙五年陳亮也上疏：

> 「……（南宋都城）坐錢塘侈侈之隅，以圖中原，則非其地；用東南習安之
> 眾，以行進取，則非其人，……」（註10）

可見南宋之建都臨安，不僅在形勢上偏於一隅，事實上也顯示南宋君臣，多數妄想以和
議換取苟安。

宋室南渡以來，有和、戰、守三派勢力，與南宋相終始。當主和派勢大時，則群
起攻擊主戰派，並進行和議。如高宗紹興十一年的「紹興之議」（註11）、孝宗乾道元
年（一一六五）的「乾道和議」（註12）、寧宗嘉定元年（一二〇八）的「嘉定和議」
（註13），均訂下屈辱的不平等條約。

理宗皇帝以來的和議氣氛瀰漫，朝廷諱言邊事，只求苟安。距宋亡僅廿餘年。此時
元朝已洞悉南宋之衰弱不振，不堪一擊，已無誠意和談，故當文天祥奉命赴皐亭山（註
14），與元丞相伯顏相談，不但協議未成，反被拘留（註15）。

理宗端平元年，南宋聯合蒙古滅金後，此時有朝臣主張乘機收回中原，例如趙范、
趙葵、鄭清之等；又有極力反對者，例如喬行簡、史嵩之、真德秀、魏了翁等；另有主
守派，例如牟子才、呂午等。牟子才認為：

> 「不知邊釁一開，兵連禍結，猝未可解。」

因而主張採取守土之策：

> 「申遠夏戒餘之說，以固封疆，絕姦京望表之圖，以懲曩誤，使國家謹重之意
> 行於國中，孚於境外，則金湯屹然，敵氣自屈。」（註16）

遂引發對蒙古的戰、和、守的問題，爭持不休。

以上雖說南宋主和氣焰高張時，君臣諱言邊事，屈辱求和。事實上，南宋君臣也曾
主戰、力戰，力圖恢復。例如南宋高宗即位（一一二七）後，與金人的一連串戰爭，主
要戰場在關中陝西（將領為張浚、吳玠、吳璘），及中原的鎮江、建康一帶（將領為岳

飛），有勝有負（註17）。

　　高宗紹興四年（一一三），韓世宗大敗金人於大儀（地在江都西），到紹興六年，張浚、韓世忠、岳飛、劉光世分四路與偽齊劉豫作戰，累戰皆捷。紹興十年有岳飛郾城（今河南郾城）之捷（註18）。理宗端平二年（一二三三），奸相史彌遠去世，理宗親政，慨然有恢復故土之志，時鄭清國為相，建「規復三京之計」（註19），不幸失敗，而蒙古鐵騎蹂躪的面積雖廣，但並未積極深入，由此開始了宋元初期之戰（註20）。宋元的激戰在理宗嘉熙、淳祐、寶祐、開慶年間（一二三九至一二五九），戰場在四川、淮水流域一帶（註21）。至度宗時，蒙古與南宋戰端再開，致宋襄陽、樊城、長江、漢水一帶，相繼陷落，元兵大舉南下，度宗去世（咸淳十年，一二七四），恭帝即位，年僅四歲，由謝太皇太后臨朝聽政，實際軍政大事仍一決於賈似道（註22），至此民怨沸騰。不久臨安陷落，太皇太后決定投降，於是大批宋俘被俘入朝。直到一二七九年二月，張弘範攻厓山，宋兵大潰，陸秀夫背負宋帝蹈海死，張世傑自溺死，宋亡（註23）。

　　大抵說來，南宋初期和、戰之議，兩派勢力相當，及至權相奸臣亂政，有志之士又主張守土之策，然聲音較弱，而無法阻擋蒙古國勢日趨穩定而以主力攻宋、加上度宗去世，使民心失重，主和者日增，國本更加動搖，少數忠臣的主戰、守土意識，因此無法抬頭，而加速了南宋的滅亡。

二、元朝初年

　　汪元量於宋恭帝德祐二年（一二七六），被拘北上燕京（今北京），不久被迫擔任元官，直至元世祖至元二十五年（一二八八），辭官南歸（註24）。元朝自元世祖後，歷成宗、武宗、至仁宗，雖可視為汪元量的時代背景，然因汪元量辭官後，離開元朝政治圈，在江南雲游四處，可說受元朝政治背景的影響較少；不似宋末時，元量身居宮中，仍在政治勢力影響範圍內。因而在此參考一些相關書籍（註25），大略說明元初的政治背景。

　　元世祖好大喜功，且嗜利黷武，外征內戰，並未在文治上樹立基礎；亡宋之後，國內也須籌措經費，從事各種建設，自感財力匱乏，於是重用一批所謂聚斂之臣，不惜以種種手段，來搜括民脂民膏。這些所謂聚斂之臣，假公濟私，混水摸魚，無法無天，其中最著名的貪官有阿合馬、桑哥、盧世榮等人。元朝的政治風氣從此敗壞，到元成宗時，貪官污吏已達一萬幾千人，此時僅是開國之初，政治腐敗可想而知。汪元量曾有詩敘及此：

「北師要討撒花銀，官府行移遍市民。丞相伯顏猶有語，學中要揀秀才人。」

〈醉歌十首之七〉（卷一，頁一五）

其次，元世祖提倡喇嘛教，而至迷信的地步，這也是施政的一大敗筆，因喇嘛教無形中成為蒙古人的國教。加上長期以來，奪權爭位的內戰，也使元朝國力大損。事實上，自元世祖開國起，已經造成了三大亡國的禍端：

（一）大帝國分裂之端。

（二）政治腐敗之端。

（三）喇嘛禍國之端。

這三大禍端可說與元朝九十年的統治相終始。

元世祖在位三十五年，於一二九四年去世後，長達三十年的內戰，才算告一段落。繼位者為元成宗，體弱多病，政事常取決於皇后，在位十三年又一病去世。元武宗在位僅四年又去世，傳位於其弟愛育黎拔力八達汗，即元仁宗。

元仁宗為了提倡教育，增國子生為三百人。皇慶二年詔以周敦頤、程頤、張載、邵雍、司馬光、朱熹、蘇軾、呂祖謙、許衡等從祀孔子，表示尊崇理學。是年十一月實行科舉新制。定三年一開科，蒙古、色目、與漢人、南人，分別命題。仁宗通達儒術，不事征伐，在位九年，孜孜求治，頗知提倡學術，也能體察民隱，不失為一守仁之主。此時汪元量已是垂老之年，且遠在西湖隱居，「無福消受」其仁政矣。

【附註】

註1 郁達夫〈錢塘汪水雲的詩詞〉，頁七一三至七一四；孔凡禮〈關于汪元量的家世、生平和著述〉，頁一○五至一一○，及〈汪元量事蹟紀年〉，附錄二，頁二九三；楊樹增〈汪元量祖籍、生卒、行實考辨〉，頁二七至二一；程亦軍〈關於汪元量的生平和評價〉，頁一九二至二○四；杜耀東〈略談汪元量的生年〉，頁五一至五二。

註2 見《宋史·職官七》卷一百六十七，頁三九七二。

註3 見《宋史·理宗本紀》卷四十四，頁七八三。

註4 見陳致平《中華通史》冊六，頁四六八。

註5 見《宋史·史嵩之傳》卷四百一十四，頁一二四二三。

註6 見《續資治通鑑》卷一百七十六，頁四七九七。

註7 見《宋史·賈似道傳》卷四百七十四，頁一三七八二。

註8　安吉州，今為安吉縣，屬浙江省。在武康縣西北，西界安徽省，城瀕苕溪西岸。東漢置，故城在今治西南。唐時縣治屢徙，升為安吉州，明初移今治。參見《宋史・董宋臣傳》卷二百二十八，頁一三六七五。

註9　見《四庫全書・集部六五・梁谿集・李綱撰〈應詔條陳八事奏狀〉》，頁一七七。

註10　見《四庫全書・龍川文集卷一・陳亮〈上孝宗皇帝第二書〉》，頁八。

註11　宋金紹興之議，為不平等屈辱條約。見陳致平《中華通史》冊六，頁四二五。條約中有一條款：「宋稱臣奉表於金，金主冊封宋主為皇帝。」

註12　同註11，頁四三九。合約中有：「宋主稱金主為叔父。」

註13　同註11，頁四四八。

註14　見李安《文天祥史蹟考》，頁一三一。附註：「皋亭山、高亭山乃同一處。承杭縣方杰人（豪）教授見告，其地在杭州城外西北約七、八里處。因山上有紀念岳飛部下名將牛皋亭，故名皋亭山。」

註15　見《宋史・文天祥傳》卷一百七十七，頁一二五三三。

註16　見《歷代名臣奏議》卷六二，治道條。

註17　同註4，頁三九四、三九八。

註18　同註4，頁四五。

註19　同註4，頁五七。

註20　同註4，頁五一。

註21　同註4，頁五一一、五一二。

註22　同註4，頁五二八。

註23　據《宋史・瀛國公紀》卷四十七。

註24　孔凡禮《增訂湖山類稿・汪元量事蹟紀年》附錄二，頁二七八。引汪元量友人羅綺〈題汪水雲詩卷〉：「南越長淮北眺燕，三書上徹九重天。」而謂：「（由此）則具體說明元量係經過三次請求，才得以黃冠南歸。此處所云之『三』，亦可作多解。」

註25　參見陳致平《中華通史》冊（八），頁一四五；《中國歷史圖說・遼金元》第九冊，頁二四四；錢穆《國史大綱》下冊，頁六三七。

第二節　社會風氣

　　一個時代的社會風氣，對詩人的影響至深；尤其以寫作「詩史」為作品特色之一的汪元量，更留意天下蒼生。因此有必要先探析汪元量所處時代的社會風氣。茲敘述南宋末年、元朝初年之社會風氣如下：

一、南宋末年

（一）世風不振

　　士為四民之首，士大夫在中國社會上，向居於領導地位。士風惕厲奮發，則社會朝氣蓬勃；士風萎靡不振，必影響民心士氣而阻礙社會國家的發展。宋朝理學發達，一般士人原本競相砥礪明辨是非，注重篤行實踐的工夫，竟受「強幹弱枝」的中央集權制度的影響，而日趨式微。

　　朝廷為籠絡士子，官吏的俸祿優厚，得以過優遊的生活。人的欲望操守有異，於是有清官，有聚斂之臣。而俸祿太優厚，未必能養廉，反而習於冶遊燕飲，使士風日趨浮華（註1）。陳亮〈中興論〉：

> 「臣竊維海內塗炭，四十餘載矣！赤子嗷嗷待哺，不可以不拯救；國家馮陵
> 之恥，不可以不雪，陵寢不可以不還，輿地不可以不復，此三尺之童所共知，
> 曩獨畏其強耳！韓信有言：『能反其道，其強易弱。』況今虜酋庸懦，政令
> 日弛，捨戎狄鞍馬之長，而從事中州浮靡之習，君臣之間，日趨怠惰，…。」
> （註2）

陳亮寫此文時，已是南渡四十多年了，敵人已「庸懦」，且「政令日弛」，豈非南宋君臣中興復國之大好時機？自南渡後的高宗，至汪元量時代的理宗、度宗、恭帝，士風皆如此。士風不振，紀綱廢弛已久，欲振衰起敝，談何容易？加上群臣諱言恢復，只求苟安，更助長了這種歪風。

（二）書院教育發達

　　書院始於唐代，盛行於宋元時代。書院之名，起於唐玄宗之時，乃會集士子講學之處。玄宗十三年，集賢殿修書所改為集賢殿書院，置學士、修撰、校理、知書等官，掌經籍之刊輯，集天下遺書，此為書院之始。宋時有白鹿、嵩陽、應天、嶽鹿四大書院，其主持者稱為山長，多聘賢士大夫，德高望重者任之（註3）。至南宋時，書院教育盛

行，頗有取代地方官學之勢，其教育之成功，也使書院師生普受尊敬（註4）。

受理學影響，書院的學規，特重學生行為操守。書院教材內容之取捨、修業年限及書院學規，均自由化，而造就出許多真才實學、有為有守之學者，促成宋代學術發達，也使民間風氣為之改善（註5）。

理宗後，書院教育得到政府提倡，各地方官更是紛紛建書院，延名師，如江萬里創白鷺洲書院及宗濂書院。因而理宗時，書院特多，其中又以江西省書院最多，有一三八所之多（註6）。

書院多設於風景清幽之所，清靜而嚴肅，有助於士子之修身養性，而陶冶成循規蹈矩，品學兼優的君子，書院教育在地方上蔚成風尚，也造就出明禮尚義的士子，足與朝中奸臣相抗衡。

（三）貧富不均

宋代社會，貧者掙扎，富者豪侈（註7）。南宋時由於冗官冗兵太多，使國家財政日漸困難。而廣大地區的農民，普遍生活困苦。這些人包括自耕農、佃農、勞工等，即使是豐年，也難得溫飽，何況荒年歉收之季，加上苛稅，只得賣子與人為僕，或借高利貸，甚而淪為盜賊或自殺。至於礦場、鹽田僱用的勞工。工資低微，也在飢餓邊緣掙扎（註8）。

農村生活貧苦，邊區也有邊患之苦，百姓都向城市集中，造成都市繁榮。這些百姓除體力、智力外，即無可依賴的謀生能力，只有幫傭在富人家中、或當苦力、小販、賣藝者，生活較安定（註9）。

而都市中的富商巨賈，僱用大批傭人，乃社會地位的表徵。南宋的都城，商業發達，貿易的多采多姿，有大規模的河海貿易，及奢侈品、消費品的貿易。一些宮廷皇室、達官顯貴、富商巨賈，競相追逐奢侈逸樂的生活，更使南宋的社會，富者奢靡，貧者窮苦（註10）。

（四）節義觀念

南宋國勢雖微，但除都城中顯貴、富商外，一般的民風，相當淳樸。從整個社會看，除一些權相奸臣及地方上的盜賊外，自士大夫到老百姓，普遍都有節義的觀念。

由於南宋理宗時，書院頗具規模，書院教育發達，使受教者在完善的學規下，兼顧為學、處事、待人、接物的道理。是以多數人受理學涵養，生活嚴謹，有「餓死事小，失節事大」的觀念。不但男子重名節，女子也重視夫死守節不嫁（註11）。明人葉伯巨曾曰：

「宋有天下，蓋三百餘年，其始以禮義教民。當其盛時，閭門里巷，皆有忠厚

之風,至於恥言人之過失。洎夫末年,忠臣義士,視死如歸;婦人女子,羞被污辱,此皆教化之效也。」(註12)

一般人均能守著生活規範,所以忠臣烈士、義夫節婦,是史不絕書。如《宋史·忠義傳》,有二百三十一傳,超過以前任何朝代(註13)。至於宋末,有文天祥、陳文龍、謝枋得、謝翱、鄭思肖、汪元量、林景熙、真山民、許月卿、方鳳、唐珏、梁棟、鄧牧、連文鳳、…,及烈女韓希孟、節婦王氏等精忠節烈的人物(註14),絕非偶然。

至南宋末年的社會風氣,呈現兩極化。一方面朝中士風不振,多數聚斂之臣,習於冶遊燕飲;一方面民間書院教育發達,造就出明禮尚義的士子,使宋末有許多精忠節烈的人物。然而宋末社會的貧富不均,貧者窮苦,富者奢靡,卻使南宋末年加速趨於混亂敗亡。

二、元朝初年

元人入主中國後,歧視異族,對待漢人尤其苛刻。將全國人民分成四類:蒙古人(國人)、色目人(諸國人)、漢人、南人。有不同的差別待遇。此外又細分人民為十個等級:一官、二吏、三僧、四道、五醫、六工、七匠、八娼、九儒、十丐。列儒生於娼妓之下,士人自不甘心,而不願出仕。縣尉多用色目人,年少不諳事,不識漢文,唯事聚斂,使地方吏治敗壞不堪。元代諸帝不習漢文。治理朝政也不用士人,一面襲取漢制,一面保留蒙古舊制,而漢化態度不積極(註15)。歷朝帝王,僅世祖在位卅五年,為元朝盛世:興禮樂、建國學、立官制、節財用、勸農桑。惜晚年奸佞用事,寵信僧侶,使朝政由盛而衰(註16)。

汪元量所處年代為元世祖、成宗、武宗、仁宗時代。元朝帝王通常缺乏政治理想和政治責任,其政治要務,只有兩項:

一、為徵斂財賦,以滿足統治階級的慾望。

二、為防制反動,以維持其持續的徵斂。

蒙古帝國幅員遼闊,跨有歐亞兩洲,西方各汗國,多崇信基督教和回教;而東方大汗的元,則以喇嘛教為國教。元世祖時,喇嘛教即傳入中國。皇室用於佛事的花費,佔國家政費的泰半。寺院擁有龐大的產業,番僧更是驕縱不法,危害社會。例如世祖時,番僧楊璉真伽為江南釋教總統,曾挖掘宋室諸陵,及其大臣塚墓百餘所(註17)。

這時期的社會,由於手工業興盛,商業也隨之發達。例如紙張、磁器、漆器、絲織品等。義大利威尼斯人馬可波羅(Marco Polo),於世祖時來中國任官,在此居留了十七年,始返義大利。返國後,著有《馬可波羅遊記》,盛讚此地富庶,謂中國的手工

業發達，產品精良，都遠超過歐洲。

【附註】

註1　見《四庫全書》冊八六五，〈周密・齊東野語〉卷六，頁六八九。及程運〈兩宋學術風氣之分析〉，載《政大學報》第廿一期，頁一二五。云：「冶遊燕飲之風，阿時附黨之風，南宋較北宋為盛。」

註2　《四庫全書・龍川文集卷一・陳亮〈上孝宗皇帝第二書〉》，頁八。

註3　見《中文大辭典》第四冊，頁一四五五。

註4　見費海璣〈宋代書院的新研究〉，載《學園》八卷三期，頁一三；葉鴻麗〈宋代書元教育之特色及其組織〉載《淡江學報》第十五期，頁五七。

註5　同註3。

註6　見《增補宋元學案・滄州諸儒學案》卷七十（下）：「（江萬里）歷知吉州，創白鷺州書元。權知隆興府，創宗濂書院。」

註7　見《四庫全書》冊五九○，《夢粱錄》卷十九，頁一五九。

註8　見《宋會要》冊一百三十二，頁一八、二四。及馬德程譯：〈南宋的農民生活〉，載《華學月刊》第四十五期，頁五五。

註9　同註6，頁一六一。及馬德程譯：〈南宋都城杭州市郊的市井小民〉，載《文藝復興月刊》六十七期，頁四二。

註10　同註7。

註11　見耿美璋〈宋明理學與士人氣節〉，載《學園》八卷七期，頁三。

註12　見《明史・葉伯巨傳》卷一百三十九，頁一二九九五。

註13　見商務印書館印《二十四史》（百衲本），第十五冊隋書，誠節傳有十四人，頁一一八九六；第二十冊舊唐書，忠義傳計有六十八人，頁一五六三八；第二十二冊，新唐書卷一一六至一一八忠義傳，所列計有三十四人。廣文書局印《二十五史・宋史》卷四四六至四五二，忠義傳一至七，列有一七五人。

註14　見李曰剛〈宋末遺民之血淚詩〉，載《師大學報》十九期，頁三三。

註15　見傅樂成《中國通史》下冊，頁六一六至六一九。

註16　王式智《中國歷代興亡述評》第十三章〈橫跨歐亞的蒙元帝國〉，第四節〈蒙元統治的虛弱〉，頁三三五至三三六。

註17　以上參看《元史》卷二二，〈八思巴傳〉；及錢穆《國史大綱》下冊，頁四六三至四六六。

上篇　汪元量其人研究

1-12

第三節　理學思潮與功利思想

蕭公權認為：

> 「宋代政治思想之重心，不在理學，而在與理學相反抗之功利思想。此派之特
> 點在斥心性之空談，究富強之實務。北宋有歐陽修、李覯、王安石。南宋有薛
> 季宜、呂祖謙、陳傅良、陳亮、葉適等。」（註1）

就政治思想而論，功利思想為宋代政治思想之重心。據《宋史・道學傳》及黃宗羲《宋元學案》所載，開理學先河者為胡瑗、孫復。胡瑗字安定，學者稱安定先生，泰州如皋人。宋仁宗時講學於南方，專講砥礪氣節。孫復字明復，居住泰山，學者稱泰山先生，講學於北方，講的是經世濟民（註2）。周敦頤繼安定之後，講學於南方，其後傳其學於程顥、程頤。再遠傳到南宋的朱熹（字元晦，號晦菴，學者稱紫陽先生），集理學之大成，並遍註群經，他不僅講心性之學，更講格物致知之學，主張「窮理以致之，反躬以踐其實，而以居敬為主。」顯然其思想已轉趨事功。南宋對外屈服，對內欲圖復國建國，自非強調事功不可（註3）。同時期的另一位理學家陸九淵（字子靜，自號象山翁，學者稱象山先生），則主張明心以見性（註4）。

由於強敵環伺，南宋時朱、陸兩派理學思想之共同精神，即為抗敵復國。晦菴認為「窮理為始事，以理已明，則可誠意正心。」（註5）象山則認為「先發人之本心，而後使之博覽，以應萬物之變。」（註6）晦翁以陸為「太簡」，象山以朱為「支離」。然而晦翁志切恢復中原，象山也心存光復故國（註7）。

朱熹力主抗敵、革新，多次上疏，勉君主修身進德，講求帝王之學，用賢去佞（註8），其抗敵報國之忠誠，足以照耀千古，垂範後世。

因內憂外患的時代環境影響，原本「正心」、「誠意」、「闡揚君臣知名分」、「嚴王霸益利之辨」等觀念，不能對國勢有振衰起蔽之用，遂產生另一派為救國家之貧弱的功利派思想（註9）。他們排斥空談心性，而研究富強之實務。例如北宋有歐陽修、王安石、李覯；南宋有薛季宜、呂祖謙、陳亮、葉適等。薛季宜研究田賦兵制及地形水利，提倡經世致用之學。呂祖謙雖講理學，而兼治史學，勸讀書人必以致用為事（註10）。

南宋功利派思想以陳亮、葉適為代表。陳亮字同甫，浙江永康人。為人才氣超邁。孝宗初即位，和議方成，朝野欣然，竟獨上中興五論，言其不可。淳熙五年，詣闕上書，請恢復中原，孝宗為之動容。陳亮反對正心誠意之學，而提倡事功。認為：

「功到成處便是有德，事到濟處便是有理。」、「義利宜雙行，王霸當並用。」（註11）

充分表現民本思想，其著作對於天下為公之思想，殊多發揚。

葉適字正則，號水心，浙江永嘉人。在學術思想上，為南宋永嘉學派之集成者，在政治上思想上，能探究國家興亡之理，注意立制之理，而歸結於折衷封建郡縣（註12）。

綜觀以上理學思潮與功利思想，或許可救國家之貧弱，而免於滅亡。惜南宋末年，由於蒙古人入侵、中樞腐敗無能、加上權相奸臣舉措乖張，此等思想終無法落實在現實的環境中，致令狼狽淪亡，可不哀哉！

【附註】

註1　見蕭公權著《中國政治思想史》第十四章，頁四四九。

註2　見《宋史》卷四百二十七至四百三十〈道學〉一至四，頁一二七〇九至一二七九一；《宋史》卷四百三十二〈胡瑗傳〉，頁一二八七三〈孫復傳〉，頁一二八三二。

註3　見《宋史》卷四百二十九〈朱熹傳〉，頁一二七五一；及陳宗敏〈宋代理學家的生活及行誼〉，載《孔孟月刊》卷十四，十二期，頁廿三；又見馬空群〈宋儒理學的抗敵報國精神〉，載《學園》卷三，十一期，頁四。

註4　見《宋史‧陸九淵傳》卷四百三十九，頁一二八七九。

註5　同註3。

註6　同註4。

註7　同註3。

註8　同註3。

註9　同註1。

註10　參見《宋史》卷四百三十四，〈薛季宣傳〉，頁一二八八三；〈呂祖謙傳〉，頁一二八七二。

註11　參見《宋史》卷四百三十六，〈陳亮傳〉，頁一二一二九；及《龍川文集》卷二，頁二。

註12　參見《宋史》卷四百三十四，〈葉適傳〉，頁一二八八九；及《宋元學案》卷五四、五五；又見《水心文集》卷三，頁二十二。

第二章　里籍家世

第一節　字號、生卒年

　　汪元量生逢動亂的時代，又為宮中末官，職微人輕，因而其字號、生卒年、祖籍、家世等，難免易為人所淡忘，甚而不知其真相。據現有資料顯示，汪元量為宋末元初時人，後人應無疑問；有爭議者，乃其祖籍究為何處；不僅如此，連其字號、生卒年、家世、乃至其生平事蹟等，仍或多或少有不同說法。皆由於其身處慌亂動盪的年代，典籍、資料保存不易，生活環境變遷，人人自危，而使汪元量的個人資料幾乎成謎。其平日的手稿作品，已是大量散佚，遑論其他資料。加上汪元量淡薄名利，未作自傳，且無人為其立傳。如今只能從當代友人的文牘、作品中，或元、明、清等朝代的相關資料，乃至近人的研究中，去尋求合理的說法。茲分述如下：

一、字號

　　在字號方面，茲先一一列出宋、元、明、清時代的人，對汪元量的稱呼，再對照今人的研究，必可得出較合理的結論：

　　甲、宋代

　　汪元量當代友人在為其作品序跋時的稱呼，例如：

　　（甲）劉辰翁的〈湖山類稿序〉：

　　　　「杭汪水雲，以布衣攜琴渡易水，…」（註1）

　　（乙）文天祥〈書汪水雲詩後〉：

　　　　「吳人汪水雲，羽扇綸巾，訪予於幽燕之國，…」（註2）

　　（丙）馬廷鸞〈書汪水雲詩後〉：

　　　　「余在武林，別元量已十年矣。…」（註3）

（丁）周方〈書汪水雲詩後〉：

「余讀水雲詩，至丙子以後，為之骨立。」（註4）

（戊）趙文〈書汪水雲詩後〉：

「讀汪水雲詩而不墮淚者，殆不名人矣。」（註5）

（己）李珏〈書汪水雲詩後〉：

「一日，吳友汪水雲出示《類稿》，紀其亡國之戚，…」（註6）

（庚）劉將孫〈湖山隱處記〉：

「水雲名元量，字大有。」（註7）

以上具見汪元量友人以「水雲」稱之，僅馬廷鸞以「元量」稱之；而劉將孫更明確謂：「水雲名元量，字大有。」當代人也有在詩中稱「水雲」者，或鑲嵌「水雲」二字者：例如：

「今雨水雲來訪我，西窗剪燭話遼東。」（葉福孫〈題汪水雲詩卷〉）（附錄一，頁二二二）

「三十年來喪耆舊，天下彈琴水雲叟。」（陳泰〈送錢塘琴士汪水雲〉）（附錄一，頁二二六）

「水光雲影窗三尺，雨抹晴裝畫四時。」（胡斗南〈題汪水雲詩卷〉）（附錄一，頁二一一）

「水流雲散海天涯，與子長游亦可嘉。」（開先長老〈題汪水雲詩卷〉）（附錄一，頁二一〇）

「如此金臺君拂袖，水天雲闊去留輕。」（曾順孫〈題汪水雲詩卷〉）（附錄一，頁二一八）

「北去南來無定居，水流雲在意何如。」（劉師復〈題汪水雲詩卷〉）（附錄一，頁二一二）

「自謂水不返，誰知雲解歸。」（劉因〈題汪水雲詩卷〉）（附錄一，頁二一四）

「茫茫水與雲相連，中有仙人渺獨立。」（劉豐祿〈題汪水雲詩卷〉）（附錄一，頁二一五）

「水與雲無定，君當保令名。」（尹棐〈題汪水雲詩卷〉）（附錄一，頁二一六）

此外，孔凡禮根據明田汝成《西湖遊覽志餘》的說法，提出「自號水雲子」；並根據明趙秉善所輯《忠義集》卷七，有「楚狂汪先生〈感慈元殿〉」一首，及汪元量〈夷山醉歌〉的「楚狂醉歌歌正發」、「楚狂醉歌歌欲輟」句子，提出「楚狂」之稱號；又根據元量〈錦城秋暮海棠〉詩、及〈暗香〉詞、〈鶯啼序‧重過金陵〉詞、〈瑤花〉詞等，分別提出「江南倦客」、「倦客」、「江淮倦客」的自稱（註8）。

乙、元代

元迺賢〈讀汪水雲詩集〉謂：「水雲汪元量，字大有。」（註9）元末時寫成《輟耕錄》史料的陶宗儀，在卷五曾簡介汪元量：「汪元量先生大有，號水雲。」（註10）

元末明初瞿佑〈汪水雲賜還〉：「水雲汪元量，宋亡，以善琴召赴大都。…元量有詩一帙，皆敘宋亡事。」（註11）

丙、明代

明初陳謨有〈題呂仲善所藏汪水雲草蟲卷子并序〉，云：「水雲寫〈黍離〉之感於畫圖，觀者淒斷。」（註12）

明萬曆《錢塘縣志》為聶心湯所作，不分卷，云：「汪大有，字元量。為詩感慨有氣節。」後來清陸心源《宋史翼》卷三十五〈汪元量傳〉，乃引自此縣志。

明抄本《詩淵》謂元量為名。《詩淵》中，收汪元量詩詞二百多篇，皆題汪元量（註13）。

丁、清代

清道光年間有李本仁者，作〈汪水雲草蟲畫卷〉七言古詩：

「…琴師憔悴走幽州，野草哀蟲處處愁。繁華夢裡紅羊劫，故國霜前白雁秋。琴上悲風聲變徵，黃冠蕭瑟生旋里。…」（註14）

在詩題中稱「汪水雲」。

而曾廷枚〈西江詩話〉一則云：

「汪大有，字元量，號水雲。…所著詩有《水雲集》。」（註15）

另有鮑廷博刻本《湖山類稿》及《水雲集》附錄，引《錢塘縣志・文苑傳》，也謂大有乃其名，而元量乃字（註16）。

王國維〈書宋舊宮人詩詞、湖山類稿、水雲集後〉：

> 「汪大有水雲集及湖山類稿，多與昭儀酬唱之作。」

文後又謂：

> 「宋舊宮人詩詞，乃王夫人以下十四人送汪水雲南歸。」（註17）

戊、今人的研究

今人對汪元量的字號，較無爭議，多沿稱「名元量，字大有，號水雲。」例如楊積慶〈論汪元量及其詩〉：

> 「宋末詩人汪元量，字大有，自號水雲道人，錢塘人。」（註18）

又如楊樹增〈字字丹心瀝青血─水雲詩詞評〉：

> 「汪元量，字大有，號水雲。」（註19）

而繆越〈論汪元量詞〉：

> 「汪元量字大有，號水雲。」（註20）

孔凡禮云：

> 「元迺賢及明抄本《詩淵》，均謂元量為名，自應依據。（《詩淵》收汪元量詩詞二百多篇，作者之名，皆題汪元量。）」（註21）

則知孔凡禮也贊同此說。

由以上所述，汪元量字大有，號水雲、水雲子、楚狂；自稱江南倦客、江淮倦客、倦客。

二、生卒年

至於汪元量的生卒年，則頗不一致。或許因汪元量僅為宮中樂師，非高官顯職，因此正史未記載其生卒年。連宋代友人對汪元量生卒年，也未提及。僅劉辰翁謂：

> 「（汪元量）歸江南，入名山，著黃冠，據槁梧以終，又起而出乎江湖。遍者，名人勝士以詩見。」（註22）

仍未道出其卒年。

直到清代，藏書豐富的吳之振，對汪晚年，有些許描述：

「（汪元量）後為黃冠師南歸，…。後往來匡盧、彭蠡間，世莫測其去留。危太史素謂其長身玉立，修髯廣頰，而音若洪鐘，江右人以為神仙，多畫其像祀之。」（註23）

至於今人，對汪元量的生卒年作推測的有：

甲、郁達夫

郁達夫根據宋末謝翱〈續琴操哀江南〉及元迺賢〈讀汪水雲詩集〉，推測汪元量應死於太史危素（註24）出生之前，因而大約卒於元成宗元貞元年（一二九五）前後。又假設汪元量享年八十，則逆推出其生年約在宋寧宗嘉定、寶慶年間，甚而晚至紹定年間（一二二八至一二三三）（註25）。

乙、孔凡禮

孔凡禮以《宋舊宮人詩詞》之「水雲留金臺一紀」之說，確定汪元量於元世祖至元二十五年（一二八八）離燕京南歸，再據葉福孫〈題汪水雲詩卷〉之「一十四年如夢中」句（註26），而推定汪元量於至元二十七年（一二九〇）入湘。

另一位替汪元量題詩的宋人李嘉龍，有「江湖牢落歡蓬年」句，孔凡禮由此「蓬年」之歲，往前推算，推定汪元量生於宋理宗淳祐元年（一二四一）（註27）。

接著再根據迺賢〈讀汪水雲詩集〉，推測危素曾於少年時代見過汪元量，當時約為元仁宗延祐四年（一三一七）左右，因而推定汪元量約在此時之後不久去世（註28）。

丙、楊樹增

楊樹增運用宋代劉將孫的〈湖山隱處記〉內容，撰〈汪元量祖籍、生卒、行實考辨〉一文。文中反駁郁達夫、孔凡禮的說法。而根據汪元量家尊「生甲申，於今八十一」的說法，汪父生於宋理宗嘉定十七年（一二二四），汪父年八十一時，為元成宗大德八年（一三〇四）。汪父若在二十歲成婚，最早在二十三歲時，汪元量出生（因汪元量排行第三），則汪元量於咸淳五年時，最大年紀為二十四歲。故斷定汪元量約生於宋理宗淳祐六至十年間（一二四六至一二五〇）（註29）。

至於卒年，則根據劉將孫於元成宗大德八年（一三〇四），而汪元量寫的〈櫂歌〉中，有「當時眼見都如昨，一夢人間三十年。」及劉將孫所作〈湖山隱處記〉中，有「然三十年，煙雲莽蒼，…」句，認為汪元量此時已近六十歲，即將「受用西湖到白頭」。

又根據陳泰〈送錢唐琴士汪水雲〉一文中，有「三十年來喪耆舊，天下彈琴水

雲叟」句，斷定汪元量南歸後，最多仍有三十年的活動時期，約在元仁宗延祐五年（一三一八），因此汪元量去世當在這前後（註30）。

丁、程亦軍

程亦軍將汪元量的〈婆羅門引・四月八日謝太后慶七十〉詞（註31），定為恭帝德祐二年（一二七六）之作，再逆推汪元量〈太常引・四月日慶六十〉詞（註32），為度宗咸淳二年（一二六六），汪元量為謝后賀壽所作，因此可確定汪元量此時已入宮中。

又據汪元量的〈越州歌〉詩之十三首（註33），曾清楚記載甲子年（一二六四）有彗星之事，而斷定汪元量早於此時已在宮中供職。假定此時汪元量為二十歲，則應生於宋理宗淳祐五年（一二四五）左右。

至於卒年，則採清代曾濂《元書・隱逸傳》卷九十一，謂汪元量「延祐後始卒」的說法，而定汪元量約在元英宗至治年間（一三二一至一三二三）去世（註34）。

戊、杜耀東

杜耀東據李鶴田〈書汪水雲詩後〉、〈聽徐雪江琴〉的詩意，認為汪元量、李鶴田、徐雪江三人，應為同輩。又從胡斗南、劉師復、楊學李等人，各為汪元量所作的〈題汪水雲詩卷〉中，證明汪元量南歸時已是老年。再根據周方〈書汪水雲詩後〉中，有「晚節聞見其事」句，而推測在德祐二年（一二七六），宋亡時，汪元量至少已是即將邁入五十歲之人。也認為陳泰〈送錢唐琴士汪水雲〉中之「三十年來喪其舊，天下彈琴水雲叟」句，稱水雲為「叟」，可知當時汪元量已是六十歲左右之人。由此推算，則汪元量應生於宋理宗紹定三年（一二三〇）左右（註35）。

以上為現代學者所持的各種看法。而黃麗月撰《汪元量「詩史」研究》的碩士論文時，對以上的多種看法，贊同楊樹增說法。認為：

「郁達夫之說，楊樹增已有清楚的辯駁，自然是不可信的，毋庸贅言。杜耀東之說，因所舉的證據都是詩作，較為薄弱，可信度極低。至於孔凡禮、程亦軍、楊樹增三人對汪元量生、卒年推測，雖引用證據各有不同，得出之結果亦有出入，但，其實三說的推測已劃出一個共同的大範圍了。關於生年方面，孔凡禮之說，稍嫌過早，已遭楊樹增駁斥；程亦軍和楊樹增之說，其實十分接近的，尤其楊樹增徵引〈湖山隱處記〉，較令人信服。在卒年方面，孔凡禮和楊樹增之推測結果大同小異，程亦軍之說則稍後，因為三者都無比較直接的資料，暫時無法斷定孰是孰非，最保守的估計，只能說汪元量大約在元仁宗延祐四、五年（一三一七、一三一八年）以後去世。」（註36）

對於黃麗月的分析，個人有不同看法：

甲、 舉證詩作，並不致於可信度極低，尤其是汪元量詩中所敘。若汪元量詩作不可信，汪詩何來「詩史」之譽？在資料貧乏情況下，藉汪詩推理、推測，應是可行途徑之一。

乙、 黃氏謂「關於生年方面，孔凡禮之說，稍嫌過早，已遭楊樹增駁斥，…」楊樹增推論的根據是：劉將孫作〈湖山隱處記〉時，文中謂汪父八十一歲，推知此年為大德八年（一三〇四），則元量不卒于元貞元年（一二九五）前後，是可以斷言的。元量父親汪琳若以二十歲婚娶算，則生下三子元量時，最早必為廿三歲；如此，元量的生年可再向後推算，為咸淳六年至十年（一二四六至一二五〇）。而孔凡禮推定汪元量生年為理宗淳祐元年（一二四一），黃麗月贊成楊樹增所言「稍嫌過早」；個人倒不認為「過早」，因為若按孔凡禮推測的生年，則理宗景定元年（一二六〇）時，元量二十歲，孔凡禮謂：

「（元量）入宮給事，當在此前後數歲間。」（註37）

此說較為合理，否則若依楊樹增所言，汪元量生年宜往後數年（即一二四六至一二五〇），那麼汪元量「盛年以詞章入宮給事」（註38）就在十一至十五歲左右，此時可謂為盛年？此時可有詞章專長？而「盛年以詞章入宮給事」句，乃元量當代人友人劉將孫所云，當有可信度。

又汪元量有〈寄李鶴田〉詩：

「南泉多載夜光還，健步移梅種玉山。八十二翁猶矍鑠，苦吟不比此心閑。」（卷四，頁一五八）

孔凡禮所作編年：

「鶴田長元量二十二歲。詩云『八十二翁』，當作於元成宗大德四年（一三〇〇）」（註39）

汪元量稱許李鶴田「八十二翁猶矍鑠」，因而李鶴田長汪元量二十二歲，未嘗不合理。至於杜耀東曾謂：

「孔先生（凡禮）在〈汪元量事蹟紀年〉中所列汪的十餘位友人，幾乎全都長于汪元量，而且，大多數長十至三十歲之多，如果個別人與汪為『忘年之交』，尚可說通，如此之多，就使人頗為費解了。」（註40）

實則元量友人不只這十四位，杜耀東在〈略談汪元量的生年——與孔凡禮先生商榷〉一文中，也認為：

> 「汪元量的交游十分廣泛，人名見之于詩題及贈答詩者計有七十餘人，經過孔先生多方考訂，確知其生年或約略知其生年者有十餘人。」（註41）

然不見孔凡禮說明，除此十餘人外，其他友人的生年則無法得知？個人認為這十餘人的生年，或許「使人頗為費解」，何以多數較元量年長？然若以七十餘位友人來看，或許不致出現「忘年之交」的友人過多的現象，惜已無法統計得知；故在此不宜以偏概全，認為有九人長元量十歲以上（註42），就認定「忘年之交過多」。

個人贊同黃麗月所言：

> 「孔凡禮、程亦軍、楊樹增三人所說，已劃出共同的大範圍了。」（註43）又謂：

> 「既然三者無比較直接的資料，暫時無法斷定孰事孰非。」（註44）

由是對於汪元量的生卒年，個人暫時根據孔凡禮所推測，即：汪元量生於宋理宗淳祐元年辛丑（一二四一），卒於元仁宗延祐四年丁巳（一三一七）以後不久。因此本論文在以下各章節中，皆據此以探討汪元量生平履歷、交游、思想與賦性、著述與繫年等。

【附註】

註1　見孔凡禮《增訂湖山類稿》附錄一〈汪元量研究資料彙輯〉，頁一八五至一八六。
註2　同前註，頁一八六。
註3　同註1，頁一八六。
註4　同註1，頁一八六。
註5　同註1，頁一八七。
註6　同註1，頁一八七。
註7　同註1，頁一九七。
註8　同註1，頁二三六。
註9　同註1，頁二二七。
註10 同註1，頁一九九。
註11 同註1，頁二〇〇。

註12 同註1，頁二二八。

註13 見孔凡禮〈關于汪元量的家世、生年和著述〉，頁一〇五之附註引。

註14 同註1，頁二〇二。

註15 同註1，頁二〇三。

註16 明萬曆《錢塘縣志》，有聶心湯所作〈汪元量傳〉，云：「汪大有，字元量。」後來清人陸心源《宋史翼》，卷三十五〈汪元量傳〉，也引自此傳。此傳晚出，不可靠。見同註1，頁二〇二。

註17 見王國維《觀堂集林》，頁一〇五六、一〇五七。

註18 見楊積慶〈論汪元量及其詩〉，頁七二至八〇。

註19 見楊樹增〈字字丹青瀝青血——水雲詩詞評〉，頁一一五至一二〇。

註20 繆越〈論汪元量詞〉，頁六一至六七。

註21 同註1，附錄二，頁二三五。

註22 同註1，頁一八五。

註23 見同註1，吳之振〈水雲詩鈔小引〉。頁一九二至一九三。

註24 同註1，頁二〇八、二二七。

註25 見郁達夫〈錢唐汪水雲的詩詞〉，頁七一三至七一四。

註26 同註1，頁二二二。

註27 同註1，頁二一九。又見同書，〈附錄二〉，孔凡禮云：「『江湖牢落歎蓬年』，乃元量『抱琴又泛楚江船』之年，亦元量感歎身世自身已及蘧伯玉（按：為春秋時衛大夫。名瑗，以字行，孔子弟子。年五十而知四十九年之非。）五十之年。簡言之，即至元二十七年，元量五十歲。由是逆推，可知其生年。」

註28 同註21，頁二九三。

註29 見楊樹增〈汪元量祖籍、生卒、行實考辨〉，頁二〇七至二〇九。

註30 同註1，頁二二六。

註31 見程亦軍〈關於汪元量的生平和評價〉，載《中國古典文學論叢》一九八六年第四輯，頁一九二至二〇四。

註32 此二闋詞，見同註1，卷五，頁一六二。

註33 見同註1，卷二，頁六一。

註34 見程亦軍〈關於汪元量的生平和評價〉，頁一九四及二〇一。

註35 見杜耀東〈略談汪元量的生年——與孔凡禮先生商榷〉，頁五一至五二。

註36 見黃麗月《汪元量「詩史」研究》，第一章〈緒論〉，頁一五。

註37 同註1，附錄二，頁二四七。

註38 劉將孫〈湖山隱處記〉所云：「（汪元量）盛年以詞章給事宮掖，如沈香亭北太白。」見同註1，頁二四九。

註39　見同註1，附錄二，頁二四一。

註40　同註21，所舉確知生年的汪元量友人，共計十四位，最年長者柴望，長元量卅歲；最少者為葉福孫，長元量一歲。其中長元量一至九歲者，有五人；長元量十至十九歲者，有四人；長元量廿至卅歲者，有五人。見頁二四一至二四四。

註41　見杜耀東〈略談汪元量的生年——與孔凡禮先生商榷〉，載《揚州師院學報》一九九〇年第二期，頁五一至五二。

註42　見同註40。

註43　同註36，頁一四。

註44　同註36，頁一五。

第二節　祖籍、家世

一、祖籍

關於汪元量祖籍，至目前為止，約有三種說法：

甲、浙江錢塘人

宋末劉辰翁的《湖山類稿序》謂：「杭江水雲，以布衣攜琴渡易水，上燕臺侍禁。」（註1）杭即杭縣，屬浙江省。南宋時置臨安府，明清時為錢塘、任和兩縣地，今為杭州市（註2）。此外，明代錢士升《南宋書》也謂：「汪元量字大有，錢塘人，以善琴出入宮掖。」認為汪元量為錢塘人（註3）。今人有史樹青、程亦軍、楊積慶、繆鉞及章楚藩等人均贊同此說。

乙、江西浮梁人

清代曾廷枚撰的《西江詩話》云：

> 「汪大有，字元量，號水雲，浮梁人。咸淳進士，官兵部侍郎。」（註4）

此說將汪元量的名與字錯置，又謂其為「官兵部侍郎」，是否曾廷枚依據傳聞所撰，不得而知。且文後的按語，也提出質疑：

> 「按水雲錢塘布衣，以琴師出入禁中，見於劉辰翁文文山詩題詞。此云浮梁人，官兵部侍郎，不知何所據也。」（註5）

而汪元量友人中，並無稱其為江西浮梁人者。

今人孔凡禮卻贊成此種說法，原因是根據《宋遺民錄》一書，其中汪元量作品的序跋有六篇，這六篇的作者皆江西人：劉辰翁、文天祥、馬廷鸞、周方、趙文、李玨。加上〈題汪水雲詩卷〉的作者四十一人中，可查考的極少數作者，如羅志仁、劉師復，他們也是江西人，或與江西有密切關係的人，因此「很可能，汪元量的祖籍是在江西。」（註6）

丙、吳縣人

今人楊樹增在〈汪元量祖籍、生卒、行實考辨〉一文中，即主張此說，所持理由為：

（甲）文天祥與汪元量為患難之交，互有贈詩，天祥於庚辰（一二八〇）春，在獄中為元量的《行吟》一卷作序，序中有：「吳人汪水雲，羽扇綸巾，...」稱汪水雲為吳

人（註7）。

（乙）李珏〈書汪水雲詩後〉云：「一日，吳友汪水雲出示類稿，...。」稱元量為吳友（註8）。

（丙）元量乞黃冠南歸時，宋舊宮人賦詩詞送別，其中有章麗貞的「水雲歸吳，寄聲長相思，...」一詞，也是把元量認作「吳人」（註9）。

以上為關於汪元量的里籍，有這三種說法。個人贊成第三種說法，原因：

甲、由於南宋定都臨安，汪元量當然常居杭州，故宋末劉辰翁寫「湖山類稿序」時，謂：「杭汪水雲以布衣攜琴渡易水，上燕臺。」意指「在杭州」的汪水雲，杭州即錢塘，非指其里籍。因汪水雲在宮中，國亡後被俘北上，不可能自故鄉北上。

乙、第二種說法：浮梁人。錯得離譜了。而孔凡禮的說法，認為是江西人，也似牽強。

丙、汪元量自己有〈唐多令・吳江中秋〉一詞：

> 「莎草被長洲。吳江拍岸流。憶故家，西北高樓。十載客窗憔悴損，搔短鬢，獨悲秋。　　人在塞邊頭。斷鴻書寄不。記當年，一片閒愁。舞罷羽衣塵滿面，誰伴我，廣寒游。」（卷五，頁一七七）

詞中的長洲，在吳縣境內。吳江經吳縣入海。既描述憶故家，則元量故鄉應是吳縣（註10）。

丁、謝翱的〈續琴操哀江南〉云：

> 「興言自古，使我速老。麋鹿是游，姑蘇荒草。起秣我馬，徘徊舊鄉。」（興言自古四之四）（附錄一，頁二○九）

姑蘇為吳縣別稱，謂元量馳馬回舊鄉姑蘇，也清楚說明元量的祖籍是在吳縣（註11）。

戊、除第三種說法中，楊樹增所持的理由外；汪元量在詩中，時稱「吳江」、「吳雲」、「吳市」、「吳兒」、「吳女」、「吳苑」、「吳綾」等字（註12），通常遠行在外的人，思念故園乃人之常情。汪詩中所提及的「吳」字眼，皆屬吳地的風土人情。江蘇省古為吳地，因別稱吳。江蘇亦為富庶之魚米之鄉，而有「吳苑」、「吳綾」，並思及故鄉的「吳兒」、「吳女」。故而個人以為汪元量祖籍為吳人，可能性最大。

何謂祖籍？乃指祖先居住之所。並不一定是子孫們日後成長時的活動空間。而黃麗月在《汪元量「詩史」研究》中，云：

「楊樹增的『吳縣』之說，與汪元量的活動空間完全不符。」（註13）

事實上，汪元量的活動空間，並不代表即為祖籍所在；所以吳縣與汪元量的活動空間不符，並不能作為不是祖籍之證明。

二、家世

雖然汪元量著述頗豐，惜大量散佚；而傳世作品中，未見涉及家人、親情者，只見凜然之民族大義、忠君思想，或述及音樂、友情、...等。加上正史無傳，於是後人無法輕易知悉其家世，即使費一番周章，也只能得一些鳳毛鱗爪的印象。所憑藉的資料，只有當代友人劉將孫為汪元量歸隱而作〈湖山隱處記〉一文、及李吟山的一首贈詩而已，茲說明如下：

甲、劉將孫〈湖山隱處記〉：

> 「...水雲，名元量，字大有。其家尊名琳字玉甫，生甲申，於今八十一。七子：明、白、燦、逸、清、遠，皆從元。水雲其三。各取號於水，以月、天、霞、相、玉、樓為序。」（註14）

藉劉將孫文中所述，知汪元量父親名琳字玉甫，八十一歲；有七子，水雲排行三；也知七子的名、號。雖未提及汪元量生世，卻為楊積慶認為是「敘寫汪氏生平最為詳盡者」（註15），可見這些資料已彌足珍貴。楊積慶更推算出甲申年為宋寧宗嘉定十七年（一二二四），而八十一歲時，當為元成宗大德（一三〇四）年間（註16）。

乙、李吟山〈贈汪水雲〉詩：

> 「青雲貴戚玉麟兒，曾逐鑾輿入紫闈。」（附錄一，頁二一〇）

青雲，比喻美德令喻也，謂學問道德高尚；也指高位者，或隱逸之人。貴戚，謂內外親族。青雲貴戚玉麟兒，稱頌汪元量為「青雲貴戚」之後代。鑾輿，謂天子之車駕也。紫闈，指皇宮中之門也。由此則知李吟山詩句，意指汪元量曾入宮隨侍天子。李吟山詩中首句，點出汪元量先祖的模糊輪廓，並非泛泛之輩。

此外，孔凡禮據此而推測汪元量出身於「琴而儒的家庭」。對於汪元量家世，孔凡禮提出一些例證說明（註17）：

（甲）從〈亡宋宮人詩〉（註18）中之王昭儀〈秋夜寄水月、水雲二昆玉〉詩，（註19）知汪元量有一位號「水月」的兄長。

（乙）由汪元量〈南歸對客〉（註20）詩：

「堂前雙老親，粲粲色敷腴。……呼兒斫海鯨，新篘酒盈壺。」

由這些詩句，說明元量自燕京南歸杭州後，雙親也居杭州，還健在，膝下有子侄。

（丙）宋人劉師復〈題汪水雲詩卷〉詩（註21）云：

「萬里歸來葺故園，闕湖新結小船軒。雙親八十喜康健，七子侍勞三十孫。」（附錄一，頁二一二）

此謂「七子」，當謂其父母有七個兒子，元量共兄弟七人，水月亦當為其中之一。

（丁）汪元量〈南歸對客〉詩：

「壁間豈無琴，牀頭亦有書。友朋日過從，可嬉仍可娛。開軒耿晴色，梅花繞庭除。」（卷四，頁一二三）

這些詩句，孔凡禮認為：

「琴和書，當是屋子裏原有的陳設，不是元量歸來後才有。我們有理由認為汪元量的家庭是一個琴而書的家庭。」（註22）

（戊）汪元量友人曾順孫在〈題汪水雲詩卷〉詩（註23）中的一句詩，也可以記實這個情況：「道人東魯舊儒生。」既說「東魯」，說「舊」，因而也有理由認為汪元量出身在讀書門第。所以汪元量是琴師，也是儒生。

（己）汪元量友人永秀，也在〈題汪水雲詩卷〉詩中，稱揚之：「前宋遺賢有此儒。」（註24）

在目前還未有其他資料佐證之前，只有從汪元量及其友人作品中，得知汪元量出身於書香門第，為有琴有書的世家；而非習武世家，若壁上掛有刀劍，則可能為有武學淵源的世家。所以大致上，這種推論應有可信度。

【附註】

註1　見孔凡禮《增訂湖山類稿》，頁一八五。
註2　見《辭海》中冊，「杭縣」條，頁二二六六。
註3　見《湖山類稿》（四庫本），頁一一八八之二七七。

註4　同註3，頁一一八八之二七八。

註5　同註4，頁一一八八之二七九。

註6　見孔凡禮〈關于汪元量的家世、生年和著述〉一文，載《文學遺產》，頁一〇五至一〇六。

註7　同註1，頁一八八。

註8　同註1，頁一八七。

註9　同註1，頁一八八。

註10　同註1，頁一七七。

註11　同註1，頁二〇八。

註12　元量詩作中，提及「吳」字眼的詩句不少，例如〈吳江〉：「吳江潮水化蟲沙」（卷二，頁二八）、〈湖州歌九十八首〉其八：「吳江不盡暮潮來」（卷二，頁三七）、〈越州歌二十首〉其二：「不堪回首望吳雲」（卷二，頁五九）、〈望海樓獨立〉：「雨昏吳市燕飛來」（卷一，頁九）、〈北征〉：「吳水何泠泠」（卷二，頁二八）、〈同毛敏仲出湖上由萬松嶺過浙江亭〉：「吳苑麥苗連地青」（卷一，頁一〇）、〈咎相公送棉被〉：「蜀錦吳綾復何益」（卷四，頁一三九）、〈吳兒〉：「玉貌兒童盈淚把，...」（以「吳兒」為題）（卷一，頁二六）、〈唐律寄呈父鳳山提舉〉其七：「吳女北游簪素奈」（卷四，頁一三一）。

註13　見黃麗月《汪元量「詩史」研究》，頁一二。

註14　同註1，頁一九八。

註15　見楊積慶〈論汪元量及其詩〉，載《文學遺產》，頁七三。

註16　同前註。

註17　同註1，頁二三八。

註18　同註1，頁二〇四。

註19　同註1，頁二〇七及二五九。

註20　同註1，卷四，頁一二三。

註21　同註1，頁二一二。

註22　同註1，頁二三八。

註23　同註1，頁二一八。

註24　同註1，頁二二〇。

上篇　汪元量其人研究

第三章 生平履歷

　　汪元量其人其事及其作品，已為近代人所關注，故而有學者研究汪元量生平履歷，然多數為片段研究或根據孔凡禮所說，略述元量的一生；整體研究其一生之履歷者少，僅孔凡禮、黃麗月。其中孔凡禮較有原創性的發現，辛苦舖展汪元量的一生，試著描繪出汪元量的一生，無論正、誤，皆為開發功臣；黃麗月則根據前人的片段研究及孔凡禮對汪元量一生的描繪，作出一些析論。

　　由於現存的汪元量資料有限，除非有新出土的文獻資料，有助於汪元量生平履歷的研究。因此本章不擬重複前人的研究成果，以敘述並作為汪元量生平履歷的研究；在此分兩節，第一節〈前人之研究〉，概述前人之研究成果；第二節〈若干問題之探討〉，提出一些問題探討。

第一節　前人研究

　　研究汪元量的學者，多數研究其人，較少研究其詩詞作品；研究其人者，又以研究片段行實者為多，研究完整一生者為少。先進學者研究元量生平履歷成果如下：

一、王國維〈書宋舊宮人詩詞湖山類稿水雲集後〉（註1）。

二、史樹青〈愛國詩人汪元量的抗元鬥爭事蹟〉（註2）。

三、林蕆〈宋遺民汪元量逸事〉（註3）。

四、程亦軍〈論愛國詩人汪元量及其詩歌〉（註4）。

五、程亦軍〈關於汪元量的生平和評價〉（註5）。

六、楊積慶〈論汪元量及其詩〉（註6）。

七、楊樹增〈汪元量祖籍、生卒、行實考辨〉（註7）。

八、程瑞釗〈汪元量研究情況綜述〉（註8）

九、孔凡禮〈汪元量事蹟紀年〉（註9）。

十、孔凡禮〈汪元量事蹟質疑〉（註10）。

十一、黃麗月《汪元量「詩史」研究》第一章，第二節一、〈家世與生平〉（註

11）。

　　再將各家的說法，簡述如下：

一、清代王國維〈書宋舊宮人詩詞湖山類稿水雲集後〉

　　王國維對汪元量生平的研究，僅及一部分，主要著墨在元量的擔任元官，對此有褒有貶：

褒揚處——

　　王國維云：

> 「汪水雲以宋室小臣，國亡北徙，侍三宮於燕邸，從幼主於龍荒，其時大臣如留夢炎輩，當為愧死，後世多以完人目之。」（註12）

認為元量在宋室，職位低微，卻能始終忠貞，實為難得。又謂：

> 「然水雲本以琴師出入宮禁，乃倡優卜祝之流，與委質為臣者有別，其仕元亦別有用意，與方謝諸賢跡異心同，有宋近臣一人而已。」（註13）

所褒揚汪元量的忠貞，符合事實；且元量詩詞作品、友人題跋中，及後人之評論，皆透露其忠貞氣慨，自不待言。

貶抑處——

　　由於汪元量曾任元翰林官，且代元世祖祀嶽瀆后土，行程一萬五千里，責任艱鉅，表面上看，似乎為元世祖而擔當重任。所以王國維質疑汪元量仕元動機，對汪元量仕元頗有微詞，謂：

> 「水雲在元頗為貴顯，故得彙留官俸，衣帶御香。即黃冠之請，亦非羈旅小臣所能，後世乃以宋遺民稱之，與謝翱方鳳等同列，殊為失實。」（註14）

王國維認為辭元官後，身邊仍留有元廷官俸，元主所賜衣服仍有「御前香」（註15），可見所受禮遇極優；甚至元主允准以道士身分南歸，也非一般小臣所能。王國維由此認定汪元量在元為「高官顯貴」，既如此，後人卻以忠貞的遺民視之，「殊為失實」。

　　筆者認為元量所任官職是否貴顯，見其作品或與友人唱和之作，必然提及；若為尊貴顯榮之地位，則瀛國公等被遣送往上都、內地時，當不致命元量隨同，跋涉在苦寒艱險的漠北地區。孔凡禮對此論點，已加以批駁（註16）。

二、史樹青〈愛國詩人汪元量的抗元鬥爭事蹟〉

史樹青謂汪元量以琴藝受到宋度宗、謝太后之賞賜，「朝廷給予官位，但遭他嚴加拒絕」。又認為汪元量乃懷著「非常的願望」才「自請同行」北上燕京，其目的：

> 「是想了解元朝在北方的統治情況，並且伺機復仇；後因在江南從事抗元而犧牲，並非乞黃冠而南歸終老故土。」（註17）

史樹青這種說法，源自對明田汝成《西湖游覽志餘》中的解讀：

> 「世皇聞其善琴，召入侍，鼓一再行，駸駸有漸離之志，而無便可乘也。」（註18）

以及更早的元人迺賢所云：

> 「世祖皇帝嘗命奏琴，因賜為黃冠師。」（註19）

而汪元量作品中，及友人的題跋中，都未見此類敘述，可知並無直接或有力證據可資證明，且已遭後來之楊積慶、楊樹增、孔凡禮所反駁。

三、林蔥〈宋遺民元量逸事〉

林蔥據元量的詩詞內容，以平易手法，將元量的一生，以故事性的筆法聯結起來，並時舉詩例以證（在此不贅錄詩例），云：

> 「度宗時，（民國前六四七至六五八年）因他的琴技高超，召進去為供奉樂官，教謝皇后與王昭儀和宮人彈琴。...宋恭帝德祐二年閏三月，謝全兩后以下宮人樂工等，均被俘北行，汪元量也只得從行，同時他另加上一種任務，押運萬卷書籍扈從。...元量抱著孤臣孽子的心情，留居幽燕，...元量也曾數度探監，作拘幽十操，...元量初本有高漸離擊秦皇之意，可是沒有機會讓他下手，因是哀求出家修道，當元世祖准他頭戴黃冠，身穿道袍，放他南歸時，改名為『水雲子』，...回到杭州時，住在吳山廟裡，孤單度日。...像孤雲野鶴似的，漂渺在江西、浙江、江蘇一帶。...水雲子，身高而雄偉，鬢美而額廣，聲若洪鐘。他的風蹤雲影，人不可測，因是有很多人都相傳他，已經成仙去了；為他繪像禮拜的人不少，還有詩人們為他歌誦事蹟。」（註20）

其「元量初本有高漸離擊秦皇之意」、「住在吳山廟」、「已經成仙去了」等說法，至今仍無法證實。

四、程亦軍〈論愛國詩人汪元量及其詩歌〉、〈關於汪元量的生平和評價〉

主張汪元量乃為了「養精蓄銳，伺機復仇」而仕元，與史樹青說法相同；也不贊同王國維之貶抑汪元量為「失節」，卻以元陳泰的詩句：「東觀初令習書史，寶詔再直行絲綸」〈送錢塘琴士汪水雲〉，證明元量曾為元官。其實陳泰此詩句，並非敘寫元廷，乃宋廷謝后命元量習書史（註21）。

其後又提出第二篇論文，認為汪元量曾以詞章給事宮掖，且具有太學生身分，故能周旋於權貴之間。也認為元量入元後，確實曾為元翰林學士，後來代祀嶽瀆后土，是在降香的行程中入蜀的，而非南歸之後再次入蜀。其所論能得一些學者認同，惟汪元量南歸的次數，孔凡禮認為是兩次，另一次即為南歸之後再入蜀（註22）。

五、楊積慶〈論汪元量及其詩〉

楊積慶也引用現有資料，略述汪元量的一生。所寫的汪元量生平，除摘錄李吟山〈贈汪水雲詩〉及元量幾首詩中一句詩，分別作為元量行實各階段的標題，並詳加說明外；較特別者為其首先注意到劉將孫的《湖山隱處記》，乃是至目前為止，有關元量生平的最詳盡、最直接的資料。

六、楊樹增〈汪元量祖籍、生卒、行實考辨〉

在行實方面，楊樹增同樣以現有資料綜合論述汪元量生平，並作綜合性整理。而對於元量北上的動機與仕元問題，謂「元量北上是被元兵押解而去的」，因「靠著蓬窗垂兩目，船頭船尾爛弓刀。」詩句（註23）乃「真實地描述了北押途中的情狀」認為汪元量北上是為了與亡國之君共患難，以盡一片忠心；抵元後，被元人強迫封官，而跟隨幼主過著俘虜的生活，事實上「毫無貴顯之感與委身仕元的念頭」，所以認為元量並未失節。

七、程瑞釗〈汪元量研究情況綜述〉

文中綜述近年來的汪元量研究情況，並加以評論，分四項論述：關于家世與生平、關于版本與校勘、汪詩選注與評論、關于詞選與詞論。其中第一項的生平，歷數各研究汪元量生平者所述的正誤之處，可供參考。而未提出對汪元量一生的完整看法。

以上為研究汪元量其人之成果。其後有孔凡禮為元量一生紀年，並有〈汪元量事蹟質疑〉一文，探討有關其生平問題（註24）；其次為黃麗月，根據前人研究結果，作一

總檢討，而簡單敘述了汪元量生平（註25）。茲先以簡表列出孔凡禮所述之汪元量生平履歷；簡表之後，也載錄黃麗月對汪元量生平之簡述。

八、孔凡禮〈汪元量事蹟紀年〉

孔凡禮在《增訂湖山類稿》，附錄二〈汪元量事蹟紀年〉中，為汪元量一生作編年。程瑞釗〈汪元量研究情況綜述〉云：「孔凡禮先生的特大功勳是推出了《增訂湖山類稿》一書，...書後所附〈汪元量事蹟紀年〉，廣徵博引，材料翔實。其結果失誤甚多，而所提供資料足資借鑒。」（註26）以下即將孔凡禮所作編年，記入表中。

附：表一、孔凡禮所作汪元量生平

▲說明：孔凡禮為汪元量生平紀年，在此僅就其中重要履歷表之（註27）。

年歲	中曆	西曆	生平履歷
一歲	理宗淳祐元年	一二四一	
七歲	理宗淳祐七年	一二四七	曾入宮中，得宮中某貴人喜愛，當為此歲前後事。
廿歲	理宗景定元年	一二六〇	入宮給事，當為此前後數歲間事。
廿四歲	理宗景定五年	一二六四	自是歲始，有作品入集。
廿六歲	度宗咸淳二年	一二六六	謝太后慶六十，元量作〈太常引〉為壽。是時蓋以詞章給事宮掖。
廿七歲	度宗咸淳三年	一二六七	以琴事謝太后、王昭儀。
卅四歲	度宗咸淳五年	一二七四	入太學，當為自此以上數年間事。
卅六歲	恭帝德祐二年，世祖至元十三年	一二七六	一、三月，隨謝后被俘北上。 二、秋初，抵大都（今北京）。
四十歲	至元十七年	一二八〇	一、正月已任元官。 二、中秋，慰天祥於囚所，援琴作〈胡笳十八拍〉，索天祥賦〈胡笳詩〉。 三、十月，復慰天祥於囚所。
四二歲	至元十九年	一二八二	元命元量隨瀛國公、趙與㠯等，遣往上都（今內蒙古正藍旗東閃電河北岸）。
四三歲	至元廿年	一二八三	春初，出居庸關，赴上都。途經長城外、寰州、李陵臺、蘇武洲、昭君墓、開平（即上都）。
四四歲	至元廿一年	一二八四	一行人自上都啟行，續被遣往內地（今內蒙古以西，額濟納旗東南、甘肅張掖一帶）。
四五歲	至元廿二年	一二八五	與王昭儀等回大都。

四六歲	至元廿三年	一二八六	一、正月，元量被命為使者，代祀嶽瀆東海。行前，元世祖嘗召見。 二、此次所祀，有恆山、華山、嵩山、衡山、泰山、青城山、濟瀆、孔廟。
四八歲	至元廿五年	一二八八	一、元量三上書世祖，以黃冠南歸。 二、別大都，宋舊宮人及燕趙諸公子餞別。自大都啟行，出薊門，經涿州、真定、趙州、衞州、封丘、汴京至揚州。轉金陵，沿江西上，經采石、太平州、烏江、魯港至星子驛。轉經豫章驛、臨川水驛，歲暮至信州。
四九歲	至元廿六年	一二八九	一、春，經衢州、釣臺回錢唐。 二、晤徐宇、林昉。 三、晤周方、李珏。為元量詩集作跋。 四、結詩社。
五十歲	至元廿七年	一二九〇	一、春，重訪馬廷鸞於樂平。往分寧，別章鑑。往訪曾子良於金谿山中。訪陳杰於東湖。訪李珏於文江。 二、回杭州，訪葉福孫。 三、秋，赴湘。 四、疑亦訪劉辰翁、趙文於廬陵。
五一歲	至元廿八年	一二九一	秋，離湘赴蜀。
五三歲	至元三十年	一二九三	秋，出夔門，回杭州。
五四歲	至元卅一年	一二九四	於豐樂橋外作小樓五間，為湖山隱處。
七一歲	武宗至大四年	一三一一	張驢為江浙平章。元量或往謁。
七七歲	仁宗延祐四年	一三一七	元量卒年，當在此後不久。

九、黃麗月《汪元量「詩史」研究》

　　黃麗月於一九九七年的碩士論文《汪元量「詩史」研究》之第一章，第二節一、〈家世與生平〉，根據前人研究結果，作一總檢討，而簡單敘述了汪元量生平：

　　「（汪元量）生於宋理宗淳祐六至十年（一二四六至一二五〇）間一個儒而琴的家庭。盛年以詞章給事宮掖，並以琴事謝太后及王昭儀。南宋末年，賈似道專權，皇帝荒淫奢靡，不問民生疾苦，朝廷為小人把持，對外主和，每每假奏捷報，稱臣納貢，嚴苛重稅，民不堪其擾，國政日衰，終使元兵南驅直入。

宋恭帝德祐二年（一二七六），臨安失守，國亡，水雲隨三宮被擄北上，沿途所見，凡可喜、可歌、可泣、可驚者，均記於詩中。其著名之組詩〈湖州歌九十八首〉，就是完成於此時，感人肺腑。留燕期間，曾數度出入獄中探視文天祥，以忠愛為國互勉。後隨瀛國公出居庸關，至上都，並輾轉赴內地。返大都後，又以元世祖使者身分奉使代祀嶽瀆東海。至元二十五年（一二八八），乞黃冠南歸，宋舊宮人等為詩詞送別。抵杭後，又有湘蜀之行，歸來，築湖山隱處於西湖。約在元仁宗延祐四、五年（一三一七、一三一八）以後去世。」（註28）

以上的許多研究中，對汪元量生平做較完整、較整體研究的是孔凡禮、黃麗月，而前者較詳細，後者較簡略。

【附註】

註1　該文見王國維《觀堂集林》，頁一〇五六至一六二。

註2　載《歷史教學》，一九六三年六月，頁六至八。

註3　見《浙江月刊》，九卷一期，民六十六年一月，頁七至九。

註4　見《中國古典文學論叢》，第四輯，一九八六年，頁一九二至二〇四。

註5　見《文學遺產》，一九八二年四月，頁七二至八〇。

註6　見《文學遺產》，一九八四年三月，頁一一六至一一八。

註7　見《中華文史論叢》，一九八三年三月，頁二〇五至二二一。

註8　見《文學遺產》，一九九〇年三月，頁一三〇至一三四。

註9　見孔凡禮《增訂湖山類稿・汪元量事蹟紀年》，附錄二，頁二三五至二九六。

註10　見《文學遺產》，一九八四年三期，頁一一六至一一八。

註11　見黃麗月《汪元量「詩史」研究》，頁一五。

註12　見王國維《觀堂集林》，頁一〇六一。

註13　同註12，頁一〇六二。

註14　同註12，頁一〇六二。

註15　元量有〈答徐雪江〉詩：「十載高居白玉堂，陳情一表乞還鄉。孤雲落日渡遼水，匹馬西風上太行。行囊尚留官裏俸，賜衣猶帶御前香。只今對客難為答，千古中原話柄長。」說明元量南歸後的複雜心境，並不避談仕元，因心中坦蕩。

註16　王國維質疑汪元量的仕元動機，孔凡禮不惜以長篇累文，予以慷慨辯駁曰：「入大都之

初，元量或得某種封授，其詳已不可考。…此種封授，不過羈縻舊朝君臣之心，示新朝寬大之政而已。元統治者予元量某種官職，亦可於此理解。…由於處於特殊之歷史環境，特殊之地位，其任元職，有無窮之隱衷在。…平情而論，元量以官為掩護，有便於訪慰文天祥於縲絏之中，有便於…元量於宋三宮淒涼冷落之中，伴之慰之於生死之際，亦得謂之忠。…王氏（指王國維）以所謂正統儒者自命，…不願進而分析元量所處之環境，實屬偏見。…元量所持之立場，乃愛國主義之具體表現。…」。見同註9，頁二六五至二六八。

註17　同註2。

註18　見孔凡禮《增訂湖山類稿・汪元量研究資料彙集》，附錄一，頁二〇〇。

註19　同註9，頁二二七。

註20　同註3。

註21　宋人陳泰〈宋錢唐琴士汪水雲〉詩：「…漢宮麗華陰貴人，臣忝近歲居宮門。東觀初令習書史，寶詔再直行絲綸。…」說明元量在宋朝宮中受謝后所寵，而令其在東觀學習書史。見同註9，附錄二，頁二四八。

註22　見孔凡禮〈汪元量事蹟質疑〉，頁一一七。

註23　同註8，頁一三一。

註24　見孔凡禮〈汪元量事蹟質疑〉，載《文學遺產》，一九八四年三月，頁一一六至一一八。

註25　見黃麗月《汪元量「詩史」研究》，頁一五。

註26　見程瑞釗〈汪元量研究情況綜述〉，載《文學遺產》，一九九〇年三月，頁一三〇至一三四。

註27　本簡表節錄自孔凡禮《增訂湖山類稿・汪元量事蹟紀年》附錄二，頁二三五至二九六。

註28　同註25。

第二節 問題探討

　　由上一節所述汪元量生平履歷，可見有不少學者提出相關的研究、討論，然仍有一些問題，各家說法不盡相同。個人也思索一些問題，諸如元量曾否入太學？元量自願隨侍謝后被俘北上？元量仕元（本論文在第七章有專節探討，此處不贅。）及宋舊宮人詩詞的真偽問題。在此也提出淺見，就教於方家：

一、元量曾否入太學

　　孔凡禮《增訂湖山類稿‧汪元量事蹟紀年》附錄一，云：

> 「咸淳十年甲戌（公元一二七四）（元量）三十四歲。三月三日，趙文以京庠補太學生。稱上舍。…元量以同舍稱趙文，當亦入太學。其入太學，當為自此以上數年間事。」（註1）

經查「同舍」之意：「同居一舍也。同居一舍之人。《史記‧司馬相如傳》：『客游梁，梁孝王令與諸生同舍。』」同舍意即同居一舍之人。司馬相如並非太學生，也與諸生同舍（註2）。同為太學生，或許可能「同舍」；若非同為太學生，也可能「同舍」。即令「元量以同舍稱趙文」，孔凡禮謂有〈寄趙青山同舍〉、〈答同舍杜德機〉等二首詩可證。實則這兩首詩，皆為入燕之後所作，而非作於宋廷時期；可知汪元量與趙文、杜德機，成為「同舍」（同居一舍），乃在元量被俘北上之後，始成為「同舍」。這時期，元量更有〈冬至日同舍會拜〉、〈除夕同舍集飲〉（註3）等詩作，何以元量北上之後，「同舍」增多？而北上之前，在宋廷反不見有提及「同舍」之詩作？絕不可能北上之後「入太學」，因北上之後不久，任元官，忙碌異常，也無心思「入太學」。可知元量詩中的「同舍」，乃泛指同居一舍者，或許元人令一些宋人同居一舍，而非孔凡禮所云，太學生之同居一舍。且汪元量昔日為宋朝內廷供奉，即伺候天子或高官，當差之事也，可謂入侍內廷。劉辰翁《湖山類稿序》：

> 「侍禁時，謂太皇、王昭儀鼓琴奉卮酒。」（註4）

而其以琴事謝后、王昭儀，自在愉快地出入內宮，已安於此種生活，自不會有入太學之念；除非有太后為之安排，果如此，元量詩詞中必有太學生活點滴之描述。而且假若元量曾入太學，則對其仕途之發展，必有所助益，不致長年以琴藝事奉謝后、王昭儀。由此可見汪元量入太學的可能性不大。

二、元量是否自願被俘北上

宋恭帝德祐二年（一二七六），汪元量作〈醉歌〉組詩十首、〈兵後登大內芙蓉閣宮人梳洗處〉等詩（註5），詩中有被俘北上前，所見、所感之描述。隨後，元量與幼主、謝后，同時北上。楊樹增〈汪元量祖籍、生卒、行實考辨〉（註6）謂元量北上是被元兵押解而去的，然清吳城〈知不足齋合刻汪水雲詩序〉云：

> 「水雲以琴事謝后，未嘗得與國政及守土之任。伯顏兵下下臨安，其時柄臣或易服遁去，或僉名降表，水雲初不必就其拘囚。猶復隨侍戎間，相依患難。」
> （附錄一，頁一九四）

《宋史·世祖紀》至元十三年二月紀事：「丁酉朔。…庚申，召伯顏偕宋君臣入朝。」三月紀事：

> 「乙亥，伯顏等發臨安。丁丑，…宋主同太后…肩輿出宮，唯太皇太后以疾留。」（附錄二，頁二五七。）

對於此事，孔凡禮謂：「宋太皇太后謝氏旋亦離杭赴大都。元量隨謝后北行。」（註7）而《宋季三朝政要》卷五載：

> 「太皇太后臥病，主者自宮中舁其牀以出，衛者七十人，從行。」（附錄二，頁二五八）

由此看來，汪元量隨侍臥病的謝后，還兼運萬卷書（註8），責任重大，千里迢迢北上，自三月出發，八月始抵大都。可謂備嘗艱辛，則汪元量為自願或被押北上？

個人認為汪元量乃自願隨侍謝后被俘北上，由於以下原因：

（一）謝后提拔之恩，伺機回報

李吟山〈贈汪水雲〉詩：

> 「青雲貴戚玉麟兒，曾逐鸞輿入紫闈。王母窗前窺面日，太真膝上畫眉時。」
> （附錄二，頁二四五）

此詩寫汪元量幼年時，即曾進入宮中嬉遊，受到后妃喜愛。從此謝后注意到這位「玉麟兒」，而倍加關心寵愛；元量二十歲左右，入宮給事，謝后更令之在宮中學習書史。陳泰〈送錢唐琴士汪水雲〉詩云：

> 「漢宮麗華陰貴人，臣忝近歲居宮門。東觀初令習書史，寶詔再直行絲綸。熙明殿中早朝罷，仗內玉輦扶皇君。昭容傳詔促侍燕，屏棄舊樂嫌繽紛。調絃始

學鳳凰語，度曲便覺聲有神。」（附錄一，頁二二六）

可知元量在宮中頗受謝后寵信，不久，以詞章給事宮掖。劉將孫〈湖山隱處記〉謂汪元量：「盛年以詞章給事宮掖，如沉香亭北太白。」（附錄二，頁二四九）具見其詞章也受讚賞。

至度宗咸淳三年（一二六七），元量又以琴藝事奉謝后、王昭儀。趙文〈書汪水雲詩後〉：「善琴，嘗以琴事謝后及王昭儀。」（附錄二，頁二四九）汪元量在如此環境中，愉悅度日。直到恭帝德祐二年（一二七六），才如夢初醒，元兵已臨城下，命宋君臣北上入元朝。元量所受厚恩尚未回報，何能自遁他去？因此這是元量自願隨侍謝后北上的原因之一。

（二）謝后重病，不忍棄之不顧

度宗咸淳二年（一二六六）四月初八日，為謝太后六十壽辰，元量有〈太常引〉詞，為其賀壽；至元十三年（一二七六）被俘北上途中，適逢謝后七十壽辰，元量又作〈婆羅門引〉一詞賀壽，具見其對謝后之情真摯。汪元量另一闋〈鳳鸞雙舞〉詞：

> 「聖人樂意，任樂部筲韶聲沸。眾妃歡也，漸調笑微醉。競奉霞觴，深深願、聖母壽如松桂。迢遞。更萬年千歲。」（卷五，頁一六二）

此為咸淳年間壽謝后而作，詞中道出元量之祝福，在祝福聲中，似乎也能聞見元量之感恩心聲。

如今，成為俘虜，即將千里遠行，北入元朝，可謂「生離死別」之際，元量斷無棄之不顧之理，何況謝后重病在床，更令元量不忍。即使明知此去凶多吉少，仍然懷抱決心，毫不猶豫，願與謝后、幼主等宋室宗族共患難。由元量詩作可見：

> 「翠華扶輦出彤庭，密炬星繁天未明。鵷鷺分行江上別，熊羆從駕雨中行。綠波淼淼浮三殿，紫禁沉沉斷六更。」〈感慈元殿事〉（卷一，頁一〇）

劉辰翁評此詩：「不忍見不忍」（註9）臨行前夕的宮中景況，歷歷如繪。也只有汪元量關注之，其他大臣逃遁唯恐不及，遑論尚留連宮中，細細巡禮一番。而對慈元殿（謝后所居）特別難捨，只因謝后重病，更令元量心頭沉重。又如此詩：

> 「錢唐江上龍光死，錢王宮闕今如此。白髮宮娃作遠游，漠漠平沙千萬里。西北高樓白雲齊，欲落未落日已低。古人不見今人去，江水東流烏夜啼。」〈錢唐歌〉（卷一，頁一一）

詩中對此次「遠游」，有無限慨歎，不解何以「錢王宮闕今如此」！何以「錢唐江上龍

光死」！「白髮宮娃」不得不作「遠游」，無奈之情流露。而自身也隨侍謝后北上，不忍拋下重病的謝后不顧。

（三）對周遭的人，有道義責任

汪元量在宮中十餘年，與周遭的人相處融洽；由於久居內廷，來往相處者，以宮女為多。其詩詞作品中，曾有描述宮女情態者，例如：

「六宮宮女淚漣漣，事主誰知不盡年。太后傳宣許降國，伯顏丞相到簾前。」〈醉歌十首其四〉（卷一，頁一四）

「整頓朱弦，奏霓裳初遍，音清意遠。…曲中似哀似怨，似梧桐葉落，秋雨聲顫，…」〈失調名〉（宮人鼓瑟奏霓裳曲）（卷五，頁一六八）

「…萬點燈光，羞照舞鈿歌箔。玉梅消瘦，恨東皇命薄。昭君淚流，守撚琵琶絃索。離愁聊寄，畫樓哀角。」〈傳言玉女〉（錢唐元夕）（卷五，頁一六九）

此外，其作品中，少見提及其他周遭相處之人，或許作品散佚，或許其他人已遁逃無蹤。此刻只有這些平日一起服侍內廷者，共同負起「保護」宋室皇族之責；對這些「同僚」，汪元量自覺有道義責任。

由於汪元量為人隨和熱誠，例如抵北營後，主動負起照料謝后、幼主之責，其有〈平原郡公夜宴月下待瀛國公歸寓府〉詩，在月下等待宋幼主（被封為瀛國公）；不久，得知文天祥入獄，雖素未謀面，仍數度探獄。凡此，皆可想知元量對宮女們，必有「同僚」之情，而欲盡道義責任，在北上途中，關照之。而被俘北上時，也有眾多宮女同時被押北上，元量也將途中所見宮女身影，描入作品中：

「暮雨瀟瀟酒力微，江頭楊柳正依依。宮娥抱膝船窗坐，紅淚千行濕繡衣。」〈湖州歌九十八首其十六〉（卷二，頁三九）

「青天澹澹月荒荒，兩岸淮田盡戰場。宮女不眠開眼坐，更聽人唱哭襄陽。」〈湖州歌九十八首其三八〉（卷二，頁四四）

「使臣開閘過高郵，楊柳絲絲拂去舟。宮女開篷猶自笑，閒拋金彈打沙鷗。」〈湖州歌九十八首其五十〉（卷二，頁四七）

當元量任職元官時，周旋於宋俘、元人之間，又開始另一階段的忙碌生活；詩詞中

已不見宮女的描述，因為上千的宮女們已被元人遣散他嫁，有〈亡宋宮人分嫁北匠〉詩可證：

> 「皎皎千嬋娟，盈盈翠紅圍。輦來路迢遞，梳鬢理征衣。…君王不重色，安肯留金閨。再令出宮掖，相看淚交垂。分配老靳輪，強顏相追隨。…」（註10）

此時詩作多為其當下的生活實錄，其詩題包含人、事、地，在人方面，例如：〈盧奉御自上都回見訪〉、〈幽州送景僧錄歸錢唐〉、〈陰山觀獵和趙待制回文〉、〈送張總管歸廣西〉。可知汪元量隨時關注周遭的人，因此國難當頭，對周遭的人，盡道義責任，亦為元量自願隨謝后被俘北上的原因之一。

（四）以詩寫下歷史，並作見證

元量有〈答林石田〉詩：

> 「南朝千古傷心事，每閱陳編淚滿襟。我更傷心成野史，人看野史更傷心。」
> （卷一，頁二六）

其有心以詩寫下所見所感，記錄歷史。因而自元兵入杭開始，即實地以詩記錄每一階段的史實；從此其較國亡前，更積極寫作，也寫下一些大型組詩，如：〈醉歌十首〉、〈杭州雜詩和林石田二十首〉、〈湖州歌九十八首〉、〈越州歌二十首〉等。此外每一階段的翔實「詩史」，例如：

甲、被俘北上前夕。有〈北師駐皋亭山〉、〈廢宅〉、〈廢苑見牡丹黃色者〉、〈浙江亭別客〉、〈北征〉等詩作。

乙、赴燕途中所作。有〈吳江〉、〈蘇臺懷古〉、〈惠山值雨〉、〈多景樓〉、〈京口野望〉等詩作。

丙、拘北期間所作。有〈幽州歌〉、〈御宴蓬萊島〉、〈薊北春望〉、〈燕歌行〉、〈斡魯垛觀獵〉等詩作。

丁、南歸途中所作。有〈幽州會餞〉、〈出自薊門行〉、〈金陵〉、〈星子驛別客〉、〈歲暮過信州靈溪〉等詩作。

戊、南歸後所作。有〈南歸對客〉、〈重訪馬碧梧〉、〈重訪草堂〉、〈竹枝歌十首〉、〈昝舍人錦江泛舟〉等詩作。

宋蕭灼〈題汪水雲詩卷〉云：

> 「朔風卷雨東南昏，銅仙灑淚辭吳門。間關萬里踏燕月，埃沙撲面愁人魂。攜琴早晚隨王母，不似瑤池舊歌舞。南冠岌岌操南音，此意此心千萬古。十年歸

來兩鬢霜，袖有詩史繼草堂。…」（註11）

這首詩貼切而生動地寫出了元量的重要履歷，的確，元量歸來時，只剩餘「兩鬢霜」和「詩史」。可以想見當時汪元量立誓要寫「詩史」的決心，因此其必須跟隨謝太皇太后被俘北上，以便目睹元人侵宋史實，而予以記錄，供後人作評斷。所以為了要以詩寫下歷史，並作見證，這也是元量自願隨侍謝后被俘北上的原因。

三、宋舊宮人詩詞之真偽

元世祖至元二十五年（一二八八），汪元量辭官南歸前，除宋舊宮人及燕趙諸公子，為元量餞別之外；宋舊宮人十八位，還作詩詞贈汪元量。謝翱《續琴操・哀江南》謂元量南歸時，「舊宮人會者十八人，釃酒城隅，與之別。援琴，鼓再行，淚雨下，悲不自勝。」（註12）詩意悽惻感人。其詩序曰：

「水雲留金臺一紀，琴書相與無虛日。秋風天際，數書告行，此懷愴然，空知夜夢先過黃河也。一時同人以『勸君更進一杯酒，西出陽關無故人』分韻賦詩為贈。他時海上相逢，當各說神仙人語，又豈以世間聲律為拘拘耶！」（附錄一，頁二四）

茲舉數首詩例如下：

「朔風獵獵割人面，萬里歸人淚如霰。江南江北路茫茫，粟酒千鍾為君勸。」（「勸」韻）（王清惠）（附錄一，頁二〇四）

「天山雪子落紛紛，醉擁貂裘坐夜分。明日馬頭南地去，琴邊應是有文君。」（「君」韻）（陳真淑）（卷一，頁二四）

「萬疊燕山冰雪勁，萬里長城風雨橫。君衣雲錦勒花驄，此酒一杯何日更。」（「更」韻）（黃慧真）（卷一，頁二四）

「十年燕客身如病，一曲剡溪心不競。憑君寄語愛梅仙，天理見時人事盡。」（「盡」韻）（何鳳儀）（卷一，頁二五）

「燕山雪花大如席，馬上吟詩無紙筆。他時若遇隴頭人，折寄梅枝須一一。」（「一」韻）（周靜真）（卷一，頁二五）

「塞上砧聲響似雷，憐君騎馬望南回。今宵且向穹廬醉，後夜相思無此杯。」

（「杯」韻）（葉靜慧）（卷一，頁二〇五）

「瘦馬長吟寒驢吼，坐聽三軍擊刁斗。歸人鞍馬不須忙，為我更釃葡萄酒。」
（「酒」韻）（孔清真）（卷一，頁二五）

然王國維在《觀堂集林》卷二十一〈書宋舊宮人詩詞湖山類稿水雲集後〉中，認為
宋舊宮人之作為偽作，其原因有三（註13）：

（一）王昭儀在元量南歸前已仙逝，不能為詩

這些宋舊宮女所作詩，第一首即為王清惠（王昭儀）作。而王清惠的確於元量南歸
前已逝，汪元量南歸前，有〈女道士王昭儀仙游詞〉（註14）可證。孔凡禮認為「不可
即此一端而謂全部作品皆偽作。」（註15）

楊樹增則主張王昭儀並未逝於南歸前，而可參與作詩。因元量所作〈女道士王昭儀
仙游詞〉，編次在謝后、趙福王挽章之間，而趙福王之子於至元二十四年（一二八七）
二月襲位，故趙福王必死於這之前。楊樹增云：

> 「《湖山類稿》大體按年代編輯，故王國維斷定王昭儀也死于元量南歸前。但
> 《湖山類稿》中仍有不少詩並非是按時間順序編次的。前面已述《天山觀雪，
> 王昭儀相邀割駝肉》一詩，作于至元二十五年（一二八八），證明趙福王死後
> 王昭儀還活著。」（註16）

意即至元二十五年（一二八八）時，「王昭儀還活著」。個人認為無論王昭儀活至何
時，只要汪元量已寫作〈女道士王昭儀仙游詞〉，則證王昭儀死於元量南歸之前，甚或
死於南歸前數月。

那麼何以這十四首詩的第一首，署名為「王清惠」？實乃「黃清惠」之訛。楊積慶
在〈論汪元量及其詩〉一文中云：

> 「鮑廷博在〈宋舊宮人詩詞〉跋語中云：『楊儀《金姬別傳》所傳詩詞，與此
> 集無少異，惟以王清惠為黃清惠，或傳寫之訛耳。』我卻認為傳寫之訛者，正
> 是『王清惠』當為『黃清惠』，這就解決了『水雲南歸時，昭儀已死，不得作
> 詩送之』（按：此為王國維語）的疑團。」（註17）

楊積慶認為「王清惠」乃「黃清惠」之誤，個人同意此說。

（二）作詩者僅十四人，與十八人不符

據孔凡禮《增訂湖山類稿》所收之《亡宋宮人詩》，有十四首（註18）；而所收

之《宋舊宮人贈汪水雲南還詞》及《亡宋舊宮人詞》，各為十一闋、二闋。除去重複者，詩詞總計為廿七首，作者同樣為廿七人，並非十八人。而這廿七首作品中的十四首詩作，以「勸君更盡一杯酒，西出陽關無故人」等十四字韻，由十四人分韻賦詩為贈；十四首詩中內容，各有不同，有的勸酒、有的提及眼前之離情別緒、更多的是提及別後的思念，如：「後夜相思無此杯」、「不堪腸斷唱〈陽關〉」、「音書還記鴈來無」。楊樹增認為：

> 「很可能是謝翱將十四首絕句的作者與另外詩詞的四作者簡單加在一起，誤為十八人（王昭儀有七絕和五言，故重複）。再說謝翱也並非指明會者十八人都是詩詞作者。總之，以『人數不合』為由，是難以證實宋舊宮人詩詞是偽作的。」（註19）

對此，楊積慶則以為：

> 「除賦詩贈別者（按：贈詩者應有十四位）外，尚有填詞為贐者：章麗真、袁正真〈長相思〉，金德淑〈望江南〉，和前面贈詩者十五人，正符『十八人』之數。」（註20）

楊積慶之說，仍不盡理想，因贈詩者為十四位，並非十五位；且據孔凡禮所輯佚之宋舊宮人詩詞，為詩者有十四位，填詞者有十三位（註21），楊積慶仍未湊攏人數，這一點有待後之學者再探討。然個人贊同楊樹增所說：「以『人數不合』為由，是難以證實宋舊宮人詩詞是偽作的。」因為由這些詩詞中的內容，所透露的情意，並非偽作所能作的。

（三）十四位所作絕句，如出一手

汪元量在宋朝宮中給事，長達十六年（註22）與宮女相處而熟稔，教導琴曲或詩詞，有此可能，生活輕鬆愉快。如今元量辭官南歸，舊宮人為詩詞相贈，乃屬自然之事；而所作作品，如出一手，亦在所難免。孔凡禮對此看法：

> 「王氏又謂亡宋舊宮人送元量十四詩『若出一手』，亦不足為偽作之據。此十四詩，格調固有其相似處，然謂之『出一手』則不可。舊宮人雖能文詞，當屬略通文墨，撰詩時，彼此切磋當有之，在輾轉流傳過程中，好事者加工當有之，《宋遺民錄》與《西湖遊覽志餘》所引宮人詩之文字有差異，即其例。宋舊宮人詩詞實大體可信。」（附錄二，頁二七八）

所謂「如出一手」的問題，楊樹增則認為：

「宮人大體一致的痛苦經驗，離別時相同的依依不捨之情，使十四首絕句共同具有淒楚悲涼的情調，這是可以理解的。倘再細心體味，有的率直，有的含蓄，詩中勸酒並言元量騎馬而歸，這些內容幾次出現于幾首詩內，倒十分像出自眾手之作。」（註23）

以上三點，雖是王國維所據以認為宋舊宮人詩詞為偽撰的原因，但均為孔凡禮、楊樹增所駁。此外孔、楊二人又提出一些說法以證。孔凡禮提出並非偽作之例證：

「今觀其內容，《亡宋宮人詩·序》謂『水雲留金臺一紀』，一紀乃十二年。自至元十三年至今至元二十五年，適為一紀，與事實完全相符。...《亡宋宮人詩》附有王清惠所作〈秋夜寄水月水雲二昆玉〉詩，非偽作所能作。」（註24）

楊樹增則謂元迺賢曾記危素所言：

「...宮人王昭儀清惠以下廿有九人，分韻賦詩以餞其行，...其諸公所賦墨跡，嘗見于臨川僧舍。」（註25）楊樹增認為：「（由此）知元量一直珍藏著宮人詩詞的墨跡。」（註26）元量一直珍藏著宋舊宮人的詩詞墨跡，此乃人之常情，亦顯見宋舊宮人所為詩詞，並非偽作。

【附註】

註1　孔凡禮《增訂湖山類稿·汪元量研究資料彙集》附錄一，頁二五三。

註2　見《中文大辭典》，冊二，頁五四三。

註3　見於孔凡禮《增訂湖山類稿》卷三，頁七三及八〇；孔凡禮為此二首詩，所作編年，謂作於辭官南歸前。

註4　同註1，頁一八五。

註5　此二首詩皆見於孔凡禮《增訂湖山類稿》卷一；而〈醉歌〉十首在頁十三，〈兵後登大內芙蓉閣宮人梳洗處〉詩則在頁十二。

註6　該文載於《中華文史論叢》一九八三年四輯，頁二〇五。

註7　見孔凡禮《增訂湖山類稿·汪元量事蹟紀年》附錄二，頁二五八。

註8　汪元量有〈北征〉詩：「北詩有嚴程，挽我投燕京。挾此萬卷書，明發萬里行。」見孔凡禮《增訂湖山類稿》卷二，頁二八。

註9　見同註4，卷一，頁一〇。

註10 見同註1，卷二，頁六三。

註11 見同註1，頁二二一。

註12 同註1，頁二八。

註13 見王國維《觀堂集林‧書宋舊宮人詩詞湖山類稿水雲集後》，頁一〇五七。

註14 同註3，頁一〇八。

註15 同註1，附錄二，頁二七九。

註16 見楊樹增〈汪元量祖籍、生卒、行實考辨〉，頁二一八至二一九。

註17 見《文學遺產》，一九八二年四月，頁七八。

註18 同註1，頁二〇四至二〇七。

註19 同註15。

註20 見楊積慶〈論汪元量及其詩〉一文，頁七二。

註21 宋舊宮人贈汪水雲南還詞，共有十三人十三闋。見同註1，頁二三〇至二三四。

註22 自理宗景定元年（一二六〇），至恭帝德祐二年（一二七六）元量被俘北上止，共計十六年。

註23 同註15。

註24 同註1，附錄二，頁二七八至二七九。

註25 同註15。

註26 同註15。

第四章　交游

　　現今存世的汪元量資料有限，無法知悉其交游情況。除從友人的題跋及贈詩外，只有直接由汪詩中去了解；然而由於時局動盪不安，汪詩保存不易。在汪元量僅存的四百八十首詩作、五十二闋詞作中，以詩題及內容而言，來往贈答友人的詩作，僅八十首，並非大宗；以詞題及內容而言，僅五闋，實則以汪元量隨和、熱誠的個性，當不致如此。其詩題佔大宗者乃以地名為題，有一百六十五首詩、十三闋詞（另有廿四闋詞，有詞牌而無序，不計在內）。其詩更藉途經之地感懷，遂有「詩史」之譽。

　　雖然汪元量不求聞達，早年以詞章給事宮中，當也結交一些朝中友人；後又長年以琴藝事奉謝后、王昭儀，此時必也結識一些音樂同道。此外汪元量過從較頻繁者，尚有哪些人，不易得知。如今只能以孔凡禮《增訂湖山類稿》中，所輯全部汪元量作品為主，再參考《宋史》、《宋季忠義錄》、《宋人傳記資料索引》，可看出其與友人交游酬酢情形。先自《增訂湖山類稿》中，分類歸納、統計各類友人，錄下交往頻繁者（即來往唱和作品較多者），再逐次檢視參閱這些友人的傳記、詩文集、相關資料，以明其與汪元量交游情形。茲將汪元量友人，分成五類，逐節敘述之。

第一節　朝中友人

　　汪元量於理宗景定元年（一二六〇）左右入宮，於恭帝德祐二年（一二七六），元兵入侵時，被俘北上。深居宮中約有十六年之久，理應有許多來往頻繁的朝中友人；然而汪元量作品中，不見往來贈答的當朝官吏作品；或許因其作品大量散佚，或因其甘於末官，專心以琴藝侍奉謝后、王昭儀，而不重奉迎酬酢。在其詩題詞題中提及的朝中友人，共有十九位，多數只提及一次，提及兩次以上者僅有四位，則這四位必為汪元量在宮中，較常往來者，茲敘述如下：

一、王昭儀

　　王昭儀為宮中女官，早年即賞識汪元量，可稱是汪元量的朝中友人，也算是音樂知

音（註1）；然因元量先以詞章供職宮中，後以琴音事奉之，與朝中的王昭儀相處時間長，故而歸類於此。昭儀，為女官名，漢元帝時置，位視丞相，爵比諸侯王，直至宋時尚沿用其名號。王昭儀即王清惠，字沖華。《宋史‧后妃傳》未記載。王國維〈書宋舊宮人詩詞湖山類稿水雲集後〉云：

> 「其人宋史后妃傳失載，惟江萬里傳云：『帝在講筵，每問經史疑義及古人姓名，賈似道不能對，萬里從旁代對。時王夫人頗知書，帝常語夫人以為笑，則夫人乃度宗嬪御。』（宋）陳世崇《隨隱漫錄》云：『會寧郡夫人昭儀王秋兒、順安俞修容、新興胡美人、資陽朱春兒、高安朱夏兒、南平朱端兒、東陽周冬兒，…皆上所幸也。初在東宮，以春夏秋冬四夫人直書閣為最親。王能屬文為尤親，雖鶴骨癯貌，但上即位後，批答晝聞，式克欽承，皆出其手。然則王非以色事主，度皇亦悅德者也。』是夫人在度宗朝已主批答，及少帝嗣位，謝后臨朝，老病不能視事，夫人與聞國政，亦可想見。故入元後，元人待遇有加。」（註2）

由此資料，對王昭儀可有一些了解：起初度宗未即位前，即已賞識王秋兒（王昭儀）才華。王昭儀以能屬文而得寵，並非徒以美色事主，度宗皇帝亦悅德者也。度宗即位後，「批答晝聞，式克欽承，皆出其手。」可想而知，度宗（在位僅十年）崩後，幼主恭帝即位時，衰老多病的謝后臨朝，王昭儀必與聞國政。

〈亡宋宮人詩〉謂昭儀王清惠字沖華（註3）。汪元量與王昭儀的來往贈答詩詞之作頗多，足證其二人情誼匪淺；然不見早年二人在宮中的酬唱之作，或許已然散佚。只見後期汪元量所作，提及王昭儀之詩篇，舉例如下：

> 「瑤池宴罷夜何其，拂拭朱絃落指遲。彈到急時聲不亂，曲當終處意尤奇。雪深沙磧王嬙怨，月滿關山蔡琰悲。羈客相看默無語，一襟愁思自心知。」〈幽州秋日聽王昭儀琴〉（卷三，頁六八）

此詩約在至元十四年（一二七七），作於幽州（燕京）。此時已在敵營，即使能批答奏章、與聞國事的王昭儀，也覺「抱負難伸」，而無用武之地，自是滿腹心事，全藉指端流露無遺，也只有琴藝行家汪元量，聽得出落指聲中有寄意，且以王嬙、蔡琰喻之。

> 「溝水壚邊落木疏，舊家天遠寄來書。秋風冷驛官行未，夜月虛窗客夢初。流鴈斷鴻飛曠野，舞鸞雛鶴別穹盧。裘貂醉盡一尊酒，愁散方知獨上車。」〈壚溝橋王昭儀見寄回文次韻〉（卷三，頁七五）

此首汪元量回王昭儀的和詩，作於在北期間（一二八一至一二八二）。遠離故國已五年餘（註4），愁緒與日俱增，也只有在詩中，對王昭儀訴一訴。

> 「天上人家，醉王母、蟠桃春色。被午夜、漏聲催箭，曉光侵闕。花覆千官鸞閣外，香浮九鼎龍樓側。恨黑風、吹雨溼霓裳，歌聲歇。　　人去後，書應絕。腸斷處，心難說。更那堪杜宇，滿山啼血。事去空流東汴水，愁來不見西湖月。有誰知、海上泣嬋娟，菱花缺。」〈滿江紅〉（和王昭儀韻）（卷五，頁一七三）

此詞寫於抵燕之初，乃和王昭儀詞。王昭儀〈滿江紅〉詞云：

> 「太液芙蓉，渾不似舊時顏色。…忽一朝鼙鼓揭天來，繁華歇。…願嫦娥垂顧肯相容，隨圓缺。」（卷五，頁一七三）

宋劉辰翁評曰：「結句欠商量。」（註5）其末句所表現的不堅定態度，不僅劉辰翁不願苟同，文天祥也為此有和詞云：

> 「燕子樓中，又捱過、幾番秋色。…最無端、蕉影上窗紗，青燈歇。…妾身元是分明月。笑樂昌，一段好風流，菱花缺。」（註6）

詞中為王昭儀代言，無論形勢如何變，自身的志節絕不改變。而汪元量也和之曰：「有誰知、海上泣嬋娟，菱花缺。」同樣勸王昭儀堅守志節，其後王昭儀為女道士，可謂不辱志節。

二、咎相公（咎萬壽）

咎相公，乃咎萬壽，咎萬壽事蹟不詳，宋史無傳。僅知宋恭帝德祐元年（一二七五）以嘉定安撫使身分降元（註7），入元後名順。《元史·世祖紀》：至元二十三年二月紀事：「以…都元帥…咎順…並參知政事。」就汪元量而言，對宋時曾同朝供職的咎萬壽，如今相遇於北營，這份情誼頗為親切。由下列詩例得知：

> 「燕雲遠使棧雲間，便遣郵筒助客歡。閃閃白魚來丙穴，綿綿紫鶴出巴山。神仙飄紗艷金屋，城郭繁華號錦官。萬里橋西一回首，黑雲遮斷劍門關。」〈咎相公席上〉（卷三，頁九八）

詩中自述奉派降香（註8），遠自燕雲來此，得到咎萬壽的款待。巴山、錦官、劍門關，皆四川附近的地名（註9）。此詩當作於至元二十三年（一二八六）。據現有資料，元量凡兩次入蜀，此為第一次，即奉派降香之時，經蜀，當時咎順（萬壽）在其

位。尚有另一首詩，也顯示兩人之情誼：

> 「行都元帥千啼馬，腰佩角弓箭盈把。浣花溪頭具小舟，擊鼓吹簫行酒罍。舞腰嬝娜錦纏頭，風吹金縷隨東流。公孫弟子背面笑，拔劍一擊蛟龍愁。萬里橋西有茅屋，杜子當年來卜築。湘江一醉不復歸，四松寂寞擎寒玉。」〈咎元帥相拉浣花溪泛舟〉（卷三，頁九九）

此詩同為元量降香途經蜀地時，咎萬壽相邀浣花溪泛舟而作，雖然愉悅之情洋溢，仍難掩愁緒。詩中寫咎萬壽「得意」於元朝，如今為元帥；對途經蜀地而同為元官的汪元量而言，此時兩人相遇於敵營，複雜的心境，實無法言宣。

> 「蜀都府主迎賓客，贈我蜀錦三百尺。美人蕨蕨弄金梭，駕鴦機上初成匹。繁花亂蕊皆同心，艷柈中含杜鵑血。…為我裁成合歡被，細意密縫無線迹。…卻憶故家初破時，繡龍畫雉如砂石。…紛華過眼一夢如，蜀錦吳綾復何益。白茅安用紅錦包，虎皮難以裹羊質。只今卷錦還府主，心地了然無得失。…」〈咎相公送錦被〉（卷四，頁一三八）

此詩當作於第二次入蜀時。汪元量辭元官南歸後，有湘蜀之行。在蜀地遊歷約兩年，見到咎元帥，贈送錦被，情誼不同尋常。其後還同遊錦江，元量有〈咎舍人錦江泛舟〉詩（註10），透露二人愉快遊江之情景。

三、馬廷鸞

馬廷鸞，字翔仲，樂平（在江西）人。理宗淳祐年間進士，遷秘書省正字。初丁大全雅慕廷鸞，欲羅致之，廷鸞不為所動，反欲彈劾丁大全，由是名重天下。度宗咸淳中，拜右丞相，後罷歸。可知理宗末年、度宗初年，此時期馬廷鸞正在朝中為相，當見過汪元量。馬廷鸞《書汪水雲詩後》：「展卷讀甲子初作，微有汗出。」（註11）甲子為理宗景定五年（一二六四），依孔凡禮說法，元量此時開始有作品入集（註12），而馬廷鸞閱後「微有汗出」，知元量早期之詩作，即甚有可觀。

> 「萬里遠行役，十年良可哀。前輩古風在，故人今雨來。絕口不提事，挽鬚惟把盃。種得碧梧樹，春風花自開。」〈重訪馬碧梧〉（卷四，頁一二三）

作此詩時，元量已辭官南歸年餘（註13），南歸後訪友，馬廷鸞也已罷相多年，可知元量仍念及此位前輩而造訪之。詩題謂重訪，說明汪元量南歸經江西時，當曾往訪樂平，此次為重訪，透露二人間之情誼。馬廷鸞曾為汪元量詩集作跋，稱許其詩為「詩史」：

「余在武林，別元量已十年矣。一日，來樂平尋見，余且臥病，彊欲一起迎肅，不可得也。家人引元量至榻前，相與坐語，恍如隔世，戚然有所感焉。元量出《湖山稿》求余為序，展卷讀甲子初作，微有汗出。讀至丙子作，潸然淚下。又讀至〈醉歌〉十首，撫席慟哭，不知所云。家人引元量出，予病復作，不能為元量吐一語，因題其集曰『詩史』」。〈書汪水雲詩後〉（附錄一，頁一八六）

汪元量往見馬廷鸞，為汪詩集求序，此時馬廷鸞正臥病；待閱過汪詩集，馬廷鸞「微有汗出」，且「撫席慟哭」，因而題汪集為「詩史」（註14）。

【附註】

註1　見孔凡禮《增訂胡山類稿》附錄二所引。陳泰〈宋錢唐琴士汪水雲〉詩：「熙明殿中早朝罷，仗內玉輦扶皇君。昭容傳詔促侍燕，屏棄舊樂嫌繽紛。調絃始學鳳凰語，度曲便覺聲有神。」《咸淳臨安志》卷一《宮闕·大內》：「熙明殿，今上皇帝（按：指度宗。）即東宮新益堂改建。…咸淳三年春落成。」昭容或即王昭儀。則知王昭儀推崇汪元量琴藝或受教於汪元量，為汪元量知音。

註2　見王國維《觀堂集林·書宋舊宮人詩詞湖山類稿水雲集後》，頁一〇五六至一〇五七。

註3　見孔凡禮《增訂湖山類稿》附錄二，頁二〇七。

註4　同註3，頁二五四。

註5　同註3，卷五，頁一七三。王昭儀詞，文天祥《指南後錄》、周密《浩然齋雅談》及陶宗儀《南村輟耕錄》皆有錄，然三者文句有出入，以陶宗儀所錄者為得中：「太液芙蓉，渾不似舊時顏色。曾記得春風雨露，玉樓金闕。名播蘭簪妃后裏，暈潮蓮臉君王側。忽一朝鼙鼓揭天來，繁華歇。　　龍虎散，風雲滅。千古恨，憑誰說。對山河百二，淚霑襟血。驛館夜驚塵土夢，宮車曉碾關山月。願嫦娥垂顧肯相容，隨圓缺。」參見張公鑑《文天祥生平及其詩詞研究》，頁一八九。

註6　見文天祥《文文山全集·指南後錄》卷十四，頁三五七。

註7　同註3，頁二五四。

註8　元世祖至元二十三年（一二八六）正月，遣使代祀嶽瀆東海。參見同註3，頁二七三。

註9　巴山，即巴嶺山，亦名大巴山。在陝西省西鄉縣西南，支峰綿亙數百里，跨南鄭、鎮巴、及四川之南江、通江諸縣。《讀史方輿紀要·陝西·漢中府·西鄉縣》：「巴山，縣（西鄉縣）南六十里，西接四川巴州界。」錦官，即錦官城。故址在今四川成都之南。成都舊

有大城、少城。少城古為掌管織錦之官員所居，因此稱錦官城。世又通稱成都為錦官城。

劍門，山名。在四川省劍閣縣北。亦名大劍山、梁山、高梁山。山勢險峻，歷代皆為戍守之處。

註10 同註3，卷四，頁一四七。

註11 同註3，附錄二，頁二四八。

註12 同註3，附錄二，頁二四八；及附錄一，頁一八六。

註13 同註3，卷四，頁一二三至一二四。

註14 同註3，附錄二，頁二七〇至二七三。

第二節　詩詞友人

汪元量曾以詩詞專長給事宮中，則其擅長詩詞，自無庸置疑，因而結交一些詩詞友人，時相贈答唱和。這些友人包括林石田、李鶴田、劉師復、曾平山等，茲敘述如下：

一、林石田

林昉，字景初，石田乃其號。粵人。《詩淵》第四冊引宋顧逢詩集，有〈寄林石田老友〉詩，謂：

「西湖惟二老，乍別更傷情。」同冊又有〈寄陳石窗林石田老友〉詩：

「典型惟二老，利祿等鴻毛。士行貧中見，詩名犯後高。苦心親筆硯，冷眼看兒曹。」

同冊又引僧人文珦的〈潛山稿‧寄贈林石田〉詩：

「人言石田無所用，我道此田好畦壟。靈根至竟不曾枯，遍與人間作詩種。田翁去作王門客，山翁復有居山癖。」

由以上三首詩（註1），可知林昉常住西湖，後來入「王門」為客；因與方外交游，也熟諳禪理；有詩名，惜今存世者稀少（註2）。在元量詩集中，與林石田的唱和詩頗多，足證二人的友情深厚，例如：

「逃難藏深隱，重逢出近詩。乾坤一反掌，今古兩愁眉。我作新亭泣，君生舊國悲。向來行樂地，夜雨走狐狸。」〈杭州雜詩和林石田廿三首其三〉（卷一，頁一七）

此詩為廿三首的五律組詩之第三首，雖有模仿杜甫〈秦州雜詩廿首〉的痕跡，卻與杜甫一樣，發出悲世、失望之鳴；以此組詩，向好友表明求隱之志。而本首詩，乃謂兩人逃難重逢，悲歎國事已非，元人已然竊有宋地（註3）。

「此夕知何夕，游船雜戰船。山河空百二，宮闕謾三千。雨歇雲垂地，潮平水接天。惜哉無祖逖，誰肯著先鞭。」〈杭州雜詩和林石田廿三首其十一〉（卷一，頁二十）

詩中先責斥游船上，歌者自歌，渾不知戰也；再指空有險要山河，及壯麗的宮闕，卻無為國效命之祖逖。感嘆國家板盪，也無忠臣；全詩意在言外。

「休休休休休，干戈白盡頭。諸公雲北去，萬事水東流。春雨不知止，晚山相對愁。呼童攜斗酒，我欲一登樓。」〈杭州雜詩和林石田廿三首其廿三〉（卷一，頁廿四）

此組組詩至此，作者情緒雖已趨緩，卻仍然有反戰思想。念及宋俘此去燕京，往事已如「水東流」，來者則無法卜之，不知不覺愁緒又起。還是登樓喝酒去，忘卻憂愁吧！

「偶攜降幟立詩壇，剪燭西窗共笑歡。落魄蘇秦今席暖，猖狂阮籍尚氈寒。山中客老千莖白，海上人歸一寸丹。世事本來愁不得，乾坤只好醉時看。」〈答林石田見訪有詩相勞〉（卷四，頁一二〇）

此詩作於南歸之初。經歷國難，如今老友重逢，悲喜交集，少不了一番慨歎。

二、李鶴田

李鶴田，即李玨，字元輝、元暉；號鶴田。吉水人。汪元量與李鶴田有作品往還，汪詩云：

「南浦亭邊話別時，扁舟東下浙江湄。編將越國千年事，吟作錢唐百詠詩。無火可能燒莽卓，有刀恨不斬高斯。五陵佳氣飛揚盡，淚灑西風兩鬢絲。」〈讀李鶴田錢唐百詠〉（卷四，頁一二二）

此詩即〈錢唐百詠〉讀後感，與李鶴田同感國家淪亡之悲悽。首句有送別之意，乃指李鶴田返家鄉吉水（在今江西）。

「文江別後又三年，別後三年詩幾篇。老去莫思身外事，命窮甘作飲中仙。天陰雨溼龍歸海，雲淡風輕鶴在田。回首西湖湖上路，新蒲細柳為誰妍。」〈寄李鶴田〉（卷四，頁一五五）

文江，即吉水。元量於南歸之初，曾往訪李鶴田，自上次在文江分手後至今，已三年。李鶴田為元量的詩詞友人，所以在詩中問訊：「別後三年詩幾篇」。

「一日，吳友汪水雲出示《類稿》，紀其亡國之戚，去國之苦，備見於詩，微而顯，隱而彰，哀而不怨，欷歔而悲，甚於痛哭，…唐之事紀於草堂，後人以『詩史』目之，水雲之詩，亦宋亡之詩史也，其詩亦鼓吹草堂者也。其愁思壹鬱，不可復伸，則又有甚於草堂者也。」〈書汪水雲詩後〉（附錄一，頁一八七）

此為李鶴田為汪元量所題之跋，說明兩個重點：一為稱汪詩「微而顯，隱而彰，哀而不怨，欷歔而悲，甚於痛哭，…」二為稱汪詩為「宋亡之詩史」，其愁思更甚於杜詩。可見其對汪詩之推崇。

三、劉師復

劉師復，三會人。《青山集》卷四之〈七逸畫記〉，謂清江人稱趙文、劉師復等六人為「七逸」（註4），故知劉師復也善畫。汪詩集中不見兩人來往贈答詩，不知是否散佚，然劉師復為元量題詩兩次，其中一次題詩有十首，且十首之一有「雙親八十喜康健，七子侍勞三十餘。」詩句（註5），指汪元量雙親仍康健，而膝下有七子。可知其熟悉汪元量家庭狀況，必為汪元量較親近的友人之一。

> 「澗邊爛醉桂花秋，明發攜琴不可留。遙想兩峰湖一曲，畫船何日許同遊。」
> 〈題汪水雲詩卷十首之十〉（附錄一，頁二一二）

元量被拘北上，在北期間，與南方友人音訊斷絕，不免倍加思念；十二年後，終於得准辭官南歸，於是先造訪杭州、江西一帶友人，再作瀟湘之行打算。而劉師復的題詩中，已知汪將有遠行，故有「明發攜琴不可留」句，可知兩人情感之深；且有「畫船何日許同遊」句，有份期待，也可證兩人之情誼。

> 「水流雲在意，政不限西東。山澤秋如瘦，江湖道亦窮。浙音惟我聽，冀眼獨居空。甚惜匆匆別，西風落葉中。」〈題汪水雲詩卷〉（附錄一，頁二一七）

首句將水雲二字鑲嵌在句中，全詩表達對汪元量歸來的歡迎，卻也感歎會面之短暫。

四、曾平山

曾平山，名子良。金谿（在今江西）人。以能賦而擢度宗咸淳戊辰（一二六八）第。任建德府淳安令，才三個月，宋亡，而隱居山中，鬻文以自給（註6）。《宋史翼·曾子良傳》卷三十五，稱子良：「篤志性理之學」，又謂：

> 「入元，程鉅夫以遺逸薦，不赴。扁『節居』二字於堂以示志，學者稱平山先生。所著有《易雜說》、《中庸大學語孟解》、《聖宋頌》、《百行冠冕詩》、《續言行錄詩》、《廣崇類稿》、《咸淳類稿》。」（註7）

> 「老貌不隨俗，固窮而隱居。一塢百竿竹，八窗千卷書。酌以旋篘酒，薦之新網魚。興盡出門去，晚涼山雨餘。」〈曾平山招飲〉（卷四，一二四頁）

子良招汪元量飲，當在其家鄉金谿山中。元量赴友人之招，往江西金谿山中相會。詩中描繪子良的生活狀況，及以魚、酒待客之情景。元量不辭遠行赴約，可見曾、汪之情誼，非比尋常。惜汪詩集中，提及曾平山者，僅此一首，或許餘皆已散佚。

【附註】

註1　見孔凡禮《增訂湖山類稿・汪元量事蹟紀年》附錄二，頁二五五至二五六。

註2　同註1。

註3　見拙撰〈汪元量「杭州雜詩和林石田廿三首」詳析〉，載《宋代文學叢刊》第七期。

註4　同註1，頁二五二。

註5　同註1，附錄一，頁二一二。

註6　孔凡禮《增訂湖山類稿》卷四，頁一二四。

註7　同註6。

第三節　藝界友人

　　汪元量善琴，長期為宮中琴師；也善畫，較不為人所知。明陳謨〈題呂仲善所藏汪水雲草蟲卷子并序〉謂元量畫作的意境：

> 「卷中百蟲，各極情態，而終以大小數鴈，豈所謂『江南破，百鴈來』者乎？水雲寓〈黍離〉之感於畫圖，觀者淒斷。」（註1）

　　由此文可探知元量的畫藝。因而元量有一些藝界友人，時相切磋，以琴、畫會友；從中得到樂趣，也使技藝精進，乃屬自然之事。這些友人有：

一、徐雪江

　　徐雪江，即徐宇。明《詩淵》第四冊引宋顧逢詩集，有〈寄徐雪江溫日觀老友〉詩：

> 「詩畫琴三絕，乾坤只一身。生前長聚首，死後更無人。材大身猶壽，名高分合貧。自憐傳五字，造物亦相嗔。」（註2）

同冊又有〈寄徐雪江‧潛山老人〉詩云：

> 「雪江連雪巘，天目一般清。三老真希有，幾年能再生。琴中彈自譜，講外著詩聲。豈獨箋《莊》《老》，猶餘翰墨情。」（註3）

由此知徐宇不但擅長琴，也善詩、畫；對老莊也有研究，名聲高卻貧困。由下列汪元量的詩詞，可知悉汪、徐的情誼：

> 「灩灩平湖，雙雙畫槳，小小船兒。嫋嫋珠歌，翩翩翠舞，續續彈絲。　山南山北遊嬉，看十里、荷花未歸。緩引壺觴，箇人未醉，要我吟詩。」〈柳梢青〉（湖上和徐雪江）（卷五，頁一六五）

此闋詞充滿歡樂情緒，作於度宗咸淳年間。二人遊湖情景，和著彈奏的琴音，有歌有舞；山南山北遊遍，更有喝酒、吟詩助興。真是快樂時光！

> 「萬里起青煙，旌旗若泉湧。國家開氣數，陵谷見推遷。避難渾無地，偷生賴有天。夜來聞大母，已自納降箋。」〈和徐雪江即事〉（卷一，頁八）

國亡在即，元量在詩中敘述國事，告知友人。

「朱甍突兀倚雲寒，潮打孤城寂寞還。荒草斷煙新驛路，夕陽古木舊江山。英雄聚散闌干外，今古興亡欸乃間。一曲尊前空擊劍，西風白髮淚斑斑。」〈浙江亭和徐雪江〉（卷四，頁一一九）

此詩作於南歸之初，辭官歸來即有和詩與徐雪江，可知其間之情誼。浙江亭在浙江，詩中首聯、頷聯先寫外在所見及內在心境；接著慨歎蒙古之興、宋朝之亡，皆何其速也；末聯有時不我予之感。也只有對著昔日老友，可以絮絮談心。

「徐卿寒夜彈玉琴，凍雲妒月波澄陰。海上神峰削幽翠，十二樓前玉妃墜。湘娥素女相對泣，翠竹蒼梧淚痕濕。幽蘭不香蕙花死，千愁萬怨青楓裡。風敲葉脫雨如嘯，百鳥喧啾孤鳳叫。老龍吐珠赤灑灑，山鬼搖門走堂下。徐卿徐卿且停手，呼兒割雞酌春酒。曲高調古人不識，側耳西樓咽箏笛。」〈聽徐雪江琴〉（卷四，頁一二五）

寒夜聽徐雪江彈奏琴曲，曲高調古又充滿哀怨，元量在感染哀愁之餘，竟要「徐卿徐卿且停手，呼兒割雞酌春酒。」也只有面對老友，才敢如此，意欲老友勿再傷悲。

二、毛敏仲

毛敏仲，三衢人。為汪元量琴藝之前輩，乃楊纘之客。元朝元栯《清容居士集·琴述贈黃依然》卷四十四，謂楊纘為以雅琴名於時者。敏仲少年時，與楊纘習江西譜，又與纘之另一客徐天民，朝夕損益琴理，刪潤別為一譜，以纘之所居紫霞來名譜，曰：「紫霞譜」（註4）。故而毛敏仲可稱為元量的藝界友人，元量為其所作詩：

「錢唐門外看新晴，舞蝶游蜂沒一星。風挾斷雲橫北巘，煙隨飛雨渡南屏。蘇堤柳樹照波綠，吳苑麥苗連地青。邂逅尋詩過嶺去，鼓鼙聲震浙江亭。」〈同毛敏仲出湖上由萬松嶺過浙江亭〉（卷一，頁一○）

由詩中末句，謂元人戰鼓已響徹浙江亭，可知此詩為宋亡之前所作。詩中透露二人在清麗景致中，遊興不減，卻有國事之憂。

「西塞山前日落處，北關門外雨來天。南人墮淚北人笑，臣甫低頭拜杜鵑。」〈送毛敏仲北行三首其一〉（卷一，頁二四）

「五里十里亭長短，千帆萬帆船去來。請君收淚向前去，要看幽州金築臺。」〈送毛敏仲北行三首其二〉（卷一，頁二四）

恭帝德祐二年（一二七六）元兵大舉南下侵宋，至皐亭山，宋遣御史上傳國璽。元命宋君臣入朝（註5），於是眾多宋俘分批被拘北上燕京。毛敏仲先行北上。可知此二首詩作於離杭之前，詩中有無奈、有勸慰。

三、趙宣慰（趙淇）

趙宣慰即趙淇，字元德、平遠（註6），號平初、靜華翁。為南宋末年名臣趙葵之仲子。元世祖至元十五年任湖南道宣慰使。淇洞曉音律，尤妙於琴藝；同時善詩，亦以畫著稱，居長沙。劉將孫《養吾齋集》卷二十六有〈題趙平遠畫石〉一文。元夏文彥《圖繪寶鑑》卷五，有《趙淇傳》，謂其為潭州人，當因久居長沙之故。「作墨竹，長竿勁節，風致甚佳。」（註7）注元量詩集中，與趙宣慰的詩不多，不知是佚失，或因戰亂失聯；當一切皆已事過境遷，元量辭官南歸後，有湘蜀之行，入湘時，即往造訪。

> 「回雁峰前問訊，楚江幾度蘭香。望美人兮何處，水雲隔斷瀟湘。」〈衡山道中寄平遠趙宣慰〉（卷四，頁一三二）

幾年未見，詩中有真摯情意。「美人」，指趙宣慰，殷切期盼晤面之情，溢於言表。末句更為雙關語，「水雲」指元量自己，又指一水之隔、一雲之隔，好友在何方？

四、楊鎮

《圖繪寶鑑》卷四有傳：

> 「楊鎮，字子仁，嚴陵人。自號中齋，節度使蕃孫之子（註8）。尚（按：娶也）理宗周漢國公主。平居少飲，喜觀圖史。書學張即之。工丹青墨竹，在郢王員大夫間，蘊藉可觀。凡畫，賦詩其上，卷軸印記，清致異常，用駙馬都尉印。」（註9）

元量有〈別楊駙馬〉詩，楊駙馬即楊鎮，為宋宗室皇族，元量供職於內廷，較有機會與之交往，且同樣喜愛繪事；元量也喜結交一些藝術界友人，相互切磋，是故二人之情誼非比尋常。恭帝德祐二年（一二七六），元量隨侍謝后即將被俘北上，臨行前，有〈別楊駙馬〉詩：

> 「去去馬空冀北，行行鶴度遼東。彈鋏三千客裡，囊錐十九人中。杜子肯依嚴武，孔融不下曹公。南八男兒如此，殺身方是英雄。」（卷一，頁一一）

此詩勉楊駙馬，國事至此，應為國效命（註10）。汪元量在〈湖州歌九十八首其九十七〉

詩中，也提及之：

> 「兩下金襴障御階，異香縹緲五門開。都人罷市從容立，迎接南朝駙馬來。」
> （卷二，頁五八）

元人初以懷柔政策待宋室俘虜，因而以盛大場面歡迎駙馬抵達燕京。又因汪元量與駙馬有交情，故元量以詩記下駙馬抵燕之史實，為歷史鏡頭作見證。

五、葉福孫

葉福孫，字君愛，號蘭坡居士。在方回《桐江續集‧葉君愛琴詩序》卷三十三中，謂葉君愛乃「六十有五老儒」，且「能畫龍首」；而《桐江續集》卷二十八，有為葉君愛所撰的〈題畫龍首〉詩。可知葉福孫既善琴、詩，也能繪畫（註11），與元量有不錯交情。曾為汪元量題序：

> 「今雨水雲來訪我，西窗剪燭話遼東。百千萬事擲天外，一十四年如夢中。琴
> 到拙時方得趣，酒於愁處恰收工。明朝又掛孤帆去，江海茫茫正北風。」〈題
> 汪水雲詩卷〉（附錄一，頁二二二）

詩中有「一十四年如夢中」可知葉福孫與元量，已有十四年未見。末聯有「明朝又掛孤帆去，江海茫茫正北風。」知元量又將遠行，葉福孫有不捨之情。

【附註】

註1　見孔凡禮《增訂湖山類稿‧汪元量事蹟紀年》附錄二，頁二二八。

註2　同前註，頁二五五。

註3　同註1，頁二五五。

註4　同註1，頁二五七。

註5　同註4。

註6　同註1，頁一三二。

註7　同註1，頁二八六。

註8　娶天子女謂之尚。《字彙》：「尚，娶公主謂之尚，言帝王之女，尊而上之，不敢言娶。」

註9　附錄二，頁二五八。

註10 關於詩中意涵，詳見拙著《汪元量詩詞箋註》，即將出版。

註11 同註1，頁二八四至二八五。

第四章　交游

第四節　患難之交

汪元量身處亡國之際，內心之悲愴，可以想見；加上照料宋俘、應付元人等重任在肩，實已心力交瘁。由元量作品得知，拘北十二年期間，一些親朋故舊，大都已失去聯絡。此時遇到大宋丞相文天祥於獄中，互相安慰鼓舞；又與年紀相近的趙與熛，一同踏上上都、內地等艱苦行程。因而文天祥與趙與熛成為汪元量患難之交。茲探析如下：

一、文天祥

汪元量隨謝后等被俘北上後，被逼為元官。此時文天祥入獄不久，元量得以特殊身分探視之，二人一見如故，同樣關注國家朝廷，關愛天下蒼生；又同為朝廷近臣，目睹國家遭難，而萬般苦楚無奈；加上同為杜詩愛好者，同有詩史之作（註1），因而成為患難之交。文天祥自至元十六年（一二七九）被囚，至至元十九年（一二八二）成仁止，被拘禁的三年兩個月期間，汪元量數次探監，彈琴奏曲，為其解憂；共話國事，慰其苦悶。更勸以忠孝告白天下，已成為文天祥患難中的知己（註2）。此外，文、汪二人更有贈答唱和的詩作，共計九首。其中天祥有四首，元量有五首（註3）。而元量為天祥所作詩中，充滿崇敬之情，例如：

> 「有官有官位卿相，一代儒宗一敬讓。家亡國破身漂蕩，鐵漢生擒今北向。忠肝義膽不可狀，要與人間留好樣。惜哉斯文天已喪，我作哀章淚悽愴。嗚呼九歌兮歌始放，魂招不來默惆悵。」〈浮丘道人招魂歌九首之九〉（卷三，頁七九）

浮丘道人，即文天祥。就義後，汪元量作此招魂歌九首，詩中敘文天祥毅然為國的「忠肝義膽」，乃要「與人間留好樣」。又如：

> 「一朝禽瘴海，孤影落窮荒。恨極心難雪，愁濃鬢易霜。燕荊歌易水，蘇李泣河梁。讀到艱難際，梅花鐵石腸。」〈讀文山詩稿〉（卷三，頁八八）

詩中寫文天祥的孤苦為國，實為深知天祥苦境者。又如：

> 「厓山禽得到燕山，此老從容就義難。生愧夷齊尚周粟，死同巡遠只唐官。雪平絕塞魂何往，月滿通衢骨未寒。一劍固知公所欠，要留青史與人看。」〈文山道人事畢壬午臘月初九日〉（卷三，頁一〇九）

此詩為追輓之辭，可見文天祥在汪元量心目中份量，不因時間遠去而淡忘。

二、趙待制（趙與檦）

　　趙待制即趙與檦，字晦叔，號方塘。為宋宗室。元將伯顏渡江南下侵宋時，與檦詣軍門上書，對元軍力陳不嗜殺人，可以一天下的道理，且乞求保全其宗黨。入元後，授翰林待制。元朝廷立法，多所咨訪，其忠言讜論，無所顧憚，累遷翰林學士。宋亡，與汪元量同遭國難，被拘北上，又同為元官。與檦與瀛國公同被遣往上都、內地時，元量伴隨，於至元二十年（一二八三）出發，至元二十二年（一二八五）回抵大都（註4），一起經歷兩年酷寒艱辛的漠北行程，更增情誼。由下列詩中可知：

> 「圍獵看人放海青，黑山峽口路交橫。飛鴻雨溼雲天遠，去馬風寒雪塞平。歸客北邊關柝擊，過軍西畔寨燈明。巍巍殿帳甌房暖，衣鐵冷深更鼓鳴。」〈陰山觀獵和趙待制回文〉（卷三，頁八六）

詩中有寫景，有敘事。或許被拘北營已多年，心緒冷卻許多，不再吶喊、慨歎。

> 「久謂儒冠誤，窮愁方棄書。十年心不展，萬里意何如。司馬歸無屋，馮諼出有車。吾曹猶未化，爛醉且穹廬。」〈酬方塘趙待制見贈〉（卷三，頁八六）

方塘為趙與檦之號。此詩當作於至元二十至二十二年（一二八三至一二八五）間，元量伴隨瀛國公、趙與檦，被遣往上都、內地時所作。詩中可以發些牢騷，顯示二人有一定程度的交情，始可如此。

【附註】

註1　文天祥亦有「詩史」之作，曾在其〈集杜詩〉自序中曰：「昔人評杜詩為詩史，蓋其以詠歌之辭，寓紀載之實；而抑揚褒貶之意，燦然於其中。雖謂之史可也。予所集杜詩，自余顛沛以來，世變人事，蓋見於此矣。是非有意於為詩者也，後之良史，尚庶幾有攷焉。」見《文山先生全集》卷之十六，頁三九七。並參見拙著《文文山詩探蹟》，頁八九至一一五。

註2　天祥於〈胡笳曲〉序曰：「庚辰中秋日，水雲慰予囚所。援琴作胡笳十八拍，取予疾徐，指法良可觀也，琴罷，索予賦胡笳詩。」見《文山先生全集》卷之十四，頁三六九；而元量有〈姜薄命呈文山道人〉詩：「君當立高節，殺身以為忠。豈無《春秋》筆，為君紀其

功。」見孔凡禮《增訂湖山類稿》卷三，頁七〇。

註3　文、汪二人唱和詩作，其中文天祥所作四首，為：〈汪水雲援琴訪予縲紲，彈而作十絕以送之〉、〈書汪水雲詩後〉、〈胡笳十八拍辭〉、〈文山集杜句和韻〉；汪元量所作五首，為：〈妾薄命呈文山道人〉、〈文丞相丙子自京口脫去，變姓名作清江劉洙，今日相對得非夢耶〉、〈浮丘道人招魂歌〉、〈讀文山詩稿〉、〈文山道人事畢壬午臘月初九日〉。詳見拙著〈文天祥與汪元量獄中唱和詩探析〉，載《宋代文學研究叢刊》第五期，頁一〇三至一二九。

註4　見孔凡禮《增訂湖山類稿・汪元量事蹟紀年》附錄二，頁二七〇至二七三。

第五節　宋末隱者

　　有兩位宋末隱者，與汪元量的情誼，非比尋常；汪元量辭元官後，與之重逢敍舊，稍可填補心頭落寞之感。茲敘述如下：

一、劉將孫

　　劉將孫為劉辰翁之子（註1），字尚友，號養吾齋。宋末進士，延平教官，臨汀書院山長。曾為汪元量作兩篇長篇作品：〈湖山隱處記〉、〈水雲復索西湖一曲櫂歌如諸公例十首走筆成此〉，其中流露出推崇且異於尋常之情份，例如：

> 「...水雲汪氏，盛年以詞章給事宮掖，如沉香亭北太白。...燕雲朔雪，抱琴來歸，如還自會稽之庾肩吾。繩橋棧道，使禱群望，又如乘槎之博望侯。於是棄塵世，稱道人，復尋古杭舊築，於豐樂橋五步外，作小樓五間，上題『湖山好景』，紫微史公書也。...」〈湖山隱處記〉（附錄一，頁一九七）

劉將孫知悉元量之過往，且尊崇之，將之比作八歲能詩賦的庾肩吾（註2），以及漢朝的張騫。然後元量「棄塵世，稱道人」而歸隱。

> 「...南北兩峰，在紅雲島嶼間，所謂飛龍而舞鳳者也。畫船往來，此禁禦邸第所不能得見，...右而斷橋之曲折，...左而萬松籟脂鬱蒼，湧金之出入，...此畫圖屏障，摹幽寫勝，橫斜高下，...」〈湖山隱處記〉（附錄一，頁一九八）

此述西湖之景中，元量所將隱居之處的週遭環境。若非與汪元量有這一份較熟稔的情誼，恐無法如此透徹描繪。

> 「...若水雲之隱也，則閱其常也，如水之無味，玩其變也，如雲之無心，澹與泊相遭，而晦與明不異，逍遙乎四方，而湖山無不在，歸休乎四望，而宇宙之大總不出几案間，是足以隱也。...」〈湖山隱處記〉（附錄一，頁一九八）

劉將孫進而寫出汪元量的心思，謂從此元量可以沉靜安穩的隱居於此，終老於此。

> 「...其家尊名琳字玉甫，生甲申，於今八十一。七子：明、白、燦、逸、清、遠，皆從元。水雲其三。各取號於水，以月、天、霞、相、玉、樓為序。...」〈湖山隱處記〉（附錄一，頁一九八）

對於元量的家人，劉將孫熟悉道來，則知劉與汪家或汪元量，為熟稔之交。

「東橋西橋春水生，南高北高春日明。畫船四望遙指點，何日兩峰高處行。」

〈水雲復索西湖一曲櫂歌如諸公例十首走筆成此，十首其一〉（附錄一，頁二二五）

櫂歌，船夫所唱之歌也。元量索櫂歌一曲，劉將孫於是作此櫂歌十首，此第一首中，期盼何日可同遊。

「當年兩度別西湖，湖固依然客自疏。歲歲城中出遊賞，鴈飛不帶上林書。」

〈水雲復索西湖一曲櫂歌如諸公例十首走筆成此，十首其五〉（附錄一，頁二二六）

詩中極言風景依舊，人事全非，而飛鴈卻未捎來上林消息。

「揾淚休窺葛嶺邊，停橈莫近裏湖前。當時眼見都如昨，一夢人間三十年。」

〈水雲復索西湖一曲櫂歌如諸公例十首走筆成此，十首之六〉（附錄一，頁二二六）

當年國勢已飄搖，賈似道仍在葛嶺修造別墅，在裏湖下船遊湖，過豪侈生活；一晃至今已三十年，經歷改朝換代、亡國奴生活、宋宗室一一凋零、…，真如人間夢一場。所以如今「休窺葛嶺」、「莫近裏湖」，以免徒惹傷感。

「迍賤羈臣感舊遊，蕭然樂叟出春愁。道人閱世心如鐵，受用西湖到白頭。」

〈水雲復索西湖一曲櫂歌如諸公例十首走筆成此，十首其十〉（附錄一，頁二二六）

寫元量劫後餘生，及近鄉情怯的心情；又謂道人（元量）已歷盡滄桑，必能冷眼看世情，就在此好好享用西湖景致到白頭吧！

以上這兩篇劉將孫作品，已成為今日研究汪元量的重要參考資料，可見劉將孫與汪元量，並非泛泛之交。或許是身為晚輩的劉將孫，為已趨老年的汪元量（註3），奔走構築隱居處所之工事，然目前尚未有充分資料，故不敢如是斷言。

二、聶守真

聶守真為宋末遺民，字號、棣籍不詳。然有兩篇長篇贈詩與汪元量，故列為元量交游中之宋末隱士類的友人。這兩篇詩為〈題汪水雲詩卷〉七古長詩、〈讀水雲丙子集〉七律三首。內容多述國仇家恨，此為典型之遺民所不願抹去之記憶；尤其閱讀過元量有「詩史」之稱的詩作後，更是感慨萬千，而抒之於此兩篇長詩中。例如：

「汴堤楊柳搖春風，翠華南幸紫禁空。雕欄玉砌明月冷，羽人規作神仙宮。…東南王氣一旦終，乾坤四海今會同。興亡人力自有數，不由人力由天公。…周原禾黍秋離離，含光春色草萋萋。……露盤應拆聲動地，金銅仙人空淚垂。…方平抵掌笑不言（註4），會見桑田變滄海。」〈題汪水雲詩卷〉（卷一，頁二二四）

詩中由宋亡談起，不忍目睹宋宮已成廢墟，而有黍離之嘆，更慨歎宋亡乃天意。

至此，以金盤盛露的金人也垂淚，王方平也「抵掌笑不言」，甚而使原來美好的「桑田」，將成「滄海」。

「一夕緇塵蔽海東，潮頭無力障西風。汗沾鐵馬唐陵在，淚灑銅仙漢祚終。……別了金臺尺五天，歸來行橐夜光縣。劍橫碧落琴收匣，雲住青山水到淵。…故家只在西湖上，好在晴光雨色邊。」〈讀水雲丙子集三首其一〉（卷一，頁二二五）

此首長篇七古中，仍由「漢祚終」談起，只因難以接受故國已亡之事實。以長篇幅敘述亡國之悲慟後，才轉而對元量之辭官南歸，表示關切。由詩中對元量之了解，可知其二人之交情。

【附註】

註1 孔凡禮根據劉將孫《養吾齋集》卷廿九〈趙青山先生墓表〉謂其父辰翁長趙青山八歲；又據《趙儀可（青山）墓誌銘》，知趙青山長元量三歲，故而劉辰翁長汪元量十一歲。以上參見孔凡禮《增訂湖山類稿・汪元量事蹟紀年》附錄二，頁二四二至二四三。由此看來，劉辰翁為元量長輩，劉將孫則為元量晚輩。劉辰翁僅有一篇〈湖山類稿序〉，對元量讚賞有加；而劉將孫有兩篇長篇為元量而作之作品，且熟悉元量家庭狀況，故將劉將孫列為元量交游中，來往較密切者。

註2 庾肩吾，梁人。字子慎，號天臺逸民。八歲能作詩賦。庾於陵（七歲能言玄理）、庾黔婁（少好學，有仁心，性至孝）為其次兄、長兄。

註3 元量有〈九日次周義山〉詩：「杜陵清瘦不禁寒，白髮蕭蕭強歡笑。」（卷四，頁一二一）此詩作於南歸之後。自比喻為杜陵，又清瘦又有白髮：則汪元量已日趨老年。

註4 「方」字原缺，孔凡禮據王方平之典，補上此字，其謂：「此處乃用王方平降蔡經家召麻姑至故事，今補『方』字。」王方平，後漢，嶧人，名遠。舉孝廉，官至中散大夫，後棄官入山得道。桓帝時，屢徵不出，強之詣京，亦閉口不語，惟題四百餘字於宮門而去。

上篇　汪元量其人研究

第五章　思想與賦性

　　一個人的思想、賦性，往往主導著行為，而形成外在的行事風格。汪元量的際遇中，其行事風格，例如元人俘虜宋君臣北上之時，元量可遁逃而不逃（註1），甘願護駕北上，此即思想與賦性之影響。因此研究汪元量其人，必須先探知元量之思想與賦性。茲以二節分別探析。

第一節　思想

　　汪元量的一生，雖無轟轟烈烈的事蹟，然其為人行事仍有令人稱道之處，例如以詩記下見聞，讓後人作評斷；不恃寵而驕，或爭名逐利；卻甘於平凡，只擔任樂師；甚而忠誠護主，有始有終；…。凡此必與其思想、賦性有關，亦即一個人的思想、賦性，會主宰其為人行事的態度；也會毫不保留的，完全表現在作品中。

　　　　　　　　　　　↗ 為人行事

　　　　思想、賦性

　　　　　　　　　　　↘ 詩詞作品

　　故由其詩詞作品，可以瞭解汪元量的思想與賦性。可分下列數點敘述其思想：

一、忠君愛國

　　汪元量一生，忠於君，即使是幼君、謝后；復愛於國，即使是國已亡。由於具有忠君愛國之思想，以致在作品中，時時流露出對國家、君臣的效忠之志，以及悲憫之情懷；而這種情懷，在早期詩作中，也展現無遺，並不限於國亡以後。茲各舉數例：

　　　「…人生非松喬，代謝自有終。長當崇令名，赤心以為忠。」〈月夜擬李陵詩傳三首之三〉（卷一，頁三）

此為早期模擬李陵詩的作品，即已透露赤誠忠心。詩中說明人生短暫，宜留下赤忠的好名聲。

「…我宋麒麟閣，公當向上名。出師休背主，誓死莫偷生。」〈孫殿帥從魏公出師〉（卷一，頁六）

孫殿帥乃孫虎臣。《宋史·瀛國公紀》卷四十七，咸淳十年（一二七四）十二月癸亥，記載：「詔似道都督諸路軍馬，以步軍指揮使孫虎臣總統諸軍。」魏公乃賈魏公，即賈似道。位至平章，官高權重。孫殿帥跟隨賈魏公出師，元量在詩中云：

「出師休背主，誓死莫偷生。」〈孫殿帥從魏公出師〉（卷一，頁六）

叮囑孫虎臣應當立下功勳，求取好名聲。可證元量有忠君愛國思想。

「…萬馬亂嘶臨警蹕，三宮垂淚濕鈴鸞。童兒空想追徐福，厲鬼終當滅賀蘭。若議和親休練卒，嬋娟剩遣嫁呼韓。」〈北師駐皋亭山〉（卷一，頁七）

當元軍已進駐皋亭山，國事至此已無可挽回，汪元量仍要大聲疾呼：

「若議和親休練卒，嬋娟剩遣嫁呼韓。」〈北師駐皋亭山〉（卷一，頁六）

此詩句有如發表主戰的愛國思想；也只有他看到了幼君、全太后、謝太皇太后等三宮的無力、無能又無奈，只知「垂淚濕鈴鸞」。

以上三首為宋亡之前所作，國將亡，元量在詩中的情緒，一首較一首激烈，全因忠君愛國思想所致，否則他可以閉眼不看，漠不關心。

「…目斷東南半壁，悵長淮、已非吾土。受降城下，草如霜白，淒涼酸楚。…對漁燈一點，羈愁一搦，譜琴中語。」〈水龍吟〉（淮河舟中夜聞宮人琴聲）（卷五，頁一七一）

此詞為宋恭帝德祐二年（一二七六），元量隨謝后等被俘北上，在赴燕途中所作。在舟中夜聞琴聲，心中感受，何等黯然！只因「長淮、已非吾土。」

「冷霰撒行車，呻吟獨搔首。須臾大如席，風捲半空走。母子鼻酸辛，依依自相首。…」〈開平〉（卷三，頁八五）

元世祖至元二十年至至元廿二年期間（一二八三至一二八五），元量伴隨宋宗室等被遣往上都、內地（註2）等處，荒寒的漠北地方，讓這些南方人受盡折磨，詩中的描述，令人同情。元量隨行悉心照料，正是其忠君之體現。

「…昔往不堪經灩澦，此行重得看瀟湘。三宮萬里知安否？何日檀欒把壽觴。」〈南嶽道中二首其一〉（卷三，頁一一）

一行宋俘抵北後，由於汪元量的才學、及忠於宋主的表現等，元人乃逼其為官。擔任元官後，反更方便照料宋俘。至元廿三年（一二八六），元量奉命代祀嶽瀆東海（降香）。此詩作於降香時，這第一首詩詩末，即掛念三宮是否安然，何日可再為謝后祝壽？可知其無時無刻心中所繫念者無非宋主。

以上三首為宋亡之後所作。由此可見，即使宋已亡，其忠君愛國思想未變。此外，由汪元量行誼，也可證其具有忠君愛國思想。例如：國亡北徙、侍三宮於燕、探視文天祥於獄中、從幼主於龍荒等（註3）。

二、儒家思想

汪元量是琴師，也是儒生。其友人曾順生在〈題汪水雲詩卷〉中，曰：「道人東魯舊儒生，短褐翛然獨自行。」（註4）稱元量為儒生。另一友人劉震祖的〈題汪水雲詩卷〉詩亦云：「俗眼不知鵬化鷃，書癡何害墨成蠅。」（註5）稱元量為書癡。元量在〈南歸對客〉詩：

> 「壁間豈無琴，床頭亦有書。友朋日可從，可嬉仍可娛。」（卷四，頁一二二）

可知汪元量出身於讀書門第（註6），充滿儒家思想。而儒家崇尚禮樂、仁義，提倡忠恕、中庸之道，甚至因具儒家積極入世觀而關懷天下蒼生、而對世事有褒貶精神等（註7），皆能在元量的行實，或詩作中，見到儒生特有的風格。元量的「詩史」作品，即其關懷大宋子民的表現，一介書生既無力挽回頹勢，則退而求其次，留下紀錄，予後人作評斷。例如：

> 「呂將軍在守襄陽，十載襄陽鐵脊梁。望斷援兵無信息，聲聲罵殺賈平章。」〈醉歌十首之一〉（卷一，頁一三）

> 「有客腸回九，無人髮握三。關中新約法，江左舊清談。鐵騎來天北，樓船過海南。一枝巢越鳥，八繭熟吳蠶。」〈杭州雜詩和林石田二十三首之七〉（卷一，頁一九）

> 「身如傳舍任西東，夜榻荒郵四壁空。鄉夢漸生燈影外，客愁多在雨聲中。淮南火後居民少，河北兵前戰鼓雄。萬里別離心正苦，帛書何日寄歸鴻。」〈邳州〉（卷二，頁三三）

「師相平章誤我朝，千秋萬古恨難銷。蕭牆禍起非今日，不賞軍功在斷橋。」
〈越州歌二十首之六〉（卷二，頁六）

「曉入重闈對晃疏，內家開宴擁歌謳。駝峰屢割分金盆，馬嬭時傾泛玉甌。禁
苑風生亭北角，寢園日轉殿西頭。山前山後花如錦，一朵紅雲侍輦游。」〈御
宴蓬萊島〉（卷三，頁六六）

此外，元量身為琴師，卻關注、熟諳古人的言行史事，往往在詩中，揚善斥惡一
番；對當前國事，也有其政治主張。凡此皆說明其儒家思想，有以致之。茲舉元量所作
詩篇以證：

「漢賊不兩立，英雄恨不平。孔明勞已死，仲達走還生。」〈後主廟〉（卷
四，頁一四八）

「魯港朔風掀惡浪，吳山寒日翳愁雲。周褒媚己終亡國，孟德欺孤忍負君。」
〈魯港〉（卷四，頁一一七）

「星江彼此繫孤舟，我向南州君北州。彭澤初歸元亮醉，沙場遠使子卿愁。」
〈星子驛別客〉（卷四，頁一一七）

「燕荊歌易水，蘇李泣河梁。讀到艱難際，梅花鐵石腸。」〈讀文山詩稿〉
（卷三，頁八八）

以上為提及古人古事者，在詩中以儒家思想為衡量之準則，來檢驗古人古事，更與
眼前現實結合，憂心朝廷國家。以下再看其有政治理念的詩作：

「十數年來國事乖，大臣無計逐時挨。」〈湖州歌九十八首其七〉（卷二，頁
三七）

「趙國未衰廉頗在，齊城將下酈韓過。」〈畫溪酒邊〉（卷二，頁三）

「惜哉無祖逖，誰肯著先鞭。」〈杭州雜詩和林石田二十三首其十一〉（卷
一，頁二）

「北面生何益，南冠死則休。」〈杭州雜詩和林石田二十三首其四〉（卷一，
頁一八）

「若議和親休練卒，嬋娟剩遣嫁呼韓。」〈北師駐皋亭山〉（卷一，頁七）

三、有情有義

汪元量因謝后、王昭儀的賞識，初以詞章給事宮中，繼而以琴藝事奉謝后、王昭儀；謝后更令元量在宮中習書史（註8），元量也有機會入太學（註9），都使元量銘感在心。當恭帝德祐二年（一二七六），元兵大舉侵宋，更命宋君臣入朝。汪元量可逃遁而不逃（註10），寧與宋宗室相依相隨共患難，此即有情有義的表現；而後大批宋俘分批被拘北上，謝后重病臥床，連床一起打運出宮，汪元量隨侍在側，經歷五個月左右路程的折騰，始抵燕京（註11）。此亦元量重情義的表現。

又如其在北營中，以元官的特殊身分，除照料宋俘外，更悉心照護宋幼主趙㬎、隨侍謝后、照料大批宋俘等，因原本在宋朝即非其職責，其職責乃以琴藝事奉謝后、王昭儀而已；而宋亡後，更非其應盡義務，多少宋臣已遁隱或降元（註12），只有汪元量有始有終護主，可證其心中有情義之思想，不忍背棄「情義」二字而他去。元量常將幼主、謝后、后妃、皇族、大臣、宮女等的生活點滴，擷取入詩。在北期間，又主動與宋朝舊臣聯繫往來，例如得知文天祥入獄，自動探視之；與宋舊嘉定安撫使昝萬壽，時相交往。

由汪詩內容，可感受其重情義之詩意，此類詩篇不勝枚舉，茲舉數例如次：

「昨夜三更淚濕腮，伍胥何事夢中來。三宮從此相分別，自勒潮頭白馬迴。」〈湖州歌九十八首其十一〉（卷二，頁三八）

「手拊沉香闌，美人已東征。美人未去時，朝理綠雲鬟，暮吹紫鸞笙。美人既去時，閣下麋鹿走，閣上鷗梟鳴。」〈兵後登大內芙蓉閣宮人梳洗處〉（卷一，頁十二）

「西園兵後草茫茫，亭北猶存御愛黃。晴日暖風生百媚，不知作意為誰香。」〈廢院見牡丹黃色者〉（卷一，頁十三）

「春事闌珊夢裡休，他鄉相見淚空留。柳搖楚館牽新恨，花落吳山憶舊游。」〈平原郡公夜宴月下待瀛國公歸寓府〉（卷三，頁六九）

「咸淳十載聰明帝，不見宋家陵寢廢。…小儒百拜酹霞觴，寡婦孤兒流血淚。」〈度宗愍忌長春宮齋醮〉（卷五，頁一七四）

四、重視友情

　　由於戰亂，汪元量的身世，後人所知極少；其詩作只顧以詩記錄歷史，絲毫未涉家庭瑣事。後人多藉其傳世之「詩史」作品，以拼圖方式，「拼湊」出汪元量的一生，有助於了解其每一階段之行實。由汪詩詞作品中的詩題，也可看出其詩中，除以地名為題者占最大宗外，其次則為贈答詩作，即透露其重視友情之一斑。當其辭元官南歸故里後，立即馬不停蹄的訪友。交遊廣闊的汪元量，對失去聯繫且事隔十餘年不見的友人，仍然不辭路遠，一一造訪。可見友情在其心中，頗有份量，也可說重視友情為其思想的特色之一。汪元量於至元二十六年（一二八九）春，回抵錢唐（註13）後，首先就近拜訪杭州的徐宇（雪江）、林昉（石田）、周方（義山）、李珏（元暉、鶴田）（註14），再前往江西，探望病中的馬廷鸞（註15）；應曾子良之邀請，往訪於其家鄉金谿山中（江西）（註16）；又訪陳杰於東湖（江西）（註17）。並再次拜訪李珏於其家鄉文江（即江西吉水）（註18），此時可能也往訪劉辰翁、趙文於盧陵（江西）（註19）。然後返杭州，續訪友人葉福孫（註20）。這時有瀟湘之行打算，友人吳仁傑有送行詩、王學文有送行詞（註21）。在湘，元量有〈衡山道中寄平遠趙宣慰〉詩（註22）。在瀟湘遊歷期間，未見與友人唱和詩，或許此地友人不多，或許作品已佚。後於至元三十年（一二九三）回杭州。茲舉詩例：

> 「萬里關河道路迂，出門一笑意何如。…野人無以效芹獻，一斗酒邊雙鯉魚。」〈燕山送黃千戶之盱江〉（卷三，頁六七）

> 「十年南北競，故舊幾人存。兵後誰知我，城中獨見君。…宛轉留春意，吟詩到夜分。」〈東湖送春和陳自堂〉（卷四，頁一二五）

> 「燕臺同看雪花天，別後音書雁不傳。…聞已挂冠歸故里，尚方宣賜鈔成船。」〈初菴傅學士歸田里〉（卷四，頁一五八）

> 「西南多勝概，挾策緩周旋。…歸橐應無價，人爭秀句傳。」〈送皇甫秀才下荊州〉（卷四，頁一四六）

> 「抱琴曾北鄉，彈鋏復南圖。…此夜同聯鼎，他年莫寄書。」〈別章杭山〉（卷四，頁一二四）

【附註】

註1　吳城《知不足齋合刻汪水雲詩序》云：「水雲以琴事謝后，未嘗得與國政及守土之任。伯顏兵下臨安，其時柄臣或易服遁去，或僉名降表，水雲初不必就其拘囚。猶復隨侍戎間，相依患難。」當時宋臣或遁或降，可知元量也可選擇逃遁一途，卻不屑為之，而挺身護衛宋君臣北上。見孔凡禮《增訂湖山類稿・汪元量事蹟紀年》附錄一，頁一九四。

註2　上都，即今內蒙古正藍旗東閃電河北岸。內地，指居延、天山一帶。居延在今內蒙古額濟納旗東南。天山在今甘肅張掖。孔凡禮認為上都在今內蒙古之東，居延在今內蒙古之西，天山距離居延較近。二者距離上都遙遙數千里，較之上都、大都，誠可謂內地。見孔凡禮《增訂湖山類稿・汪元量事蹟紀年》附錄二，頁二七至二七二。

註3　見王國維《觀堂集林・書宋舊宮人詩詞湖山類稿水雲集後》，頁一〇五六。

註4　見孔凡禮《增訂湖山類稿・汪元量研究資料彙輯》附錄一，頁二一八。

註5　同註3。

註6　見孔凡禮〈關于汪元量的家世、生年和著述〉，載《文學遺產》一九八二年二期，頁一〇六。

註7　儒家思想之內涵，例如忠君、仁民、愛物，見林于弘〈論杜甫的儒家思想與政治才略〉，載《輔大中研所學刊》第四期，頁一七三至一七六。儒家的褒貶精神，見黃麗月《汪元量「詩史」研究》，頁一四七。

註8　見孔凡禮《增訂湖山類稿・汪元量事蹟紀年》附錄二，頁二四七至二四九。

註9　同註7，頁二五二至二五三。

註10　見同註1。

註11　同註7，頁二五七至二六〇。

註12　自咸淳九年（一二七三）正月，元兵破樊城，守將呂文煥堅守六年後，援兵不至，呂文煥不敵而降元。此後，如骨牌效應般，宋臣紛紛降元或遁隱。朝中如左丞相留夢炎、福王趙與芮等，均降元。據李則芬在《元史新講》中，引《宋史》、《元史》所載，宋之降臣有姓名者，共計一百四十一人，其他不具姓名者，則更是不計其數。參見李則芬《元史新講》第三冊，頁一四九。

註13　錢唐，為縣名，秦時置。至唐避國號，加土為塘。在今浙江省杭縣。畢沅《續資治通鑑》謂元量回抵杭縣，為至元廿五年冬。孔凡禮考證，認為宜在廿六年春，因有元量詩作為證。參見孔凡禮《增訂湖山類稿・汪元量事蹟紀年》附錄二，頁二八〇。

註14　參見孔凡禮《增訂湖山類稿・汪元量事蹟紀年》附錄二，頁二八〇。

註15　同註13，頁二八二。

註16　同註13，頁二八二。

註17　同註13，頁二八三。

註18 同註13，頁二八三。

註19 同註13，頁二八三至二八四。

註20 同註13，頁二八四。

註21 同註13，頁二八五。

註22 同註13，頁二八六。

上篇　汪元量其人研究

第二節　賦性

　　所謂賦性，乃指上天所賦予之秉性。蘇轍〈為兄下獄上書〉：「賦性愚直，好談古今得失。」人有不同秉性，這種秉性，將影響其人的行事風格、待人接物，甚而表現在作品中。反之，由汪元量的行事風格、待人接物及作品中，也可探知其秉性，即賦性。是故經由汪元量的史事、作品，探析其賦性如下：

一、淡泊名利

　　汪元量不鑽營求進，而安於平凡。其一生也有些許傳奇色彩，元末明初的危素（註1）少年時代曾見過元量，謂元量「長身玉立，脩髯廣額而音若洪鐘。」又謂江右之人，都以元量為神仙，而畫其像以祠之（註2）。這種傳說，未經證實，無法遽信，然元量外表，或可相信；因元量廿歲左右入宮給事，即得謝后、王昭儀寵愛，謝后更令其在宮中學習書史（註3）。能博得皇族喜愛，必因外貌或才德，元量既年輕，又未習書史，則有可能以外在的聰慧可人而得寵。李吟山〈贈汪水雲〉詩：

> 「青雲貴戚玉麟兒，曾逐鸞輿入紫闥。王母窗前窺面日，太真膝上畫眉時。」
> （附錄一，頁二一）

可知汪元量面容必勝於常人，始能在幼年因某貴戚關係得入宮中時，即予人深刻印象而討人喜愛。既如此，元量大可恃寵而驕，力求升遷；事實上卻不然，只淡泊看待名與利，也能精神愉快度日。早期在宮中，以詩詞給事宮掖，或以琴藝事奉謝后、王昭儀，這期間的作品，透露出愉悅，可知其滿意於眼前生活；直到國難臨頭，詩詞中始出現憂慮、憤慨之情。可證其不重名利，例如：

> 「…焚香再拜覩國色，雨露沾濡知帝力。我願人間春不老，長對此花顏色好。」〈慈元殿賜牡丹〉（卷一，頁四）

此詩作於度宗咸淳年間。慈元殿為謝太后所居之所。慈元殿賜牡丹，元量雀躍之餘，祈望國色天香永恆不凋，國家永享太平。

> 「…聖人樂意。任樂部簫韶聲沸。眾妃歡也，漸調笑微醉。競奉霞觴，深深願、聖母壽如松桂。迢遞。更萬年千歲。」〈鳳鸞雙舞〉（卷五，頁一六二）

由詞中看出元量衷心為謝太后祝禱，其情可感，並無絲毫求官之念。

> 「曉拂菱花巧畫眉。猩羅新剪作春衣。恐春歸去，無處看花枝。已恨東風成

去客，更教飛燕舞些時。惜花人醉，頭上插花歸。」〈琴調相思引〉（越上賞花）（卷五，頁一六四）

此詞也滿溢輕鬆愉快的情緒，說明元量並未汲汲於名利，而是淡泊名利。可惜愉悅自在的生活時間不長，度宗在位僅十年，崩逝後，幼君恭帝即位，朝廷開始無休止的惡夢，惡夢中的元量，扮演重要角色。

　　其次，元量的擔任元官，後人有不同的看法。且不論其為官的動機，但看其辭官的時機，即知其無意於仕進。元世祖至元廿五年（一二八八），人事變遷很大：謝太皇太后已卒，王昭儀也仙游，全太后為尼，瀛國公奉命前往吐蕃學佛法，福王趙與芮也卒，人事已非（註4）；元量當初藉元官身分而照料的對象，如今均已凋零，自覺已失去任官意義，於是元量毅然辭官（註5）。元主未允，元量再三請辭，終於獲允，得以黃冠師身分南歸。對本朝的功名利祿已不重視，遑論異族。此即說明元量的淡泊名利。再舉詩例以證：

「江南二月蕨筍肥，江北客行殊未歸。怕上西樓灑鄉淚，東風吹雨濕征衣。」〈薊北春望〉（卷三，頁六八）

此詩當作於被俘北上後第三年（註6），已被逼任元官，卻仍有濃重思鄉之情；由於淡泊名利，並不想藉此取得功名。

「…金鞍鞁白馬，奮飛虎生翼。書生爾何為，不草相如檄。徒有經濟心，壯年已班白。」〈出自薊門行〉（卷四，頁一一三）

元世祖至元廿五年（一二八八），元量辭官獲允，於是自薊門出發南歸故里。詩中寫出發時之興奮，也顯示不屑功名之心情。

二、隨和熱誠

　　隨和熱誠，也是汪元量的賦性之一。元量早期作品，多寫宮女情態；南歸時，宋舊宮人及燕趙諸公子餞行；臨別，宋舊宮人為詩詞送行等事，可知元量因隨和熱誠，而受人歡迎。

　　元量並非朝官，僅為宮中琴師，日常接觸者為后妃、宮女等，與人相處隨和熱誠，而贏得后妃、宮女之喜愛。其早期詩作雖大量散佚，仍能從中看到一些描述宮女情態的詩句，可知其與宮女間，有一種友情存在，宮女也敬重之，全因其隨和熱誠的賦性使然。茲舉詩例如下：

「錢塘江上龍光死，錢王宮闕今如此。白髮宮娃作遠遊，漠漠平沙千萬里。」〈錢唐歌〉（卷一，頁一）

隨和即和藹從眾，不固執己見。元量對世間榮華富貴，持隨和態度而不強求，有則享受，無也無妨。元量在此詩中謂即使貴為王室宗親，貴為太皇太后，依然如宮女般，不能倖免而須作遠遊，被拘北上。

「人生得意且盡歡，何須苦苦為高官。人生有命且行樂，何必區區嘆牢落。」〈東山醉歌二首其二〉（卷三，頁一〇二）

詩中表達元量因隨和之賦性，而形成的人生觀。隨和，通常是指待人的隨和，因而元量交游廣，可與丞相馬廷鸞交往，可入獄探視素未謀面的丞相文天祥；也可與在野的文人交往，如林石田、李鶴田等，更可與朝夕相處的宮女們來往。所以詩中不免有宮女之身影。例如：

「手拊沉香闌，美人已東征。美人未去時，朝理綠雲鬟，暮吹紫鸞笙。美人既去時，閣下麋鹿走，閣上鴟梟鳴。...空有遺鈿碎珥狼藉堆玉案，空有金蓮寶炬錯落懸珠楹。...」〈兵後登大內芙蓉閣宮人梳洗處〉（卷一，頁一二）

這首雜言詩，寫兵後的宮女梳洗處，荒廢凌亂之景象。

此外還有許多描繪宮女情態的詩句，例如：

「宮娥抱膝船窗坐，紅淚千行濕繡衣。」〈湖州歌九十八首其十六〉（卷二，頁三九）

「宮女垂頭空作惡，暗拋珠淚落船頭。」〈湖州歌九十八首其二八〉（卷二，頁四二）

「宮女不眠開眼坐，更聽人唱哭襄陽。」〈湖州歌九十八首其三七〉（卷二，頁四四）

「宮女開蓬猶自笑，閒拋金彈打沙鷗。」〈湖州歌九十八首其五十〉（卷二，頁四六）

更有兩首以宮人為詞題者：〈失調名，宮人鼓瑟奏霓裳曲〉、〈水龍吟，淮河舟中夜聞宮人琴聲〉。而以詞作描述宮女的句子，如：

「薊門聽雨，燕臺聽雪，寒入宮衣。嬌鬟慵理，香肌瘦損，紅淚雙垂。」〈人

月圓〉（卷五，頁一七四）

「…秦娥漸老，著破宮衣。　強將纖指按金徽。未成曲調心先悲。心先悲。更
無言語，玉筯雙垂。」〈憶秦娥又〉（卷五，頁一七五）

由以上詩例，可想見汪元量隨和熱誠，因而在宮中受歡迎。

元量隨謝后入燕之初，有五古的〈亡宋宮人分嫁北匠〉詩，以三十二句描述宮女景
況及心境。其中有：

「君王不重色，安肯留金閨。再令出宮披，相看淚交垂。分配老斷輪，強顏相
追隨。」〈亡宋宮人分嫁北匠〉（卷二，頁六三）

由這些詩句可知元量對宮女的「分嫁北匠」，有離愁，有無奈。也作於同時的另一
組詩〈湖州歌九十八首〉，其八十二有「其餘宮女千餘個，分嫁幽州老斷輪。」句（註
7），則知眾多宮女，一抵燕都，即各自分散，相聚不易。

而當元量南返時，則已是經歷十二年之後，竟能有十八位宮人聚集，和一些燕趙諸
公子，為元量餞行。在此破國亡邑之時，實屬不易。謝翱《續琴操・哀江南》謂元量南
歸時，「舊宮人會者十八人，釃酒城隅，與之別。」（註8）

元量有〈余將南歸燕趙諸公子攜妓把酒餞別醉中作把酒聽歌行〉詩二首其二：

「…我把酒，聽君歌。天不荒，地不老，人生百年休草草。對花對酒且高歌，
蓋世功名亦枯槁。…」（卷四，頁一一一）

詩中也透露淡泊功名之思。而這十八位宋舊宮人，也有詩詞贈汪元量（註9），可知這
種互動，來自平日的友誼基礎，更由於元量的隨和熱誠有以致之。

三、負責盡職

此為元量的做事態度，做事是不能隨和、附從他人意見的。汪元量在宮中的職責
乃以琴藝事奉謝后、王昭儀。當遭逢國難，幼主、后妃等被俘，元量挺身而出，更隨侍
重病的謝后身側，一路上顛簸折騰，歷五個月左右始抵燕京；抵燕後，以照料謝后、幼
君、全后、王昭儀為主，並入獄探視文天祥，元量視此二者為道義責任而盡力為之。所
以忙於周旋在元人、宋俘間之餘，仍得探獄，以琴音為文天祥解憂消愁，更勉其忠貞為
國。此外，元量有〈平原郡公夜宴月下待瀛國公歸寓府〉詩：

「春事闌珊夢裏休，他鄉相見淚空留。柳搖楚館千新恨，花落吳山憶舊游。」
（卷三，頁六九）

詩題為等待宋幼主瀛國公夜歸而作，知其負責盡職侍候幼主，不因宋已亡或宋主年幼而怠慢。

數次探獄，與天祥有詩作往還，互訴心曲，例如：

「…君當立高節，殺身以為忠。豈無春秋筆，為君紀其功。」〈妾薄命呈文山道人〉（卷三，頁七一）

至元廿年（一二八三），元世祖遣宋故宗室及其大臣之仕者於上都、內地，出居庸關而去，途經今蒙古東部、西部，及今甘肅張掖縣一帶，南方人而走此寒荒地區，極不適應，元量也陪同艱苦經歷，歷時二年，路程迢遠。有詩紀其事：

「長河界破東南天，怒濤日夜如奔川。此行適逢七月夕，妖氛散作空中煙。…扣舷把酒酹河伯，低頭細看河清漣。」〈七月七日渡黃河〉（卷三，頁一〇四）

「…卷地風雷起，掀天雨雹來。人間為瀆瀆，水底即蓬萊。」〈瀆瀆〉（卷三，頁一〇五）

艱苦迢遙的路程，汪元量無怨尤地陪同走過，乃負責盡職的表現。當這些宋故宗室等相繼過世，瀛國公被遣往吐蕃習佛，文天祥也已就義，人事全非，元量身邊少了需要照料的宋宗室等人，於是再三辭官，始獲准以黃冠師身分南歸。至此，汪元量的有始有終，功成身退，不再事奉異族以求聞達，也正是對宋朝負責盡職的表現。

四、喜愛大自然

元量喜愛大自然，在詩詞作品中，也屢見不鮮；雖說以「詩史」為譽，然其寫景的詩詞卻並不少見。除一些組詩，純以寫實手法，而不寫景外，其他單首詩篇，也有寫景之句，尤其以地名為詩題者。可知詩人關注周遭的景致，詩中更有詠陶、效陶之句，甚而日後隱居的「湖山隱處」理想，由憧憬至實現，即根苗於喜愛大自然的賦性，並非做作而來。茲舉詩例以證：

「一江風起塵揚海，兩岸潮來浪拍天。」〈金山〉（卷二，頁三一）

「水卷岸沙連地去，風掀江浪接天流。」〈揚子江〉（卷二，頁三二）

「雨歇山如沃，波狂岸欲翻。」〈呂梁〉（卷二，頁三四）

「古木巢蒼鶻，殘碑枕碧苔。」〈黃金臺和吳實堂韻〉（卷三，頁六五）

「北風刮地愁雲彤，草木爛死黃塵蒙。」〈燕歌行〉（卷三，頁七二）

「煙籠古木猿啼夜，月印平沙鴈叫秋。」〈易水〉（卷三，頁八九）

　　以上為寫景之句，雖不刻意雕琢字句，卻有其「詩史」意味的寫景，且對仗工整，成為其寫景、寫大自然的特色。以下為元量心中對大自然的嚮往，透露在詩中，也有詠陶、效陶（笑陶）之句，皆為其喜愛大自然的心聲。例如：

「鳳凰山上少人家，紅葉漫山映落霞。卻笑陶潛歸栗里，東籬寂寞對黃花。」〈九月九日賞紅葉二首其二〉（卷四，頁一二六）

栗里為古地名，即陶潛故居，在今江西省九江縣西南。元量來到紅葉映落霞之處，自認為此地景致勝過陶潛隱居之所，則知其心中有陶潛，時時效陶、比陶，甚而「笑陶」，亦即喜愛大自然之明證。

「食既彈長鋏，囊懸少錯刀。功名須汝輩，詩酒且吾曹。強項貧而樂，揚眉氣自豪。北來魚字密，南去雁書高。擬折淵明柳，重尋夢得桃。明珠忽委贈，價重九方皋。」〈酬隱者劉桃岡〉（卷四，頁一五八）

在詩中與劉桃岡對話，也透露心中所嚮往者。

　　此外，以寫景為詩題者，也表示其關注自然之景，如：〈吳山曉望〉（卷一，頁九）、〈蘇臺懷古〉（卷二，頁二九）、〈惠山值雨〉（卷二，頁三）、〈京口野望〉（卷二，頁三二）、〈憶湖上〉（卷三，頁八〇）、〈九月九日賞紅葉〉（卷四，頁一二六）、〈錦城秋暮海棠〉（卷四，頁一三六）、〈昌州海棠有香三首〉（卷四，頁一四三）等。至於詞作以寫景為詞題者，如〈滿將紅　吳江秋夜〉（卷五，頁一六三）、〈金人奉露盤　越州越王臺〉（卷五，頁一六三）、〈琴調相思引　越上賞花〉（卷五，頁一六四）、〈漢宮春　春苑賞牡丹〉（卷五，頁一六六）、〈滿江紅　吳山〉（卷五，一七三）等。

　　但經歷國難後，許多自然美景已遭破壞，使美景不再；或人去樓空，而顯悽涼蕭索。都使元量觸景感慨，因此作品中，更多的是詠懷古蹟，藉古蹟之景以懷古或諷今，於是以地名為詩題，所到之處可以連貫，遂成「詩史」之作。

【附註】

註1 危素，字太樸，金谿人。元朝順帝至正年間，以薦授經筵檢討，參與編修宋、遼、金三史，明初為翰林侍講學士，與宋濂同修元史，兼弘文館學士，後謫和州而卒。

註2 見孔凡禮《增訂湖山類稿·汪元量事蹟紀年》附錄二，頁二九三。

註3 同註2，頁二四八。

註4 同註2，頁二七四至二七八。

註5 同註2，頁二七八。

註6 元量於元世祖至元十三年（一二七六）三月（或閏三月），隨謝后被俘北上。據孔凡禮編年，此詩當作於至元十五年（一二七八）春。見同註3，頁二五四；及《增訂湖山類稿》【編年】，見卷三，頁六八。

註7 見同註2，卷二，頁五五。

註8 見同註2，附錄一〈汪元量研究資料彙輯〉，頁二〇八。

註9 汪元量揮別大都南歸，多位宋舊宮人有詩作、詞作送別。王國維認為是偽作，其原因：一為這些《亡宋宮人詩》中，第一首為王清惠（王昭儀）所作，不合理，因王昭儀已逝。二為宋舊宮人的送行詩「如出一手」。孔凡禮則謂不然，雖然王昭儀已逝屬實，「然不可即此一端而謂全部作品皆偽作」。其由此十四首詩內容證明並非偽作。個人同意此說。見同註2，頁二七八至二七九。

第六章　著述之版本與繫年

第一節　著述之版本

　　現存的汪元量詩詞作品，宋亡之前所作較少，或因戰亂保存不易，或許並未刻意保留詩詞作品；宋亡之後作品較多，乃有心以詩「鳴史」，為歷史作見證。故辭官南歸後，見其到處訪友，也到處索求題跋（註1）。然歷代以來，汪元量著述之版本，因傳抄、輯佚、校勘之故，而有多種不同版本：

一、「甲子初作」

　　馬廷鸞在〈書汪水雲詩後〉云：

> 「余在武林，別元量已十年矣。…展卷讀甲子初作，微有汗出。讀至丙子作，潸然淚下。又讀至〈醉歌〉十首，撫席慟哭。」（註2）

甲子，為宋理宗景定五年甲子（一二六四）（註3）此為元量南歸後，重訪馬廷鸞，索求題跋時，馬廷鸞所作。則知馬廷鸞所見的元量著述中，包含「甲子初作」、「丙子作」、〈醉歌〉十首等；汪元量南歸時，曾將新舊作品結集為《湖山類稿》，但不知「甲子初作」是否為單行本，或僅是甲子年作品。《丙子集》，乃單行本（見下文）。而馬廷鸞提及「甲子初作」，此「甲子初作」若為單行本，則為汪元量著述的最早版本。事實上，極有可能為單行本，因元量於盛年時期，以詞章給事宮掖。元量友人劉將孫在〈湖山隱處記〉云：

> 「（元量）盛年以詞章給事宮掖，如沉香亭北太白。」（註4）

「盛年」為二十一歲至二十九歲。陶潛〈雜詩〉：「盛年不重來，一日難再晨。」李善注曰：「男子自二十一至二十九則為盛年。」而孔凡禮〈汪元量事蹟紀年〉（註5）謂元量於理宗景定五年甲子（一二六四），是年為二十四歲，開始有作品入集（註6）；二年後，二十六歲的元量，有〈太常引〉一詞，為謝后祝壽，蓋是時，以詞章給事宮

掖。所以當年在朝為相的馬廷鸞，見過盛年的汪元量。而於元量南歸後求跋時，謂曾經閱讀到汪元量的「甲子年所作的初期作品」，故謂之「甲子初作」，而此「甲子初作」，當為汪元量所有作品之最早版本，惜今已失傳。

二、《行吟》

文天祥〈書汪水雲詩後〉中首先提到《行吟》：

> 「吳人汪水雲，羽扇綸巾，訪予於幽燕之國，袖出《行吟》一卷。」（註7）

當時文天祥在獄中，元量往探之。據現存資料顯示，文天祥乃最先為汪元量作品作跋者（註8）；《行吟》或許為元量作品之總集，元量以此總集，求序於文天祥，惜今已亡佚。其後之《湖山類稿》，必以此為基礎，而加以補充。因底本《湖山類稿》每卷第一頁第二行下端，皆署：「水雲汪元量大有行吟」等九字（註9）。

元量此《行吟》詩集之名，或取自屈原〈漁父〉，有云：「行吟澤畔，形容憔悴。」為何元量以「行吟」命名？在宋郭茂倩所編《樂府詩集》，其中之相和歌辭及雜曲歌辭中，有以「吟」為名者。前者例如〈大雅吟〉、〈楚王吟〉、〈梁甫吟〉、〈白頭吟〉、〈東武吟〉；後者如〈遊子吟〉、〈壯士吟〉、〈霜婦吟〉、〈憂旦吟〉、〈寒夜吟〉等（註10），多為悲涼之聲情。而元量又藉屈原「行吟澤畔，形容憔悴。」之愁苦，意謂在同樣憂苦之心境下，所作之作品，故以「行吟」為名。元量友人蕭㙉〈題汪水雲詩卷〉云：

> 「《行吟》便是江南史，他日真堪付董狐。」（註11）

由此可證，《行吟》為未定稿。天祥謂：「袖出《行吟》一卷。」則知未分卷，且在探獄之前結集。

三、《丙子集》

《丙子集》，丙子乃恭帝德祐二年（元世祖至元十三年，一二七六），其中所收，當為丙子年或以丙子年為主之作品。據現存資料，有兩處提到《丙子集》：

一、為蕭炎丑〈題汪水雲詩卷〉：「把君《丙子集》，讀罷淚潸然。」

二、為聶守真〈讀水雲《丙子集》〉詩，有三首，詩題提到《丙子集》（註12）。

加上馬廷鸞也曾提及《丙子》之作（註13）。而依汪元量寫作此集的時間，在恭帝德祐二年（一二七六），則《丙子集》應為早期作品。此時元軍大舉侵宋，命宋君臣入朝，大批宋俘因而被拘北上。這年為元量難以忘懷之年，面對懦弱無能的南宋朝廷，即

將改朝換代，內心的苦楚，無以言宣，只有以詩詞記錄史事，向後人控訴元人暴行。其〈答林石田〉詩云：

> 「南朝千古傷心事，每閱陳編淚滿襟。我更傷心成野史，人看野史更傷心。」
> （註14）

可知其寫於丙子年的《丙子集》，乃有意為之，可惜不見此單行本流傳，不知是否雜在《湖山類稿》之中。

四、《湖山類稿》

以《湖山類稿》為名的版本頗多，茲分別敘述之：

（一）元量南歸時自編的分卷本，首先稱為《湖山類稿》。不知是否將《丙子集》的全部作品收入，或雖收入而其友人劉辰翁未選入？據馬廷鸞、李玨的題跋（註15），謂元量自薊門南歸時（一二八八），已編輯此書。馬跋並謂此書收有「甲子初作」。元量回杭之初，理應尚在繼續編輯中。此五卷本，卻無南歸後入湘、入蜀的詩作。

（二）劉辰翁據此版本，選出若干作品，加以評點，編為劉評選本的《湖山類稿》，計有詩作四卷，約二百多首，詞一卷，有二十八首。

（三）清黃虞稷《千頃堂書目》卷二十九，著錄有《湖山類稿》十三卷，此本已佚（註16）。

（四）清鮑廷博刻《湖山類稿》五卷，前四卷為詩，第五卷為詞，乃劉辰翁選批本。其書所收之詩，止於〈南歸對客〉，說明馬、李題跋中所說的本子，不是定本。鮑本第一卷，脫去前四頁，無「甲子初作」，不知「甲子初作」是否在脫去的四頁中（註17）。

（五）汪元量身後，所有作品被匯集一起，亦名《湖山類稿》（註18）。

五、《水雲集》

元人洒賢〈讀汪水雲詩集・序〉、陶宗儀《輟耕錄》皆提到汪元量有《水雲集》，和現今所見收詩作較多之鮑本《水雲集》，當不相同。因今所存鮑刻本《水雲集》一卷，只收詩二四五首，與《湖山類稿》重者有五八首。收有入湘、入蜀詩。其〈附錄〉，引《錢塘縣志》，亦云《水雲集》。水雲為汪元量之號，古人常以號作為作家別集之名稱，孔凡禮謂此處之《水雲集》，不知是否如此，亦或另有刻本或抄本（註19）？其書，葉本（註20）稱《汪水雲詩抄》、李本（註21）稱《汪水雲詩》。《水雲

集》之名，或鮑氏據錢謙益所撰《書汪水雲詩後》而定（註22）。

六、《水雲詩》

明抄本《詩淵》各冊收元量詩二百餘首，詞約三十首。皆題作《宋汪元量水雲詩》，不知此《水雲詩》是否即《水雲集》？或許元量晚年或身後，有人把元量全部作品輯集起來，以《水雲集》或《水雲詩》之名傳流於世。孔凡禮則懷疑《水雲集》、《水雲詩》，可能為同一著述（註23）。

七、《水雲詞》

清黃虞稷《千頃堂書目》著錄三卷（據《四庫提要》卷一六五所引，他本《千頃堂書目》有作「汪水雲詩」四卷者）。《永樂大典》卷二八○九梅字韻所引，謂元量〈暗香〉、〈疏影〉二首詞，出自《汪元量詞》，可知元量詞有過單行本問世。因《千頃堂書目》卷三十二《補》，著錄汪元量《水雲詞》可證（註24）。

八、《湖山外稿》

明末清初之錢謙益，自《雲間人鈔》舊冊輯得汪詩二百二十餘首，而以未見劉辰翁評選本為憾。康熙年間，汪森獲劉評選本五卷（前面脫去四頁），又得錢謙益輯本，於是以劉辰翁本為底本，與錢輯本對校，刪去重複者，得一百七十六首詩，編為《湖山外稿》，附於《湖山類稿》之後，是為汪本（註25）。

九、《水雲集一卷・湖山類稿五卷》（《四庫本》）

乾隆三十年（一七○六），鮑廷博刊《知不足齋叢書》，不採用汪森本，而將劉評選本與錢謙益輯本，一併收入，為《水雲集一卷・湖山類稿五卷》。今《四庫全書》即採此本，可謂為清人所見元量詩詞之最完備者。共有詩三百八十首（其中誤收許渾詩〈和人賀楊僕射致政〉一首，實為三百七十九首）、詞二十九首（註26）。

十、《增訂湖山類稿》

孔凡禮自《詩淵》及《永樂大典》中，新輯得汪元量詩一百首、詞二十三首，與《四庫本》合而為《增訂湖山類稿》，共有詩四百八十首（註27）、詞五十二闋。又將其他相關資料收在〈附錄一〉、〈附錄二〉、〈附錄三〉中，書中並有孔凡禮所作之編校及一些研究。乃至目前為止，所收汪元量作品最多、最完備者。

兹將以上十種版本，簡述於下列簡表中，以供比較。

附：表二、汪元量著作版本之比較

著作名稱	著作出處	版本內容	特色或缺失	備註
《甲子初作》	馬廷鸞〈書汪水雲詩後〉	當為甲子年作品	未分卷	甲子即理宗景定五年（一二六四）
《行吟》	文天祥〈書汪水雲詩後〉	可能為未定稿	未分卷	
《丙子集》	明《詩淵》	當為丙子年作品		丙子即恭帝德祐二年（被俘北上）（一二七六）
《湖山類稿》	一、汪元量 二、劉辰翁 三、後人（姓名不詳）	一、南歸前的全本 二、劉辰翁評選本 三、一生全部作品之謂	已分卷	元量南歸時，結集新舊作品為《湖山類稿》
《水雲集》	明《詩淵》	詩作二四五首		
《水雲詩》		或許與《水雲集》為同一著述		
《水雲詞》	清黃虞稷《千頃堂書目》			
《湖山外稿》	清汪森編	詩一七六首		
《水雲集一卷·湖山類稿五卷》（《四庫本》）	原為鮑廷博所輯，今《四庫全書》即採此本	詩三百八十首，詞二十九首	資料增多	詩三百八十首中，不含所誤收的許渾詩一首
《增訂湖山類稿》	孔凡禮輯	詩四卷：四八〇首。詞一卷：五二闋。附錄一、二、三	資料更齊	

【附註】

註1　元量向友人索序，例如向文天祥、馬廷鸞索序，皆在序中提及「元量索序」事。當代為汪元量詩集題跋者，有六人。詳載於孔凡禮《增訂湖山類稿》目錄中，附錄一〈汪元量研究資料彙集〉，（一）序跋之屬，載有劉辰翁、文天祥、馬廷鸞、周方、趙文、李玨等六人。又見附錄二，頁二四八；及附錄一，頁一八二。

註2　同前註，頁一八六。

註3　同註1，附錄二，頁二四八。

註4　同註1，附錄二，頁二四九。

註5　同註1，附錄二，頁二四八。

註6　同註5。

註7　同註1。

註8　參見同註1，當代友人為汪元量詩集題跋者，有六人。由六人跋文之內容，可知文天祥之題跋時間最早。茲分別摘錄於下：劉辰翁：「杭汪水雲，…歸江南，入名山，著黃冠，據槁梧以終。」文天祥：「吳人汪水雲，羽扇綸巾，訪予於幽燕之國，袖出《行吟》一卷。…」馬廷鸞：「余在武林，別元量已十年矣。一日，來樂平尋見，…元量出《湖山稿》求余為序。…」周方：「余讀水雲詩，至丙子以後，為之骨立。…」趙文：「讀汪水雲詩而不墮淚者，殆不名人矣。…今君已入名山作黃冠師，飄然興亡得喪之外，獨留此斷腸泣血，…」李玨：「一日，吳友汪水雲出示《類稿》，紀其亡國之戚，去國之苦。…」可見以上六人的題跋時間，以文天祥為最早。見《增訂湖山類稿》附錄一，〈汪元量研究資料彙集〉，頁一八五至一八八。

註9　同註1，附錄三，頁二九七引。

註10　見宋郭茂倩編撰《樂府詩集》第二十九卷〈相和歌辭〉四，頁四二四、頁四三五；第四十一卷〈相和歌辭〉十六，頁六〇五、頁五九九、頁六〇九；第六十七卷〈雜曲歌辭〉七，頁九七一、九七三；第七十六卷〈雜曲歌辭〉十六，頁一〇七五、頁一〇七四。

註11　同註1，頁二一四。

註12　同註1，頁二二〇及二二五。

註13　同註1。

註14　見孔凡禮《增訂湖山類稿》卷一，頁二六。

註15　同註1，附錄一，頁一八六、一八七。

註16　孔凡禮以為黃虞稷並無此十三卷本，所以此十三卷本，當為明朝內府藏本。詳　見同註2，頁二九八。

註17　同註1，頁一九三。

註18　孔凡禮據中華書局影印之《永樂大典》各韻所引元量詩，皆引自《湖山類稿》，其中有

入蜀之詩，與劉評選本中，並無南歸以後之作品不同，於是斷定《永樂大典》所引的《湖山類稿》，與劉選本，為兩種版本。而前者為元量去世後，後人將其全部作品，匯集一處，同樣名為《湖山類稿》，然匯集者姓名不詳。參見〈汪元量著述略考〉，同註2，頁二九八。

註19 同註1，〈附錄三〉，頁二九八至二九九。

註20 清順治十七年葉時濤抄本的《汪水雲詩抄》，簡稱葉本。

註21 清李木齋所藏其祖李有大（為雍正康戌進士）所抄《汪水雲詩》，簡稱李本。

註22 同註1，〈附錄三〉，頁二九九。

註23 同註1，〈附錄三〉，頁二九九。

註24 同註1，〈附錄三〉，頁三〇〇。

註25 見孔凡禮《增訂湖山類稿》之〈編校說明〉，頁一。

註26 見程瑞釗〈汪元量研究綜述〉，謂《四庫全書》誤收唐人李渾詩〈和人賀楊僕射致政〉一首。按《全唐詩》第十六冊，卷五百三十四，頁六〇九六，確有此詩：〈和人賀楊僕射致政并序〉，在序中云：「祠部楊員外，以僕射楊公拜官致仕。舊府賓僚及門生合燕申賀，飲後書事，因和呈。」是知「致政」即「致仕」之意。程文載於《文學遺產》一九九〇年三月，頁一三一。

註27 孔凡禮並未剔除《四庫全書》所誤收的許渾詩一首，見《增訂湖山類稿》卷三，頁一〇七。

第二節　作品之繫年

雖然，為世代久遠的作品作繫年，有助於對作者的了解；然而，此項工程，殊為不易。安旗在《李白全集編年注釋》的新版前言中，引魯迅所言：

> 「分類（按：指詩文體裁分類）有益于揣摩文章，編年有利於明白時勢。倘要知人論世，是非看編年不可的。」（《且介亭雜文‧序言》）（註1）

李白詩文集，千餘年來，也只有按體裁而分的分類本，而未見按年代先後而編次者（註2）。安旗主編該書，費時三年餘，其在〈後記〉中云：

> 「確定李白詩文作年，最可靠的辦法自然是依據原作中提供的時間、地點、人事交往歷史故實，予以準確繫年。然而李白固是重主觀情緒發洩的浪漫主義詩人，詩中的人、時、地、事，頗不易捕捉。再加上他一生浮游四方，足跡不定，要準確判定李白多數詩文作年的非易事。本書編寫過程中，我們的體會和作法是：既要有考訂者微觀的目光，還要有評論者宏觀的目光，再加上藝術鑑賞者的目光。以微觀考訂其作品中的人、時、地、事，以宏觀考察其思想發展的軌跡、情緒抒發的規律，復以鑑賞明其藝術風格形成的階段。將考證、評論、鑑賞的方法結合起來，大面積地解決李白繫年始有可能。」（註3）

說明了繫年之不易。在此並非以汪元量與李白相較，而是藉為李白繫年之作者所言，以知繫年雖重要卻非易事；故而現今為古代詩人作編年者，實不多見。至於今人為汪元量作品繫年的情況如何，茲說明如下：

一、先進學者之研究

汪元量身處動亂時代，加上身為宋室宮中琴師而已，其身世不詳，詩作也大量散佚，都增加為其詩篇作編年之困難度。至今僅有孔凡禮為其大部分詩詞作編年（註4），及王偉勇為其一組組詞作繫年（註5）。

茲將孔凡禮所作編年的汪詩、詞，列入下列表三、表四之中。有確切的編年時間，如年與月者，則列入表中；其未作編年或所述汪元量詩、詞，寫作時間籠統者，則不計入：

附：表三、孔凡禮所作汪元量詩編年一覽

寫作時間	詩作題目
度宗咸淳八年（一二七四）	賈魏公雪中下湖。
恭帝德祐元年（一二七五）正月	賈魏公出師、孫殿帥從魏公出師。
恭帝德祐元年（一二七五）二月	魯港敗北。
恭帝德祐二年（一二七六）正月	北師駐皋亭山、佚題、和徐雪江即事、二月初八日左丞相吳堅右丞相賈餘慶樞密使謝堂參政密。
恭帝德祐二年（一二七六）二、三月間	望海樓獨立、吳山曉望、吳山、同毛敏仲出湖上由萬松嶺過浙江亭、客感和林石田、感慈元殿事、錢唐歌、別楊駙馬、清明、讀史、廢宅、越女、兵後登大內芙蓉閣宮人梳洗處、廢苑見牡丹黃色者、醉歌十首、賈魏公府三首、杭州雜詩和林石田廿三首、吳兒、答林石田。
至元十三年（一二七六）冬	幽州會同館。
至元十四年（一二七七）春	幽州歌、御宴蓬萊島、幽州寒食遊江鄉園。
至元十四年（一二七七）夏	登薊門用家則堂韻。
至元十四年（一二七七）秋	筠溪王奉御寄詩次韻呈厓松盧奉御、幽州秋日聽王昭儀琴。
至元十五年（一二七八）春	薊北春望。
至元十五年（一二七八）秋	秋日酬王昭儀。
至元十六年（一二七九）春	平原郡公夜宴月下待瀛國公歸寓府。
至元十六年（一二七九）重九	燕山九日。
至元十六年（一二七九）冬	幽州雪齊翰林諸公分韻得明字。
至元十七年（一二八〇）正月	庚辰正月旦早朝呈留忠齋。
至元二十年（一二八三）春	出居庸關。
至元廿二年（一二八五）秋	易水。
至元廿三年（一二八六）七月	七月初七夜渡黃河。
至元廿六年（一二八九）春	釣臺、錢唐。
至元廿六年（一二八九）九月	九日次周義山。
至元廿六年（一二八九）冬	南歸對客。

註、以上所作汪詩編年，共計八十首（其他詩未註確切寫作年月或季節者不計入）。

附：表四、孔凡禮所作汪元量詞編年一覽

寫作時間	詞作題目
度宗咸淳二年（一二六六）四月	〈太常引　四月初八日慶六十〉
咸淳間壽謝太后而作	〈鳳鸞雙舞〉
恭帝德祐二年（一二七六）之元夕	〈傳言玉女　錢唐元夕〉
恭帝德祐二年（一二七六）春	〈好事近　浙江樓聞笛〉
恭帝德祐二年（一二七六）（元世祖至元十三年）三月	〈洞仙歌　毗陵趙府兵後僧多占作佛屋〉
恭帝德祐二年（一二七六）（元世祖至元十三年）三月	〈水龍吟　淮河舟中夜聞宮人琴聲〉
恭帝德祐二年（一二七六）（元世祖至元十三年）四月	〈婆羅門引　四月八日謝太后慶七十〉

註、其他詞未作確切編年（寫明年月）者不列。

以上根據孔凡禮在《增訂湖山類稿》中元量詩詞之後，所作之編年；及該書附錄二〈汪元量事蹟紀年〉，偶而提及之詩詞編年。然有些詩詞作年的時間，仍嫌籠統，未能確切指出元量詩詞之作年；也有些詩詞之編年從闕，或按輯佚時的原書編次。程瑞釗在〈汪元量研究情況綜述〉云：

> 「孔凡禮先生的特大功勳是推出了《增訂湖山類稿》一書（一九八四年出版）。該書不僅新輯錄元量詩多達百首、詞二十餘首，匯集了豐富的有關元量的研究資料，又進行了作品編年的嘗試，雖然在五百多首詩詞中編得準確的只有數十首，但他總算開闢了一條引人思索之路，也不乏獨到的見解。」（註6）

程瑞釗並未說明孔凡禮的編年中，何者為正確，何者為錯誤。孔凡禮參考元量詩詞之內容、元量行實及原書編次而予以編年；若原書編次有誤，則修正之。

在元量詞作的繫年方面，另有王偉勇為汪元量部分詞作繫年。茲列入表中：

附：表五、王偉勇所作汪元量詞〈憶王孫〉九闋編年一覽

寫作時間（所作編年）	詞作
至元十三年（一二七六）春	原〈憶王孫〉之四
至元二十三年（一二八六）秋	原〈憶王孫〉之九
至元二十三年（一二八六）秋	原〈憶王孫〉之一
至元二十五年（一二八八）秋	原〈憶王孫〉之六
至元二十五年（一二八八）秋	原〈憶王孫〉之八
至元二十五年（一二八八）冬	原〈憶王孫〉之三
至元二十六年（一二八九）春	原〈憶王孫〉之五
至元二十六年（一二八九）春	原〈憶王孫〉之七
至元二十六年（一二八九）秋	原〈憶王孫〉之二

　　王偉勇在〈汪元量「憶王孫」集句詞二考〉中，將孔凡禮所認為「當作於南歸之初」的九闋集句詞〈憶王孫〉，先考知此九闋集句詞之每句出處；再參考汪元量行實及所作詩篇，可以更確切推定此九闋集句詞的作年。發現其並非一組聯章詞，且非作於一時。其作年最早者，作於元世祖至元十三年（一二七六）春，甚而可確切地說，即在元量被俘北上之前夕；最晚者，作於元世祖至元二十六年（一二八九）秋，即在元量南歸之初。而王偉勇將此九闋集句詞，予以重新依作年編次，還原汪元量詞篇作年之真面目，而非籠統的「當作於南歸之初」。王偉勇云：

　　「由本文（按：指〈汪元量「憶王孫」集句詞二考〉考辨，亦可印證宋代之集句詞，誠可化用、截取前人詩句入詞，未盡雜集古人成句也。同時，亦可證明，筆者運用詞中集句所涉之地點及內容，配合詞人之行實，真可將作品予以繫年。然則此研究方法，對於宋詞之研究，自有些許裨益也。）」（註7）

　　孔凡禮對汪元量詩、詞之編年，程瑞釗認為「在五百多首詩詞中，編得準確的只有數十首。」而「其中也不乏獨到的見解」（註8）。誠然，雖有誤已屬不易；而王偉勇依據汪詞詞句出處、及相關行實、詩作，予以繫年，更屬不易。由此可見汪元量詩、詞的繫年工作，仍有待後之學者努力。

二、問題之探討

　　孔凡禮在所作編年中，提到汪元量有〈太皇太后挽章〉詩二首（卷三，頁一〇七），孔凡禮謂當作於元世祖至元廿三年（一二八六），其在詩後之【編年】中云：

「元量南嶽降香〈南嶽道中〉詩,有:『三宮萬里知安否』句,其時謝后尚在。此詩有『忽聞天下母』句,疑謝后逝時,元量在降香途中。」(卷三,頁一〇七)

孔凡禮此說,有一些問題可探討:

甲、「三宮萬里知安否」句,並不能據以斷定謝后尚在。因為至元十三年(一二七六)宋虜被俘北上時,謝后重病,連床一起扛運北上;元量降香於至元廿三年正月(一二八六)(註9),孔凡禮「疑謝后逝時,元量在降香途中。」則謝后的重病病體可以支撐十年?尤其在醫藥尚未發達的時代。然而汪元量何以發出此問?或許謝后已逝,而元量並不知情。

乙、在降香之前,即至元二十年(一二八三),元量曾隨瀛國公出居庸關,被遣往上都(今內蒙古正藍旗東閃電河北岸)。《元史‧世祖紀》至元十九年十二月乙未(初九)紀事:

「中書省臣言:『平原郡公趙與芮、瀛國公趙㬎,翰林直學士趙與𤎩,宜並居上都。』」(註10)

次年又續遣往內地(註11)直至至元廿三年(一二八六)元量又代祀嶽瀆東海(降香)。如此馬不停蹄地奔忙在外;謝后的音訊全無,或許已逝;然元量不見謝后久矣,故而發出『三宮萬里知安否』之嘆。

丙、再查元量作品中,自至元十三年(一二七六)至至元二十年(一二八三)之間,謝后何時自汪詩詞中「失蹤」?或可探知元量與謝后大致離別於何年。因汪元量各階段作品,往往就眼前所見之人、事、地、物,抒發所感;若謝后未曾遠離元量,元量詩詞中必提及之,則大約可悉謝后至少在何年仍在世。結果這期間僅一首詩、一闋詞,提及謝后,分別為:

「客中忽忽又重陽,滿酌葡萄當菊觴。謝后已叨新聖旨,謝家田土免輸糧。」〈湖州歌九十八首其八十五〉(卷二,頁五五)

「一生富貴,豈知今日有離愁。錦帆風力難收。望斷燕山薊水,萬里到幽州。恨病餘雙眼,冷淚交流。　行年已休。歲七十、又平頭。夢破銀屏金屋,此意悠悠。幾度□□。見青塚、虛名不足留。且把酒、細聽箜篌。」〈婆羅門引〉(四月八日謝太后慶七十)(卷五,頁一七一)

前者為詩,見於〈湖州歌九十八首〉,為大型組詩。孔凡禮編年云:

「此組組詩『其一』至『其六』，寫元兵入杭，宋室投降，『其七』至『其六十八』寫赴燕及赴燕途中情況，『其六十九』至『其九十八』寫抵燕後之情況。詩非作於一時，至燕後集其成。此組組詩作於至元十三年（一二七六）。」（卷二，頁五八）

後者為詞，孔凡禮在編年中曰：

「據詞中『今日』、『離愁』、『錦帆風力難收』云云，此詞作於至元十三年（一二七六）赴燕途中。」（卷五，頁一七二）

此二首作品的寫作時間，以〈湖州歌九十八首〉其八十五詩，為較晚；詩中有「謝家田土免輸糧」句，謂元世祖免除謝后家的捐糧，以示優厚待遇。元量隨謝后於至元十三年（一二七六）八月抵燕，元量寫作此詩之後，即不再見到謝后？或曾見而詩中未提及？皆不得而知。

丁、至於謝后之卒年，《宋史・理宗謝皇后傳》卷二百四十三，謂謝后至燕七年後去世。孔凡禮則云：

「（宋史）《理宗謝皇后傳》謂謝后卒於至燕七年後死去，則其卒年當為至元二十年。王國維《書宋舊宮人詩詞湖山類稿水雲集後》則謂謝后卒于至元二十二年。不知所據。今案元量〈南嶽道中〉詩有『三宮萬里知安否，何日檀圞把壽觴』之句，是元量南嶽降香時尚在，以上二說（按：指宋史、王國維之說）皆誤。」（註12）

黃麗月《汪元量「詩史」研究》序文中有云：

「有一次，我正為無法斷定謝太皇太后的卒年而煩惱，卻在無意間發現鄭思肖〈德祐謝太皇北狩攢宮議〉有『德祐六年太歲庚辰三月十三日太皇太后崩於北狩行宮』的紀錄。」（註13）

鄭思肖，宋末連江人，生性忠直剛介。宋亡，隱耕吳中。平居坐必南向，常向南痛哭，厭聞北語。善畫墨蘭，入元畫蘭不畫土，謂土已為番人奪去矣。因而其謂「德祐六年」，不願用元人年號。如此耿直忠心者，必不致妄言『德祐六年太歲庚辰三月十三日太皇太后崩於北狩行宮』。鄭思肖已明言謝后卒於德祐六年（元世祖至元十七年，一二八〇）當至元十九年二月，張弘範攻厓山，宋兵大潰，陸秀夫負宋帝蹈海死，宋亡（註14），此時謝后已先宋亡而歸天矣。

至元十三年（德祐二年，一二七六），宋俘一行被拘北上。至元十七年（一二八

○），元量已任元官（註15），當年正月有〈庚辰正月旦早朝呈留忠齋〉詩：

> 「庭燎明如晝，金壺漏水平。爐煙搖曉色，櫚□□□聲。三祝聖人壽，一忠臣子情。新元奏封事，□□□蒼生。」（卷三，頁七○）

當知此時謝后尚未過世，謝后逝於三月，所以元量在詩中，還能「三祝聖人壽」；此後汪詩詞中，不見謝后「蹤影」。而其在降香途中（至元廿三年，元量代祀嶽瀆東海），所作〈南嶽道中〉詩，有：

> 「三宮萬里知安否，何日檀圞把壽觴。」（卷三，頁一）

此兩句，當為「問候」謝后，在另一世界是否無恙；不知何日可以「檀圞把壽觴」？明知無望而有所「期待」，也是明知無望而發出悲歎：「何日檀圞把壽觴」？若謝后仍在世，元量不必詢「何日」，而可具體些，直稱「來年」。

由前文所析論，可知元量所作〈太皇謝太后挽章〉二首詩的時間。孔凡禮在【編年】中卻云：

> 「此詩有『忽聞天下母』句，疑謝后逝時，元量在降香途中。此詩當作於至元二十三年（公元一二八六）」（註16）

由以上分析，個人認為元量此詩並非作於降香途中。元量此二首〈太皇太后挽章〉詩（卷三，頁一○七），必作於至元十七年（一二八○），謝太皇太后去世之時。而非如孔凡禮所言，當作於至元廿三年（一二八六）。

【附註】

註1　見安旗主編《李白全集編年注釋》上冊，頁一。
註2　同前註。
註3　同註1，頁一八八二。
註4　見孔凡禮《增訂湖山類稿》一書，頁一至一八四。
註5　見王偉勇〈汪元量「憶王孫」集句詞二考〉，載《東吳中文學報》第六期，二○○○年五月。
註6　見程瑞釗〈汪元量研究情況綜述〉，載《文學遺產》，頁一三一。一九九○年三月。
註7　同註5，頁一○至一一。
註8　見同註6。

註9　同註4，〈附錄二〉，頁二七三。

註10　同註4，〈附錄二〉，頁二七二。

註11　內地，即居延、天山一帶。居延在今內蒙古額濟納旗東南，天山在今甘肅張掖縣。見同註
　　　4，頁二七二〇。

註12　同註4，〈附錄二〉，頁二七四。

註13　見黃麗月《汪元量「詩史」研究》書序，頁二。

註14　《宋史・瀛國公紀》卷四十七。

註15　同註4，〈附錄二〉，頁二六五。

註16　同註4，卷三，頁一〇七。

上篇　汪元量其人研究

第七章　仕隱心態

　　汪元量出身於儒學門第，初以廿歲左右（註1）之齡入宮，在宮中得謝后之寵，而令之習書史，後不久以詩詞給事（註2）宮掖，旋改以琴藝事奉謝后、王昭儀，從此安於宮中樂師之職，並未在仕途上圖謀發展，自至宋亡。

　　當被俘北上燕京，受迫為元官，在翰林院供職，仍能隨侍三宮於燕京；又從幼主於龍荒，行於寒荒之地，並不怨悔；也曾奉使代祀嶽瀆，行程一萬五千里（註3），可知責任之艱辛。後又辭官南歸，求隱湖山隱處。汪元量在宋廷，並未追求功名，卻在被俘北上後，先仕元、又求隱，其心路歷程如何，也是值得探討的問題。清人及今人對其事元之舉，也有不同看法，有的認為有損晚節，有的則寄予同情，而個人也有進一步探討；至於元量的堅決求辭元官而南歸，尚未有學者提及，個人也一併探析之。茲分前人之片段研究、仕元之探討、求隱之心態等三節，分別敘述之。

第一節　前人之片段研究

　　對汪元量擔任元官又辭官南歸，提出看法者：

一、清人王國維

　　汪元量擔任元官的動機，為後世所爭議。由於世人向來視不仕異族者，為忠貞遺民（註4），因此有人認為不宜以遺民稱汪元量，質疑其對宋朝的忠誠度。例如清王國維云：

> 「汪水雲以宋室小臣，國亡北徙，侍三宮於燕邸，從幼主於龍荒，其時大臣如留夢炎輩，當為愧死，後世多以完人目之，然中間亦為元官，且供奉翰林，其詩俱在，不必諱也。……後世乃以宋遺民稱之，與謝翱方鳳等同列，殊為失實。然水雲，本以琴師出入宮禁，乃倡優卜祝之流，與委質為臣者有別，其仕元亦別有用意，與方謝諸賢，跡異心同，有宋近臣一人而已。」（註5）

王國維所言，前後說法不一致，頗有矛盾。首先肯定汪元量為完人，是因為汪只是宋室

小臣，卻能做到：「國亡北徙，侍三宮於燕邸，從幼主於龍荒。」實非常人所能。接著王國維認為汪元量竟仕元，後世卻有以遺民稱之者，「殊為失實」。隨之又為汪辯解，謂汪的仕元，乃「別有用意」。

二、林蔥

元量仕元的心態究竟為何，林蔥在〈宋遺民汪元量逸事〉一文中，稱元量為「宋遺民」，且謂元量：

> 「抱著孤臣孽子的心情，留居幽燕，…元量也曾數度探監，作拘幽十操，勉丞相必以忠孝昭示天下人民，而文山也倚歌和之，表示決心。至元元量本人，因為琴道很深，世祖十分欣賞，故元量初本有高漸離擊秦皇之意，可是沒有機會讓他下手，因是哀求出家修道。…文文山與他，同為宋末忠義之士，相互輝映，一個從容就義，一個浪跡天涯，其慘屬的情狀，內心的痛楚，都令人不堪想像。」（註6）

林蔥推崇元量為遺民，並認為可與文天祥「相互輝映」；文中卻未提及汪元量曾任元官，不知是否有意隱「惡」揚善。

三、史樹青

認為汪元量是「別有用意」者，還有史樹青，其在〈愛國詩人汪元量的抗元鬥爭事蹟〉文中曰：

> 「元量隨謝太后等北來，的確是懷著非常的願望：他一面要了解元朝在北方的統治情況，另方面則是乘機復仇。……由於元世祖的宮殿戒備森嚴，所以未便舉事。」（註7）

史樹青這種說法與眾不同，或許引申自明代田汝成在《西湖遊覽志餘》中的說法：

> 「世皇聞其善琴，召入侍，鼓一再行，駸駸有漸離之志，而無便可乘也。」（註8）

而元人迺賢〈讀汪水雲詩集〉僅謂：

> 「國亡，（元量）奉三宮留燕甚久。世祖皇帝嘗命奏琴，因賜為黃冠師南歸。」（註9）

史樹青依據此說，謂汪元量有抗元事蹟，唯目前尚無法印證。

四、楊樹增

對汪元量的北上動機與仕元問題，詳加分析者為楊樹增，其見解較正面，認為元量並非為了自身利益而仕元，其仕元有不得已的苦衷；楊樹增在〈汪元量祖籍、生卒、行實考辨〉一文中，以大篇幅文句，為汪元量辯解：

> 「北上初，元量抱著寧死不辱的信念，以寧赴東海而義不帝秦的魯仲連自勉：『天末有人難問訊，仲連東去不須歸。』（註10）『北面生何益，南冠死則休。』（註11）更披肝瀝膽，表現了他不甘忍辱偷生的英雄氣節。後來他之所以歷盡艱難困苦甚至屈辱而不輕生，是由於他想把宋亡的悲痛歷史教訓傳之于世：『南朝千古傷心事，每閱陳編淚滿襟。我更傷心成野史，人看野史更傷心。』（卷一，頁二六）他想把愛國英烈們的鬥爭精神永存于人間：『豈無春秋筆，為君紀其功。』（註12）他對元蒙的南侵懷有極大的仇恨，在〈夷山醉歌〉中，他把侵略者比作兇殘的禽獸，並希望盡快地遭遇覆滅的厄運。他鼓勵楊鎮、文天祥要殺身成仁。對於趙宋皇家的腆顏降敵，他不宥于君臣之節，公然點名批評：『侍臣已寫歸降表，臣妾僉名謝道清。』（註13）可見，強烈的民族意識、深沉的愛國思想始終支配著元量的精神與情感。」（註14）

藉著汪元量有「詩史」特色的詩篇，楊樹增將一些詩篇，貫串起來，可以探知元量仕元的心態，所以個人贊成這種看法。

五、孔凡禮

同樣持正面看法，也為汪元量辯白的，還有孔凡禮，在《增訂湖山類稿》書中，其論點慷慨激昂，茲簡述如次：

（一）首先不滿王國維謂元量所任元朝之翰林供奉官職，為「頗為顯貴」。

孔凡禮舉元量友人陳泰為例。陳泰曾以翰林供奉之職，出補龍南。孔凡禮謂：

> 「考道光《贛州府志》卷四十三〈縣名宦・陳泰傳〉（泰乃源量之友人，前已及），泰『授翰林供奉，出尹龍南』。黃虞稷《千頃堂書目》卷二十九〈所安遺集〉條亦有此記載，「尹」前有「出補」二字。龍南乃贛州一小縣，由翰林供奉出補，不過一小縣之知縣，不可謂『顯貴』。」（註15）

翰林供奉出補小縣龍南之知縣，可知翰林供奉並非顯貴之職。孔凡禮舉此例，以證明汪元量在元朝擔任的翰林供奉之職，並非如王國維所謂之「頗為顯貴」（註16）。

（二）駁斥王國維認為元量之代祀嶽瀆后土，亦為「頗為貴顯」之證。

孔云：

「考《元史》卷七十六《祭祀志》中之『嶽鎮海瀆』條，其奉使官，或『遣
道士，或副以漢官』，『或選名儒及道士』。『名儒』標準不易定，然可以肯
定，其身分此處乃與道士正等。元代崇奉道教，尊寵道士，今與道士等，世俗
人或謂之『顯貴』，有氣質之士大夫當不謂然。王氏此處，實以世俗人之眼光
觀察問題。」（註17）

汪元量為宋室近臣，事奉謝后、王昭儀，在國亡之際，元量在宋人元人之間，居中協
調，照料宋俘，可以想見。所以當元量奉派隨同宋宗室一行人，被遣往上都、內地歸來
後；元世祖擬祀嶽瀆后土，卻不想親往降香，於是又想到汪元量為適合人選。因此元量
之代祀嶽瀆后土，實不能作為「頗為貴顯」之證。

（三）認為元朝之封授，不過羈縻舊朝君臣之心，以示新朝寬大之政而已。

孔云：

「論人之出處大節，首當論其心跡。元量素以淡泊為懷，…其任元職，有無窮
之隱衷在。…平情而論，元量以元官為掩護，有便於訪慰文天祥於縲紲之中，
有便於周旋宋太皇太后謝氏、皇太后全氏、幼主趙　、福王趙與芮之間，後者
更為元量用心所在。…如元量矢心為元，尚有何面目見文天祥，更遑論其他，
文天祥亦何得以知交視之。」（註18）

孔凡禮認為再看汪元量平日「以淡泊為懷」（孔凡禮語），加上忠誠護主之心，實無由
懷疑其仕元動機。

（四）指出王國維之矛盾。

王國維對汪元量有褒有貶，孔凡禮認為是王國維自相矛盾：

「元量於宋三宮淒涼冷落之中，伴之慰之於生死之際，亦得為忠。王國維於
此，一則謂元量『與方、謝、龔諸賢，跡異而心則同』，此言良是。一則以元
量嘗任元官，謂不得與謝、龔並列，自為矛盾。」（註19）

孔凡禮又對「倡優卜祝之流」，加以說明：

「王氏以所謂正統儒者自命，以得所謂聖賢之忠之真諦自命，不願進而分析
元量所處之時代環境，實屬偏見。王氏視元量為『倡優卜祝之流』。誠然，

元量在宮中，地位低微，宋統治者視之以『倡優卜祝』，猶有可言，在後世則斷不可。而事實乃是，不獨後世，即在元量當時，在宋季至今數百年間，人皆以『詩史』目元量之作品，以詩人、詞人目元量，從未以『倡優卜祝』相目，公論具在！王氏鄙薄『倡優卜祝』，殊不知『倡優卜祝』之中，大有忠義之士在。」（註20）

王國維由不同角度，對汪元量所為有褒有貶；孔凡禮慷慨陳述看法，筆者頗為贊同。因為若以元量平日所為，其忠君愛國之心，無庸置疑。如今的仕元，仍是為了方便護主、照料大批宋俘及探視獄中的文天祥，汪元量詩詞中，在在顯示這種忠君愛國心思。我們不須在形式上苛求其「不仕元」的完美，畢竟其為宋朝所作所為，已掩蓋其「仕元」之遺憾；汪元量為宮中琴師，我們也不須鄙視為「倡優卜祝」之流。

（五）為汪元量之任元官，作一結論。

孔凡禮最後作一總結：

「要之，元量所持之立場，乃愛國主義之具體表現。由於忠宋立場之堅定，故於謝后去世、少主西行、全后為尼之後，即黃冠南歸，地老天荒，抱恨於無窮，蕭然雲水之間，以明心跡於天下。任元官問題，有關元量大節，故為辨之如此。」（註21）

以上乃孔凡禮對汪元量之擔任元官，所作辯駁；然並未提及汪元量之辭官問題。對孔凡禮所論，個人也同意此說，因為在元量詩詞中，早已充分表明此種心跡。例如：

「此夕知何夕，游船雜戰船。山河空百二，宮闕謾三千。雨歇雲垂地，潮平水接天。惜哉無祖逖，誰肯著先鞭。」〈杭州雜詩和林石田其十一〉（卷一，頁二十）

「臺空馬盡始知休，枳棘叢邊鹿自遊。泗水不關興廢事，佛峰空鎖古今愁。風吹野甸稻花晚，雨暗山城楓葉秋。欲弔英靈何處在，髑髏無數滿長洲。」〈戲馬臺〉（卷二，頁三四）

「淮裏州郡盡歸降，鼙鼓喧天入鼓杭。國母已無心聽政，書生空有淚成行。」〈醉歌〉（卷一，頁一四）

【附註】

註1　見孔凡禮《增訂湖山類稿・附錄二》，頁二四七。

註2　同註1，頁二四八。

註3　汪元量〈降香回燕〉詩：「一從得玉旨，勒馬幽燕起。河北與河南，一萬五千里。」見同註1，卷三，頁一〇六。

註4　《辭海》下冊，頁四三六二，引《孟子》〈萬章〉：「雲漢之詩曰：『周餘黎民，靡有孑遺。』信斯言也，是周無遺民也。」而對「遺民」的解釋為：「世亦稱不仕異族之人為遺民」。

註5　清王國維著《觀堂集林》〈書宋舊宮人詩詞湖山類稿水雲集後〉，頁一〇六二。

註6　見林蔥〈宋遺民汪元量逸事〉，載《浙江月刊》第九卷第一期，一九七七年一月。

註7　史樹青撰〈愛國詩人汪元量的抗元鬥爭事蹟〉一文，認為汪元量想乘機復仇，所以其任職元官，是別有用意。載《歷史教學》，一九六三年六月號；然而楊積慶〈論汪元量及其詩〉文中，認為此說的證據不足。此文載於《文學遺產》，一九八二年四月號。

註8　見孔凡禮《增訂湖山類稿・汪元量研究資料彙集》附錄一，頁二〇〇。

註9　同前註，頁二二七。

註10　見元量〈常州〉詩：「渡頭風起柳搖絲，丁卯橋邊屋已稀。何草青青淮馬健，江花冉冉海鷗肥。一尊酒對三人飲，八字帆分兩岸飛。天末有人難問訊，仲連東去不須歸。」（卷二，頁三〇）

註11　見元量〈杭州雜詩和林石田其四〉詩：「獨也吞聲哭，潛行到水頭。人誰包馬革，子獨衣羊裘。北面生何益，南冠死則休。百年如過翼，撫掌笑孫劉。」（卷一，頁一八）

註12　見元量〈妾薄命呈文山道人〉長詩：「...誓以守貞潔，與君生死同。君當立高節，殺身以為忠。豈無《春秋》筆，為君紀其功。」（卷三，頁七〇）

註13　見元量〈醉歌十首其五〉：「亂點連聲殺六更，熒熒庭燎待天明。侍臣已寫歸降表，臣妾僉名謝道清。」（卷一，頁一四）

註14　見楊樹增〈汪元量祖籍、生卒、行實考辨〉，載《中華文史論叢》，一九八三年四輯，頁二〇五。

註15　見同註1，頁二六六。

註16　見王國維《觀堂集林》，頁一〇六二。

註17　見同註1，頁二六六。

註18　見同註1，頁二六七。

註19　見同註1，頁二六七。

註20　見同註1，頁二六七。

註21　見同註1，頁二六八。

第二節　仕元探討

其實飽嚐亡國憂患的汪元量，會接受元官，後又堅辭元官，此中的心路歷程與轉折，難與外人道也，必與其時代背景、人格思想、行事風格有關；此等心思也會流露在詩詞作品中。所以本節及第三節，即從這些角度探討汪元量的任官、辭官問題，以期釐清汪元量任官、辭官的動機。茲先探討其仕元動機：

一、晚宋朝中士風不振，民間則有節義觀念

汪元量處於理宗、度宗時代，這時代有兩種極端的風氣，即朝中的士風不振與民間的節義觀念。宋朝理學發達，一般士人原本競相砥礪明辨是非，但受到「強幹弱枝」的中央集權制度的影響，而日趨式微。朝廷為了籠絡士子，給予優厚的俸祿，多數官吏反而習於冶遊宴飲，致使士風日益不振。自南渡後的高宗，至理宗、度宗、恭帝時代皆如此（註1）。

汪元量關心國是，宋朝未亡時，即看出朝中士風不振，權臣亂政，曾有詩篇斥責、諷刺當朝大臣：

> 「凍木號風雪滿天，平章猶放下湖船。獸爐金帳羔兒美，不念襄陽已六年。」
> 〈賈魏公雪中下湖〉（卷一，頁五）

詩中斥責賈似道不救已被包圍六年的襄陽，仍放下湖船行樂。

> 「我宋麒麟閣，公當向上名。出師休背主，誓死莫偷生。社稷逢今日，英雄在此行。勿為兒女態，一笑欲傾城。」〈孫殿帥從魏公出師〉（卷一，頁六）

孫殿帥即孫虎臣，跟從魏公賈似道出師，汪元量告誡孫虎臣「出師休背主」，而應「誓死莫偷生」、「英雄在此行」。

南宋時，書院教育盛行，大力提倡文教，曾造就出許多真才實學、有為有守之學者（註2）。加上理學發達，大多數宋儒受理學涵養，均能守著生活規範，辨明義利。王德毅在〈宋代士大夫的道德觀〉文中，舉出宋代士大夫重視仁義、忠孝、誠信等德目（註3）。明人葉伯巨也曾說：

> 「宋有天下，蓋三百餘年，其始以禮義教民。當其盛時，閭門里巷，皆有忠厚之風，至於恥言人之過失。洎夫末年，忠臣義士，視死如歸；婦人女子，羞被污辱，此皆教化之效也。」（註4）

所以宋朝之忠臣烈士、義夫節婦，是史不絕書。

中國傳統的「仁義、忠孝、誠信」等德目，其中的「仁」、「忠」、「誠」，是存於內心的；而「義」、「孝」、「信」，是必須行之於外的。先有內在的仁心、忠心、誠心，再求外在的實踐義、孝、信，此皆屬節義觀念。仁可說是一切道德的總名，孔子不輕易以仁德稱許人（註5）。孔子言仁，孟子講義，宋儒以行動對仁義所做的闡釋，到宋末更發揮到極致，例如文天祥臨刑前，寫在衣帶間的贊云：

「孔曰成仁，孟曰取義，惟其義盡，所以仁至。讀聖賢書，所學何事？而今而後，庶幾無愧。」（註6）

汪元量雖非朝中大臣，只是宮中琴師，也有可能習染宮中淫靡不振之風；然而卻能不受影響，滿懷仁義、忠孝、誠信等節義觀念，實屬可貴。其詩集中處處透露出此類觀念：

「北面生何益，南冠死則休。」〈杭州雜詩和林石田二十三首其四〉（卷一，頁一七）

「書生不忍啼，尸坐愁欲絕。…萬里不同天，江南正炎熱。」〈寰州道中〉（卷三，頁八二）

「今日君行清淚落，他年勳業勒燕山。」〈送琴師毛敏仲北行三首其一〉（卷一，頁二四）

「高臺已見胡羊走，喬木惟聞蜀鳥哀。」〈賈魏公府三首其二〉（卷一，頁一六）

「國母已無心聽政，書生空有淚成行。」〈醉歌十首其三〉（卷一，頁一三）

宋室已亡，他仍堅守本分，恪盡人臣之責，此亦其一向之行事風格，時時不忘陪侍后妃、幼主到底，並探視獄中的文天祥。曾勸文天祥以死節告白於天下，其詩云：

「君當立高節，殺身以為忠。豈無春秋筆，為君紀其功。」〈妾薄命呈文山道人〉（卷三，頁七〇）

汪元量雖有節義觀念，然大勢已去，他顧慮到痛苦的大批宋俘，相形之下，個人的名節事小，幼君、后妃、宋俘的安全事大。以此權衡孰重孰輕，於是接受元官。而他的擔任元官，反而便於周旋於元人、宋俘之間。由於元主賞識其詞章、藝術、音樂等才

華，加上他是宋主近臣，想籠絡他為官，以減輕宋俘的敵意；更想聆聽他的絕佳琴藝，但元量不願為元主奏琴，倒是得以元官身分，自由進出囹圄，數度探望文天祥，與之談心論道，並彈奏琴曲或一起唱和，為其消愁解憂（註7）。

二、宋亡，元量須重估出仕與否

汪元量生於理宗淳祐元年（一二四一）（註8）歷經理宗、度宗、恭帝、端宗、帝昺等五朝，除理宗，度宗外，皆為幼君。

宋代重文輕武且行中央集權，加上官制紛亂複雜，各官吏的職權與名義，仕仕不相符，易流於專權或放任，使奸相專權、宦官用事。元量所處的五朝，有奸相史彌遠、史嵩之、賈似道之誤國；及宦官董宋臣的用事，使南宋日趨衰亡。連年外患也重創南宋國本，理宗以來，朝廷和、戰、守政策不定，更諱言邊事，只求苟安。其實南宋初期和、戰、守之議，其間勢力相當，及至權相奸臣亂政、蒙古國勢日趨穩定而以主力攻宋，又逢度宗去世，使民心失重，主和者日增，少數忠臣的主戰、主守意識無法擡頭，因而加速了南宋的滅亡（註9）。

南宋亡後，以詞章給事宮掖、以琴藝事奉太后、王昭儀的汪元量，由於曾經長期任職宮中（註10），對宮中所有的人、事、物，都無法忘懷；更由於職責所在及護主心切，元量始終陪侍太后、幼主，不忍遺棄不顧。念及三宮后妃、幼主、俘臣、宮女，都需要照料，所以臨安失陷時，有使命感的汪元量，隨侍年邁又臥病的謝太皇太后身邊，寸步不離，又照顧幼君，同在第二批被俘北上，約歷時半年的行程，始抵大都。在艱辛的途程中，他任勞任怨，一肩承擔內外事務，不只照顧謝后、幼主，也關心照料俘臣、宮女（註11）；還得與元兵交涉周旋，讓宋室俘臣所受的傷害，減到最低。有詩作記錄所見所感：

> 「北師有嚴程，挽我投燕京。挾此萬卷書，明發萬里行。出門隔山嶽，未知死與生。...遺民拜路旁，號哭皆失聲。...」〈北征〉（卷二，頁二八）

> 「謝了天恩出內門，駕前喝道上將軍。白旄黃鉞分行立，一點猩紅是幼君。」〈湖州歌九十八首其四〉（卷二，頁三六）

宋亡後，自感無所依恃且護駕責任未了，只有他能救助全體宋俘，因而接受元官。以下詩例可看出汪元量的無助感：

> 「呂將軍在守襄陽，十載襄陽鐵脊梁。望斷援兵無信息，聲聲罵殺賈平章。」〈醉歌十首其一〉（卷一，頁一三）

「此夕知何夕，游船雜戰船。……。惜哉無祖逖，誰肯著先鞭。」〈杭州雜詩
和林石田廿三首其十一〉（卷一，頁二〇）

再隨意拈來三首詩，可探知宋俘因汪元量的任官，而受到一些禮遇：

「一人不殺謝乾坤，萬里來來謁帝闇。高下受官隨品從，九流藝術亦霑恩。」
〈湖州歌九十八首其八十〉（卷二，頁五四）

「僧道恩容已受封，上庠儒者亦恩隆。福王又拜平原郡，幼主新封瀛國公。」
〈同上其八十一〉（卷二，頁五四）

「金屋粧成物色新，三宮日用御廚珍。其餘宮女千餘個，分嫁幽州老斲輪。」
〈同上其八十二〉（卷二，頁五五）

其次再看友人劉辰翁對汪元量的評述：

「…殆泊與淡相遭，而卒歸於無有，其亦有足樂耶？歸江南，入名山，著黃
冠，據槁梧以終。…」（註12）

則知淡泊的汪元量，其任元職，必有苦衷。所以當元人請他任官時，他必須重新估量得
失，以定出仕與否；若出仕，則謝后、幼主等人的生命，將得到尊重。果然這些人因此
得到禮遇：謝后家的農田免輸糧稅、元人屢次宴請宋俘、加封爵、給宅第、贈錦綺、使
宋宮人分嫁北匠等（註13）。

三、具有忠君愛國、淡泊名利之思想

汪元量歷來被視為愛國文學家，即因其作品中充分流露出忠君愛國情懷。任何文學
作品，往往是時代的寫照，也是作者人生觀的反映，所以我們可從汪元量詩詞作品中，
了解其人格思想：

「受降城下草離離，寒食清明只自悲。漢寢秦陵何處在？鶯花無主雨如絲。」
〈湖州歌九十八首其十二〉（卷二，頁三八）

此為九十八首的組詩之一，寫被俘赴燕（大都）途中所見所感。詩中透露出的家國之
思、君王之情，正是他心之所繫的情懷。

「綠蕪城上，懷古恨依依。淮山碎。江波逝。昔人非。今人悲。……。山河
墜。煙塵起。風淒淒。雨霏霏。草木皆垂淚。……。」〈六州歌頭　江都〉

（卷五，頁一七○）

本闋詞也作於赴燕途中，此時山河已變色，滿眼悽涼，令他心頭沉痛而念念不忘的，仍是日夜縈繞腦際的故國啊！

> 「人去後，書應絕。腸斷處，心難說。更那堪杜宇，滿山啼血。勢去空流東汴水，愁來不見西湖月。有誰知、海上泣嬋娟，菱花缺。」〈滿江紅〉（和王昭儀韻）（卷五，頁一七三）

此為江元量滿江紅詞的下片，作於被俘抵達大都初期。詞中充滿亡國之悲恨，及思念故國之情緒。由以上詩詞，可以知悉其有忠君愛國的思想。又如：

> 「天下愁無盡，生前樂有涯。文章一小技，富貴總虛花。…」〈杭州雜詩和林石田二十三首其二十二〉（卷一，頁二四）

詩中說明人生原本即為苦多於樂，富貴乃虛空，由此知汪元量不熱中追求名利。

> 「……。見青塚、虛名不足留。且把酒、細聽箜篌。」〈婆羅門引〉（四月八日謝太后慶七十）（卷五，頁一七一）

這闋為謝太后祝壽的詞，也感嘆虛名不值得留。則汪元量淡泊名利，乃屬自然。

> 「…。人生在世不滿百，紛華過眼皆成灰。…人生得意且盡歡，何須苦苦為高官。…」〈夷山醉歌二首其二〉（卷三，頁一○二）

這首長詩氣勢迭宕，寫盡人生，更透露作者不汲汲求進，而甘於平淡的思想。

　　雖然汪元量的作品大量散佚，但由僅存的五百多首詩詞作品中，可看出其個性風趣且隨遇而安。以一介樂師處在宮中，頗得人緣，深得度宗、太后、宮女們的喜愛。度宗曾賜硯臺一方，太后也令其在宮中學習書史，可見頗受謝太后寵信。當元量辭去元官，即將南歸時，十幾位舊宮女紛紛填詞致贈，離情依依。由此看來，汪元量對眾多宋俘有深厚情感，為顧全大局，使宋俘得到禮遇，因而接受元官，這是我們可以理解的，實不宜用忠奸予以辨析、定位。

四、受當代忠臣或歷史人物之影響

　　汪元量明辨忠奸的性格與褒貶的行事風格，不能不說也受當代人物或歷代歷史人物的影響。在其作品中，常歌頌、景仰當代忠臣或歷代英雄人物，如歌頌當代的文天祥：

> 「我公就義何從容，名垂竹帛生英雄。」〈浮丘道人招魂歌其一〉、「忠肝義

膽不可狀，要與人間留好樣。」〈浮丘道人招魂歌其九〉。

此外景仰的前代歷史人物，如：

（一）力諫商紂王，以致遭剖心的比干→「衛州三十里，荒墩草無數。忽聽路人言，此葬比干處。下馬捫石碑，三嘆不能去。…我弔比干心，不弔比干墓。…」〈比干墓〉（卷四，頁一一四）

（二）歷事三朝，始終忠奮自勵，且曾斥責過江人士，當共戮力王室，克復神州的王導→「秦淮浪白蔣山青，西望神州草木腥。江左夷吾甘半壁，只緣無淚灑新亭。」〈出自薊門行〉（卷四，頁一一三）

（三）誓不降敵的伯夷、叔齊→「斯今無二子，空有首陽薇。」〈杭州雜詩和林石田二十三首其十九〉（卷一，頁一七）

（四）鞠躬盡瘁的諸葛亮→「出師一表如皎日，千古萬古鴻名垂。」〈蜀相廟〉（卷四，頁一四八）

（五）對身居異域的李陵、蘇武、王嬙（王昭君），深表同情→「傷彼古豪雄，清淚泫不歇。吟君五言詩，朔風共嗚咽。」〈李陵臺〉（卷三，頁八二）、「憶昔蘇子卿，持節入異域。淹留十九年，風霜讀顏色。」〈居延〉（卷三，頁八三）、「宮人清夜按瑤琴，不識明妃出塞心。」〈湖州歌九十八首其卅七〉（卷二，頁三六）

這些歷史人物，多數皆為失敗者，然汪元量不以成敗論英雄，重要的是能為朝廷盡一份心力，這種服膺國家朝廷的民族意識，最為汪元量所崇仰，所以身居末官，本不為元人重視的樂師，可以逃遁而不逃（註14），反而思索能為朝廷做些什麼？於是忠誠護駕，被俘北上。是許多盡忠的歷史人物事蹟，引領著汪元量的思想，遂使其不計一切，要為宋代朝廷盡力。

【附註】

註1　見《宋史》卷四十三、四十六、四十七，頁七八三、八九一、九二一。

註2　見費海璣〈宋代書院的新研究〉，載於《學園》八卷三期，頁十三。及葉鴻灑〈宋代書院教育之特色及其組織〉，載於《淡江學報》十五期，頁五十七。

註3　見王德毅〈宋代士大夫的道德觀〉，載於《簡牘學報》第十六期，頁一六一。

註4　見《明史・葉伯巨傳》卷一百三十九，頁一二九九五。

註5　同註3。

註6　見《文文山全集》卷十七〈紀年錄〉，頁四六五。

註7　見拙著〈文天祥與汪元量獄中唱和詩探析〉，載《宋代文學研究叢刊》第五期，頁一○三至一二九。

註8　汪元量的生卒年，難以考知，然至今有多種說法，在無新資料文獻參考前，個人同意孔凡禮推定的生卒年，因而汪元量二十歲時，為理宗景定元年（一二六○）。參見同前註，頁二四九。

註9　見拙著《文文山詩探賾》，頁六五至七○。

註10　見孔凡禮《增訂湖山類稿・汪元量研究資料彙集》附錄二，頁二四六至二五九。孔凡禮考知汪元量於理宗景定元年（一二六○），二十歲左右入宮給事；於恭帝德祐二年（一二七六），三十六歲左右隨侍謝后，被俘北上，在宮中共計十六年。

註11　同前註，附錄二，頁二五八。

註12　同註9，卷五，頁一八五。

註13　同註9，附錄一，頁一九○。

註14　同註9，附錄一，頁一九四。

第三節 求隱心態

自古以來，士大夫對個人的去就進退，雖有不同的看法、做法，但大致而言，受儒家思想的影響很大。孟子曾欽慕孔子的做法：

「可以仕則仕，可以止則止，可以久則久，可以速則速。」（註1）

到了宋代，這種影響仍在。王德毅在〈宋代士大夫辭官風氣〉一文中，說：

「宋朝儒學復興，讀書人深受孔孟之教影響，對於修身、齊家、處世和交遊之道都很留意，甚怕一失足成千古恨。」（註2）

文中並舉范仲淹、歐陽修、司馬光、王安石等人為例證（註3）。

而處在這時代的士儒汪元量，理當有這些觀念；惟在非常時期有非常做法，約於元世祖至元十三年（一二七六）接受元官，如前文所述，為便於周旋在元人、宋俘之間，…等原因，汪元量不得已而任官。元世祖至元廿五年（一二八八），任職十二年後的汪元量辭官，除了時代因素外，還有其個人因素，茲綜合探析汪元量辭官原因，以明其求隱心態：

一、宋代辭官風氣之影響

宋室南渡後，理學更昌明，士大夫更加辨明義與利，對於進與退都有所據，所以南宋也不乏辭官的例子，可見天下有道則出仕輔佐明君行道，無道則辭官，獨善其身，這是南宋讀書人普遍具有的節操。據王德毅在〈宋代士大夫的辭官風氣〉文中所考，南宋辭官的例子不少，例如：

（一）鑽研《春秋》的胡安國，由於蔡京專政而懇辭一切差除；

（二）為岳飛伸冤的張孝祥，由於秦檜勢盛而一再辭官；

（三）表示政治責任的王十朋，因為王浚戰敗而引咎辭職；

（四）知所進退的周必大，在其全集中，曾有五十餘次的辭官紀錄；

（五）處在奸相韓侂胄、史彌遠相繼專政時期的樓鑰，也屢呈辭官表狀；

（六）進退必有據的朱熹，在《晦庵集》中收載有辭免狀九十多篇。凡此皆律己甚嚴，明辨義利之士（註4）。直至宋末的文天祥，依然保有此風，即使因戰亂而任官時期短暫，也曾數度辭官歸故里（註5）。

王德毅認為宋代士大夫辭官的原因：

「或以自己性向和專長，或以倫理行輩，或因親老疾病，或以避家諱、親嫌，
或以與同官志不同道不合，難以共事，或自愧未盡職責，或覺理念不合難以承
命，…時殊人異，情況不一。」（註6）

由此可知當時的多數讀書人是為了行其志而仕宦，有著以天下蒼生為念的抱負，也有急
流勇退的氣度。揆之於汪元量，雖只是身居宮中琴師的末官，並非顯官要職，然而久居
宮中，耳濡目染朝廷的辭官風氣，促成其深覺與元朝「志不同道不合」，而至少三次上
書元世祖（註7），乞請辭官回鄉當道士，毫不戀棧。

二、人事已非之體悟

　　文天祥於元世祖至元十六年（一二七九）十月入獄。此時早於兩年多以前抵達燕
京（大都）的汪元量，除了惦記獄中的大宋丞相文天祥外，一方面得伺候幼主、謝太皇
太后、全太后、王昭儀等，並關照、照料宋室俘臣及宮女等；另一方面還得執行元官任
務，可謂十方繁忙。

　　元量所繁忙的事，實際上仍以照料宋室俘虜為主，由下列兩點可知：

（一）至元十九年十二月九日（一二八三年一月九日），文天祥成仁。元室為了防
　　　止叛變，元世祖乃於同日遣瀛國公（元世祖封宋朝幼君為「瀛國公」）、翰
　　　林直學士趙與檦（元主所封）、平原郡公趙與芮（元主所封）、全太后、王
　　　昭儀、一些宋室大臣等人，先遷往上都（在今內蒙古之東），汪元量隨行照
　　　料。這一段漫長行程中，由於氣候水土皆異於中原，一路上嚐盡顛簸艱困，
　　　比起初到大都時受到元人禮遇的生活，真有天壤之別。此時謝太皇太后已
　　　故，不在被遣之列（註8）。至元廿一年（一二八四）再度遷移到更遠的內
　　　地（在內蒙古之西），一行人更受盡煎熬，這些因為喪國而受的屈辱，對汪
　　　元量而言，是刻骨銘心的。

（二）元朝授與汪元量「翰林供奉」的官職，並非顯貴之位，雖然曾於至元廿三年
　　　（一二八六）代替元世祖前往祭祀嶽瀆等后土（註9）。既非重要職務，因
　　　而汪元量有餘力兼顧心所繫念的宋朝俘虜。至元廿二年（一二八五），僅瀛
　　　國公、王昭儀、趙與檦被允許回大都，汪元量也隨行回大都，又於次年奉使
　　　代祀嶽瀆東海。不久，王昭儀、平原郡公趙與芮相繼過世。元人為削弱故宋
　　　宮室對江南百姓的影響力，於至元廿五年（一二八八）十月，命瀛國公往土
　　　蕃學佛法，全太后為尼。至此，被元人羈留的宋室俘虜，凋零殆盡，或遁入
　　　空門，或撒手西歸。雖然汪元量忠宋的立場不變，但如今已人事全非，自認

責任已了，已經無所牽掛，當然也就無心仕途。隨即數度上書元世祖，請求南歸當道士，終於被賜為黃冠師，得以黃冠身分南歸（註10）。

三、眷戀故國

汪元量於至元廿五年（一二八八）年底南歸，次年抵達錢塘（今杭州）（註11）。願望得遂的汪元量，回到故園後，馬不停蹄的往來於杭州、江西之間，走訪久未謀面的昔日友人，也看看魂牽夢繫的故國江山；更參加詩社，與當時名士唱和詩詞，已成為其生活中重要的一部分。在國已破家已亡的此刻，也只能藉此忘卻煩惱，反而能自在的生活，可見其眷戀故國之心。所以當瀛國公往土蕃學佛，全后為尼，汪元量這時才能卸下重擔，回到眷戀的故國。有詩記錄南歸時的心境：

「偶攜降幟立詩壇，剪燭西窗共笑歡。落魄蘇秦今席暖，猖狂阮籍尚氈寒。山中客老千莖白，海上人歸一寸丹。世事本來愁不得，乾坤只好醉時看。」〈答林石田見訪有詩相勞〉（卷四，頁一二〇）

「高堂寂寞半開門，草沒頹牆竹滿園。雨過湖天籠白晝，雲歸山市鎖黃昏。忘機今古鷗來往，說夢興亡燕語言。行盡六橋吟更好，萬松嶺上一聲猿。」〈湖山堂〉（卷四，頁一二〇）

「瀘溝橋下水泠泠，落木無邊秋正清。牛馬亂鋪黃帝野，鷹鸇高磨涿州城。柳亭日射旌旗影，花館風傳鼓吹聲。歸客偶然舒望眼，酒邊觸景又詩成。」〈涿州〉（卷四，頁一一三）

「出自薊門行，行行望天北。何處愁殺人，黑風走砂石。華裾者誰子，意氣萬人敵。金鞍鞁白馬，奮飛虎生翼。書生爾何為，不草相如檄。徒有經濟心，壯年已班白。」〈出自薊州門〉（卷四，頁一一三）

更有不少與友人唱和的作品，透露自在、舒暢，卻仍懷有憂國之感傷，例如：

「湖上悲風舞白楊，英雄凋盡只堪傷。花飛廢苑憐銅馬，草沒荒墳臥石羊。人在醉中春已晚，客於愁處日偏長。林西樓觀青紅濕，又遜僧官燕梵王。」〈孤山和李鶴田〉（卷三，頁一二〇）

「萬里遠行役，十年良可哀。前輩古風在，故人今雨來。絕口不言事，挽鬚惟把盃。種得碧梧樹，春風花自開。」〈重訪馬碧梧〉（卷四，頁一二三）

「十年牢落走窮荒，萬里歸來行路長。坐上佳賓能鼓瑟，窗前細雨好燒香。武淹某澤常思漢，甫寓鄜州只念唐。秉燭相看真夢寐，夜闌無語意茫茫。」〈三衢官舍和王府教〉（卷三，頁一一八）

由此說明了元量是眷戀、神往故國的，這也是促成其辭職的動機之一。

四、神往湖山隱處

元世祖至元廿五年（一二八八）十月，瀛國公奉命往吐蕃學佛法。從此元量已了無牽掛，隨即再三上書請辭，終於獲准而於年底南歸。次年，輾轉回抵錢塘，時已四十九歲左右（註12）。翌年並有瀟湘、蜀之行，至元卅年（一二九三）始回杭州。這時開始有在湖山之間隱居的念頭，也曾告訴友人這個構想，所以友人劉師復的〈題汪水雲詩卷十首其一〉詩中，有：「萬里歸來葺故園，闞湖新結小船軒。」句；同上詩的〈其十〉詩句云：

「澗邊爛醉桂花秋，明發攜琴不可留。遙想兩峰湖一曲，畫船何日許同遊？」〈題汪水雲詩卷〉（附錄一，二一二）

可知其於西湖中孤山「南北兩峰」及「西湖一曲」之間，新構湖山隱處的想法已經成熟，而於第二年，在西湖邊建造了住所，以便養老，這時元量五十四歲左右。至此始將十年前神往湖山隱處的夢想，予以落實。其實約在十年前，就曾有許多詩作透露嚮往隱居的心思，例如：

「君今嫌作吏，我已厭封侯。何日西湖曲，紅船上下游。」〈筠溪王奉御寄詩次韻呈崖松盧奉御〉（卷三，頁六八）

此詩約作於至元十四年（一二七七）秋天，於前一年秋初才被俘抵達大都的汪元量，擔任元官不及一年就已「厭封侯」，而神往「何日西湖曲，紅船上下游」了。

「江南二月蕨筍肥，將北客行殊未歸。怕上西樓灑鄉淚，東風吹雨濕征衣。」〈薊北春望〉（卷三，頁六八）

此詩寫於抵燕後第二年，即已「灑鄉淚」；詩中充滿思鄉情懷，切盼歸期。

「我憶西湖斷橋路。雨色晴光自朝暮。燕去鴻來今幾度。梅花萬里水雲隔。日夜思家歸不得。偶然醉歸文姬側。」〈憶湖上〉（卷三，頁八〇）

此詩作於至元十九年（一二八二），被羈燕京任官已近六年，絲毫不覺得有為官的「重

責大任」或「富貴榮華」之感，反而是思鄉之情與日俱增。這一類詩作頗多，可知其早已有歸隱故園的心願。

汪元量友人劉將孫曾在〈湖山隱處記〉一文中，敘述元量南歸後，在西湖畔建造隱居處所的情形：

> 「（元量）於是棄塵世，稱道人，復尋古杭舊築，於豐樂橋五步外，作小樓五間，上題『湖山好景』，紫薇史公書也。下題「水雲隱處」，本心文樞密書也。樓後船亭十一間，本心公書「西湖一曲」在焉。乃昔者奉親所。…船軒回環，刻諸名士櫂歌十數。…若水雲之隱也，則閱其常也，如水之無味，玩其變也，如雲之無心，澹與泊相遭，而晦與明不異。逍遙乎四方，而湖山無不在，歸休乎四望，而宇宙之大總不出几案間，是足以隱也。」（註13）

由此看出汪元量「湖山隱處」之建，乃為了歸隱西湖。

因此「湖山隱處」的心中藍圖，也是汪元量辭官的原因之一。

【附註】

註1　謝冰瑩等編譯《新譯四書讀本》，〈孟子‧公孫丑上〉，頁三六三。

註2　見王德毅〈宋代士大夫的辭官風氣〉，載於《臺大歷史學報》第二十二期，民國八十七年十二月印行，頁一七。

註3　同前註，頁二十八至三十一。

註4　同註2，頁三至十。

註5　見拙著《文文山詩探賾》，頁三至十二。

註6　同註2，頁三十一。

註7　見孔凡禮《增訂湖山類稿》，附錄二，頁二七八。

註8　見黃麗月《汪元量「詩史」研究》，頁一一四。

註9　孔凡禮在《增訂湖山類稿‧附錄二》中，據《元史‧祭祀志》卷七十六，頁一九〇〇，「嶽鎮海瀆」條中，謂祭祀的奉祀官，或「遣道士或副以漢官」，或「選名儒及道士」。可知並非高官顯職。見該書，頁二六六。又見黃本驥《歷代職官表》，對「翰林供奉」的解釋：「翰林之名始於唐代，其初凡以文學技藝供奉宮廷者，稱翰林待詔或翰林供奉，其職務與政治不甚有關，亦非正式職官。…是不預聞政治的，在行政系統上處於非常奇特的地位，無官署，無官屬，亦無奉給。」見頁一八四。

註10 同註7。

註11 見孔凡禮〈關於汪元量的家世、生平和著述〉，載於《文學遺產》，一九八二年二期，頁一〇八。

註12 同註7，頁二八〇。

註13 同註7，附錄一，頁一九八。

上篇　汪元量其人研究

第八章　上篇總結──汪元量其人

汪元量字大有，號水雲。江蘇吳縣人。七歲左右曾入宮中，深得后、妃所喜愛。二十歲入宮給事，聰慧美皙，頗受謝后寵信，謝后又令其在宮中習書史，而漸有作品入集。二十六歲時，以詞章給事宮掖。當代人劉將孫譽為：「如沉香亭北太白。」嚴曰益更稱：

> 「沉香亭北雉尾高。詩成先奪雲錦袍。縱橫秦賦三千字。文采風流多意氣。珮聲楊柳鳳池頭。絲綸五色爛不收。」（註1）

汪元量二十八歲這一年，侍禁時，為太皇（註2）、王昭儀鼓琴奉巵酒。由於善琴，從此兼以琴藝事奉謝后、王昭儀。此時期賈似道弄權，宋廷愈衰。五年後，元兵勢如破竹，呂文煥以襄陽府降元，其他宋臣也隨之紛紛歸降，宋室更是危在旦夕；元量憤恨填膺，決定以詩記錄史實，供後人作評斷。

恭帝德祐二年（元世祖至元十三年，一二七六），元兵大舉入杭，更命宋君臣入朝，而逃竄隱遁之宋俘，不計其數；元量卻選擇隨謝后被俘北上燕京。抵燕後，元人封宋幼主為瀛國公，命元量任翰林苑官職。元量得以特殊身分，周旋於元人、宋人之間，照料眾多宋俘，並且數度入獄探視文天祥。

至元十九年（一二八二）年底，元朝遣瀛國公、翰林直學士趙與檁、全太后、王昭儀等居上都（在今內蒙古正藍旗東閃電河北岸），次年春出發，汪元量隨行。次年，又續遣往內地（在今內蒙古額濟納旗東南，及甘肅張掖縣一帶）。兩年來，行經氣候惡劣又荒漠的地區，艱苦備嘗。一行人回大都（今北京）的確切時間不詳。至元二十三年（一二八六），元世祖遣使代祀嶽瀆東海，元量被命為使者。此次所祀，有北嶽恒山、西嶽衡山、東嶽泰山及青城山、濟瀆、孔子廟等，行程凡一萬五千里。

至元二十五年（一二八八），瀛國公奉命往吐蕃學佛法，全太后為尼，王昭儀、趙與芮皆卒，汪元量至少三次上書元世祖辭官，得以黃冠身分南歸。行前，宋舊宮人及燕趙諸公子餞別；有十八位宋舊宮人，寫作詩詞相贈。元量於年底啟程南歸，出薊門，經涿州、真定、趙州、衛州、封丘、汴京至揚洲。轉向金陵，沿江西上，經采石、太平州、烏江、魯港至星子驛。轉而向南，經豫章驛，歲暮至信州。次年春經衢州、釣臺至

錢唐。抵錢唐后，即展開訪友、結詩社；又有湘蜀之行，歸來後，於西湖豐樂橋外，建造小樓五間，作為隱居之所，而終老於此。享年約為七十七歲。

汪元量的交游頗廣，由於處身於動盪的年代，自早期的宮中優遊自在生活至辭元官南歸、隱居終老，各階段皆結識一些知心友人；加上元量待人隨和又熱誠，所以其與友人間之情誼，始終長久。所交往友人，可分幾類：

一、朝中友人。如王昭儀、咎相公、馬廷鸞。

二、詩詞友人。如林石田、李鶴田、劉師復、曾平山。

三、藝界友人。如徐雪江、毛敏仲、趙淇、楊鎮、葉福孫。

四、患難之交。如文天祥、趙與㦛。

五、宋末隱者。如劉將孫、聶守真。

至於其思想與賦性方面，所表現出的特色為：

一、思想：可分忠君愛國、儒家思想、有情有義、重視友情等。

二、賦性：可分澹泊名利、隨和熱誠、負責盡職、喜愛大自然等。

汪元量一生著述頗多，惜因戰亂而散佚不少。據現存資料，元量友人提及，或歷代所傳鈔輯佚者，加上今人孔凡禮所輯佚的作品集，共有多種不同版本：

一、《甲子初作》。

二、《行吟》。

三、《丙子集》。

四、《湖山類稿》。

五、《水雲集》。

六、《水雲詩》。

七、《水雲詞》。

八、《湖山外稿》。

九、《水雲集一卷‧湖山類稿五卷》。

十、《增訂湖山類稿》。

而由汪元量著述及其行實，可探知其擔任元官，及其後又求隱的心態。其任職元官的原因為：

一、理宗、度宗時，朝中士風不振，民間卻有節義觀念。

二、南宋滅亡，元量必須重新估量出仕與否。

三、有著忠君愛國、淡泊名利的人格思想。

四、受到歷史人物的影響。

而其後又堅辭元官，其原因亦有四端：

一、宋代辭官風氣的影響。

二、人事已非，自認責任已了。

三、眷戀故國。

四、嚮往湖山隱處。

【附註】

註1　見孔凡禮《增訂湖山類稿・附錄二》，頁二四九。

註2　「太皇」，宋末為太皇太后之省稱。即天子之祖母也。宋賈似道有罪被劾，太皇太后謝氏赦其死，後鄭虎臣諷似道自殺，似道曰，太皇許我不死。見《宋史・賈似道傳》卷四七四，頁一三七八六。

中篇

汪元量詩作之研究

第一章　當代詩壇概況　　　　　　2-3

　　第一節　南宋末年詩壇　　　　2-3

　　第二節　遺民詩壇　　　　　　2-8

第二章　汪元量詩作之創作淵源　　2-13

　　第一節　承襲詩歌之遺產　　　2-13

　　第二節　熟諳歷史、典故　　　2-25

　　第三節　歷代或當代詩人之影響

　　　　　　─以影響深淺為序　　2-32

　　第四節　歷代名篇之啟發　　　2-50

　　第五節　時代背景及個人思想賦性

　　　　　　之影響　　　　　　　2-58

第三章　汪元量詩作之分期

　　　　與各期風格　　　　　　　2-65

　　第一節　詩作分期　　　　　　2-65

　　第二節　各期風格　　　　　　2-71

第四章　汪元量詩作之形式　　　　2-79

　　第一節　詩作體裁　　　　　　2-79

　　第二節　特殊形式　　　　　　2-81

第五章　汪元量詩作之內容　　　　2-91

　　第一節　題旨析論　　　　　　2-91

　　第二節　句意內涵　　　　　　2-99

第六章　水雲詩作之藝術特色　　　2-113

　　第一節　章法結構　　　　　　2-113

　　第二節　以文、議論入詩　　　2-117

　　第三節　常用典故　　　　　　2-119

　　第四節　常見修辭　　　　　　2-121

　　第五節　文字表現　　　　　　2-127

　　第六節　格律技巧　　　　　　2-136

　　第七節　特殊詩篇之研究　　　2-145

第七章　汪元量詩作之評價　　　　2-155

第八章　中篇總結─汪元量其詩　　2-161

中篇　汪元量詩作之研究

第一章　當代詩壇概況

從詩的發展論之，到了宋朝，有人謂宋詩不如唐詩（註1）；而且在宋朝，詩的地位已讓給新起的詞。但是若將宋詩，與元、明、清三代作比較，仍有其特色。

宋詩詩風，經過幾次變化，首先北宋時，由西崑體到歐陽修、蘇軾，為一變；再由黃庭堅創立的江西詩派，又為一變；至南宋，江西詩派仍有極大勢力，但不敵姜夔、楊萬里、陸游、范成大等人的反動，江西詩風漸為人所厭，四靈派遂起，此又為一變；至寧宗嘉定（一二○八）以來，江湖小集盛行，詩人多為四靈之徒。當宋亡，遺民之詩，多憂國憂民的愁苦之音，又為一變（註2）。

而汪元量處身宋末元初時代，若暫依孔凡禮所考，汪元量生於理宗淳祐元年（一二四一）（註3），於景定元年（一二六○）入宮給事，並習書史。此時江湖詩派盛行，然江湖詩派多為之前的四靈詩人，元量必受影響。為說明汪元量的文學背景，本章分兩節：南宋末年詩壇、遺民詩壇，以探討之。而所謂「南宋末年」，係以四靈派崛起為界，此後稱南宋末年詩壇；宋亡之後，始稱遺民詩壇。

第一節　南宋末年詩壇

宋寧宗開禧二年（一二○六），蒙古崛起於漠北，各部共推鐵木真為成吉思汗，建立了蒙古帝國，而向南擴張，於端平元年（一二三四）消滅金。從此日漸對南宋構成威脅，當時的詩壇，也不無影響。

寧宗時代，雖然江西詩派的勢力仍在。而多數詩人卻重新學習唐詩，尤其是律絕詩。因此有永嘉四靈崛起，繼之者為江湖詩人和《滄浪詩話》的作者嚴羽，都主張崇尚唐詩。宋末詩壇自姜夔（白石）針對江西詩派的弊病，如專事模擬等，而立論主張作詩宜貴獨創、高妙與風格，其《詩說》謂：

> 「一篇之妙，全在結句，如截奔馬，辭意俱盡；如臨水送將歸，辭盡意不盡；又有意盡辭不盡，剡溪歸櫂是也；辭意俱不盡，溫伯雪子是也。微妙語言，諸家未到。」（註4）

此後，繼之而起者，為標榜晚唐的四靈派。

四靈即徐照（？至一二一一）字靈暉，徐璣（一一六二至一二一四）字靈淵，翁卷（？至一二四三）字靈舒，趙師秀（一一七〇至一二二〇）字靈秀。他們同出葉適之門。葉適曾編《四靈詩選》，選詩五百篇，陳起為之刊行，風行一時。四人詩風相同，人稱四靈派。均為永嘉人，故又稱永嘉派。他們一面反對江西詩派，一面學習晚唐，卻著意於賈島、姚合一派的五律，仍不免有「破碎尖酸之病」（註5）。

四靈的出現，實是對江西詩派的反動，也不滿程朱理學，而帶有革新的意味。可說由於葉適的提拔，始有四靈派；作為永嘉詩派的宗主，葉適的文學思想，無疑地對四靈有直接的影響。他既反對朱熹的貶抑唐詩，又不滿江西詩派只學老杜的侷限，因而大力肯定四靈的復尊唐體。

四靈的標舉唐體，主要是模擬晚唐的律詩。四靈派詩人反對江西詩派，表現出兩大特點：一為學習晚唐，著意於賈島、姚合一派的五律。二為反對江西詩派的「資書以為詩」（註6），即喜用成語和故實；而提倡「捐書以為詩」（註7），即愛好生造與苦吟（註8）。例如：

> 「出望月輪小，不如臨海生。又疑今夜看，難比故鄉明。歷柏正無影，清猿偏有聲。數家弦管外，專此照離情。」（徐照〈湘中中秋〉）

> 「黃碧平沙岸，陂塘柳色春。水清知酒美，山瘦識民貧。雞犬田家靜，桑麻歲事新。相逢行路客，半是永嘉人。」（徐璣〈黃碧〉）

> 「月色一庭深，迢遙千里心。湘江連底見，秋客與誰吟。寒入吹城角，光凝宿竹禽。亦知同不寢，難得夢相尋。」（趙師秀〈月夜懷徐照〉）（註9）

> 「已是窮侵骨，何期早喪身。分明上天意，磨哲苦吟人。花色連晴晝，鶯聲在近鄰。誰憐三尺像，猶帶瘦精神。」（翁卷〈哭徐山民〉）（註10）

當初抬舉四靈的葉適，在〈題劉潛夫「南岳詩稿」〉中，也曾指出四靈派詩人詩作的缺點：

> 「往歲徐道暉諸人擺落近世詩律，敛情約性，因狹出奇，合于唐人，夸所未有，皆自號四靈云。」（註11）

認為四靈詩人的作品，平淡清瘦，缺少熱情和魄力；在技巧上，由於只重修辭煉句，而忽略意境。《四庫全書總目》卷一百六十二〈芳蘭軒集〉提要，云：

「雖鏤心劌腎，刻意雕琢，而取徑太狹，終不免破碎尖酸之病。」（註12）

《四庫全書總目》提要，同樣認為四靈派詩人因雕琢而傷情，因小處而失大局；更因專事雕琢字詞，而造成「破碎尖酸」的弊病。

然而專倡唐詩且重雕琢的四靈派詩風，對當時詩壇的影響卻不小；影響所及，與其後之江湖派，難以截然區分。嚴羽在《滄浪詩話‧詩辨》云：

「近世趙紫芝、翁靈舒輩獨喜賈島、姚合之詩，稍稍復就清苦之風，江湖詩人多效其體，一時自謂之唐音。」（註13）

方回評劉克莊〈贈翁卷〉詩云：「後村晚節詩飽滿四靈。」（註14）

清全祖望在《宋詩紀事》序中，亦云：

「永嘉徐、趙諸公，以清虛便利之調行之，見賞於水心，則四靈派也，而宋詩又一變。嘉定以後，《江湖小集》盛行，多四靈之徒也。」（註15）

由此可知江湖詩人深受四靈派詩風之影響。

接著出現的是以《江湖集》而得名的江湖詩派，由一群江湖游士組成，以劉克莊為首，乃一成分複雜且組織鬆散的創作團體。有一錢塘書商陳起，能詩能文，附庸風雅，與江湖詩人交遊，更出資刊印《江湖集》、《後集》、《續集》，此江湖三集，集中詩人至少有一百二十人以上。這些人隸籍廣泛，有浙江、江西、福建、河南、山西等；且活動年代也長，自寧宗直到宋末。他們「流波推蕩，唱和相仍，終南宋之世，不出此派。」（註16）江湖詩人作詩，並無確定方向，基本上都反對江西詩派，而崇尚晚唐詩風，但格局較四靈稍開闊，取材也較廣，藝術手法較靈活多樣。其中卻有人學江西詩風，有人感染四靈詩風。《四庫題要》云：

「宋末之年，江西一派與四靈一派合併為江湖派，猥雜細碎，如出一轍，詩以大敝也。」（註17）

更有人以詩篇作為干謁權貴、博取衣食之工具，因此為後世評家所詬病（註18）。此派詩人除戴復古、劉克莊、劉過、方岳諸人，有幾首可閱讀的詩作外，餘皆庸碌不足道。

永嘉四靈和江湖詩派可說是此一時期詩風的主要代表。雖然皆學習唐詩，實則所崇尚的「唐詩」，可說只是晚唐賈島、姚合等人清苦冷僻的詩風，已是唐詩之末流；因此南宋末年的詩風，一如南宋頹弱的國勢一樣，也進入欲振乏力的時期。陳植鍔在〈宋詩的分期及其標準〉文中云：

「四靈、江湖面對的是本朝的江西詩風、理學詩風以及中興期（按：指高宗紹興三十二年至寧宗慶元六年前後，凡五十年，為宋詩的中興期。）諸名家自成一格的詩風（如『誠齋體』），卻敢於棄之不顧，轉而提倡直承唐人以相對抗，則並非隨波逐流之筆。可惜才力不足，未能像中興詩人一樣，建立起完全屬於自己的文學風格，反而又使宋詩落回唐人的窠臼之中。宋詩也就不可避免地連同『身世飄搖雨打萍』的作家們，淪入了每況愈下的飄零期。」（註19）

陳植鍔認為此時期詩人只知仿擬唐詩，而忽略本朝的各代詩風，終至每況愈下（註20）的飄零期。

【附註】

註1　清錢泳所撰《履園譚詩》，對詩的發展，有一比喻：「詩之為道，如草木之花，逢時而開，全是天工，並非人力。溯所由來，萌芽於三百篇，生枝布葉於漢魏，結蕊含香於六朝，而盛開於有唐一代，至宋元則花謝香消，殘紅委地矣。間亦有一枝兩枝晚發之花，率精神薄弱，葉影離披，無復盛時光景。」見臺靜農編《百種詩話類編》下冊，頁一四六六。

註2　劉大杰《中國文學發達史》引全祖望在《宋詩紀事》所言：「宋詩之始也，楊、劉諸公最著，所謂西崑體者也。慶曆以後，歐、蘇、梅、王數公出，而宋詩一變。涪翁以崛起之調，力追草堂，所謂江西詩派者，而宋詩又一變。建炎以後，東夫之瘦硬（蕭德藻），誠齋之生澀（楊萬里），放翁之輕圓（陸游），石湖之精緻（范成大），四壁俱開。乃永嘉徐、趙諸公（徐照、徐璣、趙師秀），以清虛便利之調行之，則四靈派也。而宋詩又一變。嘉定以降，江湖小集盛行，多四靈之徒也。及宋亡，而方、謝之徒（方鳳、謝翱），相率為迫苦之音，而宋詩又一變。」見該書，頁六五六。

註3　見孔凡禮《增訂湖山類稿·附錄二》，頁二四〇。

註4　見《歸田詩話》中卷，載於臺靜農編《百種詩話類編》上冊，頁五八九。

註5　見《四庫全書總目提要》，卷一百六十二，《芳蘭軒集》提要。

註6　「資書以為詩」為劉克莊〈韓隱君詩序〉中語。見程千帆、吳新雷著《兩宋文學史》，頁四四九所引。

註7　同前註。

註8　同註6，頁四四九。

註9　同註6，頁四五〇。

註10 見《中華古詩觀止》上冊，頁九二七。

註11 同註6，頁四五一。

註12 同註6，頁四五一。

註13 同註6，頁四五二。

註14 同註6，頁四五二。

註15 同註6，頁四五二。

註16 同註6，頁四五二。

註17 同註5、卷一百六十四，《梅屋集》中所言。

註18 參見臺靜農編《百種詩話類編》中冊，頁一一四三。

註19 見陳植鍔〈宋詩的分期及其標準〉，載於《宋詩綜論叢編》。

註20 見謝春聘〈「每下愈況」與「每況愈下」〉一文，云：「『況』者，作名詞用，境遇情狀也。例如景況、情況。整句之意（按：指「每況愈下」）謂情況愈來愈差。」而「每下愈況」，典出《莊子·知北遊》，謝春聘謂：「『每下愈況』，既意謂每驗於下，其狀益顯也。如此，又何有『愈來愈差』之意？」載於《國文天地》十一卷二期，民國八十四年七月，頁十四至十五。

第二節　遺民詩壇

南宋偏安之局，至末年國勢愈形動搖，自江湖派領袖劉克莊卒後十年，南宋即亡。其實蒙古大汗忽必烈，早於理宗景定五年（一二六四）佔領燕京（後改稱大都），積極經營北方，準備南攻；並於度宗咸淳七年（一二七一），定國號為元。而於恭帝德祐二年（一二七六）正月，領兵至皐亭山，二月命宋君臣入朝，於是大批宋俘被擄北上燕京，臨安失守。祥興二年（一二七九）二月，陸秀夫在厓山背負幼帝蹈海，宋亡。

從此詩人自模擬的詩風中驚醒，轉移注意力，以憤恨哀怨之筆，抒發亡國之痛，形成一種新的詩風，例如文天祥、謝翱、方鳳、林景熙、汪元量、謝枋得、鄭思肖、真山民等。程千帆、吳新雷在《兩宋文學史》中謂：

> 「在這改朝換代的時期，作家們雖然同是身經蹂躪和壓迫，蒙受亡國的恥辱和悲痛，但在作品中卻反映出兩種不同的傾向：一種是以積極的態度面對現實，另一種則是以消極的態度面對現實。前者以文天祥等為代表，雖在極度困難中，也不曾喪失信念，他們唱出了激昂慷慨的戰歌；後者以汪元量等為代表，他們痛感回天乏術，無力抗爭，便遁逃山林江湖之間，發出了落葉哀蟬般的聲音。」（註1）

誠然，南宋末年的遺民詩壇，至少有積極、消極這兩種聲音。而且國亡愈久，後者如落葉哀蟬般的悲歌愈多，正是當代遺民的無奈心聲。試聽這兩種聲音：

> 「山中有流水，霜降石自出。驟雨東南來，消長不終日。故人書問至，為言北風急。山深人不知，塞馬誰得失？挑燈看古史，感淚縱橫發。幸生聖明時，漁樵以自適。」（文天祥〈山中感興〉三首之二）

理宗皇帝時，賈似道專權，文天祥受到排擠，被迫罷官歸里，隱居在家鄉的文山（註2），過著恬淡的山中生活。詩中透露無所作為的苦悶，當得知「北風急」，不免為國擔憂，而「挑燈看古史，感淚縱橫發。」仍然心存報國之思；詩末反諷自己，只能「漁樵以自適」，因報國無門。誠為積極一派，以積極態度面對現實。

> 「滄州棹影荻花涼，欸乃一聲江水長。賴有蓴風堪斫膾，便無花月亦飛觴。山中世已驚東晉，席上人多賦晚唐。何處魚羹不可飯，蚤棄泉石入膏肓。」（文天祥〈山中〉）

同樣是山中之作，山中歲月長，越發惦念國事；此時時局已變，更是坐立不安，無法安

享山中生活，認為應早棄泉石而奔赴國難。積極的報國之念，絲毫不減。又如：

> 「月淡梧桐雨後天，蕭蕭絡緯夜燈前。誰憐古寺空齋客，獨寫家書猶未眠。」
> （文天祥〈翠微峰題壁詩〉之一）

> 「江黑雲寒閉水城，飢兵守堞夜頻驚。此時自在茅檐下，風雨安眠聽柝聲。」
> （文天祥〈翠微峰題壁詩〉之二）

此為近人羅卓英將軍在江西翠微峰發現的兩首文天祥題壁詩。（註3）乃天祥抗元時期督軍作戰，轉戰各地，途經此地所作。詩中顯露「明知不可為而為」之感慨，卻不輕易放棄救國希望，正是宋末遺民中，表現較積極者。

而另一類消極者：

> 「亂點連聲殺六更，熒熒庭燎待天明。侍臣已寫歸降表，臣妾簽名謝道清。」
> （汪元量〈醉歌〉十首之五）

> 「伯顏丞相呂將軍，收了江南不殺人。昨日太皇請茶飯，滿朝朱紫盡降臣。」
> （汪元量〈醉歌〉十首之六）

元軍攻入臨安時，恭帝年幼，由謝太皇太后、全太后做主，派大臣向元將伯顏交出傳國璽，獻上歸降表。汪元量為此痛心疾首，以〈醉歌〉十首，描述沉痛椎心的歷史時刻。這兩首詩中只陳述事實，已表現出作者的不滿。又如：

> 「東南半壁日昏昏，萬騎臨軒趣幼君。三十六宮隨輦去，不堪回首望吳雲。」
> （汪元量〈越州歌二十首之二〉）

原受江湖派影響的汪元量，國亡之後已轉為寫實詩風，在宋末遺民詩壇中，屬於消極悲吟的一類詩人。

然而，在這改朝換代之際，仍以消極者為多。不甘心國家就此變色，而寫下這時代的悲歌，令人一掬同情之淚；此類聲音不因國已亡，而消聲匿跡。例如：

謝枋得（一二二六至一二八九）——字君直，號疊山，信州弋陽（今江西省）人，寶祐四年（一二五六）進士。恭帝德祐元年（一二七五）出任江西招諭使、知信州。此時元兵已進入信州，謝枋得起兵抗敵失敗。於是他隱姓埋名，居處福建建寧縣山村中，賣卜教書度日，誓不降元，後被押到大都，絕食而死。其詩透露寧死不屈的志節。如：

> 「雪中松柏愈青青，扶植綱常在此行。天下久無龔勝潔，人間何獨伯夷

清。義高便覺生堪舍，禮重方知死甚輕。南八男兒終不屈，皇天上帝眼分明。」〈北行別人〉

謝翱（一二四九至一二九五）——字皋羽，自號晞髮子，福州長溪（今福建霞浦縣南）人。曾投效文天祥，為諮議參軍。文天祥殉國後，他和吳思齊等人，在富春江畔嚴子陵釣臺的西臺上，哭祭文天祥。著〈西臺慟哭記〉，即記此事。其詩善於敘事，任士林稱許其詩，曰：

「所作歌詩，其稱小，其指大，其辭隱，其義顯，有風人之餘，類唐人之卓卓者，猶善敘事云。」（謝翱傳）謝翱的詩作，例如〈西臺哭所思〉：

「殘年哭知己，白日下荒臺。淚落吳江水，隨潮到海迴。故衣猶染碧，后土不憐才。未老山中客，唯應賦八哀。」

鄭思肖（一二三九至一三一六）——字憶翁，號所南，暗寓思念趙氏不忘故國之意。福州連江人。為宋末太學生。宋亡，隱居吳下，坐臥不北向。其堂有匾曰：「本穴世界」，影射「大宋」之義。所畫蘭花，不畫土，謂土已為外族奪去。凡此皆充分顯示其愛國熱忱，著有《所南集。另有一部文辭激烈的《心史》詩文集，在當時並未公開，直到明末崇禎十一年（一六三八），才在蘇州承天寺井中發現。所作詩清遠絕俗，用象徵暗示的手法，表達失國之痛。例如：

「扣馬痴心諫不休，既拼一死百無憂。因何留得首陽在？只說商家不說周。」〈夷齊西山圖〉

「不信夜不曉，哀哀所暗聾。鐵城蹲敗土，錦國漲腥塵。草泣荒宮雨，花羞哨地春。少焉開霽色，四望一時新。」〈寫憤〉

雖然此時江湖派餘響仍在，但多數有血性且愛國的詩人，已不願專事江湖詩風，乃衝口而出，發抒悲情憤恨。形成遺民詩的特色：不暇雕琢字句，以寫實為多；一掃往日的模擬惡習，形成新的面貌。

其實詩離不開現實生活，遭逢國難所帶來的悲苦心境，使詩人不自覺地讓哀愁情緒由筆端流出。在顧易生、蔣凡、劉明今等所著的《中國文學批評通史》中，認為：

「在詩與現實生活的關係這一問題上，作為愛國詩人，劉克莊嚴肅地指出：『殘羇如蜂暫寄窠，十年南北問干戈。…憂時元是詩人職，莫怪吟中感慨

多。」（〈有感〉）」（註4）

並舉出宋末劉克莊的看法有三（註5）：

一、感觸起興，詩窮始工。其〈跋章仲山詩〉云：「…詩必天地畸人、山林退
士，然後有標致，必空乏拂亂，必流離顛沛，然後有感觸。」

二、感慨發憤，氣節為先。窮困的生活刺激，引發了詩人的創作衝動，慷慨激烈
的憤懣之情，自然噴薄而出。

二、詩史實錄，切於世教。詩歌源自生活感觸，是詩人情志的藝術結晶，但它一
旦創作成型後，就化主觀為客觀存在，反過來給予現實生活以巨大的影響。

這正是遺民詩人詩作的特色之一。遺民詩人詩中有憤有怨，直書熱烈情感；關注
國事，為宋末詩壇添加民族色彩。所以這一階段的遺民詩壇詩人，以詩筆控訴侵略者暴
虐行徑，以詩句譴責當政者罔顧蒼生；雖然短暫，卻有如燦爛星光，在宋末作一光榮結
束，足供後人省思。

【附註】

註1　見程千帆、吳新雷著《兩宋文學史》，頁四七一。實則汪元量並非「無力抗爭，便遁跡
于山林江湖之間，發出了落葉哀蟬般的聲音。」據汪元量行實及其作品，知被俘北上後，
曾任元官十二年，再南歸，遊歷湘蜀，然後隱居於西湖畔。見孔凡禮所輯佚《增訂湖山類
稿》卷一至卷五，汪元量詩詞作品，及附錄二〈汪元量事跡紀年〉。

註2　見拙著《文文山詩探賾》，頁六至七。

註3　江西寧都翠微峰地勢險要，人跡罕至。民國二十三年，羅卓英將軍第二次收復寧都後，登
臨翠微峰，發現兩首天祥落款之七絕。詳情可參閱《藝文誌》第一六七期，褚問鵑撰〈羅
卓英和文天祥的題壁詩〉。見張公鑑撰《文天祥生平及其詩詞研究》所引。

註4　見、顧易生、蔣凡、劉明今著《中國文學批評通史》，第二編第四章〈南宋後期江湖派詩
論──戴復古和劉克莊〉，頁三四七。

註5　同前註，頁三四七至三四九。

中篇　汪元量詩作之研究

第二章　汪元量詩作之創作淵源

　　任何一位詩人的作品成形，絕非憑空而來，必經多方面的影響，醞釀而成，此即所謂創作淵源。同理，汪元量詩作所以呈現特色，白有其多方面的創作淵源，茲分五節探討之。

第一節　承襲詩歌之遺產

　　汪元量在〈出居庸關〉詩中曾云：

「平生愛讀書，反被讀書誤。」（卷三，頁八一）

元量或許由於在國難當頭，無力奉獻朝廷，而謙稱「反被讀書誤」；而自認為「平生愛讀書」，則為實情，由作品中可證知。元量有〈草地寒甚氈帳中讀杜詩〉：

「少年讀杜詩，頗厭其枯槁。斯時熟讀之，始知句句好。書生挾蠹魚，流行萬里道。」（卷三，頁八六）

劉辰翁評此詩曰：「書生迂闊，如雪中尚讀詩。」（註1）可知元量的確隨時隨地愛讀書，故而被遣往上都、內地時，也挾帶書籍（書生挾蠹魚），在寒氈中讀杜詩，卻遭劉辰翁批評為「迂闊」。所創作的詩篇不少，惜已大量亡佚（註2）。但由此仍可窺知汪元量承襲大量的詩歌遺產，使作品呈現多樣面貌，如體裁、形式、內容、修辭等，均受到影響。茲探析如下：

一、《詩經》

　　《詩經》為我國最早的詩歌總集，其產生的年代，上自西周初期（西元前十一世紀），下至春秋中期（西元前六世紀），共五百多年。詩經中三百零五篇的內容，反映出周代五百多年的興亡治亂之跡，即複雜的社會狀況和百姓的生活內容；從農耕畜牧，到生活細節，甚至所遭遇的天災人禍，都記入詩中（註3）。這期間由於戰亂頻仍，民不聊生，詩人必然有所怨有所恨，發而為詩，即成為變風變雅中的社會詩（註4）。例如：

> 「彼黍離離，彼稷之苗。行邁靡靡，中心搖搖。知我者謂，我心憂；不知我者，謂我何求。悠悠蒼天，此何人哉！」〈王風，黍離〉

此詩凡三章。周平王東遷後，有大夫行役到東遷之前的故都，只見昔日宏偉的宮殿，已夷成農田，遍種黍稷，不禁悲悼周王室的沒落，而作此詩。

> 「采薇采薇，薇亦作止。曰歸曰歸，歲亦莫止。靡室靡家，玁狁之故。…昔我往矣，楊柳依依。今我來思，雨雪霏霏。行道遲遲，載渴載飢。我心傷悲，莫知我哀。」〈小雅，采薇〉

此詩凡六章。寫戍邊的士兵，長年離家遠征在外，歷經飢渴勞累的種種苦況。直到勝利歸來，撫今追昔，無限感傷。末章八句：「昔我往矣，…莫知我哀。」為千古名句，晉謝玄譽為三百篇中最佳之詩，而為後人一再模仿。

這些含蓄敦厚的社會詩，為百姓申訴冤屈，更描繪出當代社會的影子，含有風人之意旨。《詩經》對後世詩歌文學的影響很大，不僅漢魏的樂府詩，為其一脈所承，而且自屈原以後的傑出詩人，如曹植、陶淵明、杜甫、白居易等，均繼承了《詩經》的寫實精神。

正是這一類內容，為汪元量所汲取，作為汪詩的部分營養。至於詩經的形式、句式，汪則極少採用，其詩集中僅有三首四言詩（註5）。反而是雜言詩的形式，在詩經中，並非正格，而在汪集中，存有一部分（註6）。有「詩史」特色的元量詩，除了雜言詩的形式，來自《詩經》外，並以大量篇幅，敘述國亡前後的悽慘景象，有意留下史實真相，且發抒心中之呼籲，此即仿自《詩經》的寫實手法。例如：

> 「忍埋玉骨厓山側，〈蓼莪〉劬勞淚沾臆。孤兒以忠報罔極，拔舌剖心命何惜。」〈浮丘道人招魂歌九首其二〉（卷三，頁七七）

文天祥就義（至元十九年，一二八二）後，汪元量為其作招魂歌。詩中提及《詩經》中〈小雅〉之篇名：〈蓼莪〉，乃孝子為無法終養雙親而傷痛。元量藉此比喻文天祥之景況。

清吳城在〈知不足齋合刻汪水雲詩序〉中，稱許元量詩有《詩經》風人之遺風，其言云：

> 「（汪元量）比至大都，與文山公唱和，勉以致身。迨厓山事敗，瀛國就封，潔（子）然以黃冠歸老，蓋其詩固風人《小雅》之遺也。」（註7）

可見《詩經》這種詩歌的遺產，表現我早期先民溫柔敦厚的詩風，完全在汪元量詩

中體現，即因元量汲取承襲了《詩經》風人的精神。

二、《楚辭》

　　《楚辭》（註8）為楚地詩歌，皆「書楚語，作楚聲，紀楚地，名楚物」，乃戰國時代南方文學的總集。它與詩經，在風格上，有明顯差異；亦即由寫實文學轉變到浪漫文學。《楚辭》為西元前四世紀至三世紀間，由屈原等人以民間歌謠為基礎，創作而成的新形式歌謠，具有濃厚的地方色彩（註9）。

　　《楚辭》作家，有屈原、宋玉、唐勒、景差等。屈原（B.C. 三四〇至二七八），名平。身為楚國國君的同姓貴族，又為楚國詩人。其作品雖作楚聲，紀楚地，名楚物，然在作品中，充滿真摯情感、豐富想像、宏偉氣魄，讀者往往受其汪洋無垠又美麗絕倫的詩句所震懾，後世作者或多或少，均受到影響（註10）。

　　楚辭既為個人的浪漫的文學，當不適於元量用來描述亡國之慘狀。雖然汪詩中，不見其運用楚辭手法寫作，然而屈原的行誼、愛國精神以及身影，常在汪元量心中；尤其經過湘水、長沙時，不禁思及屈原。例如：

> 「湘汀暮雨幽蘭濕，野渡寒風古樹號。詩到巴陵吟不得，屈原千古有《離騷》。」〈長沙〉（卷四，頁一二九）

可知元量崇仰屈原，而自認為「詩到巴陵吟不得」。實則屈原的詩境，與元量不同，也非元量所須要的，因而元量不仿屈原手法作詩，卻十分敬仰屈原，只因屈原有著強烈的愛國意識，值得敬仰。又如汪詩〈竹枝歌〉其二透露的崇敬之情：

> 「賈誼祠前酹尊酒，汨羅江上弔騷魂。」（卷四，頁一三三）

　　另一首〈衡山道中寄平遠趙宣慰〉詩，亦云：

> 「回雁峰前問訊，楚江幾度蘭香。望美人兮何處，水雲隔斷瀟湘。」（卷四，頁一三二）

美人指趙平遠。在古代韻文中，常以「美人」，指美好的人或事物，或指品德美好的人，或喻君上（註11）。《楚辭》中即以「美人」，比喻君上。例如《楚辭・九章・抽思》：

> 「結微情以陳詞兮，矯以遺夫美人。」

王逸注：「舉與懷王，使覽照也。」（註12）而「兮」字，為古代韻文中的助詞，用於句中或句末，表示停頓或感歎，在《楚辭》、《詩經》中，都頗為常見（註13）。詩

中之「水雲」二字，為雙關語，意即為一水、一雲所阻隔，亦為汪元量自稱（元量字水雲），謂自己被阻隔，無法見到趙平遠。

三、漢樂府詩

漢樂府中所收集的民歌，以質樸的文字，表現出民歌的趣味，或寫出當代百姓的生活百態；有的描寫戰爭，有的敘寫孤兒病婦的悲哀或男女問題的悲劇。主要以五言敘事為主，例如〈上山採蘼蕪〉、〈陌上桑〉等。

試看元量詩中，有漢詩風味及面貌的詩作，讓人一眼即可辨出其受漢詩所影響：

> 「飲馬長城窟，馬繁水枯竭。水竭將奈何，馬嘶不肯歇。…祖龍去已遠，長城
> 久迸裂。嘆息此骷髏，夜夜泣秋月。」〈長城外〉（卷三，頁八二）

此詩作於遣往上都及內地期間，時為至元二十年至至元二十二年（一二八三至一二八五）元量置身在長城邊上，面對一望無際的荒涼，而有此嘆。

漢代詩歌有〈飲馬長城窟行〉：

> 「青青河邊草，綿綿思遠道。遠道不可思，宿昔夢見之。夢見在我傍，忽覺
> 在他鄉。他鄉各異縣，展轉不可見，枯桑知天風，海水知天寒。入門各自媚，
> 誰肯相為言。客從遠方來，遺我雙鯉魚。呼兒烹鯉魚，中有尺素書。長跪讀素
> 書，書中竟何如？上言加餐飯（註14），下言長相憶。」

這首詩最早見於《文選》，題為「樂府古辭」，作者不詳。全詩以女子的口吻，懷念在遠方的丈夫。《玉臺新詠》載有此詩，則題為蔡邕所作，由此詩的高妙古宕風格及詩中桑海鯉魚之比喻看來，有似民間創作，而不似出於喜堆砌、好古雅的蔡邕之手。《樂府詩集》將之收在〈相和歌辭〉中，屬〈相和曲〉，李善曰：

> 「言征戍之客至於長城而飲其馬，婦思之，故為〈長城窟行〉。」（註15）

郭茂倩說法與此略同。但此詩內容不提飲馬於長城窟的事。後代漸以〈飲馬長城窟行〉此題，作為艱苦行役的代稱，而不涉及飲馬的事。

元世祖至元二十年（一二八三），汪元量隨宋室宗族，被遣往上都（今內蒙古正藍旗東閃電河北岸）、內地（註16），行經長城，有感於一片荒涼景色，而作〈長城外〉詩；在詩中，首句引用〈飲馬長城窟行〉題意，導引全詩內容，先進入長城窟中：昔日飲馬的窟中，水已枯竭；再寫附近所見：長城已毀損、骷髏處處。元量不藉此詩題描繪思婦心境，卻就詩題中的地點「長城窟」，直寫窟中、窟外所見，由此可以說明它受漢

詩之影響。又如：

> 「客行天地中，嵩峰何突兀。鳥道阻且修，馬煩行復歇。…徒有感慨懷，脈脈
> 淚不絕。」〈嵩山二首其一〉（卷三，頁九五）

世祖至元二十三年（一二八六）正月，元量奉命代祀嶽瀆東海，行程凡一萬五千里。行經
嵩山時作此詩，劉辰翁評曰：「二詩好。」（註17）詩中以含蓄手法寫悲悽之情，且詩句
檃括自漢詩；加上遣辭造句，有如漢詩。皆足顯示受漢詩影響至深。茲分析如次：

「客行天地中」——

漢詩〈青青陵上柏〉有「人生天地間，忽如遠行客。」句，極言人生短暫，有如過
客。汪元量詩中首句「客行天地間」，即檃括自漢詩〈青青陵上柏〉的兩句。

「嵩峰何突兀」——

在「何」字之前，用名詞；「何」字之後，用形容詞。此為漢詩常用手法，如「蓮
葉何田田」（〈江南〉）、「鳴聲何啾啾」（〈雞鳴〉）、「音聲何嘻嘻」（〈相逢
行〉）、「樹木何修修」（〈古歌〉）等不勝枚舉。

此外，元量有〈居擬蘇武〉詩四首、〈月夜擬李陵詩傳〉三首，為早期詩作，說明
其早期創作時，即以蘇、李詩篇，作為學習模擬對象。雖然蘇武、李陵的贈答五言詩，
經近代人研究，斷定並非蘇、李作品（註18），然元量當時仍深信此數詩為蘇、李所
作，因而模擬之。舉詩例如下：

> 「棠棣本同根，芳萉亦相聯。誰謂忽遠役，懷抱無由宣。…去去從此辭，努力
> 雲中鞭。」〈居擬蘇武四首其一〉（卷一，頁一）

汪元量擬「蘇武」之作，主要是擬蘇詩的遣詞造句較多。蘇詩共有四首，擬詩也為四首
組詩。四首擬詩之中，其詩旨與原詩相仿，而句意相近者有之，另創新句意者亦有之。
此類另創的新句意，多為表達家國之思。而「蘇武」原詩大意自蘇、李兩人平日情誼
說到臨別感想，進而提及臨別祝語。四首擬詩之中，情緒由第一首的含蓄平和，逐首漸
進，至第四首，明白表示「征夫」應當「抱赤心」、「生死從此辭」。元量只是藉蘇武
的思漢精神，抒發己意而已，並不在意蘇詩是否偽作。例如：

> 「結髮為新婚，恩愛將匹儔。歡樂殊未已，征夫忽西遊。…丈夫抱赤心，婦女
> 安可留。」〈居擬蘇武四首其三〉（卷一，頁二）

此為擬蘇武詩作的第三首，蘇武原詩旨意為征夫辭家與妻告別。《玉臺新詠》收入此
篇，題為〈留別妻〉（註19）。其大意先述平時的恩愛，次說臨別的難捨，最後囑咐珍

重。而汪元量的擬作，旨意雖同，然卻在末句強調「丈夫抱赤心，婦女安可留。」益可見元量的心思。又如：

> 「...驚波一何駭，返顧令人憂。天風吹枯桑，日暮寒颼颼。何當從此別，送子狐白裘。」〈月夜擬李陵詩傳三首其一〉（卷一，頁二至三）

汪元量此詩乃擬李陵詩作，而所謂李陵所作原詩，共有三首，其一、其三為送別詩，其二為餞別詩。元量此詩仿李陵其一的詩作。《文選》作李陵詩，《藝文類聚》題蘇武作（註20）。這些擬蘇、李之作，皆為元量早期作品。元量此類詩作，同樣在立意、遣辭方面，都有明顯的模仿痕跡，而詩中並未加入元量自己的情思；其感情依然有漸進之序，由第一首的平和，漸進至第三首的「激烈」。或許由於早期寫作的背景，元量初入宮中給事，朝廷政局雖已呈飄搖不定，然尚未亡國，元量仍能「平靜」創作。而模擬至第三首，其較「激烈」的詩句為：「長當崇令名，赤心以為忠。」

由上所述，可知漢代樂府詩的內在寫實精神，及外在形式的遣詞造句，亦為元量作詩之淵源。

四、魏晉南北朝詩

魏晉南北朝的詩歌，上承漢魏，下開唐宋，各種體裁都在此時日趨成形；許多新的形式、格律，在此時期打下堅實的基礎，以待後人的發揚光大，而造成唐宋詩詞的盛況。

汪元量詩作中，有一些充滿魏晉南北朝詩風者，可知魏晉南北朝時期的詩歌，同樣為元量所接受，而擷取其詩意、形式入詩。茲舉魏晉南北朝時期的詩例如下：

> 「對酒當歌，人生幾何？譬如朝露，去日苦多。慨當以慷，幽思難忘。何以解憂？唯有杜康。......月明星稀，烏鵲南飛。繞樹三匝，何枝可依？山不厭高，海不厭深。周公吐哺，天下歸心。」（曹操〈短歌行〉）

屬於〈相和歌‧平調曲〉，古辭已佚。所謂長歌、短歌，指歌聲長短而言。曹操此〈短歌行〉詩，先感嘆時光飛逝，繼而寫其求賢若渴之情，末句透露出雄心大志。而汪元量也有此類詩作：

> 「腰寶劍，背瑤琴。燕雲萬里金門深。斬邪誅佞拱北極，阜財解慍歌南音。駕駓駽，禦狐貉。度關山，望河洛。況是東南宇宙窄，桑田變海風濤惡。勸君一醉千日醒，世事花開又花落。」（汪元量〈短歌〉）（卷一 頁二五）

此詩作於元兵入杭後，元量贈與某位即將北上的琴友（註21）。詩中有長短句出現，

此為古詩變體；詩中長短句雜用，《詩經》時代即有，然至魏晉南北朝時代，則更有規律。又如：

> 「秋風蕭瑟天氣涼。草木搖落露為霜。群燕辭歸鵠南翔。念君客游多思腸。……明月皎皎照我床。星漢西流夜未央。牽牛織女遙相望。爾獨何辜限河梁。」（曹丕〈燕歌行〉）（卷三頁七二）

本篇為〈相和歌·平調曲〉。《樂府廣題》謂：

> 「燕，地名。言良人從役於燕而為此曲。」

此詩全篇一韻逐句押到底，寫婦人秋夜思念在遠方的丈夫，情意委婉，節奏美妙，為現今所見最古最完整的七言詩（註22）。而汪元量此類詩作，如：

> 「北風刮地愁雲彤。草木爛死黃塵蒙。撾鞶伐鼓聲鏊鏊。金鞍鐵馬搖玲瓏。……美人左右如花紅。朝歌夜舞何時窮。豈知沙場雨濕悲風急。冤魂戰鬼成行泣。」〈燕歌行〉

元量此詩是為了范文虎而作，范率軍遠征日本，大敗而回，幾乎全軍覆沒（註23）。詩中以〈燕歌行〉筆調，同情犧牲的戰士們；與古時的〈燕歌行〉，寫離別之情不同，然同樣充滿悲悽之情。亦屬逐句押韻，唯末兩句轉韻，方式稍有不同。

五、唐詩

唐代成為中國詩歌史上的黃金時代，並非偶然，其因素多方，包括政治、宗教、商業、文化、交通、藝術等；而唐代國力，遠在秦漢之上，文學也隨之興盛。因此促使近體詩的定型與成熟，這正是唐代詩人在詩歌聲律方面的輝煌成就。

唐人在創作時，已意識到換韻可以表達不同的感情，顯示不同的音樂效果；在聲調方面，唐人更發現平仄聲有不同效果，而將四聲再二分為平仄；總之，唐詩已具備了成熟的格律，且詩人們對聲律的運用，已臻化境（註24）。

葉桂桐認為唐人在聲律方面最值得重視的經驗，主要有二（註25）：

一、講究人為聲律。

二、詩中所用聲律，與自然聲律相去不遠。

唐代詩人對聲律的運用，葉桂桐有進一步的說明：

> 「唐人雖然從六朝人追求人為的聲律，但其聲律與自然聲律相去不遠，或謂之融為一體，因此使人覺察不出有意追求，特別是盛唐的詩作。這給予我們的啟

示是，聲律固是束縛，但一旦嫻熟，則不僅不再成為束縛，而且可以促進詩人詩思，可以更好地表情達意。在這方面杜甫是典型的代表。」（註26）

因而唐詩無論內容、形式，都達到完備而且成熟的地步。其內容取材的擴大，派別的林立；各體皆備，無論五言七言，均呈現多樣爭艷的景象。

當初唐時期的唯美詩風，漸漸褪色時，「盛唐時期」已然到來。此「盛唐時期」對汪元量的創作，提供了最多的滋養。所以在此僅略述「盛唐時期」的派別與詩風，以見其對汪元量創作之影響。至於唐代其他時期詩風，對元量詩作的影響，則不及盛唐時期。

此時期（盛唐時期）的派別可分浪漫詩派、社會詩派兩大類，前者又分：

王孟自然詩派——

王維、孟浩然等人，長於五言，專注力於歌詠自然山水，或描繪鄉村生活。他們以疏淡筆法，營造恬靜的詩風。例如：

「空山不見人，但聞人語響。返景入深林，復照青苔上。」〈王維　鹿柴〉

「斜陽照墟落，窮巷牛羊歸。野老念牧童，倚杖候荊扉。雉雊麥苗秀，蠶眠桑葉稀。田夫荷鋤至，相見話依依。即此羨閒逸，悵然吟式微。」〈王維　渭川田家〉

「移舟泊煙渚，日暮客愁新。野曠天低樹，江清月近人。」〈孟浩然　宿建德江〉

「故人具雞黍，邀我至田家。綠樹村邊合，青山郭外斜。開軒面場圃，把酒話桑麻。待到重陽日，還來就菊花。」〈孟浩然　過故人莊〉

岑高詩派——

岑參、高適等人，長於七言，採用樂府民歌的精神與語調，拋棄格律的遵守，以長短不拘變化自由的文句，去表現題材。他們無意於山水田園，以樂觀、進取、雄放、熱情的心境為詩，寫下許多雄放的邊塞詩。例如：

「君不見走馬川行雪海邊，平沙莽莽黃入天。輪臺九月風夜吼，一川碎石大如斗，隨風滿地石亂走。...」〈岑參　走馬川行奉送出師西征〉

「漢家煙塵在東北，漢將辭家破殘賊。男兒本是重橫行，天子非常賜顏色。...」〈高適　燕歌行〉

而在這些浪漫文學中，無論是詩的體裁，內容或詩風，都兼有王孟岑高二派之長，集浪漫文學大成，使這一派作品，呈現著空前色彩，而成為浪漫派代表者，即為有詩仙之稱的李白。由於有著複雜矛盾的心境，其作品亦呈現多樣面貌：有澹遠恬靜的山水詩，有氣魄雄偉的樂府詩；且無論五言、七言，長篇、短篇，皆為所長。例如：

> 「長安一片月，萬戶搗衣聲。秋風吹不盡，總是玉關情。何日平胡虜，良人罷遠征。」〈李白　子夜秋歌〉

> 「噫吁戲危乎高哉，蜀道之難難於上青天。蠶叢及魚鳧，開國何茫茫。爾來四萬八千歲，乃與秦塞通人煙。…連峰去天不盈尺，枯松倒挂倚絕壁。飛湍瀑流爭喧豗，砯崖轉石萬壑雷。…」〈李白　蜀道難〉

　　此外，此時期還有社會派，呈現寫實的詩風；起於杜甫，完成於白居易。對汪元量的創作，也有啟發作用。茲敘述如次：

社會詩派——

　　以杜甫為代表。杜甫尊崇聖賢，遵守禮法，忠君愛國，關懷政事，有儒家積極的人生觀；在詩中，時時眷懷堯舜的盛世，處處流露景仰孔子的憂民救世精神；他雖有溫厚的同情心，而情感並不熱烈，只是因為關懷社會，而為百姓代言，奠定其社會寫實詩人之地位。例如：

> 「國破山河在，城春草木深。感時花濺淚，恨別鳥驚心。烽火連三月，家書抵萬金。白頭搔更短，渾欲不勝簪。」〈杜甫　春望〉

> 「群雞正亂叫，客至雞鬥爭。…兵革既未息，兒童盡東征。請為父老歌，艱難愧深情。歌罷仰天歎，四座淚縱橫。」〈杜甫　羌村三首其一〉

　　以上所述的唐代詩人，足供汪元量取法，因而其詩作中，常見引用唐詩的句法、形式、內容等，或提及唐詩作者。舉例如下：

> 「燕姬壓酒春宵永，列炬搖光拂紅影。銀鴨香烘雲母屏，綺窗繡閣流芳馨。脆管聲含蘭氣嬌，鳳釵拖頸烏雲飄。錦瑟無端促絃急，纖蛾斂翠翻成泣。雕龍啁哳難鳴早，一笑紅顏鏡中老。」〈幽州除夜醉歌〉（卷三，頁八〇）

此詩為元量被俘北上後，在北方度除夕時所作，約作於隨瀛國公被遣往上都之前。詩中首句「燕姬壓酒春宵永」，即化用自李白詩句：「吳姬壓酒勸客嘗」。而元量詩中另一句「錦瑟無端促絃急」，也截取自李商隱詩句：「錦瑟無端五十絃」之詩意。

又如：

> 「楚狂醉歌歌正發，更上梁臺望明月。西風獵獵吹我衣，絕代佳人皎如雪。
> 槌羯鼓，彈箜篌。烹羊宰牛坐糟丘，一笑再笑揚清謳。…」〈夷山醉歌其一〉
> （卷三，頁一〇二）

劉辰翁對此詩的評語：「二詩迭宕。」即謂此二首詩的氣勢迭宕。個人認為此二詩的風格、意旨，頗類似李白〈將進酒〉。茲舉〈夷山醉歌其二〉詩作為例：

> 「…客且住，聽我語，楚漢中分兩丘土。七雄爭戰總塵埃，三國鶯花浩無主。
> …人生得意且盡歡，何須苦苦為高官。人生有命且行樂，何必區區嘆牢落。…
> 君不見海上看羊手，持節飢來和雪和氈囓。又不見飯顆山頭人見嗤，…」（卷
> 三，頁一〇三）

此詩乃屬以七言句為主的雜言詩（按：本論文有專節探討汪元量之「雜言詩」，見本論文中篇，第四章〈汪元量詩作之形式〉，第二節〈特殊形式〉，二、雜言詩）。詩中雜有三言句、甚至七、八、九、十言句，均為有意的安排。

六、宋詩

全祖望在〈宋詩紀事序〉中云：

> 「宋詩之始也，楊、劉諸公最著，所謂西崑體者也。慶曆以後，歐、蘇、梅、
> 王數公出，而宋詩一變。涪翁以崛奇之調，力追草堂，所謂江西詩派者，而
> 宋詩又一變。建炎以後，東夫之瘦硬（蕭德藻），誠齋之生澀（楊萬里），放
> 翁之輕圓（陸游），石湖之精緻（范成大），四壁俱開。乃永嘉徐趙諸公（徐
> 照、徐璣、趙師秀），以清虛便利之調行之，則四靈派也。而宋詩又一變。嘉
> 定以降，江湖小集盛行，多四靈之徒也。及宋亡，而方謝之徒（方鳳謝翱），
> 相率為迫苦之音，而宋詩又一變。」（註27）

由這一段文字，知宋詩之演變。宋詩與唐詩畢竟不同，前人對宋詩多所批評，有認為宋詩不及唐詩，因為宋詩議論多，言理而不言情（註28）；也有學者認為宋詩「好議論」、「散文化」以及「淺露俚俗」的幾點，一面是宋詩的缺點，同時也是宋詩的長處。

汪元量身處宋末元初，當不能自外於這些影響，尤其是遺民詩壇的影響。遺民詩壇的濃厚民族色彩，使汪元量詩作中，有一股抹不去的正義力量，為朝廷伸張正義，為歷史留下見證，這一股力量在其詩中處處可見。換言之，汪元量更將「議論化」的宋詩，

發揮至極，兼以感慨、敘事，其詩遂有「詩史」之稱。例如：

「如此只如此，無聊酒一尊。江山猶昨日，笳鼓又新元。黑潦迷行路，黃埃入禁門。厓亭山頂上，百萬漢軍屯。」〈杭州雜詩和林石田其十七〉（卷一，頁二二。）

「…分配老斲輪，強顏相追隨。舊恩棄如土，新寵豈所宜。誰謂事當爾，苦樂心自知。…」〈亡宋宮人分嫁北匠〉（卷二，頁六三）

「師相平章誤我朝，千秋萬古恨難銷。蕭牆禍起非今日，不賞軍功在斷橋。」〈越州歌二十首其六〉（卷二，頁六〇）

【附註】

註1　見《增訂湖山類稿》卷三，頁八六。

註2　同前註，前言，頁二。

註3　見《中國文學欣賞全集》第二冊，頁七至一八。

註4　見《中國文學發達史》，頁三三。

註5　此三首詩：〈黃州江下〉（卷四 頁一五九）、〈答開先老子萬一山〉（卷四 頁一五九）、〈月夜彈琴〉（卷四 頁一六〇）。

註6　參見拙著〈汪元量雜言詩探析〉，載《北體學報》第十期，頁二七九至二九二。

註7　同註1，附錄一，頁一九四。

註8　西漢劉向將屈原、宋玉等人的作品和模仿《楚辭》形式的作品，彙編成集，題為《楚辭》。

註9　同註4，頁七一。

註10　同註3，冊二，頁二四。

註11　見《中文大辭典》第七冊，頁七一五。

註12　同前註。

註13　同註4，頁七五。

註14　此詩中「青青河邊草」句，一作「青青河畔草」；「展轉不可見」句，一作「展轉不相見」；「上言加餐飯」句，一作「上言加餐食」。見《中國文學欣賞全集》，第四冊，頁一三二八。

註15　見《中國文學欣賞全集》，第四冊，頁一三二八。

註16　內地，指居延、天山一帶。元量詩集中有〈居延〉、〈天山觀雪王昭儀相邀割駝肉〉等詩，即描述內地景況。居延，故城在今內蒙古額濟納旗東南；天山，在今甘肅張掖縣。孔凡禮謂：「開平（按：至元初置開平縣。）即上都（在今內蒙古正藍旗東閃電河北岸），在今內蒙古之東，居延在今內蒙古之西，天山距居延較近。二者（按：指居延、天山）距上都遙遙數千里，較之上都、大都（今北京），誠可謂內地。」見《增訂湖山類稿》附錄二，頁二七二。

註17　同註1，卷三，頁九五。

註18　蘇武和李陵的贈答五言詩，《文選》載七首，《古文苑》載十首，此外還有一些零句或篇名，見於其他書籍所引。這些詩，經近代人的研究，斷定並非蘇、李的作品，乃漢、魏間詩人偽作。而「蘇、李詩」產生的年代，約在東漢末年。研究者並認為西漢為五言的醞釀時期，班固、張衡時代為五言的成立時期，建安前後為五言的成熟時期。如此才合乎文學進展的歷史規律。因此這些成熟的詩作，並非西漢時代的蘇武、李陵所作。另見《中國文學欣賞全集》，第四冊，頁一四〇七至一四一四；以及頁一六〇七至一六二一。劉大杰亦云：「蘇李的流落異域的境遇，他鄉的握別，本來就是最動人的詩材。這些詩（按：指蘇、李詩）不是他們本人所作，前面已有解說。但這些擬作者的文學天才的高越，實可與古詩十九首的作者們比肩。」見《中國文學發達史》，第七章〈漢代的詩歌〉，頁一八二。葉慶炳也謂：「李陵、蘇武五言作品，《漢書》本傳及藝文志亦均未提及，僅蘇武傳有李陵別歌一首。別歌為當時流行之楚歌體，歌辭內容亦正與李陵當時處境相合。…蘇軾〈答劉沔都曹書〉亦曰：『李陵、蘇武贈別長安，而詩有江、漢之語，及陵與武書，詞句儓淺；正齊、梁間小兒所擬作，絕非西漢文。』再就風格與古詩十九首相近一點觀之，多半係漢、魏間詩人偽作。號為偽作，亦無損於作品本身之文學價值。」見《中國文學史》上卷，頁六八。

註19　同註3，頁一四一一。

註20　同註3，頁一四一四。

註21　同註1，卷一，頁二五。

註22　同註3，第五冊，頁一七二五。

註23　同註1，卷一，頁二五。

註24　見葉桂桐《中國詩律學》第五章〈中國古代聲律學史綱要〉，頁一五八。

註25　同註24，頁一五九。

註26　同註24，頁一五九。

註27　同註4，頁六五六所引。

註28　清人吳喬《圍爐詩話》云：「唐人以詩為詩，宋人以文為詩，唐詩主於達性情，故於三百篇近。宋詩主於議論，故於三百篇遠。」

第二節　熟諳歷史、典故

　　通常詩人能熟諳史事故實，固屬不易；若能適切將掌故運用於詩句中，不致過多或過少，同屬不易。因為使事用典過多，難免影響詩情。就如明謝榛評論杜詩的用典，說：「用事多，則流於議論。子美雖為詩史，氣格自高。」（註1）益見用典之不易。汪元量熟諳歷史、典故，包含歷史人物掌故、歷史事件及傳說中人物，甚或文學中的掌故、語典等。往往將這些史事寫入詩中，可明確表達詩意之所指。茲分事典、語典兩類，分別舉例說明之。

一、事典

　　又分歷史事件、歷史人物、傳說人物等典故，元量皆適當運用在詩中。

　　（例一）：

> 「竟夕柴門掩，無心接縉紳。山中多樂事，世上少全人。諸呂幾亡漢，商翁不仕秦。柴桑深閫處，亦有晉遺民。」〈杭州雜詩和林石田廿三首其廿一〉（卷一，頁二三）

　　此詩為廿三首詩合成的一組「組詩」中之第廿一首。本詩前三句指友人林石田的心境，接著「世上少全人」句，有不忍責怪林石田之意（因本「組詩」第四首詩，詩句：「子獨衣羊裘」，曾有責怪之意。）再以四句用典，謂暴秦時代有人隱居，然至漢末，依然亂政，畢竟太平盛世不易得。如今老友林石田，也如「晉遺民」般「不知有漢，無論魏晉。」即不過問國事，反落得「清閒」。

　　元量此詩中的四處典故：

　　「諸呂幾亡漢」——

　　諸呂，指漢高祖皇后呂氏家族中之為官者，皆呂后的親信呂產、呂祿等，擅權專制（註2）。

　　「商翁不仕秦」——

　　商翁，指商山四皓：東園公、綺里季、夏黃公、甪里先生，乃秦末，避亂而隱於商山之四老人，鬚眉皆白，又稱商皓。《漢書王貢傳序》：

> 「漢興有東園公、綺里季、夏黃公、甪里先生，此四人者，當秦之世，避而入

商雒深山。」

商山，即陝西省商縣東（註3）。

　　「柴桑深僻處」──

　　柴桑，原為古縣名。西漢置，因縣西南有柴桑山而得名，治所在今江西省九江市西南。也借指晉陶潛，因其故里在柴桑，故稱。據《宋書·隱逸傳·陶潛》載，潛晚年隱居故里柴桑，有腳疾，外出輒命二兒以籃輿以舁之。後因以「柴桑」代指故里（註4）。汪元量此處指江南故里的「深僻處」，銜接下句「亦有晉遺民」。

　　「亦有晉遺民」──

　　遺民，通常指亡國之民、前朝留下的老百姓；或指改朝換代後，不仕新朝的人。「晉遺民」則借指宋遺民，即林石田。「柴桑...遺民」此二句，用陶潛〈桃花源記〉典，指宋亡後，山路深處仍有宋遺民也。因〈桃花源記〉中載，生長該地之百姓乃為避秦禍而隱者，這些人「不知有漢，無論魏晉。」（註5）

　　此詩以歷史事件（諸呂幾亡漢）、歷史人物（商翁不仕秦、柴桑深僻處、亦有晉遺民）之典，帶出「遺民」的話題，與林石田的「隱居」，有了交集，更凸顯林石田隱居之「清閒」。

　　（例二）：

　　　「漢賊不兩立，英雄恨不平。孔明勞已死，仲達走還生。雙劍鷹鸇急，三秦虎
　　　豹橫。東南無霸氣，恢復恐難行。」〈後主廟〉（卷四，頁一四八）

此詩由宋亡，思及「漢賊不兩立，英雄恨不平。」而藉孔明（諸葛亮）、仲達（司馬懿）的史事，慨嘆敵人橫行跋扈，憂心宋人能否復興？

　　（例三）：

　　　「南浦亭邊話別時，扁舟東下浙江湄。邊將越國千年事，吟作錢塘百詠詩。無
　　　火可能燒莽卓，有刀恨不斬高斯。五陵佳氣飛揚盡，淚灑西風兩鬢絲。」〈讀
　　　李鶴田錢唐百詠〉（卷四，頁一二二）

詩中有「越國千年事」（歷史事件）及王莽、董卓、趙高、李斯等人物（歷史人物），留下遺憾，使「五陵佳氣飛揚盡」（註6），更使詩人「淚灑西風兩鬢絲」。

　　（例四）：

　　　「...君不見，巢父許由空洗耳，伯夷叔齊空餓死。范蠡扁舟挾西子，五湖風浪

兼天起。又不見，相如懷璧空歸來，廉頗善飯何壯哉。謝安攜妓入東山，蒼生望望霖雨乾。把酒勸君飲，請君為我歌。燕昭築臺金滿地，郭隗登臺多意氣。劉琨夢裡起聽雞，班超萬里封侯歸。君不見，浣花溪頭老翁哭，白首為儒守茅屋。」〈余將南歸燕趙諸公子攜妓把酒餞別醉中作把酒聽歌行〉（卷三，頁一一一）

元量並非每首詩都以事典堆砌成句，唯獨此詩用典特多；或許其「酒後吐真言」，藉史事將「牢騷」吐盡。由此益見其對事典之瞭若指掌。本詩中提及的歷史人物有：巢父、許由、伯夷、叔齊、范蠡、藺相如、廉頗、謝安、燕昭王、郭隗、劉琨、班超、杜甫等十三人。

汪元量詩作中，所用典故，範圍頗廣。茲臚列如次：

（例五）麋鹿、野鹿、雛鹿等：

「閣下麋鹿走，閣上鷗鳧鳴。」〈兵後登大內芙蓉閣供人梳洗處〉（卷一，頁一二）

「將雛野鹿啣枯薺，挾子宮烏噪夕陽。」〈蘇臺〉（卷二，頁二九）

「歌臺日暖遊麋鹿，禁苑風高走駱駝。」〈蘇臺懷古〉（卷二，頁二九）

「臺空馬盡始知休，枳棘叢邊鹿自遊。」〈戲馬臺〉（卷二，頁三三）

「雛鹿臥幽巖，孤鳥響空谷。」〈天壇山〉（卷三，頁九一）

「昨日金明池上來，艮嶽淒涼麋鹿遶。」〈夷山醉歌二首其一〉（卷三，頁一○三）

「巴□（為闕空字）鼓櫂興悠悠，野鹿啣花出峽頭。」〈巴江〉（卷四，頁一五一）

麋鹿：麋，獸名，似鹿而較高大，眼小，耳闊，雄的角特大，能逐年增加分枝。麋鹿走，亦作麋鹿遊。《史記・淮南衡山列傳》：

「臣聞子胥諫吳王，吳王不用，乃曰：『臣今見麋鹿遊姑蘇之臺也。』今臣亦見宮中生荊棘，露霑衣也。」

後因以「麋鹿遊」比喻繁華之地已變為荒涼之所，暗示國家已淪亡之淒涼景象（註

7）。宋已亡，元量受到無比震撼，心中久久無法釋懷，眼前所見，皆為「麋鹿遊」之景，因而詩中屢屢出現麋鹿、野鹿、雛鹿等，不知所之而閒遊的荒涼景況。

（例六）彈鋏、彈長鋏等：

「彈鋏三千客裡，囊椎十九人中（註8）。」〈別楊駙馬〉（卷一，頁一一一）

「不彈長鋏嘆無車，獨倚孤筇面碧虛。」〈歲暮過信州靈溪〉（卷四，頁一一八）

「抱琴曾北鄉，彈鋏復南圖。」〈別章杭山〉（卷四，頁一二四）「食既彈長鋏，囊懸少錯刀。」〈酬隱者劉桃岡〉（卷四，頁一五八）

彈鋏：彈鋏，彈擊劍把。鋏，劍把。《戰國策·齊策四》載：孟嘗君養食客三千，齊人馮諼在孟嘗君門下，屢次彈鋏，有所要求；孟嘗君皆滿足之，於是馮諼不復彈鋏。後因以「彈鋏」謂處境窘困而又欲有所干求（註9）。汪元量出現「彈鋏」二字的詩作，分布在卷一、卷四的詩中。表示在國亡前夕（卷一）及南歸後所作的詩篇中，充滿無助的心態。

更有一些傳說中的人物，進入元量詩中。

（例七）：

「...遺氓拜路傍，號哭皆失聲。吳山何青青，吳水何泠泠。山水豈有極，天地終無情。回首叫重華，蒼梧雲正橫。」〈北征〉（卷二，頁二八）

此詩作於元世祖至元十三年（一二七六）三月，啟程赴燕京（今北京）之前一日（註10）。詩中滿是依依難捨之情。用典之處為：

「回首叫重華」——

重華，讚美虞舜之詞也。《傳》曰：「華，謂文德，言其光文重，合於堯，俱聖明。」《史記·五帝紀》：「虞舜者，名曰重華。」〈注〉：「正義曰：『舜目重瞳子，故曰重華。』」（註11）

「蒼梧雲正橫」——

蒼梧雲，傳說蒼梧為舜葬之地，用以詠與舜相關之事，也用以詠雲。杜甫〈同諸公登恩寺塔〉：「回首叫虞舜，蒼梧雲正橫。」

元量以虞舜之聖明的典故，表達對故土之眷戀。

（例八）：

「天上人間一夢過，春去秋來愁奈何。銅仙有淚如鉛水，不似湘妃竹上多。」

〈竹枝歌十首其十〉（卷四，頁一三五）

元量此詩作於南歸之後，遊歷湘蜀，將入蜀之時。詩中以銅仙與湘妃竹上的淚水作比較。

「銅仙有淚如鉛水」──

銅仙，即「金銅仙人」的省稱。《三輔黃圖、建章宮》：

「神明臺在建章宮中，祀仙人處，上有銅仙舒掌捧銅承雲表之露。」

宋王沂孫〈齊天樂・蟬〉詞：

「銅仙鉛淚似洗，歎攜盤去遠，難貯零露。」

鉛水，比喻晶瑩凝聚的眼淚。

唐李賀〈金銅仙人辭漢歌〉：

「空將漢月出宮門，憶君清淚如鉛水。」（註12）

「不似湘妃竹上多」──

湘妃竹，即斑竹。《初學記》卷二八引晉張華《博物志》：「舜死，二妃淚下，染竹即斑。妃死為湘水神，故曰湘妃竹。」（註13）

元量遊歷湘蜀，在辭官南歸之後；世事已非，悲緒仍在，此時置身此地，而想起湘妃淚水滴竹成斑，更浮起日漸遠去的記憶：宋宮中的金銅仙人。故謂「銅仙有淚如鉛水，不似湘妃竹上多。」因遠去的記憶較模糊，所以淚水「較少」。

二、語典

除了事典，元量詩中有些詩句，乃化自語典。

（例九）：

「吳江潮水化蟲沙，兩岸垂楊噪亂鴉。舟子魚羹分宰相，路人麥飯進官家。莫思後事悲前事，且向天涯到海涯。回首尚憐西去路，臨平山下有荷花。」〈吳江〉（卷二 頁二八）

根據詩中之「舟子魚羹分宰相（按：指伯顏），路人麥飯進官家。」兩句，及「且向天涯到海涯。回首尚憐西去路，」兩句，知此詩描述被俘赴燕的啟程光景。劉辰翁批曰：

「（回首尚憐西去路）用老杜『尚憐終南山』意。」（註14）

杜甫〈奉贈韋左丞丈二十二韻〉詩：

「...今欲入東海，即將西去秦。尚憐終南山，回首清渭濱。」（註15）

元量詩意，謂即將離開故國，遠赴異域，此情此景，人何以堪。與老杜『尚憐終南山』
之意相同。

（例十）：

「河草青青淮馬健，江花冉冉海鷗肥。一尊酒對三人飲，八字帆分兩岸飛。」
〈常州〉（卷二，頁三〇）

此詩寫於赴燕途中，其中之「一尊酒對三人飲」句，化用自李白〈月下獨酌四首〉其
一：

「花間一壺酒，獨酌無相親。舉杯邀明月，對影成三人。月既不解飲，影徒隨
我身。暫伴月將影，行樂須及春」（註16）

月影徒隨，卻不解飲，就越發顯出孤獨的感覺。蘅塘退士評曰：

「月下獨酌，詩偏幻出三人。月影伴說，反覆推勘，愈形其獨。」（註17）

李白詩中透出孤獨感，元量也藉李白詩句，描述自身的孤獨。

【附註】

註1　見明謝榛撰〈四溟詩話〉卷一，載《百種詩話類編》上冊，頁三七五。

註2　見《中文大辭典》第八冊，頁一〇六二。

註3　同註2，第八冊，頁八〇一。

註4　同註2，第八冊，頁一四三。

註5　同註2，第八冊，頁一八九。

註6　漢帝之五陵，謂長陵（高帝）、安陵（惠帝）、陽陵（景帝）、茂陵（武帝）、平陵
　　　（昭帝），皆在長安。《漢書・原涉傳》：「郡國諸豪及長安五陵，諸為氣節者，皆歸慕
　　　之。」見同註2，第一冊，頁六六六。

註7　同註2，第十冊，頁八七三。

註8　囊錐十九人：囊錐，比喻顯露才華，亦即囊裡盛錐，《史記・平原君虞卿列傳》：「平原
　　　君曰：『夫賢士之處世也，譬若錐之處囊中，其末立見...。』」後以「囊裡盛錐」謂讓有

才能的人，得到機會表現自己。

註9　同註2，第三冊，頁一五〇六。

註10　汪元量此五古詩中，有「挾此萬卷書，明發萬里行。」知此詩作於啟程前一日。見《增訂湖山類稿》卷二，頁二八。

註11　同註2，第九冊，頁五三五。

註12　同註2，第九冊，頁六九六。

註13　湘妃竹即斑竹之別稱，又名淚竹、湘竹。相傳湘妃灑淚竹上，固有斑紋，可作簫管。產湘中、廣西一帶。見同註2，第五冊，頁一三九〇。

註14　同註10，卷二，頁二八。

註15　見《全唐詩》卷二百一十六，第七冊，頁二二五二。

註16　同前註，卷一百八十二，第六冊，頁一八五三。

註17　見《唐詩三百首新注》，頁六。

第三節　歷代或當代詩人之影響——以影響深淺為序

　　由於「平生愛讀書」（元量〈出居庸關〉詩句），使元量得以承襲豐富的詩歌遺產、熟諳歷史典故之外，更受歷代詩人影響。翻閱元量詩集，影響其詩作的歷代詩人，為數不少。可分兩類，一為不僅詩中提及，且詩作也受其影響；一為僅在詩中提及此詩人。茲以影響之深淺為序，不拘時代，先敘述不僅詩中提及，且詩作也受其影響者；再敘述僅在詩中提及的歷代詩人。茲舉例說明如下：

一、杜甫

　　元量早年即研讀杜詩，但覺枯槁無味；宋亡後多年，在雪地帳中讀杜詩，卻頗覺有味，或許因心境相類，故已能體會杜詩。元量有詩曰：

> 「少年讀杜詩，頗厭其枯槁。斯時熟讀之，始知句句好。」〈草地寒甚氈帳中讀杜詩〉（卷三，頁八六）

　　此詩作於被遣往上都、內地期間，此時元量第一次入蜀，有〈草堂二首〉七言詩，其一：

> 「子美西來築此堂，浣花春水共淒涼。鳴鳩乳燕歸何處，野草閒花護短牆。英雄去矣柴門閉，鄰里傷哉竹徑荒。安得山餚盛乳酒，送分漁父濯滄浪。」（卷三，頁九八）

見到杜甫草堂，元量倍增感傷，只因他對杜甫有一份欽慕之情。第二次入蜀，也曾提及杜甫的詩：

> 「放櫂花谿去，重來訪草堂。菰蒲依靜渚，楊柳遶回塘。…鳥語青松裏，人行錦樹傍。杜陵輕出峽，千古隔瀟湘。」〈重訪草堂〉（卷四，頁一三八）

　　第二次入蜀，是在南歸之後，又訪草堂。元量的情緒平穩些，能冷靜觀賞週遭景物。

> 「公孫弟子背面笑，拔劍一擊蛟龍愁。萬里橋西有茅屋，杜子當年來卜築。湘江一醉不復歸，四松寂寞擎寒玉。」〈答元帥相拉浣花溪泛舟〉（卷三，頁九九）

杜甫有〈觀公孫大娘弟子舞劍器行並序〉詩，在序文中，提及幼時曾見過公孫大娘舞劍器，今又見其弟子舞劍器，感慨萬千。接著在詩中敘懷：公孫氏如今已人與舞俱亡，而「有弟子傳芬芳」；由此想到先帝，想到「梨園弟子散如煙」，撫事慨歎而有孤寂之感。元量來到浣花溪，想起「杜子當年來卜築」，想起「公孫弟子」的笑容，更覺自己與杜甫一樣，滿懷孤寂。

由於杜詩能「道出」汪元量心事，且杜甫與元量一樣，有憂國思緒，所以最為元量所鍾愛。此外，元量更模擬杜甫〈秦州雜詩二十首〉，而成〈杭州雜詩和林石田二十三首〉（註1）；以及模擬杜甫〈乾元中寓同谷縣作歌七首〉詩（註2），而成〈浮丘道人招魂歌九首〉（註3）。茲分別說明如下：

（一）元量模擬杜甫〈秦州雜詩二十首〉

杜甫〈秦州雜詩〉二十首，在內容上可分四類：慨嘆國事、求隱、寫眼前實景、寫自身思緒等。其中以慨嘆國事為多，凡九首，將近半數；次為求隱，凡五首。由此可知杜甫所關注的焦點，在於國事；且在失望之餘，從而引發求隱之心。杜詩有「詩史」之稱，寫眼前所見而憂心不已，所以出發點是眼前離亂實景，所帶來的萬般感觸（註4）。汪元量除了個性、思想，與杜甫相近外，時代背景也是重要因素。因此同受儒家思想浸潤，同樣憂心朝廷、天下蒼生的汪元量，不免也以杜詩為圭臬，寫下篇篇「詩史」之作。而在技巧上也受影響，如章法、修辭用字、用典、聲情，甚至五律詩篇（註5），例如：

> 「石田林處士，吟境靜無塵。亂後長如醉，愁來不為貧。飯蔬留好客，筆硯老斯人。近法秦州體，篇篇妙入神。」〈杭州雜詩和林石田二十三首其一〉（卷一，頁一七）

描述林處士的景況：不過問世事，卻也歡迎好友到臨；清心寡欲，而在筆硯中度日；近來師法杜甫秦州體，篇篇見佳作（註6）。

又如：

> 「休休休休休，干戈白盡頭。諸公雲北去，萬事水東流。春雨不知止，晚山相對愁。呼童攜斗酒，我欲一登樓。」〈杭州雜詩和林石田二十三首其廿三〉（卷一，頁二十四）

雖然作者至此（其廿三首）情緒已趨緩，卻仍然有反戰思想。念及宋俘此去燕京，往事已如「水東流」，來者則無法卜知，不知不覺愁緒又起；還是登樓喝酒去，忘卻憂愁

吧!

　　汪元量此組組詩,題為「雜詩」,理應隨興而寫,不拘內容。然細閱其廿三首的內容,知其中各首詩之間,仍有脈絡可循,可分五個主題:

　　一、前四首詩,為「問候」、稱揚林石田,兩人同聲感慨國事,又怪林石田「獨
　　　　隱」,不問天下事。

　　二、第五、六首詩,寫戰火已燃起,人心惶惶,只有藉酒澆愁。

　　三、自第七首至第十五首詩的內容,主要以敘事為主。第七首寫被拘北去,懷
　　　　鄉更殷。此後各首皆寫所見所感,往往以事典抒發所感,例如:「關中新約
　　　　法,江左舊清談」、「惜哉無祖逖,誰肯著先鞭」。透出對國亡已成定局的
　　　　無奈,而無法接受國亡事實,例如:「從茲更革後,寧復太平期」、「杞天
　　　　愁欲墮,黑入太陰中」。

　　四、自第十六首詩開始,詩中極少敘述眼前之景,而沉浸在回憶之中,更藉史
　　　　事,以喻國事。例如:「斯今無二子,空有首陽薇」。感觸也深最後在第廿
　　　　首詩中,不禁「悲歌擊唾壺」。

　　五、末三首詩,回到現實,不但指林石田為「晉遺民」;又以「休休休休
　　　　休」,一連五個「休」字,斥責敵人的燃起戰端;更感慨期盼「萬事水
　　　　東流」,而以「呼童攜斗酒,我欲一登樓。」兩句作本組組詩的結束(註
　　　　7)。

(二)元量模擬杜甫〈乾元中寓同谷縣作歌七首〉

　　至於模擬杜甫〈乾元中寓同谷縣作歌七首〉詩,而成的〈浮丘道人招魂歌九首〉,無論題旨、遣辭造句,均仿杜詩。

　　杜甫〈乾元中寓同谷縣作歌七首〉詩,為七古組詩的形式,共七首,每首皆七句。第一首詩詩末,為:「嗚呼一歌兮歌正發」,此為第一歌;此後每首詩詩末,稱第二歌、第三歌、...。各首詩中的第一句,分別為:「有客有客字子美」、「長鑱長鑱白木柄」、「有弟有弟在遠方」、「有妹有妹在鍾離」、「四山多風溪水急」、「南有龍兮在山湫」、「男兒生不成名身已老」。藉這些詩句起興,乃各首詩的主題,分別各自帶出以下詩句。由此可見,各首詩的主旨:

　　第一首詩(有客有客字子美...)——主旨為「作客他鄉而感傷」。

　　第二首詩(長鑱長鑱白木柄...)——主旨為「與長鑱相依為命」。

　　第三首詩(有弟有弟在遠方...)——主旨為「思念遠方三位弟弟」。

　　第四首詩(有妹有妹在鍾離...)——主旨為「思念已出嫁的妹妹」。

第五首詩（四山多風溪水急…）——主旨為「描寫同谷縣的實景」。

第六首詩（南有龍兮在山湫…）——主旨為「寫同谷縣虛幻之景」。

第七首詩（男兒生不成名身已老）——主旨為「窮老作客之感」。

此為杜甫的「創作」，首先仿此「創作」者為文天祥（註8），從此漸為人留意而仿作。

然而最早留意此詩者，乃朱熹，而非文天祥。朱熹探究此類歌體詩之源頭，謂：

> 「此歌七章，豪宕奇崛，兼取〈九歌〉、〈四愁〉、〈十八拍〉諸調而變化出
> 之，遂成創體。」（註9）

仇兆鰲在《杜詩詳註》中，引申涵光言，亦曰：

> 「〈同谷七歌〉，頓挫淋漓，有一唱三歎之致，從〈胡笳十八拍〉及〈四愁
> 詩〉得來，是集中得意之作。」（註10）

〈同谷七歌〉既來自〈胡笳十八拍〉及〈四愁詩〉，前者例如蔡琰的〈胡笳十八拍〉，表現哀怨；後者為漢代張衡的〈四愁詩〉，表現悲愁。

杜甫此作，集哀怨、悲愁詩風，加上「頓挫淋漓」的內涵，深深吸引汪元量。因而模擬此作，寫成九首歌。茲列出杜、汪二人的「同谷歌體詩」的一首，以作比較：

> 「有客有客字子美，白頭亂髮垂過耳。歲拾橡栗隨狙公。天寒日暮山谷裡，
> 中原無書歸不得。手腳凍皴皮肉死，嗚呼一歌兮歌已哀。悲風為我從天來。」
> 〈杜甫　寓同谷縣作歌七首其一〉

> 「有客有客浮丘翁，一生能事今日終。嚙氈雪窖身不容，寸心耿耿摩蒼空。睢
> 陽臨難氣塞充，大呼南八男兒忠。我公就義何從容，名垂竹帛生英雄。嗚呼一
> 歌兮歌無窮，魂招不來何所從。」〈汪元量　浮丘道人招魂歌九首其一〉

杜甫的一歌，乃自傷感懷；元量的一歌，為文天祥而作。前者（杜詩）有八句，後者（汪詩）有十句。同為七言，遣辭用字有相近處，句意卻不同。

此體既為杜甫所創，向來欽慕杜甫的汪元量，熟讀杜詩之餘，取其「豪宕奇崛」的氣勢，而模擬之，更有意增加首數、句數，用以哭文天祥並招魂。顯見元量的創作淵源，也源自杜甫。

又如：

> 「男兒生不成名身已老，三年饑走荒山道。長安卿相多少年，富貴應須致身

早。山中儒生舊相識，但話夙昔傷懷抱。嗚呼七歌分悄終曲，仰視皇天白日速。」〈杜甫　寓同谷縣作歌七首其七〉

「有官有官位卿相，一代儒宗一敬讓。家亡國破身漂蕩，鐵漢生擒今北向。忠肝義膽不可狀，要與人間留好樣。惜哉斯文天已喪，我做哀章淚悽愴。嗚呼九歌分歌始放。魂招不來默惆悵。」〈汪元量　浮丘道人招魂歌九首其九〉

這兩首歌為兩人的末首，仍是杜詩八句，汪詩十句。或許汪元量為文天祥而作的此組組詩，需要增加首數、句數，始能容納其悲慟之情。在此，杜甫的首句加長。這第七歌，可視為杜甫此組組詩的結論，仍歸結到自身，感慨身老又飄泊他鄉；汪元量這第九首歌，以歌誦文天祥作結，有感嘆「哲人日已遠，典型在夙昔。」（文天祥〈正氣歌〉詩句）之意。

二、李白

　　李杜光焰萬丈長，為唐詩雙璧。元量景仰李、杜，雖然李白為浪漫詩人；杜甫憂國憂民，但同為元量所接受，故化用杜詩之外，更仿杜詩寫作詩史。至於任俠驚放的李白，詩作高妙清逸，內容非以憂國憂民為主。所以元量除化用或櫽括一些詩句外，也仿李白的〈將進酒〉。茲分別舉例如次：

「草沒高臺鳳不游，大江日夜自東流。齊梁地廢鴉千樹，王謝家空蟻一丘。騎馬僧催淮口渡，捕魚人據石頭洲。玉簫聲斷悲風起，不見長安李白愁。」〈鳳凰臺〉（卷四，頁一一五）

元量於南歸途中，經過江蘇南京的鳳凰臺（註11），憶及李白的〈憶秦娥〉詞（註12）及〈鳳凰臺〉詩而有此作，茲分別說明如下：

　　李白〈憶秦娥〉詞中有「簫聲咽，秦娥夢斷秦樓月」句，故而汪詩中云：「玉簫聲斷悲風起」，可知元量頗熟悉李白作品。

　　汪詩末句，顯然化用李白「長安不見使人愁」詩句，李白由於不見長安而愁，元量則直接說：「不見長安李白愁」。

　　李白〈鳳凰臺〉詩：

「鳳凰臺上鳳凰遊，鳳去臺空江自流。吳宮花草埋幽徑，晉代衣冠成古丘。三山半落青天外，二水中分白鷺洲。總為浮雲能蔽日，長安不見使人愁。」（註13）

元量寫作此〈鳳凰臺〉詩（註14）的時間，約為至元二十五年（一二八八）。詩中末句化用李白詩的末句。

再看有李白影子的汪詩詩句：

「燕姬壓酒春宵永，列炬搖光拂紅影。」〈幽州除夜醉歌〉（卷三，頁八〇）

李白〈金陵酒肆留別〉詩（註15）中，有「風吹柳花滿店香，吳姬壓酒勸客嘗」句。《苕溪漁隱叢話》王琦注引《詩眼》云：

「好句須要好字，如李太白詩『吳姬壓酒勸客嘗』，見新酒初熟，江南風物之美，工在『壓』字。」（註16）

李白以好字「壓」字，使詩中溢滿「酒香」；汪元量也以「壓」字，烘托出除夜氣氛。

宋劉將孫〈湖山隱處記〉：

「水雲汪氏，盛年以詞章給事宮掖，如沉香亭北太白。」（附錄一，頁一九七）

宋嚴日益〈題汪水雲詩卷〉云：

「沉香亭北雉尾高，詩成先奪雲錦袍。」（《增訂湖山類稿》，頁二三七）

二人皆以創題〈清平調〉詩之李白比元量，而讚賞汪詩。則知當代人已認定汪詩與白詩有關聯，亦即汪元量也留意李白詩之明證。由下述的汪詩〈采石〉，也可看出元量心中有李白：

「夜泊青山下，江空不受塵。只看波底月，便是謫仙人。」〈采石〉（卷四，頁一一六）

采石，即牛渚山，在今安徽當塗縣西北（註17）。傳說李白過采石，在水中捉月（註18）。是以元量在南歸途中，行經采石，不由得思念這位唐代大詩人。不僅如此，有些詩句，更化用自李白詩句（見前文，本章第二節〈熟諳歷史、典故〉，在此不贅。）：

「一尊酒對三人飲，八字帆分兩岸飛。」〈常州〉（卷二，頁三〇）

此外，李白有〈將進酒〉詩，也為元量所仿擬。此詩為漢樂府舊題，〈鼓吹饒歌十八曲〉之一，一作〈惜空樽酒〉。這題目，一向是藉飲酒放歌，來發抒內在的思想、感情。此詩乃開元二十四年載（七三六）李白在嵩山元丹丘處所作（註19）。

而汪元量也喜愛此詩，有〈夷山醉歌〉二首，仿擬李白詩之豪宕抒懷：

「楚狂醉歌歌正發，更上梁臺望明月。西風獵獵吹我衣，絕代佳人皎如雪。槌
羯鼓，彈箜篌。烹羊宰牛坐糟丘，。一笑再笑揚清謳。…關河萬里雨露深，小
儒何必悲苦心。歸來耳熱忘白頭，買笑揮金莫相失。呼奚奴，吹篳篥。美人縱
復橫，今夕復何夕。…」〈夷山醉歌二首其一〉（卷三，頁一〇三）

「嗚呼再歌兮花滿臺，好月為我光徘徊。人生在世不滿百，紛華過眼皆成灰。
…人生得意且盡歡，何須苦苦為高官。人生有命且行樂，何必區區嘆牢落。…
君不見海上看羊手，持節飢來和雪和氈嚼。又不見飯顆山頭人見嗤，愁吟痛飲
真吾師。…」〈夷山醉歌二首其二〉（卷三，頁一〇四至一〇五）

夷山在汴京。汪元量於至元廿三年（一二八六）奉派降香，途經此地而作此二首詩。劉
辰翁評曰：「二詩迭宕。」有李白豪邁風格。

三、黃庭堅

　　黃庭堅仰慕蘇軾，以詩投贈，得到蘇軾讚賞。由司馬光推薦入朝，在京與蘇軾、蘇
轍等人品書論畫，詩酒唱和，其風格獨特的「山谷體」，一些詩人受影響，形成「江西
詩派」。黃庭堅詩中工於用典，也有一些關心民生疾苦的詩作，為後世學江西詩派者所
效法（註20）。

　　元量有〈送琴師毛敏仲北行〉三首，劉辰翁批曰：「三詩似山谷。」（註21）由此
知元量亦留意山谷詩而模擬之。這三首詩舉其一如下：

「西塞山前日落處，北關門外雨來天。南人墮淚北人笑，臣甫低頭拜杜鵑。」
〈送琴師毛敏仲北行其一〉（卷一，頁二五）

這三首詩作於被俘北上之前，因毛敏仲先行北上，元量為詩送別。此詩為元、明、清時
代的人所稱揚，都認為是佳作，如鄭元祐、陶宗儀、瞿佑、田汝成等（註22），為汪元
量寫軼事，均提及此詩。

「錦樹高低種萬顆，歲收百斛足生涯。八錢買得一斤重，魯直詩中特地誇。」
〈戎州五首其四〉（卷四，頁一四五）

「錦殼中間玉一團，數高樹丈實難攀。瀘戎顆顆甜如蜜，蔓梓纍纍味薄酸。」
〈戎州五首其五〉（卷四，頁一四五）

由這兩首詩，知「甜如蜜」的果實，乃指荔枝。因〈其三〉詩，有「盡是楊妃死後栽」

中篇　汪元量詩作之研究

句。元量南歸之後，有湘蜀之行，漫遊戎州，久聞戎州的錦荔「大如雞子」〈其二詩所述〉，如今得以「大嚼真快意」〈其一詩所述〉。而想起「魯直詩中特地誇」，想其必熟讀黃庭堅詩篇，始知黃庭堅在詩中「特地誇」。因此黃庭堅詩作，亦為汪元量創作淵源之一。

四、屈原

戰國時代，同樣身處國破家亡，而悲憤不已的屈原，其代表作《離騷》，為我國古代篇幅最長的抒情詩，歷敘家世、政見、被讒，上下求索，神游天地，以及其忠君愛國、九死未悔之志。《史記・本傳》引劉安《離騷傳》稱：

「〈國風〉好色而不淫，〈小雅〉怨悱而不亂，若《離騷》者，可謂兼之矣。」（註23）

屈原作品，文辭瑰麗，想像力豐富，興寄超遠。這些都為元量所欣羨、仰慕者。在本章（汪元量詩作之創作淵源）第一節（承襲詩歌之遺產）二、《楚辭》中已述及，在此不多討論，只舉以下詩例：

「詩到巴陵吟不得，屈原千古有〈離騷〉。」〈長沙〉（卷四，頁一二九）

「賈誼祠前酹尊酒，汨羅江上弔騷魂。」〈竹枝歌十首其二〉（卷四，頁一三三）

元量來到瀟湘，除了這兩首詩緬懷屈原外，還有一些模擬的詩句，例如下面這首六言詩：

「回雁峰前問訊，楚江幾度蘭香。望美人兮何處，水雲隔斷瀟湘。」〈衡山道中寄平遠趙宣慰〉（卷四，頁一三二）

此詩寫於南歸之後的湘蜀之行途中。詩中的「兮」字，乃助詞，用於韻文語句的中間或句尾。在《詩經》、《楚辭》中，皆為常見。而「美人」二字，同樣均見於《詩經》、《楚辭》中，例如：

「彼美人兮，西方之人兮。」（《詩・邶風・簡兮》）

鄭箋：「彼美人，謂碩人也。」王逸《離騷・序》：「離騷之文，依詩取興，靈脩美人，以媲於君，宓妃佚女，以譬賢臣。」而元量既在瀟湘，當因懷念屈原而仿此「兮」字體。

五、陳與義

陳與義的詩，學杜甫律體，於黃庭堅、陳師道之外，「一洗舊常畦徑」（葛勝仲序），得杜甫之宏亮沉著的聲調節奏，而為黃、陳所不及。其後期詩作，更受杜詩影響，而以憂國傷時之作多，有雄闊慷慨之風，例如〈傷春〉詩，直接斥責「廟堂無策可平戎」（註24），為最具代表的愛國詩篇。所以陳與義詩雖未擺脫江西詩派的餘習，但他不屬江西詩派，其詩較江西詩派更受人歡迎（註25）。錢鍾書云：

> 「宋代詩人遭遇到天崩地塌的大變動，在流離顛沛中，纔深切體會出杜甫詩裡所寫安史之亂的境界，起了國破家亡、天涯淪落的同感，先前只以為杜甫『風雅可師』，這時候更認識他是個患難中的知心伴侶。…身經離亂的宋人對杜甫發生了一種心心相印的新關係。詩人要抒寫家國之痛，就自然而然效法杜甫這類蒼涼悲壯的作品。」（註26）

由汪元量詩中，可深切體會這點。而元量不只對杜詩認同，也視歷代詩人的愛國詩篇為知音。無怪乎汪元量因喜愛陳與義此類憂國詩作而擬之。例如：

> 「蛟龍洶洶爭新穴，鷗鷺輕輕下故洲。」〈揚子江〉（卷二，頁三二）

劉辰翁批曰：「兩句簡齋舊語。」（註27）

> 「北行十三載，癡懶身羈孤。…且願休王師，努力加飯蔬。」〈南歸對客〉
> （卷四，頁一二二）

劉辰翁批曰：「此詩學簡齋。」（註28）陳與義（簡齋）詩用詞明淨，較之江西詩派詩受人喜愛。也崇仰杜甫而仿擬杜詩，其〈發商水道中〉詩，即聲言學杜詩。經離亂之後，所作詩進一步有雄闊慷慨的風格，例如〈傷春〉詩，有「廟堂無策可平戎」句，直斥廟堂，為最具代表性的愛國詩篇（註29）。有許多愛國力作，故為元量所喜愛而學習之。

六、文天祥

文天祥在德祐之後的後期詩作，收在《文文山全集》的〈指南錄〉、〈指南後錄〉、〈吟嘯集〉中，共五百廿二首（註30），錢鍾書謂大都直抒胸臆，不講究修辭，卻有極沉痛之佳作（註31）。錢謙益在《牧齋初學集‧虞山詩序》曰：

> 「有深情蓄積於內，奇遇薄射於外，輪囷結轖，朦朧萌折，如所謂驚瀾奔湍，鬱閉而不得流；長鯨蒼虬，偃蹇而不得伸；渾金璞玉，泥沙捲匿而不得用；明

星皓月，雲陰蔽蒙而不得出，於是乎不能不發之為詩，而其詩亦不得不工。」
（註32）

這正說明為人所詬病的淺白議論的宋詩風格，何以至宋末，越發沉痛抑鬱；由此則不難理解文天祥、汪元量，何以同有「詩史」之作。

文天祥在〈指南錄〉序文中曰：

「德祐二年（按：一二七六）二月十九日，予除右丞相，...時北兵已迫修門外，戰守遷皆不及施。...眾謂予一行，為可以紓禍。國事至此，予不得愛身。...翌日，以資政殿學士行。...日與北騎相出沒於長淮間。...而境界危惡，非人世所堪。予在患難中，間以詩紀所遭。...盧陵文天祥自序其詩，名曰《指南錄》。」（註33）

在拙著《文文山詩探賾》中，曾探析文天祥詩作，其收在《文文山全集》的〈指南錄〉、〈指南後錄〉、〈吟嘯集〉等詩作內容：

〈指南錄〉——

有紀事詩、感懷詩、思念詩三類。由於寫作背景為奔逃生涯，無法以愉悅心情為之，其中以紀事詩數量最多（註34）。

〈指南後錄〉——

仍以紀事詩為大宗，詩題更以地名為多。另有感懷、和韻、思念、送別之作，各數首。

〈吟嘯集〉——

為獄中所作，內容多為敘述獄中情景、回憶往事、自嘆感懷等。
茲舉詩例如下：

「使斾盡道有回期，獨陷羈臣去牧羝。中爾舍沙渾小事，白雲飛處楚天低。」
〈使北八首其一〉

「九門一夜漲風塵，何事癡兒竟誤身。子產片言圖救鄭，仲連本志為排秦。但知慷慨稱男子，不料蹉跎愧故人。玉勒雕鞍南上去，天高月冷泣孤臣。」〈愧故人〉

前首詩中，謂蘇武盡節不屈，仍有歸國之期。自己有如蘇武，正往北廷「牧羝」。後者用子產救鄭、魯仲連義不帝秦的史事表明心跡。

文、汪二人愛國心志相同，汪元量曾探視獄中的文天祥，景仰這位大宋丞相，勉以忠貞為國，並援琴為其解憂，又共同切磋詩藝。元量曾拜讀文山詩稿，有詩云：

「一朝禽瘴海，孤影落窮荒。恨極心難雪，愁濃鬢易霜。燕荊歌易水，蘇李泣河梁。讀到艱難際，梅花鐵石腸。」〈讀文山詩稿〉（卷三，頁八八）

此詩作於至元二十二年（一二八五），文天祥在獄中之時。

「妾初未嫁時，晨夕深閨中。…君當立高節，殺身以為忠。豈無《春秋》筆，為君紀其功。」〈妾薄命呈文山道人〉（卷三，頁七〇）

「妾薄命」為樂府雜曲歌名，往往以女子口吻，代為「伸冤」。元量在詩中，藉文天祥妾身分，寫婚後未及一載，夫婿即遠征外地，各分東西；「諒無雙飛翼，焉得長相從」，然而為妾的，必「誓以守貞潔，與君生死同。」只望夫婿能以忠貞為念，留名青史。此外，兩人的唱和詩，共計九首。文天祥所作者為：〈汪水雲援琴訪予縲紲，彈而作十絕以送之〉、〈書汪水雲詩後〉、〈胡笳十八拍辭〉、〈文山集杜句和韻〉；汪元量所作者為：〈妾薄命呈文山道人〉、〈文丞相丙子自京口脫去，變姓名作清江劉洙，今日相對得非夢耶〉、〈浮丘道人招魂歌〉、〈讀文山詩稿〉、〈文山道人事畢壬午臘月初九日〉。在拙著〈文天祥與汪元量獄中唱和詩探析〉中，曾分析其二人唱和詩的形式、內容、用韻（註35）：

在形式方面——

以律體居多。天祥的四首詩詩體，分別為七絕、楚辭式歌體、七律、五古；而元量的五首詩詩體，分別為五古、七律兩首、同谷歌體、五律。兩人的詩作，在形式上可謂相近。

在內容方面——

同以忠君愛國為主軸，間以互勉。

在用韻方面——

文天祥除〈胡笳十八拍〉用仄韻外，其餘多用平聲先韻、陽韻；汪元量除〈浮丘道人招魂歌〉用仄韻外，其餘皆為平聲韻，分別為東韻、真韻、陽韻、寒韻。

由此可知，曾為南宋宮中琴師的汪元量，必自所景仰的南宋丞相文天祥詩中，得到一些啟發，而成為其詩創作淵源之一。

七、蘇武

蘇武事蹟為歷代人所歌頌，在當時的困頓環境中，是否曾有詩作？不得而知。相傳為蘇武、李陵所作的贈答五言詩，《文選》載有七首（蘇武作四首，李陵作三首）；《古文苑》載有十首（李陵〈錄別詩〉八首，蘇武〈答詩〉、〈別李陵〉各一首），此外有些零句或篇名，見於其他書籍所引。自六朝以來，歷代有學者指出，這些詩乃後人依托之作。今之研究者，也多認為西漢前期絕無此種成熟的五言詩體，詩或產生於東漢末年，作者已不可考。後人將這些詩，題作〈擬蘇李詩〉，遂成組詩名。詩中充滿真摯情感，大都寫朋友、夫婦、兄弟之間的離別（註36）。

元量在創作之時，並未慮及蘇武詩是否偽托，而以之為範本，寫作〈居擬蘇武〉詩四首，命意及遣辭造句皆仿之。茲舉蘇詩與汪詩詩例各二首並說明之：

「骨肉緣枝葉，結交亦相因。四海皆兄弟，誰為行路人？況我連枝樹，與子同一身。昔為鴛與鴦，今為參與辰。昔者長相近，邈若胡與秦。惟念當乖離，恩情日以新。鹿鳴思野草，可以喻嘉賓。我有一樽酒，欲以贈遠人。願子留斟酌，敘此平生親。」〈蘇武詩四首其一〉

「棠棣本同根，芳葩亦相聯。誰謂忽遠役，懷抱無由宣。況我骨肉親，與子枝葉連。昔為雙飛鳧，今為孤飛鳶。徘徊復彷徨，感激涕泗連。道路阻且遠，四海霏塵煙。鶺鴒恐失群，遠樹何翩翩。我有一斗酒，可以同笑言。去去從此辭，努力雲中鞭。」〈汪元量　居擬蘇武四首其一〉（卷一，頁一）

汪元量擬「蘇武」之作，主要是擬蘇詩的遣詞造句較多。在此，原詩大意敘述蘇、李兩人平日情誼及臨別感想，進而提及臨別祝語。蘇詩共有四首，擬詩也為四首組詩。四首擬詩之中，其詩旨與原詩相仿，而句意則相近者有之，另創新句意者有之。此類另創的新句意，多為表達家國之思（如次例）。

汪詩與蘇詩，在遣辭造句方面有相似之處，例如：

「結髮為夫妻，恩愛兩不疑。歡娛在今夕，燕婉及良時。征夫懷往路，起視夜何其。參辰皆已沒，去去從此辭。行役在戰場，相見未有期。握手一長歎，淚為生別滋。努力愛春華，莫忘歡樂時。生當復來歸，死當長相思。」〈蘇武詩四首其三〉

「結髮為新婚，恩愛將匹儔。歡樂殊未已，征夫忽西遊。中夜起彷徨，仰視天漢流。眾星正縱橫，皓月澄中州。明發臨古道，古道何悠悠。生死從此辭，握手淚不收。勉哉惜芳姿，毋使懷百憂。丈夫抱赤心，婦女安可留。」〈汪元

量　居擬蘇武四首其三〉（卷一，頁二）

原詩旨意為征夫辭家與妻告別。《玉臺新詠》收入此篇，題為〈留別妻〉。其大意先述平時的恩愛，次說臨別的難捨，最後囑咐珍重。

　　此外，元量還在詩中提及蘇武：

　　「憶昔蘇子卿，持節入異域。淹留十九年，風霜毒顏色。…丈夫抱赤心，。安肯淚沾臆。」〈居延〉（卷三，頁八三）

孔凡禮在詩後之【編年】中，引《元史‧世祖紀》至元二十一年二月紀事所云：「遷故宋宗室及其大臣之仕者於內地。」而謂：「遷往內地乃遣往上都之繼續，作於遣往上都及內地期間。」（註37）即謂元量途經居延所作。居延在今內蒙古之西，元量置身居延荒漠之地，不由得又憶起牧羊北海的蘇武。

　　「星江彼此繫行舟，我向南州君北州。彭澤初歸元量醉，沙場遠使子卿愁。
　　…」〈星子驛別客〉（卷四，頁一一七）

此詩，孔凡禮據原書編次，而認為作於至元廿五年（一二八八），元量自大都南歸途中。詩中因陶淵明、蘇武史事，而感於人生、世事之無常，更添友人分手之離愁。

　　由此知蘇武的精神、事蹟以及即使是偽托的蘇詩，對元量的創作都有影響，也成為其創作淵源。

八、李陵

　　《文選》有李陵〈雜詩〉三首、〈答蘇武書〉一首，其後《古文苑》、《藝文類聚》等收錄別詩八首，又《升菴詩話》引《修文殿御覽》所載一首，共計十三首，相傳為李陵所作，自來學者多存疑（註38）。《修文殿御覽》所載的李陵詩：

　　「紅塵蔽天地，白日何冥冥。微陰盛殺氣，淒風從此興。招搖西北指，天漢東
　　南傾。嗟爾窮廬子，獨行如履冰。…」（註39）

如此成熟的五言詩，明楊慎《升菴詩話》稱：「鍾嶸所謂驚心動魄，一字千金，信不誣也。」（註40）

　　「嘉會不可再，聚散空彷徨。臨流歌長吟，送子遊遠方。悲風來天末，圓月流
　　景光。行人駕言邁，令我結中腸。豈無一尊酒，與子發慷慨。」〈汪元量　月
　　夜擬李陵詩傳三首其二〉（卷一，頁三）

元量詩中,同樣仿作,採用漢樂府詩的形式與遣詞。

> 「伊昔李少卿,築臺望漢月。...傷彼古豪雄,清淚泫不歇。吟君五言詩,朔風
> 共鳴咽。」〈李陵臺〉(卷三,頁八二)

儘管此首五古詩作者是否為李陵,仍然存疑。而元量當時認定作者為李陵,所以在詩中
提及李陵事蹟,為此而悲傷不已。

几、劉禹錫

劉禹錫的精妙詩作,受人稱揚。胡震亨謂:

> 「其詩氣該今古,詞總華實,運用似無甚過人,卻都愜人意,語語可歌,真才
> 情之最豪者。」(註41)

劉禹錫工於七言絕句。為黃庭堅讚賞,云:

> 「劉夢得〈竹枝〉九章,詞意高妙,元和間誠可以獨步。道風俗而不俚,追古
> 昔而不愧。比之杜子美〈夔州歌〉,所謂同工而異曲也。昔子瞻嘗聞余詠第一
> 篇,嘆曰:『此奔軼絕塵,不可追也。』」(註42)

二者都稱讚劉禹錫有為詩才情,所創作的民歌,甚至可媲美杜甫〈夔州歌〉。劉禹錫擅
長七言絕句,如〈金陵五題〉、〈竹枝歌〉等。其詩特色有二:

(一)若用僻字、用典,必注出處

劉禹錫的詩歌語言細緻有味,而不誇博矜奇。也有一些關心民生疾苦的詩篇。曾論
作詩方法,云:「為詩用僻字,須有來處,...後輩業詩,若非有據,不可率爾造也。」
(註43)所以劉禹錫若用僻字、用典,必自注用字來歷,或用典出處,以示嚴謹的寫作
態度。

(二)創造一種新的民歌體裁

劉禹錫雖講究出典,卻對民間歌謠也感興趣;不僅學會唱民歌,還受民歌啟發,而
創作〈竹枝詞〉、〈楊柳枝詞〉等民歌歌體的詩篇(註44)。

元量既有音樂專長,素來又喜作歌行體詩(註45),當不放過此類富有民歌風味的
詩作,於是仿劉禹錫,以七絕成歌詩,如:〈醉歌十首〉、〈越州歌二十首〉、〈湖州
歌九十八首〉等;更仿作〈竹枝歌〉十首。茲舉詩例如下:

> 「呂將軍在守襄陽,十載襄陽鐵脊梁。望斷援兵無信息,聲聲罵殺賈平章」

〈醉歌十首其一〉

此〈醉歌〉詩，為十首組詩。作於恭帝德祐二年（一二七六）二、三月間。組詩中全寫親眼所見，宋室投降前後的景況。本詩為十首之一，詩中稱許襄陽守將呂文煥的堅守襄陽，確實不易；又斥責賈似道，置朝廷於不顧，不派援兵。寫出前者、後者的強烈對比，也透出詩人的無奈與憤恨。

「鰲山燈月照人嬉，宣德門前萬玉姬。記得那年三五夜，快行擎駕倒行歸。」
〈越州歌二十首其十七〉（卷二，頁六二）

此〈越州歌〉詩，在被俘北上途中陸續寫作，約成於至元十三年（一二七六）秋，抵燕之後。二十首詩的內容，分別敘述元兵入杭情況（四首）、亡國感慨（三首）、斥責賈似道誤國（六首）、回憶南宋朝廷舊事（七首）。皆如劉禹錫擅以七絕作歌詩，元量也以七絕寫下瞬間所見、所感。

「夜來酒醒四更過，漸覺衾裯冷氣多。踏雪敲門雙敕使，傳言太子送天鵝。」
〈湖州歌九十八首其九六〉（卷二，頁五八）

此〈湖州歌九十八首〉組詩中，「其一」至「其六」，寫元兵入杭及宋室投降實況；「其七」至「其六十八」，敘述啟程赴燕及途中離亂之景；「其六十九」至「其九十八」，主要寫抵燕後，元人之款待。又如：

「快風吹我入三巴，桂櫂蘭橈倚暮花。一道月明天似水，湘靈鼓瑟下長沙。」
〈竹枝歌十首其一〉（卷四，頁一三三）

此〈竹枝歌〉組詩，乃汪元量南歸後，遊歷湘蜀所作；十首詩中，雜敘各地的勝景，如汨羅江、定王臺、黃陵廟、楚王臺等。本詩寫正由湖北向四川進發，透出些許輕快心境。湘靈，古代傳說中的湘水之神。《楚辭·遠遊》：「使湘靈鼓瑟兮，令海若舞馮夷。」元量在月明天如水的夜晚，思及湘水之神。

十、李商隱

李商隱詩遠承楚騷，近學杜甫，而又融入駢文運典摛藻之法，情感濃鬱、寄託深遠、色彩濃麗、委婉多姿為特色。尤其以〈無題〉及類似〈無題〉諸詩，如〈碧城〉、〈玉山〉、〈錦瑟〉、〈哀箏〉等詩，為最著名。這些詩大抵與愛情有關，詩中有人生體驗，使涵義豐厚，意象重疊，表達曲折。歷來有「詩家總愛西崑好，獨恨無人作鄭箋。」之語（註46）。

雖然李商隱所作並非以愛國詩為特色，然元量也熟讀李商隱詩篇，而化用其詩句，如：

　　　「錦瑟無端促絃急，纖蛾斂翠翻成泣。」〈幽州除夜醉歌〉（卷三，頁八〇）

首句化用自李商隱〈錦瑟〉詩：「錦瑟無端五十絃，一絃一柱思華年。」

　　　「杜陵寶唾手親拾，滄海月明老珠泣。」〈浮丘道人招魂歌其八〉

次句同樣化用自李商隱〈錦瑟〉詩的詩句：「滄海月明珠有淚，藍田日暖玉生煙。」

【附註】

註1　見拙著〈杜甫「秦州」詩對汪元量五律的影響—以汪元量「杭州雜詩和林石田廿三首」為例〉，載《北體學報》第十期，頁二五三至二六三。

註2　見《杜詩鏡銓》，頁八八一至八八四。

註3　見《增訂湖山類稿》卷三，頁七六。

註4　同註1。

註5　同註1。

註6　見拙著〈汪元量「杭州雜詩和林石田廿三首」詳析〉，載《宋代文學叢刊》第七期。

註7　同前註。

註8　仇兆鰲云：「宋元詞人多倣同谷歌體，唯文丞相居先，今附錄于後：『有妻有妻出糟糠，自少結髮不下堂。亂離中道逢虎狼，鳳飛翩翩失其凰。將雛一二去何方，豈料國破家亦亡。不忍舍君羅襦裳，天長地久終茫茫，牛女夜夜遙相望。嗚呼一歌兮歌正長，悲風北來起徬徨。有妹有妹家流離，…』」（按：共有六歌，每首歌長度不一，自九句至十二句不等。）見《杜詩詳註》卷之八，頁七〇〇。

註9　見同註2，頁二九九。

註10　同註8，頁七〇〇。

註11　鳳凰臺在江蘇省南京市南。李白詩曰：「鳳凰臺上鳳凰遊，鳳去臺空江自流。」見《中文大辭典》第十冊，頁七〇三。

註12　〈憶秦娥〉詞，近時已有學者，從詞之源流、體製、音律等方面，以及李白之性情、時代背景等，考證此詞並非李白所作。然南宋黃昇編選《花菴詞》，以李白之詞冠首，謂其為「百代詞曲之祖」。故而汪元量行經鳳凰臺，也想到李白〈憶秦娥〉詞中，有簫聲。

其詞曰：「簫聲咽，秦娥夢斷秦樓月。秦樓月。年年柳色，灞陵傷別。　樂遊園上清秋節，咸陽古道音塵絕。音塵絕。西風殘照，漢家陵闕。」見廖美玉〈李白－「百代詞曲之祖」？〉，載《東海學報》二十一卷，頁二一三至二二四。

註13 李白〈鳳凰臺〉詩，見《全唐詩》一百八十卷，第六冊，頁一八三六。

註14 孔凡禮在〈編年〉中云：「自〈出自薊門行〉至此（按：指〈歲暮過信州靈溪〉詩）十九首（按：含〈鳳凰臺〉詩），原書編年，作於自大都南歸途中，時為至元二十五年（公元一二八八）。」既為原書之編年，孔凡禮也謂「原書」指當代人劉辰翁選本，劉選本對於汪元量生活的各大階段，如丙子赴燕前、留燕期間、南歸及南歸後，孰先孰後，脈絡清晰。只是各大階段中，「先後失次之處，往往而在。今依據事實，略作調整。其有疑問而無事實佐證者，姑仍其舊。」因此可信此首〈鳳凰臺〉詩，作於南歸途中。見同註3，〈編校說明〉頁一及卷四，頁一一八。

註15 李白〈金陵酒肆留別〉詩：「風吹柳花滿店香，吳姬壓酒勸客嘗。金陵子弟來相送，欲行不行各盡觴。請君試問東流水，別意與之誰短長。」見《唐詩三百首新注》卷二，頁六五。

註16 同前註。

註17 見《中文大辭典》第九冊，頁五二一。

註18 《一統志》：「世傳，李白過采石，在水中捉月。」見同前註，第五冊，頁八三四。

註19 李白〈將進酒〉詩的寫作時間，最新考證為開元後期，即本論文引安旗之說（頁二三九），亦如是主張。安旗在《李白全集編年注釋》一書，謂此詩作於開元二十四年（七三六），李白時年三十六歲。安旗的按語云：「〈將進酒〉一詩，前此諸家均以為是天寶間去朝之後所作，誤。綜觀李集，一入長安以前作品感慨殊少，更無牢騷；二入長安去朝之後，傷心備至，牢騷特盛；唯有一入長安之後，二入長安以前一段時期，往往旋發牢騷，旋又自慰解。〈梁園吟〉如此，〈梁甫吟〉亦然，〈將進酒〉尤為典型。…開元後期，玄宗勵精圖治之心雖已日漸減退，而盛世明主之光輝猶在李白心目；李白此時雖逾而立，未屆不惑，亦覺來日方長，尚屬大有可為。故每於感慨欷歔之際，猶能自慰自解。此種思想感情發而為詩，遂形成明暗交錯，悲歡雜揉之特點。此種特點之詩，求之開元前期不可得，求之天寶年間亦不可得，實非此期莫屬。其為時代傳神之意義亦可知矣。」見該書（上冊），頁二七一至二七二。

註20 見《中國詩學大辭典》，頁四〇八至四〇九。

註21 同註3，頁二四。

註22 同註3，附錄一，頁一九九至二〇〇。

註23 同註20，頁二七六。

註24 陳與義〈傷春〉詩：「廟堂無策可平戎，坐使甘泉照夕峰。初怪上都聞戰馬，豈知窮海看飛龍！孤臣霜髮三千丈，每歲煙花一萬重。稍喜，稍喜長沙向延閣，疲兵敢犯犬羊鋒。」

筆者認為此詩藉「傷春」，以抒發憂國之情。陳與義關注國事，國興則喜，國亡則悲，國亂則怒斥群臣。此情與汪元量相類，故其詩作也成為元量模擬對象。錢鍾書謂北宋南宋之際的陳與義，後來在南宋詩名極高，能留意杜詩的響亮音調，而寫作音調響亮的詩篇。見錢鍾書《宋詩選註》，頁一四六至一四八。

註25 同註20，頁四二五。

註26 同註20，頁一四六。

註27 同註3，卷二，頁三二。

註28 同註3，卷四，頁一二二。

註29 同註17，頁四二五。

註30 見《文文山全集》，頁三一三至三九五。

註31 同註20，頁四五一。

註32 見錢謙益《初學集》，頁十八。

註33 見同註28，頁三一三。

註34 見拙著《文文山探賾》，頁二七一。

註35 見〈文天祥與汪元量獄中唱和詩探析〉，載《宋代文學研究叢刊》，頁一〇三至一二九。

註36 參見《中國文學欣賞全集》第四冊，頁一四〇七至一四一七；以及《中國詩學大辭典》，頁一〇三九。

註37 同註3，卷三，頁八六。

註38 同註20，頁二七九。

註39 見〈升菴詩話〉卷五，載《百種詩話類編前編》上冊，頁二四九。

註40 同前註。

註41 《唐音癸籤》卷七，見同註19，頁三六〇所引。

註42 〈苕溪漁隱叢話前集〉，見同註19，頁三六〇所引。

註43 同註20，頁六三三所引。

註44 同註20，頁六三二至六三三。

註45 「歌行」為樂府詩歌體之一。《白石道人詩說》：「守法度曰詩，載始末曰引，體如行書曰行，放情曰歌，兼之曰歌行，悲如蛩螀曰吟，通于俚俗曰謠，委曲盡情曰曲。」見《百種詩話類編》下冊，頁一五三一。

註46 同註20，頁三七一。

第四節　歷代名篇之啟發

汪元量雖為宮中琴師，卻與一般的音樂藝人有別，由以下元量的詩句中所述可知：

「自笑儒衣世法疎，窮愁何日得伸舒。」〈唐律寄呈父鳳山提舉十首其十〉
（卷四，頁一三一）

「遙憶武林社中友，下湖簫鼓醉紅裝。」〈唐律寄呈父鳳山提舉十首其九〉
（卷四，頁一三一）

「文江別後又三年，別後三年詩幾篇。」〈寄李鶴田〉（卷四，頁一五五）

「松間白足攜詩板（註1），石上蒼頭把酒杯。」〈峽邊山寺〉（卷四，頁
一五四）

「堂前雙老親，粲粲色敷腴。壁間豈無琴，牀頭亦有書。」〈南歸對客〉（卷
四，一二三）

在元量生活中，少不了詩書；也結交詩友，可以論詩；元量拘北十二年後，南歸回
抵家門，首先關懷雙親，再關心琴、書是否安然。因此元量的創作，受到歷代名篇的啟
發，自屬當然。其詩作中，往往提及一些名篇，舉例如下：

「老子猖狂甚，猶歌〈梁父吟〉（註2）。」〈杭州雜詩和林石田廿三首其
五〉（卷一，頁一八）

「躊躇默吞聲，聊歌〈遠遊賦〉（註3）。」〈出居庸關〉（卷三，頁八一）

「忍埋玉骨厓山側，〈蓼莪〉（註4）劬勞淚沾臆。」〈浮丘道人招魂歌九首
其二〉（卷三，頁七七）

「空餘此餘基，千秋泣禾黍（註5）。」〈阿房故基〉（卷三，頁九二）

「不彈長鋏（註6）嘆無車，獨倚孤筇面碧虛。」〈歲暮過信州靈溪〉（卷
四，頁一一八）

「十載高居白玉堂，陳情（註7）一表乞還鄉。」〈答徐雪江〉（卷四，頁
一二一）

「詩到巴陵吟不得，屈原千古有〈離騷〉（註8）。」〈長沙〉（卷四，頁
一二九）

　　元量更有一些詩作，受到歷代名篇之啟發，而採用這些名篇之意旨、命意或內容。
這些名篇例如：〈飲馬長城窟行〉、〈秦州體〉、〈同谷歌體〉、〈竹枝歌〉、〈將進
酒〉、〈短歌〉、〈妾薄命〉、〈燕歌行〉、〈關山月〉、〈易水歌〉等。

　　其中之〈飲馬長城窟行〉、〈秦州體〉、〈同谷歌體〉、〈竹枝歌〉、〈將進酒〉
等五篇，已在本章第一節〈承襲詩歌之遺產〉及第三節〈歷代詩人之影響〉中，分別討
論過，並探析其對元量詩作之影響：

一、〈飲馬長城窟行〉

見本書，頁2-16。該頁三、漢樂府詩。

二、〈秦州體〉

見本書，頁2-33。該頁（一）元量模擬杜甫〈秦州雜詩二十首〉。

三、〈同谷歌體〉

見本書，頁2-34。該頁（二）元量模擬杜甫〈乾元中寓同谷縣作歌七首〉。

四、〈竹枝歌〉

見本書，頁2-45。該頁九、劉禹錫。

五、〈將進酒〉

見本書，頁2-37，及頁2-87〈特殊形式〉，曾詳予說明。可知元量仿擬李白〈將進
酒〉詩。

　　至於其餘名篇，茲探討說明如下：

六、〈短歌〉

　　即短歌行，為魏樂府篇名。本是漢樂府歌名，古辭已失傳。曹操借舊曲寫新辭，見
《曹操集》。《文選》卷二十七輯錄「對酒當歌」一首：

「對酒當歌，人生幾何？譬如朝露，去日苦多。慨當以慷，憂思難忘，何以解憂，唯有杜康。青青子衿，悠悠我心。悠悠鹿鳴，食野之苹。我有嘉賓，鼓瑟吹笙。明明如月，何時可掇。憂從中來，不可斷絕。…月明星稀，烏鵲南飛。繞樹三匝，何枝可依。山不厭高，海不厭深。周公吐哺，天下歸心。」（註9）

詩中寫為統一天下而求賢若渴的心情。第一節感嘆人生短暫；第二節引用《詩經・鹿鳴》成句，申述思賢心意；結尾八句，運用周公「一沐三握髮，一飯三吐哺，猶恐失天下之士。」（《韓詩外傳》卷三）的史實，表明廣招賢士，實現政治統一的雄心大志，是為全篇主旨。

而元量的〈短歌〉，卻拋開此類主旨，將〈短歌〉作為送別詩，並抒感慨，詩中充滿豪情：

「腰寶劍，悲瑤琴。燕雲萬里金門深。…駕驊騮，禦狐貉。度關山，望河洛。…勸君一醉千日醒，世事花開又花落。」（卷一，頁二五）

七、〈妾薄命〉

為樂府〈雜曲歌辭〉舊題，多詠女子哀愁。封建社會裡，女子比男子更多受一重壓迫，生活更為悲苦。詩人自嘆坎坷的際遇，往往也借題發揮（註10）。這首原為樂府雜曲歌名的〈妾薄命〉，起初是歎美人薄命。取漢許皇后之「奈何妾薄命」語為名。魏曹植、梁簡文帝、…直到唐李白、孟郊、張籍等人，皆有作品（註11）。《樂府詩集・雜曲歌舞・妾薄命》中之〈樂府解題〉，曰：

「〈妾薄命〉，曹植云：『日月既逝西藏。』蓋恨燕私之歡不久。梁簡文帝云：『名都多麗質。』傷良人不返，王嬙遠聘，虞姬嫁遲也。」（註12）

由此知，〈妾薄命〉原為女子自傷自憐苦命，後人因而借題發揮，用以自嘆。據《樂府詩集》所錄歷代〈妾薄命〉詩，計有十八首，皆以〈妾薄命〉為題，詩的長短不一。曹植的「日月既逝西藏。」（按：此句為曹植〈妾薄命〉首句。）為廿九句六言長詩。後至唐李白所作〈妾薄命〉，為十六句五言詩（註13）。元量也以〈妾薄命〉為題，以女子口吻，為妾代言，勉勵夫君「殺身以為忠」，不怕無法留名青史。其詩：

「妾初未嫁時，晨夕深閨中。年當十五餘，顏色如花紅。千里遠結婚，出門山重重。…結髮未逾載，倏乎各西東。…誓以守貞潔，與君生死同。君當立

高節，殺身以為忠。豈無《春秋》筆，為君紀其功。」〈妾薄命呈文山道人〉
（卷三，頁七〇）

八、〈燕歌行〉

此為樂府篇名。見《樂府詩集》卷三二〈相和歌辭·平調曲〉。燕，古地名，今河北北部和遼寧一帶。《樂府廣題》：「言良人從役於燕而為此曲。」內容寫征戍離別之情。古辭已不傳，後人多有以此題所作之詩，其中以魏曹丕、唐高適為最著名（註14）。例如唐高適的〈燕歌行〉：

「漢家煙塵在東北，漢將辭家破殘賊。（山）川蕭條極邊土，胡騎憑凌雜風雨。戰士軍前半死生，美人帳下猶歌舞！大漠窮秋塞草衰，孤城落日鬪兵稀。…君不見沙場征戰苦，至今猶憶李將軍。」（註15）

高適此詩有廿八句，寫戰士征戰之苦。汪元量同樣以此題，寫征人遠戍之苦，有廿七句：

「北風刮地愁雲彤，草木爛死黃塵蒙。撾鼙伐鼓聲鼕鼕，金鞍鐵馬搖玲瓏。將軍浩氣吞長虹，幽并健兒膽力雄。…虎符腰佩官蓋穹，歸來賀客皆王公。戰鬥和氣春風中，美人左右如花紅，朝歌夜舞何時窮。豈知沙場雨溼悲風急，冤魂戰鬼成行泣。」（燕歌行）（卷三，頁七二）

王國維在鮑本的《湖山類稿》中，批此詩曰：「此詩為范文虎作。」而《元史·世祖紀》：

「至元十八年八月，忻都、洪舉丘、范文虎、李庭金、方慶諸軍，船征日本，為風濤所激，大失利，餘軍回，至高麗境，十存一二。九月，賜范文虎所部將士羊馬衣服幣帛有差。」（註16）

九、〈關山月〉

此為樂府〈鼓角橫吹曲〉舊題。在《樂府詩集》二三卷《橫吹曲辭、漢橫吹曲、〈關山月〉》之《樂府解題》，曰：

「〈關山月〉，傷離別也。古〈木蘭詩〉曰：『萬里赴戎機，關山度若飛。朔氣傳金柝，寒光照鐵衣。』」（註17）

內容寫兵士久戍不歸，與家人互傷離別的情景。後多寫征伐戍遠之苦及傷離惜別之情，例如李白即以古題寫戍客及其妻子的望歸之切：

「明月出天山，蒼茫雲海間。長風幾萬里，吹度玉門關。漢下白登道，胡窺青海灣。由來征戰地，不見有人還。戍客望邊色（邑），思歸多苦顏。高樓當此夜，歎息未應閑（還）。」〈李白　關山月〉（註18）

後面四句和他「春思」（註19）中的「當君懷歸日，是妾斷腸時」是同一筆意。

至於元量所作〈關山月〉如下：

「關山月，關山月。東邊來，西邊沒。夜夜照關山，□□多戰骨。男兒莫去學弓刀，女兒莫嫁關山□。□□母啼送爺去當軍，今年妻啼送夫去當□。□□□老妻年少，養子嫁夫不得力。關山月，關山月。□□見月圓，月月見月缺。萬里征夫淚流血，將軍□□大羽箭，沙場格鬥無休歇。誰最苦分誰□□，□□出戍當門戶。只今頭白未還鄉，母死妻亡業無主。關山月，關山月。生離別，死離別。爺孃妻子顧不得，努力戍行當報國。」〈汪元量　關山月〉（卷三，頁七五）

詩中有一些闕空的字。依內容可分三段，前兩段皆以關山之月起興，再抒發所懷。第三段為結論。如此長篇佈局，將樂府古題的意旨，發揮得淋漓盡致，可視為元量之創舉。

十、〈易水〉

即易水歌，古歌名。一曰〈荊軻歌〉。《史記》曰：

「燕太子丹使荊軻刺秦王，丹送之至於易水（註20）之上，軻使高漸離擊筑，荊軻和而歌，為變徵之聲。又前而為此歌，復為羽聲慷慨，於是就車而去。」（註21）

荊軻為燕太子丹赴秦國行刺秦王。太子丹在易水岸邊為其餞行。席間，高漸離擊筑，荊軻和而唱此歌。其聲慷慨悲壯，「士皆瞋目，髮盡上指冠。」後世即以此作為壯士送別之故實（註22）。

《樂府廣題》曰：

「『後人以為琴中曲。』按：〈琴操〉商調，有〈易水曲〉，荊軻所作，亦曰〈渡易水〉是也。」（註23）

戰國荊軻所唱歌辭，見《戰國策・燕策》三。其詞云：

「風蕭蕭兮易水寒，壯士一去兮不復還。」（註24）

汪元量自居延、開平歸來後，行經易水岸，有感而發之作：

「蘆葦蕭森古渡頭，征鞍卸卻上孤舟。煙籠古木猿啼夜，月印平沙鴈叫秋。砧杵遠聞添客淚，鼓聲繞動起人愁。當年擊筑悲歌處，一片寒光凝不流。」〈易水〉（卷三，頁八九）

元量在詩中提及「擊筑悲歌處」，緬懷古蹟，不勝噓唏。

【附註】

註1　詩板，猶言詩牌。《唐詩紀事》：「蜀路有飛泉亭，中詩板百餘篇，後薛能佐李福於蜀道，過此題云：『賈橡曾空去，題詩起易哉。悉去諸板，惟留李端巫山高一篇而已。』」張祜〈題靈徹上人舊房〉詩：「寂寞空門支道林，滿堂詩板舊知音。」見《中文大辭典》第八冊，頁九五八。

註2　〈梁父吟〉－樂府篇名，一作〈梁甫吟〉。古〈相和歌・楚調曲〉有〈梁父吟行〉。梁甫，即「梁父」，小山名，在泰山附近，古為叢葬之地。張衡〈四愁〉詩：「我所思兮在泰山，欲往從之梁甫艱。」李善注以為泰山喻君子，梁甫喻小人。傳諸葛亮為〈梁父吟〉，亦取義於此。李白的〈梁甫吟〉，大概作於天寶三載（七四四），李白被放還山，離開長安後，和他的另一首詩，都表達了對國事的關懷，和自己不能施展抱負的悲憤。可知他和杜甫一樣有「致君堯舜上」的理想。見《中國詩學大辭典》，頁一〇三四；及《樂府詩集》第一冊，頁六〇五。

註3　〈遠遊賦〉，楚辭篇名。王逸《楚辭章句》以為「屈原之所作也」。後世學者認為這篇作品有濃烈的道家方士思想，與屈原的思想不類又多模仿《離騷》詞句，故斷為漢代人的偽託之作。還有人認為是司馬相如《大人賦》的初稿。全篇一百七十八句，一千一百四十字，主要描寫作者受到時俗的困厄，欲求解脫，從而追慕仙境，神游四方，最後達到至清無為，與造化同游的愉快。參見同註2，頁 ·〇二〇；及《樂府詩集》第二冊，頁九二二。

註4　〈蓼莪〉，《詩經・小雅》篇名。《毛詩序》云：「〈蓼莪〉，刺幽王也。民人勞苦，孝子不得終養爾。」此為苦於勞役而悼念父母的哀詩。「刺幽王」為引申之義。全詩六章，前四章每章四句，後二章每章八句。作者以抱娘蒿與散生蒿的對比起興，懷想父母辛勞；又以「生、鞠、...顧、復、腹」等九個動詞，描寫父母愛子之心。真情流露，感人至深。見同註2，頁一〇〇三。

註5　〈禾黍〉，即指〈黍離〉。《詩經・王風》篇名。《毛詩序》云：「〈黍離〉，閔宗周也。周大夫行役至于宗周，過故宗廟宗室，盡為禾黍，閔周室之顛覆，彷徨不忍去而作詩也。」舊時因以用為憑弔故國、幽思傷亂之詞。見同註2，頁九八六。

註6　〈長鋏〉，指長鋏歌，古歌名。戰國時齊馮諼所唱，其歌曰：「長鋏歸來乎，食無魚。」「長鋏歸來乎，出無車。」「長鋏歸來乎，無以為家。」《戰國策・齊策》四，謂馮諼為孟嘗君門下客，初到時，因其自稱『無好』、『無能』，孟嘗君左右僅以一般食客待之，於是馮諼倚柱彈劍，唱上所述第一段歌詞。如是者再三，每唱一次，其待遇即升一級。馮諼感念孟嘗君的厚遇，為之經營「三窟」，終使孟嘗君為相數十年，無纖介之禍。見同註2，頁九七六。

註7　〈陳情〉，指晉李密〈陳情表〉。晉泰始中，除太子洗馬，密以祖母劉氏年老，遂上表陳乞歸養之情。收於《文選》卷卅七。

註8　〈離騷〉，楚辭篇名，為屈原的代表作。乃古代最長的政治抒情詩，全詩共三百七十三句。司馬遷《史記・屈原賈生列傳》：「〈離騷〉者，猶離憂也。」班固〈離騷贊序〉云：「離，猶遭也；騷，憂也。明己遭憂作辭也。」王逸《楚辭章句・離騷序》：「離，別也；騷，愁也。」屈原在詩中抒寫身世遭遇、政治理想、愛國情思。見同註2，頁一〇一六。

註9　見《樂府詩集》第一冊，第三十卷《相和歌辭・短歌行》，頁四四七。

註10　見《中國文學欣賞全集》第九冊，頁三八五六。

註11　《中文大辭典》第三冊，頁八五。

註12　同註9，第二冊，頁九〇二。

註13　同註9，第二冊，頁九〇六。

註14　見同註2，頁一〇二九。

註15　同註9，第一冊，頁四七三。

註16　見《增訂湖山類稿》，卷三，頁七二。

註17　同註9，第一冊，第二三卷《橫吹曲辭・漢橫吹曲》，頁三三四。

註18　同註9，頁三三七。

註19　李白〈春思〉詩：「燕草如碧絲，秦桑低綠枝。當君懷歸日，是妾斷腸時。春風不相識，何事入羅幃。」見《全唐詩》第五冊，卷一六五，頁一七一〇。

註20　易水，水名。有中易、北易、南易之分，均源於河北省易縣境。《讀史方輿紀要・直隸》：「易水，源出保定府易州西山谷中。」《史記》曾謂燕太子丹，使荊軻刺秦王，祖道易水上。宋樂史（著《太平寰宇記》）云，易水有三源，流經易州南三十里者，曰中易水。按：由此知，荊軻歌於中易水之岸，汪元量行經此處，而發感慨。見同註1，第四冊，頁一二三一；及第五冊，頁四三一。

註21　同註9，第二冊，第五十八卷《琴曲歌辭・渡易水》，頁八四九。

註22　見同註2，頁九七七。

註23　同註9，第二冊，第五十八卷《琴曲歌辭‧渡易水》，頁八四九。

註24　同註9，第二冊，第五十八卷《琴曲歌辭‧渡易水》，頁八四九。

第二章　汪元量詩作之創作淵源

第五節　時代背景及個人思想、賦性之影響

　　文學作品的創作，必離不開時代背景，及個人之思想、賦性，尤其是詩詞之作。因為詩詞大抵皆作者在「心有所感」情況下所產生，其藉詩詞以傳達所感，乃理所當然。因而韓愈云：

> 「大凡物不得其平則鳴，草木無聲，風撓之鳴，……金石之無聲，或擊之鳴。
> 人之於言也亦然，有不得已者而後言，其歌也有思，其哭也有懷。凡出乎口而
> 為聲者，其皆有不平者乎？」（註1）

韓愈以為草木金石本屬無聲，因感於外力而發聲，人也因有思有懷而歌而泣。

　　故而文學作品不僅反映時代，更為作者發聲；換言之，時代背景及個人思想賦性，也影響創作，而成為創作淵源之一。茲分時代背景、個人思想賦性兩方面，探討其對汪元量創作的影響：

一、時代背景之影響

　　汪元量所處的時代背景，可分政治、社會、地理、士風、詩壇、…等方面。本論文上篇〈汪元量其人研究〉第一章〈時代環境〉，已探究過政治、社會、…等項；而在中篇〈汪元量詩作之研究〉第一章〈當代詩壇概況〉，也已討論過詩壇，故在此不贅述。本節僅補充對汪元量個人創作，有直接影響的「時代背景」，間引前述論文之論點，以便完整述說時代背景對汪元量創作之影響。汪元量身處宋末元初，生逢宋理宗、度宗、恭帝、端宗、帝昺、元世祖、成宗、武宗、仁宗的時代，除宋理宗在位四十年、元世祖在位卅五年，在位時間較長久（註2）之外，餘皆短暫在位。宋末朝廷內的奸相專權、宦官用事，使朝政敗壞；加上對外的戰、守、和的策略不定，使國本動搖。事實上，宋至理宗朝，國勢益衰，已是南宋政權飄搖，走向衰亡之期。其後度宗在位僅十年，恭帝在位一年，端宗在位二年，帝昺在位二年，均為期不長。即可知汪元量何以憂心、憤懣、斥責、…，而表現在作品中，形成「詩史」之作，此皆時代背景之直接、間接影響。茲分以下數點敘述，並舉例說明之：

（一）久居宮中，不滿朝政

　　理宗景定元年（一二六〇）前後，元量入宮（註3），至恭帝德祐二年（一二七六），被俘北上止，元量居宮中計十六年之久。此時期眼見理宗、度宗、恭帝的懦弱無能，皆寵信倚賴理宗寵妃之弟賈似道。例如理宗朝開慶元年（一二五九），蒙

古出兵攻打蜀、鄂、交阯等地，理宗命賈似道駐軍漢陽，援助鄂州。似道竟密與蒙古稱臣，歲輸幣，換取苟安，而謊奏諸路大捷，理宗竟下詔讚賞賈似道為「吾股肱之臣」，使「吾民賴之而更生，王室有同於再造。」（註4）。可知賈似道之擅權與理宗之昏昧。

度宗時，為了賈似道有擁立之功，對賈似道唯命是從，依倚更殷，甚而不理政事，而縱情聲色；使賈似道得以變本加厲專權跋扈，而為所欲為，可以「一月三赴經筵，三日一朝，治事都堂。」又「賜第西湖之葛嶺，使養其中。」賜第後即不治事都堂，而由「吏抱文書就第呈署，大小朝政，一決於館客廖瑩中。」（註5）

恭帝即位時（一二七四年七月）年僅四歲，由謝太皇太后垂簾聽政，實際上朝政大權仍為賈似道獨攬。賈似道仍然在西湖享樂，宋朝廷對蒙古人的日日進逼，毫無對策。

這一切看在汪元量眼中，不禁為國憂心，更斥責賈似道誤國，日漸蓄積不滿的憤懣情緒，因而抒發於詩中，影響其創作。例如：

「秦淮浪白蔣山青，西望神州草木腥。江左夷吾甘半壁，只緣無淚灑新亭。」〈題王導像〉（卷一，頁五）

「凍木號風雪滿天，平章猶放下湖船。獸爐金帳羔兒美，不念襄陽已六年。」〈賈魏公下湖〉（卷一，頁五）

「奏罷出師表，翻然辭廟堂。千艘空寶玉，萬馬下錢唐。□許命真主，欺孤欲假王。可能清海岱，宗社再昌唐。」〈賈魏公出師〉（卷一，頁五）

「夜半撾金鼓，南邊事已休。三軍坑魯港，一舸走揚州。星殞天應泣，江喧地欲流。欺孤生異志，回首愧巢由。」〈魯港敗北〉（卷一，頁六）

「…童兒空想追徐福，屬鬼終當滅賀蘭。若議和親休練卒，嬋娟剩遣嫁呼韓。」〈北師駐皐亭山〉（卷一，頁七）

詩中可看出元量憂國心切，甚而批評當朝的議和政策。

（二）宋室積弱，異族亡宋

度宗咸淳九年（一二七三）正月，元兵破樊城，不久，呂文煥以襄陽府降元。次年，度宗卒，恭帝即位，賈似道兵敗魯港，這一連串的衝擊，使長期積弱不振的宋朝，至此（一二七六年二月）蒙古人大舉南侵時，宋廷已難敵蒙古人的攻勢。元遂命宋君臣入朝，繼而在三月，將大批宋俘押解北上（註6）。元量目睹且經歷亡國之悲痛，情何

以堪！由詩作中可知：

「城南城北草芊芊，滿地干戈已惘然。…小儒愁劇吟如哭，老子歌闌醉欲眠。…」〈吳山曉望〉（卷一，頁九）

「萬里起青煙，旌旗若湧泉。…避難渾無地，偷生賴有天。…」〈和徐雪江即事〉（卷一，頁八）

「…出師休背主，誓死莫偷生。社稷逢今日，英雄在此行。…」〈孫殿帥從魏公出師〉（卷一，頁六）

「…萬馬亂嘶臨警蹕，三宮垂淚濕鈴鑾。童兒空想追徐福，厲鬼終當滅賀蘭。」〈北師駐皋亭山〉（卷一，頁七）

「…江山有待偉人出，天地不仁前輩休。何處如今覓巢許，欲將心事與渠謀。」〈柴秋堂越上寄詩就韻柬奚秋崖〉（卷一，頁四）

元量心緒起伏，時而積極，時而消極，更期待「偉人出」，以整頓江山；又想「覓巢許」，以便「共商國是」，或一同隱居？總之，心緒已亂，也影響其創作風格。

（三）告別故土，留下見證

被俘北上燕京時，路途迢遠。自恭帝德祐二年（世祖至元十三年，一二七六）三月，分批北上；元量隨侍謝太皇太后，謝太皇太后患重病臥床，連人帶床，一起扛運，經水路，行程緩慢，約經五個月左右，始抵燕京（註7），一路上飽受顛簸折磨，身心俱疲。以詩紀下沿途所見、所感，例如：

「傍岸人家插酒旗，受降城下客行稀。…亂後江山元歷歷，愁邊楊柳極依依。…」〈京口野望〉（卷二，頁三二）

「北師有嚴程，挽我投燕京。…遺氓拜路傍。號哭皆失聲。…」〈北征〉（卷二，頁二八）

「惠山寺裡北人過，古柏莖莖伐盡柯。三世佛身猶破相，一泓泉水亦生波。…」〈惠山值雨〉（卷二，頁三）

「身如傳舍任西東，夜榻荒郵四壁空。鄉夢漸生燈影外，客愁多在雨聲中。…」〈邳州〉（卷二，頁三三）

「…天地不仁人去國，江山如待客登樓。市沽魯酒難為醉，座咽胡笳易得愁。
…」〈東平官舍〉（卷二，頁三五）

　　若非時代背景的如此大變動，設若南宋朝廷並未亡於蒙古人手中，汪元量當無法
寫下，也不須寫下這些悲慘景象；此即時代背景對汪元量創作之影響，於是大時代的影
子，也成為汪元量詩作創作淵源之一，而成就其「詩史」之作。

（四）任人宰割，不知明天

　　初抵燕京，元人為減輕宋俘之敵意，刻意優厚款待，元量也在詩中大量記敘實況，
例如：

「滿朝宰相出通州，迎接三宮宴不休。六十里天圍錦幛，素車白馬月中遊。」
〈湖州歌九十八首其六十八〉（卷二，頁五一）

「皇帝初開第一筵，天顏問勞思綿綿。大元皇后同茶飯，宴罷歸來月滿天。」
〈湖州歌九十八首其七十〉（卷二，頁五二）

「夜來酒醒四更過，漸覺衾裯冷氣多。踏雪敲門雙敕使，傳言太子送天鵝。」
〈湖州歌九十八首其九十六〉（卷二，頁五八）

「六花飛舞下天衢，萬里羇人心正孤。…行廚日給官中粟，遞驛時供塞上酥。
…」〈幽州會同館〉（卷二，頁六四）

「曉入重闈對晃疏，內家開宴擁歌謳。駝峰屢割分金盌，馬嬭時傾泛玉甌。
…」〈御宴蓬萊島〉（卷三，頁六六）

改朝換代之悲慟過後，即進入異族統治時代（元世祖至元十三年，一二七六）。元人
文化落後，仍未積極漢化；且有喇嘛教為患，加上蒙古帝國分裂，致使國力大損（註
8）。元量在燕京，仍繼續創作，無非是要見證歷史；此時之時代背景為元朝，於是其
筆下的作品，充滿元朝影子，不滿元人欺壓宋俘、元人之施政、元人之喧囂粗俗、或思
念故土等。例如：

「…珍珠絡臂誇燕舞，紗帽蒙頭笑楚囚。忽憶舊家行樂地，春風花柳十三
樓。」〈登薊門用家則堂韻〉（卷三，頁六六）

「…昨宵我夢終南去，今日君從直北來。說盡窮陰無限事，呼童攜酒上金

臺。」〈盧奉御自上都回見訪〉（卷三，頁六七）

「...雪深沙磧王嬙怨，月滿關山蔡琰悲。羈客相看默無語，一襟愁思自心知。」〈幽州秋日聽王昭儀琴〉（卷三，頁六八）

「...萬夜秋風孤館夢，一燈夜雨故鄉心。庭前昨夜梧桐語，勁氣蕭蕭入短襟。」〈秋日愁王昭儀〉（卷三，頁六九）

「...人隔關河歸未得，客逢時節轉堪哀。十年舊夢風吹過，忍對黃花把酒盃。」〈燕山九日〉（卷三，頁六九）

二、個人思想、賦性之影響

本論文上篇第五章，曾探論汪元量之思想與賦性，認為汪氏具有忠君愛國、有情有義、重視友情及儒家思想；且有澹泊名利、隨和熱誠、負責盡職、喜愛大自然等賦性。

由元量行實與作品中，即知汪氏具有以上之思想、賦性（參見上篇第五章）；反過來說，正因為元量有這種思想與賦性，其詩乃有「詩史」之譽，因此個人思想賦性之影響，也可說是其詩創作淵源之一。由以下詩作，可知元量的思想、賦性影響作品之內容、風格，例如：

「結髮為新婚，恩愛將匹儔。歡樂殊未已，征夫忽西遊。...丈夫報赤心，婦女安可留。」〈居擬蘇武四首其三〉（卷一，頁二）

此詩為元量早期詩作，雖然其立意遣詞的模仿痕跡很明顯，卻仍可表露其忠君愛國思想，可見即因先有此種思想，而致有此內容；亦即此類思想，乃其創作淵源之一。此類詩句頗多，又如：

「...人生非松喬，代謝自有終。長當崇令名，赤心以為忠。」〈月夜擬李陵詩傳三首〉（卷一，頁三）

詩中的「長當崇令名，赤心以為忠」兩句，不僅強調「忠」之思想，更表現儒家「名的人生觀」。子曰：「君子疾沒世而名不稱焉」（註9）而元量也曾勉文天祥，要留下美名：

「君當立高節，殺身以為忠。豈無《春秋》筆，為君紀其功。」〈妾薄命呈文山道人〉（卷三，頁七）

元量拘留燕京達十二年，南歸後，到處訪友，互訴別後情況。不僅在杭州訪友，更遠至湘蜀，可見其隨和熱誠賦性，及重視友誼的思想，因此在詩中表達對友人的真摯情誼：

「回雁峰前問訊，楚江幾度蘭香。望美人兮何處，水雲隔斷瀟湘。」〈衡山道中寄平遠趙宣慰〉（卷四，頁一三二）

此外，汪元量詩中也透露喜愛大自然的天性，例如：

「湘江樓上無憀甚，不見吳山似畫圖。」〈唐律寄呈父鳳山提舉十首其十〉（卷四，頁一三二）

「潼江待我洗吟眸，如此江山是勝游。」〈潼川府〉（卷四，頁一四三）

以上這兩首詩，提及山水之景，為元量辭官南歸後，心境輕鬆些，始能見及山光水色；進而有隱居湖山隱處之準備，而於元世祖至元三十一年（一二九四），在西湖豐樂橋外，築小樓五間，歸隱此處（註10）。由此可知其心中喜愛大自然，至今始得親近大自然。

然而汪元量喜愛大自然，並非自南歸後開始，由早期詩作中，也可看出端倪；或許易感的詩人，都難以忽略大自然的變化。只是汪元量詩集中，這些關注大自然變化的詩句，全集中在早期、南歸後的詩作中；在各階段的寫作時期中雖皆有此類詩句，然在第二、三期的專力寫作「詩史」（註11）之時，不太留意大自然的明媚或凋零，因而此類詩句極少。元量在早期、南歸後的此類詩句，例如：

「晴日暖風生百媚，不知作意為誰香。」〈廢苑見牡丹黃色者〉（卷一，頁一三）

「細柳和煙舞濕雲，落花隨水送歸春。」〈客感和林石田〉（卷一，頁一〇）

「鶯搖御柳春猶鬧，燕蹴宮花霧轉深。」〈吳山〉（卷一，頁九）

此三首詩為早期所作。皆作於被俘北上前夕，即三月間，對生活了十六年左右的宮中、宮外環境，有依依難捨之情，而作最後巡禮，發現廢苑中的牡丹，猶自開放，「不知作意為誰香」；第二首透露細感的詩人，已然發現暮春之景；第三首寫吳山春景，不忍離去。

由以上所述，可以知悉汪元量個人思想、賦性之影響，也成為其創作淵源之一。

【附註】

註1　見韓愈〈送孟東野序〉一文，載《四部叢刊・朱文公校昌黎先生集》三四冊，卷十九書序，頁一四九。

註2　見《宋史・理宗本紀》卷四十四，頁七八三。

註3　此處所云汪元量入宮時間，根據孔凡禮《增訂湖山類稿》附錄二〈汪元量事蹟紀年〉中，對汪元量事跡的編年。見該書，附錄二，頁二四七。雖然程瑞釗曾謂：「（孔凡禮）書後所附〈汪元量事蹟紀年〉，廣徵博引，材料翔實。其結論失誤甚多，而所提供資料足供借鑒。」見程瑞釗〈汪元量研究情況綜述〉，載《文學遺產》一九九〇年三期，頁一三一。本論文上篇〈汪元量其人研究〉第三章〈生平履歷〉第一節〈前人之研究〉中曾探討，提及入宮時間的學者不多，然有兩種說法，一謂理宗時代入宮，一謂度宗時代入宮。筆者認為孔凡禮所考汪元量於理宗時代入宮，時間較合常理。因若依後者所說，則汪元量年僅十四、五歲入宮供職，「為太皇、王昭儀鼓琴奉巵酒」（見孔凡禮《增訂湖山類稿》，頁二四七），較不合常理。

註4　見〈理宗本紀〉，卷四五，頁八八八。

註5　見《宋史紀事本末・賈似道要君》卷一〇五，頁一一二八。

註6　見《宋史・瀛國公紀》卷四十七，及《文文山全集》卷十六〈集杜詩・將相棄國第十九・序〉，頁四〇一。

註7　見孔凡禮《增訂湖山類稿》附錄二〈汪元量事蹟紀年〉，頁二五八引。

註8　見王式智《中國歷代興亡述評》，頁三一八至三二二。

註9　見《論語・衛靈公》第十五，頁三一。

註10　見孔凡禮《增訂湖山類稿》附錄二，頁二八七。

註11　汪元量詩作，依寫作的時間、內容，可分四時期：宮中時期、北上前後（離杭前夕、赴燕途中）、拘燕時期、南歸後。詳見下一章（第三章）〈汪元量詩作之分期與各期風格〉，第一節〈分期〉。

第三章　汪元量詩作之分期與各期風格

　　在現存的水雲詩四百八十首中，原先並無分期，而其所涵蓋的時間，自早期入宮習書史（理宗景定元年前後，　二六〇年前後），開始有作品入集起，至元世祖至元三十一年（一二九四），汪元量築屋隱居為止（註1），共經歷三十四年。這期間元量的際遇、心境，變化很大；影響所及，所創作作品，也可看出其隨際遇、心境的時空轉換，而有所區隔。是故本章分兩節，分別探討元量詩作之分期，及各期之風格。

第一節　詩作分期

　　汪元量傳世的四百八十首詩作，自非作於同一時期。個人認為詩作之分期，宜以詩人寫作背景及其詩之風格為界；因為詩作風格之不同，正是詩人心緒大轉折之處。元量當代的人，並未對其詩作加以分期，只見諸如「甲子詩」、「丙子」、「類稿」等詩集，可見尚未集結成書。例如當代人劉辰翁所編選的《湖山類稿》，只收到元量自大都南歸初期的詩作，未收以後之作（註2）。今人對汪元量詩作的分期，稍有不同。例如楊樹增將汪元量詩作，分為三時期（註3）：

　　（一）供奉宋宮掖時期（宋咸淳五年？到宋德祐二年二月，即一二六九至一二七六年）。
　　（二）隨宋三宮北上時期（宋德祐二年二月到元至元二十五年秋，即一二七六至一二八八年）。
　　（三）離燕南歸漂泊江湖時期（元至元二十五年秋到元延祐五年以後，即一二八八至一三一八年以後）。

　　而孔凡禮將汪詩分為四期，在《增訂湖山類稿》中，將此四期詩作，分別置入四卷中（註4）：

　　（一）卷一，德祐二年離杭前詩作。
　　（二）卷二，至元十三年赴燕至該年年底詩作。
　　（三）卷三，至元十四年至至元廿五年南歸前詩作。

（四）卷四，至元廿五年南歸及南歸後詩作。

另有黃麗月《汪元量「詩史」研究》一書中，將汪詩分三期：亡國前、亡國時、亡國後（註5）。其所分，乃以「詩史」之作，為衡量標準。筆者認為宜加上早年並非「詩史」之作的作品，因此共有四期：宮中時期、國亡前後、拘燕期間、南歸後。所以元量詩作，依據寫作背景、心境及詩作風格，個人以為可分下列四期：

一、宮中時期

（自理宗景定元年前後，至恭帝德祐二年二月；即一二六〇前後至一二七六年二月）

此期自元量入宮給事始，至（元世祖至元十三年，一二七六）正月，宋室投降（註6）止，約為十六年左右。這時期汪元量的心境，由天真至憂傷；詩中情感，也由受寵而感順適，至朝廷無能、國勢益衰而感哀怨。則此時期所作詩篇不多，或因散佚，共計僅一八首（註7），其中之詩風，自然不同於以後的亡國時期。茲舉例如下：

> 「九重鼉鼓聲動地，萬年枝上回春意。天遣姮娥散一枝，一枝先到山人家。焚香再拜覩國色，雨露沾濡知帝力。我願人間春不老，長對此花顏色好。」〈慈元殿賜牡丹〉（卷一，頁四）

慈元殿為謝后所居之所，元量受寵而得謝后賜牡丹，詩中透露欣喜之情。然而好景不常，國事一日不如一日，汪元量心思亦愈顯沉重。例如：「秦淮浪白蔣山青，西望神州草木腥。江左夷吾甘半壁，只緣無淚灑新亭。」〈題王導像〉（卷一，頁五）

> 「…□□□□地動，兵前草木挾風寒。計窮但覺歸降易，事定方知進退難。獻宅乞為祈請使，酣歌食肉愧田單。」〈佚題〉（卷一，頁七）

□為缺空的字。此詩寫史事，元量為此史事（註8），感憤恨不平。不由得斥責：「酣歌食肉愧田單」。

> 「凍木號風雪滿天，平章猶放下湖船。歐爐金帳羔兒美，不念襄陽已六年。」〈賈魏公雪中下湖〉（卷一，頁五）

> 「我宋麒麟閣，公當向上名。出師休背主，誓死莫偷生。設計逢今日，英雄在此行。勿為兒女態，一笑欲傾城。」〈孫殿帥從魏公出師〉（卷一，頁六）

二、北上前後──即離杭前夕、赴燕途中

（自恭帝德祐二年三月到元世祖至元十三年，即一二七六年二月至八月）

恭帝德祐二年二月，元人收了降書之後，於二月下令宋君臣入朝。大批宋俘分批被俘北上，三月（或閏三月）啟行。就在此即將揮別宋宮的一、二個月期間起，以及赴燕途中，即為汪詩分期的第二時期；離杭前夕，元量依依難捨，宮內宮外巡禮一番，寫下一些悲涼詩作。

自正月降元後，汪元量失望之餘，仍盼望在外地苦戰的宋軍，如文天祥等義軍，能得勝歸來，挽回宋朝歸降之命運。然四月，宋端宗趙昰卒，弟昺王昺即位，以陸秀夫為左丞相。此時張弘範攻厓山，宋兵大潰，陸秀夫負帝蹈海死，宋亡。至此，始徹底失望。元量隨宋俘北上，將沿途所見、所感，一一擷取入詩中。在這國亡前、後（離杭前夕、赴燕途中）的第二階段，所作詩篇，感傷無限，分別舉例如下：

> 「粲粲芙蓉閣，我登雙眼明。手捫沉香闌，美人已東征。美人未去時，朝理綠雲鬟，暮吹紫鸞笙。美人既去時，閣下麋鹿走，閣上鷗梟鳴。江山咫尺生煙霧，萬年枝上悲風生。…」〈兵後登大內芙蓉閣宮人梳洗處〉（卷一，頁一二）

> 「西園兵後草茫茫，亭北猶存御愛黃。晴日暖風生百媚，不知作意為誰香。」〈廢苑見牡丹黃色者〉（卷一，頁一三）

> 「獨也吞聲哭，潛行到水頭。人誰包馬革，子獨衣羊裘。北面生何益，南冠死則休。百年如過翼，撫掌笑孫劉。」〈杭州雜詩和林石田廿首其四〉（卷一，頁一八）

> 「兀兀篷窗坐似禪，景州城外更淒然。官河宛轉無風力，馬曳驢拖鼓子船。」〈湖州歌九十八首其六十一〉（卷二，頁四九）

> 「滿朝宰相出通州，迎接三宮宴不休。六十里天圍錦帳，素車白馬月中遊。」〈湖州歌九十八首其六十八〉（卷二，頁五一）

〈湖州歌九十八首〉為長篇組詩，〈其一〉至〈其六〉，寫元人入杭，宋室歸降情況；〈其七〉至〈其六八〉，描述赴燕心情、赴燕途中所見；〈其六十九〉至〈其九十八〉，寫抵燕後的情景。此組組詩有九十八首之多，內容的背景，可分三種：元人入杭、赴燕途中、抵燕後的情景。則必有三種不同心境，而此九十八首詩作，並非作于同時，乃寫於三個時期。在此所舉的兩首詩例，皆赴燕途中所作。

三、拘燕時期

（自恭帝德祐二年八月秋初，到至元廿五年秋南歸止；即元世祖至元十三年到至元廿五年秋止；一二七六至一二八八年）（註9）（然有〈涿州〉詩：「落木無邊秋正清」，當在秋季啟程南歸。）

宋俘一行人於恭帝德祐二年（元世祖至元十三年，一二七六）八月秋初，抵達大都（註10）。汪元量詩作分期的第三期，自此開始，至辭官南歸，獲允後，宋舊宮人為詩詞相贈時（至元廿五年，一二八八）止，共計十二年。此時期詩作，依然記下所遭；雖然過著亡國奴生活，經歷不少艱辛，並不自在，而所作詩篇，卻為四期之中，為數最多者，有一百六十二首詩。由這些詩篇，可以知悉汪元量的部分生平履歷，如擔任元官、入獄探視文天祥、隨瀛國公等人，被遣往上都、內地；歸來後，又奉派代祀嶽瀆東海，最後辭官南歸等。茲舉詩例如下：

「庭燎明如畫，金壺漏水平。爐煙搖曉色，櫊□□□聲。三祝聖人壽，一忠臣子情。新元奏封事，□□□蒼生。」〈庚辰正月旦早朝呈留忠齋〉（卷三，頁七〇）（註11）

「…千里遠結婚，出門山重重。與君盛容飾，一笑開芙蓉。君不顧妾色，劍氣干長虹。…誓以守貞潔，與君生死同。君當立高節，殺身以為忠。」〈妾薄命呈文山道人〉（卷三，頁七〇）

「北征已十年，壹鬱悲局促。拄杖看天山，雪光皎如玉。…美人塞邊來，邀我分豆粥。手持并鐵刀，欣然割駝肉。勿誚草堂翁，一飽死亦足。」〈天山觀雪王昭儀相邀割駝肉〉（卷三，頁八四）「少年讀杜詩，頗厭其枯槁。斯時熟讀之，始知句句好。書生挾蠹魚，流行萬里道。朱顏日以衰，玄髮日已老。…」〈草地寒甚氈帳中讀杜詩〉（卷三，頁八六）

「玉簡投潭洞，金尊出石隈。龍光蟠窟宅，蜃氣結樓臺。卷地風雷起，掀天雨雹來。人間為濟瀆，水底即蓬萊。」〈濟瀆〉（卷三，頁一〇五）

「一從得玉旨，勒馬幽燕起。河北與河南，一萬五千里。」〈降香回燕〉（卷三，頁一〇六）

四、南歸後

（至元廿五年到延祐四年，即一二八八至一三一七左右）

至元廿五年（一二八八），元量自大都啟行（註12）（然有〈涿州〉詩：「落木無邊秋正清」，當在秋季啟程南歸。）出薊門南下，踏上歸程。此後的詩作，即為第四期。在歸途中的詩作，多數以行經處所為詩題，計有二十六首詩的詩題為地名，聯繫起這些地名，即可知其南歸所經路線。元量於至元二十六年（一二八九）春，最後經衢州、釣臺回抵錢塘。隨即訪友、結詩社、湘蜀之行及築屋隱居，終老於西湖畔。這時期輕鬆自在地訪友、與友唱和、遊歷湘蜀等，皆有詩篇留下紀錄。根據孔凡禮《增訂湖山類稿》的輯佚，汪詩最後一首為〈張平章席上〉（卷四，頁一六〇）（註13）。這第四期南歸後的詩作，有一百四十六首。茲舉例如下：

「出自薊門行，行行望天北。何處愁殺人，黑風走砂石。...書生爾何為，不草相如檄。徒有經濟心，壯年已斑白。」〈出自薊門行〉（卷四，頁一一三）

「老貌不隨俗，固窮而隱居。一塢百竿竹，八窗千卷書。酌以旋篘酒，薦之新網魚。興盡出門去，晚涼山雨餘。」〈曾平山招飲〉（卷四，頁一二四）

「快風吹我入三巴，桂櫂蘭橈倚暮花。一道月明天似水，湘靈鼓瑟下長沙。」〈竹枝歌十首其一〉（卷四，頁一三三）

「舍人與客放船開，網得鯨魚餉酒杯。西川錦雀甜如蜜，錄事相分二百枚。」〈答舍人錦江泛舟〉（卷四，頁一四七）

「文江別後又三年，別後三年詩幾篇。老去莫思身外事，命窮甘作飲中仙。天陰雨濕龍歸海，雲淡風輕鶴在田。回首西湖湖上路，新蒲細柳為誰妍。」〈寄李鶴田〉（卷四，頁一五五）

「兩鬢蕭蕭不耐秋，興來今日謁公侯。舞餘燕玉錦纏頭，又著紅靴踢繡球。」〈張平章席上〉（卷四，頁一六〇）

【附註】

註1　因汪元量隱居後，不見有作品，故計至此年為止。參見孔凡禮《增訂湖山類稿》附錄二

〈汪元量事蹟紀年〉，頁二四八，及頁二八九。

註2　同註1，〈前言〉，頁二。

註3　見楊樹增〈字字丹心瀝青血─水雲詩詞評〉，載《齊魯學刊》一九八四年，第六期，頁
　　　一一五至一一八。

註4　同註1，目錄，頁一至九。

註5　見黃麗月《汪元量「詩史」研究》，頁八四至一四六。

註6　宋室投降，據《宋史·瀛國公紀》卷四十七及《文文山全集》，卷十六〈集杜詩·將相棄
　　　國第十九·序〉，皆載恭帝德祐二年（一二七六）正月，元兵至皋亭山。謝后遣監察御史
　　　楊應奎上傳國璽。二月，元命宋君臣入朝。

註7　雖然程瑞釗在〈汪元量研究情況綜述〉中，曾謂：「該書（按：指孔凡禮《增訂湖山類
　　　稿》）不僅輯錄元量詩多達百首、詞二十餘首，匯集了豐富的有關元量的研究資料，又進
　　　行了作品編年的嘗試，雖然在五百多首詩詞中編得準確的只有數十首，但他總算開闢了一
　　　條引人思索之路，也不乏獨到的見解。」認為孔凡禮對汪元量詩詞作所作的編年，編得準
　　　確的只有數十首。然而在尚未有新的編年研究問世之前，本節的〈汪元量詩作之分期〉，
　　　分期的界線，大致參考孔凡禮的編年，除非有明顯錯誤者，則修正之。程瑞釗該文載《文
　　　學遺產》一九九○年第三期，頁一三○至一三四。

註8　《文山先生全集》卷十七，文天祥也述及此事：「丙子，宋德祐二年五月，改景炎元年。
　　　…宰相吳堅賈餘慶以下，以國降。予責伯顏，留使失信。…，左丞相吳堅等五人，捧表獻
　　　土北庭，號祈請使。」見頁四五三至四五四。

註9　汪元量南歸的確切月份，無法考知。孔凡禮在《增訂湖山類稿》附錄二〈汪元量事蹟紀
　　　年〉中，考證元量於至元二十五年（一二八八），謂元量曾「三上書元世祖，得以黃冠南
　　　歸。」於是「別大都，宋舊宮人及燕趙諸公子餞別。」參見頁二七八。

註10　同註1，頁二六○。

註11　元量詩中之「□」，為闕字。孔凡禮輯佚汪詩，因年代久遠，有些字難免闕失模糊。見同
　　　註1，卷三，見同註1，頁七○。

註12　同註7。

註13　同註1，引《元史》卷二十四〈仁宗紀〉資料，而認為：「元武宗至大四年辛亥
　　　（一三一一），七十一歲（按：指元量）。四月丁未，張驢以太子少保為江浙平章。元量
　　　或往謁。」見頁二九二。

第二節　各期風格

　　每位詩人的詩風各有不同，詩風即詩作的風格。風格是指詩文中所充分表現出的作家才性，換言之，凡詩作皆有其風神與格調。然而風格卻無法抄襲，或依照法式得來。古詩有「白楊多悲風，蕭蕭愁煞人。」句，白居易認為：

> 「說喜不得言喜，說怨不得言怨。樂天特得其髓爾。此句用悲愁字，乃愈見其親切處，何可少耶？詩人之工，特在一時情味，固不可預設法式也。」（註1）

刻意求工以營造風格未必是好，全以一時情味而出的詩句，乃真情流露，反而自然親切，容易得到讀者共鳴。正如宋葛立方所云：

> 「人言居富貴之中者，則能道富貴語，亦猶居貧賤者，工於說饑寒也。」（註2）

　　雖如此，然而人的情緒容易受周遭情境影響，而發為詩，也造成詩風之不同。所以葛立方云：

> 「人之悲喜雖本於心，然亦生於境；心無係累，則對境不變，悲喜何從而入乎？淵明見林木交蔭，禽鳥變聲則歡然有喜，人以為達道，余謂尚未著於境者。」（註3）

　　由此可知，環境也能影響詩人作品的風格。因此在宋末動盪的大時代中，雖然造就了許多風格相近的詩人；然汪元量的際遇與當代諸多詩人有異，因而在此「大同」中，仍有「小異」。由於元量四期詩作的背景有別，茲依此區分為四期，探析其詩風：

一、宮中時期

　　（自理宗景定元年前後，到恭帝德祐二年二月；；即一二六〇前後至一二七六年）

　　元量自理宗景定元年（一二六〇）前後入宮，到恭帝德祐二（一二七六）年二月國亡為止，在宮中十六年之久。自初入宮中的愉悅心境，至眼見宋室降元的哀怨心境止，其背景同為宮中的熟悉環境、熟悉的人與事；其心境的變化也是漸進的，而非慷慨激昂的情緒。所以此期作品，起初有愉悅之作，多為詞作，詩作僅一首，即：

> 「九重羯鼓聲動地，萬年枝上回春意。天遣姮娥散一枝，一枝先到山人家。焚

香再拜覩國色，雨露沾濡知帝力。我願人間春不老，長對此花顏色好。」〈慈元殿賜牡丹〉（卷一，頁四）

惜為時不長，國勢即一蹶不振，使元量詩作，開始出現隱憂，進而為斥責奸相賈似道等，或評論國事，最後無望而哀怨至極。例如：

「秦淮浪白蔣山青，西望神州草木腥。江左夷吾甘半壁，只緣無淚灑新亭。」〈題王導像〉（卷一，頁五）

「凍木號風雪滿天，平章猶放下湖船。獸爐金帳羔兒美，不念襄陽已六年。」〈賈魏公雪中下湖〉（卷一，頁五）

元量對這位朝廷命脈之所繫的賈魏公失望之後，開始評論國事。例如：

「若議和親休練卒，嬋娟剩遣嫁呼韓。」〈北師駐皋亭山〉（卷一，頁五）

「技窮但覺歸降易，事定方知進退難。獻宅乞為祈請使，酣歌食肉愧田單。」〈佚題〉（卷一，頁七）

「夜來聞大母，已自納降箋。」〈和徐雪江即事〉（卷一，頁八）

最後無望而哀怨至極，此種情緒，毫無修飾，完全表現在詩句中，例如：

「淮裏州郡盡歸降，鼙鼓喧天入古杭。國母已無心聽政，書生空有淚成行。」〈醉歌十首其三〉（卷一，頁十四）

「高臺已見胡羊走，喬木惟聞蜀鳥哀。簷外竹梅森似束，鄰翁時剪作燒柴。」〈賈魏公府〉（卷一，頁十六）

此時期的作品尚未出現大量的、有意為之的「詩史」之作，所謂「詩史」，乃敘事為詩，有類史志，因稱其詩為「詩史」。《詩人玉屑》引孫僅序，謂杜甫以詩鳴於唐，凡出處去就，動息勞佚，悲歡憂樂，忠憤感激，好賢惡惡，一見於詩，讀之可以知其世學，士大夫謂之詩史（註4）。然而，在亡國已成定局後，元量心中悲極又無奈，已悄悄下定決心，不讓元人侵宋的史實，成為野史；要向後人訴狀，也為歷史作見證。有詩作說明此心聲：

「南朝千古傷心事，每閱陳編淚滿襟。我更傷心成野史，人看野史更傷心。」〈答林石田〉（卷一，頁二六）

此當為元量日後積極寫作「詩史」的動機，故而此後的第二、三、四等各時期的詩作，皆較第一期為多（註5）。

綜觀此時期詩作，充滿哀怨者為多，自可視為此期詩作的風格。

二、北上前後──即離杭前夕、赴燕途中

（自恭帝德祐二年三月到八月；即元世祖至元十三年，即一二七六年三月至八月）

國已亡，心已灰，即將被俘北上，在此離杭前夕，憤怒悲傷也無法挽回既成的事實，然心中仍眷戀曾經長居十六年的宋宮，而於此時此地，心緒自與第一期有所不同。

在離杭前夕至赴燕途中，心中充滿不捨，對宮廷內外的熟悉景致，一再流連不去；對沿途的故國河山、百姓生活，一再投以關注，因而以地名為詩題，寫下一連串風格相近的詩作，例如：

「西元兵後草茫茫，亭北猶存御愛黃。晴日暖風生百媚，不知作意為誰香。」〈廢苑見牡丹黃者〉（卷一，頁一三）

「粲粲芙蓉閣，我登雙眼明。手捫沉香闌，美人已東征。美人未去時，朝理綠雲鬟，暮吹紫鸞笙。美人既去時，閣下麋鹿走，閣上鷗梟鳴。江山咫尺生煙霧，萬年知上悲風生。」〈兵後登大內芙蓉閣宮人梳洗處〉（卷一，頁一二）

「湖邊不見碾香車，斷珥遺鈿落路途。…卻憶相公游賞日，三千衛士立階除。」〈賈魏公府三首其三〉（卷一，頁一六）

「吳江潮水化蟲沙，兩岸垂楊噪亂鴉。舟子魚羹分宰相，路人麥飯進官家。莫思後事悲前事，且向天涯到海涯。回首尚憐西去路，臨平山下有荷花。」〈吳江〉（卷二，頁二八）

「傍岸人家插酒旗，受降城下客行稀。…亂後江山元歷歷，愁邊楊柳極依依。櫂歌漁子無些事，網得時魚換酒歸。」〈京口野望〉（卷二，頁三二）

「樓顛瓦解草如鬣，燕子不來風獵獵。倚筇搔首重徘徊，野花叢裏飛胡蝶。」〈燕子樓〉（卷二，頁三四）

此時期有意寫作「詩史」，以供後人作評斷；反而能以較「冷靜」眼光，記錄下巨細靡遺的「野史」。例如：

「百尺荒臺禾黍悲，沉思往事似輪飛。...東徐多少英雄恨，留與行人歌是非。」〈歌風臺〉（卷二，頁三四）

　　尤其有大型組詩〈湖州歌九十八首〉，其一至其六，寫元兵入杭情景；其七至其六十八，寫赴燕及赴燕途中情況；其六十九至其九十八，寫抵燕後所見（註6）。由詩中內容，知此詩並非作於一時，乃抵燕後所集成。此時的情緒，少了斥責聲，因亡國已成事實；須要面對現實，卻無法不關注戰後的悲慘景象；雖冷靜敘寫之，卻也掩藏不住哀傷之情，可知此時期的風格冷靜而哀傷。

三、拘燕時期

　　（自恭帝德祐二年八月秋初，到至元廿五年秋南歸止；即世祖至元十三年到至元廿五年秋止；一二七六至一二八八）

　　秋初抵燕後，受到元廷的款待，在詩中一五一十敘述。如：

「曉入重闈對晃疏，內家開宴擁歌謳。駝峰屢割分金盌，馬嫺時傾泛玉甌。禁苑風生亭北角，寢園日轉殿西頭。山前山後花如錦，一朵紅雲侍輦游。」〈御宴蓬萊島〉（卷三，頁六六）

此類寫開宴的詩作不少，這些詩作表面完全不見哀怨或哀傷情緒，只據實描述，卻同樣令人感傷，因為不知元人如此款待，意欲如何？有記述第一筵至第十筵的詩作，一筵一首；更有元人贈送棉被、炕羊、酒、天鵝、...。元量在〈湖州歌九十八首〉詩中，自其六十八至其九十六，將近三十首詩中，皆述元人之種種「殷切」款待。如：

「皇帝初開第一筵，天顏問勞思綿綿。大元皇后同茶飯，宴罷歸來月滿天。」〈湖州歌九十八首其七十〉（卷二，頁五二）

「第七筵排極整齊，三宮游處軟輿提。杏漿新沃燒熊肉，更進鶺鴒野雉雞。」〈湖州歌九十八首其七六〉（卷二，頁五三）

「三宮寢室異香飄，貂鼠氈簾錦繡標。花毯褥裍三萬件，織金鳳被八千條。」〈湖州歌九十八首其八四〉（卷二，頁五五）

「雪裡天家賜炕羊，兩壺九醞紫霞觴。三宮夜給千條燭，更賜高麗黑玉香。」〈湖州歌九十八首其八六〉（卷二，頁五五）

元人這些「熱情」過後，元量不知明天將會如何？乃將心事藏起，只在遇見南宋舊臣之

時，始惹起傷悲情緒，在詩中透露些許：

「把酒上金臺，傷心淚落杯。君臣難再得，天地不重來。古木巢蒼鶻，殘碑枕碧苔。倚闌休北望，萬里起黃埃。」〈黃金臺和吳實堂韻〉（卷三，頁六五）

「薊門高處小凝眸，雨後林巒翠欲流。車笠自來還自去，笳簫如怨復如愁。珍珠絡臂誇燕舞，紗帽蒙頭笑楚囚。忽憶舊家行樂地，春風花柳十三樓。」〈登薊門用家則堂韻〉（卷三，頁六六）

此後，在拘燕期間的詩作，情緒雖漸漸沉澱，卻常沉湎於往事，思念故園或憶往的詩句增多，可知其愁緒與日俱增。例如：

「怕上西樓灑鄉淚，東風吹雨濕征衣。」〈薊北春望〉（卷三，頁六八）

「萬葉秋風孤館夢，一燈夜雨故鄉心。」〈秋日酬王昭儀〉（卷三，頁六九）

「柳搖楚館牽新恨，花落吳山憶舊游。」〈平原郡公夜宴月下待瀛國公歸寓府〉（卷三，頁六九）

接著元量隨瀛國公等人被遣往上都、內地等地；不久，又奉派代元世祖降香，行經各地，多數皆以地名為題，寫當地所見、所感，藉古蹟詠古人古事，卻篇篇含愁。舉詩例如下：

「伊昔李少卿，築臺望漢月。月落淚從橫，悽然腸斷裂。…傷彼古豪雄，清淚泫不歇。…」〈李陵臺〉（卷三，頁八二）

「憶昔蘇子卿，持節入異域。淹留十九年，風霜毒顏色。…丈夫抱赤心，安肯淚沾臆。」〈居延〉（卷三，頁八三）

「…砧杵遠聞添客淚，鼓鼙纏動起人愁。當年擊筑悲歌處，一片寒光凝不流。」〈易水〉（卷三，頁八九）

「…屋壁詩書今絕響，衣冠人物只堪傷。可憐杏老空壇上，惟有寒鴉噪夕陽。」〈孔子舊宅〉（卷三，頁一〇五）

此時元量曾數度探視文天祥於獄中，因而有詩作唱和。其詩中也充滿愁緒：

「一朝禽瘴海，孤影落窮荒。恨極心難雪，愁濃鬢易霜。燕荊歌易水，蘇李泣

河梁。讀到艱難際，梅花鐵石腸。」〈讀文山詩稿〉（卷三，頁八八）

由於宋宗室紛紛凋零，元量有一些挽章及敘事詩，如〈太皇太后挽章〉、〈女道士王昭儀仙游詞〉、〈平原郡公趙福王挽章〉、〈全太后為尼〉、〈瀛國公入西域為僧號木波講師〉。詩中同樣有離情的愁緒。

綜觀此時期詩作，由於時空背景的不同，隨之而來的異樣心緒，使作品充滿愁思，甚至哀傷，所以此其詩作風格為哀愁二字。

四、南歸後

（至元廿五年秋踏上歸途後，到延祐四年終老止，即一二八八至一三一七）

至元廿五（一二八八）年秋，元量踏上歸途，自薊門出發，沿途所經之地，仍以地名為詩題，詳予記實。詩中不因南歸而有興奮愉悅之情，南歸前期詩作，少數仍有悲情；在悲情中，添加些許自在與平靜，愁緒因而淡化許多。使南歸後的詩風，轉向沉鬱，猶如歷盡滄桑的老者，情緒已沉澱，悠悠訴說著模糊的往事。如：

「…樹折棗初剝，藤枯瓜未收。傾囊沽一斗，聊以慰羈愁。」〈封丘〉（卷四，頁一一四）

「…陂麥青青嘶亂馬，城蕪冉冉落群烏。人生聚散愁無盡，且小停鞭向酒壚。」〈揚州〉（卷四，頁一一五）

「…目斷吊橋空悄悄，頭昏伏枕自悠悠。錦城秋色追隨盡，好處山川更一游。」〈重慶府〉（卷四 頁一五二）

「蜀鄉人是大藥王，一道長街盡藥香。天下蒼生正狼狽，願分良劑救膏肓。」〈藥市〉（卷四 頁一三八）

「雁山突兀插青天，劍閣西來接劍泉。如此江山快人意，滿船載酒下潼川。」〈隆慶府〉（卷四 頁一四七）

此時期的一百四十三首詩作中，有「愁、哀、傷、悲、淚」等字眼的詩作，明顯減少，此類詩作僅三十一首；多數詩作寫遊歷各地所見的風土人情，及當地特殊景致。

附：表六、汪元量四期詩作風格之比較

	宮中時期	北上前後	拘燕時期	南歸後
起迄時間	理宗景定元年前後，至恭帝德祐二年二月（一二六〇前後至一二七六二月）	恭帝德祐二年三月到元世祖至元十三年（一二七六二月至八月）	恭帝德祐二年八月秋初，到至元廿五年秋南歸（一二七六至一二八八）	至元廿五年秋踏上歸途後，到延祐四年終老（一二八八至一三一七）
風格	哀怨	冷靜而哀傷	哀愁	沉鬱
首數	十八	二〇三	一一六	一四三

註：北上前後，即離杭前夕、赴燕途中。

【附註】

註1　見《中文大辭典》冊八，頁九七五。以及《百種詩話類編後編歲寒堂詩話卷上》，頁一八〇六。

註2　《百種詩話類編後編・韻語陽秋卷一》，頁一八一一。

註3　《百種詩話類編後編・韻語陽秋卷十六》，頁一八一五。

註4　見《詩人玉屑》，頁三〇四。

註5　見孔凡禮輯佚之《增訂湖山類稿》，第一期宮中時期有十八首，第二期國亡前後有二〇三首，第三期拘燕期間有一一六首，第四期南歸後有一四三首。汪元量「詩史」之作，乃自國亡前後開始，有意為之。所以第二、三、四各期所作，皆較第一期為多。

註6　同前註，卷二，頁三六至五八。

中篇　汪元量詩作之研究

第四章　汪元量詩作之形式

歷代詩人的詩作，其內容、形式、風格，無不以所欣賞的前人詩作為基礎，再加上本身的創意與發揮，而形成自己的特色。例如杜詩，對後代即造成很大影響，歷代詩人紛紛學習杜詩的內容、取材、風格，形式等，如晚唐的杜荀鶴、李商隱及北宋的黃山谷及江西詩派。宋室南渡後，江西詩派的勢力仍在，雖然面貌已不同。江西詩派詩人更學習杜詩的形式、聲韻、對仗、章法、及組詩等。至於汪元量詩作的形式，除古詩、近體詩之外，另有一些特殊形式的詩篇，足以顯示其特色。故而分兩節：詩作體裁、特殊形式，以探析其詩的形式。

第一節　詩作體裁

詩歌之形式，以字數而言，可分三言、四言、五言、六言、七言、九言…雜言等；以句數而言，有五七言的古詩、排律詩、絕句等。汪元量詩作凡四百八十首，大致上各體兼備，然仍有多寡之別：

　　一、七絕，二一〇首。
　　二、七律，一三二首。
　　三、五律，六〇首。
　　四、五古，二九首。
　　五、七古，二一首。
　　六、五絕，五首。
　　七、五排，三首。
　　八、七排，二首。

以上共計四百五十二首，此外有二十八首詩作的形式，無法歸類於以上的古詩、近體詩中，而為：四言詩、六言詩、雜言詩、歌體詩等。茲將汪元量詩作形式的分布狀況，表列於下：

附：表七、汪元量各體詩作分布狀況

	絕句	律詩	古詩	其他	排律	計（首）
四言	0	0	0	3	0	3
五言	6	60	29	0	3	97
六言	0	0	0	6	0	6
七言	210	132	11	0	2	355
雜言詩	0	0	0	10	0	10
歌體詩	0	0	0	9	0	9
總計	215	192	40	28	5	480
百分比	45%	40%	8%	6%	1%	100%

註：各體詩作以所佔百分比多寡為序。

　　根據上表的統計，古詩共有四十首，居第三位；若加上「其他」項的二十八首，則為六十八首，此大範圍的「古詩」，仍佔第三位。近體詩包括絕句二百一十五首、律詩一百九十二首、排律五首，共計四百一十二首。其中以絕句為多，佔全體詩作的45%。

　　元量各體詩作，以七絕為最多，有二百一十首；次為七律，有一百三十二首；再次為五律、五古、七古、雜言詩、歌體詩、六言詩、五絕、五言排律、四言詩、七言排律等。

　　汪元量詩往往以七絕寫眼前即景，或許篇幅適中的七絕，方便於將眼前所見、所感，立即擷取入詩。其詩雖已大量亡佚，然在僅存的四百八十首詩篇中，七絕詩就已佔全部詩作的近半數，而成就其「詩史」之名，其來有自矣。例如有名的大型組詩〈湖州歌九十八首〉，乃以七絕寫成；其一至其六，寫元兵入杭，宋室投降的情景；其七至其六十八，敘述赴燕途中所見；其六十九至其九十八，則寫抵燕京後實況（註1）。如〈越州歌二十首〉，在不同時間，以二十首七絕，分別敘述元兵入侵、憶及宋廷舊事、揭露賈似道誤國、抵燕後所見等（註2）。

【附註】

註1　孔凡禮《增訂湖山類稿》卷二，頁三十六至五十八。

註2　同前註，頁五八至六三。

第二節　特殊形式

詩作的形式，最常見者為一題一首，且為古詩或近體詩。至於汪元量詩作的形式，有些不屬於常見之形式，而為特殊形式，例如組詩、雜言詩、歌體詩等。茲分別探析之：

一、組詩

組詩原是杜甫在形式上所創的特點之一，為唐代其他詩家所無。一題多首的組詩，又稱連章體（聯章體），各首前後脈絡一貫，分則為獨立的多首詩作，押韻不同；合則為一長篇巨著，有嚴謹的章法，和波瀾起伏的佈局（註1）如〈諸將五首〉、〈秋興八首〉、〈詠懷古蹟五首〉等，皆為雄視千古之作。

杜甫全數一四五七首詩中，組詩有一百二十七篇，其中以一題二首為最常見，次為一題三首，而最長者為一題二十首。

汪元量也大量運用一題多首的組詩形式。汪元量的組詩，分布在四期（註2）中，共有二十五篇（註3），其中以第三期為最多，有九篇。茲將汪元量四期中的組詩，分布狀況列表如下：

附：表八、汪元量組詩分布狀況

組詩首數期別	組詩篇數	最短篇	最長篇	組詩詩體（以多寡為序）	
第一期 （宮中時期）	二篇	三首	四首	五古：五首	共計：五首
第二期 （北上前後）	六篇	三首	九十八首	七絕：一三一首　五律：二十三首 七律：三首　　　共計：一五七首	
第三期 （拘燕時期）	九篇	二首	九首	歌體詩：十三首　七律：六首 五古：二首　　　七絕：二首 五律：二首　　　共計：二十五首	
第四期 （南歸後）	八篇	二首	十首	七絕：三十六首　七律：十首 共計：四十六首	
總計	二十五篇	二首：十篇 三首：四篇	十首：四篇 九十八首：一篇 二十三首：一篇 二十首：一篇	七絕：一六九首　五律：二十五首 七律：十九首　　歌體詩：十三首 五古：七首　　　共計：二三三首	

註：總數二十五篇的組詩，共計二三三首詩，佔全體詩作的49％。

　　根據上表的統計，元量的四期詩作中，所作的組詩篇數，以第三期（拘燕時期）的九篇為最多；以第一期（宮中時期）的二篇為最少。總共的組詩首數，則以第二期（國亡前後）的一百五十七首為最多；以第一期（宮中時期）的五首為最少。組詩的長度，最短為二首，最長為九十八首，已超出杜甫所作組詩的長度（二十首）許多。此外在元量全部二十五篇（二三三首）組詩中，其詩體以七絕為最多，以五古為最少。此類組詩為元量特殊形式的詩作中，佔最大宗者；總數二十五篇的組詩，共計有二三三首詩，佔全體詩作的49％，幾近一半，數量不少。

二、雜言詩

　　所謂「雜言詩」，並非指雜亂無章的詩篇；稱其為「雜言詩」，也非正式的名稱，其正式的名稱應是七言古詩，雜言詩為七言古詩之一體，即七言古詩中出現非七言句。然這種情況仍有其規律性，而非隨時可以出現雜言之句（註4）。

　　汪元量在所作的二十一首七言古詩中，含雜言句者有十首（註5），此類詩作中，基本上以七言句為主，每首所含雜言句的情況如下表：

附：表九、汪元量雜言詩句式狀況

詩題	三言	四言	五言	六言	八言	九言	十言	十一言	總句數
短歌	六								十三
夷山醉歌其一	六		二						三五
夷山醉歌其二	二		二	二		一			三九
聽歌行（註6）其一	八		一			一			三十
聽歌行其二	九	四							三八
兵後登大內芙蓉閣宮人梳洗處		十二			二				十九
蜀相廟		十四			三				二六
關山月	十		二			二			二九
幽州月夜酒邊賦西湖月	八	二	三	一	一	一		一	四十
燕歌行						一			二七
合計	四九	六	三四	三	三	八	二	三	二九六

註、表中計數的單位為：句

由表中看出汪元量的雜言詩頗特別。王力所說的四種雜言詩：五七、三七、三五七、錯綜雜言，汪元量所作屬於第四種，即錯綜雜言。雖然其仍以七言句為主體，卻往往在一首詩中，有多種雜言句出現。其中所夾雜的雜言句，少則三言，多則十一言；而在同首詩中，同字數雜言句出現的次數，少則為一次（五、六、八、九、十言），多則為十四次（五言）；至於各種雜言句在同首詩中，出現的頻率，以五言句為多。

元量雜言句出現的位置，顯出活潑不固定的多樣節奏，十首中竟無兩首節奏（長短雜言句）完全相同者。李立信曾歸納唐宋人的雜言詩中，雜言句出現的位置，有在篇首、篇末、篇中、及首尾者。並認為：

「我國詩歌絕大部分是齊言，雜言中之參差句式，實為詩歌中之偏鋒，專走奇險一路，且似無一定之規律可循，全憑作者個人之揮灑運用，或頓或挫，或抑或揚，意到筆隨，長短其句，初無定式。但細察唐宋人的雜言似又頗有規律。」（註7）

今察汪元量十首雜言詩，若以篇（首）為單位來比較，則無法歸類，因篇篇句式皆有不同；若縮小範圍，以篇中的段落為單位，則可看出其中的「精心設計」，可分類如下：

（一）類　以三言句為段首者較多，（按：以詩意、內容來分段）此類句式的雜言詩，佔六首。

（二）類　以五言句為段首者，有兩首。

（三）類　以八言句為段首者，有一首。

（四）類　另有一首很奇特，篇中每段皆七言句，僅末段夾一句九言句。實為「意到筆隨」，而且「長短其句」，或許與其精湛的音樂素養有關。

三、歌體詩

歌體詩也非正式名稱。由於在汪元量詩集中，發現有兩類詩篇，無論內容、形式，皆特殊異常：內容有再三詠嘆之勢，有如歌唱；形式又一題多首且雜言，有如組詩、雜言詩。莫非乃歌謠式詩篇？經查何謂歌謠：曲合樂曰歌，徒歌曰謠。《詩‧魏風‧園有桃》：

「心之憂矣，我歌且謠。」

《傳》：「曲合樂曰歌，徒歌曰謠。」再查何謂歌謠體：為西洋詩體之一種。以四行為

一節，第一句與第三句有四個重讀綴音，第二句與第四句為協韻。英人哥爾立治之古舟子詠及顧伯之癡漢騎馬歌，即屬此體。如此看來，汪元量此兩類詩篇，既非歌謠，亦非歌謠體；然而詩中自有其迭盪之致，且一唱三嘆。而仇兆鰲《杜詩詳註》卷之八，謂：

「宋元詞人多做同谷歌體，唯文丞相居先。」（註8）

故在此姑且稱之為歌體詩。汪元量的歌體詩中，又發現可分兩類迥然不同的詩境，一為模擬杜甫〈同谷歌〉詩境；一為模擬李白〈將進酒〉詩境。前者充滿悲慘氣氛，讀之令人心酸不已；後者較豪壯些，有酒有歌為伴，情緒有轉折，時而牢騷，時而輕鬆。這兩類詩，第一類為擬杜甫〈乾元中寓居同谷縣作歌七首〉而作。有〈浮丘道人招魂歌九首〉；第二類為擬李白〈將進酒〉。有〈夷山醉歌二首〉及〈聽歌行〉（註9）。茲分別說明如下：

第一類：〈浮丘道人招魂歌九首〉（僅錄其一、其三、其五、其七、其九）。

其一

有客有客浮丘翁，一生能事今日終。罨甕雪窖身不容，寸心耿耿摩蒼空。睢陽臨難氣塞充，大呼南八男兒忠。我公就義何從容，名垂竹帛生英雄。嗚呼一歌兮歌無窮，魂招不來何所從。

其三

有弟有弟隔風雪，音信不通雁飛絕。獨處空廬坐縲絏，短衣凍指不能結。天生男兒硬如鐵，白刃飛空肢體裂。此時與汝成永訣，汝於何地收兄骨。嗚呼三歌兮歌聲咽，魂招不來淚如血。

其五

有妻有妻不得顧，飢走荒山汗如雨。一朝中道逢狼虎，不肯偷生作人婦。左挾虞姬右陵母，一劍捐身剛自許。天上地下吾與汝，夫為忠臣妻烈女。嗚呼五歌兮歌聲苦，魂招不來在何所。

其七

有女有女清且淑，學母曉粧顏如玉。憶昔狼狽走空谷，不得還家聚骨肉。關河

喪亂多殺戮，白日驅人夜燒屋。一雙白璧委溝瀆，日暮潛行向天哭。嗚呼七歌兮歌不足，魂招不來淚盈掬。

其九

有官有官位卿相，一代儒宗一敬讓。家亡國破身漂蕩，鐵漢生擒今北向。忠肝義膽不可狀，要與人間留好樣。惜哉斯文天已喪，我作哀章淚悽愴。嗚呼九歌兮歌始放，魂招不來默惆悵。

汪元量此組組詩明顯模擬杜詩，杜詩為七首組詩。在元量之前，文天祥也曾做杜甫同谷歌體，為六首，其單首詩均較杜詩、汪詩的單首詩為長。而汪元量卻為九首，較杜之七首、文之六首為多。

茲錄下杜甫〈同谷歌七首〉，僅錄其一、其三、其五、其七於下，以作比較：

其一

有客有客字子美，白頭亂髮垂過耳。歲拾橡栗隨狙公，天寒日暮山谷裡。中原無書歸不得，手腳凍皴皮肉死。嗚呼一歌兮歌已哀，悲風為我從天來！

其三

有弟有弟在遠方，三人各瘦何人強？生別展轉不相見，湖塵暗天道路長。東飛駕鵝後鶖鶬，安得送我置汝旁？嗚呼三歌兮歌三發，汝歸何處收兄骨！

其五

四山多風溪水急，寒雨颯颯枯樹濕。黃蒿古城雲不開，白狐跳梁黃狐立。我生何為在窮谷？中夜起坐萬感集。嗚呼五歌兮歌正長，魂招不來歸故鄉。

其七

男兒生不成名身已老，三年饑走荒山道。長安卿相多少年，富貴應須致身早。山中儒生舊相識，但話宿昔傷懷抱。嗚呼七歌兮悄終曲，仰視皇天白日速。

杜甫此組詩，以歌體形式表達心中苦悶。「其一」寫自身客居異鄉同谷縣（註10）的窘困，「其三」寫懷念兄弟，「其五」寫由悲弟妹而悲自身，何以在同谷縣受困？「其七」感嘆自己年老無成。

孫季昭《示兒編》云：

「歐陽公傷五季之離亂，故作《五代史》，於序論每引『嗚呼』冠其首。杜公傷唐末之離亂，故作詩史，於歌行每以「嗚呼」結其篇末。前此詩人，用『嗚呼』二字寓於歌詩者稀，公獨有傷今思古之意焉。」（註11）

明胡應麟曰：

「杜〈七歌〉亦倣張衡〈四愁〉（註12），然〈七歌〉奇崛雄深，〈四愁〉和平婉麗。漢唐短歌各為絕唱，所謂異曲同工。」（註13）

申涵光曰：

「〈同谷七歌〉，頓挫淋漓，有一唱三歎之致，從〈胡笳十八拍〉及〈四愁〉得來，是集中得意之作。」（註14）

杜甫自〈胡笳十八拍〉及〈四愁〉得來頓挫淋漓之〈同谷七歌〉後，文天祥首先模擬而成〈六歌〉（註15），其詩例如下：

其一

有妻有妻出糟糠。自少結髮不下堂。亂離中道逢虎狼。鳳飛翩翩失其凰。將雛一二去何方。豈料國破家亦亡。不忍捨君羅襦裳，天長地久終茫茫。牛女夜夜遙相望。嗚呼一歌兮歌正長。悲風北來起徬徨。

其二

有妹有妹家流離。良人去後攜諸兒。北風吹沙塞草淒。窮猿慘淡將安歸。去年哭母南海湄。三男一女同歔欷。惟汝不在割我肌。汝家零落母不知。母知豈有暝目時。嗚呼再歌兮歌孔悲。鶺鴒在原我何為。

其三

有女有女婉清揚。大者學帖臨鍾王。小者讀字聲琅琅。朔風吹衣白日黃。一雙白璧委道傍。鴉兒啄啄秋無粱。隨母北首誰人將。嗚呼三歌兮歌欲傷。非為兒女淚淋浪。

汪元量有感於文天祥的忠摯，不肯屈服異族，慷慨赴義。成仁後，汪元量為作此招魂歌，心中沉痛不亞於杜甫。而模擬杜詩〈同谷歌〉歌體手法，對文天祥家人一一述及，而以「其一」、「其九」的首篇、尾篇，提及文天祥「忠肝義膽不可狀，要與人間留好樣。」茲列表比較杜甫、文天祥、汪元量，三人歌體詩之異同：

附：表十、杜甫、文天祥、汪元量歌體詩之比較

作者	形式	句數	內容	句法
杜甫	七首組詩	每首各八句	慨歎自身	有三首以「有客有客…」、「有弟有弟…」等，為句首；而每首皆以「嗚呼…歌兮…」作結。
文天祥	六首組詩	每首各十一句	慨歎家人	有五首以「有…有…」為句首；而每首皆以「嗚呼…歌兮…」作結。
汪元量	九首組詩	每首各十句	慨歎文天祥	每首皆以「有…有…」為句首；而每首皆以「嗚呼…歌兮…」作結。

第二類：〈夷山醉歌二首〉及〈聽歌行〉

　　汪元量另有一類詩作，擬李白〈將進酒〉。〈將進酒〉為漢代鐃歌十八曲之一。《樂府詩集・鼓吹曲辭・漢鐃歌・將進酒》古詞曰：「將進酒，大略以飲酒放歌為言。」宋何承天〈將進酒〉曰：「將進酒慶三朝，備繁禮薦嘉肴。」則言朝會進酒，且以濡首荒志為戒，若梁昭明太子云洛陽輕薄子，但敘遊樂飲酒而已。

　　可知〈將進酒〉並非始於李白，再看看嗜酒的李白，如何藉飲酒放歌而為言，其〈將進酒〉，節錄片段如下：

> 「君不見黃河之水天上來，奔流到海不復回。君不見高堂明鏡悲白髮，朝如青絲暮成雪。人稱得意須盡歡，莫使金樽空對月。天生我材必有用，千金散盡還復來。烹羊宰牛且為樂，會須一飲三百杯。岑夫子，丹丘生，將進酒，君莫停。與君歌一曲，請君為我傾耳聽。…」（註16）

〈將進酒〉，一作〈惜空樽酒〉。為《樂府詩集・鼓吹曲辭》名，元蕭士贇補注云：

> 「〈將進酒〉者，漢短簫鐃歌二十二曲之一也。…太白填之以申己之意耳。」（註17）

　　而李白〈將進酒〉之「將」字，請也。《詩・鄭風・將仲子》：「將仲子兮，無踰我里。」毛傳：「將，請也。」將，音鏘。將進酒，請飲酒也。蕭士贇云此篇雖似任達放浪，然太白素抱用世之才而不遇合，亦自慰解之詞耳（註18）。

　　安旗在《李白全集編年注釋》中謂：

> 「綜觀李集，一入長安（註19）以前作品感慨殊少，更無牢騷；二入長安（註20）去朝後，傷心備至，牢騷特盛；唯有一入長安以後，二入長安以前一段時

期，往往旋發牢騷，旋又自慰解。〈梁園吟〉如此，〈梁甫吟〉亦然，〈將進酒〉尤為典型。」（註21）

由此知李白藉〈將進酒〉詩抒發情緒，時而發牢騷，時而自慰解。汪元量模擬李白〈將進酒〉詩意、句法；同樣在詩中，時而「發牢騷」，時而「自慰解」。綜觀〈將進酒〉詩的形式，以七言句為主，間雜以三言句兩句、或以「君不見」為首的長句。而詩中流暢地敘述「牢騷」，並勸酒。例如：

> 「楚狂醉歌歌正發，更上梁臺望明月。西風獵獵吹我衣，絕代佳人皎如雪。槌羯鼓，彈箜篌。烹羊宰牛坐糟丘，一笑再笑揚清謳。…麥青青，黍離離，萬年枝上鴉亂啼。…東南地陷妖氛黑，雙鳳高飛海南陌。吳山日落天沉沉，母子同行向天北。關河萬里雨露深，小儒何必悲苦心。歸來耳熱忘頭白，買笑揮金莫相失。…」〈夷山醉歌二首其一〉（卷三，頁一○三）

詩中的形式，有如〈將進酒〉，以七言句為主，間有三言句。另一詩例：

> 「…客且住，聽我語，楚漢中分兩丘土。七雄爭戰總塵埃，三國鶯花浩無主。…人生得意且盡歡，何須苦苦為高官。…君不見海上看羊手，持節飢來和雪和氈嚙。又不見飯顆山頭人見嗤，愁吟痛飲真吾師。…」〈夷山醉歌二首其二〉（卷三，頁一○三）

劉辰翁評此二詩，云：「二詩迭宕。」（註22）此詩為元量奉元世祖命，代祀嶽瀆東海時，途經夷山（在汴京）所作，時為至元二十三年（一二八六）。再看同屬此類詩作的例子，其片段詩句：

> 「君把酒，聽我歌。君不見陌上桑，鶉奔奔兮鵲疆疆。高堂今夕燈燭光燕姝趙女吹笙簧。…君不見馬嵬坡下楊太真，天生尤物不足珍。得及唐虞九婦人，千古萬古名不湮。」〈余將南歸燕趙諸公子攜妓把酒餞別醉中作把酒聽歌行〉（卷三，頁一一一）

此詩不僅有三言句雜在其中，更有以「君不見」為首的長句。

【附註】

註1　見劉中和《杜詩研究》，頁二十至二十二。

註2　此四期，見本論文上篇，第三章〈汪元量詩之分期與各期風格〉，第一節〈分期〉，汪詩可分四期：宮中時期、國亡前後、拘燕時期、南歸後。

註3　此二十五篇為：〈居擬蘇武四首〉、〈月夜擬李陵詩傳三首〉、〈醉歌十首〉、〈賈魏公府三首〉、〈杭州雜詩和林石田二十三首〉、〈送琴師毛敏仲三首〉、〈湖州歌九十八首〉、〈越州歌二十首〉、〈浮丘道人招魂歌九首〉、〈函谷關二首〉、〈嵩山二首〉、〈鳳州歌二首〉、〈草堂二首〉、〈南嶽道中二首〉、〈夷山醉歌二首〉、〈太皇謝太后挽章二首〉、〈余將南歸燕趙諸公子攜妓把酒餞別醉中作把酒聽歌行二首〉、〈九月九日賞紅葉二首〉、〈寄趙青山同舍四首〉、〈唐律寄呈父鳳山提舉十首〉、〈竹枝歌十首〉、〈彭州歌二首〉、〈昌州海棠有香三首〉、〈戎州五首〉、〈西湖舊夢十首〉。

註4　見拙著〈汪元量雜言詩探微〉，載《北體學報》第十期，頁二七九至二九二。

註5　見孔凡禮輯佚《增訂湖山類稿》卷三，頁十二、二五、七二、七四、七五、一〇三、一一一、一一二、一四八。

註6　〈聽歌行〉詩，原題目為〈余將南歸燕趙諸公子攜妓把酒餞別醉中作把酒聽歌行二首〉，在此將冗長的題目，簡化為〈聽歌行〉。

註7　見李立信〈論亂中有序的雜言詩〉，刊於《東海學報》第三六卷第一期，一九九五年七月，頁一至二八。

註8　見《杜詩詳註》卷之八，頁七〇〇。

註9　同註6。

註10　見《杜詩詳註》卷之八，頁六九三。

註11　同註8所引。

註12　張衡（七八－一三九），字平子，南陽西鄂（今河南南陽市北）人。少即聰穎好學。官至尚書，卒年六十二。為當時著名的文學家、科學家。曾作〈二京賦〉及〈思玄賦〉，前者婉言針砭當時的社會；後者以寄情志。又為渾天儀、候風地動儀的發明人。所著詩、賦、銘、七言等，凡三十二篇。所作〈歸田賦〉，為我國文學史上最早寫歸隱樂趣的抒情賦。其詩以〈同聲歌〉、〈四愁詩〉最有名，前者代表東漢五言詩的成熟；後者成為七言詩的先河。〈四愁詩〉，明寫愛情，實則抒發政治抱負，纏綿俳惻，寄託遙深。其詩有四段，每段七句：「我所思兮在太山，欲往從之梁父艱。…路遠莫致倚逍遙，何為懷憂心煩勞。　我所思兮在桂林，欲往從之湘水深。…路遠莫致倚惆悵，何為懷憂心煩傷。　我所思兮在漢陽，欲往從之隴阪長。…路遠莫致倚踟躕，何為懷憂心煩紆。我所思兮在雁門，欲往從之雪紛紛。…路遠莫致以增歎，何為懷憂心煩惋。」以上參見《中國詩學大辭典》，頁二八〇；及《中國文學欣賞全集》第四冊，頁一二一二至一二一六。

註13　同註8所引。

註14　同註8所引。

註15　見《文文山全集・指南後錄》卷之十四，頁三六四。

註16 《全唐詩》，卷一百六十二，頁一六八二。

註17 見安旗主編《李白全集編年注釋》上冊，頁二七一。

註18 同前註引。

註19 據安旗考證李白入長安凡三次，第一次為開元十八年春夏間；第二次為天寶元年秋季；第三次為天寶十二年早春。見安旗主編《李白全集編年注釋》上冊，〈論李白〉（代前言），頁三至五。

註20 同前註。

註21 同註17，頁二七一至二七二。

註22 見同註5，卷三，〈夷山醉歌二首其一〉，頁一〇二。

第五章　汪元量詩作之內容

論汪元量詩之內容，先析論其題旨，再分析其詩中之句意內涵，必能對其詩作之內容，有所了解。茲分兩節：題旨析論、句意內涵，探討之。

第一節　題旨析論

元量全數四百八十首詩中的詩題，僅一題為佚題（卷一，頁七）（註1），有四百七十九首詩的詩題，可供析論其題旨。然此四百七十九首詩中，除多數的詩題題旨明顯，例如：〈北師駐皋亭山〉、〈御宴蓬萊島〉等詩作，一望即知為敘事；〈客感和林石田〉、〈和徐雪江即事〉等詩作，為唱和；〈惠山值雨〉、〈開平雪霽〉等詩，為寫景。此外，有一百四十首詩的詩題，為地名，無法立即辨明其歸類，例如：〈利州〉、〈興元府〉、〈夔門〉、〈江陵〉、〈秦嶺〉、〈易水〉等，則須細閱其詩中內容，予以歸類；卻又發現有的詩作中，敘事、寫景、感懷之句皆有，如〈藍田〉詩：

> 「寒更客起卷花氈，又勒青驄過玉田。（以上為敘事）一掬歸心千澗外，十分秋思兩峰前。（此兩句為感懷）藍關月冷猿啼木，秦嶺風高鴈貼天田。北望茂陵應咫呎，髑髏沙白草芊芊。（以上四句為寫景）」（卷三，頁九五）

此時唯有以句數最多之類，為其歸類，而定其歸類。則上首〈藍田〉詩，歸於寫景類，因寫景之句最多。綜覽汪元量詩作，依題旨分類，可分以下六類：

一、敘事類

敘事類即應指敘事詩，然而所謂「敘事詩」，我國自古即有，它有比較完整的故事情節和人物形象，如漢代第一首長詩〈孔雀東南飛〉，凡一千七百四十五字，三百五十餘句，歷敘劉蘭芝與焦仲卿的愛情悲劇；又如膾炙人口的〈木蘭辭〉，用六十二句雜言，專敘花木蘭代父從軍，轉戰千里，勝利歸來的事蹟。此類詩的內容，以敘述人物、事件為主，稱為敘事詩（註2）。細閱汪元量敘事類的詩作，並非一首詩敘述一件事或一個人，反而是多首詩敘述「宋亡後離亂景象」這件事，如〈唐律寄呈父鳳山提舉十

首〉（卷四 頁一二八），而所述皆為實錄；或將規模縮小，在一首詩中，用數句描述所見和感慨。當然，汪元量的沸騰情緒、寫作動機，都與寫作完整「敘事詩」的前人有異；也不能就此否定汪詩，不是「敘事詩」，只是汪詩的敘述方式有別於前人，故在此將元量此類詩作，稱「敘事類」詩篇。此類詩作最多，有二百六十首，佔全體詩作的百分之五十四。汪詩有「詩史」之譽（註3），即指此部分詩作，詩中自頭至尾敘述所見、所感。在詩題方面，有專指一事或一人的詩題，詩中卻可能夾雜與詩題無關的內容，或記當時所見、所感，例如在七律〈幽州秋日聽王昭儀琴〉詩中，與琴有關之句，僅前四句；後四句與琴，全然無關，乃當時的心境：

> 「瑤池宴罷夜何其，拂拭朱絃落指遲。彈到急時聲不亂，曲當終處意尤奇。雪
> 深沙磧王嬙怨，月滿關山蔡琰悲。羈客相看默無語，一襟愁思自心知。」〈幽
> 州秋日聽王昭儀琴〉（卷三，頁六八）

詩中主要寫王昭儀琴聲，兼及所感。

汪詩在內容方面，一首詩中專寫一事或一人者極少，如〈賈魏公雪中下湖〉：

> 「凍木號風雪滿天，平章猶放下湖船。獸爐金帳羔兒美，不念襄陽已六年。」
> （卷一，頁五）

不滿賈似道作為，而專題專詩敘述之；可稱為與漢代、唐代詩人所作相同的「敘事詩」，惜太簡短。且此類「敘事詩」不多。關於敘事類的詩作，汪元量更有大型組詩的形式，例如〈湖州歌九十八首〉、〈越州歌二十首〉，前者〈其一〉至〈其六〉，寫元兵入杭，宋室投降；〈其七〉至〈其六十八〉，寫赴燕京前後、赴燕途中之情況；〈其六十九〉至〈其九十八〉，則敘抵燕後情景；後者的〈越州歌二十首〉中，也分別敘述：元兵入杭、宋廷舊事、斥賈似道誤國、抵燕後情景等。茲舉例之：

> 「萬馬如雲在外間，玉階仙仗罷趨班。三宮北面議方定，遣使皋亭慰伯顏。」
> 〈湖州歌九十八首其二〉（卷二，頁三六）

> 「十數年來國事乖，大臣無計逐時挨。三宮今日燕山去，春草萋萋上玉階。」
> 〈湖州歌九十八首其二〉（卷二，頁三七）

> 「官君兩岸護龍舟，麥飯魚羹進不休。宮女垂頭空作惡，暗拋淚珠落船頭。」
> 〈湖州歌九十八首其二十八〉（卷二，頁四二）

> 「皇帝初開第一筵，天顏問勞思綿綿。大元皇后同茶飯，宴罷歸來月滿天。」

〈湖州歌九十八首其七十〉（卷二，頁五二）

「東南半壁日昏昏，萬騎臨軒趣幼君。三十六宮隨輦去，不堪回首望吳雲。」
〈越州歌二十首其二〉（卷二，頁五八）

「內湖三月賞新荷，錦纜龍舟緩緩拖。醉裡君王宣樂部，隔花教唱采蓮歌。」
〈越州歌二十首其十八〉（卷二，頁六二）

「師相平章誤我朝，千秋萬古恨難銷。蕭牆禍起非今日，不賞軍功在斷橋。」
〈越州歌二十首其六〉（卷二，頁六〇）

二、感懷類

所謂感懷類的詩作，即指感遇詩。乃作者親眼所見、親耳所聞，有感於心而作。明
王夫之在《薑齋詩話》云：

「陳正字（子昂）、張曲江（九齡）始倡『感遇』之作，雖所詣不深，而本地
風光，駘蕩人性情，以引名教之樂者，風雅源流，于斯不昧矣。」（註4）

說明感懷（感遇）之類的詩作，創自陳子昂、張九齡。此後詩人每借題、藉景，抒發所
懷。清沈德潛《唐詩別裁》卷一〈感遇〉詩題注，云：

「感于心，因于遇，猶莊子之寓言也，與感知遇，意自明。」（註5）

此類詩作有七一首，佔全部詩作的百分之十五，詩中以感懷之句居多，往往藉景或
藉事抒懷。例如：

「伊昔李少卿，築臺望漢月。月落淚縱橫，悽然斷腸裂。…傷彼古豪雄，清淚
炫不歇。吟君五言詩，朔風共鳴咽。」〈李陵臺〉（卷三，頁八二）

「一朝禽瘴海，孤影落窮荒。恨極心難雪，愁濃鬢易霜。燕荊歌易水，蘇李泣
河梁。讀到艱難際，梅花鐵石腸。」〈讀文山詩稿〉（卷三，頁八八）

「子美西來築此堂，浣花春水共淒涼。鳴鳩乳燕歸何處，野草閑花護短牆。英
雄去矣柴門閉，鄰里傷哉竹徑荒。安得山餅盛乳酒，送分漁父濯滄浪。」〈草
堂二首其一〉（卷三，頁九八）

「羊角山高鎖戰塵，春風吹草綠孤城。鵲巢遜與鳩夫婦，燕幕能容鴈弟兄。今古廢興棋一著，萍逢聚散酒三行。悲歌曲盡故人去，笛響長江月正明。」〈臨川水驛〉（卷四，頁一一八）

三、寫景類

即指以寫景為主的詩作。若詩中全為寫景，而不言情，有如一幅圖畫，反而不是佳作。王夫之〈夕堂永日緒論內編〉云：

「情景名為二，而實不可離。神于詩者，妙合無垠。巧者則有情中景，景中情。」（註6）

對於寫景之法，王夫之又云：

「含情而能達，會景而生心，體物而得神，則自有靈通之句，參化工之妙。」（註7）

道出寫景的三昧。詩中情景交融，始為上乘。

汪元量此類詩作有六十一首，佔全部詩作的百分之十三，詩中有情有景，寫景之句較多。例如：

「年登斂牲錢，日吉視牢筴。烹庖香滿村，未覺膰脈窄。餕餘果青蒻，籬落笑言啞。咄哉陳孺子，乃有天下責。」〈社牲〉（卷一，頁二七）

此詩寫南方農村社日的景象。

「臺空馬盡始知休，枳棘叢邊鹿自遊。泗水不關興廢事，佛峰空鎖古今愁。風吹野甸稻花晚，雨暗山城楓葉秋。欲弔英靈何處在，髑髏無數滿長洲。」〈戲馬臺〉（卷二，頁三三）

戲馬臺，有三處（註8）此詩寫國亡後，戲馬臺週遭之景。

「雪霽山崔嵬，平荒絕人跡。獵獵大風寒，杳杳遠天碧。…孤鴻雲中來，對我聲嚘嚘。…頃刻片雲生，雪花大如席。偉哉復偉哉，造物真戲劇。」〈開平雪霽〉（卷三，頁八四）

「劍門崔嵬若相抗，雲棧縈迴千百丈。石角鉤連皆北向，失勢一落心膽喪。側身西望不可傍，猛虎毒蛇相上下。安得朱亥袖椎來，為我碎打雙疊嶂。」〈劍

門〉（卷三，頁九八）

「敕使穿雲破濕苔，水邊坐石更行杯。翩翩野鶴飛如舞，冉冉嵒花笑不來。亂木交柯盤聖井，數峰削玉並仙臺。平明絕頂窮幽討，更上青城望一回。」〈青城山〉（卷三，頁一○○）

四、唱和類

互相贈答的詩作，或唱酬，或答謝，皆屬此類。友人之間，贈詩、贈物，或據來詩內容酬答之；或按來詩韻腳，依次用韻，即和韻詩。通常和韻詩不易求工。明李東陽在《懷麓堂詩話》中，云：

「詩韻貴穩，韻不穩則不成句。和韻尤難，類失牽強，強之不如勿和。善用韻者，雖和，猶其自作；不善用者，雖有自作，猶和也。」（註9）

可見此類詩之不易作。而汪作有四一首，佔全部詩作的百分之九，由詩題極易辨識出此詩為唱和詩篇。舉例如下：

「萬里起青煙，旌旗若湧泉。國家開氣數，陵古見推遷。避難渾無地，偷生賴有天。夜來聞大母，已自納降箋。」〈和徐雪江即事〉（卷一，頁八）

「石田林處士，吟境靜無塵。亂後長如醉，愁來不為貧。飯蔬留好客，筆硯老斯人。近法秦州體，篇篇入妙神。」〈杭州雜詩和林石田廿三首其一〉（卷一，頁一七）

「把酒上金臺，傷心淚落悲。君臣難再得，天地不重來。古木巢蒼鶻，殘碑枕碧苔。倚闌休北望，萬里起黃埃。」〈黃金臺和吳實堂韻〉（卷二，頁六五）

「湖上悲風舞白楊，英雄凋盡只堪傷。花飛廢苑憐銅馬，草沒荒墳臥石羊。人在醉中春已晚，客於愁處日偏長。林西樓觀青紅濕，又遜僧官燕梵王。」〈孤山和李鶴田〉（卷四，頁一二○）

「十年南北竟，故舊幾人存。兵後誰知我，城中獨見君。東湖徐孺宅，北海孔融尊。宛轉留春意，吟詩到夜分。」〈東湖送春和陳自堂〉（卷四，頁一二五）

五、酬酢類

凡是題贈、慶賀、哀輓之作，都屬於人際關係的應酬詩。清葉燮〈原詩〉云：

「建安，黃初之時，乃有獻酬、紀行、頌德諸體，遂開後世種種應酬等類。」
（註10）

賀貽孫〈詩筏〉亦云：

「漢以前無應酬詩，魏、晉以來間有之，亦絕無佳者。」（註11）

則酬作類的詩作，也不易討好。汪元量久居宮中，被俘北上後，又久居元廷，必有一些酬酢往來的詩篇，構成元量全部詩作的內容之一。

而元量此類詩作有二十六首，佔全部詩作的百分之五。其酬作詩多寫於國亡之後，處元廷之時，不知早期在宋朝宮中，是否有酬作詩篇？或已亡佚？而宋亡後，由於汪元量此時作詩的用心，並不在此，而在「詩史」；要以「詩史」，記述元人的暴行，為歷史作見證，因而酬酢之詩不多見。茲舉例如下：

「庭燎明如晝，金壺漏水平。爐煙搖曉色，櫊□□□聲。三祝聖人壽，一忠臣子情。新元奏封事，□□□蒼生。」〈庚辰正月旦早朝呈留忠齋〉（卷三，頁七〇）

此詩作於至元十七年（一二七九），在元朝廷。留忠齋即留夢炎。浙江衢州人，理宗淳祐四年（一二四四）狀元。恭帝德祐元年（一二七五），國勢緊急時，六月除右丞相兼樞密使、都督諸路軍馬，十月除左丞相。後降元，元成宗元貞元年，以翰林學士承旨告老（註12）。

「久謂儒冠誤，窮愁方棄書。十年心不展，萬里意何如。司馬歸無屋，馮諼出有車。吾曹猶未化，爛醉且穹廬。」〈酬方塘趙待制見贈〉（卷三，頁八七）

「食既彈長鋏，囊懸少錯刀。功名須汝輩，詩酒且吾曹。強項貧而樂，揚眉氣自豪。…明珠忽委贈，價重九方皐。」〈酬隱者劉桃岡〉（卷四，頁一五八）

「兩鬢蕭蕭不耐秋，興來今日謁公侯。舞餘燕玉錦纏頭，又著紅靴踢繡球。」〈張平章席上〉（卷四，頁一六一）

六、送別類

此類詩作有二十首，佔全部詩作的百分之四。汪元量重視友情，然國難當前，無暇多所酬酢往來；卻也有一些送別詩篇，流露其珍視友誼，充滿真摯之情；詩中大都充滿人情味，且述及國事。例如：

「去去馬空冀北，行行鶴度遼東。彈鋏三千客裡，囊椎十九人中。杜子肯依嚴武，孔融不下曹公。南八男兒如此，殺身方是英雄。」〈別楊駙馬〉（卷一，頁一一）

「西塞山前日落處，北關門外雨來天。南人墮淚北人笑，臣甫低頭拜杜鵑。」〈送琴詩毛敏仲北行〉（卷一，頁二四）

「諸公來此欲憑闌，禿樹粘雲濕不乾。小燕正嫌三月雨，老鷹又受一春寒。樓頭呼酒盡情飲，江上遇花隨意看。莫怨人生有離別，人生到此別離難。」〈浙江亭別客〉（卷一，頁二六）

「天目山前景老禪，長安傳法舊沙門。十年不見身為累，萬里相逢舌尚存。漠漠塵埃凝破衲，淒淒風露襲歸轅。到家定有秋光在，報答黃花滿故園。」〈幽州送景僧錄歸錢唐〉（卷三，頁七二）

「燕臺同看雪花天，別後音書雁不傳。紫閣笑談為職長，彤闈朝謁在班前。揮毫屢掃三千字，把酒時呼十四絃。聞已挂冠歸故里，尚方宣賜鈔成船。」〈初菴傅學士歸田里〉（卷四，頁一五八）

附：表十一、汪元量詩作題旨分類狀況

	敘事類	感懷類	寫景類	唱和類	酬酢類	送別類	總計
詩作數量	二六〇	七一	六一	四一	二六	二〇	四七九
最短篇（句）	五絕：降香回燕	六言：自笑（4句）	五絕：廢宅	七絕：答同舍杜德機	七絕：張平章席上	七絕：送琴師毛敏仲北行	
最長篇（句）	七古：甯相公送棉被（32句）	五古：南歸對客（40句）	七古：光相寺（52句）	七律：浙江亭和徐雪江	七律：秋日酬王昭儀	七律：浙江亭別客	
百分比	54%	15%	13%	9%	5%	4%	100%

註、另有一首佚題詩（註13）未計，因佚題，且有三句闕空，無法據以作「題旨析論」，否則現存汪詩有四八〇首。

【附註】

註1　此佚題詩為不完整的詩：「□□□□□□，□□□□□□□。□□□□□地動，兵前草木挾風寒。計窮但覺歸降易，事定方知進退難。獻宅乞為祈請使，酣歌食肉愧田單。」見孔凡禮輯佚之《增訂湖山類稿》卷一，頁七。

註2　見《中國詩學大辭典》，頁一一六四。

註3　當代人即稱譽汪元量詩為「詩史」之作。如馬廷鸞：「予病復作，不能為元量吐一語，因題其集曰『詩史』」；周方：「余獨水雲詩，...千載之下，人間得不傳之史。」李玨：「唐之事紀於草堂，後人以『詩史』目之，水雲之詩，亦宋亡之詩史也。」見孔凡禮《增訂湖山類稿》附錄一，頁一八六至一八八。

註4　見《百種詩話類編後編》下冊，頁一六二三。

註5　見同註2，頁一一六三引。

註6　見同註4，下冊，頁一四〇六。

註7　見同註4，下冊，頁一四〇七。

註8　戲馬臺，有三處，一在江蘇省銅山縣南。晉義熙年間，劉裕曾大會群僚，賦詩於此。《讀史方輿紀要‧江南‧徐州》：「戲馬臺，在州城南，高十仞，廣數百步，項羽所築，劉裕至彭城，大會軍士於此。」；二為江蘇省江都縣。其下有玉鉤斜道，為隋煬帝葬宮人處；三為河南省臨漳縣西。後趙石虎所築，虎常於臺上放鳴鏑，為軍馬出入之節。由於元量在詩中，提到「泗水」地名，泗水在徐州沛縣（今江蘇省沛縣東），故此「戲馬臺」，應指第一處，即徐州的戲馬臺。因為此「戲馬臺」與「泗水」，同屬江蘇省。以上見《中文大辭典》第四冊，頁三六八，「戲馬臺」條；及《中文大辭典》第五冊，頁一〇八〇，「泗水」條。

註9　見同註4，頁一六七五。

註10　見同註2，頁一一六六。

註11　見同註2，頁一一六六。

註12　見同註2，頁一一六五。

註13　同註1，附錄二，頁二六五引。題目已佚，在孔凡禮所輯佚的《增訂湖山類稿》中，題為「佚題」；且詩中有三句空闕。無法根據題目，以析論題旨，故表中未計入。

第二節　句意內涵

　　汪元量身處亡國易代之際，其大部分詩作有「詩史」之稱，其中有些詩作的句意內涵，專用以敘事，而不涉其他，與詩題貼切，可謂專題之作。然而由於汪元量仍受外在的局勢動盪，和內在的心緒起伏之影響，使有些詩作的句意內涵，與詩題，並非完全一致。換言之，通常其詩題範圍較廣泛時，詩中內容則可能多方面敘述，並非單一敘述詩題而已，使詩中內涵有變化。例如詩題為訪友，詩中句意可能涉及憶往、思鄉、國愁等，並非僅敘述訪友；又如詩題名為詠古之作，詩內各句句意可能為褒貶、自傷、傷別等。因而閱過其全數詩作後，在此打破詩題限制，將所有詩作的句意內涵，予以分類，大致可分十二類。元量全部四百八十首詩作中，有兩首詩由於缺空的字過多，而內容不明（註1）；此外，皆可由詩中各句句意，分析其句意內涵，每首詩少則一種句意內涵，多則數種句意內涵。茲依類舉例說明如下：

一、敘事

　　含有此類句意的詩作最多，有一百五十首。往往自首至尾，一貫而下地敘述，並不參雜其他論點。這些含有敘事句意的詩作中，可分亡國前、亡國後兩類。前者亡國前的敘事詩句，大都為宮中生活的描述，有賞花燕集等歌舞昇平景象，例如：

「回首湧金門外望，裡河猶自沸笙歌。」〈西湖舊夢〉（卷四，頁一五六）

湧金門，亦作涌金門。為南宋行都臨安（今杭州市）的西城門。門臨西湖。宋趙彥衛《雲麓漫鈔》卷五：

「錢湖一名金牛湖，一名明聖湖，湖有金牛，遇聖明即見，故有二名焉...行次北第二門曰湧金門，即金牛見出之所也。」（註2）

關於湧金門的遊湖盛況，汪元量在〈醉歌〉詩中，又云：

「湧金門外雨初晴，多少紅船上下趨。」（卷一，頁一五）

「一箇銷金鍋子裡，舞裙歌扇不曾停。」〈西湖舊夢〉（卷四，頁一五六）

　　清代擅長詩、古文的書畫家馮金伯，在《詞苑萃編》卷一三中，曾云：

「西湖之盛，盛於有唐。至宋南渡建都，遊人仕女，畫舫笙歌，日費千金，時人目為銷金窩。」（註3）

南宋偏安江左，諱言恢復，朝中上下，除遊湖縱樂之外，賞花、燕集、鬥吹簫、聽歌等活動不少，帶動了南宋人的奢華風氣。元量〈越州歌二十首〉詩中，除前十四首，寫元兵入杭景況，並慨歎國事之外，後六首詩，全為回憶南宋朝廷舊事，所回憶者即為賞花、燕集、音樂等熱鬧景象。其十五云：

> 「月夜湖歌歌正長，船來船去水茫茫。上塘歌了下塘唱，更唱吳王與越王。」
> 〈越州歌二十首〉（卷二，頁六一）

其十六云：

> 「昨夢吳山閶闔開，風吹仙樂下瑤臺。翠圍紅陣知多少，半揭珠簾看駕來。」
> 〈越州歌二十首〉（卷二，頁六二）

其十七云：

> 「鰲山燈月照人嬉，宣德門前萬玉姬。記得那年三五夜，快行擎駕倒行歸。」
> 〈越州歌二十首〉（卷二，頁六二）

其十八云：

> 「內湖三月賞新荷，錦纜龍舟緩緩拖。醉裡君王宣樂部，隔花教唱采蓮歌。」
> 〈越州歌二十首〉（卷二，頁六二）

其十九云：

> 「冶杏夭桃紅勝錦，牡丹屏裡燕諸王。」〈越州歌二十首〉（卷二，頁六二）

其二十云：

> 「苦夢吳山列御筵，三千宮女爇金蓮。」〈越州歌二十首〉（卷二，頁六三）

後者亡國後的敘事詩句，往往整首詩的詩意並無轉折；也不見「愁」、「淚」等情緒性字眼，可謂傷心在深處，而淚已乾；更有如面無表情的人，在叨叨敘述傷心事，卻最易令人動容；此類詩句已點到傷心處。例如：

> 「絲雨綿雲五月寒，淮堧遺老笑儒冠。行軍元帥來相探，折送駝峰炙一盤。」
> 〈湖州歌九十八首其四十七〉（卷二，頁四六）

> 「十年旅食在天涯，到處身安只是家。雪塞春回鄒衍律，霜營寒入褚衡撾。壺傾卯酒盃浮粟，廚出辛盤飣簇花。奴僕不須喧鼓吹，恐驚櫪馬與林鴉。」〈幽

州除夜〉（卷三，頁八八）

「我登天壇山，洒然清吟目。群峰如兒孫，羅列三十六。支藤陟曾巔，中有少室屋。山人化飛仙，庭除生苜蓿…」〈天壇山〉（卷三，頁九一）

「一從得玉旨，勒馬幽燕起。河北與河南，一萬五千里。」〈降香回燕〉（卷三，頁一〇六）

「蜀鄉人是大藥王，一道長街盡藥香。天下蒼生正狼狽，願分良劑救膏肓。」〈藥市〉（卷四，頁一三八）

二、愁緒

元量詩中，有些詩句，滿是愁緒。往往見到某種景象，而觸發某種感情，即觸目興嘆，而在詩中傾訴內心之不平。此為社會詩人特有的心思，明都穆的《南濠詩話》，稱揚老杜、白居易的襟懷：

「老杜詩云：『安得廣廈千萬間，大庇天下寒士俱歡顏』。白樂天詩云：『安得大裘長萬丈，與君都蓋洛陽人』。二公其先天下之憂而憂者與。」（註4）

汪元量雖未發出如此「豪語」，其詩卻也有不少為國、為君、為民而愁的詩句，完全出於自然，脫口而出，不假雕飾，反令人同情，而起共鳴。所以當代為汪詩題詩作跋的友人，無不受這種愁緒的詩句所感動。明胡應麟《詩藪》即云：

「坦易者多觸景生情，因事起意，眼前景，口頭語，自能沁人心脾，奈人咀嚼。」（註5）

元量正是以「口頭語」，寫「眼前景」，而能深入人心，同聲痛哭。含有此類觸景生情句意的詩作，有七十九首。舉例如下：

「天也今如此，人乎可奈何。臺邊西子去，宮裡北人過。玉樹歌方歇，金銅淚已多。旌旗遮御路，舟楫滿官河。」〈杭州雜詩和林石田二十三首其十〉（卷一，頁二十）

「日中轉舵到河間，萬里羈人強自寬。此夜此歌如此酒，長安月色好誰看。」〈湖州歌九十八首其六十五〉（卷二，頁五十）

「秋風吹雨暗天涯，越鳥朝翻何以家。嶺上萬松都砍盡，西湖新路欲排叉。」
〈越州歌二十首其五〉（卷二，頁五九）

「溝水壚邊落木疏，舊家天遠寄來書。秋風冷驛官行未，夜月虛窗客夢初。流
鶺斷鴻飛曠野，舞鸞雛鶴別穹廬。裘貂醉盡一尊酒，愁散方知獨上車。」〈盧
溝橋王昭儀見寄回文次韻〉（卷三，頁七五）

「窮荒六月天，地有一尺雪。孤兒可憐人，哀哀淚流血。書生不忍啼，尸坐愁
欲絕。鼕鼓夜達明，角笳競於邑。此時入骨寒，指墮膚亦裂。萬里不同天，江
南正炎熱。」〈寰州道中〉（卷三，頁八二）

三、憂國

　　汪元量在詩中，絮絮傾吐亡國之音，乃由於家國之思所致。因而詩中總有大時代離
亂的影子；無法閉眼不看亡國後景象。含有此類句意的詩作，有七十四首。國家意識或
思念故園之作，皆屬此。例如：

「傍岸人家插酒旗，受降城下客行稀。南徐白晝虎成陣，北固黃昏鴉打圍。亂
後江山元歷歷，愁邊楊柳極依依。櫂歌漁子無些事，網得時魚換酒歸。」〈京
口野望〉（卷二，頁三二）

亂後的城下，人行稀少，江邊楊柳、櫂歌、漁人網魚，一切依舊，更觸動詩人內心深
處，悲苦的心絃；他人可以若無其事生活，元量做不到，即因家國之思在心中。

「江南二月蕨筍肥，江北客行殊未歸。怕上西樓灑鄉淚，東風吹雨濕征衣。」
〈薊北春望〉（卷三，頁六八）

被俘北上後，次年春，元量不禁懷念故國種種，而怕上西樓。

「…君當立高節，殺身以為忠。豈無《春秋》筆，為君紀其功。」〈妾薄命呈
文山道人〉（卷三，頁七十）

在燕京探視獄中的文天祥，仍以忠貞為國相勉。

「黃帽催人急放舟，荻花楓葉共颼颼。天公作惡雲翻手，河伯為妖風打頭。接
翅野鴨圍古堞，斷行孤鴈落中州。吳山只隔淮山路，江北江南處處愁。」〈唐
律寄呈鳳山提舉十首其二〉（卷四，頁一二九）

元量南歸後，有湘蜀之行。此詩作第二次入湘途中，既已回到故鄉，腳踏「故國」土地上，卻仍感到「江北江南處處愁」，只因尚在敵人統治下。其後隱居西湖畔，實現其「歸死江南」之願（註6），說明元量眷戀故國。

四、詠古

句意詠古即指憑弔歷史人物或歷史陳跡的詩篇。詩人們寫作此類詩句，往往以古今作對比，或以眼前的荒涼、禾黍離離，烘托昔日的繁榮；或有人去樓空、英雄何在之感；或評斷史實是非，總讓人不勝哀嘆。此類作品，必須情動於中，意在言外，始能感動讀者。清王壽昌《小清華園詩談》卷下，云：

> 「弔古之詩，須褒貶森嚴，具有『春秋』之義，使善者足以動人之景仰，惡者足以垂千秋之炯戒。如左太沖之〈詠史〉，則曰：『何世無奇才，遺之在草澤』，不勝動人以遺賢之憂；李太白之〈懷禰衡〉，則曰：『才高竟何施？寡識冒天刑』，不禁深人以恃才之惕；謝宣城之〈孫權城〉，感盛衰于倏忽，知書軌之薦必同；杜少陵之〈九成宮〉，慨遺跡于雕牆，見夏、殷之鑒不遠。」（註7）

王壽昌舉例說明詠古詩作之評鑑標準，頗為有理。而非空對古人古事無病呻吟。雖然詠古詩多為詩人不滿時事，而藉歌詠古人古事以諷今，也不能無的放矢。元量含有此類句意的詩作，能讓讀者低迴不已，無限感慨。計有四十二首，例如：

> 「奉出天家一瓣香，著鞭東魯謁靈光。堂堂聖像垂龍袞，濟濟賢生列雁行。屋壁詩書今絕響，衣冠人物只堪傷。可憐杏老空壇上，惟有寒鴉噪夕陽。」〈孔子舊宅〉（卷三，頁一〇五）

> 「草沒高臺鳳不游，大江日夜自東流。齊梁地廢鴉千樹，王謝家空蟻一丘。騎馬僧催淮口渡，捕魚人據石頭洲。玉簫聲斷悲風起，不見長安李白愁。」〈鳳凰臺〉（卷四，頁一一五）

> 「平生英烈世無雙，漢騎飛來肯受降。早與虞姬帳下死，不教戰馬到烏江。」〈烏江〉（卷四，頁一一七）

> 「我謁武侯祠，陰廊草淒淒。當時南陽結廬學龍臥，深山大澤無人知。胡為蜀先生，三顧前致辭？欲煩恢復天下計，先主籌策天下奇。浩然出山來，凜凜

虎豹姿。…可憐復漢社稷心未已，當時三峽圖疊空巍巍。…〈出師〉一表如皎日，千古萬古鴻名垂。」〈蜀相廟〉（卷四，頁一四八）

五、憶往

　　經此大變亂後，遠離故國，日復一日，在敵人統治下生活的汪元量，無法忘懷故鄉的人、事、物；尤其是曾經身居宮中十六年，宮中的人、事、物，無法忘懷，乃至宮中週遭之景。日夜魂牽夢繫者，無非這些，因而憶往的句意，難免自筆端傾瀉。含有此類句意的詩作，有二十七首。例如：

　　「苦夢吳山列御筵，三千宮女燭金蓮。而今莫說夢中夢，夢裡吳山只自憐。」〈越州歌二十首其二十〉（卷二，頁六二）

　　「我憶西湖斷橋路，雨色晴光自朝暮，燕去鴻來今幾度。梅花萬里水雲隔，日夜思家歸不得，偶然醉歸文姬側。」〈憶湖上〉（卷三，頁八〇）

　　「蜀都府主迎賓客，贈我蜀錦三百尺。…為我裁成合歡被，細意密縫無線跡。…卻憶故家初破時，繡龍畫雉如砂石。…紛華過眼一夢如，心地了然無得失。…」〈畣相公送錦被〉（卷四，頁一三八）

　　「我到彭州酒一觴，遺儒相與話淒涼。渡江九廟歸塵土，出塞三宮坐雪霜。歧路茫茫空望眼，興亡袞袞入愁腸。…」〈彭州〉（卷四，頁一四二）

　　「芙蓉照水桂香飄，車馬紛紛度六橋。錦幔籠船人似玉，隔花相對學吹簫。」〈西湖舊夢十首其九〉（卷四，頁一五七）

六、送別

　　元量的身分、際遇特殊，與皇族宗室的交情，不同尋常，且日常交游也頗為廣泛，與友人之間的送往迎來等，皆充滿情意；因而此類含有送別句意的詩作，誠摯之情，溢於詩表。計有二十七首。

　　「燕玉成行把酒巵，酒巵未盡即言離。賓鴻冒雨回峰日，旅鴈衝風過海時。棹撥蓼灣秋斫鱠，劍飛梅嶺夜吟詩。明年有約重來否？一騎紅塵貢荔枝。」〈送張總管歸廣西〉（卷三，頁八九）

「提刑辭宋國，奉使到燕都。入貢能全璧，懷歸不獻圖。看羊居北海，化鶴返西湖。楚客歌哀些，臨棺奠酒壺。」〈青陽提刑哀些〉（卷三，頁一〇八）

「木老西天去，袈裟說梵文。生前從此別，去後不相聞。忍聽北方鴈，愁看西域雲。永懷心未已，梁月白紛紛。」〈瀛國公入西域為僧號木波講師〉（卷三，頁一〇九）

「星江彼此繫行舟，我向南州君北州。彭澤初歸元量醉，沙場遠使子卿愁。人生離合花間蝶，世事浮沉柳外鷗。明日沾襟各分手，相思何處倚高樓。」〈星子驛別客〉（卷四，頁一一七）

七、詠物

以草木蟲魚鳥獸及各種自然現象為題的詩作，即為詠物的詩篇。清沈德潛在《說詩晬語》云：

「詠物，小小體也；而老杜〈用房兵曹胡馬〉則云：『所向無空闊，真堪托死生。』德行之淳良，俱為傳出。鄭都官〈詠鷓鴣〉則云：『雨昏青草湖邊過，花落黃陵廟裡啼。』此又以神韻勝也。」（註8）

沈德潛認為詠物詩以神韻為勝，又可傳達作者淳良之心性。筆者同意此種說法。清李重華《貞一詩說》云：

「詠物詩有兩法，一是將自身放頓在裡面，一是將自身站立在旁邊。」（註9）

李重華所言，前者謂「將自身放頓在裡面」，是一種自述法，物的自述，為此物代言；後者所謂「將自身站立在旁邊」，乃與物的對話，皆為今修辭學所謂轉化中的擬人格。詠物詩善用擬人格，果能使詩作生動。據此以閱元量詩作，知元量也以此法，時而以物自居，時而與物對談。此類句意的詩作，有二十三首；包括詠鳥、詠山、詠花，其中以詠花為多，描繪群花的姿態。例如：

「假山雖假總非真，未必中間可隱身。若使此山身可隱，上皇不作遠行人。」〈花石綱〉（卷四，頁一一四）

「錦城海棠妙無比，秋光染出胭脂蕊。...遙憐花國化青蕪，浪蕊浮花敢欣喜。

草堂無詩花無德，竊號花仙寧不恥。春花撩亂亦可憐，秋花爛熳何為爾。…」
〈錦城秋暮海棠〉（卷四，頁一三六）

「香霏堂上樹婆娑，不見嫣然亦可嘉。且向秋風一杯酒，枝頭的的兩三花。」
〈昌州海棠有香三首其二〉（卷四，頁一四三）

八、友情

　　汪元量拘留燕京達十二年之久，當曾經一同患難的宋俘，一一凋零，尤其是昔日
宋廷的皇室宗族，如謝太皇太后、王昭儀、趙與檼、趙與芮等相繼過世，全太后為尼，
瀛國公奉命往吐番學佛。此時人事已非，元量自認為責任已盡，思念江南故園的親友，
而毅然辭官南歸，於元世祖至元二十六年（一二八九）春，回抵錢唐（註10），隨即拜
訪杭州友人、結詩社，又重訪馬廷鸞於江西樂平（註11）、接著往訪章鑑、曾子良、陳
杰、李珏、…，回杭州後，又訪葉福孫；不久，有湘蜀之行，此時，吳仁杰有送行詩，
王學文有送行詞（註12）。然後往湘蜀訪友。於至元三十年（一二九四）回杭州，於西
湖西畔，築樓隱居（註13）。

　　元量的一連串訪友之舉，可知其樂於交友；則詩作中，難免有蘊含友情句意的詩
作。由於或許與友人間的音訊，中斷了十二年之久，於是南歸後，急於訪友，也可窺知
元量之重視友誼；然而畢竟失去聯繫太久，此類詩作僅有二十一首。例如：

「南泉多載夜光還，健步移梅種玉山。八十二翁猶矍鑠，苦吟不比此心閒。」
〈寄李鶴田〉（卷四，頁一五八）

李鶴田長元量二十二歲（註14），與元量有唱和作品來往，屬於元量的詩詞友人（註
15）。詩云：「八十二翁」，根據孔凡禮考證，此詩當作於元成宗（鐵穆耳）大德四年
（一三〇〇）（註16）。

「萬里遠行役，十年良可哀。前輩古風在，故人今雨來。絕口不言事，挽鬚惟
把酒。種得碧梧樹，春風花自開。」〈重訪馬碧梧〉（卷四，頁一二三）

碧梧，乃馬廷鸞之號，江西樂平人。為宋理宗淳祐年間進士，度宗咸淳中拜右丞相。其
與元量交往，屬元量的朝中友人（註17）。詩題云：「重訪」，說明此詩為汪元量南歸
途經江西時，曾重訪馬廷鸞；詩中有「春風花自開」句，知當為春季。

　　以上這類友人，乃元量在作品中，較常提及者，本論文闢有專節探討（註18）。或
因元量詩詞散佚頗多，以致另有一些友人，雖不常提及，並非毫無交情，在元量詩中，

仍見情誼流露。例如：

> 「抱琴曾北鄉，彈鋏復南圖。李泌游衡嶽，知章賜鑑湖。柱頭仙是鶴，濠上子非魚。此夜同聯鼎，他年莫寄書。」〈別章杭山〉（卷四，頁一二四）

章杭山，名鑑，杭山乃其號，分寧（今江西修水）人（註19）。章杭山曾任右丞相，晚年隱居山中。元量南歸途中，也訪候之，此詩為告別所作。

> 「十年南北競，故舊幾人存。兵後誰知我，城中獨見君。東湖徐孺宅，北海孔融尊。宛轉留春意，吟詩到夜分。」〈東湖送春和陳自堂〉（卷四，頁一二五）

陳自堂，名杰。宋亡後，隱居江西南昌之東湖（註20）。此詩有「宛轉留春意，吟詩到夜分。」句，益見二人在晚春時節相遇，倍感珍惜，惜春也惜時，而吟詩到夜分；足見陳自堂同屬於與元量個性契合的友人，也有著深厚交情。

九、自傷

經歷此一驚天動地的國難，為人世所難堪者，元量自是悲傷難抑，不免在詩中流露此情此意。而含有此類句意的詩作，有十七首。例如：

> 「朱甍突兀倚雲寒，潮打孤城寂寞還。荒草斷煙新驛路，夕陽古木舊江山。英雄聚散闌干外，今古興亡欸乃間。一曲尊前空擊劍，西風白髮淚斑斑。」〈浙江亭和徐雪江〉（卷四，頁一一九）

元量南歸後，與老友重逢，對世事、對週遭之景、對國家興亡、乃至對自身，都有無限感慨，只能向老友傾訴。

> 「十載高居白玉堂，陳情一表乞還鄉。孤雲落日渡遼水，匹馬西風上太行。行橐尚留官裡俸，賜衣猶帶御前香。只今對客難為答，千古中原話柄長。」〈答徐雪江〉（卷四，頁一二一）

此為元量南歸之初，向擅長音樂的老友訴說自己十二午在敵營，如今再三請辭，終於允准南歸；然而近鄉情怯，要如何解釋自己曾任元官？這是元量心事，這一類自傷的句意，也構成元量詩作的內容。

> 「偶攜降幟立詩壇，剪燭西窗共笑歡。落魄蘇秦今席暖，猖狂阮籍尚氈寒。山中客老千莖白，海上人歸一寸丹。世事本來愁不得，乾坤只好醉時看。」〈答

林石田見訪有詩相勞〉（卷四，頁一二〇）

元量在此詩中，又與另一老友，共剪西窗燭，雖感到快意，卻也藏不住萬般感慨。眼看老友鬢髮已霜，去日雖多，可傲者，自己仍有「一寸丹」，並未變節，足以告慰鄉人。然而國仇依舊無法報，此為元量傷心處，只能向有詩作唱和贈答的老友訴一訴，且勸之「乾坤只好醉時看」。

十、褒貶

　　元量早期的詩作，不乏含有褒貶句意的詩作。黃麗月在《汪元量「詩史」研究》中云：

> 「『褒貶精神』是汪元量『詩史』的另一重要特徵，所謂的『褒貶精神』，指作者在記實敘事中所表現出來對歷史事件級人物的態度，包括正面的肯定、讚揚與反面的批評、責備。」（註21）

以元量的思想與賦性看來（見本論文〈上篇〉，第五章〈思想與賦性〉；中篇，第二章〈汪元量詩作之創作淵源〉，在此不贅），當能理解其具有褒貶精神的原由。元量含有此類句意的詩作，有十六首。例如：

> 「魯港當年傀儡場，六軍盡笑賈平章。三聲鑼響三更後，不見人呼大魏王。」
> 〈越州歌二十首其八〉（卷二，頁六十）

> 「睢陽臨難氣塞充，大呼南八男兒忠。我公就義何從容，名垂竹柏生英雄。」
> 〈浮丘道人招魂歌九首其一〉（卷三，頁七六）

十一、音響

　　汪元量身為宮中琴師，最能體會、關注樂器聲響或週遭的蟲鳴鳥啼等大自然音響。在詩中常不經意流露出此類句意。拙著〈汪元量詩詞中的音樂世界〉，曾予以探討。在這（音響的句意）方面，元量詩中有三特色：

　　　　一、在詩中描繪歌聲舞影；
　　　　二、在詩中的樂器種類繁多；
　　　　三、詩中的動詞和狀聲詞，構成詩詞中的有聲世界（註22）。

　　元量含有此類句意的詩作不少，若專指樂器，不含其他大自然聲響，則有十四首。例如：

「楚狂醉歌歌正發，更上梁臺望明月。…棰羯鼓，彈箜篌。烹羊宰牛坐槽丘，一笑再笑揚清謳。」〈夷山醉歌二首其一〉（卷三，頁一○三）

「嗚呼再歌兮花滿臺，好月為我光徘徊。…夷山青青汴水綠，西北高樓咽絲竹。美人十指纖如玉，為我行觴歌一曲。含宮嚼徵當窗牖，露腳斜飛濕楊柳。…」〈夷山醉歌二首其二〉（卷三，頁一○三）

十二、寫景

清李重華《貞一齋詩說》云：

「寫景是詩家大半工夫，非直即眼生心，詩中有畫，實比興不逾乎此。」（註23）

通常詩人受外在之境遇，與內在之心境影響，而寫作詩篇。因此寫景應是許多詩人詩作中，必有之句意，只是量多量少之別而已；藉景抒情之句多，甚而以描寫景物為主，即為寫景詩；否則詩中偶有寫景之句，也可達到藉景抒情目的，元量詩即是如此。而元量詩作中，所寫之景，未必全是好山好水，更有：元兵入境悽慘之景、大漠荒涼之景、百姓受苦受難之狀、…，這些內容也成為元量詩作中的部分句意。舉例如下：

「旌旗閃閃千帆過，簾幌重重一笛哀。」〈望海樓獨立〉（卷一，頁九）

「江春蛟妾舞，寒暖鷾奴歸。」〈杭州雜詩和林石田廿三首其十六〉（卷一，頁二二）

「春去雨方歇，水流花自飛。」〈杭州雜詩和林石田廿三首其十六〉（卷一，頁二三）

「將雛野鹿啣枯草，挾子宮烏噪夕陽。」〈蘇臺〉（卷二，頁二九）

「飢鷹傍人飛，瘦馬對人立。」〈蘇武洲甎房夜坐〉（卷三，頁八三）

「飛鴻雨濕雲天遠，去馬風寒雪塞平。」〈陰山觀獵和趙待制回文〉（卷三，頁八六）

「兵馬渡江人走盡，民船拘斂作官船。」〈湖州歌九十八首期卅六〉（卷二，頁四四）

十三、求隱

含有此類句意的詩作，雖僅有六首，也能看出元量有求隱之心。例如：

> 「越王臺上我同游，越女樓中君獨留。燕子日長宜把酒，鯉魚風起莫行舟。江山有待偉人出，天地不仁前輩休。何處如今覓巢許，欲將心事與渠謀。」〈柴秋堂越上寄詩就韻柬奠秋崖〉（卷一，頁四）

柴秋堂名望，秋堂乃號。柴望的事蹟，詳見《秋堂集》附錄，蘇幼安所撰〈墓誌銘〉。〈墓誌銘〉謂度宗咸淳初年，元兵勢力日熾，國事緊急；柴望聞之，則徬徨流涕。柴望素有名望，因賈似道專政而不願出仕；乃遊覽各地名勝年餘。孔凡禮認為柴望遊越，當在此時，約為度宗咸淳中期（註24）。由此看來，早在度宗時期，國事日亂，元量即已萌生退隱之念。

> 「他年身退遁，肯伴赤松遊。」〈送張舍人從軍〉（卷三，頁八八）

此詩約作於至元二十二年（一二八五）（註25），此時元量已自上都、內地，回抵大都（註26）。自恭帝德祐二年（一二七六）被俘北上至今，元量拘燕已近十年，看盡世事，更有求隱之心。

【附註】

註1　其一為：〈二月初八日左丞相吳堅右丞相賈餘慶樞密使謝堂參政密〉詩：「□□□□，□□□□。□□□□□，□□□□厄。江蛟海□□，□□母子悲。□□□□□，□□□征詩。」（卷一，頁八）；其二為〈越女〉詩：「越女為驅口，朝來攬鏡慵。欲梳新墮馬，忍□□□□。□□□□□，□□□□□。□□□□□，□□□□□。」見孔凡禮《增訂湖山類稿》卷一，頁一二。

註2　見《漢語大詞典》第五冊，頁一二九一。

註3　見潘玲玲《南宋遺民詩研究》引，頁二三。

註4　見《百種詩話類編》下冊，頁一八五五。

註5　見《中國詩學大辭典》，頁一二二五，「觸景生情」條所引。

註6　同註1，附錄二，頁二六六。

註7　同註5，頁一一六五，「吊古詩」條所引。

註8　同註4，下冊，頁一六五五。

註9　同註4、下冊，頁一六五七。

註10　孔凡禮根據元量〈三衢官舍和王府教〉、〈錢塘〉等詩的句意，及〈釣臺〉詩已云：「雨甜春水魚龍動」，則知汪元量經過釣臺南歸時，已是初春，故認定元量抵杭州時為春季。而孔凡禮云：「畢沅《續資治通鑑》卷一百八十八至元二十五年十二月紀事謂元量抵杭為至元二十五年冬事，誤。」見同註1，附錄二，頁二八〇。

註11　同註1，附錄二，頁二八二。

註12　同註1，附錄二，頁二八五。

註13　同註1，附錄二，頁二八七。

註14　李鶴田較汪元量年長二十二歲，此乃根據孔凡禮所作考證。見孔凡禮《增訂湖山類稿‧汪元量事蹟紀年》附錄二，頁二三五。卻有學者質疑，例如杜耀東云：「孔先生（凡禮）在〈汪元量事蹟紀年〉中所列汪的十餘位友人，幾乎全都長於汪元量，而且，大多數長十至三十歲之多，如果個別人與汪為『忘年之交』，尚可說通，如此之多，就使人頗為費解了。」杜耀東所論，個人不盡贊同，對此曾有說明，請參見本論文上篇，第二章〈里籍家世〉，頁二六。加上目前有關汪元量身世背景的資料，尚稱不足，故暫以孔凡禮所說為據。

註15　見本論文上篇，第四章〈交游〉，頁五七。

註16　見同註1，卷四，頁一五八。

註17　同註15，頁五三。

註18　汪元量在作品中，常提及的友人，見同註15，五〇至七〇。

註19　此為孔凡禮所考，見同註1，卷四，頁一二四。

註20　見同註1，卷四，頁一二五。

註21　見黃麗月《汪元量「詩史」研究》，第三章〈汪元量「詩史」的內涵〉，頁一四七。

註22　見拙著〈汪元量詩詞中的音樂世界〉，載《清流月刊》，民八十八年二月，頁十七。

註23　同註4，頁一六五六。

註24　同註1，見卷一，〈柴秋堂越上寄詩就韻柬溪秋崖〉詩之編年。頁四。

註25　同註1，見卷三，〈送張舍人從軍〉詩之編年，孔凡禮謂此詩「據原書編次，當作於至元二十二年（一二八五）」，見頁八八。

註26　同註1，附錄二，頁二七三。

中篇　汪元量詩作之研究

第六章　汪元量詩作之藝術特色

宋代詩人在繼承唐詩的基礎上，往往另闢蹊徑，形成宋詩特有的風格；直至宋末，似乎取法殆盡，無法再予創新。馬美信等人所編《中華古詩觀止》，云：

> 「到南宋後期的四靈體和江湖派，重新提出學習唐詩，但他們或刻意雕琢，取徑太狹；或嘲弄風月，氣格卑弱，都沒有太大的成就。」（註1）

認為宋末詩壇詩人「都沒有太大的成就」。也有學者持不同看法，例如葉慶炳云：

> 「茲參酌眾說，分十部分敘述宋詩。一、西崑體。二、歐陽、蘇、梅。三、王安石。四、蘇軾。五、黃庭堅。六、江西詩派。七、南宋四大家。八、永嘉四靈。九、江湖詩派。十、遺民詩。大抵第一部分為宋詩未能擺落唐音時代。……末一部分則多為孤臣孽子血淚交迸之作，在詩歌史上自彌足珍貴。」（註2）

汪元量為宋末元初時人，其詩雖不免受到當時遺民詩壇影響，然仍有其個別特色。茲分章法結構；以文、議論入詩；常用典故；常見修辭；文字表現；格律技巧；特殊詩篇之研究等七節探討。

第一節　章法結構

寫作文章有其章法，即所為文之組織、布局方法；寫作詩篇也有其章法，即詩中之布局安排。《然鐙記聞》曾載王漁洋所述，曰：

> 「為詩須有章法句法字法。章法有數首之章法，有一首之章法，總是起結血脈要通，否則痿痺不仁，且近攢湊也。」（註3）

王漁洋謂一首有一首之章法，數首有數首之章法，而章法必須「起結血脈要通」，為最重要。蔡平立在《詩的作法與欣賞》中，認為：

> 「一首之章法，在其形說：要如草蛇灰線，在似絕實不絕。在其神說：首尾血

脈在流動。若不如此，如何串連文字，都屬死語而已。」（註4）

由此則見章法之重要，各體詩各有其章法。汪元量詩作以絕句、律詩佔多數。對於絕句、律詩的章法，《詩法家數》有云：

「絕句之法，要婉曲回環，刪蕪就簡，句絕而意不絕。多以第三句為主，而第四句發之。…大抵起承二句固難，然不過平直敘起為佳，從容成之為是。」（註5）

絕句的篇幅既短，自應「刪蕪就簡」，使「句絕而意不絕」，以第三句為主。再看汪元量所作絕句，以七絕為多，有二一〇首；五言為少，僅六首。茲舉例說明如下：

「秦淮浪白蔣山青，西望神州草木腥。江左夷吾甘半壁，只緣無淚灑新亭。」〈題王導像〉（卷一，頁五）

詩中首句平直敘起，至第三句為轉折，亦為本詩之主句，為全首詩之重點所在；至末句順勢作結，卻留下想像空間，讓讀者回味。汪詩此類章法的七絕不少，如以下詩例：

「西塞山前日落處，北關門外雨來天。南人墮淚北人笑，臣甫低頭拜杜鵑。」〈送琴師毛敏仲北行〉（卷一，頁二四）

「江南二月蕨筍肥，江北客行殊未歸。怕上西樓灑鄉淚，東風吹雨濕征衣。」〈薊北春望〉（卷三，頁六八）

至於律詩，蔡平立又引《詩藪》語，云：

「詩藪裡說：近體之難，莫過於七言律。五十六字之中，要若意貫珠，言合璧。其貫珠，要不失，走夜光盤旋曲折之妙，其合璧，要如玉匣蓋絕參差扭捏之痕，…就是在一篇之中，必有數者兼備，始得稱全美。」（註6）

律詩中，七律晚出，也難於五律，所以作者較少。清趙翼云：

「少陵以窮愁寂寞之身，藉詩遣日，於是七律益盡其變，不惟寫景，兼復言情，不惟言情，兼復使典，七律之蹊徑至是益大開。…東坡出，又參以議論，縱橫變化，不可捉摸，此又開南宋人法門。」（註7）

雖然南宋人的七律，多參以議論，卻仍以渾成為上乘。清施補華所撰《峴傭說詩》卷十三，云：

「七律以元氣渾成為上，以神韻悠遠為次，以名句可摘為又次，顓小巧粗獷為

下。」（註8）

至於寫景句、抒情句的安排，《詩藪》又云：

「作詩上不過情景兩端。如五言律體，前起後結，中三四句，二句言景，二句言情為通例。在初唐，多將首二句以對起述景，以結二句述情。至晚唐，則第三、四句多作為一串。」（註9）

五律在唐代，屬於通行的體裁，作者較多。初唐時，多以首二句寫景，末二句寫情；晚唐更以三、四句對仗。汪元量的律詩，七律有一三二首，五律有六十首。各舉數例說明如次：

「翠華扶輦出彤庭，密炬星繁天未明。鵷鷺分行江上別，熊羆從駕雨中行。綠波淼淼浮三殿，紫禁沉沉斷六更。惟有週遭山似洛，不堪回首淚縱橫。」〈感慈元殿事〉（卷一，頁一〇）

此詩首聯，寫由於國亡在即，宮中作息反常、炬火通明，病中的謝后，也無法安寢，而坐輦車被扶出彤庭。劉辰翁評曰：「不忍見不忍。」（註10）七律首重「意若貫珠，言如合璧。」而元量七律之頷聯、頸聯，尚能工整對仗；此外，往往以首聯敘事，末聯與首聯呼應，為全詩重點處，甚而有絃外之音。例如：

「諸公來此欲憑闌，禿樹粘雲濕不乾。小燕正嫌三月雨，老鷹又受一春寒。樓頭呼酒盡情飲，江上遇花隨意看。莫怨人生有離別，人生到此別離難。」〈浙江亭別客〉（卷一，頁二六）

「吳江潮水化蟲沙，兩岸垂楊噪亂鴉。舟子魚羹分宰相，路人麥飯進官家。」〈吳江〉（卷二，頁二八）

「多景樓中晝掩扉，畫梁不敢住烏衣。禪房花木兵燒殺，佛寺干戈僧怕歸。山雨欲來淮樹立，潮風初起海雲飛。酒尊未盡登舟急，更過金焦看落暉。」〈多景樓〉（卷二，頁三一）

至於汪元量的五律詩，則多數以敘事句起句，偶以寫景句起句，而非以對句起句。至於詩中通例為二句言景，二句言情，而汪元量則自首至尾，直敘而下，不分寫景、寫情之句，至末聯再以寫情作結。茲舉例如下：

「烽火來千里，狼煙度六橋。嶺寒蒼兕叫，江曉白漁跳。壯士披金甲，佳人

弄玉簫。偶餘尊酒在，聊以永金朝。」〈杭州雜詩和林石田廿三首其六〉（卷
一，頁一九）

「大笑出門去，誰能筆硯囚。十年渾不調，萬里欲先侯。衰繭吾將老，飛揚子
未休。他年身退遁，肯伴赤松遊。」〈送張舍人從軍〉（卷三，頁八八）

以寫景句起句者，例如：

「寒蘆風颯颯，時節近昏黃。木脫千山瘦，江空一水長。雲高鵬北運，天闊鴈
南翔。讀盡楚舟賦，持觴酹子桑。」〈孟津〉（卷三，頁九〇）

「春去雨方歇，水流花自飛。人生螻蟻夢，世道犬羊衣。日月東西驛，乾坤
闔闢扉。斯今無二子，空有首陽薇。」〈杭州雜詩和林石田廿首其十九〉（卷
一，頁二三）

【附註】

註1　參見馬美信等人所編《中華古詩觀止》前言，頁六。

註2　參見葉慶炳著《中國文學史》，頁三八〇。

註3　《百種詩話類編》下冊，頁一六五一。

註4　見蔡平立著《詩的作法與欣賞》，頁一二九。

註5　見《百種詩話類編》下冊，頁一六一七。

註6　同註2。

註7　見〈甌北詩話〉卷十二，載《百種詩話類編後編》下冊，頁一六一四。

註8　同前註。

註9　同註3。

註10　劉辰翁批語見孔凡禮《增訂湖山類稿》卷一，〈感慈元殿事〉詩，第二句之後，頁一〇。

第二節　以文、議論入詩

　　詩句散文化，以文入詩，甚至以白描手法為詩，甚而在詩中議論，這原是當時宋詩的特徵之一。究竟以文、議論入詩，是宋詩缺點或優點？許多學者所持看法，認為既是宋詩缺點，使宋詩不如唐詩；也是宋詩的優點，卻都未明言優點何在。例如劉大杰云：

> 「前人對於宋詩的指責，大多集中在『多議論』『言理不言情』『詩體散文化』『俚俗而不典雅』這幾點上，…宋詩在情韻與境界方面，實遠不如唐詩。至如所說『好議論』『散文化』以及『淺露俚俗』的幾點，一面是宋詩的缺點，同時也就是宋詩的長處。」（註1）

劉大杰認為以文、議論入詩，既為宋詩缺點，也是宋詩的長處。而吳小如云：

> 「我們一談到宋詩的特點，總說宋人以文為詩，以學問為詩，以議論為詩。所謂以文為詩，即詩歌日趨散文化。所謂以學問議論為詩，就是說詩到了宋代，不完全訴之於形象思維而經常訴之於抽象思維即邏輯思維。特別是以文為詩這一點，既是宋詩的特點，也有不少人把它看成宋詩的缺點。」（註2）

吳小如也認為宋人以文、議論入詩，既為宋詩缺點，也是宋詩的優點。王水照云：

> 「散文化是宋詩的一個特點。唐代杜甫開始具有『以文為詩』的傾向，到了白居易、韓愈手中，更有所發展。…宋詩的散文化是在杜、韓的基礎上直接發展起來的，同樣包含著成功和失敗，…總的看來，散文化導致宋詩近於賦而遠於比、興，對詩歌形象或意境的創造，害多利少。…議論化是宋詩的又一特點。…宋代詩歌的議論化，就不少作品而言，正式存在著以邏輯思維代替形象思維、以理代情的缺點。宋詩篇什中不僅普遍地增加議論成分，而且有不少『純乎議論』的長篇短製，專論社會問題、政治措施或其他問題。」（註3）

　　以上學者咸認為散文化、議論化，是宋詩的特點，也是缺點；王水照更認為害多利少的散文化詩篇，早在杜、韓之時已有；而宋詩還有以邏輯思維代替形象思維、以理代情的缺點。客觀地說，散文化、議論化的內容，使宋詩失之俚俗而少韻致，此為缺點，卻也是宋詩獨有的特點，為別朝代所無。事實上，無論宋詩的優缺點如何，汪元量當不能自外於這些風格，甚至於更多；由於身處亡國之際，過著亡國奴生活，憤懣慨歎之情難免，此時唯有散文化、議論化的詩句，能不假思索，瞬間將之擷取入詩。

　　故而在汪元量的詩作中，以散文化詩句說理、議論者為多，一遇有所感即衝口而

出；或許在憂心、憤慨的情境之下，不容思索，而將此情此緒，捕捉入詩，由此成就其「詩史」之作。只有少數寫景詩，有貼切優美的詩句出現。茲舉散文化、議論化的詩例如下：

> 「如此只如此，無聊酒一尊。江山猶昨日，笳鼓又新元。黑潦迷行路，黃埃入禁門。皋亭山頂上，百萬漢軍屯。」〈杭州雜詩和林石田廿三首其十七〉（卷一，頁二二）

> 「群臣上疏納忠言，國害分明在目前。只論平章行不法，公田之後又私田。」〈越州歌二十首其十二〉（卷二，頁六一）

> 「田文夜半至函關，雞未鳴時去路難。不是三千珠履客，如何秦地得生還。」〈函谷關二首其二〉（卷三，頁九五）

> 「洞庭過了浪猶高，河伯欣然止怒濤。傍岸買魚仍問米，登樓呼酒更持螯。湘汀暮雨幽蘭濕，野渡寒風古樹號。詩到巴陵吟不得，屈原千古有《離騷》。」〈長沙〉（卷四，頁一二九）

汪元量藉散文化、議論化的詩句，反而能即時抒發情緒；所以由詩中可見到真切情感，所裝載的憂憤之情，直接傳達予讀者。

【附註】

註1　見劉大杰《中國文學發達史》，頁六五五。

註2　見吳小如〈宋詩漫談〉，載張高評編《宋詩綜論叢編》，頁四。

註3　王水照〈宋代詩歌的藝術特點和教訓〉，見同前註，頁六五至七一。

第三節　常用典故

　　雖說元量詩作以散文、議論化入詩為多，卻仍有一些詩作，其中添加了史實典故，藉以抒發情緒，以事典為多，益使詩作的張力增強。其中有些詩中，僅有一、二則事典；有些則如數家珍般，連續敘述數則事典。孔凡禮將汪詩分為四卷，各卷詩作中，皆有含典故詩句的詩作，而以卷四所作詩中，有四十八首詩含典故詩句，為各卷之冠（註1）；而以卷二為最少，僅有十八首。茲舉例如下：

> 「躡足封韓信，剖心嗔比干。河山千古淚，風雨一番寒。世指鹿為馬，人呼烏作鸞。江頭潮洶洶，城腳水漫漫。」〈杭州雜詩和林石田廿首其八〉（卷一，頁一九）

躡足封韓信，指劉邦玩弄權術封韓信為齊王一事（註2）。剖心嗔比干，比干因屢次勸諫紂王，被剖心而死（註3）。指鹿為馬，《史記·秦始皇本紀》：

> 「趙高欲為亂，恐群臣不聽，乃先設驗，持鹿獻於二世，曰：『馬也。』二世笑曰：『丞相誤耶？謂鹿為馬。』問左右，左右或默，或言馬以阿順趙高。或言鹿，高因陰中諸言鹿者以法。後群臣皆畏高。」（註4）

後以「指鹿為馬」比喻有意顛倒黑白，混淆是非。《後漢書·竇憲傳》：「深思前過，奪主田園時，何用愈趙高指鹿為馬？久念使人驚怖。」

　　又有在一首詩中，出現多則事典者，如：

> 「漢賊不兩立，英雄恨不平。孔明勞已死，仲達走還生。雙劍鷹鸇急，三秦虎抱橫。東南無霸氣，恢復恐難行。」〈後主廟〉（卷四，頁一四八）

> 「君不見，巢父許山空洗耳，伯夷叔齊空餓死。范蠡扁舟挾西子，五湖風浪兼天起。又不見，相如懷璧空歸來，廉頗善飯何壯哉。謝安攜妓入東山，蒼生望望霖雨乾。…燕昭築臺金滿地，郭隗登臺多意氣。劉琨夢裡起聽雞，班超萬里封侯歸。…」〈余將南歸燕趙諸公子攜妓把酒餞別醉中作把酒聽歌行〉（卷四，頁一一一）

> 「久謂儒冠誤，窮愁方棄書。十年心不展，萬里意何如。司馬歸無屋，馮驩出有車。吾曹猶未化，爛醉且穹廬。」〈酬方塘趙待制見贈〉（卷三，頁八七）

　　在一首詩中，堆砌典故，用典過多，終非可取，幸好元量僅此三首詩中用典多。

【附註】

註1　見孔凡禮《增訂湖山類稿》卷四，頁一一一至一六〇。

註2　韓信，漢朝淮陰人。初貧甚，常釣於城下，就食於漂母。又嘗受淮陰少年跨下之辱。尋從項梁舉兵，輾轉歸漢，拜為大將。涉西河虜魏王，下井陘，定趙齊，立為齊王。復將兵會垓下，滅項羽，立為楚王。與張良、蕭何、稱漢興三傑。後被告謀反，高祖偽游雲夢，執之至雒陽，赦為淮陰侯。後呂后用蕭何謀，紿至長樂宮，斬之，夷三族。見《中文大辭典》第九冊，頁一六九五。

註3　比干，商紂之諸父。《史記‧殷本紀》紂淫亂不止，比干曰為人臣者，不得不以死爭，乃諫紂三日不去，紂怒曰，吾聞聖人心有七竅，遂剖觀其心。見《中文大辭典》第五冊，頁七六一。

註4　趙高，乃秦國宦者。有強力，通獄法，善史書。始皇崩，趙高與丞相李斯矯詔，殺始皇長子扶蘇，立次子胡亥，是為二世。趙高為丞相，復誣殺李斯，獨秉朝政，不久，諸侯兵起，趙高暗中有異志，弒二世而立子嬰，尋又欲弒子嬰，子嬰察覺，誅之，夷三族。

第四節　常見修辭

詩歌的發展，至宋詩，傾向散文化、議論化；至宋末的四靈派和江湖派，力改此弊，而重新提出學習唐詩（註1）。汪元量雖不能免俗，然自從宋室亡於元人手中後，元量悲痛不已，從而大量寫作「詩史」（註2），更以透露關注天下蒼生之情的杜詩為師（註3），因而元量詩作風格隨之改變，與早期詩作不同，乃有目共睹（註4）。則元量詩作，必有其異於常人之藝術技巧，例如修辭技巧即是，茲分述如下：

一、對仗

對仗即對偶，為語文修辭形式的一種。因我國的方塊文字，可整齊排列，形成對仗形式，以便反覆強調。沈謙云：

> 「將語文中字數相等、語法相似、平仄相對的文句，成雙作對的排列，藉以表達相對或相關意思的修辭方法，是為『對偶』。」（註5）

詩中的對偶亦然，上下兩句詩句，字數相等，句法相似，平仄相對。對仗（對偶）又分多種（註6），元量較常用的是當句對、單句對；通常律詩中必須使用對仗，也有詩人在其他詩體中，使用對仗，例如古詩中也用。元量詩作中，律詩有一九二首，佔全部詩作的40％，因而其詩中的對仗句不少。

甚而當句對與單句對兼用。此外，在古詩中，也常用對仗。茲將汪詩中，各種形式的對仗，舉例如下：

> 「城因兵破慳歌舞，民為官差失井田。巖谷搜羅追獵戶，江湖刻剝及漁船。」
> 〈利州〉（卷四，頁一四〇）

> 「紅尾錦雞鳴古堁，綠頭花鴨灩幽池。荷生策策秋來後，桂影團團月上時。病馬齧荄思故櫪，驚烏繞樹宿何枝。…」〈鳳州〉（卷四，頁一四一）

> 「人生螻蟻夢，世道犬羊衣。日月東西驛，乾坤闔闢扉。」〈杭州雜詩和林石田其十九〉（卷一，頁一七）

> 「百年世路多翻覆，千古河山幾廢興。紅樹青煙秦祖龍，黃茅白葦漢家陵。」
> 〈秦嶺〉（卷四，頁一四一）

又往往以通俗語對仗，例如：

「…西瓜黃處藤如織，北棗紅時樹若屠。雪塞搗砧人戍遠，霜營吹角客愁孤。」〈通州道中〉（卷二，頁三五）

此詩，劉辰翁評曰：「西瓜北棗，眼前便是，詩貴其真故也。」（註7）可知元量並不事雕琢，就眼前所見，即可對仗成句。

「蘇子瞻喫惠州飯，黃魯直杜鬼門關。」〈送琴師毛敏仲北行三首其三〉（卷一，頁二四）

「朝理綠雲鬟，暮吹紫鸞笙。」〈兵後登大內芙蓉閣宮人梳洗處〉（卷一，頁十二）

也有在連續四句詩句中，兩兩各為單句對，例如：

「魏庭翁仲泣，唐殿子孫非。樹禿鴉爭集，梁空燕自歸。」〈杭州雜詩和林石田廿三首其十八〉（卷一，頁二二）

「同谷歌臣甫，新豐醉客周。君今嫌作吏，我已厭封侯。」〈筠溪王奉御寄詩次韻呈崖松盧奉御〉（卷三，頁六八）

除以上的單句對之外，另有當句對，例如：

「南人墮淚北人笑」〈送琴師毛敏仲北行三首其一〉（卷一，頁二五）

「朝歌夜舞何時窮」〈燕歌行〉（卷三，頁七二）

「東鶩西馳歸未得」〈歲暮過信州靈溪〉（卷四，頁一一八）

此外，有一些連續的兩句中，各自有當句對，如：

「西舍東隣今日別，北魚南鴈幾時通。」〈曉行〉（卷一，頁二七）

「莫思後事悲前事，且向天涯到海涯。」〈吳江〉（卷二，頁二八）

「五里十里亭長短，千帆萬帆船去來。」〈送琴師毛敏仲北行其一〉（卷一，頁二四）

「英雄聚散闌干外，今古興亡欸乃間。」〈浙江亭和徐雪江〉（卷四，頁一一九）

二、譬喻

　　譬喻的修辭法，即「借彼喻此」的方法，凡兩件或兩件以上的事物中，有類似之處，即借用彼類似之處，來比方說明此事物。這種修辭法的理論架構，是建立在心理學「類化作用」（Apperception）的基礎上，利用舊經驗引起新經驗。通常是以容易明白的來說明難知之處；以具體的來說明抽象之處。使讀者在恍然大悟中，佩服作者設喻之巧妙，由此產生滿足與信服的快感（註8）。

　　汪元量遭亡國之難，不得已離開故國，被俘北上，由於眷戀故國的人、事、物、地，此為舊經驗，詩中常「以舊經驗引起新經驗」，新經驗即眼前所見；更將舊、新經驗，兩者加以比較，遂至無法釋懷，而愁苦無比。例如：

> 「城南城北草芊芊，滿地干戈已惘然。燕燕鶯鶯隨戰馬，風風雨雨渡江船。小儒愁劇吟如哭，老子歌闌醉欲眠。一夜春寒花命薄，亂飄紅紫下平川。」〈吳山曉望〉（卷一，頁九）

> 「日中轉舵到河西，萬里羈人強自寬。此夜此歌如此酒，長安月色好誰看。」〈湖州歌九十八首其六五〉（卷二，頁五〇）

> 「人隔關河歸未得，客逢時節轉堪哀。十年舊夢風吹過，忍對黃花把酒盃。」〈燕山九日〉（卷三，頁七〇）

> 「回雁峰前問訊，楚江幾度蘭香。望美人兮何處，水雲隔斷瀟湘。」〈衡山道中寄平遠趙宣慰〉（卷四，頁一三二）

三、類疊

　　同一個字、詞或語句，或遠或近，接二連三反復的使用，即為類疊。這種修辭法，不僅可加深讀者印象，也是意象境界的加強，因為一個字、詞或語句，如果反復出現，更能開闊讀者視野，並打動讀者心靈；即造成空間和時間的意象，提供讀者視覺和聽覺的意境（註9）。至於類疊的種類，就內容來說，分單音詞（字）的類疊、複音詞（複詞）的類疊、語句的類疊等三種；就類疊的方式來說，分連接的類疊、隔離的類疊兩種，二者相乘，便出現四種：類字、類句、疊字、疊句。在漢語的發展上，四者均歷史悠久（註10）。

　　在汪詩中，以類字、疊字為多，茲舉例如次：

（一）類字：

元量在詩中，有單句用類字者，也有連續兩句用類字者。

「世事花開花又落」〈短歌〉（卷一，頁二五）

「潮落潮生天外去，人歌人哭水邊來。」〈江上〉（卷一，頁二六）

「山林雖樂元非樂，塵世多魔未是魔。」〈惠山值雨〉（卷一，頁三〇）

「幾度相逢幾度別」〈幽州月夜酒邊賦西湖月〉（卷三，頁七四）

「有酒有歌君亦愁」〈聽歌行其二〉（註11）（卷四，頁一一二）

「車笠自來還自去，笳簫如願復如愁。」〈登薊門用家則堂韻〉（卷三，頁六六）

（二）疊字：

元量所用的疊字，有表達時空情境者，有表達音響境界者，往往不是在單句中運用疊字而已；卻在兩句詩句中，同時連用疊字，構成特殊的畫面。

「都下紛紛躍馬，湖邊恰恰啼鶯。」〈清明〉（卷一，頁一一）

「飛埃猶黯黯，逝水正滔滔。」〈杭州雜詩和林石田廿三首其十二〉（卷一，頁二一）

「亂後江山元歷歷，愁邊楊柳極依依。」〈京口野望〉（卷一，頁三二）

「歧路茫茫空望眼，興亡兢兢入愁腸。」〈彭州〉（卷四，頁一四二）

「楊柳兮青青，芙蓉兮冥冥。」〈兵後登大內芙蓉閣宮人梳洗處〉（卷一，頁一二）

「深深古木哀黃鳥，漠漠荒煙哭杜鵑。」〈嚴鄭公故宅〉（卷四，頁一四九）

四、摹寫

對事物的各種感受，加以形容描述，即為摹寫。摹寫的對象，包括視覺、聽覺、嗅覺、味覺、觸覺的感受，作者將大自然及人生各種現象，所產生的種種感受，經由摹寫

的修辭技巧，而得到讀者的共鳴（註12）。

　　汪元量的際遇，使其心靈受到衝擊，不可能不關注週遭環境；加上元量特意寫作「詩史」，必留意各種感受，一一攝取入詩。所摹寫的大自然或人生情態，有千姿百態，但以視覺的摹寫為多，次為聽覺的摹寫。例如：

　　「雨後林巒翠欲流」〈登薊門用家則堂韻〉（卷三，頁六六）

　　「淮南西畔草離離，萬楫千艘水上飛。旗幟蔽江金鼓震，伯顏丞相過江時」〈越州歌二十首〉（卷二，頁五九）

　　「塵入金張宅，草入王謝家。」〈杭州雜詩和林石田廿三首其廿二〉（卷一，頁二四）

　　「鼕鼓亂搥裂巖谷…金鞍戰馬踏雲梯，日射旌旗紅蘇蘇。黑霧壓城塵漲天，西方殺氣成愁煙。」〈聞父老說兵〉（卷四，頁一五四）

　　「天陰雨濕龍歸海，雲淡風清鶴在田。」〈寄李鶴田〉（卷四，頁一五五）

【附註】

註1　見程千帆、吳新雷著《兩宋文學史》，頁四四七、四五二。
　　　及馬美信等編《中華古詩觀止》，頁六。

註2　元量有詩云：「南朝千古傷心事，每閱陳編淚滿襟。我更傷心成野史。」（答林石田）（卷一，頁二六）此詩寫於被俘北上前夕，此後元量開始大量寫作「詩史」，記錄所見所聞所感。故知元量乃有意寫作「詩史」，以免成為野史。

註3　元量詩曾云：「少年讀杜詩，頗厭其枯稿。斯時熟讀之，始知句句好。書生挾蠹魚，流行萬里道。…」（草地寒甚氈帳中讀杜詩）（卷三，頁八六）劉晨翁都認為：「書生迂闊，如雪中尚讀詩。」此詩為遷往內地，行經寒漠地區時作。則知元量以杜詩為帥，用心學習。其詩集中有許多受杜詩影響的詩作。參見本論文，中篇〈汪元量詩作之研究〉第二章〈汪元量詩作之創作淵源〉，第三節〈歷代詩人之影響〉，汪詩有些詩作體裁，源自杜詩；以及本論文，中篇〈汪元量詩作之研究〉，第四章〈汪元量詩作之形式〉，第二節〈特殊形式〉，汪詩有些特殊形式，例如組詩、雜言詩、歌體詩等，都來自杜詩的啟發。

註4　見本書，中篇〈汪元量詩作之研究〉，第三章〈汪元量作之分期與各期風格〉，第二節

〈各期風格〉。

註5　見沈謙編著《修辭學》，第十七章〈對偶〉，頁四五三。

註6　日本金剛峰寺禪念沙門遍照金剛所撰《文鏡秘府論》東卷，有「論對」及「二十九種對」，是根據《元兢骨髓腦》、《崔氏唐朝新定詩格》所論對句的形式，而集大成之作。其所論對句的形式，有：的名對、隔句對、雙擬對、聯綿對、互成對、異類對、賦體對、雙聲對、疊韻對、迴文對、意對、平對、奇對、同對、字對、聲對、側對、鄰近對、交絡對、當句對、含境對、背體對、偏對、雙虛實對、假對、切側對、雙聲側對、疊韻側對等。黃慶萱認為：「對仗的名目雖多，但從句型上分類，不外乎句中對、單句對、複句對、長句對等四種。」見黃慶萱著《修辭學》，第廿三章〈對偶〉，頁四五三。

註7　見《增訂湖山類稿》卷二，頁三三。

註8　同註6，頁二二七。

註9　以上為筆者的體會，並參考同註5，頁四一二至四一三。

註10　同註6，頁四一三。

註11　此詩題目冗長，題目為：〈余將南歸燕趙諸公子攜妓把酒餞別醉中作把酒聽歌行〉，見卷四，頁一一一；今簡稱為：〈聽歌行〉。

註12　同註6，頁五一。

第五節　文字表現

　　以上四節所述：章法結構；以文、議論入詩；常用典故；修辭技巧等，大致上，皆可作為研究宋代詩人，尤其是宋末遺民詩作特色的衡量標準。然汪元量的際遇、稟賦、才學，均有異於當代詩人，因而汪詩中，除具有上述特色之外，仍有其獨特、而與常人，尤其是宋末詩人之不同處，即在文字表現上，喜愛描述音樂情境，或許由於身為宮中琴師，對於調漕的音樂或聲響較敏感，甚而描繪舉音演奏指法、歌舞等；詩中並重複使用一些特定的字眼，以表達其情緒。茲將汪元量詩作中的文字表現方面，分兩點：喜愛描述音樂情境、重複使用特定字，以探析之。

一、喜描述音樂情境

　　汪元量的詩作，即使是記錄史實的作品，也因其身為宮中樂師，所以音樂性成為其作品的特色之一。雖然歷來的詩詞等作品，原是離不開繪畫和音樂的成分，但有些詩人是作品中有「畫境」，而元量卻是作品中有「樂境」，並非偶然，從其描繪歌聲舞影的詩作中，可得明證，例如：

> 「紅袖鬥歌纏拍手，綠鬟對舞盡纏頭。箜篌急撚風生座，鼙鼓連撾月上樓。」〈潼川府〉（卷四，頁一四三）

> 「拂拭朱絃落指遲。彈到急時聲不亂，曲當終處意尤寄。」〈幽州秋日聽王昭儀彈琴〉（卷三，頁六八）

> 「曲高調古人不識，側耳西樓咽箏笛。」〈聽徐雪江琴〉（卷四，頁一二五）

> 「斬邪誅佞拱北極，阜財解慍歌南音。」〈短歌〉（卷一，頁二五）

> 「擊鼓吹簫行酒罕，舞腰嫋娜錦纏頭。」〈答元帥相拉浣花溪泛舟〉（卷三，頁九九）

> 「悲歌曲盡故人去，笛響長江月正明。」〈臨川水驛〉（卷四，頁一一八）

> 「忽有好詩來眼底，畫溪榔板唱漁歌。」〈畫溪酒邊〉（卷二，頁三〇）

「柳亭日射旌旗影，花館風傳鼓吹聲。」〈涿州〉（卷四，頁一一三）

「鼙鼓夜達明，角笳競於邑。」〈寰州道中〉（卷三，頁八二）

「槌羯鼓，彈箜篌。」〈夷山醉歌二首之一〉（卷三，頁一〇二）

「萬騎橫江泣鼓聲，千枝畫角一行吹。」〈湖州歌九十八首之卅一〉（卷二，頁三六）

「擊鼓吹笙勞客飲」〈綿州〉（卷四，頁一四二）

以上詩例中，有的詩句，更有多種樂器，似乎滿是各種樂器的聲響盈耳，增添了音樂情境。

二、重複使用特定字

詩人的心境，往往可由其詩中重複使用的特定字，看出端倪。在元量四百八十首傳世的詩作中，重複使用的字，可分四類，分布在四期詩作中：

（一）名詞類

此類字按出現次數多寡，依次為：酒（八一次）、淚（六二次）、雨（五〇次）、三宮（二四次）、吳山（一三次）。茲舉詩例如下：

酒——「偶餘尊酒在，聊以永今朝。」〈杭州雜詩和林石田二十三首其六〉（卷一，頁一九）

「燕玉成行把酒卮，酒卮未盡即言離。」〈送張總管歸廣西〉（卷三，頁八九）

「書生倒行囊，沽來一尊酒。」〈開平〉（卷三，頁八五）

「歸客偶然舒放眼，酒邊觸景又詩成。」〈涿州〉（卷四，頁一一三）

「愁到濃時酒自斟，挑燈看劍淚痕深。」〈秋日酬王昭儀〉（卷三，頁六九）

淚——「國母已無心聽政，書生空有淚成行。」〈醉歌十首其三〉（卷一，頁一四）

「江左夷吾甘半壁，只緣無<u>淚</u>灑新亭。」〈題王導像〉（卷一，頁五）

「六宮宮女<u>淚</u>漣漣，事主誰知不盡年。」〈醉歌十首其四〉（卷一，頁四）

「惟有週遭山似洛，不堪回首<u>淚</u>縱橫。」〈感慈元殿事〉（卷一，頁一〇）

「怕上西樓灑鄉<u>淚</u>，東風吹雨濕征衣。」〈薊北春望〉（卷三，頁六八）

雨——「甲子初秋柳宿乖，皇天無<u>雨</u>只空雷。」〈越州歌二十首其十三〉（卷二，頁六一）

「卷地風雷起，掀天<u>雨</u>電來。」〈濟瀆〉（卷三，頁一〇五）

「煙<u>雨</u>樓臺僧占了，西湖風月蜀吾儂。」〈西湖舊夢十首其一〉（卷四，頁一五五）

「留得紫綿三百曲，風吹<u>雨</u>打併成空。」〈越州歌二十首其十一〉（卷二，頁六一）

「秋風吹<u>雨</u>暗天涯，越鳥巢翻何以家。」〈越州歌二十首其五〉（卷二，頁五九）

三宮——「萬馬亂嘶臨警蹕，<u>三宮</u>垂淚濕鈴鸞。」〈北師駐皋亭山〉（卷一，頁七）

「<u>三宮</u>錦帆張，粉陣吹鸞笙。」〈北征〉（卷二，頁二八）

「<u>三宮</u>共在珠簾下，萬騎虯鬚繞殿前。」〈湖州歌九十八首其三〉（卷二，頁三六）

「<u>三宮</u>萬里知安否？何日檀欒把壽觴。」〈南嶽道中二首其一〉（卷三，頁一〇一）

「渡江九廟歸塵土，出塞<u>三宮</u>坐雪霜。」〈彭州〉（卷四，頁一四二）

吳山－「越水荒荒白，<u>吳山</u>了了青。」〈杭州雜詩和林石田二十三首其九〉（卷一，

頁二○）

「推篷坐對吳山月，幾度關門擊柝回。」〈江上〉（卷一，頁三六）

「一匊吳山在眼中，樓臺疊疊間青紅。」〈湖州歌九十八首其五〉（卷二，頁三六）

「昨夢吳山閬苑開，風吹仙樂下瑤臺。」〈越州歌二十首其十六〉（卷二，頁六二）

「而今莫說夢中夢，夢裡吳山只自憐。」〈越州歌二十首其二十〉（卷二，頁五八）

（二）動詞類

此類字依出現次數多寡，依次為：愁（五三次）、醉（三三次）、悲（三一次）、死（三一次）、哀（二二次）、啼（一五次）、哭（一二次）、泣（一二次）。茲舉詩例說明如下：

愁——「亂後長如醉，愁來不為貧。」〈杭州雜詩和林石田二十三首其一〉（卷一，頁一七）

「一家骨肉正愁絕，四海弟兄如夢同。」〈曉行〉（卷一，頁二七）

「泗水不關興廢事，佛峰空鎖古今愁。」〈戲馬臺〉（卷二，頁三三）

「雪塞搗砧人戍遠，霜營吹角客愁孤。」〈通州道中〉（卷二，頁三五）

「書生不忍啼，尸坐愁欲絕。」〈寰州道中〉（卷三，頁八二）

悲——「悲風來天末，圓月流景光。」〈月夜擬李陵詩傳三首其二〉（卷一，頁三）

「我作新亭泣，君生舊國悲。」〈杭州雜詩和林石田二十三首其三〉（卷一，頁一八）

「月濕江花和露泣，潮搖淮樹帶風悲。」〈淮安水驛〉（卷二，頁三二）

「白日悲風起，清河逆水流。」〈觀魚臺〉（卷二，頁三四）

「受降城下草離離，寒食清明只自悲。」〈湖州歌九十八首其十二〉（卷二，頁三八）

死——「誓以守貞潔，與君生死同。」〈妾薄命呈文山道人〉（卷三三，頁七〇）

「今辰出長城，未知死何處。」〈出居庸關〉（卷三，頁八一）

「人馬不相離，凍死俱未保。」〈草地寒甚氈帳中讀杜詩〉（卷三，頁八六）

「幽蘭不香蕙花死，千愁萬怨青楓裏。」〈聽徐雪江琴〉（卷四，頁一二五）

「絳紗穿露水晶圓，笑殺荷花守紅死。」〈錦城暮秋海棠〉（卷四，頁一三六）

哀——「旌旗閃閃千帆過，簾幙重重一笛哀。」〈望海樓獨立〉（卷一，頁九）

「揀花風緊子規急，楊柳煙昏黃鳥哀。」〈江上〉（卷一，頁二六）

「邵伯津頭閘未開，山城鼓角不勝哀。」〈湖州歌九十八首其五十一〉（卷二，頁四七）

「人隔關河歸未得，客逢時節轉堪哀。」〈燕山九日〉（卷三，頁六九）

「哀樂浮雲外，榮枯逝水前。」〈太皇謝太后挽章二首〉（卷三，頁一〇六）

啼——「古人不見今人去，江水東流烏夜啼。」〈錢唐歌〉（卷一，頁一一）

「南苑西宮棘露牙，萬年枝上亂啼鴉。」〈醉歌十首其九〉（卷一，頁一五）

「須臾風定過江去，不奈林間杜宇啼。」〈湖州歌九十八首二十一〉（卷二，頁四〇）

「向來承恩地，月落烏夜啼。」〈亡宋宮人分嫁北匠〉（卷二，頁六三）

「都下紛紛躍馬，湖邊恰恰噠鶯。」〈清明〉（卷一，頁一一）

哭——「小如愁劇吟如哭，老子歌闌醉欲眠。」〈吳山曉望〉（卷一，頁九）

「獨也吞聲哭，潛行到水頭。」〈杭州雜詩和林石田二十三首其四〉（卷一，頁一八）

「遺民拜路傍，號哭皆失聲。」〈北征〉（卷二，頁二八）

「蒼生慟哭入雲霄，內苑瓊林已作樵。」〈越州歌二十首其七〉（卷二，頁六〇）

「宮女垂頭空作惡，暗拋淚珠落船頭。」〈湖州歌九十八首其二十八〉（卷二，頁四二）

泣——「星殞天應泣，江喧地欲流。」〈魯港敗北〉（卷一，頁六）

「魏庭翁仲泣，唐殿子孫非。」〈杭州雜詩和林石田二十三首其十八〉（卷一，頁二二）

「湘娥素女相對泣，翠竹蒼梧淚痕濕。」〈聽徐雪江琴〉（卷四，頁一二五）

「萬騎橫江泣鼓鼙，千枝畫角一行吹。」〈湖州歌九十八首其三十一〉（卷二，頁四二）

「吳女北游簪素奈，湘娥南望泣蒼梧。」〈唐律寄呈父鳳山提舉十首其七〉（卷四，頁一三一）

（三）形容詞類

此類字依出現次數多寡，依次為：空（五七次）、萬里（四二次）、孤（三三次）、斷（二四次）。茲再舉例如下：

空——「魚菜不歸市，鶯花空滿林。」〈杭州雜詩和林石田二十三首其五〉（卷一，頁一八）

「身如傳舍任西東，夜榻荒郵四壁空。」〈邳州〉（卷二，頁三三）

「臺空馬盡始知休，枳棘叢邊鹿自遊。」〈戲馬臺〉（卷二，頁三三）

「白楊獵獵起悲風，滿目黃埃漲太空。」〈徐州〉（卷二，頁三三）

「空有遺鈿碎珥狼藉堆玉案，空有金蓮寶炬錯落懸珠楹。」〈兵後登大內芙蓉閣宮人梳洗處〉（卷一，頁一二）

萬里——「萬里別離心正苦，帛書何日寄歸鴻。」〈邳州〉（卷二，頁三三）

「六花飛舞下天衢，萬里羈人心正孤。」〈幽州會同館〉（卷二，頁六四）

「腰寶劍，背瑤琴。燕雲萬里金門深。」〈短歌〉（卷一，頁二五）

「挾此萬卷書，明發萬里行。」〈北征〉（卷二，頁二八）

「不堪回首淚盈盈，萬里淮河聽雨聲。」〈湖州歌九十八首其三十三〉（卷二，頁四三）

孤——「行行忽已遠，眇若孤飛鴻。」〈月夜擬李陵詩傳三首其三〉（卷一，頁二）

「揚子津頭客子愁，孤舟欲渡意綢繆。」〈揚子江〉（卷二，頁三二）

「孤鴻雲中來，對我聲嚦嚦。」〈開平雪霽〉（卷三，頁八四）

「雛鹿臥幽巖，孤鳥響空谷。」〈天壇山〉（卷三，頁九一）

「夜涼金氣轉淒其，正是羈孤不寐時。」〈終南山館〉（卷三，頁九三）

斷——「荒草斷煙新驛路，夕陽古木舊江山。」〈浙江亭和徐雪江〉（卷四，頁一一九）

「流鴈斷鴻飛曠野，舞鸞雛鶴別穹廬。」〈蘆溝橋王昭儀見寄回文次韻〉（卷三，頁七五）

「玉簫聲斷悲風起，不見長安李白愁。」〈鳳凰臺〉（卷四，頁一一五）

「閶闔門外草如霜，到此躊躇欲斷腸。」〈蘇臺〉（卷二，頁二九）

「風挾斷雲橫北巘,煙隨飛雨渡南屏。」〈同毛敏仲出湖上由萬松嶺過浙
江亭〉(卷一,頁一〇)

(四)音樂情境類

此類描述音樂情境的字眼,或許說明詩人的「職業習性」,易為音樂情境所吸引,
而不覺描繪之。此類字依出現次數多寡,依次為:

歌(四五次)、舞(三一次)、樂器:鼓(三五次)、笙(二十次)。茲再舉例如
下:

歌──「燕荊歌易水,蘇李泣河梁。」〈讀文山詩稿〉(卷三,頁八八)

「東徐多少英雄恨,留與人歌是非。」〈歌風臺〉(卷二,頁三四)

「邂逅一尊歸路遠,樵歌牧笛送斜陽。」〈虎丘〉(卷二,頁二九)

「忽有好詩來眼底,畫溪榔板唱漁歌。」〈畫溪酒邊〉(卷二,頁三〇)

「斬邪誅佞拱北極,阜財解慍歌南音。」〈短歌〉(卷一,頁二五)

舞──「江頭楊柳舞婆娑,萬馬成群齧短莎。」〈湖州歌九十八首其四十八〉(卷
二,頁四八)

「簫鼓沸天迴雁舞,黃羅帳幔燕三宮。」〈湖州歌九十八首其六十九〉
(卷二,頁五一)

「柘枝舞罷竹枝歌,風燭須臾奈爾何。」〈竹枝歌十首其四〉(卷四,頁
一三二)

「細柳和煙舞濕雲,落花隨水送歸春。」〈客感和林石田〉(卷一,頁一
〇)

「江春蛟妾舞,塞暖鴈奴歸。」〈杭州雜詩和林石田二十三首其十六〉
(卷一,頁二二)

鼓──「江山猶昨日,笳鼓又新元。」〈杭州雜詩和林石田二十三首其十七〉(卷
一,頁二二)

「篙工又鼓瀟湘舵,漁笛魚榔上下鳴。」〈巴陵〉(卷四,頁一二八)

「柳亭日射旌旗影，花館風傳鼓吹聲。」〈涿州〉（卷四，頁一一三）

「奴僕不須喧鼓吹，恐驚櫪馬與林鴉。」〈幽州除夜〉（卷三，頁八八）

「不念長安有貧者，下湖打鼓飲羊羔。」〈西湖舊夢十首其十〉（卷四，頁一五五）

分期	名詞	動詞	形容詞	音樂
第一期 （宮中時期）	雨（七） 淚（五） 酒（四）	悲（三） 死（三）	悲（三） 死（三） 萬里（四） 孤（四） 空（三） 斷（三）	鼓（四）
第二期 （北上前後）	雨（二二） 酒（二一） 淚（一七） 吳山（五）	愁（二〇） 悲（一二） 哀（五） 哭（五） 啼（四） 泣（五）	空（一三） 萬里（六） 斷（三）	歌（一三） 鼓（一二） 舞（七）
第三期 （拘燕時期）	酒（四〇） 淚（三三） 雨（一九） 三宮（一） 吳山（四）	愁（一五） 哀（一一） 啼（九） 死（九） 悲（八） 泣（六） 哭（四）	空（二二） 萬里（二） 孤（一四） 斷（五）	歌（二三） 鼓（一二）
第四期 （南歸後）	酒（一七） 雨（一四） 淚（一三）	愁（一八） 死（一三） 悲（七） 哀（五）	空（一三） 孤（一二） 斷（一二） 萬里（七）	舞（一四） 鼓（一一） 歌（六）

註1、計數單位為「次」（出現次數）；為凸顯汪詩用字特色，其出現一、二次者，不標示。並以出現次數多寡為序。

註2、第一期有詩三十首；第二期有詩一四〇首；第三期有詩一六七首；第四期有詩一四三首。

第六節　格律技巧

詩作之格律，原是離不開音樂的；至後世，詩作雖漸離音樂而獨立，但其格律仍包括「形」、「聲」兩方面的的「規律」（註1）。對有音樂專長的汪元量來說，現今存世的四百八十首詩作中，其格律技巧如何？茲分平仄、用韻兩方面說明之：

一、平仄

近人王力認為「平仄是一種聲調的關係……聲調自然是以『音高』為主要的特徵，但是長短和升降也有關係。……平仄遞用也就是長短遞用，平調與升降調或促調遞用。」（註2）

元量詩作四百八十首中，絕句有二百一十五首，律詩有一百九十二首，古詩有六十八首，排律有五首。以絕句、律詩的平仄，較具特色，故在此探討其絕句、律詩的平仄情況。

（一）絕句

元量的二百一十五首絕句中，以七絕居多，有二百一十首，五絕僅六首。以下則看其七絕平仄情形：

　　　　｜－｜｜｜－－，－｜－－｜｜－。｜｜｜－－｜｜，｜－

例一、「釜柯片石伴幽閑，堪與遺民共號頑。試憶當年承賜事，墨痕

　　　　－｜｜｜－。

　　　　如淚盡成斑。」〈題賜硯〉（卷四，頁一六〇）

此詩為首句押韻平起式的七絕。詩中的「閑」、「頑」、「斑」等三個韻腳，押平聲刪韻。平起平韻為偏格。首句出句的「釜」字，應平而仄；對句的「堪」字，應仄而平，對句相救的雙拗。第三句合律，第四句「墨」字與「如」字，雖有出律，然一、三字不論，故本詩合律。

　　　　－－｜｜｜－－，｜｜－－｜｜－。－｜｜－－｜｜，｜－

例二、「紅橈綠舫盪清波，露腳斜飛濕芰荷。回首湧金門外望，裏河

　　　　－｜｜－－。

　　　　猶自沸笙歌。」〈西湖舊夢十首其三〉（卷四，頁一五六）

此亦為首句押韻平起式的七絕，其韻腳為「波」、「荷」、「歌」。押平聲歌韻。第

一、二句合律；第三句的「回」字，宜仄而平、第三字「湧」，宜平而仄，第四句的「裏」字宜平而仄，「猶」字宜仄而平，屬對句拗救。救過之後，仍然合律，故本詩合律。

－｜－－｜｜｜，｜－－｜｜－－。－－｜｜｜－｜，－｜

例三、「西塞山前日落處，北關門外雨來天。南人墮淚北人笑，臣甫

－－｜｜－。

低頭拜杜鵑。」〈送毛敏仲北行三首　其一〉（卷一，頁二四）

此為仄起式平韻的七絕，而首句不用韻，其平仄定式則為：「（仄）仄（平）平平仄仄」，詩中首句的「西」字、「日」字，不合律；然一、三、五字不論，且「西」字為對句的「北」字救起，故合律。只是「日」字的對句中，「雨」字同為仄聲，未拗救之，故「日」字出律。第二句的「北」字，宜平而仄，「門」字宜仄而平，皆因一、三、五字不論，而屬合律。第三句的「北」字出律，對句的「拜」字，同為仄聲，並未相救。第四句合律。

由以上詩例，知元量以大量絕句描述人事，雖偶有出律，大抵仍守拗救規矩。

（二）律詩

至於律詩，總計一百九十二首中，七律有一百三十二首，五律有六十首，故在此探討其七律的平仄情形：

｜－－｜｜－－，－｜－－｜｜－。｜｜｜－－｜｜，－－

例一、「錢塘江上雨初乾，風入端門陣陣酸。萬馬亂嘶臨警蹕，三宮

－｜｜－－。－－－｜－－｜，｜｜－－｜｜－。｜｜｜－－

垂淚濕鈴鸞。童兒空想追徐福，厲鬼終當滅賀蘭。若議和親

－｜｜，－－｜｜｜－－。

休練卒，嬋娟剩遣嫁呼韓。」〈北師駐皋亭山〉（卷一，頁七）

雖然七律以首句押者為通則，而元量七律卻以首句不押者為多，首句押韻者僅二首。此詩為首句不押平起式，其韻腳為「酸」、「鸞」、「蘭」、「韓」，押平聲寒韻。因首句不用韻，其首句的平仄定式乃為：「（平）平（仄）仄平平仄」。

而本詩首句不合律之字為「江」、「雨」，因一、三、五不論，亦屬本句拗救，故此句合律。第二句的「風」字、第三句的「亂」字、第四句的「垂」字、第五句的「空」字，為可平可仄。全詩合律。

－－－｜｜－－，｜｜－－｜｜－。－｜－－－｜｜，－－

例二、「闔閭門外草如霜。到此躊躇欲斷腸。紅陣教成人已去，黃池

｜｜｜ー ー。ー ー｜｜ ー ー｜，｜｜ ー ー｜｜ ー。｜｜ ー ー ー

會罷事堪傷。將雛野鹿啣枯薺，挾子宮烏噪夕陽。越蠡扁舟游

　　ー｜，｜｜ ー ー｜｜ ー ー。

無所，五湖風浪白茫茫。」〈蘇臺〉（卷二，頁二九）

此詩押平聲陽韻，首句押韻平起式，韻腳為「霜」、「腸」、「傷」、「陽」、「茫」。首句「門」字，可平可仄。第二句合律。第三句的「紅」字，可平可仄。第四句合律。第五句合律。第六句合律。第七句的「扁」字，唸同「篇」，在此可平可仄；唯「無」字，應仄而平。第八句的「五」字、「風」字，亦屬可平可仄。本詩僅第七句之「無」字出律。

　　ー ー｜｜｜ ー ー，｜｜ ー ー｜｜ ー。ー｜｜ ー ー｜｜，｜ ー

例三、「身如傳舍任西東，夜榻荒郵四壁空。鄉夢漸生燈影外，客愁

　　ー｜｜ ー ー。ー ー｜｜ ー ー｜，ー ー｜ ー ー｜｜ ー。｜｜ ー ー

多在雨聲中。淮南火後居民少，河北兵前戰鼓雄。萬里別離

　　ー｜｜，｜ ー ー｜｜ ー ー。

心正苦，帛書何日寄歸鴻。」〈邳州〉（卷二，頁三三）

此詩同屬平起平韻，首句押韻的七律，押平聲東韻。首兩句合律。第三句的「鄉」字與「漸」字，屬本句拗救。第四句的「客」字為第一字，可仄可平。頸聯的對句中，首字「河」，可仄可平。末聯對句的「帛」、「何」兩字，屬本句拗救。

二、用韻

　　元量各體詩作的用韻情形，茲依各體詩作數量之多寡為序，即：絕句、律詩、古詩等。說明如下：

（一）絕句

　　在元量的兩百餘首絕句中，七絕佔大多數，有二百一十首，五絕僅六首。故以七絕為例，以析論其絕句之用韻情況。經逐一檢視元量七絕的用韻，並歸納統計。而知其在七絕中，以平起平韻者較多，有一百二十九首；而仄起平韻者，有八十一首。所用韻腳為：青、先、覃、刪、文、冬、東、尤、佳、江、歌、麻、虞、灰、豪、支、微、魚、陽、齊、侵、庚、寒、真、元、蕭、洽、緝、馬、葉。

　　其中以平聲韻為多，仄聲韻僅四首。其平聲韻之韻腳，依多寡之序為：陽韻（二〇首）、尤韻（一五首）、灰韻（一五首）、先韻（一三首）、庚韻（八首）、支韻（七首）、麻韻（七首）、歌韻（六首），其餘韻腳皆各為五首以下。可知元量偏好這些韻

腳,尤其是「陽」、「尤」、「灰」、「先」韻。茲舉詩例:

> 「客中忽忽又重陽。滿酌葡萄當菊觴。謝后已叨新聖旨,謝家田土免輸糧。」
> 〈湖州歌九十八首其八十五〉(卷二,頁五五)

汪元量以九十八首的大型組詩,描述被俘北上沿途所見,及初抵燕京時,元人殷切示好的景況。此詩寫眾多宋俘客居異地,轉眼又是重陽;元人積極施以懷柔政策,而優惠謝后。詩用下平聲七陽韻,韻腳為:陽、觴、糧。

> 「北望燕雲不盡頭。大江東去水悠悠。夕陽一片寒鴉外,目斷東西四百州。」
> 〈湖州歌九十八首其六〉(卷二,頁三七)

宋俘一行千餘人,望著漸行漸遠的故園,心中依依難捨。詩中用下平聲十一尤韻,韻腳為:頭、悠、州。

> 「荒亭駐馬酌金罍。風卷黃埃丑上來。滿地山河無漢業,趙州留得古雲臺。」
> 〈雲臺〉(卷四,頁一一四)

此詩為元量南歸途中所作,見週遭荒涼一片,頗有感觸。詩中韻腳為:罍、來、臺,同屬上平聲十灰韻。

> 「雁山突兀插青天。劍閣西來接劍泉。如此江山快人意,滿船載酒下潼川。」
> 〈隆慶府〉(卷四,頁一四七)

此為元量入蜀之時所作(註3)。其韻腳為:天、泉、川,同為下平聲一先韻。

(二)律詩

在元量全部詩作四百八十首中,律詩有一百九十二首。七律一百三十二首,五律僅六十首。其中押平聲韻者佔絕大多數,押仄聲韻者,七律、五律皆各一首(七律:漾韻;五律:洽韻)而已。在七律中,多為首句押韻,而首句未押者,僅三首;在五律中,卻多為首句未押,而首句押韻者,僅二首。

茲逐一檢閱元量律詩韻腳,加以分類歸納,知其律詩嚴守格律,通常一韻到底,極少轉韻(僅七律二首,五律一首)、通韻(七律一首、五律無)。常用的平聲韻目依多寡之序為:「尤、陽、灰、先、寒、元、支。」其中用韻情況:

用尤韻者——七律十五首、五律七首。

用陽韻者——七律十五首、五律四首。

用灰韻者——七律十三首、五律三首。

用先韻者——七律十二首、五律四首。

用寒韻者——七律十首、五律三首。

用元韻者——七律七首、五律五首。

用支韻者——七律七首、五律五首。

　　此外，七律中所用的韻腳有：文、侵、青、真、庚、東、魚、佳（為五律所無）、麻、歌、微、虞、刪（為五律所無）、豪、蕭、漾。五律中所用的韻腳，同為：文、侵、青、真、庚、東、魚、麻、歌、微、虞、豪、蕭等韻之外，有二韻（冬、齊）為七律所無。

　　茲舉例說明如下：

> 「越王臺上我同游，越女樓中君獨留。燕子日長宜把酒，鯉魚風起莫行舟。江山有待偉人出，天地不仁前輩休。何處如今覓巢許，欲將心事與渠謀。」〈柴秋堂越上寄詩就韻東奚秋崖〉（卷一，頁四）

此為首句押韻平起式的七律，所押韻腳為平聲「尤」韻。乃元量早期詩作，當時國勢已衰，詩人為此憂心不已，而期待江山有偉人來扶持，此心事可向何人訴說？

　　一般學者認為詩人所用韻目，有悲喜（註4）等情緒上的分野。例如黃永武在《中國詩學—設計篇》中所引：謂傅庚生在《中國文學欣賞舉隅》中，舉《詩經·王風·黍離》的韻腳「苗、搖、悠、求」為例，以為有助於其哀遠的情緒。…再如蕭滌非在〈杜詩的韻律和體裁〉一文中，以為平聲韻「東、冬、江、陽」等，較適合於表達歡樂開朗的情緒；「尤、幽、侵、覃」等韻，較適合於表達憂愁的情緒。其並舉杜甫的〈春望〉與〈聞官軍收河南河北〉兩首詩來對照，前者押「侵」韻，後者押「陽」韻。前者淪陷於長安，後者收復了失土，音調與情調是配合一致的。

　　由此也求證於元量詩作，僅「尤」韻為元量常用，以表達憂國之思。或許以元量隨和熱誠的個性，較能「隨遇而安」，當國亡已成定局，愁思復有何用？唯有收起悲情，冷靜以「詩史」記錄史事，供後人評斷。所以除「尤」韻外，元量所用韻目，皆蕭滌即所謂「有助於哀遠情緒」的韻目。再舉其他詩例如下：

> 「維舟與客訪興亡，寺有殘僧說故王。寶物已銷龍虎氣，奎章猶射斗牛光。為妖真女花藏墓，說法生公月滿堂。邂逅一尊歸路遠，樵歌牧笛送斜陽。」〈虎丘〉（卷二，頁二九）

此為首句押韻平起式的七律，所押韻腳為「陽」韻。此為元量被俘赴燕途中所作，詩中透露無奈與悲情。

「把酒上金臺，傷心淚落杯。君臣難再得，天地不重來。古木巢蒼鵲，殘碑枕碧苔。倚欄休北望，萬里起黃埃。」〈黃金臺和吳實堂韻〉（卷三，頁六五）

此詩為首句押韻平起式，其五律中為首句押韻者僅有二首，此為二首之一。詩中押「灰」韻，一韻到底。元量被俘北上後，在燕京與曾為江西安撫使，後為宋祈請使的吳堅相遇，感慨特多而寫下悲緒。

元量所作律詩中，有三首押韻較特別者，即以二韻互轉：「刪寒刪寒刪」韻二首、「元文元文元」韻一首。例如：

「燕雲遠使棧雲間（刪韻），便遣郵筒助客歡（寒韻）。閃閃白魚來丙穴，綿綿紫鶴出巴山（刪韻）。神仙飄邈艷金屋，城郭繁華號錦官（寒韻）。萬里橋西一回首，黑雲遮斷劍門關（刪韻）。」〈答相公席上〉（卷二，頁九八）

詩中之「鶴」字，孔凡禮疑為「雀」之誤（註5）此為平起式七律，以「刪寒刪寒刪」之序，交互轉韻。元量於奉旨降香時，行經蜀地，與答萬壽（降元後名順）相見，在答相公席上有感而作。為何以「刪寒」韻互轉？或許與元量的音樂素養有關。

其五律中，也有一首「元文」韻互轉之詩：

「十年南北競，故舊幾人存（元韻）。兵後誰知我，城中獨見君（文韻）。東湖徐孺宅，北海孔融尊（元韻）。宛轉留春意，吟詩到夜分（文韻）。」〈東湖送春和陳自堂〉（卷四，頁一二五）

詩中首句不押，為平起式。全詩押韻為「元文元文」韻交互相轉。元量辭元官南歸（元世祖至元二十五年）後，到處訪友。於至元二十七年（一二九〇）造訪隱居南昌東湖之陳杰時所作。

（三）古詩

也許由於環境、心境的因素，元量的古詩不多，其中五古有二十九首，七古為十一首。其古詩句數，皆為雙數句。最長者為五十二句（七古一首），次為四十句（五古一首）；最短者為六句（七古一首），次為十句（五古四首，七古一首）。最常見的雙數句為十四句（五古六首），次為十八句（五古五首）、十六句（五古五首）。

至於用韻，韻的轉換，可以視為感情的轉換。葉桂桐即謂：

「篇幅較長的古詩或樂府，雖然隔句用韻，給人以流通貫暢，一氣呵成的感覺，但畢竟有節拍匆匆之感，比如杜甫的〈麗人行〉等詩。所以唐初的樂府歌行已開始換韻，如盧照鄰的〈長安古意〉，張若虛的〈春江花月夜〉等等，這

不僅可使詩的節奏顯得不那麼急迫，而且不同的韻可以表達不同的感情，韻部的變換正可以表達感情的變換。」（註6）

而元量的古詩，卻非每首都換韻，有些古詩換韻；有些卻為一韻到底不換韻。或許因為元量的際遇，使其心頭長期蒙上哀愁情緒，並不夾雜別種情緒，故而在古詩中，使用一韻到底的韻腳。至於其七古，以首句押韻為多，其總數十一首七古中，有三首首句不押；而五古則相反，以首句不押者為多，在總數廿九首五古中，僅二首首句押韻。

在四十首古詩中，一韻到底者，有九首（七古六首，五古三首）。而其五古中，用了許多通韻：錫陌、陌職、魚虞、月屑、語虞、庚青、東冬、遇御、職錫陌、沃屋。

茲將汪元量古詩押韻之特色，舉詩例說明如下：

甲、七古多首句押韻，五古則反之。

「長河界破東南天，怒濤日夜如奔川。此行適逢七月夕，妖氣散作空中烟。牛郎織女涉清淺，支機石上今何年。揚帆一縱萬里目，身世恍若槎中仙。仰看銀河忽倒瀉，月明風露何涓涓。狂來拔劍斫河水，欲與祖逖爭雄鞭。扣舷把酒酹河伯，低頭細看河清漣。平生此懷其已久，到此欲說空回旋。嗟予不曉神靈意，咫尺雷雨心茫然。」〈七月初七夜渡黃河〉（卷三，頁一○四）

此為元量奉派降香時，夜渡黃河所作。詩中前二句，劉辰翁評曰：「頗自迭宕。」（註7）此詩押平聲「先」韻，首句押韻且一韻到底。其七古詩，多數為首句押韻。

乙、五古多通韻。

在總數廿九首的五古中，其押韻喜用通韻，通韻的詩作有十六首，超過半數。例如：

「行行太室峰，秋聲若鳴鏑。流目矚崎嶇，蓬萊應咫尺。上有神仙區，下有穆王宅。徘徊復徘徊，泫然感疇昔。八駿不重來，秋山空月白。安得會璆韶，共作瑤池客。」〈嵩山其二〉（卷三，頁九五）

此詩也作於降香途中。劉辰翁批曰：「二詩好。」指〈嵩山〉其一、其二這兩首詩。其二詩中，押錫韻（鏑）、陌韻（尺、宅、昔、白、客），為首句不押平起式的五古。

丙、五古多一韻到底。

元量古詩詩作中，五古較多一韻到底者，有六首。所用韻目，分別為：尤（二首）、先、陽、緝、有；而七古僅三首，所用韻目，分別為：尤、先、紙。可知其一韻到底的詩作中，喜用「先」、「尤」韻。例如：

「棠棣本同根，芳葩亦相聯。誰謂忽遠役，懷抱無由宣。況我骨肉親，與子枝葉連。昔為雙飛鳧，今為雙飛鳶。徘徊復彷徨，感激涕泗漣。道路阻且遠，四海霾塵煙。鶺鴒恐失群，遠樹何翩翩。我我一斗酒，可以同笑言。去去從此辭，努力雲中鞭。」〈居擬蘇武其一〉（卷一，頁二）

此為長十八句的五古，乃元量早期的模擬之作。全詩押「先」韻，為首句不押的仄起式五古。

「明發啟帳房，冷風迸將入。飢鷹傍人飛，瘦馬對人立。禦寒挾貂裘，蒙頭帽氈笠。淒然絕火墥，陰雲壓身濕。賴有葡萄醅，借暖敵風急。」〈蘇武洲氈房夜坐〉（卷三，頁八三）

此詩為元世祖至元廿一年，元量隨瀛國公等被遣往上都、內地（註8）等地時所作。詩中押「緝」韻，一韻到底，為首句不押的平起式五古。

附：表十三、汪元量詩作用韻之比較

	絕句	律詩	古詩	雜言詩
常用之平韻	陽、尤、先、灰、麻、歌、東	尤、陽、灰、先、寒、元、支	尤、先、陽、侵	支、東、歌
常用之仄韻	緝、馬、葉、哿	漾、洽	陌、緝、月、屑、遇、御	月、藥、屑、紙、有
常用之二韻互轉韻目	刪寒、麻佳、元文	刪寒互轉 元文互轉	遇御	無
常用之通韻韻目	魚虞、支微、江陽、佳灰	魚虞	月屑	月屑、支微

註、表中韻目以出現次數多寡為序。雜言詩參見拙著〈汪元量雜言詩探微〉（註9）。

【附註】

註1　葉桂桐在《中國詩律學》第三章〈平仄論〉，一〈近體詩的格律起源於音樂〉，云：「所謂近體詩的格律之『律』，就原有這兩層意思（按：指音樂之『律』及法律之『律』）。格律之『律』，當然指『格式』而言。但對『格式』的理解則不盡一致，有的僅將其理解

為字數、句數、對仗等『形』方面的意思，有的則將其理解為兼指『聲』方面的意思，…我們則將『格律』理解為詩歌『形』『聲』兩方面的『規律』而言。」見頁六八至六九。

註2　見《漢語詩律學》，頁六。

註3　此詩據孔凡禮考證，為入蜀所作，然不知為第一次入蜀或第二次入蜀之作。孔凡禮《增訂湖山類稿》，在本詩之後的【編年】云：「自〈隆慶府〉至此二十六詩，不知為第一次入蜀作，抑或為第二次入蜀作，今姑次於此以待考。」見該書卷四，頁一五四。

註4　見黃永武《中國詩學－設計篇》，頁一五七。

註5　孔凡禮謂：「葉本『鶴』作『雀』。鮑校：吳本『鶴』作『雀』〈咎舍人錦江泛舟〉有「西川錦雀甜如蜜」之句，疑作「雀」是。」見《增訂湖山類稿》，卷四，頁九八。

註6　見葉桂桐著《中國詩律學》，第二章〈押韻論〉頁四七。

註7　見孔凡禮《增訂湖山類稿》，頁一〇四。

註8　同前註，頁八三。

註9　該文載《北體學報》第十期，頁二七九至二九二。

第七節　特殊詩篇之研究

　　汪元量詩作中，何謂特殊詩篇，須有一界定，始能據以選擇出此類特殊詩篇而研究之。在此所謂特殊詩篇，乃指至少含有以下四項特殊條件者：

　　一、與汪元量此類詩作，有同樣體裁、形式或內容的其他同時代作者極少，甚或不見其他作者，則此詩列為特殊詩篇。

　　二、汪此詩中有特殊意旨或命意，且此類詩作不多者。

　　三、蘊含特殊情感者。

　　四、寫作背景有特殊意義，且此類詩作不多者。

　　由此擇出下列詩篇，予以探析之：

一、〈居擬蘇武四首〉與〈月夜擬李陵詩傳三首〉（卷一，頁一至三）

> 「堂隸本同根，芳蕤亦相聯。誰謂忽遠役，懷抱無由宣。況我骨肉親，與子枝葉連。昔為雙飛鳧，今為孤飛鳶。徘徊復彷徨，感激涕泗連。道路阻且遠，四海霏塵煙。鶺鴒恐失群，遠樹何翩翩。我有一斗酒，可以同笑言。去去從此辭，努力雲中鞭。」〈居擬蘇武三首其一〉（卷一，頁二）

蘇武李陵的事蹟，往往成為一些愛國文人筆下的素材。例如宋末劉克莊即有〈蘇李泣別圖〉詩：

> 「風雲慘悽，草樹哭死，笳鳴馬嘶，弦驚鵑起。熟看境色非人間，祁連山下想如此。手持尊酒別故人，此生再面真無因；胡兒漢兒俱動色，路傍觀者為悲辛。歸來暗灑茂陵淚，子孟少叔方用事；白頭屬國冷如冰，空使穹廬嘆忠義。茫茫事往賴畫存，每愁歲久縑素昏；即今畫亦落人手，古意淒涼復誰論。」
> 〈蘇李泣別圖〉（註1）

漢武帝時，蘇武出使匈奴被扣留。其後李陵因孤軍無援，而敗降匈奴。當蘇武得歸時，李陵置酒餞別。劉克莊此詩約作於嘉定十六年（一二二三），詩中欽慕蘇武的忠貞，同情李陵的被迫生降；而「蘇李泣別圖」為方信孺故物，也落入他人手（註2）。汪元量此詩作於早年，或為習作之詩，因模擬痕跡明顯。

二、〈杭州雜詩和林石田廿三首〉（卷一，頁一七）

汪元量的〈杭州雜詩和林石田廿三首〉詩，當代劉辰翁評為：「此數詩，老杜〈秦州〉詩」（註3），認為有老杜〈秦州〉詩之風。汪元量處宋末元初，其人其詩均深受杜甫影響，同樣憂國憂民，所作詩篇同有「詩史」之譽。因而此詩也仿自杜詩。茲分章法、修辭用字、用典、聲情等方面，探討元量此詩的特色：

（一）章法

秦州詩在章法上，由眼前所見的人、事、地起興，再寫感慨。杜甫來到異鄉秦州，觸目所及的邊城風光、民俗，盡入詩中，多數在首聯即道出所見的人、事、地、物，隨之以頷聯、頸聯，加以描述、引申，最最後以落句寫感慨作結。例如：

> 「州圖領同谷，驛道出流沙。降虜兼千帳，居人有萬家。馬驕朱汗落，胡舞白題斜。年少臨洮子，西來亦自誇。」〈杜甫　秦州雜詩二十首〉

這種章法上的安排，汪元量也受影響而常用，例如：

> 「此夕知何夕，游船雜戰船。山河空百二，宮闕謾三千。雨歇雲垂地，潮平水接天。惜哉無祖逖，誰肯著先鞭。」〈杭州雜詩和林石田二十三首其十一〉（卷一，頁二〇）

首聯為被俘北上時，親眼所見之景，接著思及山河、宮闕，今何在？頸聯寫放眼遠望故國之景，其實被拘以水路北上，故國已漸行漸遠，只看到「雲垂地，水接天。」此生可能再回到故國？只恨「無祖逖，誰肯著先鞭。」可看出作者清晰的思路脈絡，汪元量此種章法的安排，也得自杜甫。

（二）修辭用字

汪元量受杜詩影響，其〈杭州雜詩和林石田〉二十三首，在修辭方面，分下列幾項探討之：

甲、疊字

汪元量此詩中的疊字，可代表：多、洶湧、大、不明之意，多數與水有關，或許因經水路被俘北上之故。例如：

> 「近法秦州體，篇篇妙入神。」〈杭州雜詩和林石田二十三首其一〉（卷一，頁一七）

> 「江頭潮洶洶，城腳水漫漫。」〈杭州雜詩和林石田二十三首其八〉（卷一，

頁一八）

「飛埃猶黯黯，逝水正滔滔。」〈杭州雜詩和林石田二十三首其十二〉（卷
一，頁二一）

「天目絲絲雨，江頭剪剪風。」〈杭州雜詩和林石田二十三首其十五〉（卷
一，頁二二）

至於常用字，汪元量總以愁苦字眼出之，例如：愁、淚、泣、悲、空等。

乙、摹寫

雖然任何文學作品，皆離不開以感官知覺受感應後的摹寫技巧，然而由作者摹寫的
方式，可看出不同作者的偏好。《文心雕龍・物色》謂：

「是以詩人感物，聯類不窮。流連萬象之際，沉吟視聽之區；寫氣圖貌，既隨
物以宛轉；屬采附聲，亦與心而徘徊。」

作者之感物，往往因心境不同而有不同之摹寫，即是此理。在汪元量作品中的摹寫之
句，通常亦為感傷之句，且以疊字為多。例如：

「髮已千莖白，心猶一寸丹。」〈杭州雜詩和林石田二十三首其二〉（卷一，
頁一七）

「越水荒荒白，吳山了了青。」〈杭州雜詩和林石田二十三首其九〉（卷一，
頁二〇）

「天目絲絲雨，江頭剪剪風。」〈杭州雜詩和林石田二十三首其十五〉（卷
一，頁二二）

「一春雲冪冪，三月雨淋淋。」〈杭州雜詩和林石田二十三首其五〉（卷一，
頁一八）

丙、對仗

通常律詩的頷聯、頸聯宜對仗，而汪元量在詩中的對仗，多數是衝口而出，並不刻
意求工，只求能傳達其心思，卻也令人心酸。例如：

「乾坤一反掌，今古兩愁眉。我作新亭泣，君生舊國悲。」〈杭杭州雜詩和林
石田二十三首其三〉（卷一，頁一八）

「魚菜不歸市，鶯花空滿林。人行官巷口，軍簇御街心。」〈杭州雜詩和林石田二十三首其五〉（卷一，頁一八）

「嶺寒蒼兕叫，江曉白魚跳。壯士披金甲，佳人弄玉簫。」〈杭州雜詩和林石田二十三首其六〉（卷一，頁一九）

「關中新約法，江左舊清談。鐵騎來天北，樓船過海南。」〈杭州雜詩和林石田二十三首其七〉（卷一，頁一九）

丁、設問

國事、天下事，事事令人操心，又忙於照料大批宋俘的汪元量，在憤慨之餘，不免在詩中，厲聲疾呼，因而出現設問句。例如：

「北面生何益？」〈杭州雜詩和林石田二十三首其四〉（卷一，頁一八）

「人乎可奈何？」〈杭州雜詩和林石田二十三首其十〉（卷一，頁二〇）

「如何秦相國，昨夜鵷韓非？」〈杭州雜詩和林石田二十三首其十六〉（卷一，頁二二）

「惜哉無祖逖，誰肯著先鞭？」〈杭州雜詩和林石田二十三首其十一〉（卷一，頁二〇）

（三）用典

杜甫喜用典，汪元量亦然，甚而更「變本加厲」。其在其他體裁的詩中，如古體詩、雜言詩等，往往一首詩中，大量用典（多句用典），以憤慨語氣將古代事蹟堆疊成句，以警醒讀者。而在此五律中，或許受篇幅、對仗的限制，用典多則兩句，少則一句而已；

「亡秦皆趙李，佐漢獨蕭曹。」〈杭州雜詩和林石田二十三首其十二〉（卷一，頁二一）

「如何秦相國，昨夜鵷韓非？」〈杭州雜詩和林石田二十三首其十六〉（卷一，頁二二）

「魏庭翁仲泣，唐殿子孫非。」〈杭州雜詩和林石田二十三首其十八〉（卷

一，頁二二）

「諸呂幾亡漢，商翁不仕秦。」〈杭州雜詩和林石田二十三首其廿一〉（卷
　一，頁二三）

（四）聲情

　　汪元量此廿三首詩，也全為押平韻的五律。所押韻腳分別為：真（二首）、寒（二首）、支（二首）、侵、蕭、覃、青、歌、先、豪、齊、東、微（三首）、元、虞等韻。各首詩韻也適當轉換，表現出靈活聲情。至於蕭滌非所說的，屬於憂愁的韻腳，汪詩中占了三韻：尤（出現二次）、侵、覃等韻；而杜詩僅有：尤韻，表示汪元量寫詩時，憂心的程度，多杜甫寫〈秦州雜詩〉時，因為汪元量處在亡國之境，自然多所憂心。而歡樂開朗的韻腳，杜詩中使用了：陽、東、冬等韻；汪詩中則僅使用：東韻而已，表示汪元量原本憂苦的心境，無法「開朗」起來。二人的詩作中，韻腳的比較，杜詩使用較多的韻腳為：刪、陽、麻、微等韻；汪詩使用較多的韻腳為：微、真、寒、支等韻。二人同樣喜用微韻。

　　汪元量此組詩的「其十九」詩，竟仿得「唯妙唯肖」：

　　「春去雨方歇，水流花自飛。人生螻蟻夢，世道犬羊衣。日月東西驛，乾坤闔
　　闢扉。斯今無二子，空有首陽薇。」〈杭州雜詩和林石田廿三首其十九〉（卷
　　一，頁二三）

劉辰翁評曰：「雜老杜詩中不辨」（註4）可知元量之用心學杜詩。

三、〈湖州歌九十八首〉（卷二，頁三六）

　　此組詩為汪元量詩集中，最大型的組詩，以七絕寫成。元量為何以近百首七絕，完成此大型組詩？實際上，七絕在其詩集中佔多數（註5），必因這種體裁長短適中，易於捕捉瞬間印象、感受。清朝施補華在《峴傭說詩》中，云：

　　「五絕七絕，作法略同，而七絕言情，出韻較五絕為易。蓋每句多兩字，則轉
　　折不迫促也。」（註6）

　　由是知以元量而言，七絕的確較其他詩體，易於發揮，而成就一首接一首的如此大型組詩。其中的最大特色，應是直抒所見，不假思索，而可備為史實之參考。此外，次要的特色為九十八首詩的章法佈局、修辭用字、用韻等。茲分章法、修辭用字、用韻等三方面，探討元量此大型組詩的特色：

（一）章法

元量此組詩的章法佈局，「其一」至「其六」，敘述元兵入杭情況；「其七」至「其六十七」（註7），以大篇幅寫被俘北上及沿途所見；「其六十八」至「其九十八」，則寫抵達燕京之情景（註8）。再分三部分探析之：

甲、「其一」至「其六」，敘述元兵入杭情況

由內容可知這些詩並非寫於一時，組詩中的「其一」：

> 「丙子正月十有三，搥鼙伐鼓下江南。皋亭山上青煙起，宰執相看似醉酣。」
> （卷二，頁三六）

第一首即標明日期，是整個事件的開始，敘述國亡之端；接著「其二」、「其三」、「其四」，寫元將伯顏前來拘提大批宋俘北上的情況；至「其五」、「其六」，大批宋俘已在水陸中的船上，眼見故國河山漸行漸遠：「一舸吳山在眼中，樓臺疊疊間青紅。」（其五）、「北望燕雲不盡頭，大江東去水悠悠。」（其六）。可看出元量有意的安排佈局，使整個事件有清楚脈絡，更為後人作見證。

乙、「其七」至「其六十七」，寫被俘北上及沿途所見

這一部分的六十一首詩的內容，有六首憶往的詩，其餘五十五首，皆為眼前所見的景況，如宮女情態、江水浪濤、山長水遠、岸旁景致、故國漸遠、敵營漸近等。在章法的安排上，自「其七」起，有數首詩為憶往與現實的詩作相雜，時而憶往，時而回到現實。說明其不捨家園的心情，之後始完全記錄沿途所見所感。茲舉詩例如次：

> 「十數年來國事乖，大臣無計逐時挨。三宮今日燕山去，春草萋萋上玉階。」
> 〈其七〉（卷二，頁三七）

> 「曉來潮信暫相留，滿耳驚濤愁復愁。月殿不知何處在，錦帆搖曳到揚州。」
> 〈其二十三〉（卷二，頁四一）

> 「太皇太后過江都，遙指淮山似畫圖。拋卻故家風雨外，夜來歸夢遠西湖。」
> 〈其三十〉（卷二，頁四二）

> 「船到滄州且少留，客來同上酒家樓。沿河樹折棗初剝，滿地藤枯瓜未收。」
> 〈其六十三〉（卷二，頁五〇）

丙、「其六十八」至「其九十八」，寫抵達燕京之情景

這最後的三十一首詩中，憶往的詩極少，僅一句（其八十九，首句）。自抵燕京

後，元人的懷柔政策，為減輕敵意，殷勤招待宋俘，使宋俘應接不暇，而且倍感新奇。所以汪詩的「其七十」詩至「其七十九」詩，分別描述第一筵、第二筵、第三筵、…第十筵，元廷分別在不同處所宴飲大批宋人。此外，對宋人有許多優遇，都載入詩中。舉例如下：

> 「滿朝宰相出通州，迎接三宮宴不休。六十里天圍錦帳，素車白馬月中遊。」〈其六十八〉（卷二，頁五一）

> 「皇帝初開第一筵，天顏問勞思綿綿。大元皇后同茶飯，宴罷歸來月滿天。」〈其七十〉（卷二，頁五二）

> 「第九筵開盡帝妃，三宮端坐受金卮。須臾殿上都酣醉，拍手高歌舞雁兒。」〈其七十八〉（卷二，頁五四）

> 「客中忽忽又重陽，滿酌葡萄當菊觴。謝后已叨新聖旨，謝家田土免輸糧。」〈湖州歌九十八首其八十五〉（卷二，頁五五）

> 「萬里羈孤夜憶家，邊城吹角更吹笳。須臾勅使傳言語，今日天庭賞雪花。」〈湖州歌九十八首其八十九〉（卷二，頁五六）

（二）修辭用字

此組組詩乃直述所見，而不事雕琢，且用典極少，僅在二首詩中用典（其二十六、其三十七），全以淺白語句鋪敘；仍可由九十八首詩中，看出其修辭用字上的特色，即使用疊字、摹寫外，不忘製造音樂情境，也記錄元人菜餚及日用品。茲分別舉例如下：

甲、疊字

汪詩中運用疊字，表達視覺、聽覺的感受。

> 「江頭楊柳正依依」〈其十六〉（卷二，頁三九）

> 「不堪回首淚盈盈」〈其三十三〉（卷二，頁四三）

> 「兩淮極目草芊芊」〈其三十六〉（卷二，頁四四）

> 「可憐河畔草青青」〈其四十一〉（卷二，頁四五）

「歌風臺畔草沄沄」〈其五十六〉（卷二，頁四八）

乙、摹寫

摹寫的修辭較多樣，摹寫的對象，如遠山近水或船邊岸上所見的人物、景致。如：

「眼前境逆沒詩興，忽有小舟來賣魚。」〈其五十三〉（卷二，頁四八）

「簫鼓沸天迴雁舞，黃羅帳慢燕三宮。」〈其六十九〉（卷二，頁五一）

「三宮滿飲天顏喜，月下笙歌入舊城。」〈其七十五〉（卷二，頁五三）

「三宮寢室異香飄，貂鼠氈簾錦繡標。」〈其八十四〉（卷二，頁五五）

「日暮煙花簫鼓鬧，紅樓爛醉楚州春。」〈其六十六〉（卷二，頁五一）

丙、音樂情境

關於音樂情境的字詞頗多，只是在抵燕之前，較多各種樂器出現於詩中；抵燕之後，卻以元人的樂器、歌舞為主。例如：

「鼉鼓聲悲鳳管哀」〈其八〉（卷二，頁三七）

「山城鼓角不勝哀」〈其五十一〉（卷二，頁四七）

「弄竹彈絲盡勝流」〈其五十七〉（卷二，四八）

「百十箜篌彈玉指，兩行珠翠擊金鏞。」〈其九十五〉（卷二，頁五七）

「歌喉宛轉作吳謳」〈其九十八〉（卷二，頁五八）

丁、記錄元人菜餚及日用品

既然抵達燕京，受到款待，元量記錄下元人菜餚及元人的日常用品，不愧為「詩史」之作，待後人閱讀此組詩時，可從詩中想見當時的元人菜色及熱鬧景象，皆與江南有異，足以讓人垂涎，並感受元朝強國之氣勢，益見元量之心細。這種經驗為宋末其他詩人所無，因而此類記載，也成為汪元量此組大型組詩的特色之一。例如：

「駝峰割罷行酥酪，又進雕盤嫩韭蔥。」〈其七十一〉（卷二，頁五二）

「割馬燒羊熬解粥」〈其七十二〉（卷二，頁五二）

「并刀細割天難肉」〈其七十三〉（卷二，頁五二）

「杏漿新沃燒熊肉，更進鶴鶉野雉雞。」〈其七十六〉（卷二，頁五三）

「御廚請給蒲桃酒，別賜天鵝與野麕。」〈其八十三〉（卷二，頁五五）

「花毯褥梱三萬件，織金鳳被八千條。」〈其八十四〉（卷二，頁五五）

「內家遺鈔三十錠，大賜二宮日用錢。」〈其九十四〉（卷二，頁五七）

「大元皇后來相探，特賜絲綢二百單。」〈其八十七〉（卷二，頁五六）

（三）用韻

汪元量此組九十八首詩的用韻，全為平韻，韻字有：覃、刪、先、文、東、尤、佳、灰、豪、支、虞、微、魚、麻、陽、江、歌、庚、侵、寒、真、青、齊等，其中較常用者，為：尤（十一首）、東（八首）、陽（七首）、先（七首）、庚（七首）、灰（六首）、麻（四首）、歌（四首）。以首句押韻者較多，首句不押者，不到十首。蕭滌非在〈杜詩的韻律和體裁〉一文中，認為有些韻腳，較適合表達歡樂開朗的情緒，如平聲東、冬、江、陽等韻；而較適合表達憂愁的韻有：尤、幽、侵、覃等韻字（註9）。再對照汪元量所用韻字，即知東、冬、江、陽等表達開朗情緒的韻字，汪詩僅東韻（七首）、江韻（一首）、陽韻（七首），這應如何解釋？或許不能一概而論，或許汪元量此時的愁緒已稍減。另一種情況，表達憂愁的韻字，即尤、幽、侵、覃等韻字，元量詩中僅用尤韻（十一首）、侵韻（一首）、覃韻（一首）。茲舉出常用韻字的詩例：

「北望燕雲不盡頭，大江東去水悠悠。夕陽一片寒鴉外，目斷東西四百州。」〈其六〉（卷二，頁三七）——尤韻

「灌州河水曲如弓，青草坪邊路向東。船過州南忽奇絕，一如湖上藕花風。」〈其六十二〉（卷二，頁五〇）——東韻

「滿船明月夜鳴榔，船上宮人燒夜香。好是燒香得神力，片帆穩送到漁陽。」〈其十九〉（卷二，頁四〇）——陽韻

「錦帆高揭繡簾開，鼉鼓聲悲鳳管哀。月子纖纖雲裏見，吳江不盡暮潮來。」

〈其八〉（卷二，頁三七）——灰韻

「金屋煌煌麗九天，朝歌夜舞艷神仙。尋常只道西湖好，不識淮南是極邊。」
〈其二十四〉（卷二，頁四一）——先韻

【附註】

註1　見《中國文學欣賞全集》冊十七，頁九〇四六。

註2　同前註 頁九〇四七。

註3　見孔凡禮《增訂湖山類稿》卷一，頁一七。

註4　同前註，頁二三。

註5　見本論文中篇〈汪元量詩作之研究〉，第四章〈汪元量詩作之形式〉，第一節〈詩作體裁〉。

註6　見〈峴傭說詩〉，載《百種詩話類編後編》下冊，頁一六二〇。

註7　孔凡禮認為「其七」至「其六十八」，是寫被俘北上及沿途所見。經筆者細閱汪詩「其七」至「其六十八」，則「其六十八」詩的內容，明顯為抵達燕京後之情況，並非如孔凡禮所云：「『其七』至『其六十八』，寫赴燕及赴燕途中情況。」見同註3，卷二，〈其六十八〉詩，頁五〇；及組詩之後的「編年」說明，頁五八。

註8　同註3，「編年」，頁五八。

註9　見黃永武著《中國詩學設計篇》，頁一五七。

第七章　汪元量詩作之評價

一、前人論評

程瑞釗在〈汪元量研究情況綜述〉，分析歷來對汪元量詩作的評論，云：

> 「對汪詩之評論，除劉辰翁批語與前人序跋外，今人以胡雲翼《宋詩研究》為
> 最早，書稱『在晚宋詩人中，汪元量要算是描寫亡國痛的第一聖手。』可惜只
> 有這麼一句話。張白山《宋詩散論》，與迄今所出之各種文學史版本，言及元
> 量者，大多類此，點到為止。」（註1）

事實上，各版本文學史書籍中，論及宋詩時，有些則附帶以幾句話提及汪詩，有些
甚至未提。至於專論汪詩者，仍然不多見，遑論全面性研究汪詩。程瑞釗又云：

> 「最早專論汪詩者，為一九八二年程亦軍文（註2），繼之者為同年楊積慶文
> （註3）。程文緊扣『詩史』，從愛國主義到現實主義創作方法兩個方面加以
> 敘述，初收提綱挈領之效。…八四年，楊樹增〈字字丹心瀝青血－水雲詩詞
> 評〉（註4）一文，按詩人一生活動的三大時期，分段論述其詩作，越過思想
> 內容的介紹，初步涉及其風格特徵。…八七年章楚藩，點到了汪詩藝術上由學
> 江湖派轉而學杜，思想源於儒家，風格為哀怨。…今見專論汪詩之文，僅此數
> 篇。」（註5）

汪元量雖非詩作大家，其詩作在當代及元、明、清時代，即已受到人們的注目，而
有不同的評斷；在現代也漸漸受到關注，也將有更多的相關研究。茲先舉出古人對汪詩
的許多評價，再敘述少數今人對汪詩的看法，最後也提出個人的看法。宋、元、明、清
時期，對汪詩的評斷，大致可分三類：

（一）綜合論評

自宋至清，歷朝對汪詩作綜合論評者較多，例如馬廷鸞在病中展閱元量詩作後的感
觸：

「展卷讀甲子初作、微有汗出。讀至丙子作，潸然淚下。又讀至〈醉歌十
首〉，撫席痛哭，不知所云。」（註6）

周方的讀後感，同樣為詩中內容而傷悲，其云：

「余讀水雲詩，至丙子以後，為之骨立。再嫁婦人望故夫之隴，而不敢出聲哭
也。水雲生長錢唐，晚節聞見其事，奮筆直情，不肯為婉孿含蓄，千載之下，
人間得不傳之史。山陽夜笛，聞之者四壁皆為悲咽；正平操撾，聽之者三臺俱
無聲韻。噫！水雲之詩，真能使人至如是，至如是其感哉！渡黃河，歷太華，
望燕雲之日，慨易水之風，則水雲續集，余尚能無感，能無喜？」（註7）

趙文：

「讀汪水雲詩而不墮淚者，殆不名人矣。...君皆耳聞目見，又能寫為詩，幽憂
沉痛，殆不可讀。」（註8）

錢謙益：

「讀水雲詩畢，援筆書之，不覺流涕漬紙。」（註9）

葉蒍：

「汪水雲以一技之末，見之於宮中，猶睠睠於故君，彼食祿垂紳之輩，當何如
耶！...讀時不覺為之出涕。」（註10）

陸嘉穎：

「覽竟，淚沾胸臆。」（註11）

蕭炎丑〈題汪水雲詩卷〉：

「把君《丙子集》，讀罷淚潸然。」（註12）

永秀〈題汪水雲詩卷〉：

「禾黍離離滿故都，君詩讀罷淚傾珠。...黃冠氅服今誰識，前宋遺賢有此
儒。」（註13）

（二）譽為「詩史」

汪元量詩作在當代即有「詩史」之譽。例如劉辰翁：

「其詩自奉使出疆，三宮去國，凡都人憂悲恨嘆無不有。及過河所歷皇王帝伯

之故都遺跡，凡可喜、可詫、可驚、可痛哭而流涕者，皆收拾於詩。解其囊，南吟北嘯，如賦史傳，亦自有可喜。」（註14）

認為汪元量的詩，如賦史傳，這是從其詩作內容的角度，對其詩作的評斷。又有李珏，云：

「吾友汪水雲出示《纇稿》，紀其亡國之戚，去國之苦，艱關愁嘆之狀，備見於詩，微而顯，隱而彰，哀而不怨，欷歔而悲，甚於痛哭。…唐之事紀於草堂，後人以『詩史』目之，水雲之詩，亦宋亡之詩史也，其詩亦鼓吹草堂者也。其愁思抑鬱，不可復伸，則又有甚於草堂者也。」（註15）

蕭壎〈題汪水雲詩卷〉：

「《行吟》便是江南史，它日真堪付董狐。」（註16）

蕭灼〈題汪水雲詩卷〉：

「十年歸來兩鬢霜，袖有詩史繼草堂。」（註17）

後來清吳之振曰：

「詩多紀國亡北徙事。與文丞相獄中唱和詩，周詳惻愴，人謂之『詩史』。」（註18）

清朝吳城，更進一步細細品味汪詩，所得之體會為：

「蓋其詩固風人《小雅》之遺也。…至其痛君后之流離，撫江山之愴怳，口誅筆伐，使喪師敗國諸事，歷歷可數，洵詩史也。」（註19）

（三）詩風

文天祥在獄中，曾有〈書汪水雲詩後〉一文，對元量《行吟》詩集的評語為：「讀之如風檣陣馬，快逸奔放。」（註20）這是就元量詩風而言。鄭元祐亦云：

「宋季琴士汪水雲者，工於詩，詩皆清麗可喜。…水雲後從謝后北遷，老宮人能詩者，皆水雲指教，或謂瀛國公喜賦詩，亦水雲教之。」（註21）

劉豐祿在〈題汪水雲詩卷〉：「錦囊萬里詩一篇，字字丹心瀝青血。」（註22）
宋人嚴日益的五古長詩〈題汪水雲詩卷〉云：

「紫皇殿上紅雲低，春歸天上日欲西。瑤池催撾花羯鼓，姚魏天香分雨露。沉

香亭北雉尾高，詩成先奪雲錦袍。縱橫奏賦三千字，文采風流多意氣。珮聲楊柳鳳池頭，絲綸五色爛不收。…」（註23）

二、綜論

以上為宋元明清各代，對元量詩作的評價；再看今人的說法：

除了章楚藩認為汪詩風格「哀怨」（註24）之外，楊樹增認為汪元量各期的詩風，雖有不同，然而「儘管如此，他的詩風最基本的、最具特徵的還是『悲愴沉痛』。」（註25）

其次為程瑞釗在〈汪元量研究情況綜述〉一文中，對元量詩作的評述為：

「元量七古之雄奇、五古之幽婉、律詩之清麗、七絕之沉郁，各具特色，堪與李杜并肩者有之，可同陸游相頡抗者亦復不少，還有黃山谷體，其佳構並不只限於那麼幾首小詩。」（註26）

接著有黃麗月著《汪元量「詩史」研究》書中，對元量「詩史」之作的評論：

「我認為在汪元量不同的風格中，悲涼淒蒼、哀婉悽惻、悲愴沉痛才是他作品的主調。『風格』既是文學作品內容及形式的綜合表現，那麼某一『風格』評語若是能兼及二者，當然是最好不過的。無論是幽憂沉痛、悽惻悲涼、淒涼哀怨或是悲愴沉痛，都是指哀傷悲痛的意思，偏重於情感內容的表現，未及形式技巧之特色；若著一「婉」字，更能突顯作者將此感情委婉的寄託在景物、事件中的特色。因此，個人以為用「悽婉」二字就足以概括汪元量『詩史』的代表風格。」（註27）

黃麗月從「詩史」的內容，認為汪元量「詩史」詩篇的風格，即為「悽婉」二字，頗能切合元量「詩史」之作。而元量另一些並非如「詩史」般，以記錄史實為主之作，例如早期宮中之作、晚期南歸後所作，透露較自在愉悅之氣息，而此時期詩篇之風格如何，自然不同於「詩史」之作的風格。因此個人認為對汪元量詩作的評價，可分多方面，包含汪詩內容、技巧、風格等。論者往往由己身感受到震撼的角度入手，去評論作品；論者的角度雖有不同，然而由此可知汪詩令人感動的角度是多方面的。換言之，古人、今人對汪詩的評價是大同小異的，都給予極高的評價，即汪詩在內容方面，有如杜甫「詩史」之作；在風格方面，皆為悲愴沉痛、哀怨悽婉等評語；至於讀後感，亦為評論之一種，讀後若不感傷悲，「殆不名人矣」（註28）。

個人認為汪元量以一介儒生，不逐名利，只知負責盡職；其平淡又傳奇的 一生，與

南宋朝廷的國運息息相連，因而所經歷的每一階段，都造就了不同風格的詩作，例如早年的宮中時期，其詩哀怨，充滿儒者對國事的關注與無力感；被俘北上前後，此時國亡已成定局，詩作表現出冷靜而哀傷的情緒；拘留北營期間，必須面對現實，關心照料宋俘，與元人周旋，作品中的哀愁情境，令人唏噓；辭官南歸後的詩作，風格沈鬱。凡此種種，皆為其人格的總體現，讀其詩作而知其人矣。

【附註】

註1　見程瑞釗〈汪元量研究情況綜述〉，載《文學遺產》，一九九〇年第三期，頁一三〇至一三四。

註2　見程亦軍〈論愛國詩人汪元量及其詩歌〉，載《廣西師院學報》一九八二年，第一期，頁四八至六一。

註3　見楊積慶〈論汪元量及其詩〉，載《文學遺產》，一九八二年四月，頁七二至八〇。

註4　見楊樹增〈字字丹心瀝青血｜水雲詩詞評〉，載《齊魯學刊》第六期，一九八四年，頁一一五至一二〇。

註5　同註1。

註6　見孔凡禮《增訂湖山類稿》附錄一，頁一八六。

註7　同前註，頁一八七。

註8　同註6，頁一八七。

註9　同註6，頁一八九。

註10 同註6，頁一八九。

註11 同註6，頁一九〇。

註12 同註6，頁二二〇。

註13 同註6，頁二二〇。

註14 同註6，頁一八五。

註15 同註6，頁一八八。

註16 同註6，頁二一四。

註17 同註6，頁二二一。

註18 同註6，頁一九二。

註19 同註6，頁一九四。

註20 同註6。

註21 鄭元祐〈遂昌雜錄〉一則，見同註6，頁一九九。

註22 同註6，頁二一五。

註23 同註6，頁二二三。

註24 同註5。

註25 楊樹增〈字字丹心瀝青血｜水雲詩詞評〉，載《齊魯學刊》第六期，一九八四年，頁
一一八。

註26 同註1，頁一三二。

註27 見黃麗月《汪元量「詩史」研究》，頁二三四。

註28 宋代趙文即曾言：「讀水雲詩而不墮淚者，殆不名人矣。」語見同註6，頁一八七。

第八章　中篇總結－汪元量其詩

本篇（中篇）對汪元量詩，作全面性探討，分創作淵源、詩作之分期與各期風格以及詩作之形式、內容、藝術特色、評價等。

一、創作淵源：

一方面承襲歷代詩歌遺產，例如詩經、楚辭、漢樂府詩、魏晉南北朝詩、唐詩、宋詩等；一方面自身熟悉史書典故，加上受到歷代個別詩人之影響，如屈原、蘇武、陶潛、杜甫、李白、白居易、蘇軾、黃庭堅、陳與義、文天祥等。此外，宋末改朝換代的時代背景、個人思想稟性之影響及所經歷的特殊際遇，例如：長居宮中為琴師、國亡隨三宮被俘北上、擔任元官、辭官南歸等，都成為其創作「詩史」之作的淵源。

二、詩作分四期及其風格：

（一）宮中時期

自理宗景定元年前後，到恭帝德祐二年二月（一二六〇前後至一二七六）。有十八首詩，充滿哀怨風格。

（二）國亡前後

自恭帝德祐二年三月到八月（一二七六年三月至八月）。有二〇三首詩，風格冷靜而哀傷。

（三）拘燕時期

自恭帝德祐二年秋初，到至元廿五年南歸止（一二七六至一二八八）。有一一六首詩，風格上盡是哀愁之音。

（四）南歸後

至元廿五年秋踏上歸途後，到延祐四年終老止（一二八八至一三一七）。有一四三首詩，風格沉鬱。

三、詩作之形式：

有絕句、律詩、古詩等體裁，但以七絕（含組詩的一六九首七絕，共計二一〇首、七律（含組詩的十九首七律，共計一三二首）為多；五絕（無組詩。六首）、五古（含組詩的七首五古，共計二九首）則極少。另有一些特殊形式的詩作：

（一）組詩

總數二十五篇的組詩，共計二二三首詩。佔全體詩作的49％，其中最大型組詩〈湖州歌九十八首〉，有九十八首。

（二）雜言詩

屬於錯綜雜言之形式。共計十首。

（三）歌體詩

共計九首。元量所作歌體詩，雖擬自杜甫、李白，卻也能顯出迭宕氣勢。

四、詩作之內容：

由詩題題旨析論之，可分：紀事類、感懷類、寫景類、唱和類、酬酢類、送別類等；由句意內涵析論之，則可分：家國之思、詠物自傷、詠古之作、褒貶之作、欽慕前賢等內容。

五、詩作之藝術特色：

（一）章法結構

元量詩以七絕（有二一〇首）、七律（有一三二首）為大宗。七絕的章法，多為首句平直敘起，至第三句為轉折，更為全首詩之重點所在；至末句順勢作結，卻留下想像空間，讓讀者回味。至於七律的章法，詩中的頷聯、頸聯，尚能工整對仗；此外，往往以首聯敘事，末聯與首聯呼應，為全詩重點處，甚而有絃外之音。

（二）以文入詩

正如宋人為詩，元量詩作以散文化詩句說理、議論者為多。往往不假思索即衝口而出，只有少數詠物詩、寫景詩中，有貼切優美詩句出現。

（三）常用典故

元量熟諳歷史掌故，往往適時嵌入詩句中，藉以表情達意。

（四）常見修辭

運用對仗、譬喻、類疊、摹寫等修辭技巧。

六、文字表現：

喜以詩中文句描述音樂情景，藉彈奏、歌舞或自然界美妙聲響等，表達心中各種情緒。

七、格律技巧：

在元量全數四百八十首詩中，以七絕（有二一〇首）、七律（有一三二首）為多，故探討其七絕、七律之格律。七絕的平仄，率多符合平仄律，出律字極少。以首句押韻平起式的七絕較多。至於七律，雖然七律以首句押者為通則，而元量卻以首句不押者為多，首句押韻者僅二首。且以平起式較多。出律字較七絕多些。在用韻方面，七絕以平聲韻為多，仄聲韻僅四首。喜用平聲陽韻（二〇首）、尤韻（一五首）、灰韻（一五首）、先韻（一三首）、庚韻（八首）、支韻（七首）、麻韻（七首）、歌韻（六首），其餘韻腳皆各為五首以下。可知元量偏好這些韻腳，尤其是「陽」、「尤」、「灰」、「先」韻。

至於七律，元量往往嚴守格律，且一韻到底，極少轉韻（七律二首、五律一首）、通韻（七律一首、五律無）。常用的平聲韻目，依多寡之序為：「尤、陽、灰、先、寒、元、支」。

下篇

汪元量詞作之研究

第一章　當代詞壇概述　　　　　　3-3

　　第一節　南宋末年詞壇　　　　3-4

　　第二節　遺民詞壇　　　　　　3-9

第二章　汪元量詞作之創作淵源　3-13

　　第一節　音樂造詣　　　　　　3-13

　　第二節　憤慨憂思　　　　　　3-16

　　第三節　化用唐詩　　　　　　3-19

　　第四節　熟悉史料　　　　　　3-22

第三章　汪元量詞作之選調　　　3-25

　　第一節　小令、中調、長調　　3-25

　　第二節　詞牌　　　　　　　　3-29

第四章　汪元量詞作之用韻　　　3-39

　　第一節　詞作用韻之情況　　　3-39

　　第二節　詞作用韻之特色　　　3-45

第五章　汪元量詞作之內容　　　3-47

　　第一節　題旨析論　　　　　　3-47

　　第二節　句意內涵　　　　　　3-51

第六章　汪元量詞作之藝術技巧　3-55

　　第一節　章法　　　　　　　　3-55

　　第二節　修辭　　　　　　　　3-60

　　第三節　用典　　　　　　　　3-67

　　第四節　風格　　　　　　　　3-74

第七章　汪元量詞作之評價　　　3-79

第八章　下篇總結－汪元量其詞　3-83

研究一種文學的客觀方法，除了瞭解作者的個人因素、作品之外，還應該認識其時代背景。因為任何一種文學現象，皆非短時間形成的，而是受整個大時代長期的影響。誠如黃文吉所云：

> 「（法國）泰恩（Taine Hippolyte Adolphe，1828－1893）提出種族、環境、時代等三種原則來研究藝術，雖然他忽略了人性方面的因素，但還不失為研究文學的客觀方法。其實我國也早已有類似的認識，如孟子云：『頌其詩，讀其書，不知其人，可乎？是以論其世也。是尚友也。』〈萬章·下〉孟子認為對作家生活的了解和思想的了解，對作家所處時代的認識，是理解其作品所不可少的條件。劉勰《文心雕龍》更專立〈時序〉一篇，來討論文學與時代的關係。」（註1）

所以尚友應先論其時代背景，乃為「理解其作品所不可少的條件」；由此黃文吉從政治背景、社會因素、文壇風氣、地理環境等四方面，探討南渡詞人所受到的時代、環境的影響（註2）。

　　汪元量身處於宋末元初時代，本論文已於上篇〈汪元量其人研究〉中，探討過其政治背景、社會風氣、地理環境；而將文壇風氣分詩壇、詞壇兩方面，分別於中篇〈汪元量詩作之研究〉，第一章〈當代詩壇概述〉以及下篇〈汪元量詞作之研究〉，第一章〈當代詞壇概述〉中探析。

下篇　汪元量詞作之研究

第一章　當代詞壇概述

　　本章分兩階段探討汪元量當代的詞壇，即南宋末年詞壇、遺民詞壇，各以專節敘述之。然而歷來這兩階段不易區隔，所以必須先加以界定之。南宋末年即為南宋將亡時期，將亡的因素，主要來自蒙古人的大舉侵宋，否則只是宋廷內部腐敗，仍不致於如此快速覆亡；故蒙古人入侵，即開始了宋廷走向滅亡的命運。誠如楊海明云：

> 「一二六九年，蒙古發兵大舉滅宋，這就揭開了南宋最後覆亡的既慘痛又悲壯的歷史階段之序幕。先是，元兵大舉包圍和進攻南宋戰略重鎮襄陽（包括樊城）。宋軍經過四年的浴血抗戰，最後城破將降，南宋小朝廷就此失卻了西北方向的屏障，處於風雨飄搖的境地。」（註3）

　　因此本章第一節〈南宋末年詞壇〉之「南宋末年」，即以宋度宗咸淳五年（一二六九），蒙古南犯為始，至宋亡為止。此期間為宋末時期，本節即探討此時期之詞壇狀況。

　　此後，宋廷始終籠罩在蒙古人侵略的陰影之下。恭帝德祐二年（一二七六）正月，蒙古軍至皋亭山。宋派遣監察御史楊應奎上傳國璽（註4）；二月，元命宋君臣入朝（註5）。宋帝趙昺祥興二年（一二七九）二月，張弘範攻厓山，宋兵大敗，陸秀夫負帝蹈海死，宋亡。宋亡之後所見的遺民詞作，即為遺民詞；宋亡之後的詞壇，即為遺民詞壇。在宋亡之後，仍積極寫作，而有詞作者，屬遺民詞壇的詞人，否則即屬宋末詞壇者。前者如劉辰翁、鄭思肖、文天祥、汪元量等；後者如劉克莊、蔣捷、周密、王沂孫、張炎等。茲分兩節，分述南宋末年詞壇、遺民詞壇。

第一節　南宋末年詞壇

　　南宋詞壇，在偏安之初約五十年間，猶有慷慨悲壯之音，頗能振奮人心，其詞風漸離北宋周邦彥的格律古典派，而趨向蘇軾一派，例如朱敦儒、陸游、辛棄疾、劉過等。這一派詞人運用的題材，大異於北宋，不僅擴大了詞境，至宋末，也注入了家國思想，開啟了宋末詞風。然而時日一久，粉飾太平的管絃之音，日漸淹沒了北伐抗敵的浪潮，而出現另一派追求詞藝，承襲自北宋周邦彥的格律古典派；此派以姜夔為代表，包括史達祖、高觀國、吳文英等。詞發展至南宋末年，仍呈現兩條路線延展著，一為姜、吳派的格律古典詞風，一為蘇、辛派的慷慨豪放詞風。此時以「理」勝於「情」的詞作，開始興起，因為此風源於蘇軾，加上宋末的時代背景，適於此類含有哲理的詞作的發展。楊海明提及蘇軾詞中的哲理性，云：

> 「他（蘇軾）詞中的這種哲理性，就正是他飽經憂患的身世，和他覃思深慮的心理機制，所帶給它們的一種豐厚『賦予』。」（註6）

王偉勇在《南宋詞研究》中云：

> 「凡文學現象之演進，率屬漸進式，鮮見突變式，故所謂『南宋詞之特色』，除受家國變動所產生之特殊內容外，其餘特色，在北宋時已略具雛型，非突然顯現也。如以文為詞、佛道入詞、酬贈唱和、祝壽慶生、時序節令等技巧內容，均曾見於北宋或唐五代詞中，特量少且未盡普遍耳；必至南宋，始沛然成勢，蔚為風尚，而呈顯著之特色也。」（註7）

因而，此種在南宋詞壇已「沛然成勢，蔚為風尚」的技巧、內容，例如在文字上用工夫，極力講究技巧與唯美，受制於音律而犧牲內容等，至宋末更形普遍。茲舉宋末詞壇上一些作家及其詞例以證：

一、蔣捷

　　蔣捷（一二三五至一三〇〇）字勝欲，自號竹山，陽羨（今江蘇宜興）人。度宗咸淳十年（一二七四）進士。元初遁跡不仕。平生著述，以義理為主，又工詞。有《竹山詞》（註8）。其詞云：

> 「少年聽雨歌樓上。紅燭昏羅帳。壯年聽雨客舟中。江闊雲低，雁斷叫西風。而今聽雨僧廬下。鬢已星星也。悲歡離合總無情。一任階前，點滴到天明。」

〈虞美人〉（聽雨）

自頭至尾以白描手法，描寫人生三個階段聽雨的不同感受；而帶出三種不同的情境，皆以聽雨來貫串。蔣捷雖為親歷改朝換代的遺民，然入元後，隱跡不仕，並未積極創作，向後人「控訴」元人行徑，因而在此將其歸屬於南宋末年的詞人。

二、周密

周密，字公謹，號草窗，濟南人。流寓吳興，居弁山，自號弁陽嘯翁，又號四水潛夫。生於理宗紹定五年（一二三二）。曾為義烏令，入元不仕。端宗景炎二年（一二七七）因「兵火破家」，遂寄寓杭州，以著述為事，與張炎、王沂孫、唐珏等結社填詞，詞中寄託亡國哀思。長於詞，亦工詩。有《草窗詞》、《蘋洲漁笛譜》、《齊東野語》、《癸辛雜識》、《志雅堂雜鈔》、《浩然齋雅談》、《武林舊事》、《澄懷錄》、《雲煙過眼錄》各若干卷傳於世（註9）。其詞例：

「天水碧。染就一江秋色。鰲戴雪山龍起蟄。快風吹海立。　數點煙鬟清滴。一杯霞綃紅濕。白鳥明邊帆影直。隔江聞夜笛。」〈謁金門〉（吳山觀濤）

周密工於詠物，詠潮詞作頗多。此詞將潮起、潮落的過程，分三種境界：自水天相連，一碧萬頃之時，潮水將起，忽而潮起壁立，又歸於平靜。詞中用詞典雅，顯露格律古典派的特色。

三、王沂孫

王沂孫，生卒年不詳。字聖與，號碧山、中仙、玉笥山人，會稽（今浙江紹興）人（註10）。有《碧山樂府》，又名《花外集》（註11）。其詞例：

「白石飛仙，紫霞悽調。斷歌人聽知音少。幾番幽夢欲回時，舊家池館生青草。　風月交遊，山川懷抱。憑誰說與春知道。空留離恨滿江南，相思一夜蘋花老。」〈踏沙行〉（題草窗詩卷）

雖有悲國哀家之情，但不明顯，似乎為此派作者共通之特色。

四、張炎

張炎，字叔夏，號玉田，又號樂笑翁。本為西秦人，居臨安。生於理宗淳祐八年（一二四八），卒年不詳。宋亡，落魄縱游。工於長短句，與周密、王沂孫為詞友。以〈春水〉詞而得名，號張春水。其詞集名《山中白雲詞》，有二百四十餘闋；另有詞作

理論集《詞源》（註12）。

> 「楚江空晚。悵離群萬里，怳然驚散。自顧影欲下寒塘，正沙淨草枯，水平天遠。寫不成書，只寄得相思一點。料因循誤了殘氈擁雪，故人心眼。　誰憐旅愁荏苒。謾長門夜悄，錦箏彈怨。想伴侶猶宿蘆花，也曾念春前去程路遠。暮雨相呼，怕蓦地玉關重見。未羞他雙燕歸來，畫簾半捲。」〈解連環〉（孤雁）

此詞寫孤雁，由孤雁的外在情態至內在心事，描繪得淋漓盡致，當代人因而稱作者為張孤雁，可知此詞詠物之工。劉大杰在《中國文學發達史》中云：

> 「詠物詞到了張炎，可以說到了最高的境地，他細心地體會，深微的刻劃，凡物的神情面貌以及性格，都能委婉地表現出來。」（註13）

以上的宋末作家：蔣捷、周密、王沂孫、張炎等，皆屬姜派詞人。

南宋末年時，另一派效仿蘇辛風格者，如劉克莊。同樣簡介其生平並舉其詞例說明之：

五、劉克莊

劉克莊（一一八七至一二六九），字潛夫，號後村居士，莆田（今屬福建）人。出生官宦之家，幼年即稟賦異質，少年時即得名於詩壇詞場（註14）。以蔭仕。理宗淳祐六年（一二四六），賜進士出身，官龍圖閣直學士。兼工詩詞，為南宋後期一大家。作品充滿愛國意識及豪放風格，可惜韻味不足。有《後村先生大全集》，其中有長短句五卷（註15）。

> 「曾看洛陽舊譜。只許姚黃獨步。若比廣陵花。太虧他。　舊日王侯園圃。今日荊榛狐兔。君莫說中州。怕花愁。」〈昭君怨〉（牡丹）

此詞借物以寄託故國之思。詞中以姚黃（為名貴的牡丹品種）與廣陵花（即揚州芍藥）對比，表面上惜花，實為惜中州，深含未能光復故土的怨憤。

此外，宋末詞壇作者遭遇國將亡的悲痛，於是「緣事而發」的詞作增多，詞中暗藏悲咽情緒，不敢明言，只能幽幽吐露哀音，使詞風隱晦曲折。楊海明在《唐宋詞史》中云：

> 「前人論樂府詩有『感於哀樂，緣事而發』（《漢書‧藝文志》）的說法，照此而論，則宋亡前後的詞，就也具有了這種特點。」（註16）

楊海明更舉出宋末的三件大事（註17）：臨安城破，帝后被擄（一二七六，恭帝

德祐二年）；「發陵」事件（一二七八，端宗景炎三年）（註18）；福建、廣東的「抵抗」運動（一二七六至一二七九）。均影響宋末詞人作品的內涵，例如王沂孫〈齊天樂〉（蟬）詞云：

> 「一襟餘恨宮魂斷，年年翠陰庭樹。戶咽涼柯，還移暗葉，重把離愁深訴。西窗過雨，怪瑤珮流空，玉箏調柱。鏡暗妝殘，為誰嬌鬢尚如許？ 銅仙鉛淚似洗，嘆移盤去遠，難貯零露。病翼驚秋，枯形閱世，消得斜陽幾度？餘音更苦。甚獨抱清高，頓成淒楚？謾想熏風，柳絲千萬縷。」

詞中的「宮魂」，一則暗喻朝廷已覆亡，二則借用齊后死後化為蟬的典故，隱指孟后陵墓被掘、屍骨棄露於野的慘狀。「銅仙鉛淚」三句，也有兩層意思：一用李賀〈金銅仙人辭漢歌〉的典故，有盛衰興亡的易代之悲，二是暗指宋室、宋陵之宗器寶物為元人所奪（註19）。

【附註】

註1　見黃文吉《宋南渡詞人》，第二章〈南渡詞人的時代環境背景〉，頁一七。
註2　同前註。
註3　見楊海明著《唐宋詞史》，第十三章〈「風雨如晦」、「春去人間」的宋末詞壇〉，頁六三一。
註4　見《宋史》，卷四十七〈瀛國公紀〉。
註5　見《元史》，卷九〈元世祖紀〉。
註6　見楊海明著《唐宋詞史》，第七章〈「新天下耳目」的蘇軾詞〉，頁三六一。
註7　見王偉勇著《南宋詞研究》，第三章〈南宋詞之特色〉，頁九十六。
註8　見《元祐黨人傳》卷一五。
註9　見《中國詩學大辭典》，頁四五一；《宋史翼》卷三四有傳。
註10　見嚴迪昌等編《中華古詞觀止》，頁三九八引。
註11　其生卒年不詳。見《中文大辭典》第六冊，頁二九九。
註12　參見劉大杰《中國文學發達史》第十九章〈南宋的詞〉，頁六四七；及見同註10，頁四一二。
註13　見劉大杰《中國文學發達史》，第十九章〈南宋的詞〉，頁六五〇。
註14　同註9，頁四四五；《宋史翼》卷二九有傳。

註15 同註10，頁三五二。

註16 同註3，頁六三三。

註17 同註3，頁六三三至六三七。

註18 元朝總管江南浮屠的胡僧名楊璉真伽者，為盜取南宋帝后陵墓中的金銀財寶，於一二七八年偷掘高宗、理宗第六陵。當時有越中義士唐珏、林景熙等基於民族義憤，邀集里中少年，設法收集諸帝后殘骸暗中安葬，並植冬青樹於塚上以作憑記。見同註3，頁六三五所引。

註19 同註3，頁六三六。

第二節　遺民詞壇

　　西元一二七九年，南宋覆亡，此後的遺民，多數以豪放激越筆調，抒發對家國的真情，凜然正氣充塞字裡行間；或以沉咽之語，表現淒苦之音（註1）。正如劉大杰所云：

　　　「（遺民詞人）在藝術技巧上，雖無碧山（王沂孫）、玉田（張炎）的工麗典雅，但一種忠義的正氣，憤慨的哀情，卻躍然紙上。」（註2）

　　一般人皆看重婉約派，將其視為正統，然而南宋遺民在豪放中見真情，更為歷史作見證，如劉辰翁、文天祥、汪元量、鄭思肖等人，不由得令人肅然起敬。他們目擊山河變色，亟待國家復興卻成空，內心苦楚，形諸詞作。我們實無由漠視這一群為宋詞作光榮結束的豪放派詞人。茲舉例說明之：

一、劉辰翁

　　劉辰翁，字會孟，號須溪，廬陵（今江西吉安）人。生於理宗紹定五年（一二三二）（註3）。景定三年（一二六二）廷試對策，忤逆賈似道，置於內第（註4）。以親老，請為濂溪書院山長。薦居史館，又除太學博士，皆固辭。文天祥起兵勤王，劉辰翁參與抗元戰事。宋亡後，隱居廬陵山中，從事著述。元世祖大德元年（一二九七）卒。年六十六。有《須溪詞》傳世（註5）。其詞例：

　　　「鐵馬蒙氈，銀花灑淚，春入愁城。笛裡番腔，街頭戰鼓，不是歌聲。　那堪獨坐青燈。想故國、高臺月明。輦下風光，山中歲月，海上心情。」〈柳梢青〉（春感）（卷五，頁一六五）

此為作者晚年隱居廬陵山中所作。上片遙想故都臨安，如今在敵人統治下的淒涼冷清。以「鐵馬」、「銀花」，表達視覺；以「番腔」、「戰鼓」表達聽覺，由如此的視覺、聽覺，概括了故都風貌（已為異族風情取代）。下片寫懷念故鄉，決心終老山中。

二、文天祥

　　文天祥，初名雲孫，字天祥，後改字宋瑞，一字履善，號文山，吉州廬陵（今江西吉安）人。生於理宗端平三年（一二三六），寶祐四年（一二五六）進士第一。度宗朝，累遷直學士院，知贛州。恭帝德祐初，除右丞相、兼樞密使。元兵至，奉命勤王，軍前被拘，逃亡入真州，泛海至溫州。益王立，拜右丞相，以都督出江西，兵敗被

執。囚於燕京四年，不屈，死柴市，年四十七，時為世祖至元十九年（一二八二）（註6）。有《文文山全集》。其詞：

「乾坤能大，算蛟龍、元不是池中物。風雨牢愁無著處，那更寒蟲四壁。橫槊題詩，登樓作賦，萬事空中雪。江流如此。方來還有英傑。　堪笑一葉漂零，重來淮水，正涼風新發。鏡裏米顏都變盡，只有丹心難滅。去去龍沙，江山回首，一線青如發。故人應念，杜鵑枝上殘月。」〈酹江月〉（和友〈驛中言別〉）

宋帝趙昺祥興元年（一二七八）年底，文天祥兵敗被俘，次年與鄧光薦同被押赴燕京，抵建康時，鄧光薦因病留下就醫，而作〈酹江月　驛中言別〉贈別文天祥，文天祥以此詞相和。詞中寫被俘的悲慨，及對朝廷忠貞之情，更對未來有殷切期盼和信心（註7）。

三、謝枋得

謝枋得，字君直，號疊山，信州弋陽人。生於寶慶二年（一二二六）。恭帝德祐初，以江東提刑知信州。元兵南下時，信州不守，乃變姓名入建寧唐石山，不久賣卜於建陽市。宋亡，居閩中。福建的參政魏天祐，強之北行，至大都，不食而死，時為元世祖至元二十六年（一二八九），年六十四。有《疊山集》（註8）。其詞例：

「十五年來，逢寒食節，皆在天涯。歡雨濡露潤，還思宰伯，風柔日媚，羞看飛花。麥飯紙錢，隻雞斗酒，幾誤林間噪喜鴉。天笑道，此不由乎我，也不由他。　鼎中鍊熟丹砂。把紫府清都作一家。想前人鶴馭，常遊絳闕，浮生蟬蛻，豈戀黃沙。帝命守墳，王令修墓，男子正當如是耶。又何必，待過家上冢，晝錦榮華。」〈沁園春〉（寒食鄆州道中）（註9）

元世祖至元二十六年（一二八九），謝枋得被執北上，在途中作此詞。上片慨歎自身到處飄泊，已有十五年；更隱含對元朝統治者的不滿與怨忿。下片藉道家說法，已表明願為國效命的心志，及不屈服的民族氣節（註10）。

四、劉將孫

劉將孫，字尚友，號養吾齋，盧陵人。理宗寶祐五年（一二五七）生。劉辰翁之子。為宋末進士。曾任延平教官、臨汀書院山長。著有《養吾齋集》（註11）。其詞例：

「水際輕煙，沙邊微雨。荷花芳草垂楊渡。多情移徙忽成愁，依稀恰是西湖路。　血染紅牋，淚題錦句。西湖豈憶相思苦。只應幽夢解重來，夢中不識，從何去。」〈踏莎行〉（閒游）（註12）

詞中可感受到劉將孫為失國而傷痛之情緒，思鄉之情與日俱增，以致夢中的西湖已模糊。劉將孫曾為汪元量作〈湖山隱處記〉一文，成為現今研究汪元量事蹟的重要資料（註13）。

這些遺民詞人，多不事雕琢詞語，衝口而出。其詞內容雖也有細緻典雅之處，有如古典派；也有豪放氣魄之處，大抵受外在環境所影響，動盪時代的影子越潛入作品中，則使作品越發有豪言壯語，越發走向蘇、辛一派的詞風，所以作者的心境與時代背景，是息息相關的。劉大杰曾云：

「或（按：指遺民詞人）出於象徵，或（按：指遺民詞人）由於直寫，詞旨既不晦澀，表情真切，令人讀了，真有心酸淚下的力量。這些自然是最感人的好作品。在詞藻上，雖受有古典派的影響，但在氣勢上，是偏於蘇、辛一派的了。」（註14）

宋亡之後，詞壇哀哀的亡國之音裊裊不絕，詞人的作品中，詞意逐漸不再含蓄，往往直敘悲痛絕望之情。例如劉辰翁〈蘭陵王〉（丙子送春）：

「送春去，春去人間無路。鞦韆外、芳草連天，誰遣風沙暗南浦？依依甚意緒？漫憶海門飛絮。亂鴉過，斗轉城荒，不見來時試燈處。　春去。最誰苦？但箭雁沈邊，梁燕無主。杜鵑聲裏長門暮。想玉樹凋土，淚盤如露。咸陽送客屢回顧。斜日能度。　春去，尚來否？正江令恨別，庾信愁賦。蘇堤盡日風和雨。嘆神遊故國，花記前度。人生流落，顧孺子，共夜語。」

以「送春」為題，實寫亡國之悲慟。共分三片，每片皆以「春去」起興。首片寫亡國後的荒涼之景，次片寫亡國之悲悽，末片寫亡國後的絕望之情。

【附註】

註1　見劉大杰《中國文學發達史》，第十九章〈南宋的詞〉，頁六五一。
註2　同前註。

註3　其傳記資料散見於《宋元學案》、《宋詩紀事》等書。《宋史翼》卷三五有傳。

註4　內第，內宮也。見《中文大辭典》第一冊，頁一三六三。

註5　見唐圭璋編《全宋詞》，頁三一八六。

註6　同註3，頁三三〇四。

註7　見嚴迪昌等編《中華古詞觀止》，頁三九〇；及拙著《文文山詩探賾》，頁一五。

註8　見《全宋詞》頁三一四一。

註9　見同前註；及同註5，頁三七五。

註10　見同註5，頁三七五。

註11　見《四庫提要》卷一百六十六。

註12　見同註3，頁三五二四。

註13　見孔凡禮《增訂湖山類稿》，附錄一〈汪元量研究資料彙輯〉，頁一九七。

註14　同註1，頁六五三。

第二章　汪元量詞作之創作淵源

　　汪元量詞作大量散佚，存世者僅五十二闋。其中早期在宮中所作部分詞作的內容，充滿愉快情緒，且有細膩描繪的詠物詞，如〈春苑賞牡丹〉、〈宮中新進黃鶯〉等，可知曾受姜吳詞風之影響；其後，國勢漸衰，甚而亡國，汪詞中隨之加上層層哀愁與怨憤，直至國亡前後，情緒沸騰至最高點，使詞風愈近蘇辛豪放派，此後的詞作，即被歸類為豪放派詞人。此外，身為宮中琴師，不免對周遭的音樂情景，有敏銳感覺，而成為素材，擷取入詞；有時也化用唐詩詩句，或使事用典，凡此皆為汪元量詞作之創作淵源。茲分三節，分別加以探討之。

第一節　音樂造詣

　　當代人劉辰翁，曾為汪元量評選詩詞作品，編為《湖山類稿》，在〈湖山類稿序〉中，云：

> 「杭汪水雲，以布衣攜琴度易水，上燕臺。侍禁時，為太皇、王昭儀鼓琴奉卮酒。又或至文丞相銀鐺所，為之作〈拘幽〉以下十操，文山亦倚歌而和之。…汪氏之琴，天其使之娛清夜、釋羈旅耶？…以琴遇少，琴能詩又少，余欲盡其卷計之，而不勝其壹鬱也。」（註1）

劉辰翁盛讚元量的音樂才華，能琴又能詩者，畢竟不多。
　　孔凡禮在《增訂湖山類稿》前言中，謂：

> 「汪元量的友人劉辰翁在《湖山類稿》選集序中，慨歎能琴而又『能詩』者少。汪元量是琴師，又是詩人、詞人；是音樂演奏藝術家，又是文學家。這樣的人，在我國文學史上，的確很少。」（註2）

對於汪元量的能詩能詞又能琴，孔凡禮也給予極高評價。至於其何以能詩能詞又能琴？宋陳泰在〈送錢唐琴士汪水雲〉云：

> 「漢宮麗華陰貴人，臣忝近歲居宮門。東觀初令習書史，寶詔再直行絲綸。熙

明殿中早朝罷，伏內玉輦扶皇君。昭容傳詔促侍燕，屏棄舊樂嫌繽紛。調絃始學鳳凰語，度曲便覺聲有神。」（註3）

陰貴人，當指謝后。陳泰說明了兩件事，一為元量曾在東觀習書史（註4），時為二十歲左右，因此「能詩能詞」；一為王昭儀曾向汪元量求教琴藝。然汪元量何時習得琴藝？而能成為宮中琴師？則不得而知。總之，汪元量亦有音樂造詣，而成為其創作之淵源。在其僅存的五十二闋詞中，提及音樂、歌聲、樂器、演奏指法者，有三十六闋。茲舉詞例如下：

> 「遲日侵階，和風入戶，朱絃欲奏還倦。一幅鸞箋，五雲飛下，賜予內家琴苑。音隨指動，猶彷彿、虞薰再見。妙處誰能解心，和平自無哀怨。」〈天香〉（遲日侵階）（卷五，頁一六五）

此為上片，描述悠揚的琴音。

> 「…整頓朱弦，奏霓裳初遍，音清意遠。恍然在廣寒宮殿，…曲中似哀似怨，似梧桐葉落，秋雨聲顫。…」〈失調名〉（宮人鼓瑟奏霓裳曲）（卷五，頁一六八）

詞中描述宮中生活，宮人演奏琴曲「音清意遠」，曲中有哀怨，又似葉落，又似雨聲。

> 「…擊鼓搖金，擁瓊璈玉吹。恣意游嬉。斜日暉暉。亂鶯啼。…笙歌地。盡荒畦。惟有當時皓月，依然挂、楊柳青枝。聽隄邊漁叟，一笛醉中吹。興廢誰知。」〈六州歌頭〉（江都）（卷五，頁一七〇）

又如七闋〈憶秦娥〉（卷五，頁一七五）組詞中，每一闋下片，皆有與音樂相關的字句：

> 「少年心在尚多情。酒邊銀甲彈長箏。彈長箏。」〈憶秦娥 其一〉

> 「強將纖指按金徽。未成曲調心先悲。心先悲。」〈憶秦娥 其二〉

> 「幾回相憶成孤斟。塞邊鼙鼓愁人心。愁人心。」〈憶秦娥 其三〉

> 「當年出塞擁貂裘。更聽馬上彈箜篌。彈箜篌。」〈憶秦娥 其四〉

> 「錦書欲寄鴻難托。那堪更聽邊城角。邊城角。」〈憶秦娥 其五〉

> 「嬌嬌獨坐成愁絕。胡笳吹落關山月。關山月。」〈憶秦娥 其六〉

「玉人何處教吹簫。十年不見心如焦。心如焦。」〈憶秦娥 其七〉

　　所以汪元量的音樂才華，使其將此素材，大量用於詞作中，而成為其創作詞作的淵源之一。

【附註】

註1　見《增訂湖山類稿》卷五，頁一八五。

註2　同註1，頁一。

註3　同註1，附錄二，頁二六二。

註4　增訂，附錄二，頁二四八。其引《後漢書》卷五，漢安帝永初四年二月乙亥，有「詔謁者劉珍及五經博士，校定東觀五經、諸子、傳記、百家藝術，整齊脫誤，是正文字」之記載。東觀乃漢代宮中著述及藏書之所。在此當指謝后令元量在宮中習書史。

第二節　憤慨憂思

汪元量早年在宮中，心境平靜愉悅，所填詞作，典雅富貴氣息較重，不見憤慨豪情。以下先略述其心情愉悅的原因，再舉典雅富貴氣息之詞例。

元量早年入宮給事後，得到理宗皇后謝后的賞識。劉辰翁在〈湖山類稿‧序〉云：

> 「（汪元量）侍禁時，為太皇、王昭儀鼓琴奉巵酒。」（註1）

不久，謝后又令元量在宮中學習書史（註2）。此後以優異的詞章能力，給事宮掖（註3）；更以高超琴藝，事奉謝太后、王昭儀（註4）。

汪元量辭元官南歸故里後，陳泰有〈送錢唐琴士汪水雲〉七古長詩，云：

> 「…漢宮麗華陰貴人，臣忝近歲居宮門。東觀初令習書史，寶詔再直行絲綸。
> 熙明殿中早朝罷，仗內玉輦扶皇君。昭容傳詔促侍燕，屏棄舊樂嫌繽紛。調絃
> 始學鳳凰語，度曲便覺聲有神。…」（註5）

元量在宮中，受盡寵愛，得以展現才華。由此產生感恩心態，對朝廷、對君上，皆有一份感情及責任感，乃屬自然之事。所以當恭帝德祐二年（一二七六）正月，元兵至皋亭山；次月，元命宋君臣入朝，大批宋俘也將隨之被俘北上。元量只是宮中琴師，可逃遁卻不屑為之，即因感恩及責任感所驅（註6）。

加上汪元量有儒者的褒貶精神。誠如黃麗月在《汪元量「詩史」研究》中，由元量詩作所表現的褒與貶的態度，分為「譴責異族入侵」、「譴責賈似道弄權亡國」、「譴責大臣失職棄國」、「譴責謝太皇太后輕易降國」及「歌頌文天祥的忠愛正義」等項，而論析證明汪元量的褒貶精神（註7）。何謂褒貶精神？黃麗月云：

> 「所謂的『褒貶精神』，指作者在記實敘事中所表現出來對歷史事件及人物的
> 態度，包括正面的肯定，讚揚與反面的批評、責備。」（註8）

正因為如此，所以元量對朝廷，甚至對謝太皇太后，雖有難以割捨之情，卻仍然在大是大非前提下，在詩作中譴責謝太皇太后輕易降國；國亡後，依然陪侍患重病的謝太皇太后，以共患難、不忍棄之不顧的心情，隨侍左右。

當元量在詩作中，寫下「譴責異族入侵」、「譴責賈似道弄權亡國」、「譴責大臣失職棄國」、「譴責謝太皇太后輕易降國」的詩句之時，即為元量憂憤情緒的開始，也在詞作中，寫下憤慨及憂思；直到被俘北上前夕、北上途中，甚而朝代交替之時刻（註9）及南歸之後，元量已然積蓄了的憤慨的萬丈豪情，盤據心頭，久久不散；只是這種

憤慨豪情，在所經歷的各階段中，有強弱的程度上的差異而已。即使是南歸之後，這種憤慨仍化為縷縷愁緒。所以汪元量的詞作內容，始終充滿憂憤不已的情緒。因而「憤慨憂思」亦為元量詞作創作淵源之一。茲舉詞例如下：

> 「銷魂此際。君臣醉。貔貅弊。事如飛。山河墜。煙塵起。風淒淒。草木皆垂淚。」〈六州歌頭〉（江都）（卷五，頁一七〇）

> 「昭君去，空愁絕。文姬去，難言說。想琵琶哀怨，淚流成血。」〈滿江紅〉（吳山）（卷五，頁一七三）

> 「目斷東南半壁，悵長淮、已非吾土。受降城下，草如霜白，淒涼酸楚。」〈水龍吟〉（淮河舟中夜聞宮人琴聲）（卷五，頁一七一）

> 「燕子留君君欲去。征馬頻嘶不住。握手空相覷。淚珠成縷眉峰聚。恨入金徽孤鳳語。愁得文君更苦。今夜西窗雨。斷腸能賦江南句。」〈惜分飛〉（歌樓別客）（卷五，頁一七七）

【附註】

註1　見孔凡禮輯佚《增訂湖山類稿》，附錄一，頁一八五。

註2　見同前註，附錄二，頁二四八。

註3　見同註1，附錄二，頁二四九。

註4　見同註3。

註5　見同註1，附錄一，頁二二六至二二七。

註6　汪元量於國難時刻，可逃遁而不屑為之。此事清吳城在《知不足齋合刻汪水雲詩序》中，有詳細分析：「水雲以琴事謝后，未嘗得與國政及守土之任。伯顏兵下臨安，其時柄臣或易服遁去，或簽名降表，水雲初不必就其拘囚。猶復隨侍戎間，相依患難。」見同註1，附錄一，頁一九四。

註7　見黃麗月《汪元量「詩史」研究》，第三章〈汪元量「詩史」的內涵〉，第二節〈從「褒貶精神」的特徵來看〉，頁一四七。

註8　同前註。

註9　據《宋史・瀛國公紀》卷四十七，正月甲申云，恭帝德祐二年（元世祖至元十三年，西

元一二七六），元兵至皋亭山。宋室遣監察御史楊應奎上傳國璽。宋左丞相吳堅、右丞相賈餘慶、樞密使謝堂、參知政事家鉉翁、同知樞密院事劉岊五人，奉表北庭，號祈請使。二月初八日，賈、謝、家、劉四人登舟赴燕。二月初九日，吳登舟赴燕。二月庚申，元命宋君臣入朝。因此，實際上宋君臣被俘北上之時，宋元的政權，尚未交替。直到世祖至元十六年二月，張弘範攻打厓山，宋兵大潰，陸秀夫負宋帝蹈海而死，張世傑自溺死，宋亡。所以宋元朝代交替，乃在宋俘被俘北上之後。見同註1，附錄二，頁二五四及二六四引。

第三節　化用唐詩

大凡詩詞作者寫作詩詞之時，總想將前人的成句，如經傳或詩詞作品的現成句子或句意，化為己用；或以典故、成語鋪陳成句，皆有助於提升作品內涵，且能更精確表達己意。尤其宋詞，自離開音樂的範疇之後，詞人更留意斟酌字句，而往往化用唐詩詩句。即如錢鍾書批評宋詩用典使事、點化詩句，非常激烈地說：

> 「在宋代詩人裏，偷竊變成師徒公開傳授的專門科學。…偏重形式的古典主義有個流弊：把詩人變成領有營業執照的盜賊，不管是巧取還是豪奪，是江洋大盜還是偷雞賊，是西崑體那樣認準了一家去打劫，還是江西派那樣挨家排戶大大小小人家都去光顧。這可以說是宋詩——不妨還添上宋詞——給我們的大教訓。」

最後連宋詞也一併受到指摘，姑不論這些評語是否過於偏激，但當時的詞壇風氣深受詩的影響，由此可知（註1）。

筆者早年初接觸宋代詩詞時，確曾質疑宋人詩詞何以脫化自唐詩。錢鍾書的論點，已經很清楚的說明宋人的風氣如此。另有王偉勇在〈晏殊「珠玉詞」借鑒唐詩之探析－兩宋詞人大量借鑒唐詩之先驅〉一文中，謂宋初的詞人即已有借鑒唐詩之現象，而晏殊之《珠玉詞》，借鑒唐詩之技巧，以「化用」唐詩詩句最為常見。這是北宋初小令盛行時之現象，當慢詞風行之後，情況如何？王偉勇云：

> 「洎乎慢詞風行，蘇軾借其形式，拓其內容，形成「以詩為詞」之現象；而黃庭堅『奪胎』、『換骨』、『點鐵成金』之主張，又適時提出，兩股勢力相互激盪，遂令此風氣沛然莫之能禦。…而論其肇始，晏殊《珠玉詞》實扮演『先驅者』之角色。」（註2）

由此可知，此風自北宋初年輾轉流衍至南宋末年，則更「沛然莫之能禦」。因而汪元量的借鑒唐詩，實不足為奇。例如在〈鶯啼序〉中，即大量借鑒前人詩句；汪詞中，唯獨此詞大量運用前人詩句，引起筆者好奇，曾詳予探析（註3），茲摘錄數例如下：

（一）「檻外已少佳致」〈鶯啼序〉（金陵故都最好）

王勃〈滕王閣〉：「閣中帝子今何在，檻外長江空自流。」顯見汪詞化用王勃詩第二句：「檻外長江空自流」，乃「襲其意而易其語」（註4）。

（二）「麥甸葵丘」〈鶯啼序〉（金陵故都最好）

劉禹錫曾遊玄都觀，離開後數年，有道士遍植桃花，使滿觀如紅霞。再數年，重遊玄都觀，卻不見桃花。劉禹錫有詩云：

「百畝庭中半是苔，桃花淨盡菜花開。種桃道士歸何處，前度劉郎今又來。」
在詩前有序：

「重遊玄都觀，蕩然無復一樹，唯兔葵燕麥動搖於春風耳。」（註5）

汪詞本句的「甸」字，即郊外之意，全句意謂昔日繁華的金陵，如今已是一片荒蕪。顯然自劉禹錫的詩境化出。

（三）「烏衣巷口青蕪路，認依稀、王謝舊鄰里。」〈鶯啼序〉（金陵故都最好）

劉禹錫〈金陵五題〉之二〈烏衣巷〉：

「朱雀橋邊野草花，烏衣巷口夕陽斜，舊時王謝堂前燕，飛入尋常百姓家。」
又周邦彥〈西河〉（金陵懷古）詞：

「想依稀、王謝鄰里。燕子不知何世，向尋常、巷陌人家，相對如說興亡，斜陽裡。」汪詞隱括了劉詩、周詞之意。

（四）「臨春結綺，可憐紅粉成灰，蕭索白楊風起。」〈鶯啼序〉（金陵故都最好）

劉禹錫〈金陵五題〉之三〈臺城〉：「臺城六代競豪華，結綺臨春事最奢。」及白居易〈燕子樓〉三首之三：「見說白楊堪作柱，爭教紅粉不成灰。」臨春閣、結綺閣皆為陳後主時張麗華所居宮殿名。汪詞首句截取劉詩「結綺」句，減「事最奢」三字。而第二、三句則化用白居易詩句，反用原意並另成新句。

【附註】

註1 見錢鍾書選註《宋詩選註‧序》，頁二三。此外，錢鍾書更一面認為：「他（蘇軾）一向被推為宋代最偉大的文人」，一面又批評蘇軾詩，謂：「蘇軾的主要毛病是在詩裏鋪排古典成語」。可見連蘇軾都不能避免此風，遑論其他詩人。見錢鍾書選註《宋詩選註‧蘇軾》，頁七〇至七三。

註2　見王偉勇〈晏殊「珠玉詞」借鑒唐詩之探析｜兩宋詞人大量借鑒唐詩之先驅〉，載《東吳中文學報》第三期，民國八十六年五月，頁二〇八。

註3　見拙著〈汪元量「鶯啼序·重過金陵」一詞探析〉，載《北體學報》第九期，民國九十年十二月三十日，頁一六三至一八二。

註4　見王偉勇在〈兩宋詞人取材唐詩之方法〉中，云：「兩宋詞人取材唐詩之六大方法中，…『化用』技巧中，則以『襲其意而易其語』最見採用。」本文收入《東吳中文學報》第一期，民國八十四年五月，頁二二三至二五八。

註5　見《全唐詩》第十　　冊，頁四　　一七。

第四節　熟悉史料

　　汪元量作品大量散佚，現存詞作的數量（五十二闋），與現存的詩作數量（四百八十首）比較，相當懸殊。元量有意創作「詩史」，供後人評斷；但詞作方面，則無法知悉其創作詞篇，是否有強烈的動機。然而從詞作的詞題或內容看來，不見有此跡象。或許首先，詞作的形式，就不容許用來記錄眼前所見的短暫實景，以備野史。

　　元量詞作的內容，往往較詩作豐贍，即在詞作中，對所見所感，以全篇篇幅作細膩描繪，例如〈水龍吟　淮河舟中夜聞宮人琴聲〉、〈洞仙歌　毗陵趙府兵後僧多占作佛屋〉、〈惜分飛　歌樓別客〉等；若單首小令無法容納下豐沛情感，則以組詞為之，例如〈憶王孫〉組詞九闋、〈憶琴娥〉組詞七闋。這說明汪元量無意以詞作，一一翔實記錄見聞。

　　汪元量詞作，既非眼前實錄，也不載歷史事件。詞作中卻使事用典，究竟與「詠史詞」有無分別？鄭淑玲在《兩宋詠史詞研究》中，對詠史詞的義界，有清楚的說明：

> 「由於『詠史』詞章是一種對歷史進行構思的詩歌類型，所以史事並不一定要被明白直敘，可以將它所涵蓋的的意義加以引申發揮，或重新詮釋，或藉古論今，或翻案立說，這些就是『詠』的表現方式，也是使『詠史』詩歌展現意義的重要部分。」（註1）

由此則知汪元量詞作中，雖有一小部分史事的敘述或使事用典，然並非「詠史」詞。

　　「詠史」詞與「用典」的詞作，既然不同，然則何謂「用典」的詞作？鄭淑玲也有說明：

> 「一般而言，在詩詞中用歷史人、事做典故，通常只佔全篇中的極小比例，用意在以最少的字數表達最深最廣的意念，以凸顯作者最深沉的意念。」（註2）

　　至於所用典故，必須全出自正史的記載與否？鄭淑玲又云：

> 「考察宋以前的『詠史』詩歌，所取材的對象，並不一定全出自正史的記載，其中有不少是採納了野史、傳說與神話中的人、事為吟詠的對象，如以王昭君為歌詠題材，歷代都有，而且其中有不少作品是雜採了野史的記載。所以『詠史』詞章的『史』，實在不必圍限在正史的範疇中。」（註3）

　　『詠史』詞章的『史』，不必圍限在正史的範疇中，既如此，則用典的詞作，理

應同樣不限於正史的範疇。明白這些定義後，可據以檢視汪元量在有些詞作中的使事用典之情況，這些典故，有些是正史，有些是傳說，顯見其對史料、稗官野史之熟悉。例如：

> 「…昭君去，空愁絕。文姬去，難言說。想琵琶哀怨，淚流成血。…」〈滿江紅〉（吳山）（卷五，頁一七三）

昭君，即王嫱。據《漢書‧西京雜記二》卷九十四下的記載，謂昭君為漢元帝宮女，南都秭縣人。字昭君。俗稱王昭君。晉人避司馬昭諱，改稱明君。元帝時選入宮中。呼韓邪單于入朝，求美人為閼氏（按：匈奴王的正妻），帝賜嫱。嫱戎服乘馬，提琵琶出塞去。爾後號寧胡閼氏。呼韓邪死，子雕陶莫皋立。昭君卒後，葬於匈奴。塞草皆白，昭君墓草獨青，世稱青冢（註4）。

在同一闋詞中，用典最多者，亦為〈鶯啼序〉，此闋詞中，計有十一則典故。茲舉例說明如下：

（一）「鐵索千尋，謾沉江底。」

指三國末年，東吳曾用千尋長的鐵索，橫截長江，以防禦敵軍。不料晉武帝遣王濬伐吳，燒斷鐵索，鐵索斷後沉入江底，王濬因而得以攻破金陵（註5）。

（二）「揮羽扇、障西塵，便好角巾私第。」

指東晉王導不積極備戰的史事。王導與庾亮分據冶城、石頭（金陵）。一天，大風揚起塵土，王導以羽扇拂去塵土，說庾亮攪起塵土弄髒人。庾亮有東下之意，王導不但不警覺防禦，卻說庾亮若來，自己則將回烏衣巷隱居（註6）。

（三）「回首新亭，風景今如此。楚囚對泣何時已。」

東晉南渡後，士大夫們在新亭（今南京市南）相會，周侯感嘆說：「風景不殊，正自有山河之異！」人人相看流淚，只有王導說：「當共戮力王室，克復神州，何至作楚囚相對！」（註7）汪元量藉六朝史事諷諭南宋，謂南宋的亡國，使被俘虜的臣民，像楚囚一樣對泣，何時才能終止？

由以上所述，知汪元量熟悉史料，因而得以在詞作中運用自如，而極少重複使用者。元量使事用典，通常在一闋詞作中，可能用典，可能不用典；若用典則以一、二則史事或傳說為度。卻在〈鶯啼序‧重過金陵〉中，大量用典，為罕見現象，或許因南歸行經金陵故都，對昔日熟悉的金陵故都，如今的沒落，有無限感慨，無法接受此事實，而將此情緒完全傾洩於詞作中，形成此〈鶯啼序‧重過金陵〉詞，有許多史實堆砌，歷來卻不為人詬病，反而成為汪元量的代表作。

【附註】

註1 見鄭淑玲撰《兩宋詠史詞研究》，第二章〈兩宋詠史詞的義界與發展〉，中國文化大學中國文學研究所碩士論文，民國八十六年六月，頁八。

註2 同前註。

註3 同註1。

註4 見《中文大辭典》第五冊，頁二九五。

註5 指三國末年史事，即東吳曾用千尋長的鐵索，橫截長江，以防禦敵軍。不料晉武帝遣王濬伐吳，燒斷鐵索，鐵索斷後沉入江底，王濬因而得以攻破金陵。《晉書》卷四二：「王濬，弘農人。字士治。博學有大志。官益州刺史。受命伐吳，造樓船，極堅鉅。發自成都，吳人以鐵鎖橫江拒之，濬更作大筏火炬，燒毀鐵鎖，直抵石頭城下。吳主孫皓窮蹙出降，晉遂滅吳。官至撫軍大將軍。」見《中文大辭典》第六冊，頁三六三引。

註6 指東晉王導不積極備戰的史事。王導與庾亮分據冶城、石頭（金陵）。一天，大風揚起塵土，王導以羽扇拂去塵土，說庾亮攪起塵土弄髒人。庾亮有東下之意，王導不但不警覺防禦，卻說庾亮若來，自己則將回烏衣巷隱居。其實王導在過江之初，曾經奮厲不已。據《晉書》六十五卷：「王導，晉，臨沂人。字茂弘。少有風鑒，識量清遠。元帝為琅邪王時，事元帝於潛邸，雅相器重，知天下將亂，勸帝納賢俊，共圖國事。」見《中文大辭典》第六冊，頁三五九引。

註7 東晉南渡後，士大夫們在新亭（今南京市南）相會，周侯感嘆曰：「風景不殊，正自有山河之異！」人人相看流淚，只有王導說：「當共戮力王室，克復神州，何至作楚囚相對！」汪元量藉六朝史事諷諭南宋，謂南宋的亡國，使被俘虜的臣民，像楚囚一樣對泣，何時才能終止？

第三章　汪元量詞作之選調

　　汪元量僅存的五十二闋詞作中，以小令居多，有三十二闋；次為長調，有十六闋；再次為中調，僅四闋。至於其所選詞牌，以本義詞為多。茲以二節，分別敘述元量詞作之小令、中調、長調，及其選用之詞牌。

第一節　小令、中調、長調

　　元量通常以小令抒寫感懷（十九闋）、酬贈（六闋）、寫景（五闋），另有一闋唱和詞、一闋詠物詞。這些小令的寫作時間（註1），以詞作多寡為序，依次為：

一、南歸之後所作者最多，有〈憶王孫〉九闋、〈眼兒媚〉一闋、〈鷓鴣天〉一闋。

二、自上都、內地回大都後所作者，有〈憶秦娥〉七闋、〈惜分飛〉一闋。

三、早年在宮中所作者，有〈長相思〉二闋，以及〈太常引〉、〈琴調相思引〉、〈柳梢青〉、〈瑞鷓鴣〉、〈玉樓春〉等各一闋。

四、赴上都、內地之前所作者，有〈人月圓〉一闋、〈玉樓春〉一闋。

五、初抵燕京時所作者，有〈望江南〉、〈卜算子〉等二闋。

六、恭帝德祐二年（一二七六）春所作，有〈好事近〉一闋。

七、被俘北上的途中，有一闋：〈婆羅門引〉（四月八日謝太后慶七十）。

茲舉詞例如下：

　　「官舍悄，坐到月西斜。永夜角聲悲自語，客心愁破正思家。南北各天涯。　　腸斷裂，搔首一長嗟。綺席象床寒玉枕，美人何處醉黃花。和淚撚琵琶。」〈望江南〉（幽州九日）（卷五，頁一七二）

　　初抵燕京，元量在詞中敘寫感懷，國已破家已亡，被俘抵敵營，不能成眠，聽到北方特有的角聲，更加思鄉，自是難免。

　　「吳山深。越山深。空谷佳人金玉音。有誰知此心。　　夜沉沉。漏沉沉。閒卻

梅花一曲琴。月高松竹林。」〈長相思〉（越上寄雪江）（卷五，頁一六四）

此詞為早年所作，約作於度宗咸淳中期（註2），為酬贈之作。

> 「內家雨宿日輝輝，夾遶桃花張錦機。黃纛軟輿抬聖母，紅羅涼繖罩賢
> 妃。　龍舟縹緲搖紅影，羯鼓諠譁撼綠漪。阿監柳亭排宴處，美人鬥把玉簫
> 吹。」〈瑞鷓鴣〉（賞花競船）（卷五，頁一六六）

詞中寫賞花競船之熱鬧景象。

> 「灩灩平湖，雙雙畫槳，小小船兒。嫋嫋珠歌，翩翩翠舞，續續彈絲。　山
> 南山北遊嬉，看十里、荷花未歸。緩引壺觴，箇人未醉，要我吟詩。」〈柳梢
> 青〉（湖上和徐雪江）（卷五，頁一六五）

此詞亦作於咸淳年間，詞中透出愉悅情調，與友人唱和。

> 「帝鄉春色濃於霧。誰遣雙環堆繡戶。金張公子總封侯，姚魏弟兄皆列
> 土。　碧紗窗下修花譜。交頸鴛鴦嬌欲語。絳綃新結轉官毬，桃李僕奴何足
> 數。」〈玉樓春〉（賦雙頭牡丹）（卷五，頁一六七）

以小令形式寫成的詠物詞，僅此一闋。詞中詠特異品種之牡丹。由以上之詞例，可知汪
元量喜以小令抒發感懷，或作酬贈之詞；較少以小令寫作唱和詞、詠物詞。

次為長調，在十六闋長調中，以懷古（七闋）、詠物（六闋）的內容為多，其次為
寫景（二闋）、感懷（一闋）。

在寫作時間方面，早年在宮中所作較多，有〈鳳鸞雙舞〉（慈元殿）、〈滿江紅〉
（吳江秋夜）、〈金人奉露盤〉（越州越王臺）、〈天香〉（遲日侵階）、〈鶯啼序〉
（宮中新進黃鶯）、〈失調名〉（宮人鼓瑟奏霓裳曲）、〈漢宮春〉（春苑賞牡丹）
等七闋；其次為南歸後所作，有五闋：〈鶯啼序〉（重過金陵）、〈暗香〉（館娃艷
骨）、〈疏影〉（西湖社友賦紅梅分韻得落字）、〈瑤花〉（天中樹木）、〈錦瑟清
商引〉（玉窗夜靜月流光）；而赴燕途中、初抵燕京後，各有二闋，前者如：〈六州歌
頭〉（江都）、〈水龍吟〉（淮河舟中夜聞宮人奏琴）；後者如：〈滿江紅〉（和王昭
儀韻）、〈滿江紅〉（吳山）。其詞例：

> 「越山雲，越江水，越王臺。箇中景、儘可徘徊。凌高放目，使人胸次共崔
> 嵬。黃鸝紫燕，報春曉，勸我啣盃。　古時事，今時淚，前人喜，後人哀。
> 正醉裡、歌管成灰。新愁舊恨，一時分付與潮回。鷓鴣啼歇，夕陽去，滿地風

埃。」〈金人奉露盤〉（越州越王臺）（卷五，頁一六三）

此詞作於咸淳年間。元量以長調形式，藉古蹟抒寫感懷，可見早年即已關注國事。此類懷古詞作，在長調詞作中，量最多。

「玉砌雕欄，見吳宮西子，一笑嫣然。舞困人間半輜，豔粉爭妍。看人間、金屋神仙。歌隊裡，霞裾褭娜，百般驕態堪憐。別有一枝仙種，更同心并蒂，來奉君筵。……試剪插，金瓶千朵，醉時細看嬋娟。」〈漢宮春〉（春苑賞牡丹）（卷五，頁一六六）

元量早年在宮中給事，受謝后寵愛，生活自在閒適，而有閑情歌詠牡丹。詞中描繪細膩，尚未出現豪放詞風。

「一箇蘭州，雙桂槳、順流東去。但滿目、銀光萬頃，淒其風露。漁火已歸鴻鴈汊，櫂歌更在鴛鴦浦。漸夜深、蘆葉冷颼颼，臨平路。　吹鐵笛，鳴金鼓。絲玉膾，傾香醑。且浩歌痛飲，藕花深處。秋水長天迷遠望，曉風殘月空凝竚。問人間、今夕是何年，清如許。」〈滿江紅〉（吳江秋夜）（卷五，頁一六三）

元量此闋卻用來敘述淒清的吳江秋夜，有多處寫景之句，頗清新自然。

再其次為中調，僅四闋。其中寫景、感懷，各二闋。至於寫作中調的時間，分別於：

一、國亡前夕：〈傳言玉女〉（錢塘元夕）。
二、赴燕途中：〈洞仙歌〉（毗陵趙府兵後僧多占作佛屋）。
三、自上都和內地回大都之後：〈一剪梅〉（懷舊）
四、南歸後：〈唐多令〉（吳江春秋）。

茲舉詞例如下：

「一片風流，今夕與誰同樂。月臺花館，慨塵埃漠漠。豪華蕩盡，只有青山如洛。錢唐依舊，潮生潮落。　萬點燈光，羞照舞鈿歌箔。玉梅消瘦，恨東皇命薄。昭君淚流，手撚琵琶絃索，離愁聊寄，畫樓哀角。」〈傳言玉女〉（錢塘元夕）（卷五，頁一六九）

「莎草被長洲。吳江拍岸流。憶故家、西北高樓。十載客窗憔悴損，搔短鬢，獨悲秋。　人在塞邊頭。斷鴻書寄不。記當年、一片閑愁。舞罷羽衣塵滿面，誰伴我，廣寒游。」〈唐多令〉（吳江中秋）（卷五，頁一七七）

【附註】

註1　見孔凡禮《增訂湖山類稿》卷五，頁一六二至一八〇。

註2　同前註，頁一六五。

第二節　詞牌

詞牌即詞調名稱，現存的詞調，就其樂曲來源而言，有四種情況（註1）：

一、內地民歌的加工和民間歌手的創製。如〈竹枝詞〉、〈拾麥子〉。

二、根據大型歌舞曲或其他樂曲改製。如〈清商三調〉、〈六州歌頭〉。

三、邊疆少數民族地區和域外樂曲的襲用或改製。如〈蘇幕遮〉、〈菩薩蠻〉。

四、文人創製的樂曲。如〈暗香〉、〈疏影〉。

由這些來源看汪元量所用的詞牌，獨缺第三種，即邊疆少數民族和域外樂曲所襲用或改製者。各種詞調皆有其不同的特色，或許元量認為外來的詞調，不適合用來寫憂國憂時的情緒。

通常詞曲作家在創作時，必以文情為依歸，而選用詞調；然而自唐五代以來，由於詩詞已漸離音樂性，以致南宋詞人選調，除依據文情須要外，也有不顧及內容而選調者。王偉勇對此有清楚析論：

> 「辭調與文情有密切之關係，苟選調得當，則其音節之抑揚高下，必可助發情致意趣，故歷來詞論家莫不留意焉。…（例如）〈六州歌頭〉等調激昂奮舉，揮灑縱橫，故多為豪放派所樂取也。」（註2）

為何南宋人又以偏好取調，而不顧及內容之須？以及宮調與聲情的關係，論者不多，王偉勇云：

> 「…則知周氏（按：指周德清《中原音韻》）六宮十一調中，仙呂宮、南呂宮、中呂宮、黃鐘宮、大石、小石、高平、般涉、商角、商調、宮調、越調等，顯然偏於婉約。正宮、道宮、歇指、雙調、角調等，顯然偏於豪放。…自詞與音樂逐漸脫離後，一般人不復為應歌而填詞，所謂抒情達意，詞同於詩，可不論其音樂性，因之並忽略詞調之聲情。」（註3）

王偉勇並謂此種忽略詞調選用的現象，在北宋時已有，如歐陽修、張先等人，以〈千秋歲〉詞調，寫嗚咽憂怨之情；黃庭堅以此「嗚咽悠揚」之仙呂調，弔唁秦觀；至南宋，周紫芝、黃公度等人，竟以此寫祝壽之詞作。因此時的作者只重字面之詞意，而忽略聲情（註4）。又云：

> 「又如〈滿江紅〉亦屬仙呂調，宜寫悲壯或嗚咽之情感，而辛棄疾…一寫怨慕固佳，一寫閒情何嘗不可？足見大家確乎能運用一種形式寫多種情感，而不為

格律所困。然此現象，豪放派詞家所作較多，婉約派詞家畢竟少見，蓋文情與聲情仍以相稱為佳，亦較自然也。」（註5）

詞人選調除了根據詞調所屬的宮調，選擇所須詞牌之外，也有不計較宮調聲情者。而汪元量也有少數詞作，不考量所屬宮調之聲情者，例如汪詞中有三闋〈滿江紅〉，分別用以寫：〈吳江秋夜〉（卷五，頁一六三）、〈和王昭儀韻〉卷五，頁一七三）、〈吳山〉（卷五，頁一七三），內容皆為淡淡輕愁，並非「寫悲壯或嗚咽之情感」。可知汪元量詞作由早期的典雅婉約，走向後期的豪放風格，選用詞調時，有時不以原調的情感來表現，正如王偉勇所云，此為豪放派詞人間有的現象。

此外，有些詞調的文字格律，如句子的長短、字聲的舒促、韻腳的疏密、平仄韻的運用等，也是作者創作時，所要考慮的。而汪元量選用詞牌，雖以本意詞為多，有些詞作並據詞牌原本內容的聲情，適當選用之。例如〈六州歌頭〉詞牌，有許多一句一押的短句，節奏緊湊，表達作者激烈情緒，通常為昂揚憤慨之內容，元量則用之抒發今昔之感：

「…山河墜。煙塵起。風淒淒。雨霏霏。草木皆垂淚。家國棄。竟忘歸。笙歌地。歡娛地。盡荒畦。…」〈六州歌頭〉（江都）（卷五，頁一七〇）

茲分小令、中調、長調等，說明如下：

一、小令

有：〈憶王孫〉九闋、〈憶秦娥〉七闋、〈長相思〉二闋、〈望江南〉二闋、〈卜算子〉二闋、〈眼兒媚〉一闋、〈鷓鴣天〉一闋、〈惜分飛〉一闋、〈太常引〉一闋、〈琴調相思引〉一闋、〈柳梢青〉一闋、〈瑞鷓鴣〉一闋、〈玉樓春〉一闋、〈人月圓〉一闋、〈好事近〉一闋、〈婆羅門引 四月八日謝太后慶七十〉一闋。共計十六種調，有三二闋；在此提出有二闋以上的詞牌，加以說明，藉以知悉元量所偏好的詞牌。

（一）〈憶王孫〉

此調有單調、雙調兩體，單調創自宋秦觀。《填詞名解》：

「北里志天水光遠題楊萊克室詩曰：『萋萋芳草憶王孫，宋秦觀〈憶王孫〉詞，全用其句，詞名或始此。』」（註6）

雙調見《復雅歌詞》，兩者不同。單調小令又名豆葉黃、怨王孫、畫娥眉、憶君王、獨腳令、闌干萬里心。為五平韻，三十一字的小令（註7）。而汪詞為單調小令，

且為九闋連章集句詞。例如其五：

> 「鷓鴣飛上越王臺。燒接黃雲慘不開。有客新從趙地回。轉堪哀。巖畔古碑空綠苔。」（卷五，頁一七九）

元量詞作，通常用本意詞為多，如本詞即是。詞中為五句五平韻的單調小令。

（二）〈憶秦娥〉

〈憶秦娥〉相傳唐文宗宮妓沈翹翹嫁金吾秦誠，後使日本。翹翹製曲曰〈憶秦郎〉，即〈憶秦娥〉（註8）。詞又名《秦樓月》，始見黃昇《唐宋諸賢絕妙詞選》，題李白作（註9）。《詞調辭典》引《康熙詞譜》、《萬氏詞律》謂由於李白詞有「秦娥夢斷秦樓月」句（註10），故名〈憶秦娥〉。自唐至元，「體各不一，要其源，皆從李詞所出。宋賀鑄始以仄韻為平韻。又名子夜歌、玉交枝、花深深、秦樓月、碧雲深、蓬萊閣、雙荷葉。」（註11）此調四十六字，前後片各三仄韻，一疊韻，以入聲韻為宜。又有改用平韻者，為變格（註12）。元量的〈憶秦娥〉，為七闋組詞，其四：

> 「水悠悠。長江望斷無歸舟。無歸舟。欲攜斗酒，怕上高樓。當年出塞擁貂裘。更聽馬上彈箜篌。萬般哀愁，一種離愁。」（卷五，頁一七六）

詞中為變格平韻。此〈憶秦娥〉詞牌，不論是否源自唐文宗宮妓，或李白〈憶秦娥〉，都與女子有關。因而元量在此組七闋詞作中，即以〈憶秦娥〉詞牌，專述宋室宮女，被拘燕京多年的種種憂思情態。

（三）〈長相思〉

原為唐教坊曲名，乃變調小令。又名山漸青、吳山青、長相思令、青山相送迎、相思令、越山青、憶多嬌、雙紅豆；仄韻詞則名葉落秋窗（註13）。此詞三十六字，前後片各為三平韻，一疊韻（註14）。而元量之〈長相思〉有二闋，其中一闋：

> 「吳山深。越山深。空谷佳人金玉音。有誰知此心。　夜沉沉。漏沉沉。閒却梅花一曲琴。月高松竹林。」〈長相思〉（越上寄雪江）（卷五，頁一六四）

元量此詞，以〈長相思〉之題意，寫思念友人之情。

（四）〈望江南〉

即憶江南。溫庭筠詞，有「梳洗罷，獨倚望江南」句（註15）。又名憶江南、夢江南、江南好。段安節《樂府雜錄》：

> 「〈望江南〉始自朱崖李太尉（德裕）鎮浙日，為亡妓謝秋娘所撰，本名〈謝

秋娘〉，後改此名。」（註16）

此詞為二十七字，三平韻。中間七言兩句，以對偶為宜。第二句亦有添一襯字者。宋人多用雙調（註17）。汪詞〈望江南〉（幽州九日）：

「官舍悄，坐到月西斜。永夜角聲悲自語，客心愁破正思家。南北各天涯。　腸斷裂，搔首一長嗟。綺席象牀寒玉枕，美人何處醉黃花。和淚撚琵琶。」（卷五，頁一七二）

元量選用〈望江南〉題意，寫懷念江南故土。詞中用雙調，三平韻。

二、中調

　　汪詞中的中調，僅四闋：〈傳言玉女〉（錢塘元夕）、〈洞仙歌〉（毗陵趙府兵後僧多占作佛屋）、〈金人奉露盤〉（越州越王臺）、〈唐多令〉（吳江春秋）、〈一剪梅〉（懷舊）。茲舉四闋詞例，分別敘說調名，再檢閱元量詞作，以明其用意：

（一）〈傳言玉女〉

　　此〈傳言玉女〉詞調，見《康熙詞譜》卷十七載：

「漢武帝內傳，帝閒居承華殿，東方朔董仲書在側，忽見一女著青衣，美麗非常，帝愕然問之，女對曰：我墉宮玉女王子登也，乃為王母所使，從崑崙山來，…。帝問東方朔此何人，朔曰，是西王母紫蘭宮玉女，…常陽傳言元都阿母，昔出配北燭仙人，近又召還，使領命祿，真靈官也。調取此名。」（註18）

「一片風流，今夕與誰同樂。月臺花館，慨塵埃漠漠。豪華蕩盡，只有青山如洛。錢唐依舊，潮生潮落。　萬點燈光，羞照舞鈿歌箔。玉梅消瘦，恨東皇命薄。昭君淚流，手撚琵琶絃索。離愁聊寄，畫樓哀角。」〈傳言玉女〉（錢塘元夕）（卷五，頁一六九）

元量依例按詞牌本義填詞，〈傳言玉女〉既為「西王母紫蘭宮玉女，…常陽傳言元都阿母，昔出配北燭仙人。」因而元量以此詞牌，描繪宮女：亡國前夕，眾多宮女們即將被俘北上；故國景色依舊，人事已非，宮女不免消瘦、淚流，滿是離愁。

（二）〈洞仙歌〉

　　此〈洞仙歌〉詞牌，原為唐教坊曲名。又名〈羽仙歌〉、〈洞中仙〉、〈洞仙

詞〉、〈洞仙歌令〉、〈洞仙歌慢〉。《樂章集》兼入「中呂」、「仙呂」、「般涉」
三調，句豆也參差不齊。以《東坡樂府》所用〈洞仙歌令〉為準。音節舒徐，極盡駘宕
搖曳之致。共有八十三字，前後片各為三仄韻。前片第二句是上一、下四句法，後片收
尾八句，以一去聲領下七言，緊接又以一去聲領下四言兩句作結。前片第二句也有用上
二、下三的句法，並於全闋增一、二襯字。又有句豆平仄略異者（註19）。

　　由是看來，中等長度的〈洞仙歌〉詞牌，適合寫已盤據心頭的搖盪憂思。故而元量
用來敘述赴燕途中所見，例如：

> 「西園春暮，亂草迷行路。風捲殘花墮紅雨。念舊巢燕子，飛傍誰家，斜陽
> 外，長笛一聲今古。　繁華流水去。舞歇歌沉，忍見遺鈿重香土。漸橘樹方
> 生，桑枝纏長，都付與、沙門為主。便關防、不放貴游來，又突兀梯空，梵王
> 宮宇。」〈洞仙歌〉（毗陵趙府兵後僧多占作佛屋）（卷五，頁一七○）

元量藉此詞，抒發慨歎。詞中句法與所規範者，不盡相同。

（三）〈金人奉露盤〉

　　此調見高觀國《竹屋癡語》，又名〈上丹霄〉、〈上平西〉、〈上平南〉、〈上西
平〉、〈上南平〉、〈天寧樂〉、〈西平曲〉、〈凌歊〉、〈銅人捧露盤〉。唐李賀有
〈金銅仙人辭漢歌〉，并序云：

> 「魏明帝青龍元年八月，詔宮官牽車西取漢孝武捧露盤仙人，欲立置前殿。宮
> 官既拆盤，仙人臨載，乃潸然淚下。」（註20）

後樂家取以製曲，故多蒼涼激楚之音。此調別體多，以〈東山寓聲樂府〉為準。共有
八十一字，前片五平韻，後片為四平韻。前片前七句，首字皆為去聲字，第七句並以一
去聲字領下七言句（註21）。

　　仙人既暗自傷情捧淚，汪元量又以之裝載濃濃愁緒。其詞云：

> 「越山雲，越江水，越王臺。箇人景、儘可徘徊。凌高放目，使人胸次共崔
> 嵬。黃鸝紫燕，報春曉，勸我啣盃。　古時事，今時淚。前人喜，後人哀。
> 正醉裏，歌管成灰。新秋舊恨，一時分付與潮回。鷓鴣啼歇，夕陽去，滿地風
> 埃。」〈金人奉露盤〉（越州越王臺）（卷五，頁一六三）

汪詞同為八十一字，且同樣在前片前七句，首字皆為去聲字，第七句並以一去聲字領下
七言句。然前片為四平韻，後片為五平韻。

（四）〈唐多令〉

此調見宋劉過〈龍洲詞〉，又名〈南樓令〉、〈箜篌曲〉、〈唐多令〉。雙調，六十字，前後片各四平韻。也有前片第三句加一襯字者（註22）。

元量以此字數不多的中調，寫南歸後心情：

「莎草被長洲。吳江拍岸流。憶故家、西北高樓。十載客窗憔悴損，搔短鬢，獨悲秋。　人在塞邊頭。斷鴻書寄不。記當年、一片閑愁。舞罷羽衣塵滿面，誰伴我，廣寒游。」〈唐多令〉（吳江中秋）（卷五，頁一七七）

元量辭官南歸，心情頓感輕鬆些許；然而仍無法掩蓋亡國之恨、思鄉之愁。於是以雙調六十字的〈唐多令〉舖寫之。

三、長調

汪元量所作長調，有：〈鳳鸞雙舞〉、〈滿江紅　吳江秋夜〉、〈失調名　宮人鼓瑟奏霓裳曲〉、〈天香〉、〈鶯啼序　宮中新進黃鶯〉、〈漢宮春　春苑賞牡丹〉、〈鶯啼序 重過金陵〉、〈暗香〉、〈疏影　西湖社友賦紅梅分韻得落字〉、〈瑤花〉、〈錦瑟清商引〉、〈六州歌頭　江都〉、〈水龍吟　淮河舟中夜聞宮人奏琴〉、〈滿江紅　和王昭儀韻〉、〈滿江紅　吳山〉等，共計一五闋。茲以〈天香〉、〈漢宮春〉、〈暗香〉、〈六州歌頭〉等為例，說明如下：

（一）〈天香〉

又名〈伴雲來〉、〈樓下柳〉。此調以賀鑄〈東山樂府〉為準。九十六字，前片四仄韻，後片六仄韻（註23）。而元量的〈天香〉詞作：

「遲日侵階，和風入戶，朱絃欲奏還倦。一幅鸞箋，五雲飛下，賜予內家琴苑。音隨指動，猶彷彿，虞薰再見。妙處誰能解心，和平自無哀怨。　猩羅帕封古洗，有龍涎、滲花千片。驟覩瑤臺清品，眼明如電。爇白桐窗竹几，漸縷縷騰騰細成篆。就祝金閨，天長地遠。」（卷五，頁一六五）

此詞為早期宮中之作，為何選擇長調描述宮中祥和景致？全由心境而來。前片以四仄韻，後片卻為三仄韻，韻腳節奏欲來愈舒緩，透露心境之舒暢，故而衷心祝禱此情此景「天長地遠」。

（二）〈漢宮春〉

〈漢宮春〉此調有平仄兩體，平韻見梅苑，仄韻見宋康與之詞。又名〈漢宮春慢〉（《高麗史・樂志》）、〈慶千秋〉。《夢窗詞集》入「夾鐘商」。各家的句豆，都有

出入，但以《稼軒長短句》為準。有九十六字，前後片各四平韻（註24）。

元量同樣以喜悅心情，採〈漢宮春〉長調，細細描繪牡丹花姿，成為詞集中有特色的詠物詞。其詞：

> 「玉砌雕欄，見吳宮西子，一笑嫣然。舞困人間半霎，艷粉爭妍。珠簾盡捲，看人間、金屋神仙。歌隊裏，霞裾褭娜，百般嬌態堪憐。　別有一枝仙種，更同心並蒂，來奉君筵。猩蠒若教解語，曲譜應傳。柘黃獨步，畫籠晴、錦幄張天。試剪挿，金瓶一朵，醉時細看嬋娟。」〈漢宮春〉（春苑賞牡丹）（卷五，頁一六七）

元量此詞作有九十六字，前後片各四平韻；每句字數、句數及句豆，全與辛稼軒〈立春日〉相同。

（三）〈暗香〉

〈暗香〉又名〈紅香〉、〈紅情〉、〈晚香〉。此調為姜夔自度之「仙侶宮」曲。其詞序云：

> 「辛亥之冬，予載雪詣石湖，止既月，受簡索句，且徵新聲，作此兩曲。石湖把玩不已，使工妓隸習之，音節諧婉，乃名之曰：〈暗香〉、〈疏影〉（註25）。」

姜夔曾賦詩曰：

> 「自琢新詞韻最嬌，小紅低唱我吹簫。曲終過盡松陵路，回首煙波十四橋。」（註26）

後張炎用以詠荷花荷葉，更名為〈紅情〉、〈綠意〉。姜夔此曲九十七字，前片五仄韻，後片七仄韻，用入聲部韻。前片第五字，後片第六字，皆領格字，宜用去聲字。

元量南歸後，參加西湖詩社，西湖社友有千葉紅梅，元量在〈暗香〉之序云：

> 「（紅梅）照水可愛。問之自來，乃舊內有此種。枝如柳梢，開花繁艷，兵後流落人間。對花泫然承臉而賦。」（註27）

元量所賦〈暗香〉詞作：

> 「館娃艷骨。見數枝雪裏，爭開時節。底事化工，著意陽和暗偷泄。偏把紅膏染質，都點綴、枝頭如血。最好是、院落黃昏，壓欄照水清絕。　風韻自迥別。謾記省故家，玉手曾折。翠條褭娜，猶學宮妝舞殘月。腸斷江南倦客，歌

未了、瓊壺敲缺。更忍見，吹萬點、滿庭絳雪。」（卷五，頁一八一）

張炎詠荷，元量則詠梅；姜夔此曲九十七字，元量此詞則為九十八字。詞中專詠紅梅的花姿樹影，前片與姜詞同為五仄韻，後片卻與姜詞有異，為七仄韻。同用入聲部韻。前片第五字，後片第六字，皆領格字，同為去聲字。

（四）〈六州歌頭〉

程大昌《演繁露》云：「〈六州歌頭〉，本鼓吹曲也，音調悲壯。」（註28）升庵詞品云：

> 「（〈六州歌頭〉）音調悲壯，又以古興亡事實之，聞之使人慷慨，良不與艷科詞同科，誠可喜也。」（註29）

而六州得名，蓋唐人西邊之州，有伊州、梁州、甘州、石州、渭州、氐州等。宋人大祀大祇之時，皆用此調，調見宋賀鑄〈東山詞〉（註30）。

〈六州歌頭〉有一百四十三字，前後各八平韻。又有於平韻外兼協仄韻者，或同部平仄互協，或平韻同部，仄韻隨時變換，並能增強激烈的聲情，有繁絃急管，五音繁會之妙。要以平韻為主，仄韻為副（註31）。

再看元量〈六州歌頭〉詞作：

> 「綠蕪城上，懷古恨依依。淮山碎。江波逝。昔人非。今人悲。惆悵隋天子。錦帆裏。環珠屨。叢香綺。展旌旗。蕩漣漪。擊鼓摑金，擁瓊璈玉吹。恣意游嬉。斜日暉暉。亂鶯啼。　銷魂此際。君臣醉。貔貅弊。事如飛。山河墜。煙塵起。風淒淒。雨霏霏。草木皆垂淚。家國棄。竟忘歸。笙歌地。歡娛地。盡荒畦。惟有當時皓月，依然挂、楊柳青枝。聽隄邊漁叟，一笛醉中吹。興廢誰知。」（卷五，頁一七〇）

元量此詞寫於赴燕途中，有一百三十三字，屬於平韻同部，仄韻隨時變換，強烈表達今昔之比。

附：表十四、汪元量詞作選調之情況

	小令	中調	長調
選調	九闋：〈憶王孫〉。 七闋：〈憶秦娥〉。 二闋：〈長相思〉、〈玉樓春〉。 一闋：〈望江南〉、〈卜算子〉、〈眼兒媚〉、〈鷓鴣天〉、〈惜分飛〉、〈太常引〉、〈琴調相思引〉、〈柳梢青〉、〈瑞鷓鴣〉、〈人月圓〉、〈好事近〉、〈婆羅門引〉。	各一闋：〈傳言玉女〉、〈洞仙歌〉、〈一剪梅〉、〈唐多令〉、〈金人奉露盤〉。	三闋：〈滿江紅〉。 二闋：〈鶯啼序〉。 一闋：〈鳳鸞雙舞〉、〈天香〉、〈失調名〉、〈漢宮春〉、〈暗香〉、〈疏影〉、〈瑤花〉、〈錦瑟清商引〉、〈六州歌頭〉、〈水龍吟〉。

註：汪元量詞作總計五十二闋。

第三章 汪元量詞作之選調

【附註】

註1　見陳振寰著《讀詞常識》三、〈詞的格律〉，頁一七至 二二。

註2　見王偉勇《南宋詞研究》，第一章〈緒論〉，第二節〈南宋詞分派說〉，頁五至六。

註3　同註2，頁七至一二。

註4　同註2，頁一二。

註5　同註2，頁一二。

註6　見《中文大辭典》第五冊，頁二七〇。

註7　清・聖祖人皇帝・玄燁御編《詞譜》；楊家駱主編《詞調辭典・詞林正韻》，頁一六八；《唐宋詞定律》，頁八。

註8　見同註6，第五冊，同頁。

註9　見《唐宋詞定律》，頁七五。

註10 黃昇《唐宋諸賢絕妙詞選》，題為李白作〈憶秦娥〉，於是世傳為李白之詞，且視為「百代詞曲之祖」。其詞曰：「簫聲咽，秦娥夢斷秦樓月。秦樓月，年年柳色，灞陵傷別。　樂遊原上清秋節，咸陽古道音塵絕。音塵絕，西風殘照，漢家陵闕。」然今人尋考推斷，證明為偽作。見廖美玉〈李白—「百代詞曲之祖」？〉，載《東海學報》第二十一卷，民國六十九年六月，頁二一三至二二五。

3-37

註11 見楊家駱主編《詞林正韻・詞調辭典》，頁一七〇。

註12 同註4。

註13 見同註7，頁六七。

註14 見同註5，頁一〇。

註15 見同註7，頁一〇四。

註16 見同註5，頁三。

註17 同前註。

註18 同註7，頁一三二。

註19 見《康熙詞譜》卷十三；《唐宋詞定律》，頁一〇二；《詞林正韻・詞調辭典》，頁
　　　七九。

註20 見同註5，頁三七。

註21 見《康熙詞譜》卷十八；《唐宋詞定律》，頁三七；《詞林正韻・詞調辭典》，頁六四。

註22 見《康熙詞譜》卷十三；《唐宋詞定律》，頁三二；《詞林正韻・詞調辭典》，頁八八。

註23 見《康熙詞譜》卷二十四；《唐宋詞定律》，頁一〇九；《詞林正韻・詞調辭典》，頁
　　　一八。

註24 見《康熙詞譜》卷二十四；《唐宋詞定律》，頁四四；《詞林正韻・詞調辭典》，頁
　　　一四八。

註25 見《白石道人歌曲》卷四；《唐宋詞定律》，頁一一四引。

註26 見同註7，頁一三五引。

註27 見孔凡禮輯佚《增訂湖山類稿》，卷五，頁一八一。

註28 見同註5，頁五九引。

註29 見同註7，頁一六引；並見《詞話叢編》第一冊，頁四三〇。

註30 見同註5，頁一六至一七引。

註31 見同註5，頁五九。

第四章　汪元量詞作之用韻

通常詞的用韻較詩寬些。清代戈載《詞林正韻》將詞韻分為十九部，自第一部至第十四部，皆有平、上、去等聲韻；自第十五部至第十九部，全為入聲韻。詞的押韻韻腳，隨旋律與節奏的不同，而顯錯落有致。有些詞作僅以同一韻部的韻字相押，有些則跨用多種韻部的韻字為韻腳。

至於元量詞作的用韻情況如何，茲分兩節探討：

第一節〈汪元量詞作用韻之情況〉，以附表表現之，可清晰了解元量用韻的全貌；第二節〈汪元量詞作用韻之特色〉，分析歸納元量用韻之特色。

第一節　詞作用韻之情況

詞的押韻方式，大致可分為單韻、多韻、平仄通協三大方式。王偉勇在〈古典詞的主題與技巧——以唐宋詞為論述核心〉一文中，曾詳予解說：

> 「單韻，就是不論平聲韻、仄聲韻（絕大多數詞調均兼賅上、去兩聲為單元，少部分詞調則須更分上、去）或入聲韻，均以同一部的韻字相協。所謂『多韻』，是指一闋詞中協韻的字，兼跨兩部或兩部以上的韻腳；又可分為『轉韻』、『遞韻』、『間韻』三類。『轉韻』是指用不同部的韻字，逐次轉換，鮮少回復的現象，也稱『換韻』。『遞韻』是指用兩部或兩部以上的韻字，交遞協韻，也稱『交協』。至於『間韻』，則是以某一部韻為主，而夾雜他部協韻的方式，又稱作『錯協』。最後是『平仄通協』，就是一闋詞中，協韻的字都屬同一部，而以平聲韻協仄聲韻。」（註1）

在此按單韻、多韻、平仄通協三大方式，檢視元量詞作，可分析、歸納得知元量詞作之用韻情況。由於汪元量詞作散佚頗多，存世者僅五十二闋，茲先列表依序寫出全數五十二闋詞作之詞牌、韻腳；並說明用韻方式、分部。

附：表十五、汪元量全部詞作用韻之情況

闋序	詞牌	韻腳	用韻方式	分部
一	〈太常引　四月初八日慶六十〉	邊先韻。蓮先韻。煙先韻。然先韻。　天先韻。年先韻。年先韻。	屬單韻中的平聲先韻。	第七部
二	〈鳳鸞雙舞〉	墜寘韻。綴霽韻。勢霽韻。戲寘韻。　意寘韻。沸未韻。醉寘韻。桂霽韻。遞霽韻。歲霽韻。	屬單韻中的仄聲寘、霽、未、薺韻（為通韻）。	第四部
三	〈滿江紅　吳江秋夜〉	去御韻。露遇韻。浦虞韻。路遇韻。　鼓虞韻。醑語韻。處御韻。竚語韻。許語韻。	屬單韻中的仄聲御、虞、遇、語韻（為通韻）。	第四部
四	〈金人捧露盤　越州越王臺〉	臺灰韻。徊灰韻。寬灰韻。盃灰韻。　哀灰韻。灰灰韻。回灰韻。埃灰韻。	屬單韻中的平聲灰韻。	第三部
五	〈琴調相思引　越上賞花〉	眉支韻。衣微韻。枝支韻。　時支韻。歸微韻	屬單韻中的平聲支、微韻（通韻）。	第三部
六	〈長相思　越上寄雪江〉	深侵韻。深侵韻。音侵韻。心侵韻。　沈侵韻。沈侵韻。琴侵韻。林侵韻。	屬單韻中的平聲侵韻。	第十三部
七	〈長相思〉（阿哥兒）	兒支韻。兒支韻。兒支韻。兒支韻。　兒支韻。兒支韻。兒支韻。兒支韻。	屬單韻中的平聲支韻。	第三部
八	〈柳梢青　湖上和徐雪江〉	兒支韻。絲支韻。　歸微韻韻。詩支韻。	屬單韻中的平聲支、微韻（通韻）。	第三部
九	〈天香〉（遲日侵階）	倦霰韻。苑阮韻。見霰韻。怨願韻。　片霰韻。電霰韻。篆銑韻。遠阮韻。	屬單韻中的仄韻方式（霰、阮、願、銑韻為通韻）。	第七部
十	〈瑞鷓鴣　賞花競船〉	機微韻。妃微韻。　漪支韻韻。吹支韻。	屬單韻中的平聲支、微韻（通韻）。	第三部
十一	〈漢春宮　春苑賞牡丹〉	然先韻。妍先韻。仙先韻。憐先韻。　筵先韻。傳先韻。天先韻。娟先韻。	屬單韻中的平聲先韻。	第七部
十二	〈玉樓春　賦雙頭牡丹〉	霧遇韻。戶虞韻。土虞韻。　譜虞韻。語語韻。數虞韻。	屬單韻中的仄聲遇、虞、語韻（通韻）。	第四部

十三	〈鶯啼序　宮中新進黃鶯〉	戶虞韻。霧遇韻。舞虞韻。羽虞韻。許語韻。處御韻。縷虞韻。舉語韻。　去御韻。握覺韻。嫵虞韻。友有韻。訴遇韻。　菊（入作上）。拂（入作上）。顧遇韻。語語韻。子紙韻。補虞韻。府虞韻。	屬多韻中的間韻方式，以第四部仄聲為主（虞、遇、語、御韻，及入作上之「菊」、「拂」兩字），間入第十六部之「覺」韻字（握）、第十二部之「有」韻字（友）、第三部之「紙」韻字（子）。	第 四、十 六、十二、三等部
十四	〈失調名　宮人鼓瑟奏霓裳曲〉	展銑韻。捲銑韻。遠阮韻。剪銑韻。顫霰韻。霰霰韻。懶銑韻。扇霰韻。	屬單韻中的仄聲銑、阮、霰韻（為通韻）。	第七部
十五	〈傳言玉女　錢塘元夕〉	樂藥韻。漠藥韻。洛藥韻。落藥韻。箔藥韻。薄藥韻。索藥韻。角藥韻。	屬單韻中的入聲藥、覺韻（為通韻）。	第十六部
十六	〈好事近　浙江樓聞笛〉	笛錫韻。北職韻。得錫韻。荻錫韻。	屬單韻中的入聲錫、職韻（通韻）。	第十七部
十七	〈洞仙歌　毗陵趙府兵後僧多占作佛屋〉	路遇韻。雨虞韻。古虞韻。　去御韻。土虞韻。主虞韻。宇虞韻。	屬單韻中的側聲遇、虞、御韻（為通韻）。	第四部
十八	〈六州歌頭　江都〉	依微韻。碎隊韻。逝霽韻。非微韻。悲支韻。子紙韻。裏紙韻。履語韻。綺紙韻。旗支韻。漪支韻。吹支韻。嬉支韻。暉微韻。啼齊韻。　際霽韻。醉寘韻。弊霽韻。飛微韻。墜寘韻。起紙韻。淒齊韻。霏微韻。淚寘韻。棄寘韻。歸微韻。地寘韻。地寘韻。畦齊韻。枝支韻。吹支韻。知支韻。	屬同部之平仄互協（微、隊、霽、支、紙、語、齊、寘等韻）	第三部
十九	〈水龍吟　淮河舟中夜聞宮人琴聲〉	雨虞韻。苦虞韻。暮遇韻。去御韻。土虞韻。楚語韻。主虞韻。語語韻。	屬單韻中的仄聲韻（虞、遇、御、語等韻）。	第四部

二十	〈婆羅門引 四月八日謝太后慶七十〉	愁尤韻。收尤韻。州尤韻。流尤韻。休尤韻。頭尤韻。悠尤韻。留尤韻。篌尤韻。	屬單韻平聲尤韻。	第十二部
廿一	〈望江南 幽州九日〉	斜麻韻。家麻韻。涯佳韻。嗟麻韻。花麻韻。琶麻韻。	屬單韻中的平聲麻、佳韻（通韻）。	第十部
廿二	〈卜算子 河南送妓移居河西〉	去御韻。住遇韻。聚虞韻。路遇韻。	屬單韻的仄聲御、遇、虞韻（通韻）	第四部
廿三	〈滿江紅 和王昭儀韻〉	色職韻。闕月韻。側職韻。歇月韻。絕屑韻。說屑韻。血屑韻。月月韻。缺屑韻。	屬多韻中的「間韻」方式，以第十八部之韻字（闕、歇絕、、說、血、月、缺）為主，間入第十七部之韻字（色、側）。	跨第十七（職）、十八（屑、月）部。
廿四	〈滿江紅 吳山〉	色職韻。闕月韻。側職韻。歇月韻。絕屑韻。說屑韻。血屑韻。月月韻。缺屑韻。	押韻方式與上闋相同。	跨第十七（職）、十八（屑、月）。
廿五	〈玉樓春 度宗曆忌長春宮齋醮〉	帝霽韻。廢隊韻。水紙韻。沸未韻。忌寘韻。淚寘韻。	屬單韻中的仄聲霽、隊、紙、未、寘韻（通韻）。	第三部
廿六	〈人月圓〉（錢塘江上春潮急）	飛微韻。依微韻。依微韻。垂支韻。	屬單韻中的平聲支、微韻（通韻）。	第三部
廿七	〈一剪梅 懷舊〉	巴麻韻。家麻韻。家麻韻。紗麻韻。笳麻韻。笳麻韻。霞麻韻。琶琶麻韻。涯麻韻。花麻韻。花麻韻。	屬單韻中的平聲麻韻。	第十部
廿八	〈憶秦娥〉其一	盈庚韻。青青韻。青青韻。屏青韻。情庚韻。箏庚韻。箏庚韻。更庚韻。	屬單韻中的平聲青、庚韻（通韻）。	第十一部
廿九	〈憶秦娥〉其二	霏微韻。稀微韻。稀微韻。衣微韻。微微韻。悲支韻。悲支韻。垂支韻。	屬單韻中的平聲微、支韻（通韻）。	第三部
三十	〈憶秦娥〉其三	沈侵韻。陰侵韻。陰侵韻。禁侵韻。斟侵韻。心侵韻。心侵韻。今侵韻。	屬單韻中的平聲侵韻。	第十三部
卅一	〈憶秦娥〉其四	悠尤韻。舟尤韻。舟尤韻。樓尤韻。裘尤韻。篌尤韻。篌尤韻。愁尤韻。	屬單韻中的平聲尤韻。	第十二部

卅二	〈憶秦娥〉其五〉	惡藥韻。閣藥韻。閣藥韻。落藥韻。托藥韻。角覺韻。角覺韻。索藥韻。	屬單韻中的入聲藥、覺韻（通韻）。	第十六部
卅三	〈憶秦娥〉其六〉	說屑韻。別屑韻。別屑韻。節屑韻。絕月韻。月月韻。月月韻。缺屑韻。	屬單韻中的入聲屑、月韻（通韻）。	第十八部
卅四	〈憶秦娥〉其七〉	蕭蕭韻。飄蕭韻。飄蕭韻。慘蕭韻。蕭蕭韻。焦蕭韻。焦蕭韻。遙蕭韻。	屬單韻中的平聲蕭韻。	第八部
卅五	〈惜分飛 歌樓惜別〉	去御韻。住遇韻。覷御韻。聚虞韻。語語韻。苦虞韻。雨虞韻。句遇韻。	屬單韻中的仄聲御、遇、虞、語韻。	第四部
卅六	〈唐多令 吳江中秋〉	洲尤韻。流尤韻。樓尤韻。秋尤韻。頭尤韻。否尤韻。愁尤韻。游尤韻。	屬單韻中的平聲尤韻。	第十二部
卅七	〈鷓鴣天〉（澂灩湖光綠正肥）	肥微韻。垂支韻。啼齊韻。　池支韻。宜支韻。蜊支韻。	屬單韻中的平聲微、支、齊韻（通韻）。	第三部
卅八	〈眼兒媚〉（記得年時賞荼蘼）	蘼支韻。飛微韻。歸微韻。　衣微韻。兒支韻。	屬單韻中的平聲支、微韻（通韻）。	第三部
卅九	〈憶王孫〉其一	秋尤韻。流尤韻。樓尤韻。尤韻悠尤韻。頭尤韻。	屬單韻中的平聲尤韻。	第十二部
四十	〈憶王孫〉其二〉	臺灰韻。苔灰韻。來灰韻。徊灰韻。回灰韻。	屬單韻中的平聲灰韻。	第三部
四十一	〈憶王孫〉其三〉	愁尤韻。秋尤韻。樓尤韻。留尤韻。游尤韻。	屬單韻中的平聲尤韻。	第十二部
四十二	〈憶王孫〉其四〉	時支韻。枝支韻。悲支韻。衣微韻。飛微韻。	單韻的平聲支、微韻（通韻）。	第三部
四十三	〈憶王孫〉其五	臺灰韻。開灰韻。回灰韻。哀灰韻。苔灰韻。	單韻的平聲灰韻。	第三部
四十四	〈憶王孫〉其六〉	萋齊韻。垂支韻。暉微韻。非微韻。飛微韻。	單韻的平聲齊、支、微韻（通韻）。	第三部
四十五	〈憶王孫〉其七〉	時支韻。迷齊韻。遲微韻。衣微韻。歸微韻。	單韻的平聲支、齊、微韻（通韻）。	第三部
四十六	〈憶王孫〉其八〉	秋尤韻。流尤韻。牛尤韻。樓尤韻。愁尤韻。	單韻的平聲尤韻。	第十二部
四十七	〈憶王孫〉其九〉	風東韻。蓬東韻。空東韻。窮東韻。中東韻。	單韻的平聲東韻。	第一部

四十八	〈鶯啼序　重過金陵〉	遞薺韻。致寘韻。悴寘韻。偉尾韻。壘紙韻。薺薺韻。裏紙韻。醉寘韻。水紙韻。　市紙韻。廢隊韻。疊尾韻。洗薺韻。里紙韻。綺紙韻。起紙韻。　底薺韻。第霽韻。事寘韻。此紙韻。已紙韻。戲寘韻。翠寘韻。	屬單韻中得仄聲薺、寘、尾、紙、隊、霽韻（通韻）。	第三部
四十九	〈暗香〉（館娃艷骨）	骨月韻。節屑韻。泄屑韻。血屑韻。絕屑韻。　別屑韻。折屑韻。月月韻。缺屑韻。雪屑韻。	屬單韻中的入聲月、屑韻（通韻）。	第十八部
五十	〈疏影〉（虯枝茜萼）	萼藥韻。幕藥韻。酌藥韻。鑠藥韻。落藥韻。　約藥韻。漠藥韻。掠藥韻。索藥韻。	屬單韻中的入聲藥韻。	第十六部
五十一	〈瑤花〉（天中樹木）	曲沃韻。玉沃韻。簇屋韻。目屋韻。獨屋韻。　覆屋韻。馥屋韻。速屋韻。束沃韻。	屬單韻中的入聲沃、屋韻（通韻）。	第十五部
五十二	〈錦瑟清商引〉（玉窗夜靜月流光）	光陽韻。商陽韻。湘陽韻。鏘陽韻。涼陽韻。　行陽韻。琅陽韻。陽陽韻。長陽韻。揚陽韻。裳陽韻。	屬單韻中的平聲揚韻。	第二部

　　由上表中可知元量詞作的用韻情形，在單韻、多韻、同部平仄互協等三大押韻方式中，元量喜用第一類中，單韻的平聲韻腳押韻，共計卅闋；次為仄聲韻腳，計有十一闋；再次為入聲韻，有七闋。

　　而第二類中如〈鶯啼序　宮中新進黃鶯〉、〈滿江紅　和王昭儀韻〉、〈滿江紅　吳山〉三闋，屬多韻中之間韻；〈六州歌頭　江都〉一詞，則屬第三部同部平仄互協。至於轉韻與遞韻之押韻方式，則未見之。

【附註】

註1　王偉勇〈古典詞的主題與技巧：以唐宋詞為論述核心〉，載《國文天地》第213期，民國九十二年二月一日出刊。

第二節　詞作用韻之特色

根據上節的分析歸納，知元量詞作的用韻，以單韻方式押韻為大宗，其中的平聲韻有卅闋，仄聲韻有十一闋，入聲韻有七闋，共計四八闋。占存世詞作五二闋的92％。茲以元量所採用單韻中的平聲韻、仄聲韻、入聲韻的押韻方式，各舉二闋詞為例說明之，共計六例，以見其用韻之特色：

例一、〈琴調相思引〉（越上賞花）

「曉拂菱花巧畫眉支韻。猩羅新剪作春衣微韻。恐春歸去，無處看花枝支韻。已恨東風成去客，更教飛燕舞些時支韻。惜花人，頭上插花歸微韻。」

屬單韻中的平聲第三部支、微韻（通韻）。

例二、〈唐多令〉（吳江中秋）

「莎草被長洲尤韻。吳江拍岸流尤韻。憶故家、西北高樓尤韻。十載客窗憔悴損，搔短鬢，獨悲秋尤韻。　人在塞邊頭尤韻。斷鴻書寄不尤韻。記當年、一片閑愁尤韻。舞罷羽衣塵滿面，誰伴我，廣寒游尤韻。」

為單韻中的平聲第十二部尤韻。

例三、〈滿江紅〉（吳江秋夜）

「一箇蘭舟，雙桂槳、順流東去御韻。但滿目、銀光萬頃，淒其風露遇韻。漁火已歸鴻鴈汊，櫂歌更在鴛鴦浦虞韻。漸夜深、蘆葉冷颼颼，臨平路遇韻。吹鐵笛，鳴金鼓虞韻。絲玉膾，傾香醑語韻。且浩歌痛飲，藕花深處御韻。秋水長天迷遠望，曉風殘月空凝佇語韻。問人間、今夕是何年，清如許語韻。」

為單韻中的仄聲第四部御、遇、虞、語韻（通韻）。

例四、〈玉樓春〉（度宗憨忌長春宮齋醮）

「咸淳十載聰明帝霽韻。不見宋家陵寢廢隊韻。暫離絳闕九重天，飛過黃河千丈水紙韻。　長春宮殿仙璈沸未韻。嘉會今辰為憨忌寘韻。小儒百拜酹霞觴，寡婦孤兒流血淚寘韻。」

為單韻中的仄聲第三部霽、隊、紙、未、寘韻（通韻）。

例五、〈憶秦娥〉（其五）

「風聲惡藥韻。箇人蕉萃憑高閣藥韻。憑高閣。相思無盡，淚珠偷落藥韻。錦書欲寄鴻難托藥韻。那堪更聽邊城角覺韻。邊城角覺韻。又添煩惱，又添蕭索藥韻。」

為單韻中的入聲第十六部藥、覺韻（通韻）。

例六、〈疏影〉（虯枝茜萼）

「虯枝茜萼藥韻。便輕盈態度，香透簾幕藥韻。淨洗鉛華，濃抹臙脂，風前伴我孤酌藥韻。詩翁瘦硬□□□，斷不被、春風鎔鑠藥韻。有隴頭、折贈殷勤，又恐暮笳吹落藥韻。　寂寞孤山月夜，玉人萬里外，空想前約藥韻。雁足書沈，馬上絃哀，不盡寒陰砂漠藥韻。昭君滴滴紅冰淚，但顧影、未忺梳掠藥韻。等恁時、環珮歸來，却慰此兄蕭索藥韻。」

為單韻中的入聲第十六部藥韻，一韻到底。

附：表十六、汪元量詞作用韻之特色

	用韻	闋數	特色	小計
單韻	平聲韻	三十闋	一、共計九種韻，通韻少。 二、以第三部韻占最多，凡十四闋；次為第十二部韻，凡六闋。	四八闋
	仄聲韻	十一闋	一、全為通韻，共計四種類型的通韻。 二、以用第四部韻最多，凡六闋；次為第三部韻，凡三闋。	
	入聲韻	七闋	一、以入聲十六部韻最多，凡三闋。 二、有一闋為藥韻，一韻到底。	
多韻	間韻	三闋	一、〈鶯啼序〉（宮中新進黃鶯），以第四部仄聲韻為主，間入第十六部入聲韻，及第三部、第十二部仄聲韻。 二、〈滿江紅〉（和王昭儀）及〈滿江紅〉（吳江）兩詞，韻腳全同，以第十八部韻為主，間入第十七部韻。	三闋
同部平仄互協	一闋		屬第三部	一闋

第五章　汪元量詞作之內容

　　本論文中篇，曾論元量的詩作有「詩史」之稱，乃因其有意以詩記錄史實，補充正史的空檔；至於詞作，則並非有意以詞作錄下見聞，卻是以詞作抒發感懷、寫景、寫人、詠物等，而呈現較多樣的內容。在此探討汪元量詞作的內容，先分析其題旨並予以分類，再深入閱讀每闋詞的句意內涵，發現元量詞作的題旨與句意內容，不盡相同，茲分題旨析論、句意內容等二節探討之。

第一節　題旨析論

　　汪元量詞，多數有序，說明作詞原由；而未寫序的詞作中，包含兩組組詞，一為〈憶秦娥〉七闋，一為〈憶王孫〉九闋，此外有九闋詞無序。對於無序的詞作題旨，則以詞中大意為據，來定題旨。依元量僅存的五十二闋詞作的題旨，可分五類：感懷類、寫景類、酬贈類、詠物類、唱和類。茲敘述、探析如下：

一、感懷類

　　在存世的五十二闋詞作中，感懷類的詞作最多，有二十三闋。皆作於被俘北上，抵燕京之後。此時身為宋俘，被迫為官，面對元人、宋人，又經歷被遣往上都、內地等，及奉派降香，最後宋室宗族一一凋零，人事全非，而嚐生離死別滋味，怎不令元量感懷萬千，自是感懷類詞作較多。例如：

> 「官舍悄，坐到月西斜。永夜角聲悲白語，客心愁破正思家。南北各天涯。腸斷裂，搔首長嗟。綺席象床寒玉枕，美人何處醉黃花。和淚撚琵琶。」〈望江南〉（幽州九日）（卷五，頁一七二）

此為元量初抵燕京所作，題曰「幽州九日」，已透露在陌生處所，有無限感懷。

> 「十年愁眼淚巴巴。今日思家。明日思家。一團燕月照紗窗。樓上胡笳。塞上胡笳。　玉人勸我酌流霞。急撚琵琶。緩撚琵琶。一從別後各天涯。欲寄梅

花。莫寄梅花。」〈一剪梅〉（懷舊）（卷五，頁一七四）

詞中寫拘留燕京十年後之感觸。

二、寫景類

次為寫景之作，有十三闋，絕大多數作於國亡之前，可知此時元量有心思描繪景致。

> 「一箇蘭舟，雙桂槳、順流東去。但滿目、銀光萬頃，淒其風露。漁火已歸鴻鴈汊，櫂歌更在鴛鴦浦。漸夜深、蘆葉冷颼颼，臨平路。　吹鐵笛，鳴金鼓。絲玉膾，傾香醑。且浩歌痛飲，藕花深處，秋水長天迷遠望，曉風殘月空凝竚。問人間，今夕是何年，清如許。」〈滿江紅〉（吳江秋夜）（卷五，頁一六三）

此闋為早年作於宮中之作，詞中寫景細膩，尚未有悲思。

> 「內家雨宿日輝輝，夾道桃花張錦機。黃蠹軟輿抬聖母，紅羅涼繖罩賢妃。　龍舟縹緲搖紅影，羯鼓諠譁撼綠漪。阿監柳亭排燕處，美人闌把玉簫吹」〈瑞鷓鴣〉（賞花競船）（卷五，頁一六六）

此詞也作於早期，敘寫賞花競船情景。

三、酬贈類

汪元量平日喜交友，有音樂知音、詩詞友人、繪畫友人等，交游廣闊，許多友人為其詩集作序跋可證。因此酬贈類的詞作，自是難免。何況南宋人在日常生活中，常以詞作作為相與酬贈唱和之用（註1）。例如

> 「吳山深。越山深。空谷佳人金玉音。有誰知此心。　夜沉沉。漏沉沉。閒卻梅花一曲琴。月高松竹林。」〈長相思〉（越上寄雪江）（卷五，頁一六四）

此為早期之作。元量以〈長相思〉此調，對友人悠悠傾訴。

> 「廣寒宮殿五雲邊。看天上、燭金蓮。香裊裊玉爐煙。擁彩仗、千官肅然。　世間王母，月中仙子，花甲一周天。樂指沸華年。更福壽，千年萬年。」〈太常引〉（四月初八日慶六十）（卷五，頁一六二）

度宗咸淳二年（一二六六），元量作此詞，為謝后賀壽。

四、詠物類

詠物詞難工。張炎在《詞源》卷下，曾云：

> 「詩難於詠物，詞為尤難。體認稍真，則拘而不暢；模寫差遠，則晦而不明。要須收縱聯密，用事合題。一段意思，全在結句，斯為絕妙。」（註2）

詠物詞誠然不易，必須「收縱聯密，用事合題。」以修辭學來說，無論轉化、譬喻、摹寫，都須貼切自然。而所謂「一段意思，全在結句。」顯見結句之重要，結句須留下無窮韻味。

所以清鄒祇謨認為詠物詞須神似，其謂：

> 「詠物固不可不似，尤忌刻意太似。取形不如取神，用事不若用意。宋詞至白石、梅溪，始得箇中妙諦。今則短調，必推雲間。長調則阮亭贈雁，金粟詠螢、詠蓮諸篇，可謂神似矣。」（註3）

鄒祇謨更進一步說明詠物詞作法。汪元量詞作的題旨中，詠物類有七闋，分別作於早期宮中（四闋），及辭元官南歸後，作於西湖詩社。可知元量在心緒較為平靜時，寫作詠物詞。例如：

> 「玉砌雕欄，見吳宮西子，一笑嫣然。舞困人間半韉，艷粉爭妍。珠簾盡捲，看人間、金屋神仙。歌隊裏，霞裾裊娜，百般嬌態堪憐。裊別有一枝仙種，更同心並蒂，來奉君筵。猩蠶若教解語，曲譜應傳。柘黃獨步，畫籠睛、錦幄張天。試剪插，金瓶千朵，醉時細看嬋娟。」〈漢宮春〉（春苑賞牡丹）（卷五，頁一六六）

詞中寫牡丹嬌態，描繪細膩。

> 「蚪枝茜萼。便輕盈態度，香透簾幕。淨洗鉛華，濃抹臙脂，風前伴我孤酌。詩翁瘦硬□□□，斷不被、春風鎔鑠。有隴頭、折贈殷勤，又恐暮笳吹落。裊寂寞孤山月夜，玉人萬里外，空想前約。雁足書沈，馬上絃哀，不盡寒陰砂漠。昭君滴滴紅冰淚，但顧影、未忺梳掠。等恁時、環珮歸來，卻慰此兄蕭索」〈疏影〉（蚪枝茜萼）（卷五，頁一八二）

此為詠梅之作。與社友分韻詠梅。

五、唱和類

早年的汪元量，在宮中受寵，心情是愉悅的，而有一些愉悅之作，如唱和詞即是。惜為時不常，洎乎國難當前，開始憂心國事，與友人愉快唱和之作，遂不多見。其唱和詞，例如：

> 「灩灩平湖，雙雙畫槳，小小船兒。嫋嫋珠歌，翩翩翠舞，續續彈絲。裊山南山北遊嬉，看十里、荷花未歸。緩引壺觴，箇人未醉，要我吟詩。」〈柳梢青〉（湖上和徐雪江）（卷五，頁一六五）

元量早年的詞作中，有一些唱和詞，洋溢愉悅氣息。與音樂友人徐雪江，交誼甚篤，不僅有唱和詞作，也有唱和詩作。

【附註】

註1　黃文吉在《宋南渡詞人》，第三章〈南渡詞人的作品特色〉，云：「詞原本就是用來作給歌女唱的，但把對象轉移，贈給朋友，或彼此和韻酬唱，似乎是由張先開始。蘇軾以詩為詞，接著推波助瀾這股風氣，東坡樂府中贈和作品非常多，從此以後，也就無人不用詞酬贈唱和了。」見頁八三。
王偉勇《南宋詞研究》中，第三章〈南宋詞之特色〉亦云：「初，文士之製詞，率於酒邊歌筵，其功用端在供歌姬娛賓遣興，此亦酬酢之方也。洎乎脫離酒席，延伸文壇，其功用乃逐步拓展。見於北宋，或應制頌功，或題贈友朋、歌妓、舞者，或即席賦詞助興，或餞送接迎，或以之代書，或以之嘲戲，或以之弔唁，或以之索物，或以之問疾，要皆酬酢之內容也。及至南宋，由於詞體觀念之演進，以文為詞風尚之盛行，故凡詩文所能者，亦以詞為之；因之酬贈內容，又擴充至其他層面：或以之邀約，或賀人喜慶，或以之勸勉，或題贈落成，或題跋著作、書畫，或題園亭，皆屬之。」（節錄）見頁二〇二至二〇三。
註2　見唐圭璋編《詞話叢編・詞源》卷下，頁二六一。
註3　同前註，〈遠志齋詞衷〉，頁六五三。

第二節 詞意內涵

元量詞作的句意內涵，呈現多面化，往往一闋詞中，既有觸景傷情之句，也有詠物，或寫人、寫景之句。茲分下列數種，舉例說明：

一、觸景傷情

這類詞句佔多數。例如：

> 「越山雲、越江水，越王臺。箇中景、儘可徘徊。…古時事，今時淚。前人喜，後人哀。正醉裡、歌管成灰。新愁舊恨，一時分付與潮回。…」〈金人奉露盤〉（越州越王臺）（卷五，頁一六三）

此詞寫於國亡之前，元量眼見國勢愈衰，不由得憂從衷來，而觸景傷情。這些悲情詞句，愈至國亡時刻及被俘北上之時愈多。其後甚至不須描繪眼前實景，只因身處敵營日久，而時將悲緒傾吐詞作中，這一類詞句也屬「觸景傷情」之句，因所觸之景為敵營。例如：

> 「長安不見使人愁。物換星移幾度秋。一自佳人醉玉樓。莫淹留。遠別秦城萬里游。」〈憶王孫〉（其三）（卷五，頁一七九）

> 「華清宮樹不勝秋。雲物淒涼拂曙流。七夕何人望斗牛。一登樓。水遠山長步步愁。」〈憶王孫〉（其八）（卷五，頁一八〇）

以上二闋，皆眼前並無實景，然因觸及大範圍的令人悲傷之景（元人統治之區），而引起傷感之情，使詞句依然傷感。

二、音樂世界

元量詞作中的句意內涵，往往離不開音樂，有歌有舞，或只述音樂，或有樂器聲響，形成音樂世界，不勝枚舉。例如：

> 「環立翠舞，雙歌麗調，舞腰新束，舞纓新綴。」〈鳳鸞雙舞〉（慈元殿）（卷五，頁一六二）

> 「吹鐵笛，鳴金鼓。…且浩歌痛飲，藕花深處。」〈滿江紅〉（吳江秋夜）（卷五，頁一六三）

「閑卻梅花一曲琴。月高松竹林。」〈長相思〉（月上寄雪江）（卷五，頁一六四）

「嫋嫋珠歌，翩翩翠舞，續續彈絲。」〈柳梢青〉（湖上和徐雪江）（卷五，頁一六五）

「朱絃欲奏還倦。…音隨指動，…」〈天香〉（遲日侵階）（卷五，頁一六五）

「隔頁底，恣歌〈金縷〉。」〈鶯啼序〉（宮中新進黃鶯）（卷五，頁一六七）

「整頓朱絃，奏霓裳初遍，音清意遠。」〈失調名〉（宮人鼓琴奏霓裳曲）（卷五，頁一六八）

「手撚琵琶絃索，離愁聊寄，畫樓哀角。」〈傳言玉女〉（錢唐元夕）（卷五，頁一六九）

「吹雨濕霓裳，歌聲歇。」〈滿江紅〉（和王昭儀韻）（卷五，頁一七三）

「翠條裊娜，猶學宮妝舞殘月。腸斷江南倦客，歌未了、…。」〈暗香〉（館娃艷骨）（卷五，頁一八一）

三、純粹寫人

詞中只描述人，可謂專題描人。有二例，一為早期在宮中，以愉悅之情所作者；一為被俘後，在燕京所作〈憶琴娥〉組詞七闋，全為描繪宮女的情態。如：

「阿哥兒。阿姑兒。兩個天生一對兒。偷吹玉琯兒。　笑些兒。話些兒。羅帶同心雙綰兒。團圓似月兒。」〈長相思〉（卷五，頁一六四）

「十年愁眼淚巴巴。今日思家。明日思家。一團燕月照窗紗。樓上胡笳。塞上胡笳。　玉人勸我酌流霞。急撚琵琶。緩撚琵琶。一從別後各天涯。欲寄梅花。莫寄梅花。」〈一剪梅〉（懷舊）（卷五，頁一七四）

「笑盈盈。曉粧掃出長眉青。長眉青。雙開雉扇，六曲鴛屏。　少年心在尚多

情。酒邊銀甲彈長箏。彈長箏。碧桃花下，醉到三更。」〈憶秦娥〉（其一）
（卷五，頁一七五）

四、純粹詠物

汪元量詞作中，也有純粹詠物之作，皆在早期或南歸之後所作，或許此時心境較平和些許，可以靜觀萬物；在詞中，元量時而為所詠之物代言，時而與所詠之物對話，即以擬人、擬物的轉化修辭技巧，加上譬喻、映襯，以詠花卉為多，使花朵在其筆下生動盎然，或許與汪元量喜愛大自然有關，因而能細膩描繪花的情態。例如：

「帝鄉春色濃於霧。誰遣雙環堆繡戶。金張公子總封侯，姚魏弟兄皆列土。　碧紗窗下修花譜。交頸鴛鴦嬌欲語。絳綃新結轉官毬，桃李僕奴何足數」〈玉樓春〉（賦雙頭牡丹）（卷五，頁一七四）

「天中樹木，高聳玲瓏，向渥縈亭曲。繁枝綴玉。開朵朵、九出飛瓊環簇。唐昌曾見，有玉女、來送春目。更月夜八仙相聚，素質粲然幽獨。　江淮倦客再游，訪后土瓊英，樹已傾覆。攀條掐蘂，細嗅來、尚有微微清馥。卻疑天上，列燕賞、催汝歸速。恐後時重謫人間，剩把鉛華粧束。」〈瑤花〉（天中樹木）（卷五，頁一八三）

下篇　汪元量詞作之研究

第六章　汪元量詞作之藝術技巧

　　元量現存詞作，雖僅五十二闋，也可從中探析其詞所具之藝術特色，經分析歸納後，可分章法、修辭、用典、風格等四方面，茲以四節分別探析之。

第一節　章法

　　文章、詩作皆有章法，詞作也有章法。清沈祥龍明白指出：「詞有三法：章法、句法、字法也。章法貴渾成，又貴變化。句法貴精煉，又貴灑脫。字法貴新雋，又貴自然。」（註1）

　　詞作無論小令、中調、長調，都有其章法，猶如文章之佈局。元量詞在章法上之特色如何，首先看其小令：

一、小令

　　小令的篇幅短小，或謂因此而難工，或謂不然。張炎曰：

　　　「詞難於小令，如詩難於絕句。一闋不過數十句，一句著閒字不得，更末句最當留意，惟有有餘不盡乃佳。」（註2）

　　顧璟芳云：

　　　「詞之小令，猶詩之絕句，字句雖少，音節雖短，而風情神韻正自悠長。作者須有一唱三嘆之致，淡而艷，淺而深，近而遠，方是勝場。且詞體中，長調每一韻到底，而小令每用轉韻，故層折多端，姿態百出，索解正自不易。」（註3）

　　而汪元量在全數五十二闋詞作中，以小令佔多數，有三十二闋。較中調、長調為多，可見其善於小令，也喜作小令。元量以小令的形式，快速捕捉所見即景及感觸。其中無論悲喜情緒，都能予讀者想像空間，而留下不盡之餘韻，舉詞例如下：

　　　「曉拂菱花巧畫眉。猩羅新剪作春衣。恐春歸去，無處看花枝。　　已恨東風成

去客，更教飛燕舞些時。惜花人醉，頭上插花歸。」〈琴調相思引〉（越上賞花）

此詞作於早年時期，詞中不見愁緒，有的只是即景所見。而結語之「頭上插花歸」句，讓讀者會心一笑。

「一生富貴，豈知今日有離愁。錦帆風力難收。望斷燕山薊水，萬里到幽州。恨病餘雙眼，冷淚交流。　行年已休。歲七十、又平頭。夢破銀屏金屋，此意悠悠。幾度□□。見青塚、虛名不足留。且把酒、細聽箜篌」〈婆羅門引〉（四月八日謝太后慶七十）（卷五，頁一七一）

此詞也在結語，留下自己的見解及瀟灑之情，更與讀者思考的空間。

二、中調

元量的中調詞作，較小令、長調為少。沈雄云：

「唐宋作者，止有小令曼詞。至宋中葉而有中調、長調之分，字句原無定數，大致比小令為舒徐，而長調比中調尤為婉轉也。今小令以五九字止，中調以六十字起，八十九字止，遵舊本也。」（註4）

或許中調晚出，或許中調不易表現舒緩之情緒，故而元量的中調不多，僅五闋；其章法如何，茲舉例如下：

「西園春暮。亂草迷行路。風卷殘花墮紅雨。念舊巢燕子，飛傍誰家，斜陽外，長笛一聲今古。　繁華流水去。舞歇歌沈，忍見遺鈿種香土。漸橘樹方生，桑枝纔長，都付與、沙門為主。便關防、不放貴游來，又突兀梯空，梵王宮宇。」〈洞仙歌〉（毗陵趙府兵後僧多占作佛屋）

上片寫景，點出主題之背景；下片感懷並述主題。此為其一貫之章法。

三、長調

長調，在元量全部五十二闋詞作中，有十六闋，次於小令。其長調的章法，頗為用心鋪設。張炎曰：

「作慢詞須看題目，先擇曲名，然後命意。思其頭何如起，尾何如結，然後選韻，然後述曲，最要過變，不可斷了曲意。」（註5）

先舉其備受讚譽的代表作〈鶯啼序〉為例，說明如下：

「金陵故都最好，有朱樓迢遞。嗟倦客、又此憑高，檻外已少佳致。更落盡梨花，飛盡楊花，春也成憔悴。問青山、三國英雄，六朝奇偉。　麥甸葵丘，荒臺敗壘。鹿豕銜枯薺。□□正潮打孤城，（註6）寂寞斜陽影裏。聽樓頭、哀笳怨角，未把酒、愁心先醉。漸夜深，月滿秦淮，煙籠寒水。　悽悽慘慘，冷冷清清，燈火渡頭市。慨商女不知興廢。隔江猶唱庭花，餘音裊裊。傷心千古，淚痕如洗。烏衣巷口青燕路，認依稀、王謝舊鄰里。臨春結綺。可憐紅粉成灰，蕭索白楊風起。因思疇昔，鐵索千尋，謾沉江底。揮羽扇、障西塵，便好角巾私第。清談到底成何事。回首新亭，風景今如此。楚囚對泣何時已。嘆人間、今古真兒戲。東風歲歲還來，吹入鍾山，幾重蒼翠。（註7）」〈鶯啼序〉（卷五，頁一八〇）

通常使用長調填詞者，須有充實的題材，及觸景生情的感懷，才能適當剪裁，按情布景，疊疊更換情、景，情意收轉自如，而完成一闋感人的詞章。清賀裳即云：

「作長詞最忌演奏，如蘇養直『歠鐶半揫』，...則觸景生情，復緣情布景，節節轉換，穠麗周密，譬之織錦家，真竇氏回文梭矣。」（註8）

汪元量本闋詞有四疊，四疊的詞意承轉無礙，第一疊寫抵達金陵所見的全貌及遠景，引發傷感；第二、三疊寫深入探訪曾經熟悉的金陵城，人事已非，悲歡莫名；於是第四疊不禁要藉史事責問南宋朝廷！這四疊的起承轉合，可謂章法井然。茲再進一步探討本闋詞的起句、過片、結句：

汪詞第一疊的起句：「金陵故都最好」，是統領全篇、照管下文的關鍵句，也是本闋詞的重點之一。宋沈義父在《樂府指迷》中曰：

「大抵起句便見所詠之意，不可泛入閒事，方入主意。」（註9）

所以作者首句便標出所詠之意：「金陵故都最好」，誰知魂牽夢繫的金陵，卻完全變樣。接著第二疊的換頭起句，也以寫景切入；第三疊的起句則以感傷的情緒開始，訴說金陵的繁華，而今安在？作者的過片，所承接的詞意，是連貫的。宋張炎云：

「最是過片不要斷了曲意，須要承上接下；如姜白石詞云：『曲曲屏山，夜涼獨自甚情緒。』於過片則云：『西窗又吹暗雨』，此則曲之意脈不斷矣。」（註10）

至於第四疊的起句：「因思疇昔」，是銜接上文，且為鋪陳下列史事作準備，隨即展開一連串史事，再感嘆南宋朝廷何以不記取歷史教訓？最後回到殘破的現實金陵，以「東風歲歲還來，吹入鍾山，幾重蒼翠。」作結。是的，春去秋來，此地年年有蒼翠之時，而南宋有復興之期？

本闋詞最後以眼前的景結句，是有意的安排，意味激盪的情懷，從憂苦的思緒中走出，冷靜的面對青山，此時才看到了青山的翠綠，不再如第一疊中所謂的「檻外已少佳致」。填詞結句最難，宋沈義父云：

> 「結句需要放開，含有餘不盡之意，以景結情最好。」（註11）汪詞正是以景結情，餘下不盡之意，令讀者唏噓不已！

再看另一詞例：

> 「綠蕪城上，懷古恨依依。淮山碎。江波逝。昔人非。今人悲。惆悵隋天子。錦帆裏。環珠履。叢香綺。展旌旗。蕩漣漪。擊鼓搗金，擁瓊璈玉吹。恣意游嬉。斜日暉暉。亂鶯啼。　銷魂此際。君臣醉。貔貅弊。事如飛。山河墜。煙塵起。風淒淒。雨霏霏。草木皆垂淚。家國棄。竟忘歸。笙歌地。歡娛地。盡荒畦。惟有當時皓月，依然挂、楊柳青枝。聽隄邊漁叟，一笛醉中吹。興廢誰知。」〈六州歌頭〉（江都）

《柳塘詞話》曰：

> 「唐人率多小令，尊前集載唐莊宗歌頭一闋，不分過變，計一百三十六字，為長調之祖，苦不甚佳。按歌頭係大石調，別有六州歌頭，水調歌頭，皆宜音節悲壯，以古興亡事實之，良不與艷詞同科者。」（註12）

元量此詞正藉音節悲壯的「六州歌頭」，敘興亡事實，令人不勝欷歔之感。

【附註】

註1　見清沈祥龍《論詞隨筆》，收入唐圭璋編《詞話叢編》中，見該書頁四〇〇四九。

註2　見清沈雄撰《古今詞話》所引，載於唐圭璋《詞話叢編》冊一，頁八三六。

註3　見《古今詞話・西圃詞說》，頁一四六七。

註4　見《詞話叢編》第一冊，頁八三七。

註5　同前註。

註6　見孔凡禮輯佚《增訂湖山類稿》，頁一八〇。

註7　見唐圭璋編《全宋詞》，頁三三三八。

註8　同註4，頁七〇五。

註9　同註4，頁二七九。

註10　同註4，頁二五八。

註11　同註4，頁二七九。

註12　同註4，頁八七三。

第六章　汪元量詞作之藝術技巧

第二節　修辭

文學創作者除章法之外，宜重視修辭技巧，因修辭得當與否，將影響作品之優劣。一般說來，詞語貴自然，又要創新，實為不易。宋人張炎在《詞源》中，云：

> 「蓋詞中一個生硬字用不得。須是深加煅煉，字字敲打得響，歌誦妥溜，方為本色語。如賀方回、吳夢窗，皆善於鍊字面，多於溫庭筠、李長吉詩中來。字面亦詞中之起眼處，不可不留意也。」（註1）

而元量詞作中的文句、字詞，表現在修辭方面的特色是：

一、對仗

對仗即對偶。汪元量詞作中，喜用對仗的修辭法，或為當句對，或為單句對。沈謙在《修辭學》中云：

> 「將語文中字數相等、語法相似、平仄相對的文句，成雙作對的排列，藉以表達相對或相關意思的修辭方法，是為對偶。」（註2）

詞為長短句，也有齊言句。汪元量往往不僅有句中的當句對，也把握齊言之句，運用對仗，成為單句對。

當句對例如：

「錦心繡口」〈鶯啼序〉（檀欒宮牆數仞）（卷五，頁一六七）

「笑慵歌懶」〈失調名〉（綠荷初展）（卷五，頁一六八）

「舞鈿歌箔」〈傳言玉女〉（一片風流）（卷五，頁一六九）

「舞歇歌沉」〈洞仙歌〉（西元春暮）（卷五，頁一七〇）

「水遠山長」〈憶王孫〉（華清宮樹不勝秋）（註3）（卷五，頁一八〇）

「黃鸝紫燕」〈金人捧露盤　〉（越山雲）（卷五，頁一六三）

單句對例如：

「吹鐵笛，鳴金鼓。絲玉膾，傾香醑。」〈滿江紅〉（一個蘭舟）（卷五，頁一六三）

「古時事，今時淚。前人喜，後人悲。」〈金人捧露盤〉（越山雲）（卷五，頁一六三）

「薊門聽雨，燕臺聽雪。」〈人月圓〉（錢塘江上春潮急）（卷五，頁一七四）

「輕便燕子低低舞，小巧鶯兒恰恰啼。」〈鷓鴣天〉（瀲灩湖光綠正肥）（卷五，頁一七八）

「麥甸葵丘，荒臺敗壘。」〈鶯啼序〉（金陵故都最好）（卷五，頁一八〇）

元量用對仗的修辭技巧，描述音樂節奏、飲酒之樂、今昔之感、宮女情態、詠物、寫景。

二、擬人

擬人，即擬物為人，乃轉化修辭法的一種。轉化又稱比擬、擬化、假擬。黃慶萱云：

「描述一件事物時，轉變其原來性質，化成另一種截然不同的事物，而加以形容敘述的，叫作『轉化』。」（註4）

至於轉化的種類，陳望道主張分擬人、擬物等二類；黃慶萱則主張分人性化（擬物為人）、物性化（擬人為物）、形象化（擬虛為實）等三類（註5）。

汪元量詩作中，常見擬人（擬物為人）的轉化修辭法。將物比成人，且賦予「物」各種不同的情態，例如：

「交頸鴛鴦交欲語」〈玉樓春〉（帝鄉春色濃於霧）（卷五，頁一六七）

「歌隊裏，霞裾裊娜，百般驕態堪憐。」〈漢宮春〉（玉砌雕欄）（卷五，頁一六六）

「見柳絲青青，裊娜如學宮腰舞。」〈玉樓春〉（帝鄉春色濃於霧）（卷五，頁一六七）

「聽蠻聲，似怨還如訴。」〈鶯啼序〉（檀欒宮牆數仞）（卷五，頁一六七）

「滿耳怨笳哀笛」〈好事近〉（獨倚浙江樓）（卷五，頁一六九）

「草木皆垂淚。」〈六州歌頭〉（綠蕪城上）（卷五，頁一七○）

「玉嘀金泣」〈水龍吟〉（鼓鼙驚破霓裳）（卷五，頁一七一）

「最無情，鴻鴈自南飛，音書缺。」〈滿江紅〉（一霎浮雲）（卷五，頁一七三）

三、類疊

類疊的修辭法，在文學作品中也頗常見，它屬於形式優美及音節節奏的設計，使作品更形活潑生動。何謂類疊？即將同一個字詞或語句，在當句或隔句中，接二連三地重複使用（註6）。類疊又分類字、疊字、類句、疊句等四種。元量在詞中，運用類疊，較常用類字和疊字，甚至連「集句詞」（〈憶王孫〉），也喜選用類字疊字。在類字中，則以隔句疊用為多。茲舉類字的詞例如下：

「舞腰新束，舞纓新綴。」〈鳳鸞雙舞〉（慈元殿）（卷五，頁一六二）

詞中的「舞、新」二字，分別出現在前、後句。元量運用類字的修辭法，描繪出舞者的裝扮。

「越山雲，越江水，越王臺。」〈金人奉露盤〉（越山雲）（卷五，頁一六三）

以「越」字，重複置於三句中，表達元量對此地的山、水、臺等景物，難以忘情。

「笑些兒。話些兒。」〈長相思〉（阿哥兒）（卷五，頁一六五）

隔離使用「些兒」，運用類字敘述歡樂情景。

「笙歌地。歡娛地。」〈六州歌頭〉（綠蕪城上）（卷五，頁一七○）

詞中也以類字「地」，強調江都這地方，曾為歌舞昇平的歡娛所在，而今「盡荒畦」，令人興嘆。

「急撚琵琶，緩撚琵琶。」〈一剪梅〉（十年愁眼淚巴巴）（卷五，頁一七五）

一急一緩的「撚琵琶」，元量以此「類字」，訴說著宮女們的愁緒，十分傳神。

「薊門聽雨，燕臺聽雪」〈人月圓〉（錢塘江上春潮急）（卷五，頁一七四）

元量以一「聽」字（類字），表現宋俘置身於敵營的無奈情緒。

　　　「古時事，今時淚。」〈金人捧露盤〉（越山雲）（卷五，頁一六三）

以「古時」與「今時」對照，襯托出感傷之心境。

　　　「吳山深，越山深。」〈長相思〉（吳山深）（卷五，頁一六四）

此為元量早年詞作，此二句以「深」字（類字），透露風景依舊，人事將非之慨，也表現對故國依戀之情。

　　此外，有句中的類字修辭法，例如：

　　　「曲中似哀似怨」〈失調名〉（綠荷初展）（卷五，頁一六八）

　　　「潮生潮落」〈傳言玉女〉（一片風流）（卷五，頁一六九）

　　　「人自傷心水自流」〈憶王孫〉（漢家宮闕動高秋）（註7）（卷五，頁一七八）

　　　「不見人歸見燕歸」〈憶王孫〉（上陽宮裏斷腸時）（註8）（卷五，頁一八〇）

　　　「曲中似哀似怨」〈失調名〉（綠荷初展）（卷五，頁一六八）

　　　「潮生潮落」〈傳言玉女〉（一片風流）（卷五，頁一六九）

　　　「誰賓誰主」〈水龍吟〉（鼓鼙驚破霓裳）（卷五，頁一七一）

　　以上為類字之例。以下再舉疊字之例：

　　　「風淒淒，雨霏霏。」〈六州歌頭〉（綠蕪城上）（卷五，頁一七〇）

以疊字表現風雨之景。

　　　「灩灩平湖，雙雙畫槳，小小船兒。嫋嫋珠歌，翩翩翠舞，續續彈絲。」〈柳梢青〉（灩灩平湖）（卷五，頁一六五）

連續五句的疊字，形成一幅動態的畫面，令人神往。

　　　「夜沉沉，漏沉沉。」〈長相思〉（吳山深）（卷五，頁一六四）

國事已亂，此二句句中的疊字，益顯作者「度日如年」的困苦心境。

　　「悽悽慘慘，冷冷清清。」〈鶯啼序〉（金陵故都最好）（卷五，頁一八○）

此詞為南歸途中，經過金陵所作。元量見到睽違已久的故都，殘破不堪，美景不再，無法尋回故都舊時風貌，只能以這兩句中的疊字訴說心中感觸。

　　「聲聲字字，歷歷鏘鏘。」〈錦瑟清商引〉（玉窗夜靜月流光）（卷五，頁一八三）

此為南歸後所作，心境平靜些許。詞中的疊字，用以描述國已亡，無法挽回頹勢，縱使彈奏樂器，也無法使心境快活，一字一音，更增哀戚。

　　此外，〈憶琴娥〉七闋組詞中，有多闋詞的首句，皆為疊字：

　　「笑盈盈」〈憶秦娥〉（笑盈盈）（卷五，頁一七五）

　　「雪霏霏」〈憶秦娥〉（雪霏霏）（卷五，頁一七五）

　　「天沉沉」〈憶秦娥〉（天沈沈）（卷五，頁一七五）

　　「水悠悠」〈憶秦娥〉（水悠悠）（卷五，頁一七六）

　　「馬蕭蕭」〈憶秦娥〉（馬蕭蕭）（卷五，頁一七六）

四、借代

　　所謂「借代」即指在詞作中，放棄通常使用的本名或語句不用，而另找其他名稱或語句代替（註9）。元量詞中使用借代之處不少，例如：

　　「楚囚對泣何時已」〈鶯啼序〉（金陵故都最好）（卷五，頁一八○）

　　「見吳宮西子，一笑嫣然。」〈漢宮春〉（玉砌雕欄）（卷五，頁一六六）

　　「試剪插，金瓶千朵，醉時細看嬋娟。」〈漢宮春〉（玉砌雕欄）（卷五，頁一六六）

　　「腸斷江南倦客」〈暗香〉（館娃艷骨）（卷五，頁一八一）

　　「那昭君更苦，香淚濕紅裳。」〈錦瑟清商引〉（玉窗夜靜月流光）（卷五，

頁一八三）

「昭君滴滴紅冰淚」〈疏影〉（虬枝茜萼）（卷五，頁一八二）

「白盡梨園弟子頭」〈憶王孫〉（漢家宮闕動高秋）（卷五，頁一七八）

五、化用、截取前人詩句

元量有一組組詞〈憶王孫〉九闋，為集句詞。經土偉勇予以索原，考其出處，知九闋中，每闋五句，計四十五句；有四十四句，乃化用、截取自唐人詩句（註10）。茲摘錄二闋詞例，以見汪元量如何巧妙地化用、截取唐人詩句，可澆胸中塊壘，並表達己意：

> 「漢家宮闕動高秋。人自傷心水自流。今日晴明獨上樓。恨悠悠。白盡梨園子弟頭。」〈憶王孫〉（漢家宮闕動高秋）（註11）（卷五，頁一七八）

（一）漢家宮闕動高秋——此句出自趙嘏〈長安晚秋〉七律之次句。

（二）人自傷心水自流——此句出自劉長卿〈重送裴郎中貶吉州〉七絕之次句。

（三）今日晴明獨上樓——此句出自盧綸〈春日登樓有懷〉七絕之末句。

（四）恨悠悠——句出自白居易〈長相思〉下片之首句。

（五）白盡梨園子弟頭——此句出自趙嘏〈冷日過驪山〉七絕之末句。

再看另一闋詞例：

> 「五陵無樹起秋風。千里黃雲與斷蓬。人物蕭條市井空。思無窮。唯有青山似洛中。」〈憶王孫〉（五陵無樹起秋風）（註12）（卷五，頁一八○）

（一）五陵無樹起秋風——此句出自杜牧〈登樂遊原〉七絕之末句。

（二）千里黃雲與斷蓬——此句出自楊憑〈雨中怨秋〉七絕之次句。

（三）人物蕭條市井空——此句出自張泌〈邊上〉七律之第六句。

（四）思無窮——此句截取自潘咸（一作潘成或潘誠）〈登明戍堡〉五律之次句「極目思無窮」。

（五）唯有青山似洛中——此句出自許渾〈金陵懷古〉七律之末句。

【附註】

註1　見唐圭璋編《詞話叢編》第一冊，張炎《詞源》卷下，頁二五九。

註2　見沈謙《修辭學》，第十七章〈對偶〉，頁四五三。

註3　汪元量〈憶王孫〉為七闋集句詞，據王偉勇考證，此句出自許渾〈將為南行陪尚書崔公宴海榴堂〉七律之末句。見《東吳中文學報》第六期，頁一〇一。

註4　見黃慶萱著《修辭學》，第十四章〈轉化〉，頁二六七。

註5　見陳正治著《修辭學》，第三章〈轉化修辭法〉，頁二八所引。

註6　同前註，第二十二章〈類疊〉，頁四一一。

註7　同註2。此句出自劉長卿〈重送裴郎中貶吉州〉七絕之次句。

註8　同註2。此句出自崔櫓〈華清宮三首〉七絕之二末句。

註9　見同註3，第十三章〈借代〉，頁二五一。

註10　同註2，頁七四。

註11　同註2，頁七五。

註12　同註2，頁八五。

第三節 用典

楊海明謂宋亡前後的詞，大多為「緣事而發」的亡國哀音（註1）。王偉勇云：

> 「南宋詞壇，一則由於文士結社吟詠、角技逞采之風盛行；一則由於深受詩
> 壇『去陳反俗』理論之長期影響，使事用典之習性，乃深中人心，固不論豪放
> 婉約也。況值政局動盪，家國淪亡，借古擬今，指桑喻槐，亦情勢所需也。」
> （註2）

汪元量身處宋末元初的動盪時代，憂國心境自所難免，於是在詞中緣事而發，使事用典
以借古擬今，實乃必然。宋詞的用典，可分語典、事典兩類。語典即將前人的詩詞語文
及原意，予以熔裁入詞；事典乃將前代歷史故實，精煉成句，用入詞中。（註3）大致
說來，汪元量詞作有白描者，直接寫眼前即景，兼以感懷；也有運用典故者，妥切表達
並述情。而非大量用典，在用典的詞作中，卻以〈鶯啼序〉一詞，用典最多，乃一奇特
現象（註4）。

綜觀汪元量在詞中所用典故，可分傳說、事典、語典等三類：

一、傳說

有關仙界的傳說人物，例如王母、月裡仙娥、東皇、八仙等，往往在詞中出現。茲
舉例如下：

（例一）「世間王母，月中仙子，花甲一周天。」〈太常引〉（廣寒宮殿五雲
　　　　邊）（卷五，頁一六二）

王母即西王母，為古仙人。姓楊，或謂姓侯。名回，一名婉衿。居於崑崙山。《史
記・大宛傳》謂條枝有弱水西王母，而未嘗見。《竹書紀年》謂穆王十七年，西征崑崙
丘，見西王母（註5）。在此，元量以「王母」喻指謝后，慶賀謝后六十生辰。

（例二）「金蓮步、輕搖彩鳳兒，翩翩作勢。便似月裡仙娥謫來，人間天
　　　　上，一番遊戲。」〈鳳鸞雙舞〉（慈元殿）（卷五，頁一六二）

「月裡仙娥」，指嫦娥。亦作姮娥、后羿妻。漢文帝名恆，漢人因改姮為嫦。嫦娥竊取
后羿長生不老之藥，而奔向月宮，後人即稱月宮仙女為嫦娥。《續漢書・天文志》：

> 「嫦娥竊羿不死藥，奔月，及之，為蟾蜍。」（註6）

在此，元量以「月裡仙娥」比喻舞者舞姿輕盈婀娜，有如嫦娥下凡。

（例三）「更月夜八仙相聚，素質粲然幽獨。」〈瑤花〉（天中樹木）（卷五，頁一八三）

八仙，俗傳漢鍾離、張果老、韓湘子、鐵拐李、曹國舅、呂洞賓、藍采和、何仙姑等八人，為八仙（註7）。元量此詞詠瑤花之美，瑤花為珍異花卉，姿態優雅，因而元量冥想月夜之下，會有八仙來到瑤花旁聚會。

二、事典

詞中用典，有人認為不易，例如宋人張炎在《詞源》中云：

> 「詞用事最難，要體認著題，融化不澀。如東坡〈永遇樂〉云：『燕子樓空，佳人何在，空鎖樓中燕。』用張建封事。…又云：『昭君不慣胡沙遠，但暗憶江南江北。想珮環月下歸來，化作此花幽獨。』用少陵詩。此皆用事，不為事所使。」（註8）

張炎認為用事必須不為事所使，始能貼切表達作者用意，而收畫龍點睛之效；否則用典易喧賓奪主，無法彰顯詞意。

汪元量通常在詠物詞中、歡樂氣氛及慨歎之時用典，例如：

（例一）「玉砌雕欄，見吳宮西子，一笑嫣然。」〈漢宮春〉（玉砌雕欄）（卷五，頁一六六）

元量將牡丹花比作美女西施。西施為春秋時代越國美女，亦作先施，苧蘿山鬻薪者之女。越王句踐為吳所敗，退守會稽。令范蠡獻上西施與吳王，吳王大悅，果然迷惑忘政，後卒滅於越（註9）。

至元廿五年（一二八八）元量辭官南歸，途經金陵，感懷特多，寫就一闋長調〈鶯啼序〉詞，詞中大量用典，計有十六則。茲舉詞中一些事典：

（例二）「鹿豕銜枯薺」〈鶯啼序〉（金陵故都最好）（卷五，頁一八〇）《史記・淮南王安傳》載，伍被言：

> 「臣聞子胥諫吳王，吳王不用，乃曰：『臣今見麋鹿游姑蘇之臺也。』」（註10）

此處借用伍子胥勸諫吳王的話，形容眼前所見已成廢墟，只見野鹿、野豬銜著乾枯的薺菜亂竄。

（例三）「烏衣巷口青蕪路，認依稀、王謝舊鄰里。」〈鶯啼序〉（金陵故都最

好）（卷五，頁一八○）

烏衣巷在今江蘇南京秦淮河南。東晉時王導、謝安兩大士族居於此。王導，字茂弘，晉時臨沂人。識量清遠，知天下將亂，勸晉元帝納賢俊，共圖國事。晉室南渡，王導居功厥偉。謝安，字安石，晉時陽夏人。也出身士族，曾指揮將帥，大破苻堅百萬兵。（註11）。作者藉史事感慨人事已非。

（例四）「臨春結綺。可憐紅粉成灰，蕭索白楊風起。」〈鶯啼序〉（金陵故都最好）（卷五，頁一八○）

陳後主所建的臨春閣、結綺閣，故址在今南京市。《南史‧張貴妃傳》中，云：

> 「至德二年，於光昭閣前，起臨春、結綺、望仙三閣，高數十丈，窗牖欄檻之類，皆以沉檀香木為之，飾以金玉，間以珠翠，每微風暫至，香聞數里。朝日初照，光映後庭，其下積石為山，引水為池，植以奇樹，雜以花藥。後主自居臨春，張貴妃居結綺，龔孔二貴妃居望仙，並有複道，交相往來。」（註12）

曾是陳後主、張麗華日常遊樂之處。如今紅粉知己已不在人間，只留下孤自迎風的白楊樹，徒增蕭索之感。

（例五）「清談到底成何事」〈鶯啼序〉（金陵故都最好）（卷五，頁一八○）

魏晉時代空談義理之風盛行，士大夫崇尚虛無。《晉書‧王衍傳》卷四十三，載：

> 「王衍，晉臨沂人。終日清談，…衍有盛才，明悟如神，名傾當世。惟以談老莊為事，口中雌黃，朝野翕然，謂之一世龍門。」（註13）

王衍「終日清談」，又謂其妙善玄言，唯談老莊為事。當匈奴入侵，王衍不思抵抗，而致亡國。汪元量藉王衍清談誤國的史事，暗喻南宋世大夫清談誤國。

（例六）「回首新亭，風景今如此。楚囚對泣何時已。」〈鶯啼序〉（金陵故都最好）（卷五，頁一八○）

東晉南渡後，士大夫們在新亭（今南京市南）相會，周侯感嘆：「風景不殊，正自有山河之異！」人人相看流淚，只有王導說：「當共戮力王室，克復神州，何至作楚囚相對！」（註14）汪元量藉六朝史事諷諭南宋，謂南宋的亡國，使被俘虜的臣民，像楚囚一樣對泣，何時才能終止？

此外，仍有一些有關音樂的事典，例如：

（例七）「隔葉底，恣歌〈金縷〉。」〈鶯啼序〉（檀欒宮牆數仞）（卷五，頁一六七）

形容黃鶯的鳴聲，有如恣歌〈金縷〉，可謂傳神有趣。〈金縷〉，即〈金縷衣〉，為曲調名。杜牧〈杜秋娘〉詩：「秋持白玉斝，與唱金縷衣。」注曰：「勸君莫惜金縷衣，勸君須惜少年時。李錡常唱此曲。」（註15）陳基〈柳塘春〉詩：「臨風忽聽歌金縷，隔水時聞度玉笙。」（註16）汪元量此闋詠物詞，生動描繪黃鶯種種惹人憐愛的情態，謂黃鶯更在葉間恣意放歌〈金縷衣〉名曲。

（例八）「漢家宮闕動高秋。人自傷心水自流。今日晴明獨上樓。恨悠悠。白盡梨園弟子頭。」〈憶王孫〉（漢家宮闕動高秋）（卷五，頁一七八）

梨園，為樂部別名。唐明皇既知音律，又酷愛法曲，選坐部伎子弟三百，教於梨園，聲有誤者，皇帝必察覺而正之，號皇帝梨園弟子。宮女數百，亦為梨園弟子（註17）。汪元量此處之「梨園弟子」，即借此典故，意指同時被俘北上的宋廷宮女，無法還歸故里，已愁白了頭髮。

三、語典

語典用得更多，元量通常化用、增損或截取自前人詩句，以澆自身塊壘。王偉勇在〈兩宋詞人取材唐詩之方法〉文中謂：

> 「兩宋詞人取材唐詩之六大方法中，以『截取唐詩字面』、『增損唐詩字面』、『化用唐詩字面』三方法最常見，本文各舉二十例。而『截取』技巧中，復以『自一詩句裁取一字面』最見採用；『增損』技巧中，係以『改易唐詩字面』最見採用；『化用』技巧中，則以『襲其意而易其語』最見採用。」（註18）

兩宋詞人的詞作，以「截取」、「增損」、「化用」之法，取材自唐詩者居多，其中見引之數量，以盛唐之李、杜，中唐之劉、白，晚唐之杜牧及二李為多（註19）。汪元量也不例外，然以引自劉禹錫、杜牧的詩句居多。例如汪元量在〈水龍吟 淮河舟中夜聞宮人琴聲〉的首句：「鼓鞞驚破霓裳」，即化用自白居易〈長恨歌〉：「漁陽鞞鼓動地來，驚破霓裳羽衣曲。」此二句。意謂猛烈的戰鼓聲，驚動了南宋朝廷酣醉歌舞。此外，在〈鶯啼序〉（卷五，頁一八〇）中，更有大量語典，茲舉數例如下：

（例一）「金陵故都最好，有朱樓迢遞。」〈鶯啼序〉（金陵故都最好）

謝朓〈隋王鼓吹曲〉十首之四〈入朝曲〉：

> 「江南佳麗地，金陵帝王州。逶迤帶綠水，迢遞起朱樓。」

李白〈金陵〉三首之三：

「當時百萬戶，夾道起朱樓。」

可見汪詞上句乃化用謝朓前二句詩；而下句則截取謝朓、李白詩句。

　　此為南歸時，途中造訪夢中的金陵。在金陵遠處眺望，不知金陵是否無恙！此刻心中的金陵，仍是昔日美好的形象，故曰：「金陵故都最好，有朱樓迢遞。」待近觀金陵景致，一切美好隨即幻滅，情何以堪！

　　（例二）「檻外已少佳致」〈鶯啼序〉（金陵故都最好）

　　王勃〈滕王閣〉：

「閣中帝子今何在，檻外長江空自流。」

顯見汪詞化用王勃詩第二句：「檻外長江空自流」，乃襲其意而且易其語，成為：「檻外已少佳致」句，意指魂牽夢繫的金陵古都，已呈一片荒涼，美景不再。

　　（例三）「麥甸葵丘」〈鶯啼序〉（金陵故都最好）

　　劉禹錫曾遊玄都觀，離開後數年，有道士遍植桃花，使滿觀如紅霞。再數年，重遊玄都觀，卻不見桃花。劉禹錫有詩云：

「百畝庭中半是苔，桃花淨盡菜花開。種桃道士歸何處，前度劉郎今又來。」
在詩前有序：

「重遊玄都觀，蕩然無復一樹，唯兔葵燕麥動搖於春風耳。」（註20）汪詞本句的「甸」字，即郊外之意，全句意謂昔日繁華的金陵，如今已是一片荒蕪。顯然自劉禹錫的詩境化出。

　　（例四）「□□正潮打孤城，寂寞斜陽影裡。」〈鶯啼序〉（金陵故都最好）

　　劉禹錫〈金陵五題〉之一〈石頭城〉：「山圍故國週遭在，潮打孤城寂寞回。」及劉禹錫〈烏衣巷〉：「朱雀橋邊野草花，烏衣巷口夕陽斜。」本處汪詞首句，顯就〈石頭城〉詩的「潮打」句，加以增損字面而成，增「□□正」字，而減「寂寞回」三字。汪詞第二句則為檃括劉禹錫〈石頭城〉、〈烏衣巷〉這兩首詩詩句：「潮打」句、「烏衣」句的詩意而成。

　　（例五）「月滿秦淮，煙籠寒水。」〈鶯啼序〉（金陵故都最好）

　　杜牧〈泊秦淮〉：「煙籠寒水月籠紗，夜泊秦淮近酒家。」汪詞下句顯然引自杜牧詩首句，而減去「月籠紗」三字。

（例六）「悽悽慘慘，冷冷清清，」〈鶯啼序〉（金陵故都最好）

李清照〈聲聲慢〉：「冷冷清清，悽悽慘慘戚戚。」汪詞此二句，顯為截取自李清照詞，改易語序並減「戚戚」二字。

（例七）「燈火渡頭市」〈鶯啼序〉（金陵故都最好）

周邦彥〈夜遊宮〉：「看黃昏，燈火市。」汪詞此句，顯然以周詞末句，添「渡頭」二字而成。

（例八）「慨商女不知興廢，隔江猶唱庭花，」〈鶯啼序〉（金陵故都最好）

杜牧〈泊秦淮〉：「商女不知亡國恨，隔江猶唱後庭花。」汪詞此二句顯就杜牧詩句加以增減、改易，加「慨」字，減「後」字，改「亡國恨」為「興廢」。

【附註】

註1　楊海明《唐宋詞史》，第十三章〈「風雨如晦」、「春去人間」的宋末詞壇〉，頁六三一。

註2　見王偉勇著《南宋詞研究》，頁一八四。

註3　見廖佑䂀著《兩宋懷古詞研究》，第四章〈兩宋懷古詞的形式技巧〉，第三節〈常用典故〉，頁一三五。

註4　見拙著〈汪元量「重過金陵」一詞探析〉，載《北體學報》第九期，頁一六三至一八二。

註5　見《中文大辭典》，第八冊，頁七三四。

註6　同前註，第三冊，頁二〇四。

註7　同註5，第一冊，頁一四〇三。

註8　見張炎〈詞源〉卷下，載唐圭璋編《詞話叢編》，第一冊，頁二六一。

註9　同註5，第八冊，頁七四七。

註10　見《史記·淮南王安傳》，頁一二五八。

註11　同註5，第五冊，頁一七二四；第六冊，頁三五九；第八冊，頁一〇九四。

註12　同註5，第七冊，頁一一六七。

註13　同註5，第六冊，頁三一九。

註14　同註5，第六冊，頁三五九；晉書卷六十五。

註15　〈金縷衣〉為曲調名。《全唐詩》收有〈金縷衣〉詩：「勸君莫惜金縷衣，勸君惜取少年時。花開堪折直須折，莫待無花空折枝。」此詩作者，《全唐詩》作無名氏。杜牧〈杜秋娘〉詩序，謂唐金陵人，原為節度使李錡妾，善唱〈金縷衣〉，曾入宮，有寵於憲宗。

後又回鄉，窮老無依。所以舊時以杜秋娘泛指年老色衰婦女。大概因他善唱此曲，故題其
名。以上見金性堯注《唐詩三百首新注》，頁三七一。

註16 同註5，第九冊，頁六二六。

註17 同註5，第五冊，頁二九五。

註18 見王偉勇〈兩宋詞人取材唐詩之方法〉一文，載《東吳中文學報》第一期，民國八十四年
五月，頁二五六。

註19 同前註，頁二五七。

註20 見《全唐詩》第十 冊，頁四一一七。

第四節　風格

　　汪元量詞作，實際闋數無法考知。就現存的五十二闋而言，其中的風格，有截然不同之處，全隨作者的心境而改變；而心境則隨境遇而改變，致使詞風有異。所以寫作背景應是影響詞風的原因之一，加上元量原先所承襲的流派、所關注的主題（即詞作內容），都因此形成其詞作的風格。舉例來說，若寫作背景為承平時期，則多半會使作者的作品，少了激情、豪放的愛國氣息；若作者所承襲的流派為江湖派遺風，則多少會有些許影響；作者所關注的主題為大自然的山水田園，則必然如山水詩人般，可以閉眼不看社會離亂，只將山水之情注入詞作中。因此，探討元量詞作之風格，可從其詞作內容、背景、行實等方面探知。以下即據此探討，知元量詞作有三時期不同的風格：

一、宮中時期

　　（指度宗咸淳二年至恭帝德祐二年，一二六六至一二七六）

　　元量在宮中，共計十六年。但在後十年，始有詞作入集。此十年間（註1），元量由初有作品入集之欣喜，進而眼見國事愈衰。朝廷將亡？將改朝易代？皆無法想像之事。使詞作中，有欣喜有憂心；初始的喜悅新奇，漸化為對朝廷的憂心、對君臣的責斥。此種心路歷程，在詞作中表露無遺。此時期共有詞作十七闋（註2），其中由初期的應制詞、詠物詞及描述宮中生活的詞篇，至最後三闋的「漸露愁容」之作，都可看出其風格，是較為一致的。即透露典雅婉麗氣息，以平靜喜悅之情，用心描繪週遭的人、事、物，所以此時期詞作之風格，應屬典雅婉麗。例如：

　　「惜花人醉，頭上插花歸。」〈琴調相思引〉（曉拂菱花巧畫眉）（卷五，頁一六四）

　　「羅帶同心雙綰兒。團圓似月兒。」〈長相思〉（吳山深）（卷五，頁一六四）

　　「龍舟縹緲搖紅影，羯鼓諠譁撼綠漪。」〈瑞鷓鴣〉（內家雨宿日輝輝）（卷五，頁一六六）

　　「帝鄉春色濃於霧。誰遣雙環堆繡戶。」〈玉樓春〉（帝鄉春色濃於霧）（卷五，頁一六七）

「恍然在廣寒宮殿，窈窕柔情，綢繆細意，閑愁難剪。」〈失調名〉（綠荷初
展）（卷五，頁一六八）

二、北上之後

（恭帝德祐二年至元世祖至元二十五年，一二七六至一二八八）

汪元量隨侍謝太皇太后，被俘北上燕京（今北京），自啟程起，沿途中，眼見故
國的一景一物，此後只能在夢中尋覓，元量的感受，自與安定的宮中生活不同；加上抵
燕京後，過著亡國奴生活，被迫為元官，仍得打起精神做事：照顧眾多宋俘、探視獄中
的文天祥、隨宋室宗族被遣往上都、內地，及奉派降香，最後辭官南歸。在元人統治之
下，元量艱苦從事這些事，心中感觸萬千，牽動著思緒，傾注於詞作中，憤慨、憂傷、
思鄉兼而有之，因而所表現出的詞作風格，與國亡之前的宮中所作，迥然不同。

此時期的詞作，有二十一闋（註3）。分別寫於赴燕途中、抵燕之初、被遣往上都
及內地前後。由於境遇、心境大致相同，所以作品呈現沉鬱風格。例如：

「銷魂此際。君臣醉。貔貅弊。…依然挂、楊柳青枝。聽隄邊漁叟，一笛醉中
吹。興廢誰知。」〈六州歌頭〉（綠蕪城上）（卷五，頁一七〇）

「想琵琶哀怨，淚流成血。…最無情、鴻鴈自南飛，音書缺。」〈滿江紅〉
（一霎浮雲）（卷五，頁一七三）

「錢塘江上春潮急，風卷錦帆飛。不堪回首，離宮別館，楊柳依依。」〈人月
圓〉（錢塘江上春潮急）（卷五，頁一七四）

「十年愁眼淚巴巴。今日思家。明日思家。一團燕月窗紗。」〈一剪梅〉（十
年愁眼淚巴巴）（卷五，頁一七四）

「燕子留君君欲去。征馬頻嘶不住。握手空相覷。淚珠成縷眉峰聚。」〈惜分
飛〉（燕子留君君欲去）（卷五，頁一七七）

由這些詞例，已可看出詞中滿紙愁緒的沉鬱風格。

三、南歸之後

（元世祖至元二十五年，一二八八之後）

拘留燕京十二年後，當宋室宗族相繼凋零，人事已非，元量再三辭官，終得南歸。

在南歸途中，一步一步踏近故園，近鄉情怯，難免觸景傷感，撫今追昔，也勾起片片憶往的感傷情緒；待回抵故鄉，重見親友，悲情始為喜悅之情所沖淡。此後的心境顯得輕鬆自在些，而結社、訪友，更築室於西湖之畔，準備終老於此，心情漸漸復歸平靜。

　　以上的心境轉折，可由詞作中感受得知。故而南歸後詞作的詞風，顯得蒼涼哀婉。例如：

> 「長安不見使人愁。物換星移幾度秋。一自佳人墜玉樓。莫淹留。遠別秦城萬里游。」〈憶王孫〉（長安不見使人愁）（卷五，頁一七八）

> 「五陵無樹起秋風。千里黃雲與斷蓬。人物蕭條市井中。思無窮。惟有青山似洛中。」〈憶王孫〉（五陵無樹起秋風）（卷五，頁一八〇）

> 「麥甸葵丘，荒臺敗壘。鹿豕銜枯薺。正潮打孤城，寂寞斜陽影裡。」〈鶯啼序〉（金陵故都最好）（卷五，頁一八〇）

> 「瀲灩湖光綠正肥。蘇隄十里柳絲垂。…水邊莫話長安事，且請卿卿喫蛤蜊。」〈鷓鴣天〉（瀲灩湖光綠正肥）（卷五，頁一七八）

> 「玉窗夜靜月流光。拂鴛絃、先奏清商。天外塞鴻飛呼，群夜渡瀟湘。」〈錦瑟清商引〉（玉窗月靜夜流光）（卷五，頁一八三）

【附註】

註1　目前並無新資料，可資考證元量的確切生卒年，連帶使元量行實，有些部分顯模糊籠統，甚而不確實。本論文暫以孔凡禮所證的生卒年為據，而元量其他事蹟的時間，則視情況而定，並非全依孔凡禮所言。在此，據孔凡禮所述，元量約在二十歲左右（理宗景定元年，一二六〇）入宮，受謝后寵愛，令其在宮中習書史。二十六歲時，為謝太后慶六十，而有〈太常引〉為壽。故而據現有資料，元量入宮供職（一二六〇），至被俘北上（一二七六）有十六年；後十年，始有作品入集。見孔凡禮《增訂湖山類稿‧附錄二》，頁二四七至二五五。

註2　依元量詞中內容，並參考孔凡禮所作編年，共有十六闋；加上王偉勇以為〈憶王孫 其四〉一闋，作於至元十三年。故總計為十七闋。見孔凡禮《增訂湖山類稿》卷五，頁一六二至

一六九；王偉勇〈汪元量「憶王孫」集句詞二考〉，載《東吳學報》第六期，頁七三至 一
〇四。

註3　依元量詞中內容，並參考孔凡禮所作編年，共有十九闋；加上王偉勇以為〈憶王孫 其
一〉、〈憶王孫 其九〉等二闋，作於至元二十三年。故總計為二十一闋。見孔凡禮《增訂
湖山類稿》卷五，頁一七〇至一七七；王偉勇〈汪元量「憶王孫」集句詞二考〉，載《東
吳學報》第六期，貞七三至一〇四。

第七章　汪元量詞作之評價

一、前人論評

汪元量詞作雖僅五十二闋，然三期詞作風格有明顯差異；由早期的典雅婉約，日漸走向第三期沉鬱風格。惜汪元量詞作已大量亡佚，只能以此區區五十二闋，管窺汪詞。歷來研究汪元量詞作的學者不多，或許因詞作不多，容易忽略之；實際上，汪元量的當代友人，對元量詞有極高評價：

（一）劉辰翁

元量於理宗景定元年（一二六〇）前後入宮給事（註1），由於得寵於謝太后，太后令其在宮中學習書史，元量聰慧穎異又勤學（註2），自可想見。不久即有作品入集，並以詞章給事宮掖（註3）。友人劉將孫在〈湖山隱處記〉云：

> 「盛年以詞章給事宮掖，如沉香亭北太白。」（註4）沉香亭在唐朝宮禁中，為唐玄宗與楊貴妃賞木芍藥，召李白作詩之處。《楊太真外傳·上》云：

> 「禁中重木芍藥，上移植於沉香亭前，會花方繁開，上乘照夜白，妃以步輦從，上曰賞名花，對妃子，焉用舊樂詞。遽命李龜年持金花箋，宣賜翰林學士李白，立進清平樂詞三篇。」（註5）

劉將孫對汪元量的評價，認為元量有如唐代的李白，在宮中受寵，且才情橫溢，可以隨時進詞。以作〈清平調〉的李白相比。

（二）嚴日益

另一位元量當代的友人嚴日益，更進一步在〈題汪水雲詩卷〉中，描述元量進詞的實況，同以李白比之。嚴日益云：

> 「沉香亭北雉尾高，詩成先奪雲錦袍。縱橫奏賦三千字，文采風流多意氣。珮聲楊柳鳳池頭，絲綸五色爛不收。」（註6）

而元量給事宮中時，以詞作為太后賀壽或寫宮中生活，較詩作為多。

至於今人對元量詞作的評價，茲敘述如次：

（三）楊樹增

　　楊樹增的〈字字丹心瀝青血—水雲詩詞評〉一文，發表於西元一九八四年，對汪元量詞的評論，認為其早年的詠物詞，如〈鶯啼序‧宮中新進黃鶯〉、〈漢宮春‧春苑賞牡丹〉等詞，辭采優美秀麗，惜題材狹窄，境界不高。至於祝壽詞，如〈鳳鸞雙舞〉等，對趙宋皇家阿諛慶賀，更是詞中糟粕（註7）。其又云：

> 「他的詞走著「典雅派」的路子，以工筆重彩描繪南宋宮掖的豪奢生活，如〈瑞鷓鴣〉。」（註8）

楊樹增將汪元量詞歸類為「典雅派」。又謂：

> 「可見南朝宮體、花間詞派、南宋格律派對他影響之深。…其後，殘酷的現實迫使他從花團錦簇的宮掖生活中猛醒過來，把眼光朝向了災難的現實，開始用詞來表達憂國傷時之感。…德祐國亡，元量親歷喪亂，生活發生了巨變，詞作也進入新的時期：境界擴大，格調提高，反映了家國之變、懷舊弔亡之情、故宮黍離之悲。」（註9）

接著，楊樹增分析元量後期的詞風：

> 「國亡後，元量是在慣于寫綺麗的典雅詞的基礎上轉到繼承辛棄疾、陸游愛國詞這方面來的。…他的詞風近于李煜、柳永、李清照，不事雕琢，極少粉飾，直抒觀感，感情真摯，寫得淒婉、清麗、纏綿，如〈滿江紅〉。」（註10）

依據汪元量各時期詞作的內容及風格而言，個人同意楊樹增此說。的確是時代背景使汪元量的詞風，大大轉變。一如抹胭擦脂的深宮佳麗，對天下事毫無所覺；一旦經歷重重試煉，遂有成熟的思考能力。

　　最後，楊樹增對汪詞所下的結論為：

> 「期後期詞一反王沂孫、張炎等人細弱聲調，字字是血淚的昇華，篇篇是對故國的哀思，在宋末詞的末流頹風裡，堪稱『中流砥柱』。他同文天祥、謝翱等人的愛國作品，代表了宋末文學的主流，標誌著宋末文學的光輝結束，他在中國文學史上的貢獻與影響，是值得我們重視的。」（註11）

楊樹增明白析論汪詞的價值，值得後人重視。

（四）繆越

　　西元一九八八年，又有繆越的〈論汪元量詞〉一文，文中提及汪元量詞風及對汪詞

的看法云：

> 「論其詞的風格，與當時人劉辰翁的《須溪詞》相近。況周頤曰：『近人論
> 詞，或以須溪為別調，非知人之言也。須溪詞多真率語，滿心而發，不假追
> 琢，有掉臂游行之樂。其詞多用中鋒，風格道上，略與稼軒旗鼓相當。』（註
> 12）況氏對于劉辰翁詞的評語，如果轉用以評汪元量的詞，也頗為恰當，蓋兩
> 人詞的風格甚相近也。汪元量約於至元二十七年（一二九〇）訪劉辰翁于盧陵
> （據孔凡禮〈汪元量事蹟紀年〉），兩人一見如故，劉為汪之《湖山類稿》作
> 序，情辭真摯，蓋兩人均抱遺民之痛，懷故國之思，而其作品亦如笙磬之同音
> 也。」（註13）

繆越認為汪元量詞風與劉辰翁相近。

對汪元量詞的內容，繆越則認為：

> 「專就汪元量的詞而論，他是直抒胸臆，自然流露，無意求工，也不受當時詞
> 壇之影響。南宋末年詞壇，為姜夔、吳文英所籠罩。當時著名詞人中，張炎以
> 清空為主，是宗法姜夔的，周密以麗密見長，是仿效吳文英的，而王沂孫則是
> 兼取姜、吳兩家之長的。汪元量似乎與張、周、王諸詞人均無來往，其詞作也
> 不受他們的影響。」（註14）

（五）孔凡禮

孔凡禮認為汪元量詞作有前後期之差異，以德祐之變為界。其言云：

> 「德祐之變以後，詞風一變，留燕期間〈憶秦娥〉、〈人月圓〉等作，淒涼哀
> 怨，令人泣下，乃遺民之心聲。」（註15）

汪元量為當代遺民代言，尤其北上前後，此時情緒澎湃沸揚，因為元人命宋君臣入朝，
元量即將被俘北上。

二、綜論

汪元量詞作，當代人對之有極高的評價，將元量喻為才情橫溢的李白；今人專論汪
元量詞者，僅楊樹增、繆越二人，前者認為汪元量早期在宮中之作，例如詠物詞、壽詞
等，境界不高。直到宋亡後，元量的詞風有了大大轉變，堪稱「中流砥柱」。後者則認
為元量詞作情辭真摯，詞風近於劉辰翁。

而孔凡禮進一步認為元量詞作，以德祐之變為界，遂有前後期之差界。實則汪元

量詞風，可分三階段：宮中時期、北上之後、南歸之後（按：見本論文〈下篇〉第六章〈汪元量詞作之藝術技巧〉第四節〈風格〉）。元量詞作正依此三期，而有不同風格：

（一）**宮中時期**──元量早年在宮中，以平靜喜悅之情，用心描繪週遭的人、事、物，所作詞因而透露典雅婉麗風格。

（二）**北上之後**──元量隨謝后、幼主，被俘北上之後，由於境遇、心境，與宮中大不相同，遂使詞中滿是沈鬱風格。

（三）**南歸之後**──辭官南歸後的汪元量，心境漸漸復歸平靜，此種轉折，使詞風顯得蒼涼哀婉。

【附註】

註1　見孔凡禮《增訂湖山類稿》附錄二，頁二四七。

註2　同前註，頁二四五。

註3　見同註1，頁二四九。

註4　同註1，附錄一，頁一九七。

註5　見《中文大辭典》第五冊，頁九四一引。

註6　同註1，頁二三七。

註7　見楊樹增〈字字丹心瀝青血─水雲詩詞評〉，載《齊魯學刊》一九八四年第六期，頁一一五至一二〇。

註8　同註7，頁一一九。

註9　該文載於《四川大學學報》一期，頁六一至六七。

註10　見《齊魯學刊》一九八四年第六期，頁一一五至一二〇。

註11　同註7，頁一一九。

註12　見《四川大學學報》一九八八年一期，頁六一至六七。

註13　同前註，頁六七。

註14　同註12，頁六六。

註15　見孔凡禮〈汪元量事蹟質疑〉，載《文學遺產》，一九八四年三月，頁一一六至一一八。

第八章　下篇總結－汪元量其詞

　　汪元量詞作可分三時期，各期有不同風貌。有著儒家的使命感，加上忠愛朝廷，以一介文弱書生的無力感，只有在作品中嘆息、憂傷。此皆元量詞作創作之原動力。在〈下篇｜汪元量詞作之研究〉中，已探析元量之詞作，茲將結論縷述如下：

一、在創作淵源方面：

　　（一）音樂造詣。

　　（二）憤慨憂思。

　　（三）化用唐詩。

　　（四）熟悉史料。

二、在選調方面：

　　元量詞作之選調，以小令為最多，有三二闋；次為長調，有一五闋；再次為中調，僅五闋。所用詞牌，以本意詞較多；喜用的詞牌為：〈憶王孫〉（九闋）、〈憶秦娥〉（七闋）、〈滿江紅〉（三闋）。

三、在用韻方面：

　　以單韻方式押韻為大宗：

　　（一）平聲韻有卅闋，常用的平聲韻目為：支、微、尤、侵、灰。

　　（二）仄聲韻有十一闋，常用的仄聲韻目為：霰、阮、願、銑。

四、在內容方面：

　　（一）以題旨而言，可分感懷類、寫景類、酬贈類、詠物類、唱和類。

　　（二）以句意內涵而言，分觸景傷情、音樂世界、純粹寫人、純粹詠物。

五、在藝術技巧方面：

　　（一）章法：

小令──無論悲喜情緒，都能予讀者想空間，而留下不盡之餘韻。

　　中調──往往上片寫景多，下片感懷多。

　　長調──有些詞中，情景交融；有些則以景起興，又以景作結。

（二）修辭：詞中有對仗、擬人、類疊、借代等修辭技巧，並化用、截取前人詩句，以唐詩為多。

（三）用典：所用典故，可分傳說、事典、語典三類。

（四）風格：可分三期，各有不同風格。宮中時期─典雅婉麗。北上之後─沉鬱。南歸之後─蒼涼哀婉。

六、當代人對汪元量詞作的評價：

（一）劉將孫──認為元量有如唐代的李白，在宮中受寵，且才情橫溢，可以隨時進獻詞章。以作〈清平調〉的李白相比。

（二）嚴日益──進一步描述元量進獻詞章的實況，同樣以李白比之。

七、今人對汪元量詞作的評價：

（一）楊樹增──將元量前期詞作，歸類為典雅派；又認為元量後期詞作屬於豪放派。

（二）繆越──認為汪元量詞風與劉辰翁相近，多率真語。

（三）孔凡禮──認為德祐之變後，元量詞風隨之變為淒涼哀怨，令人泣下。

結　論

　　本論文分三部分，研究汪元量其人與其詩詞：上篇為〈汪元量其人研究〉、中篇為〈汪元量詩作之研究〉、下篇為〈汪元量詞作之研究〉。

　　在上篇中——研究汪元量其人。雖然歷來有一些學者藉有限的資料，例如元量當代友人所作序跋、詩詞，以及當代劉將孫所作〈湖山隱處記〉，試為元量勾勒出生平履歷，卻仍有一些不合理之處，例如生卒年、家世等；筆者除為之辨析之外，並探討有關問題，如元量曾否入太學？元量是否自願被俘北上？宋舊宮人詩詞為真為偽？

　　接著探析元量之交游情況，可分朝中友人、詩詞友人、藝界友人、患難之交、宋末隱者等類。進而探討元量的思想、賦性，以及其仕元、後又堅決辭去元官，南歸隱居的心態。

　　至於元量的著述版本與繫年，有少數學者提及。其中孔凡禮認為元量所作〈太皇謝后挽章〉，當作於至元廿三年（一二八六）；筆者以為必作於至元十七年（一二八○），謝太皇太后去世之時。

　　此篇並有：
　　附表一、孔凡禮所作汪元量生平
　　附表二、汪元量著述版本之比較
　　附表三、孔凡禮所作汪元量詩編年一覽
　　附表四、孔凡禮所作汪元量詞編年一覽
　　附表五、王偉勇所作汪元量〈憶王孫〉詞七闋編年一覽

　　在中篇——研究汪元量詩作。尚未有學者全面性研究元量詩作。此篇篇首，筆者先探究汪元量詩作之創作淵源，來自五方面：

　　　一、承襲詩歌之遺產。如《詩經》、《楚辭》、漢樂府詩、魏晉南北朝詩、唐
　　　　　詩、宋詩等。
　　　二、熟悉歷史、典故。如事典、語典。
　　　三、歷代或當代詩人之影響。如屈原、蘇武、李陵、陳與義、劉禹錫、杜甫、李
　　　　　白、李商隱、黃庭堅、文天祥等。
　　　四、歷代名篇之啟發。如〈飲馬長城窟行〉、〈易水歌〉、〈竹枝歌〉、〈短

歌〉、〈燕歌行〉、〈妾薄命〉、〈將進酒〉、〈關山月〉、〈同谷歌體〉、〈秦州體〉等，對汪元量詩作，有啟發性影響；故而元量或化用這些名篇詩句，或仿擬全篇之命意。

五、時代背景及個人思想稟賦之影響。若非宋元易代之時汪元量特有的思想稟賦，將無以成就其四階段不同詩風的詩作。

其次，筆者依汪元量之經歷與寫詩心境，將其詩作分為四階段（時期），並探就此四時期之詩風：

一、宮中時期——哀怨。

二、北上時期——冷靜而哀傷。

三、拘燕時期——哀愁。

四、南歸後——沈鬱。

再探討汪元量詩作之形式與內容。前者分詩作體裁、特殊形式等兩節，詩作體裁以七絕（二一〇首）為最大宗，次為七律（一三二首）、五律（六〇首）；特殊形式則有組詩（四期皆有組詩，以第二期北上前後最多，有一五七首）、雜言詩（元量所作屬於錯綜雜言，所夾雜的雜言句，少則三言，多則十一言）、歌體詩（仿自杜甫、李白）。

至於元量詩作內容，分題旨析論、句意內涵等兩節探討之。

對於汪元量詩作之藝術特色，分七節探討：章法結構；以文、議論入詩；常用典故；修辭技巧；文字表現；格律技巧；特殊篇章之研究等。

最後對汪元量詩作之評價，以三方面論述：綜合論評、譽為「詩史」、詩風。

此篇有以下附表：

附表六、汪元量四期詩作之比較

附表七、汪元量各體詩作分布狀況

附表八、汪元量組詩分布狀況

附表九、汪元量雜言詩分布狀況

附表十、杜甫、文天祥、汪元量歌體詩之比較

附表十一、汪元量詩作題旨分類狀況

附表十二、汪元量四期重複特定字的分布狀況

附表十三、汪元量詩作用韻之比較

在下篇中，研究汪元量僅存的五十二闋詞作。尚未有學者全面研究元量詞作。其創作淵源來自音樂造詣、奮慨憂思、化用唐詩、熟悉史料等，分四節探析之。其次對元量詞作之選調、用韻、內容，加以論析後，進而對汪元量詞作之藝術技巧，作深入探討，

分章法、修辭、用典、風格等四節。最後論述汪元量詞作之評價。

　　本篇有以下附表：

　　附表十四、汪元量詞作選調之情況

　　附表十五、汪元量詞作用韻之情況

　　附表十六、汪元量詞作用韻之特色

結論

附　圖

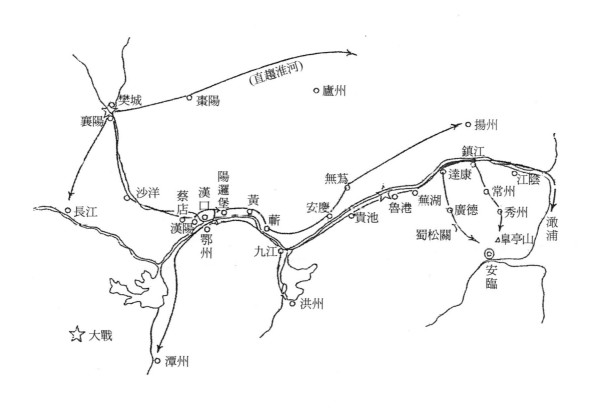

（直趨淮河）

廬州

樊城　襄陽

襄陽

揚州

鎮江

無為

達康　江陰

沙洋　陽邏堡　常州

蔡店　漢口　黃　安慶　蕪湖

長江　漢陽　　蘄　貴池　魯港　廣德　秀州

鄂州　　　　　　　　　　蜀松關　溇浦

九江　　　　　　　　　　　阜亭山

臨安

洪州

☆ 大戰

潭州

附圖一　元軍進攻臨安之路線圖（劉伯驥繪）

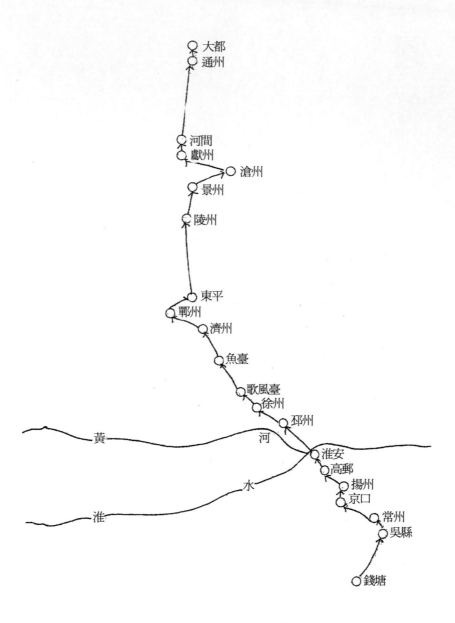

附圖二　三宮北上圖（黃麗月繪）

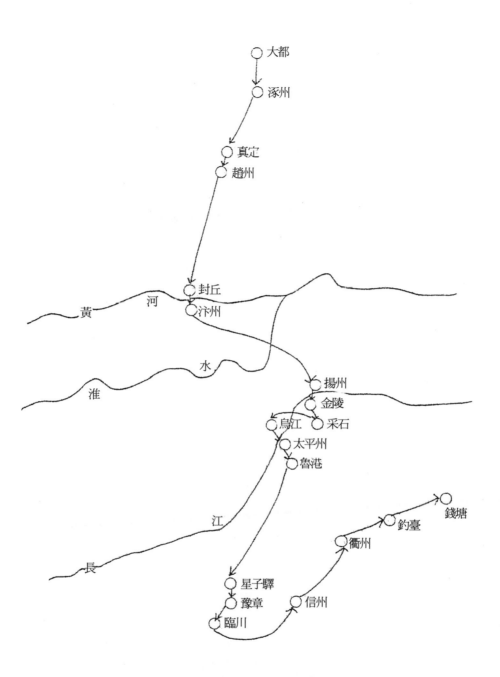

附圖三　汪元量南歸圖（黃麗月繪）

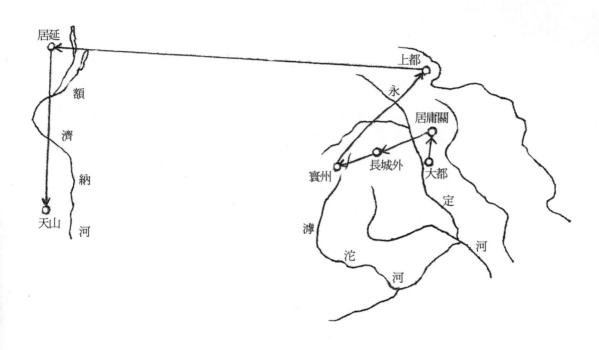

居延

額

濟

納

河

天山

上都

永

居庸關

長城外

大都

寰州

定

河

滹

沱

河

汪元量與其詩詞研究

附圖四　汪元量隨謝后、幼君自大都被遣往上都、內地之路線圖（陳建華繪）

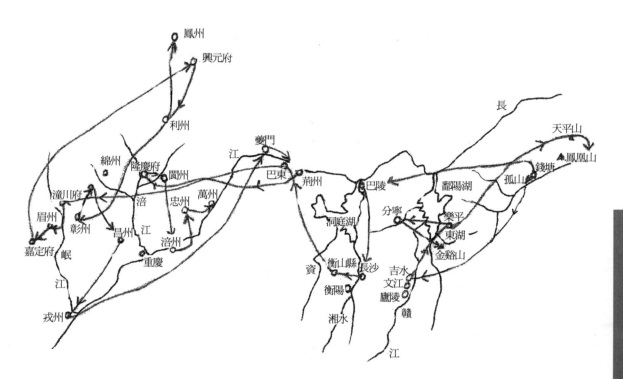

附圖五　汪元量南歸後訪友行程及湘蜀之行路線圖（陳建華繪）

參考書目

壹、書籍類

一、汪元量作品

1. 水雲詞　汪森輯、汪如藻家藏本　汪氏二家詞　國家圖書館善本書目　微卷一四九五七號

2. 汪水雲詩一卷　王乃昭鈔補黃丕烈手校並跋　金俊明、邵恩多手書題記　王慧音藏舊抄本　國家圖書館善本書目　微卷一○七三八號

3. 湖山類稿六卷　黃丕烈手校並跋楊保彝題識　海源閣楊氏藏精鈔校本　國家圖書館善本書目　微卷一○七三七號

4. 水雲詩鈔　吳之振選編　宋詩鈔　國學基本叢書四百種　商務印書館　民國五十七年

5. 湖山類稿　鮑廷博編校　四庫全書　商務印書

6. 水雲集　鮑廷博編校　四庫全書　商務印書館

7. 湖山類稿五卷附錄一卷、水雲集一卷附錄三卷　傅增湘校　武林往哲遺著　叢書集成續編　新文豐出版社　民國七十七年

8. 增訂湖山類稿　孔凡禮輯佚　北京中華書局　一九八四年

9. 宋遺民錄　程敏政輯　知不足齋叢書　百部叢書集成　藝文印書館　民國七○年

10. 宋詩紀事　清・厲鶚撰　鼎文書局　民國六○年

11. 全宋詞　唐圭璋編　宏業書局　民國七十四年

12. 全宋詞補輯　孔凡禮輯　源流出版社　民國七十一年

二、典籍

1. 詩經　十三經注疏　藝文印書館　民國八十二年

2. 毛詩鄭箋　鄭玄　新興書局　民國六十二年

3. 論語　十三經注疏　藝文印書館　民國八十二年

4. 孟子　十三經注疏　藝文印書館　民國八十二年

5. 宋史　脫脫等　鼎文書局　民國七十二年

6. 東京夢華錄外四種　孟元老等　大立出版社　民國六十九年

7. 宋季三朝政要　四庫全書　商務印書館

8. 錢塘遺事　劉一清　四庫全書　商務印書館

9. 平宋錄　劉敏中　四庫全書　商務印書館

10. 宋詩紀事補遺　陸心源　中華書局

11. 昭忠錄　四庫全書　商務印書館

12. 宋史紀事本末　馮琦原編、陳邦瞻增輯　鼎文書局　民國六十七年

13. 宋季忠義錄　萬斯同　四明叢書　新文豐出版公司　民國七十七年

14. 宋史翼　陸心源　宋史資料萃編　文海書局　民國五十六年

15. 宋人軼事彙編　丁傳靖　商務印書館

16. 續資治通鑑　畢沅編　上海古籍書局　一九九一年

17. 元史　宋濂等　鼎文書局　民國七十九年

18. 新元史　柯劭忞　藝文印書館

19. 明史　張廷玉等　鼎文書局　民國七十一年

20. 西湖遊覽志餘　田汝成　木鐸出版社　民國七十一年

21. 讀史方輿紀要　顧祖禹　國學基本叢書四百種　商務印書館

22. 讀通鑑論　王夫之　四部備要　中華書局

23. 宋論　王夫之　洪氏出版社　民國七十年

24. 增補宋元學案　黃宗羲著、全祖望修、王梓材補　中華書局

25. 建炎以來繫年要錄　李心傳　中文出版社

26. 歷代名臣奏議　明・黃淮　楊士奇等編　學生書局

27. 東坡志林　蘇軾　百川學海叢書　百部叢書集成　藝文印書館

28. 鶴林玉露　羅大經　稗海　大海書局　民國七十四年

29. 說郛　陶宗儀　四庫全書　商務印書館

30. 癸辛雜識　周密　四庫全書

31. 輟耕錄　陶宗儀　四庫全書

32. 古詩源箋注　沈德潛選　王尊父箋注　劉鐵冷校刊　華正書局　民國七十九
    年

33. 白氏長慶集　白居易　四部叢刊　商務印書館

34. 樊川文集　杜牧　四部叢刊　商務印書館

35. 豫章黃先生文集　黃庭堅　四部叢刊　商務印書館

36. 樂府詩集（一）（二）冊　宋‧郭茂倩　里仁書局　民國八十八年

37. 詩人玉屑　宋魏慶之撰　世界書局　民國八十一年

38. 全唐詩　清聖祖　北京中華出版社　一九九二年

39. 全宋詩　北京大學古文獻研究所編　北京大學出版社　一九九二年

40. 杜詩詳注　杜甫撰、仇兆鰲注　漢京文化事業有限公司　民國七十三年

41. 杜詩鏡詮　楊倫注　天工書局　民國七十七年

42. 杜工部草堂詩箋　杜甫撰、魯訔編次、蔡夢弼會箋　古逸叢書　百部叢書集
　　成　藝文印書館

43. 蘇東坡集（萬有文庫本）　蘇軾　商務印書館　民國七十三年

44. 龍川文集　陳亮　中華書局

45. 劉夢得文集　劉禹錫　四部叢刊　商務印書館

46. 水心文集　葉適　四庫全書一一六四冊　商務印書館

47. 誠齋文集　楊萬里　四庫全書一一六冊　商務印書館

48. 疊山集　謝枋得　四庫全書集部一二三　商務印書館

49. 晞髮集　謝翱　四庫全書集部一二七　商務印書館

50. 豫章黃先生文集　黃庭堅　四部叢刊　商務印書館

51. 稼軒詞　辛棄疾　四部叢刊　商務印書館

52. 後山先生集　陳師道　叢書集成續編　新文豐出版公司　民國七十七年

53. 白石道人歌曲　姜夔　四部備要　中華書局

54. 後村先生大全集　劉克莊　四部叢刊　商務印書館

55. 心史　鄭思肖　叢書集成續編　新文豐出版公司　民國七十七年

56. 文文山全集　文天祥　世界書局　民國五十四年

57. 宋舊宮人詩詞　汪元量輯　知不足齋叢書　百部叢書集成　藝文印書館

58. 青山集　趙文　四庫全書　商務印書館

59. 養吾齋集　劉將孫　四庫全書　商務印書館

60. 所安遺集　陳泰　四庫全書　商務印書館

61. 觀堂集林　王國維　北京中華書局　一九五九年

62. 文心雕龍注　劉勰著、范文瀾注　學海出版社　民國八十年

63. 本事詩　孟棨　續歷代詩話　藝文印書館　民國六十三年

64. 苕溪漁隱叢話　胡仔　四部備要　中華書局

65. 滄浪詩話　嚴羽　歷代詩話　藝文印書館　民國四十八年

66. 歸田詩話　胡震亨　四庫全書　商務印書館　民國六十三年

67. 甌北詩話　趙翼　廣文書局　民國七十一年

68. 圍爐詩話　吳喬　清詩話續編　藝文印書館印行　民國七十四年

69. 石洲詩話　翁方綱　清詩話續編　藝文印書館印行　民國七十四年

70. 人間詞話　王國維　金楓出版有限公司　民國七十六年

71. 薑齋詩話　王夫之　藝文印書館印行

72. 歷代詩話　何文煥　藝文印書館

73. 歷代詩話續編　丁福保　藝文印書館

74. 四庫全書總目提要　紀昀等　商務印書館

三、近人編輯著述

1. 中國文學發達史　劉大杰　華正書局　民國七十六年

2. 中國文學史　葉慶炳　學生書局　民國七十九年

3. 兩宋文學史　程千帆、吳新雷著　上海古籍出版社　一九九八年

4. 中國文學批評史　羅根澤著　學海出版社　民國七十九年

5. 中國文學批評史　郭紹虞　五南圖書出版公司　民國八十三年

6. 中國詩歌研究　黃景進等　中央文物供應社　民國七十四年

7. 中國詩史　陸侃如、馮沅君　明倫出版社

8. 中國韻文史　澤田總清原著、王鶴儀編　商務印書館

9. 中華古詩觀止　馬美信等編　上海學林出版社　一九九六年

10. 詩史本色與妙悟　龔鵬程　學生書局　民國七十五年

11. 中國詩歌美學　蕭馳　北京大學出版社　一九八六年

12. 詩論　朱光潛　書泉出版社　民國八十三年

13. 敘事詩　沈謙、徐泉聲等　國立空中大學　民國八十年

14. 中國詩詞風格研究　楊成鑒　洪葉文化事業有限公司　民國八十四年

15. 杜甫傳記唐宋資料考辨　陳文華　文史哲出版社　民國七十六年

16. 宋代人物與風氣　糕夢庵　商務印書館

17. 南宋詩人論　胡明　學生書局　民國七十九年

18. 宋詩史　許總　四川重慶出版社　一九九二年

19. 宋詩綜論叢編　張高評編　麗文文化公司　民國八十二年

20. 宋詩今譯　徐放　北京人民日報出版社　一九八六年

21. 宋詩研究　嚴恩紋　華國出版社

22. 宋詩概說　吉川幸次郎著、鄭清茂譯　聯經出版事業公司

23. 宋詩研究　胡雲翼　商務印書館

24. 宋詩派別論　梁崑　商務印書館

25. 集句詩研究　裴普賢　學生書局　民國六十四年

26. 集句詩研究續集　裴普賢　學生書局　民國六十八年

27. 宋南渡詞人　黃文吉著　學生書局　民國七十四年

28. 南宋詞史　楊海明　麗文文化公司　一九九六年

29. 南宋史研究集　黃寬重著　新文豐出版社　民國七十四年

30. 中國歷代都城宮苑　閻崇年主編　北京紫禁城出版社　一九八七年

31. 中國都城歷史圖錄　葉饒軍編　蘭州大學出版社　一九八七年

32. 南宋社會生活史　法謝和耐（Jacques Gemet）著　馬德程譯　中國文化大學
　　出版部

33. 讀詞常識　陳振寰著　國文天地雜誌社　民國八十二年

34. 中華古詞觀止　嚴迪昌等編　學林出版社　一九九六年

35. 宋儒風範　董金裕　東大圖書公司

36. 宋儒人性教育論　文經華　懷德出版社

37. 宋儒與佛教　林科棠　商務印書館

38. 宋明理學南宋篇　蔡仁厚　學生書局

39. 宋明理學研究論集　馮炳奎等　黎明文化事業公司

40. 宋代政教史　劉伯驥　中華書局　民國六十年

41. 宋詩選註　錢鍾書選註　木鐸出版社　民國七十三年

42. 清初杜詩學研究　簡恩定　文史哲出版社　七十五年

43. 論語的人格世界　曾昭旭　漢光文化事業公司

44. 論孟研究論集　錢穆等　黎明文化事業公司

45. 屈原賦校注　姜亮夫　世界書局

46. 離騷新詮　林振玉　復文書局

47. 屈原作品的研究　周錦　智燕出版社

48. 草堂詩箋　蔡夢弼　廣文書局

49. 杜詩研究　劉中和　益智書局

50. 杜工部詩話集錦　魯質軒　中華書局

51. 全宋詩　北京大學古文獻研究所編　北京大學出版社　一九九二年

52. 全宋詞　唐圭璋主編　中央輿地出版社　民國五十九年

53. 全宋詞補輯　孔凡禮輯　源流出版社　民國七十一年

54. 全宋詞選釋　李長路、賀乃賢、張巨才　北京出版社　一九九五年

55. 宋詩話輯佚　郭紹虞　華正書局

56. 評註宋元明詩　王文儒　廣文書局

57. 南宋文學批評資料彙總　張健　成文出版社

58. 漢語詩律學　王力　文津出版社　民國七十六年

59. 中國詩律研究　王子武　文津出版社　民國七十六年

60. 中國詩學思想篇　黃永武　巨流圖書公司　民國七十五年

61. 中國詩學設計篇　黃永武　巨流圖書公司　民國七十五年

62. 中國詩學鑑賞篇　黃永武　巨流圖書公司　民國七十四年

63. 中國詩學考據篇　黃永武　巨流圖書公司　民國七十四年

64. 中國詩律論　葉桂桐　文津出版社　一九九八年

65. 南宋詞研究　王偉勇　文史哲出版社印行　民國七十六年

66. 兩宋文學研究　楊志壯　商務印書館　民國八十年

67. 中國歷代興亡述評　王式智　黎明文化事業公司　民國七十九年

68. 詩的作法與欣賞　蔡平立著　益群書店　民國八十四年

69. 唐詩三百首新注　金性堯注　書林出版有限公司　一九九○年

70. 修辭學　沈謙編著　國立空中大學印行　民國八十五年

71. 修辭學　黃慶萱著　三民書局印行　民國八十六年

72. 應用修辭學　蔡宗陽著　萬卷樓圖書有限公司　民國九十年

73. 修辭學　陳正治著　五南圖書出版公司　民國九十年

74. 現代漢語修辭學　黎運漢、張維耿編著　一九九七年

四、工具書

1. 中文大辭典（十冊）　羅錦堂等編纂　中華學術院　民國六十九年

2. 漢語大詞典（十二冊）　羅竹風主編　漢語大詞典出版社　一九九五年

3. 詩詞曲名句辭典　徐培均、范民聲主編　漢語大詞典出版社　一九九六年

4. 實用全唐詩詞典　江藍生、陸尊梧主編　山東教育出版社　一九九四年

5. 中國詩學大辭典　傅璇琮、許逸民等主編　浙江教育出版社　一九九九年

6. 宋人傳記資料索引匯編　昌彼得等編　鼎文書局　民國六十九年

7. 中國歷史地圖集　譚其驤主編　上海地圖出版社　一九八二年

8. 中國歷史地圖上、下冊　程光裕、徐聖謨主編　中國文化大學出版部　民國七十三年

9. 歷代職官表　黃本驥　洪氏出版社　民國七十五年

10. 江西通志　劉坤一等修、趙之謙等撰　華文書局

11. 杜詩五種索引　鍾夫　陶鈞　編　上海古籍出版社　一九九二年

12. 唐宋詞鑑賞辭典　賀新輝主編　北京燕山出版社　一九八七年

13. 南宋詞鑑賞集成　唐圭璋主編　江蘇古籍出版社　一九八七年

14. 詞調辭典・詞林正韻　世界書局　民國七十年

15. 唐宋詞定律　龍榆生編撰　上海古籍出版社　一九九七年

16. 全宋詞典故考釋辭典　金啟華主編　吉林文史出版社　一九九一年

貳、期刊論文類

1. 二宋學術風氣之分析　程運　政大學報二一期　頁一一七至一三三　民國五十九年

2. 錢唐汪水雲的詩詞　郁達夫　人間世第一五期　頁二至二五　民國二十三年

3. 愛國詩人汪元量的抗元鬥爭事跡　史樹青　歷史教學　頁六至八　一九六三年六月

4. 從遺民詩看元初江南知識分子的民族氣節　陳得芝　中國古代近代文學研究　頁一〇五至一二〇　一九七九年四月

5. 宋儒春秋之尊王說　宋鼎宗　成大學報一九期　頁一至三六　民國七十三年三月

6. 唐代詠史詩之發展與特質　廖振富　師大碩士論文　民國七十八年

7. 論杜詩沈鬱頓挫之風格　蕭麗華　師大碩士論文　民國七十五年

8. 晚宋義民之血淚詩　李曰剛　中華文化復興月刊七卷二期　頁一至一一　民國六十三年二月

9. 元初南宋遺民初述－不和蒙古人合作的南方儒士　孫克寬　東海學報　一五卷　頁一三至三三　民國六三年七月

10. 宋遺民汪元量逸事　林蔥　浙江月刊九卷一期　頁七至九　民國六六年一月

11. 杜甫詩律探微　陳文華　師大碩士論文　民六十六年

12. 宋代詩歌的藝術特點和教訓　王水照　中國古代近代文學研　頁一五至一二　一九七九年四月

13. 中國敘事詩的傳承研究──以唐代敘事詩為主　田寶玉　師大博士論文　民國八十二年

14. 南宋遺民詞初探　王偉勇　東吳碩士論文　民國六十八年五月

15. 杜甫連章詩研究　廖美玉　東海碩士論文　民國六十八年

16. 南宋少帝趙　遺事考辨　王堯　西藏研究第一期　頁六五至七六　一九八一年

17. 關于汪元量的家世、生平和著述　孔凡禮　文學遺產　頁一〇五至一一〇　一九八二年二月

18. 論愛國詩人汪元量及其詩歌　程亦軍　廣西師院學報第一期　頁四八至六一　一九八二年

19. 論汪元量及其詩　楊積慶　文學遺產　頁七二至八　一九八二年四月

20. 兩宋詞人取材唐詩之方法　王偉勇　東吳中文學報第一期　民國八十四年五月

21. 汪元量佚詩抄存　孔凡禮　文史一五輯　頁二二一至二二九　一九八二年九月

22. 汪元量祖籍、生卒、行實考辨　楊樹增　中華文史論叢　頁五至二二一　一九八三年三月

23. 汪元量〈憶王孫〉集句詞二考　王偉勇　東吳中文學報第六期　民國八十九年五月

24. 宋遺民志節與文學之研究　周全　東吳博士論文　民國七十二年

25. 南宋三家遺民詞人之研究　黃孝光　文化博士論文　民國七十二年

26. 汪元量事跡質疑　孔凡禮　文學遺產　頁一一六至一一八　一九八四年三月

27. 字字丹心瀝青血─水雲詩詞評　楊樹增　齊魯學刊第六期　頁一一五至一二〇　一九八四年

28. 南宋遺民詠物詞研究　陳彩玲　政大碩士論文　民國七十四年

29. 兩宋詠史詞研究　鄭淑玲　中國文化大學中國文學研究所碩士論文　民國八十六年六月

30. 元初的遺民詩社－月泉吟社　徐儒宗　文學遺產　頁三九至四六　一九八六

年六月

31. 關於汪元量的生平和評價　程亦軍　中國古典文學論叢四輯　頁一九二至二
〇四　一九八六年

32. 南宋遺民詩研究　潘玲玲　政大碩士論文　民國七十五年

33. 論杜詩沉鬱頓挫之風格　蕭麗華　師大碩士論文　民國七十五年

34. 宋詩特徵試論　徐復觀　中華文化復興月刊一一卷一〇期　頁二七至四　民
國七十六年十月

35. 略論愛國詩人汪元量的詩歌　章楚藩　杭州師院學報第二期　頁七二至
七八　一九八七年

36. 論汪元量詞　繆越　四川大學學報第一期　頁六一至六七　一九八八年

37. 宋遺民詩試論　周全　臺北師院學報第一期　頁四二七至四四三　一九八八
年六月

38. 論王清惠滿江紅詞及其同時人的和作　繆越　四川大學學報第三期　頁五一
至五四　一九八九年

39. 唐代詠史詩之發展與特質　廖振富　師大碩士論文　民國七十八年

40. 略談汪元量的生年——與孔凡禮先生商榷　杜耀東　揚州師院學報第二
期　頁五一至五二　一九九〇年

41. 汪元量研究情況綜述　程瑞釗　文學遺產　頁一三至一三四　一九九〇年

42. 南宋詞中所反映之宋季朝政　王偉勇　東吳文史學報第十號　頁七五至
九四　民國八十一年三月

43. 鬱懣失落的群體－論元初遺民詩社兼與王德明先生商榷　歐陽光　文學遺
產　頁八三至八九　一九九三年四月

44. 宋元之際的遺民與貳臣　蕭啟慶　歷史月刊　頁五六至六四　民國八十五年
四月

45. 從仕與隱看歷史上知識分子的價值實現與阻斷　徐波　歷史月刊　頁三七至
四二　民國八十五年四月

46. 遺民淚盡胡塵裡－說宋明兩代的遺民詩　賴漢屏　明道文藝二一四期　頁三
至三九　民國八十三年一月

47. 兩宋懷古詞研究　廖祐孰　東吳大學中國文學研究所碩士論文　民國八十六
年五月

參、筆者相關研究論文

1. 文天祥與汪元量獄中贈答唱和詩文（上）　博愛月刊第127期　民國八十八年一月

2. 汪元量詩詞中的音樂世界　清流月刊　民國八十八年二月

3. 文天祥與汪元量以音樂交心　國魂月刊　第一二八期　民國八十八年三月

4. 文天祥與汪元量獄中贈答唱和詩文（下）　博愛月刊第128期　民國八十八年三月

5. 汪元量詞中音樂性之探析　博愛月刊第131期　民國八十八年九月

6. 文天祥與汪元量獄中唱和詩探析　宋代文學研究叢刊第五期　民國八十八年十二月

7. 汪元量的忠義精神　國父遺教學術研討會　民國八十九年一月

8. 汪元量寫實詩的藝術特色　北體學報第七期　民國八十九年四月

9. 文天祥〈胡笳曲〉集句詩探微　宋代文學研究叢刊第六期　民國八十九年十二月

10. 汪元量詞探析　北體學報第八期　民國八十九年十二月

11. 汪元量〈鶯啼序·重過金陵〉一詞探析　北體學報第九期　民國九十年十二月

12. 論汪元量之任官辭官問題　國父遺教研究學術研討會　民國九十年十二月

13. 汪元量懷古詞探微（上）　博愛雙月刊第148期　民國九十一年七月

14. 汪元量懷古詞探微（下）　博愛雙月刊第149期　民國九十一年九月

15. 杜甫〈秦州〉雜詩廿首對汪元量五律之影響——以汪元量〈杭州雜詩和林石田廿三首〉為例　北體學報第十期　民國九十一年十二月

16. 汪元量雜言詩探微　北體學報第十期　民國九十一年十二月

17. 通識教育理念下體育學院的國文科探討　北體學報第十期　民國九十一年十二月

18. 為汪元量詩詞作箋註　博愛雙月刊第150期　民國九十一年十二月

19. 汪元量水雲詩之師承　國父遺教研究學術研討會　民國九十二年一月

20. 汪元量〈杭州雜詩和林石田廿三首〉詳析　宋代文學研究叢刊第七期

21. 汪元量〈竹枝歌十首〉箋註　博愛雙月刊第151期　民國九十二年六月

22. 中日兩國文人之贈答唱和詩初探——以唐代開元為中心　王秉泰　陳建華　北體學報　第十一期　民國九十二年十月

國家圖書館出版品預行編目

汪元量與其詩詞研究 / 陳建華著. -- 一版. -
臺北市 : 秀威資訊科技, 2004[民 93]
　面 ；　公分. -- (語言文學；AG0010)
參考書目:面
ISBN 986-7614-04-6(平裝)

1. (宋)汪元量 - 傳記 2.(宋)汪元量 - 作
品研究

845.26　　　　　　　　　92017503

語言文學類　　AG0010

汪元量與其詩詞研究

作　　者 / 陳建華
發 行 人 / 宋政坤
執行編輯 / 李坤城
圖文排版 / 張慧雯
封面設計 / 徐真玉
數位轉譯 / 徐真玉　沈裕閔
圖書銷售 / 林怡君
網路服務 / 徐國晉
出版印製 / 秀威資訊科技股份有限公司
　　　　　台北市內湖區瑞光路 583 巷 25 號 1 樓
　　　　　電話：02-2657-9211　　　傳真：02-2657-9106
　　　　　E-mail：service@showwe.com.tw
經 銷 商 / 紅螞蟻圖書有限公司
　　　　　台北市內湖區舊宗路二段 121 巷 28、32 號 4 樓
　　　　　電話：02-2795-3656　　　傳真：02-2795-4100
　　　　　http://www.e-redant.com

2006 年 7 月 BOD 再刷
定價：550 元

讀 者 回 函 卡

感謝您購買本書，為提升服務品質，煩請填寫以下問卷，收到您的寶貴意見後，我們會仔細收藏記錄並回贈紀念品，謝謝！

1. 您購買的書名：＿＿＿＿＿＿＿＿＿＿＿＿＿＿＿＿＿

2. 您從何得知本書的消息？

　　□網路書店　　□部落格　　□資料庫搜尋　　□書訊　　□電子報　　□書店

　　□平面媒體　　□ 朋友推薦　　□網站推薦　□其他＿＿＿＿＿＿

3. 您對本書的評價：(請填代號　1.非常滿意 2.滿意 3.尚可 4.再改進)

　　封面設計＿＿＿　版面編排＿＿＿　內容＿＿＿　文/譯筆＿＿＿　價格＿＿＿

4. 讀完書後您覺得：

　　□很有收獲　　□有收獲　　□收獲不多　　□沒收獲

5. 您會推薦本書給朋友嗎？

　　□會　□不會，為什麼？＿＿＿＿＿＿＿＿＿＿＿＿＿＿＿＿＿

6. 其他寶貴的意見：＿＿＿＿＿＿＿＿＿＿＿＿＿＿＿＿＿＿＿＿＿

＿＿＿＿＿＿＿＿＿＿＿＿＿＿＿＿＿＿＿＿＿＿＿＿＿＿＿＿＿＿＿

＿＿＿＿＿＿＿＿＿＿＿＿＿＿＿＿＿＿＿＿＿＿＿＿＿＿＿＿＿＿＿

＿＿＿＿＿＿＿＿＿＿＿＿＿＿＿＿＿＿＿＿＿＿＿＿＿＿＿＿＿＿＿

讀者基本資料

姓名：＿＿＿＿＿＿＿＿＿＿　年齡：＿＿＿　性別：□女 □男

聯絡電話：＿＿＿＿＿＿＿　E-mail：＿＿＿＿＿＿＿＿＿

地址：＿＿＿＿＿＿＿＿＿＿＿＿＿＿＿＿＿＿＿＿＿＿＿

學歷：□高中(含)以下　　□高中　　□專科學校　　□大學

　　　□研究所(含)以上 □其他＿＿＿＿＿＿＿

職業：□製造業 □金融業　□資訊業 □軍警 □傳播業 □自由業

　　　□服務業 □公務員　□教職　　□學生 □其他＿＿＿＿＿

To：114

台北市內湖區瑞光路 583 巷 25 號 1 樓

秀威資訊科技股份有限公司　　　收

寄件人姓名：

寄件人地址：□□□

(請沿線對摺寄回,謝謝!)

秀威與 BOD

BOD（Books On Demand）是數位出版的大趨勢，秀威資訊率先運用 POD 數位印刷設備來生產書籍，並提供作者全程數位出版服務，致使書籍產銷零庫存，知識傳承不絕版，目前已開闢以下書系：

一、BOD 學術著作—專業論述的閱讀延伸
二、BOD 個人著作—分享生命的心路歷程
三、BOD 旅遊著作—個人深度旅遊文學創作
四、BOD 大陸學者—大陸專業學者學術出版
五、POD 獨家經銷—數位產製的代發行書籍

BOD 秀威網路書店：www.showwe.com.tw

政府出版品網路書店：www.govbooks.com.tw

永不絕版的故事·自己寫·永不休止的音符·自己唱